KELLY PARSONS

UNTER DEM MESSER

THRILLER

Aus dem Amerikanischen von
Michael Krug

BASTEI LÜBBE
TASCHENBUCH

BASTEI LÜBBE TASCHENBUCH
Band 17797

MIX
Papier aus verantwortungsvollen Quellen
FSC® C083411

Dieser Titel ist auch als E-Book erschienen

Vollständige Taschenbuchausgabe

Deutsche Erstausgabe

Titel der amerikanischen Originalausgabe: »Under the Knife«
Originalverlag: St. Martin's Press, New York
Dieses Buch wurde vermittelt durch die Literarische Agentur
Thomas Schlück GmbH, 30161 Hannover

Textredaktion: Friederike Haller, Wortspiel, Berlin
Umschlaggestaltung: semper smile, München
unter Verwendung von Motiven von © plainpicture: RelaxImages | OSKARQ;
© shutterstock: pashabo | Take Photo | Fantom666
Satz: hanseatenSatz-bremen, Bremen
Gesetzt aus der Adobe Garamond Pro
Druck und Verarbeitung: CPI books GmbH, Leck - Germany

ISBN 978-3-404-17797-4

2 4 5 3 1

Sie finden uns im Internet unter
www.luebbe.de
Bitte beachten Sie auch: www.lesejury.de

Für meine Familie: immer geduldig, großzügig
und eine Stütze bei der Ausübung meiner zwei Karrieren

Prolog

Der Mann stand allein da, die Hände in den Taschen seines dunklen Anzugs, und blickte hinab in den Schlund aus Erde, der gerade seine Frau verschluckt hatte.

Er war ein großer Mann mit leicht hängenden Schultern. Schlank, schmale Nase, abstehende Ohren, dünne Lippen. Er besaß feines Haar in der Farbe von trockenem Sand, die er in einem präzisen, strengen Seitenscheitel trug, durch den er wesentlich jünger als um die vierzig wirkte, wie ein fürs Klassenfoto herausgeputzter Schuljunge. Sein Haar flatterte leicht in der warmen Brise. Das Gras, auf dem er stand, war gleichmäßig gemäht und grün. Um ihn herum ragten silbrige und weiße Grabsteine aus der Erde. Mit zusammengekniffenen Augen schaute er zum strahlenden Himmel auf.

Sollte es nicht eigentlich regnen?

In Filmen und Fernsehserien schien es bei Beerdigungen immer zu regnen. Heute jedoch wirkten Sonne, Himmel, Wolken und sanfte Brise zusammen und schufen einen atemberaubenden Tag, selbst für südkalifornische Verhältnisse.

Ich wünschte, das Wetter wäre am Tag der Hochzeit meiner Tochter so schön gewesen, hatte er unmittelbar vor dem Beginn der kurzen Zeremonie eine der Trauergäste zu ihrer Begleitung flüstern hören. Eine von Jennys Freundinnen, die Vorstandsvorsitzende eines Start-ups in der Biotechnologiebranche. Ein überaus vielversprechendes Unternehmen. Er spielte sogar mit dem Gedanken, einen stillen Mehrheitsanteil daran zu erwerben. Die Frau war leidenschaftliche Triathletin mit braunen, sehnigen Armen, verspiegelter Sonnenbrille und winzigen Brüsten.

Sie war eine gewitzte Geschäftsfrau, das musste er zugeben. Er hielt es für unwahrscheinlich, dass sich ihre erste Begegnung mit Jenny in einem hiesigen Fitnesscenter, bei dem es zu einem Missverständnis wegen einer Yogamatte gekommen war, rein zufällig ergeben hatte. Zweifellos hatte die Triathletin eine Beziehung zu seiner Gemahlin aufgebaut, um die Pläne ihrer Firma mit ihm voranzutreiben. Schon kurz nach dem Beginn der Freundschaft hatte er diesen Verdacht Jenny gegenüber geäußert.

Doch Jenny, für die ein Glas nie halb leer gewesen war, hatte über seine Anschuldigung gelacht und gemeint, er solle sich entspannen, *so* wichtig sei er nun auch wieder nicht, und es drehe sich nicht *immer* alles nur um ihn. Dann hatte sie mit dem Zeigefinger erst ihre Lippen berührt, sich auf die Zehenspitzen aufgerichtet und den Zeigefinger anschließend auf seine Lippen gedrückt, wie sie es häufig tat, um ihm zu zeigen, dass die Diskussion über ein bestimmtes Thema beendet war. Damit hatte es sich gehabt. Die Debatte war abgeschlossen gewesen, und er hatte die Motive der Triathletin nie wieder infrage gestellt, jedenfalls nicht laut.

Ihr Finger an meinen Lippen.

Wie sehr er diese simple Geste geliebt hatte. Die Erinnerung daran, das taktile Echo – der zarte Druck auf seiner Haut, die winzigen Unebenheiten von Jennys Fingerspitze, die sich leicht an seiner Unterlippe verfingen, wenn sie den Finger zurückzog – genügte fast, um ihn zum Lächeln zu bringen.

Fast.

Er konnte die Triathletin nicht ausstehen. Was nichts mit ihrem Geschlecht zu tun hatte. Beruflich hatte er ständig mit Frauen zu tun. Bis zu einem gewissen Grad zog er den geschäftlichen Umgang mit Frauen dem mit Männern sogar vor. Zumindest widerstrebte er ihm weniger. Ihm gefiel, dass die meisten Frauen nicht auf irgendeinen dämlichen, gerade angesagten Alphamännchen-Trend fixiert waren. Wie Kitesurfen. Oder Klettern. Oder Golf. Sogar die Fetten spielten Golf und brüsteten sich damit, als wäre es eine sagenhafte sportliche Leistung. Was für eine unfassbare Zeitverschwendung.

Seine Abneigung gegen die Triathletin ging daher *nicht* darauf zurück, dass sie eine Frau war. Er mochte sie einfach nicht. Was wenig zu bedeuten hatte. Es gab haufenweise Menschen, die er nicht leiden konnte. Und dann noch diese Äußerung von heute, keine drei Meter von dort entfernt, wo Jenny lag …

Tja.

Er hatte sich auf die Unterlippe gebissen und sie ignoriert. Für Jenny.

Sie war sehr beliebt gewesen. Die meisten ihrer Freunde – und davon gab es eine ganze Menge – waren zur Zeremonie gekommen, hatten ihn mit einem Händeschütteln begrüßt und ihm mitfühlend auf die Schulter geklopft, in einigen Fällen auch steif umarmt.

Wie kommst du zurecht? Was für eine Tragödie. Viel zu früh aus dem Leben gerissen. Sie war so beliebt. In der kurzen Zeit, die sie hatte, hat sie so viele berührt. Wir werden sie schmerzlich vermissen.

All die Beileidsbekundungen hatte er seiner Ansicht nach ziemlich duldsam über sich ergehen lassen. Während der Zeremonie jedoch hatte er Abstand gehalten und war mehrere Meter von der Hauptgruppe entfernt allein gestanden. Er wollte mit ihnen allen nichts mehr zu schaffen haben. Sie waren Jennys Freunde gewesen, nicht seine. Am Begräbnis nahmen sie ihretwegen teil, mit Sicherheit nicht aus irgendeiner Anteilnahme heraus, die sie *ihm* gegenüber empfanden. Ihre Beziehungen zu ihm waren brüchig, flüchtig, durch Jenny entstanden und von ihr aufrechterhalten. Dasselbe galt für Jennys Eltern und Bruder, zu denen er zwar ein herzliches Verhältnis gehabt hatte, die aber nie recht wussten, was sie von ihm halten sollten. Und nun war Jenny nicht mehr da.

Er selbst hatte nicht viele Freunde. Jedenfalls keine engen.

Eine Tatsache, die ihn nicht im Geringsten störte. Er betrachtete diesen Umstand mit der Objektivität eines Wissenschaftlers, der eine sich windende Mikrobe im Labor unter einem Mikroskop beobachtet.

Schließlich zog er die Hände aus den Hosentaschen und lenkte seine Aufmerksamkeit vom Himmel zurück zu Jennys Grab – ein schwarzes Loch, dessen Finsternis dem hellen Tageslicht zu trotzen schien und den Sonnenschein ringsum förmlich verschlang. Oder ihn vielleicht abstieß. Eindringlich starrte er in die Öffnung, spähte in die Düsternis. Ansatzweise konnte er den Sarg seiner Frau ausmachen, der im stumpfen Silber einer Gewehrkugel schimmerte.

Plötzlich überkam ihn der wilde Drang, sich in das Loch zu werfen und den Sarg zu packen, mit den Fäusten auf die kalte, unnachgiebige Hülle zu hämmern und sich die Kehle wund zu schreien, die Arme um das Holz zu schlingen, seine Brust daran zu pressen und zu warten, bis die gleichgültige Erde sie beide unter sich begrub.

Was sonst spielt denn jetzt noch irgendeine Rolle?

Aus dem Augenwinkel nahm er eine Bewegung wahr. Ein dicker, kahler, kleiner Mann näherte sich verhalten von einem glänzenden schwarzen Lincoln Town Car, der in einer nahen Straße parkte. Der Mann räusperte sich.

»Mr. Finney?«

Obwohl seine Stimme näselnd klang, sprach der Dicke klar und deutlich. Mittlerweile waren die beiden die einzigen lebenden Seelen in diesem Abschnitt des Friedhofs. Er hob das Kinn und neigte den Kopf zur Seite.

Der Dicke hüstelte. »Mr. Finney. Sie, äh, haben diese Besprechung. In fünfundvierzig Minuten. Im Salk.« Er tippte auf seine Armbanduhr. »Wollte Sie nur, äh, daran erinnern.«

Finney drehte sich weder um, noch sprach er ein Wort. Er ließ den Kopf schief gelegt, als befände er sich im Gang eines Supermarkts, hielte eine Cornflakes-Packung hoch und überprüfe die Liste der Inhaltsstoffe.

Der Mann stinkt nach Zigaretten, dachte er. *Dabei ist er ausdrücklich darauf hingewiesen worden, dass ich Zigaretten hasse.*

Er beobachtete den Dicken aus dem Augenwinkel. Die Sekunden verstrichen. Schweiß sammelte sich auf dem kahlen Schädel des anderen und glänzte in der Sonne. Der Mann räusperte sich, als wolle er abermals etwas sagen, dann jedoch schien er es sich anders zu überlegen. Mit keuchenden Atemgeräuschen zog er sich zum Auto zurück.

Finney richtete den Kopf wieder auf, bis sich das Kinn in einer Linie mit dem Hals befand. Obwohl er nicht zu Wutausbrüchen oder überstürzten Reaktionen neigte, hatte Jennys Tod eine emotionale Brüchigkeit in ihm ausgelöst, verschlimmert durch die hoffnungslose Unfähigkeit, das Wechselbad der Gefühle zu verarbeiten, die tief in seiner Psyche schwelten, seit sie ihm genommen worden war. Wut, so roh und qualvoll wie eine offene Wunde, breitete sich in ihm aus und drohte ihn zu überwältigen.

Er holte tief Luft und unterdrückte seine Wut.

Finney hielt nichts von Klischees. Er hasste Klischees. Deshalb überraschte ihn, dass ihm, als der Dicke davonwatschelte, als erster zusammenhängender Gedanke in den Sinn kam: *Ich bringe ihn um.* Eine Empfindung, die natürlich einem Klischee entsprach. Er zwang sich, die Luft aus der Lunge zu pressen, und hielt den Gedanken fest. Drehte ihn hin und her. Betrachtete ihn aus diesem und jenem Blickwinkel, überlegte, wie viel Substanz er hatte.

Ich bringe ihn um.

Von einem Moment auf den nächsten schlug sein Zorn über die unfassbare Idiotie des Dicken in Neugier um.

Ihn umbringen?

Die Menschen gaben diesen Satz ständig von sich, wenngleich gedankenlos und ohne Überzeugung. Zum Beispiel: *Wenn er wie-*

der zu spät zur Arbeit aufkreuzt, bringe ich ihn um. Eine gängige Redensart in Sitcoms, eine geläufige Floskel für billige Schurken in Sommerfilmen. Bedeutungslos. Keinerlei Substanz. Nur Klischee.

Aber traf das auch jetzt zu? Für ihn?

Mit der absoluten Gewissheit eines Mannes, der durch die absolute Gewissheit über verschiedenste Dinge reich geworden war, wusste Finney, dass er den dicken Mann in diesem Moment *wirklich* töten wollte. Die Erkenntnis faszinierte ihn. Immerhin war er ein gesetzestreuer Bürger. Nun, zumindest *größtenteils* gesetzestreu. Und er neigte definitiv nicht zu Gedanken an vorsätzlichen Mord. Welchem dunklen Winkel seines Geistes mochte dieser Drang entsprungen sein?

Die Eindringlichkeit seiner Überzeugung, ihre Klarheit und Kraft fand er zutiefst interessant. Finney glaubte nicht an die Existenz von Gott. Aber hätte er es getan, so hätte er Gott in diesem Augenblick zum Zeugen dessen aufgerufen, dass er sich nichts sehnlicher wünschte, als die Hände um den Hals des fetten Kerls zu legen und zuzudrücken, richtig *zuzudrücken*, bis seine Finger in den Hautfalten verschwänden wie in fleischigem Treibsand, bis er spürte, wie die Luftröhre kollabierte, und bis er das befriedigende, hohe Japsen des letzten fauligen Atemzugs des Dicken hörte.

Es war ein eigenartiges Gefühl. Keine schlichte Wut mehr, auch keine Empörung über die himmelschreiende Respektlosigkeit des Dicken Jenny gegenüber, die kurz davorstand, für immer unter der Erde zu verschwinden.

Nein. Es kam Finney wie etwas Größeres, etwas Folgenschwereres vor – als hätte die bloße Existenz dieser plumpen, nikotinsüchtigen Kreatur irgendwie das Universum aus dem Gleichgewicht gebracht und als wäre es Finneys Mission – nein, seine *Bürde* –, die Ordnung wiederherzustellen.

Er hatte seine Emotionen schon immer aus der Ferne erlebt,

als wären sie Fische in einem Aquarium, die er von der anderen Seite einer dicken Glasscheibe betrachtete. Deshalb schien er eher dabei zuzusehen als tatsächlich zu fühlen, wie die Mordlust zurückwich und in den trüben Tiefen seines Unterbewusstseins abtauchte. Der Vorgang vollzog sich langsam, als löse die Emotion nur widerwillig ihren Griff um ihn.

Er seufzte.

Ordnung. Oder das Fehlen von Ordnung.

Vielleicht war es das, was ihm während der vergangenen Woche ununterbrochen, Tag und Nacht, so zugesetzt, an ihm genagt, ihn innerlich zerfressen hatte. Er hatte seit Tagen nicht richtig geschlafen und war erschöpft. Jennys Tod hatte die natürliche Ordnung der Dinge durcheinandergebracht, und er spürte die Unausgewogenheit des Universums um sich herum. Das dritte newtonsche Gesetz: Ihr Tod war die Aktion, das kosmische Ungleichgewicht die Reaktion.

Finney würde sich damit begnügen müssen, den Dicken, der erst seit Kurzem für ihn arbeitete, zu feuern und dafür zu sorgen, dass er nie wieder einen besseren Job als den eines Hausmeisters in der Nachtschicht bekommen würde. Im Grunde genommen war der Mann die mentale Mühe nicht wert. Er rechtfertigte nicht einen einzigen zusätzlichen elektrischen Impuls in einem einzigen Neuron von Finneys Gehirn. Doch abgesehen davon: So sehr der Dicke Finney anwidern mochte, er war nicht verantwortlich für Jennys Tod. Diese Schuld fiel jemand anderem zu.

Was sonst spielt denn jetzt noch irgendeine Rolle?

Ohne Vorwarnung brach der Kummer über ihn herein. Es war, als wäre sein Gram eine dichte, giftige Flüssigkeit, in der er zu ertrinken drohte und in der er hilflos und krank herumgewirbelt wurde. Das vertraute Gefühl, das *verhasste* Gefühl stieg ihm in die Kehle.

Er würde weinen.

Finney schloss die Augen, ballte die Hände zu Fäusten, kämpfte gegen die Tränen an, wie er es seit Jennys Tod wiederholt getan hatte. Und dennoch spürte er, wie sie sich an seinen Augenwinkeln sammelten. Bald würde er hier im hellen Sonnenschein vor dem Dicken und aller Welt schluchzen wie ein jämmerliches Kind. Das konnte er nicht, *würde er nicht* zulassen. Er presste die Lider zu und ballte die Hände noch krampfhafter zu Fäusten.

Morgan.

Er rührte sich.

Es war Jenny. Ihre Stimme klang so klar und deutlich, als stünde sie unmittelbar neben ihm. Jenny teilte ihm mit, dass es in Ordnung wäre zu weinen. Er wusste, das gehörte zu den Dingen, zu denen sie ihn im Leben ermutigt hätte. Aus dem Mund geringerer Frauen hätte sich ein solcher Rat abgedroschen angehört – das schnöde Psychogebrabbel von Talkshow-Moderatorinnen und banalen Selbsthilfebüchern. Aber nicht von Jenny. Von ihr niemals.

Es ist in Ordnung, flüsterte sie.

Finney dachte darüber nach. Sollte er weinen? Sollte er tun, wozu sie ihn ermuntert hatte, als sie noch am Leben gewesen war? Sollte er sich all seine Emotionen eingestehen, die schlechten ebenso wie die guten? Wie Jenny es mit Sicherheit gewollt hätte, wenn sie nun an seiner Seite stünde?

Aber Jenny war nicht hier. Nicht in Wirklichkeit. Und so sehr er sie liebte – geliebt *hatte*, korrigierte er sich in Gedanken –, er war fertig mit diesen törichten Empfindungen. Endgültig. Er würde sich nicht länger gestatten, sich in Selbstmitleid zu aalen wie ein Schwein, das sich im widerlichen Dreck seines Pferchs suhlte.

Nein. Er *musste* damit fertig sein. Denn Emotionen kamen Schwäche gleich. Sie sich einzugestehen, bedeutete, dass er nie dem sengenden Schmerz ihres Verlusts entkommen würde. Er musste sich von seiner lächerlichen Sentimentalität reinwaschen.

Seine Fingernägel waren während der Zeit der Ablenkung und

des Kummers in den letzten Wochen, während ihrer Krankheit und dem qualvollen Endstadium lang und fest geworden – sie bohrten sich in die weiche Haut seiner Handflächen. Was wehtat. Sehr sogar.

Gut.

Er bewegte die Finger leicht hin und her, um die Nägel tiefer in die Haut zu schneiden, die Handflächen zum Bluten zu bringen, und er konzentrierte sich auf den physischen Schmerz, um sich von seinen seelischen Qualen abzulenken.

Morgan.

Mittlerweile klang sie weiter entfernt.

In gewisser Weise sollte es unkompliziert sein. Wie der Abschluss seiner geschäftlichen Transaktion oder das Lösen eines technischen Problems. Er brauchte nur analytisch an die Dinge heranzugehen, sie mit der Präzision und Eleganz einer mathematischen Gleichung zu durchdenken. Er würde seine Energien neu ausrichten, diese irritierenden Emotionen in bedeutungsvollere, produktivere Unterfangen umleiten. Aber welcher Art?

Kratz, kratz, kratz. Seine Fingernägel sanken tiefer in die nachgiebige Haut. Seine geballten Fäuste zitterten. Er konnte fühlen, wie seine Handflächen glitschig von Blut wurden, und stellte sich vor, wie es durch die Lücken zwischen seinen Fingern auf den Boden unter ihm troff. Rote Tautropfen auf grünem Gras.

Die Erkenntnis ereilte ihn in einem Moment plötzlicher, vollkommener Klarheit.

Natürlich.

Die Antwort war einfach. Der Kummer legte sich, humpelte davon wie ein verwundetes Tier. Finney öffnete die Fäuste, entspannte die Finger und schlug die Augen auf. Der Drang zu weinen war verschwunden. Gleichgültig untersuchte er die vier roten Schlieren auf jeder seiner Handflächen, die acht durch seine Fingernägel verursachten Stigmata, aus denen sich winzige rote Rinnsale ergossen. Er zog ein Taschentuch aus der Hosentasche, wischte sich das Blut von den Händen und ließ das Tuch auf den Boden fallen, wusste nicht und scherte sich nicht darum, wer es aufheben würde.

Er lauschte auf Jenny. Nichts.

Was sonst spielt denn jetzt noch irgendeine Rolle?

Eine Sache gab es da schon. Eine einzigartige Aufgabe, die seiner Aufmerksamkeit bedurfte. Eine Aufgabe, der er jede Faser seiner Psyche widmen würde, bis sie erledigt wäre.

Er holte ein kleines Notizbuch aus der Tasche seines Anzugjacketts hervor. Es war alt und besaß eine abgegriffene Hülle aus schwarzem Leder. Die meisten Seiten füllte seine Handschrift aus. Einige waren mit Klebeband geflickt worden, um sie beisammenzuhalten. Finney blätterte nach hinten zur ersten leeren Seite und zog aus derselben Tasche einen Druckbleistift hervor. Er klickte dreimal darauf, um die dünne Bleimine über den Rand der Spitze nach vorn zu schieben. Dann begann er zu schreiben.

Er drückte fest auf. Zweimal brach die Mine ab. Zweimal ersetzte er die vordere Kante mit einem scharfen Dreifachdruck auf den Stift – *klick, klick, klick*. Dann schrieb er langsam und in penibler Schönschrift. Als er fertig war, betrachtete er eingehend den Namen, den er zu Papier gebracht hatte.

Dr. Rita Wu.

Finney starrte noch einen weiteren Moment darauf, bevor er neben den Namen ein leeres Kästchen zeichnete, als wäre die Frau ein Eintrag auf einer To-do-Liste. Danach schloss er das Notizbuch und verstaute es zusammen mit dem Druckbleistift wieder in der Jacketttasche.

Ich werde sie umbringen.

Und er wusste mit absoluter Sicherheit, dass er es tun würde. Aber zuerst würde er sie leiden lassen.

So, wie Jenny gelitten hat.

Und er würde sie etwas berauben, das kostbar für sie war.

So, wie ich etwas beraubt worden bin, das kostbar für mich war.

Anschließend würde sich im Universum wieder das Gleichgewicht einstellen.

Finney wandte sich ab und ging zum Auto, neben dem der dicke Mann wartete. Er schaute nicht zurück.

Ein Jahr später

RITA

Es herrschte Dunkelheit. Und dann ertönte ihr Name.

»Dr. Wu?«

Eine Stimme drang forschend durch das Dunkel, durchschnitt es wie ein Suchscheinwerfer. Die Dunkelheit fühlte sich vertraut und wegen dieser Vertrautheit beruhigend an – die störende, misstönende Stimme nicht. Rita wandte sich davon ab und umklammerte die Dunkelheit, als wäre sie ein kleines Mädchen, das sich ans Bein der Mutter presst. Aber die Stimme ließ nicht locker.

»Dr. Wu?«

Es handelte sich um eine Frau.

Immer noch Finsternis, aber nach und nach stellten sich aus dem Nichts Empfindungen ein.

»Soll ich Hilfe holen?« Eine zweite Stimme, ebenfalls weiblich. Rauchiger. Heiserer.

»Nein. Sie atmet. Und sie ist warm. Sie schläft nur. Aber du könntest Decken holen, ja?«

»Okay.«

Sich entfernende Schritte. Ein knappes, mechanisches *Klicken*, als hätte jemand die Verriegelung eines Kühlschranks geöffnet. Ein warmer Lufthauch.

... klingt wie ein Deckenwärmer in einem Operationssaal ...

Sich nähernde Schritte. »Hab welche.«

»Dr. Wu?«

Eine Hand an ihrer Schulter, eine Hand, die sie auf das Bewusstsein zuschubste. In ihrem Mund herrschte ein durchdringender Kupfergeschmack vor, als hätte sie Münzen gelutscht, und in ihrem Kopf tobten Schmerzen, die ihre linke Schläfe umhüllten und sich zum linken Ohr schlängelten. Ohne die Augen zu öffnen, nahm sie wahr, dass sie auf einer gepolsterten Fläche flach auf dem Rücken lag. Ihre Arme ruhten an ihren Seiten.

»Dr. Wu?« Die Hand, die ihre Schulter schüttelte, übte mehr Druck aus.

Rita öffnete die Augen. Die Dunkelheit kapitulierte vor blendendem Licht. Die Schmerzen in ihrem Kopf wuchsen sich zu Höllenqualen aus – zu einem Eispickel, der sich einen Weg durch ihr linkes Auge bahnte, bis er hinten durch den Schädel wieder austrat.

Scharf sog Rita die Luft ein. Gott, diese *Schmerzen.* Die Helligkeit glich einem tollwütigen Hund, der sich in ihre Augen krallte. Sie presste die Lider fest zu und stöhnte. Ihr Magen drehte sich um, als hätte das Licht durch ihre Augenhöhlen weiter durch ihre Kehle gefasst und ihren Eingeweiden einen kräftigen Ruck versetzt.

Oh Gott.

»Dr. Wu?« Die erste Stimme, die eine düstere Nische ihres umwölkten Hirns als vertraut registrierte, klang besorgt, zugleich jedoch eindringlich. »Alles in Ordnung?« Pause. »Kann ich Ihnen irgendwie helfen?«

Die Schmerzen gestalteten es schwierig, sich zu konzentrieren. *Nein, nicht nur die Schmerzen.* Auch etwas anderes. Ihr Gehirn glich einem aufgewühlten Schlammbad von eingehenden und ausgehenden Empfindungen, so verworren, dass Pein allein keine Erklärung dafür bot, als wären all ihre Gedankengänge in einen Mixer geworfen worden, der auf höchster Stufe arbeitete.

Warum?, fragte ein Teil ihres Verstands.

Wen interessiert's?, antwortete ein anderer Teil. Sie gestattete sich, zurück in die angenehme Leere zu sinken.

»Dr. Wu.« Wieder die erste Stimme – mittlerweile fordernder, lauter.

So verlockend sich das Unterbewusstsein anfühlte, es schied

als Option aus. Rita öffnete die Lider und stöhnte, kniff die Augen angesichts des grellen Lichts wieder zusammen.

»Wendy«, sagte die erste Stimme. »Schwenk das Licht aus ihrem Gesicht.«

»Klar«, erwiderte die Frau mit der rauchigen Stimme.

Das Licht ließ nach und mit ihm die Schmerzen im Kopf. Rita blinzelte und blickte in ein angespanntes Gesicht empor, das über ihr schwebte. In einem geistesgegenwärtigeren Zustand wäre sie vermutlich überrascht gewesen. Vielleicht sogar verblüfft. So jedoch konnte sie nur ein vages Gefühl von Verwirrung aufbringen.

Die erste Stimme und die Hand, die beruhigend auf Ritas Schulter lag, gehörten Lisa Rodriguez, einer ihrer OP-Pflegerinnen. Lisa gehörte natürlich nicht im engsten Sinn des Wortes *ihr*. Aber so wie viele Chirurgen benutzte Rita gern Possessivpronomen, um Menschen und Gegenstände im Operationssaal zu beschreiben. *Ihre* Pflegerinnen. *Ihre* Patienten. *Ihre* chirurgischen Instrumente.

Lisa stand neben ihr. Oder vielmehr *übe*r ihr, als wäre Rita eine ihrer eigenen Patientinnen, die ausgestreckt auf einem Tisch im Operationssaal lag, über dem Lisa und sie an den meisten Arbeitstagen Skalpelle und Klatsch austauschten.

Was ist hier los?

Lisas stumpfe Züge, umrahmt von einer hellblauen Operationshaube, die ihr lockiges schwarzes Haar verdeckte, verrieten zu gleichen Teilen Erstaunen und Besorgnis. Hinter ihr und etwas seitlich stand eine weitere Frau, ebenfalls eine OP-Pflegerin …

Wendy

… eine dürre junge Frau mit einem länglichen Gesicht. Ein blondes Haarbüschel, das vor Peroxid schimmerte, lugte unter der blauen Operationshaube hervor und hing der Frau halb in die Stirn. Mit der bauschigen Kopfbedeckung und dem viel zu mageren Körper sah Wendy aus wie ein aufgestellter Mob. Unter ihren Arm hatte sie einige weiße Decken geklemmt. Sie wirkte so verblüfft wie Lisa, aber nicht annähernd so besorgt. Tatsächlich schien etwas ziemlich Unschickliches hinter Wendys Augen aufzuflackern – *Freude? Schadenfreude?* –, die so blau wie die Operationshaube waren und von türkisfarbenem Lidschatten umrahmt wurden. Beide Frauen trugen dunkelblaue Kittel.

Genau wie die Kittel, die wir im Operationssaal tragen.

»Lisa?« Gott, sie konnte das Wort kaum richtig bilden. Ihre Zunge fühlte sich an wie Beton.

Wo bin ich?

Ohne sich aufzusetzen, drehte Rita den Kopf zur Seite und erblickte dunkle Bodenfliesen ungefähr einen Meter unter sich. Als sie den Kopf zur anderen Seite schwenkte, sah sie das Gleiche. Benommen folgerte sie, dass sie auf einer gepolsterten Fläche ungefähr hüfthoch über dem Boden lag. Sie setzte dazu an, sich aufzurichten, doch irgendetwas umschloss ihre Brust, etwas Flaches und Breites, das sie erfasste und zurück nach unten drückte.

»Hey.« Ihr Hinterkopf plumpste schwer auf die gepolsterte Unterlage.

Autsch! Der Aufprall verschlimmerte ihre Kopfschmerzen. Sie bewegte die Hände, um sich die pochende Stirn zu halten. Oder versuchte es zumindest. Aber es gelang ihr nicht. Denn ihre Arme wurden an den Seiten niedergedrückt.

»Hey!«

Eine neue Emotion. Keine Panik – ihre Sinne schienen noch zu stumpf zu sein, um echte Panik hervorzubringen –, aber Rita verspürte ein abruptes Unbehagen, das sie eine Stufe über ihr Halbbewusstsein erhob, und zum ersten Mal wurde ihr klar, dass sie keinerlei Kontrolle über ihre aktuelle Lage hatte. Und Rita *hasste es*, keine Kontrolle zu haben. Immer. Krampfhaft versuchte sie, die Arme zu befreien.

»Warten Sie«, sagte Lisa. »Lassen Sie mich Ihnen helfen, Dr. Wu.«

Rita beobachtete, wie Lisa mit einer fließenden Bewegung

nach unten griff und die Hand um eine glänzende Schnalle aus Metall legte, durch die ein schwarzer Riemen verlief, der aussah wie ein breiter Sitzgurt. Lisa hob die Schnalle an und löste das schwarze Band, das Ritas Rumpf und Arme auf die weiche Unterlage drückte, auf der sie lag.

Komisch, dachte Rita, als Lisa den Gurt aus der Schnalle zog und sie von der Unterlage befreite. *Sieht genau aus wie die Halteriemen, die wir benutzen, um Patienten auf unseren Operationstischen zu fixieren.*

Ein weiterer Zufall. Wie die blauen Kittel.

Gleich darauf löste Lisa den zweiten schwarzen Gurt, der Ritas Oberschenkel fesselte. Mit einem unangenehmen Wirbel aus Emotionen wurde Rita klar, dass es sich *tatsächlich* um einen der Riemen eines Operationstisches handelte. Des Tisches, auf dem sie gerade lag.

»*Was?*« Rita hob den Kopf, neigte das Kinn an die Brust und starrte zu ihren Füßen. Dabei stellte sie fest, dass sie keinerlei Kleidung trug.

Dr. Rita Wu, Assistenzprofessorin für Chirurgie an der Universität von Kalifornien, befand sich festgeschnallt auf einem Operationstisch. Nackt wie an dem Tag, an dem sie geboren wurde – und ohne die geringste Ahnung, wie sie in diese Lage geraten war.

SPENCER

Spencer Cameron trat hinaus, schloss die Eingangstür und atmete die frühmorgendliche Luft eines späten Novembers im Küstengebiet von San Diego ein. Es war zwar noch dunkel, doch hinter den Bergen im Osten leckte bereits rot-orangefarbene Glut über den Himmel.

Die Temperatur vor dem Morgengrauen erwies sich als kühl. Spencer trug eine schwarze, lange Radlerhose mit neongelben Reflektoren an den Seiten und ein leichtes, schwarzes Jogginghemd mit ähnlichen Reflektoren an den langen Ärmeln. Der eng anliegende Stoff spannte sich über seine kräftige Brust, über die muskulösen Schultern und Oberschenkel, ebenso über die Gliedmaßen und den Rumpf. Er steckte sich Ohrstöpsel in die Ohren, stellte NPR auf seinem iPod ein und rückte die Strickmütze auf seinem dunkelbraunen Haar so zurecht, dass sie die freien Teile seiner Ohren und seiner Kopfhaut gegen den leichten Frost schützte. Dann setzte er sich in lockerem Lauf in Bewegung.

Eine stämmige Frau, die mit einem braunen Hund unbestimmter Rasse spazieren ging, tauchte in entgegengesetzter Richtung auf. Sie schrak zurück und erstarrte, als Spencer schwerfällig auf sie zugelaufen kam. Der Hund hingegen schien zu dem Schluss zu gelangen, dass die beste Verteidigung ein guter Angriff sei: Obwohl das Tier kaum größer als ein Kaninchen war, sprang es ihn an, bis sich die Leine straff spannte, und kläffte im hohen, schrillen Ton kleiner Hunde.

Spencer verkniff sich einen finsteren Blick – er hatte nicht viel für Hunde übrig, am wenigsten für Winzlinge, die den Frieden seiner frühmorgendlichen Läufe störten – und winkte wacker.

Siehst du? Ich bin freundlich!

Er kannte weder die Frau noch den Hund, was nicht unerwartet kam. Obwohl er seit Jahren in der Gegend wohnte, gab es immer noch reichlich Leute im Viertel, die er dank seiner mörderischen Arbeitszeiten – Beginn früh am Morgen, Ende spätabends, dazwischen lange Tage – nie kennengelernt hatte.

»Guten Morgen!«, rief er und ließ ein fröhliches Lächeln aufblitzen.

Die Frau, die in einem voluminösen grauen Sweatshirt mit aufgesticktem Logo der University of Southern California steckte, reagierte mit einem knappen Nicken, rührte sich jedoch nicht von der Stelle und sah ihn schief an, als er sie passierte, während sie ihren Hund zurückhielt. Das Tier tobte entlang der Reichweite seiner Leine, knurrte trotzig und versuchte vergeblich Spencer anzufallen.

Als freundschaftliche Abschiedsgeste beschrieb Spencer einen besonders weiten Bogen um die Frau und ihren Hund, lächelte und winkte ein letztes Mal, bevor er sich wieder auf seinen Lauf konzentrierte. Er machte der Frau – und ihrer besseren Ratte – keinen Vorwurf. Selbst am helllichten Tag sorgte sein gewaltiger Körperbau regelmäßig für neugierig starrende Blicke, und er malte sich aus, wie er aus dem Blickwinkel der Frau und ihres Hundes gewirkt haben musste: ein Mann, groß genug für einen Linebacker in der NFL, schwarz gekleidet und mit Strickmütze, der auf einer ansonsten verwaisten Straße aus den frühmorgendlichen Schatten auf sie zugelaufen kam.

Abgesehen von der Frau mit dem Hund herrschte in der Umgebung Stille, und er war allein. Als sich seine Muskeln allmählich erwärmten, steigerte er die Geschwindigkeit zu einem flotten Trab. Das musste er. Obwohl er noch einigermaßen anständig in Form war, hatte er sich nicht leicht damit getan, die Wampe in Schach zu halten, schon damals in den guten alten Tagen nicht, und nun, da er auf die vierzig zuging, wurde es umso schwerer.

Er schwenkte nach links, um einer Reihe Mülltonnen am Randstein auszuweichen, wechselte die Richtung, indem er sich mit dem rechten Bein stärker abstieß. Sein Knie protestierte mit einem unangenehmen Ziehen, das knapp an echten Schmerz grenzte. Jenes Knie hatte in letzter Zeit immer wieder mal auf sich aufmerksam gemacht.

Sollte ich wahrscheinlich bei Gelegenheit ansehen lassen. Eine schlaffe Mittellinie und knarrende Gelenke. *Die Problemchen alternder Männer.*

In seinen Ohrstöpseln fasste ein Nachrichtensprecher die Schlagzeilen des Morgens zusammen: schale Wiederholungen derjenigen vom Vortag mit geringer bis gar keiner Bedeutung für Spencers Leben. Die Stimme des Nachrichtensprechers verkam zu einem Hintergrundbrummen. Seine Gedanken wanderten.

Vierzig Jahre alt.

Hatte sich das Alter wirklich so schnell an ihn herangepirscht? Das war das Problem daran, wenn man Arzt werden wollte: Bis man sich durch die Ausbildung und Praxisschulung gekämpft und endlich einen richtigen Job gefunden hatte, war es beinahe schon Zeit für den Ruhestand. Insgesamt hatte seine eigene Ausbildung wie lange gedauert … zwölf Jahre? Aber er liebte die Neurochirurgie. Schon als Kind wollte er Gehirnchirurg werden, sodass er die Opfer immer als irrelevant empfunden hatte. Er betrachtete sie nicht einmal als Opfer. Es waren vielmehr Entscheidungen gewesen, seine Entscheidungen, und er bereute sie nicht. An nachträgliche Zweifel glaubte er nicht. Spätere Analysen begangener Fehler oder Irrtümer betrachtete er als wertlos.

Und dennoch …

In letzter Zeit hatte sich eine subtile Skepsis in seinen Kopf eingeschlichen, die an seiner Psyche nagte und ihn mahnte, über einige seiner irrationalen Lebensentscheidungen noch einmal nachzudenken. Über diejenigen, die er in Hinblick auf sein Liebesleben getroffen hatte. Diejenigen, die Rita betrafen.

Andererseits: Was an Liebe war *nicht* irrational?

Mittlerweile lag es fast ein Jahr zurück – ein Jahr, seit sie ihm das Herz aus der Brust gerissen hatte, und das anscheinend aus keinem anderen Grund als dem, dass sie es konnte. Es hieß, die Zeit heile alle Wunden. *Was für ein Schwachsinn.* Die Zeit heilte *gar nichts.* Aber reichte ein Jahr überhaupt, um zumindest zu akzeptieren, wie die Dinge standen, wenn schon nicht, um irgendetwas zu heilen? Um sich damit abzufinden, dass Rita *wirklich* fertig mit ihm war und er nach vorn schauen sollte?

Rita.

Spencer konnte sich nicht dagegen wehren, dass er seine

Freunde darum beneidete, wie nahtlos sie in ihre nächsten Lebensphasen übergingen. Manchmal, nach ein paar Bieren, sah er sich spätabends auf seinem Smartphone Bilder der jungen Familien seiner Freunde bei Facebook an. Darunter befanden sich immer *erstmalige* Ereignisse. Jede Menge davon. Ein erstes Lächeln. Erste Schritte. Der erste Tag beim Ballettunterricht. Der erste Tag beim Fußball. Der erste Schultag.

Spencer, alleinstehend, traurig und loyal, scrollte und versah jedes einzelne davon mit einem »Gefällt mir«.

Rita.

Aber halt mal. Immerhin hatte er seine *Freiheit.* Richtig? Er konnte tun, was immer er wollte und wann immer er es wollte. Er war ungebunden, hatte keine feste Freundin. Ihm stand alles offen. Er lebte den Traum. *Richtig?* Entsprach das nicht dem, was alle Männer angeblich wollten? Immerhin steuerten andere Kerle, die häuslich geworden waren, mit vierzig auf die Midlife-Crisis zu. Rebellierten gegen Konformität. Servierten Frau und Kinder ab. Fingen ein Techtelmechtel mit einem hübschen, gerade mal volljährigen jungen Ding an. Kauften sich ein echt cooles Auto. Trugen hautenge Jeans.

Spencer mochte Konformität. Er sehnte sich nach Normalität. Sonntags ging er zur Kirche. Jeden April bezahlte er seine Steuern. Zu Thanksgiving, zu Weihnachten und zu Ostern besuchte er seine Eltern in ihrer Kleinstadt im Bundesstaat Washington. Einmal im Jahr kaufte er Kekse von den Pfadfinderinnen, die sich vor dem Supermarkt aufreihten, anschließend kaufte er weitere von ihren Müttern, die das Gebäck bei der Arbeit verkauften. Diese Dinge machten ihn glücklich. Er gehörte nicht zu den Männern, die je eine Familie sitzen lassen würden. Vielmehr wäre er dankbar gewesen, überhaupt eine Familie zu haben. Was hätte er nicht dafür gegeben, selbst Bilder seiner lächelnden, laufenden, tanzenden, Fußball spielenden Kinder auf Facebook posten zu können?

Vermutlich könnte er sich ohne Weiteres auf eine attraktive junge Frau einlassen. Er war ein gut aussehender Kerl – nicht, dass er sich etwas darauf einbildete, aber es bot gewisse Vorteile, die er nicht ignorieren wollte. Er wohnte und arbeitete in der Nähe des hiesigen Colleges, daher liefen reichlich sexy Studentinnen in seiner Nähe herum. Eine schlanke, kokette Barista aus der Starbucks-Filiale in seinem Viertel, die herrliche kaffeebraune Augen und glänzendes, schokobraunes Haar besaß, hatte ihre Absichten sogar ziemlich deutlich gemacht. Allerdings sah sie aus, als hätte sie ihre Teenagerjahre noch kaum hinter sich. Zu ihr gehörte ein Bursche in ihrem Alter.

Und das echt coole Auto? Tja, das wäre schlichtweg unverantwortlich. Wozu so viel Geld verschleudern? Spencer war rundum zufrieden mit seinem hübschen, praktischen, umweltverträglichen Toyota Prius, herzlichen Dank auch. Trendige Skinny Jeans kamen für ihn ebenfalls nicht infrage. Selbst wenn er geneigt gewesen wäre zu versuchen, sich in ein Paar hineinzuzwängen – was er definitiv nicht war –, so hatten seine Oberschenkel immer noch den ungefähren Umfang von Baumstämmen.

Das ist ja alles toll, Spencer. Schön für dich. Aber verrate mir doch ein kleines Geheimnis, Mr. Saubermann: Wenn du so ein langweiliger, aufrechter Bürger bist, wieso zum Teufel stalkst du dann deine Exfreundin? Diejenige, die dir unmissverständlich gesagt hat, dass sie nichts mehr mit dir zu tun haben will?

Spencer knirschte mit den Zähnen. *Das ist kein Stalking*, antwortete er sich selbst. *Nicht wirklich.*

Oder doch?

Mittlerweile schwitzte er, und seine Kopfhaut juckte unter der Strickmütze. Seine Brust und seine Beine brannten, aber es war ein angenehmes Brennen. Von der Küste her wehte eine leichte Brise, satt und feucht, und in ihr lag der Geruch des knapp einen Kilometer entfernten Pazifiks. Spencer sog die Luft tief ein, genoss sie und stieß sie mit der kontrollierten Atmung seines Laufs wieder aus.

Vor ihm bog ein Auto auf die Straße. Der Wagen beschleunigte von ihm weg und steuerte von einer Fahrbahnseite zur anderen hin und her, während das Fenster auf der Beifahrerseite Zeitungen ausspie. Der Fahrer zeichnete sich nur als dunkle Silhouette ab.

Spencer, der es vorzog, die Nachrichten auf seinem Smartphone zu lesen, konnte nicht verstehen, was so ansprechend an gedruckten Zeitungen war, die eigentlich längst der Vergangenheit angehören sollten. Es verblüffte ihn, wie viele seiner Nachbarn nach wie vor daran festhielten, sich täglich ein Exemplar zustellen zu lassen. Die letzte Lieferung, die kurz vor einer Kreuzung hinausgeworfen wurde, an der das Auto scharf nach links bog, bevor es davonraste, verfehlte die Einfahrt und landete im Rinnstein.

Bei dem Gebäude handelte es sich um einen gepflegten Bungalow in mediterranem Stil mit für Südkalifornien typischer Gartengestaltung und ansprechendem rotem Ziegeldach. Bei seinen morgendlichen Läufen kam Spencer immer daran vorbei. An Tagen, an denen er nicht joggte, änderte er seinen Fahrweg so, dass er diese Straße passierte, um daran vorbeizurollen, obwohl andere Strecken schneller wären.

Es handelte sich um Ritas Haus.

Er seufzte. Vielleicht war es *doch* Stalking. In gewisser Weise. Spencer runzelte die Stirn. Irgendetwas an Ritas Haus fühlte sich an diesem Morgen falsch an.

RITA

»Lisa«, krächzte Rita.

Sie schlang die Arme um ihren Körper und versuchte sich aufzusetzen. Dabei spürte sie etwas Kleines, Kaltes und Metallisches, das von einer Kette um ihren Hals baumelte und gegen ihre nackte Brust klatschte. Die Erkennungsmarken ihres Vaters. Also war sie doch nicht *vollkommen* nackt.

Rita schlingerte zur Seite und kippte beinah vom Tisch.

»Vorsicht.« Lisa packte sie am Arm und half ihr in eine sitzende Position. »He, Wendy.« Die blonde Pflegerin stand einige Schritte entfernt, hielt immer noch die gefalteten Decken und glotzte Rita an. *»Wendy.«*

»Was?«, fragte Wendy abwesend.

Ritas Zähne begannen zu klappern.

»Die *Decken*, Wendy.«

»Oh. Richtig. Die Decken.« Sie reichte Lisa beide und schien den finsteren Blick ihrer Kollegin dabei nicht zu bemerken.

Mit einem geübten Schnippen aus dem Handgelenk schüttelte Lisa nacheinander beide Decken auf, dann schlang sie eine um Ritas Schultern und Brust, die andere um ihre Mitte.

»Danke.« Rita wickelte sich in den Stoff, dankbar für die Wärme. Ihr Zittern ließ nach, hörte schließlich auf. Sie presste sich eine Hand gegen den schmerzenden Schädel, massierte sich mit den Fingern die Schläfen und versuchte, ihre Gedanken zusammenzukratzen, die sich wie im Wind wirbelndes Laub anfühlten.

»Was ist hier los?«, fragte sie.

»Ich … Na ja, dieselbe Frage wollte ich gerade Ihnen stellen, Dr. Wu. Geht es Ihnen gut?«

Ich weiß es nicht. Tut es das?

»Ich … Wo bin ich?«

Lisa und Wendy wechselten einen Blick.

»Raum zehn«, antwortete Lisa.

»Raum zehn. Raum … zehn. Sie meinen … im Operationssaal? *Meinem* Operationssaal? Bei Turner?«

»Ja.«

»Was mache ich hier?«

Wendy sah Lisa an, Lisa sah Rita an.

»Keine … Ich meine, wir haben Sie gerade gefunden, Dr. Wu. Die Lichter waren ausgeschaltet. Vorhin, als wir zur Arbeit gekommen sind. Hat mir einen Heidenschreck eingejagt.« Lisa verstummte kurz. »Wie lange sind Sie schon hier?«

»Wie spät ist es?«

»Kurz nach sechs Uhr morgens.«

»Welcher …« Rita leckte sich über die Lippen. Sie fühlten sich trocken an und kratzig wie Sandpapier. »Welcher … äh, Tag?«

Wendy gab einen gurgelnden Laut von sich, der einem Japsen ähnelte. Lisa schürzte die Lippen. »Montag. Es ist Montag, Dr. Wu. Der 27. November. Wann sind Sie hergekommen? Haben Sie … hier *geschlafen?*«

Fragmente von Ritas Erinnerung fügten sich zusammen, kleine Teile, die nach und nach ein Bild ergaben. *Ich erinnere mich, dass ich gestern Abend hierhergekommen bin, am Sonntag, dem 26. Ich bin hergekommen, um nach dem Auto-Chirurgen zu sehen.*

»Dr. Wu.« Lisa beugte sich näher. Rita konnte ihr Shampoo riechen oder ihre Haarspülung oder was immer es sein mochte, irgendein Blumenduft. »Alles in Ordnung?«

Rita schmeckte Galle am Ansatz ihrer Kehle und schluckte sie hinunter. »Es geht mir gut.«

Nein, tat es nicht. In Wirklichkeit ging es ihr alles andere als gut. Sie sah sich um und versuchte, ein besseres Gefühl für die Lage zu bekommen und zu verarbeiten, was genau vor sich ging. Allerdings fühlten sich ihre Gedanken verschwommen und substanzlos wie Zuckerwatte an. Sie fühlte sich …

Verkatert, ja, ich fühle mich verkatert, nur ist das UNMÖGLICH, *ich kann nicht verkatert sein, weil ich nicht trinke, weil ich seit über einem Jahr keinen Drink mehr angerührt habe.*

… als müsste sie sich jeden Moment übergeben.

Wie sollte sie das alles verarbeiten? So viele verschiedene Dinge gleichzeitig: Surrealität, Wahnsinn, Erniedrigung. Sie wusste nicht, wo sie anfangen sollte. Ein Teil von ihr – na schön, der *Großteil* von ihr – wäre am liebsten schreiend aus dem Raum geflüchtet. Zwei Pflegerinnen hatten sie soeben besinnungslos auf ihrem eigenen Operationstisch gefunden, *splitternackt*, und sie konnte sich ums Verrecken nicht erinnern, wie sie hierher gelangt war.

Situationsbewusstsein. Sie brauchte Situationsbewusstsein. So hätte ihr Vater es bezeichnet.

Ihr Vater. Sie hob die Hand und berührte seine Erkennungsmarken, die um ihren Hals baumelten. Er war Pilot gewesen, hatte eine P-3 Orion für die US Navy über den gesamten Pazifik geflogen und Jagd auf russische und chinesische U-Boote gemacht. Ihr Vater hatte viel über Situationsbewusstsein gesprochen, vor allem mit seinen Pilotenfreunden im Garten der Familie, wo sie in der kühlen südkalifornischen Dämmerung Geschichten ausgetauscht und gegrillt hatten, manchmal noch in ihren einteiligen, olivgrünen Fliegeranzügen.

Im Geiste konnte sie immer noch den Rauch des Grills riechen, der durch ihren winzigen Garten trieb, angereichert mit den Aromen von Hamburgersaft und Hopfen vom Bier. *Situationsbewusstsein.* Rita hatte ihren Vater und seine Freunde so oft über den Begriff plaudern gehört, dass sie ihn letztlich eines Tages, als sie noch in der Unterstufe gewesen war, in einem der Fachbücher über Luftfahrt im Arbeitszimmer ihres Vaters nachgeschlagen hatte. Nicht allzu lang, bevor er gestorben war.

Situationsbewusstsein: die Fähigkeit, ein dynamisches, gefährliches Umfeld ruhig einzuschätzen und geeignete Reaktionen zu bestimmen, um eine Katastrophe abzuwenden.

Das hatte ihr gefallen. Damals hatte sie es nicht verstanden, nicht auf Anhieb, aber es hatte ihr so sehr gefallen, dass sie es auf einen kleinen Zettel schrieb, den sie mit sich herumtrug. Gelegentlich hatte sie ihn aus der Tasche hervorgezogen und durchgelesen. Mit der Zeit prägte sie sich die Worte ein und glaubte, sie allmählich zu verstehen, und sie wandte sie auf die verschiedensten Dinge an. Bei Crossläufen. Beim Autofahren. Wenn sie spätabends allein von ihrer Studentenunterkunft zur Universitätsbibliothek und wieder zurück ging. Und letzten Endes auch auf dem Gebiet der Chirurgie.

Die Fähigkeit, ein dynamisches, gefährliches Umfeld ruhig einzuschätzen und geeignete Reaktionen zu bestimmen, um eine Katastrophe abzuwenden.

Im Operationssaal betrachtete Rita das als die Kunst, zu verhindern, dass brenzlige Kacke zu dampfen begann. Sie wusste, dass sie gut darin war. Sehr gut sogar. Darauf war sie stolz, eine Fähigkeit, die ihr im Verlauf der Jahre schon durch so manch heikle Situation im OP geholfen hatte. Sie glaubte mit Herz und Seele daran.

Und dennoch hatte Situationsbewusstsein ihrem Vater nicht viel geholfen, als sein Flugzeug gegen jenen Berg gekracht war.

Was ist ihm durch den Kopf gegangen, als er einen Moment vor der Auslöschung mit ansehen musste, wie der Berghang die Windschutzscheibe im Cockpit ausfüllte? Ist ihm genug Zeit geblieben, um das Umfeld ruhig einzuschätzen?

Sie hoffte nicht. Ria zog es vor zu glauben, dass er keine Zeit gehabt hatte, es kommen zu sehen, denn dann wäre ihm auch keine Zeit geblieben, Angst zu empfinden oder sich um die Töchter zu sorgen, die er zurücklassen würde.

Und die Situation, in der sie sich gerade befand: Handelte es sich um ihren Gebirgshang, der die Windschutzscheibe ihres Cockpits ausfüllte? Sie zitterte wieder, allerdings nicht vor Kälte, und sie rieb über die Gänsehaut, die sich trotz der Decken an ihren Unteramen bildete.

Panik – sie fühlte sich wie eine unheilvolle Kletterpflanze an, die sich in Ritas Bauch entfaltete und ihre feuchten, dicker werdenden Ranken in alle Richtungen entsandte. Rita wusste, wenn sie nichts unternahm, um die Panik aufzuhalten, würde sie ihr in wenigen Sekunden die Fähigkeit rauben, vernünftig zu denken und in ihr nur den Drang zurücklassen, schreiend aus dem Raum zu flüchten.

Sie atmete tief durch, schloss die Augen, hob erneut die Hand und legte sie um die Erkennungsmarken ihres Vaters.

Keine Panik. Nicht jetzt. *Niemals.*

Ihre Instinkte riefen ihr zu, brüllten ihr praktisch ins Gesicht, dass etwas Gewaltiges auf dem Spiel stand, teilten ihr mit: *Machst du jetzt einen falschen Schritt, bist du erst so richtig im Arsch, bezaubernde Rita.*

Schwächere Frauen – oder *Männer* – knickten ein. Verloren vollkommen die Kontrolle. Fingen vielleicht zu weinen an oder verfielen in einen katatonischen Zustand. Aber nicht sie. Rita war *nicht* schwach, war *nie* schwach gewesen.

Keine Schwäche.

Sie klammerte sich an dem Gedanken fest.

Keine Schwäche.

SPENCER

Spencer spähte mit zusammengekniffenen Augen ins Zwielicht.

Das Auto.

Es stand immer noch da. Dieser schäbige weiße Ford Fiesta, der direkt vor Ritas Haus parkte. Derselbe Wagen, der vergangene Woche zum ersten Mal aufgetaucht war.

Wessen Auto ist das?

Spencer hatte das letzte Jahr gleichsam über ihr Haus gewacht. Er kannte jedes Auto in ihrer Straße, hatte sich die An- und Abwesenheiten der Fahrzeuge eingeprägt und wusste, zu welchen Nachbarhäusern sie gehörten. Dieses Auto hatte er nie zuvor gesehen, bis es vor fünf Tagen zum ersten Mal aufgekreuzt war. Noch nie. Wem also gehörte es?

Wahrscheinlich war nichts weiter dran. Vielleicht der Wagen von jemandem, der einen Nachbarn besuchte. Und dennoch ließ etwas Undefinierbares an dem heruntergekommenen Wagen Spencer keine Ruhe. Warum? Vermutlich, weil in dieser gehobenen Gegend mit noblen ausländischen Autos ein schäbiger Fiesta – genau genommen *alles Schäbige* – hervorstach wie ein bunter Hund. Oder vielleicht auch, weil der Fiesta ausgerechnet vor *ihrem* Haus parkte, obwohl es reichlich freie Parkplätze vor den anderen Anwesen gab.

Spencer verlangsamte seine Schritte und hielt an, als er Ritas Haus erreichte, in dem keine Lichter brannten. Er hob die Zeitung vom Rinnstein auf und warf sie in die Einfahrt, in der normalerweise Ritas schnittiger BMW parkte. Im Augenblick jedoch präsentierte sich die Einfahrt leer.

Sie muss wohl schon im Krankenhaus sein.

Rita brach gern früh zur Arbeit auf – selbst für die Begriffe einer Chirurgin, und Chirurgen begannen ihre Tage, während die meisten anderen Menschen noch im Bett lagen. Es war Montag, und Spencer wusste, dass Rita an Montagen operierte. Und wenn Rita operierte, traf sie spätestens um sechs Uhr im Krankenhaus ein – eine Gewohnheit, die ihr dabei half, sich vor Eingriffen konzentriert und ruhig zu fühlen, wie er wusste.

Auch heute hatte Rita einen großen Eingriff vor sich, und zwar einen, über den alle redeten – mit dem neuen, automatisierten Operationssystem. Sie hatte sich jahrelang die Finger daran wund geschuftet. Wahrscheinlich befand sie sich bereits bei der Arbeit, um sich in das zu stürzen, was einer der bedeutendsten Tage ihrer Laufbahn werden würde.

Im Gebüsch neben der Haustür raschelte es, und eine fette graue Katze schlüpfte durch die Zweige. Nein, keine Katze: ein Opossum. Ein großes Exemplar, das den langen, rattenähnlichen Schwanz hinter sich herzog, als es auf den Bürgersteig watschelte und über den Boden schnüffelte.

Spencer begegnete diesen Tieren immer wieder in der Gegend, vorwiegend nachts. Er war zwar nicht zimperlich, konnte sie wegen ihrer großen schwarzen Augen und ihrer gruseligen Schwänze aber trotzdem nicht leiden. Das schien auf Gegenseitigkeit zu beruhen: Kaum nahm ihn das Opossum wahr, zischte es ihn an, bleckte seine scharfen Zähne und trottete zurück ins Gebüsch.

Spencer betrachtete den Fiesta noch einige Augenblicke, bevor er weiterrannte. Er wollte nicht so wirken, als lungere er herum, ebenso wenig wollte er Aufmerksamkeit auf sich lenken, indem er sich in der Dunkelheit vor Ritas Haus herumdrückte. Die Nachbarn redeten. Außerdem hatte er vermutlich gerade bloß einen Anflug von Paranoia.

Hatte er?

Er drehte den Kopf für einen letzten Blick zurück, bevor er um die nächste Ecke bog. *Vergiss es.*

Es gelang ihm nicht. Der Fiesta hatte sich in seinen Gedanken festgebissen wie eine Zecke.

Knapp einen Kilometer später krümmte sich die Straße leicht nach rechts. Die Häuser auf der linken Seite wichen einer leeren Böschung, die steil abfiel, und die Küstenbrise wehte steifer. Er hatte das Meer erreicht.

Weiter vorn befand sich einer der örtlichen Surfplätze. Hier begrüßten Sand und Fels in wilden Begegnungen aus Gischt und tosendem Rauschen den Pazifik. Gewaltige Wellen brandeten heran, und der Sprecher der Lokalnachrichten in Spencers Ohren meldete einen vor der Küste tobenden Sturm, der später am Tag auf San Diego treffen sollte.

Offensichtlich hatten auch die Surfer von dem nahenden Unwetter und den Monsterwellen gehört, die seine Ankunft ankündigten. Eine ganze Schar von Enthusiasten tummelte sich auf der Meeresseite der Straße – Männer und Frauen unterschiedlichen Alters, von geschmeidigen Teenagern, die sich vor der Schule einen schnellen Ritt gönnten, bis hin zu ledrigen und schlanken Leuten mittleren Alters. Viele zwängten sich gerade in schwarze Neoprenanzüge und hievten Surfbretter von den Ladeflächen ihrer Pickups oder speziellen, auf den Dächern ihrer Autos montierten Halterungen. Andere trafen mit Skateboards und Fahrrädern ein, die Bretter unter die Arme geklemmt. Diejenigen, die nicht bereits hinaus in die donnergleiche Brandung paddelten, sammelten sich in erwartungsvollen Grüppchen an einem erhöhten Aussichtspunkt in einem kleinen Park am Strand, hielten Becher mit dampfendem Kaffee in den Händen und starrten mit großen Augen auf den aufgewühlten Ozean hinaus. Gelegentlich zeigte einer auf eine besonders deftige Welle, und die anderen johlten.

Spencer hatte den Reiz des Surfens nie verstanden, auch wenn sich viele Bewohner San Diegos mit geradezu religiösem Eifer in die Wellen stürzten. Ihm kam es wie ein Kult vor. Ein paarmal hatte er es selbst versucht. Schon möglich, dass es Spaß machte, aber der Hype war ihm ein Rätsel geblieben. Sehr wohl jedoch erkannte er, dass es sich heute um *verflucht große* Wellen handelte, und er wusste, dass in Kalifornien verflucht große Wellen oft verflucht heftigen Stürmen vorausgingen. Bestätigung: Der Nachrichtensprecher warnte gerade vor einer möglichen Springflut und Erdrutschen.

Wird ein guter Abend, um zu Hause zu bleiben.

Spencer ließ die Surfer hinter sich. Das Tosen der brechenden Wellen ebbte ab, als er seiner Route entlang der Küste nach Norden folgte, dann nach Osten zurück in Richtung seines bescheidenen Häuschens, das gute anderthalb Kilometer im Landesinneren lag. Mittlerweile zwackte sein rechtes Knie nicht nur, es tat weh – bei jedem dritten oder vierten Schritt zuckten handfeste Schmerzen sein Bein hoch. Das war neu. Woher kam das?

Vierzig. Daher kommt es, du Idiot. Du wirst allmählich alt, Spencer.

Und was verursachte die Schmerzen? Vielleicht eine Schleimbeutelentzündung? Eine Innenbandzerrung? Ein Spannungsriss?

Ich muss das untersuchen lassen.

Er sah auf die Armbanduhr. Später hatte er eine Operation im Turner, und er wollte noch ein bisschen mit freien Gewichten trainieren und Liegestützen einschieben, bevor er duschte und sich für die Arbeit anzog. Er ignorierte die Schmerzen im Knie – und das Bild des Ford Fiesta vor Ritas Haus in seinem Kopf – und rannte schneller.

RITA

Ritas erste Reanimation – nicht die erste, die sie selbst durchgeführt hatte, sondern die erste, bei der sie Zeugin gewesen war – hatte sich tief in ihr Gehirn eingebrannt, ein unauslöschliches Erlebnis. Damals war ihr zum ersten Mal klargeworden, dass sie Chirurgin werden wollte.

Nun klammerte sie sich so verbissen an jene Erinnerung, dass sie dabei unwillkürlich an einen Film denken musste, den sie einmal gesehen hatte, und in dem es um Fischer ging – einer davon George Clooney –, die in einem Monstersturm auf hoher See festsaßen. Als wäre sie einer jener über Bord gespülten Männer, zappelte sie in den haushohen Wellen, und die Erinnerung glich einem vom Schiff geworfenen Rettungsring, dem einzigen kleinen Ding im Universum, mit dem sich verhindern ließ, dass sich ihre Lunge mit eisigem Wasser füllte und sie auf den Grund des Nordatlantiks sank.

Als die Erinnerung allmählich Form annahm, verdrängte sie die Panik und erfüllte Ritas Geist mit den Eindrücken und Geräuschen jenes einzigartigen Geschehnisses in ihrem Leben. Sie war damals Medizinstudentin im dritten Jahr gewesen, frisch aus dem Hörsaal und zu Tode verängstigt angesichts der Aussicht, richtige, waschechte Patienten zu behandeln. Sie steckte inmitten einer Vierundzwanzig-Stunden-Schicht, übernachtete zum ersten Mal in einem Krankenhaus, und es war spätnachts gewesen. Oder vielleicht früh am Morgen: Wer konnte das noch so genau sagen, nachdem man über sechzehn Stunden lang von einer verwirrenden Aufgabe zur nächsten gehetzt war, von einem abgelegenen Winkel des Krankenhauses zum anderen, ohne auch nur Zeit für eine Pinkelpause gehabt zu haben? Ohne Übertreibung. Sie hatte tatsächlich Mühe gehabt, sechzig Sekunden für eine biologische Routinefunktion abzuzweigen, die sie immer für selbstverständlich gehalten hatte.

Wer hat schon keine Zeit zum Pinkeln?

Sie war von einer brillanten, aber furchterregenden Kardiologie-Professorin angebrüllt worden, die der Meinung war, Rita sei *zu verdammt zaghaft*, und sie hatte Rita gefragt, ob *das ein Asiatinnen-Ding oder so* sei. Beim Versuch, einem halb bewusstlosen Säufer einen Blasenkatheter zu legen, wurde sie angepinkelt. Ein neunzigjähriger, bettlägeriger Troll, der Demenz vortäuschte – davon war sie überzeugt –, begrapschte sie. Und von einer Praktikantin, die mit einer Kanüle so dick wie ein Besenstiel herumfuchtelte, wäre sie um ein Haar gepfählt worden.

Und dann, als sie sich letztlich ein paar Minuten erschlich, um sich aufs Ohr zu legen, verirrte sie sich auf der Suche nach dem Schlafraum für Studenten. *Gott*, war sie müde gewesen. Damals fing sie an zu verstehen, warum Schlafentzug als Foltermethode eingesetzt wurde. Ihr war durch den Kopf gegangen, dass sogar Waterboarding harmloser sein musste als das. Sie war ausgelaugt gewesen, emotional ausgewrungen, so sehr, dass sie sich sogar gefragt hatte, ob ihre Karriereentscheidung richtig gewesen war …

Und so irrte sie mitten in einer schier endlosen Nacht – oder auch bereits in den frühen Morgenstunden – auf der Suche nach einem Bett wie ein Zombie auf der Jagd nach Menschenfleisch durch das Krankenhaus, als sie es plötzlich hörte.

Geschrei.

Aus einem Korridor, den zu beiden Seiten Patientenzimmer säumten. Laut und verzweifelt, wobei eine Stimme die anderen übertönte, gellend und schrill vor Schmerzen.

Unwillkürlich blieb sie stehen und blickte den Gang hinunter. Ihre Muskeln und Gelenke, jeder Teil ihrer Selbst ächzte vor Erschöpfung. Aber sie war neugierig. Was konnte so ein Gebrüll auslösen? Die Neugier obsiegte. Rita bog ab und folgte dem Lärm zu einem Patientenzimmer weiter unten im Flur. Sie spähte hinein, und die Erschöpfung verpuffte.

Der Raum war brechend voll mit einem Dutzend Grünschnäbeln – junge Assistenzärzte und Praktikanten. Neue Pflegerinnen, die noch kaum die Ausbildung abgeschlossen hatten. Medizinstudenten wie Rita. Kein erfahrener Arzt in Sicht – kaum überraschend, denn wer bei klarem Verstand, der es bereits zu einem gewissen Rang gebracht hatte, arbeitete um diese Zeit?

Alle scharten sich dicht gedrängt um ein Patientenbett. Durch das Dickicht der Körper erhaschte Rita flüchtige Blicke auf einen kleinen, braunen Mann mit schneeweißem Haar. Um die fünfzig? Schwer zu sagen. Er wirkte wie ein jüngerer Mann, der wesentlich älter aussah.

Seine Augen.

An sie erinnerte sich Rita am deutlichsten. Ihr Weiß hatte sich zu einem schmutzigen Gelb verfärbt …

Gelbsucht, *schoss es ihr durch den Kopf,* das ist Gelbsucht, ein Symptom von Leberinsuffizienz.

… und sie waren vor Entsetzten weit aufgerissen. Die gellenden Schreie jenes Mannes waren es gewesen, die Rita den Gang hinunter gehört hatte.

Er lag im Bett, wand sich hin und her und brüllte in einer Fremdsprache, während mehrere behandschuhte Händepaare versuchten ihn festzuhalten. Sein dünnes Krankenhaushemd rutschte ihm von den Schultern, und zum Vorschein kamen ein auf die Größe eines Basketballs angeschwollener Bauch und eine saubere, vertikale

Linie aus Metallklammern, die sich wie ein Reißverschluss von seinem Brustbein zum Nabel erstreckte und einen unlängst erfolgten chirurgischen Eingriff kennzeichnete.

Der Mann unterbrach sein Geheul gerade lang genug, um hellrotes Blut zu erbrechen, das auf seine Brust spritzte. Das Muster, das es bildete, erinnerte Rita an die Fingermalereien, die in der Eingangshalle der Kinderklinik nebenan ausgestellt waren.

Abgestoßen wandte sie den Blick ab, bevor sie sich doch in das Zimmer hinein drängte, neugierig wie ein Autofahrer, der bremst, um einen Blick auf einen Verkehrsunfall zu erhaschen. Durchdringende Gerüche stachen ihr in die Nase: Schweiß, Urin, Fäkalien, Ammoniak. Ein junger Doktor, den sie für den Assistenzarzt für innere Medizin hielt, stand am Kopfende des Bettes und erteilte den Praktikanten und Pflegerinnen mit schriller Stimme Anweisungen. Er wirkte verängstigter als der Patient. An seinem Kinn prangte der Bartflaum eines Teenagers, auf seinen Wangen spross Akne, als hätte sich ein Kindergartenkind mit rotem Wachsmalstift darauf ausgetobt.

Die Praktikanten und Pflegerinnen gaben ihr Bestes, um Dr. Aknes Anweisungen zu befolgen. Von den meisten Dingen, die um sie herum geschahen, hatte Rita keine Ahnung, doch nichts davon sah gut aus: Nadeln wurden in Venen gestochen, Drähte wurden an Elektroden angeschlossen, Infusionsbeutel mit Lösungen wurden aufgehängt. Die Medizinstudenten standen da und glotzten hin. Rita spürte, dass es Dr. Akne und die Praktikanten zwar gut meinten, dass aber auch sie keine Ahnung hatten. Es war die zweite Juliwoche, unmittelbar nach den Abschlussprüfungen der medizinischen Fakultät, und sie wusste, dass die Situation für die meisten hier genauso neu war wie für sie.

Plötzlich stieß der Patient einen langen, kläglichen, heulenden Laut aus und brach bewusstlos nach vorn zusammen. Ein dünnes Rinnsal von Blut troff von einem Mundwinkel.

Dr. Akne erstarrte mit offenem Mund und glotzte auf seinen regungslosen Fall hinab. Alles stand still, alle hielten den Atem an, als ihnen die aktuelle Lage klarwurde: komatöser Patient und fassungsloser Chef. In Erwartung weiterer Anweisungen hefteten sich alle Blicke auf Dr. Akne. Es kamen keine.

Und dann brach im Zimmer blankes Chaos aus, als alle taten, was sie für hilfreich hielten, und ihre Ideen mit Geschrei und fuchtelnden Armen umzusetzen versuchten.

Rita wurde von der Masse der Leiber zur Seite gedrängt und gegen die Wand gepresst. Sie erinnerte sich daran, dass sie gedacht hatte, die Anwesenden glichen einem Schwarm Ameisen, der ziellos ein garstiges Kind verfolgte, das seinen Hügel zertreten hatte – nur hektische Bewegung ohne Sinn dahinter.

Bis ein anderer Arzt ins Zimmer stürmte und alles veränderte. Unter anderem Ritas Leben.

Als Erstes fiel ihr an dem Mann auf, dass er nicht groß war – vielleicht eins achtundsechzig und somit kleiner als Rita. Durch das Gedränge der Leute konnte sie kaum seinen Kopf erkennen. In ihrem Gedächtnis glich er dennoch einem Giganten, einem hoch aufragenden griechischen Halbgott mit braunem Haar, das ihm dicht und gewellt auf die Schultern fiel. Er strahlte eine unantastbare Selbstsicherheit aus. Ab dem Moment, in dem er das Zimmer betreten hatte, gehörte der Raum ihm.

Er kündigte sich als für den Patienten zuständiger Facharzt für Chirurgie an, teilte die Menge wie Moses das Rote Meer und bahnte sich durch das Getümmel den Weg zum Bett des Patienten. Mit einer fließenden Bewegung und einem Bodycheck rempelte er Dr. Akne beiseite, der mit erleichterter Miene zwischen die Umstehenden wankte.

Der Chirurg verschränkte die Arme vor der Brust, sah sich mit nüchternem Blick um und hatte innerhalb von Sekunden die ungeteilte Aufmerksamkeit jeder Person im Raum, in dem auf einmal Totenstille herrschte, abgesehen von den unregelmäßigen, rasselnden Atemgeräuschen des besinnungslosen Patienten. Nachdem er sich die Aufmerksamkeit aller gesichert hatte, begann er, Anordnungen zu erteilen – mit ruhigem Tonfall in einem britischen Akzent, durch den er für Ritas schlichte amerikanische Ohren unheimlich kultiviert klang. Und unheimlich cool.

Im Raum brach wieder reges Treiben aus, nun jedoch planvoll und flüssig. Rita beobachtete, wie der Chirurg Ordnung aus Chaos formte. Die Jungärzte und Pflegerinnen agierten wie synchronisierte Verlängerungen seines Willens. Unter seinem Befehl wirkten sie, als gingen sie ihren Tätigkeiten schon seit Jahren nach – ein erfahrenes Orchester von Weltruf, das auf einen berühmten Dirigenten reagierte.

Rita liebte jeden Moment davon – wie gebannt starrte sie den Mann an und studierte eingehend jedes Wort, jede Geste, jede Bewegung seines Körpers. Dabei wurde ihr nach und nach klar, dass sie eines Tages so wie jener Chirurg diejenige sein wollte, die das Sagen hatte. Sie wollte wie er sein – die Person, zu der alle aufschauten. Unerschütterlich. Unbeirrbar.

Darum, wurde ihr klar, ging es, wenn man Arzt war. Sie konnte all den anderen Mist – engstirnige Professorinnen, notgeile alte Säcke und Erschöpfung – ertragen, wenn es bedeutete, dass sie eines Tages das tun würde, was dieser Chirurg gerade tat.

Leider verschlechterte sich der Zustand des Patienten ungeachtet des neuen Elans seiner Behandlung weiter, und nach wenigen Minuten hörte er zu atmen auf. Mit geschickten Handgriffen führte ihm der Chirurg einen Atemschlauch in den Hals ein. Kurz danach setzte der Herzschlag des Patienten aus.

Unter dem Druck der Herzdruckmassage platzten die Nähte des Schnitts am Bauch, die Klammern sprangen mit einer Reihe von knackenden Lauten heraus, der Schnitt teilte sich, und die Eingeweide ergossen sich auf den Unterleib des Patienten. Glänzend und glatt, eingeweicht in eine rosa Flüssigkeit – Peritonealflüssigkeit, *ging es Rita mit einem Anflug von Übelkeit durch den Kopf. Unregelmäßige, peristaltische Zuckungen durchliefen die Gedärme, wodurch sie wie riesige Albinowürmer wirkten. Der Chirurg blaffte einen Befehl, und jemand bedeckte die Innereien mit einem großen, sterilen, mit Salzlösung befeuchteten Verband.*

Es reichte. Sie war zäh. An jenem Punkt ihrer Karriere waren menschliche Eingeweide jedoch schlichtweg zu viel für sie. Hastig schlug sie sich eine Hand auf den Mund und wankte zur Tür hinaus. Draußen im Gang lehnte sie sich an die Wand, beugte sich vornüber, stützte die Hände auf die Knie und atmete schwer, bis sich die Übelkeit legte. Als sie sich aufrichtete und umsah, stellte sie fest, dass sie allein war. Alle anderen befanden sich noch im Zimmer, wo die Wiederbelebungsversuche im Gange waren.

Deshalb war sie die Einzige, die sah, wie der Chirurg herauskam. Er schritt zu einem nahen Waschbecken, blickte über die Schulter und übergab sich dann seelenruhig hinein. Mehrfach. In mächtigen, kraftvollen Schwallen.

Fasziniert beobachtete Rita das Geschehen. Es war eine beeindruckende Menge Erbrochenes. Aber noch beeindruckender fand sie, dass es dem Chirurgen gelang, vollkommen ruhig dabei zu bleiben. Sie hätte nicht für möglich gehalten, dass jemand seinen Magen so heftig und gleichzeitig so leise entleeren konnte.

Als er nach einer Weile fertig war, wusch er sich die Hände, spritzte sich Wasser ins Gesicht, trank aus dem Hahn und drehte sich schließlich um. Sein Blick begegnete dem von Rita. Mit dem Handrücken wischte er sich über den Mund und grinste. Er besaß perfekte Zähne, zwei Reihen aus strahlend weißem Schmelz. Der Mann wirkte nicht im Geringsten verlegen. Oder aufgewühlt. Er erkundigte sich nach ihrem Namen und in welchem Jahr des Studiums sie sei.

Beschämt fragte sich Rita, woher er wusste, dass sie Medizinstudentin war. Sah man es ihr so offensichtlich an? Kam sie so ahnungslos rüber? So dumm? Verlegen fuhr sie mit den Händen ihre Seiten hinab.

Ach ja, richtig, *dachte sie.* Der kurze weiße Kittel. *Nur Medizinstudenten trugen kurze weiße Kittel. Sie teilte ihm ihren Namen mit.*

»Rita. Bezaubernd. Genau wie in dem Song der Beatles.«

Sie spürte, wie ihr Hitze in die Wangen schoss. Genau das hatte ihr Vater immer gesagt. Lovely Rita, meter maid – die bezaubernde Politesse Rita. *Der intensive bläulich-grüne Farbton seiner Augen erinnerte an Bilder vom Mittelmeer, und es war dem Chirurgen irgendwie gelungen, kein Erbrochenes ins Haar zu bekommen, das frisiert war, allerdings nicht* zu sehr *frisiert. Wie ein Rockstar. Ein echt* cooler *Rockstar.*

»Nun, Rita, *Sie und ich verpassen hier draußen nichts«, meinte er. »Denn der arme Mann kommt mit Sicherheit nicht durch. Trotzdem habe ich ihnen aufgetragen, noch eine Weile weiterzumachen. Es zu versuchen. Ist eine gute Übung.« Er deutete zu dem Spülbecken, in das er sich gerade übergeben hatte. »Ein leichter Fall von Grippe«, erklärte er. »Ich weiß, ich weiß.« Mit einer abwinkenden Geste schwenkte er eine Hand durch die Luft. »Eigentlich sollte ich gar nicht hier sein. Ich sollte zu Hause im Bett liegen. Oder zumindest eine verflixte Maske tragen. Nur würde das auf die Fußsoldaten nicht gerade vertrauenserweckend wirken, oder?« Mit dem Kinn, in dem ein perfektes Grübchen prangte, deutete er in Richtung des Patientenzimmers. »Es geht einfach nicht, dass der Arzt die ganze verfluchte Meute anführt und dabei aussieht, als gehöre er in der Tuberkulosestation isoliert.« Er zog ein Papierhandtuch aus dem Kasten über dem Spülbecken und wischte sich ein weiteres Mal den Mund ab. »Wissen Sie, Rita, wenn wir Chirurgen krank werden, legen wir uns nicht ins Bett und winseln wie kleine Kinder. Wir erledigen unsere Arbeit trotzdem.« Er grinste, eine Geste mit immenser Strahlungskraft, die Ritas Wangen schillernd zum Lodern brachte. »Wissen Sie, was ich jetzt mache?«*

Rita schüttelte den Kopf.

»Ich werde mir aus dem Vorratsraum eine Kanüle stibitzen – eine große, vierzehn oder sechzehn G – und sie mir in den Arm stechen.« Er zeigte auf die Beuge seines Ellbogens.

Dort befindet sich die Ellenbeugenvene, *erinnerte sich Rita.* Wir benutzen sie, um Infusionen zu verabreichen.

»Dann flöße ich mir einen Liter RLL ein.« RLL. Ringer-Laktat-

Lösung. Eine Rehydratationslösung. »*Vielleicht auch zwei«, fuhr der Chirurg fort. »Der sicherste Weg, um Flüssigkeiten zu ersetzen und Dehydrierung zu verhindern. Finden Sie nicht auch?«*

Darauf wusste Rita keine Antwort.

Er steckte die Hände in die Taschen und lehnte sich an die Wand. »Interessieren Sie sich für Chirurgie, Rita?«

Sie antwortete, dass sie sich in der Tat dafür interessiere, obwohl sie noch keinen Kurs in Chirurgie belegt und eigentlich auch noch nie mit dem Gedanken gespielt hatte. Aber einer ihrer Mitstudenten hatte ihr einmal in leisem, verschwörerischem Ton geraten, immer zu bejahen, wenn ein Assistenzarzt oder Oberarzt fragte, ob man sich für sein jeweiliges Fachgebiet interessiere. Das half bei den Zensuren.

Er nickte. »Denken Sie, dass Sie das Zeug dazu haben? Chirurgin zu werden?«

Rita legte sich bei Wettkämpfen immer mächtig – manch einer, der sie kannte, würde sogar sagen verbissen *– ins Zeug, und am College war sie Crossläuferin der Landesliste für ein Team der Division I gewesen. Damals war es keine große Sache gewesen, sich nach einem wichtigen Rennen zu übergeben. Sie vermutete, dass hier derselbe Grundsatz galt. Also bejahte sie.*

Er musterte sie eine Weile, dann nickte er. »Hervorragend. Dann verrate ich Ihnen jetzt ein Geheimnis. Wissen Sie, was der Trick dabei ist? Ein Chirurg zu sein? Ein wahrhaft guter *Chirurg?«*

Sie antwortete, dass sie es nicht wüsste.

»Niemals schwach wirken. *Das ist alles.« Er deutete auf die Tür zum Patientenzimmer, aus dem nach und nach Dr. Akne und einige andere hervorkamen. »Wenn sie Schwäche wittern, fällt alles auseinander.«*

Dr. Akne entdeckte den Chirurgen und steuerte auf ihn zu. Der lächelte sie noch einmal strahlend an.

»Wirken Sie niemals schwach, Rita.«

Sie konnte nicht anders: Unwillkürlich kicherte sie und erwiderte das Lächeln wie ein idiotisches Teenie-Girl. Die Feministin in ihr musste es entgeistert zur Kenntnis nehmen. Sie kicherte sonst nie. *Schon gar nicht für einen Vertreter des männlichen Geschlechts.*

»Nun denn. Eine gute Nacht noch, Rita.«

Sie beobachtete, wie der Chirurg dem überforderten Dr. Akne letzte Anweisungen erteilte – irgendetwas über die Bekanntgabe des Todeszeitpunkts und den Totenschein –, bevor er davonschlenderte.

Rita hatte nie seinen Namen erfahren und ihn nie wiedergesehen. Als sie sich ein paar Monate später zu ihrem ersten Kurs in Chirurgie angemeldet hatte, war er nicht mehr da gewesen. Aber als er damals um eine Ecke des Korridors verschwand, hatte sie bereits beschlossen, Chirurgin zu werden. Sie wollte es mehr als alles andere, was sie je gewollt hatte. Und seither hatte sie nie zurückgeschaut.

Niemals schwach wirken.

Mit jedem verstreichenden Jahr und jeder prekären Lage, in die Rita geriet, wuchs ihre Wertschätzung dieser essenziellen Wahrheit. *Niemals schwach wirken*, das bedeutete, unter allen Umständen die Fassung zu bewahren, ganz gleich, welche verrückte, gefährliche Situation einen überrumpelte, weil sich alle – andere Ärzte, Krankenpflegerinnen, Patienten – darauf verließen, dass man ruhig blieb.

Niemals schwach wirken.

Das konnte man nicht lehren und nicht lernen. Entweder konnte man es, oder man konnte es nicht. Und Rita konnte es *definitiv*. Was sie zurück zu ihrer gegenwärtigen Notlage führte. Die Lösung dafür lief auf jene drei Worte hinaus, die sie mitten in jener Nacht erfahren hatte, nachdem sie dem Assistenzarzt für Chirurgie dabei zugesehen hatte, wie er sich nach dem Versuch, einen Patienten von der Schwelle des Todes zurückzuholen, die Seele aus dem Leib kotzte.

Niemals schwach wirken.

Ja. So einfach war das. Rita war *Chirurgin*. Sie musste überwinden, was immer vor sich ging, das Kommando an sich reißen und in die Offensive gehen. Sie war nicht so weit gekommen und so erfolgreich geworden, weil sie schwach war oder, Gott bewahre, gegenüber den Menschen in ihrem Umfeld Schwäche zeigte. Niemals. Ihre Instinkte setzten Verwundbarkeit mit Versagen gleich.

Niemals schwach wirken.

Sie musste sich eine Erklärung für ihre heikle Lage einfallen lassen. Etwas, das einigermaßen glaubwürdig klang. Orientierungslos, krank und nackt hin oder her. Sofort.

FINNEY

Wäre Finney ein geringerer Mann gewesen, hätte er sich vielleicht die Befriedigung eines Lächelns gestattet. Eines verhaltenen Lächelns, um den Moment auszukosten und die Vorfreude auf die Umsetzung von Plänen zu genießen, die ein Jahr der Vorbereitung bedurft hatten, und auf den Lohn, der ihn erwartete, wenn er *endlich* sein Ziel erreichte. Aber er war kein geringerer Mann.

Gesten der Selbstbeweihräucherung waren unter seiner Würde. Seine schmalen Lippen bewahrten die geometrische Reinheit einer geraden Linie, als er in das am Kragen seines Hemds befestigte winzige Mikrofon sprach.

»Sebastian.«

Die Antwort in seinem Ohrstöpsel kam sofort. »Hier, Boss.«

»Ich muss Sie vorübergehend wegschalten.«

Ein Herzschlag verstrich. »Warum?«

Finney mochte Sebastian, soweit er in der Lage war, einen Mann wie ihn zu mögen. Sebastian war gut. Sebastian war ihm von diskreten Personen mit höchsten Empfehlungen ans Herz gelegt worden und hatte es noch nie versäumt, ihn zu beeindrucken. Allerdings konnte Sebastian manchmal auch eine rechte Nervensäge sein. Er neigte nämlich dazu, die ärgerlichsten Fragen zu stellen und seinen Platz zu vergessen. So wie jetzt. Warum sollte es Sebastian interessieren, aus welchem Grund ihn Finney aus der Übertragung aussperrte?

»Weil ich es will, Sebastian.« *Ich will mit ihr allein sein.*

»Sind Sie sicher, Boss?«

»Ja.«

»Wie lange?«

»Nicht lange. Nur, bis sie für die Einbettung vorbereitet ist.«

Eine Pause. »Ich halte das für keine gute Idee, Mr. Finney. Wir sollten nicht vom Plan abweichen.«

»Wir haben uns darauf geeinigt, dass ich sie auf die Einbettung vorbereite. Dafür müssen wir nicht beide dabei sein.«

»Technisch gesehen ist das richtig. Aber Redundanz ist immer gut, Boss. Was, wenn etwas Unvorhergesehenes passiert? Ich finde, wir sollten uns an den ursprünglichen Plan halten.«

»Zur Kenntnis genommen, Sebastian.«

Finney hielt ein Tablet in den Händen. Er berührte ein Symbol auf dem Bildschirm. *Ich will Zeit mit ihr allein, Sebastian.* Vorläufig würde traute Zweisamkeit zwischen ihm und der guten Dr. Wu herrschen. Das würde er genießen. Dennoch lächelte er immer noch nicht.

SEBASTIAN

»Boss? Boss?« Keine Antwort.

Arschloch. Finney hatte seine Audioübertragung abgeschaltet. *Arschloch!*

Was trieb er für ein Spiel? Warum wollte er nicht, dass Sebastian erfuhr, was er zu der Chirurgin sagte?

Da er sich bereits in Position befand, wartete Sebastian, wo er war. Er hatte keine andere Wahl.

RITA

Rita schlug die Augen auf und ließ die Erkennungsmarken ihres Vaters los. Das Pochen in ihrem Schädel dauerte nach wie vor an, die Panik hingegen war verschwunden. Sie richtete sich auf und straffte die Züge auf eine Weise, die autoritär wirkte, wie sie glaubte – und hoffte –, als führe sie gerade eine komplexe Operation durch, statt sich wie ein vom Roten Kreuz betreutes Opfer einer Katastrophe in Decken zu hüllen.

»Es geht mir gut. Bin nur ein wenig müde. Ich muss eingedöst sein.«

»Eingedöst?« Lisa klang verwirrt. »Aber … was haben Sie hier gemacht?«

In Ritas Kopf lief gedanklich eine Szene der vergangenen Nacht ab, der Fetzen eines Ereignisses, von dem sie einigermaßen sicher war, dass es sich tatsächlich zugetragen hatte.

»Ich bin gestern Abend hergekommen, um mich für die Operation heute Vormittag vorzubereiten.«

Wendy ergriff aufgeregt das Wort. »Sie meinen … Sie sind die ganze Nacht hier gewesen?«

»Ja. Ich muss eingeschlafen sein.«

»Sie … sind eingeschlafen?« Lisa gab sie sich alle Mühe, ihre Ungläubigkeit zu überspielen. »Hier? Im Operationssaal?«

Mehr von Ritas Erinnerungen kehrten zurück. Ja, sie war sich ziemlich sicher, dass sie letzte Nacht aus eigener Kraft Operationssaal Nummer zehn betreten hatte, um nach dem automatischen Operationssystem zu sehen. Sie erinnerte sich daran, die Anlage eingeschaltet, die Komponenten überprüft und die

Vorab-Checklisten durchgegangen zu sein, wie sie es schon Tausende Male davor getan hatte.

Und dann …

Sie hatte nicht die leiseste Ahnung, was als Nächstes geschehen war.

Keine Schwäche.

Rita zuckte mit den Schultern. »Sie kennen mich doch. Ich komme gern am Vorabend her, um mich auf große Operationen vorzubereiten. Und größer als die Operation mit dem Auto-Chirurgen heute Vormittag geht es kaum. Ich habe gestern Nacht bloß ein wenig länger als geplant gearbeitet und bin müde geworden. Das ist alles.«

So. Das hat in Ordnung geklungen. Rita wusste, dass sie im Ruf stand, lange im Operationssaal zu arbeiten, und ihre Mitwirkung am Auto-Chirurgen war gemeinhin bekannt. Sie musste eingedöst sein. Das erschien ihr plausibel.

Oder nicht?

»Also haben Sie beschlossen … hier zu schlafen?«, fragte Lisa.

»Ja.«

»Auf dem … dem Operationstisch?«

Rita zögerte, bevor sie erwiderte: »Ja. Ich muss … ich meine, ich wollte mich wohl nur einen Moment lang hinlegen, muss dann aber eingenickt sein.«

»Nackt?« Wendy kicherte. Sie schien sich mächtig zu amüsieren. Was für ein interessanter Beginn für ihren Montagmorgen.

»Ich schlafe auch zu Hause nackt«, erklärte Rita. *Nein, tu ich nicht.* Jedenfalls nicht, wenn sie allein im Bett lag, und sie hatte immer allein im Bett gelegen, seit sie letztes Jahr die Sache mit Spencer beendet hatte.

Spencer. Unwillkürlich wünschte sie, er wäre hier.

Keine Schwäche, bezaubernde Rita.

»Manchmal schlafwandle ich«, äußerte sie vorsichtig. Und das stimmte sogar. Es kam nicht oft vor – seit der Highschool nur einmal alle paar Jahre. Sie hatte sich daran gewöhnt, mitten in der Nacht an den merkwürdigsten Plätzen im Haus aufzuwachen. Einmal im vergangenen Jahr hatte sie sich um drei Uhr morgens in der Küche wiedergefunden. Die Kühlschranktür hatte sperrangelweit offen gestanden, auf der Arbeitsfläche hatte sich ein Teller mit Pasta-Resten befunden.

Sie zwang sich zu einem Lachen, das sich für sie wie das Iahen eines Esels anhörte. »Ich muss mich ausgezogen haben, ohne mir dessen bewusst gewesen zu sein. Gott, wie peinlich.«

Lisa und Wendy wirkten nicht überzeugt. Rita gestand sich ein, dass ihre Geschichte ziemlich weit hergeholt klang. Aber sie hatte schon von verrückteren Dingen gehört, die Schlafwandler getan hatten, darunter sogar Autofahren. Warum also konnte sie sich nicht einfach ausgezogen haben? Verdammt, sie fing sogar selbst an, ihre Geschichte ein wenig zu glauben.

Wie nennen das Psychiater noch mal? Das Glauben an eingebildete Erinnerungen? Konfabulation.

»Wie haben Sie sich selbst festgeschnallt?«, wollte Wendy wissen.

Rita blinzelte. »Was?«

»Sie waren an den Tisch geschnallt. Mit den Armen unter den Riemen. Wie haben Sie die Riemen festgezogen? Nachdem Sie sich hingelegt hatten? Mit … na ja, gefesselten Armen?«

»Tja.« Rita kaute auf ihrer Unterlippe. *Keine Schwäche.* »Die Schnalle für den Riemen war in der Nähe meiner rechten Hand. Ich bin Rechtshänderin. Man braucht nur eine Hand, um die Schnallen festzumachen. Richtig?«

»Aber warum sollten Sie sich überhaupt festschnallen?«

Rita zuckte mit den Schultern und hoffte, die Geste wirkte ungezwungen. »Wer weiß? Die Menschen tun die merkwürdigsten Dinge, wenn sie schlafwandeln, und im Anschluss erinnern sie sich an absolut nichts davon. Patienten auf solchen Tischen festzuschnallen, ist etwas, das wir so gut wie jeden Tag machen.

Scheint mir nur logisch, dass es in mein Gehirn, äh, eingebrannt ist und ich diese Abläufe durchgespielt haben könnte, während ich schlief.« Abermals lachte – *iahte* – sie. »Hat von Ihnen beiden noch nie jemand etwas Seltsames im Schlaf gemacht?«

Zuerst erwiderte keine der beiden Frauen etwas. Nach einigen Augenblicken jedoch – lang genug, dass sich Rita fragte, ob sie es ihr abkauften oder der Höflichkeit halber zumindest so taten – entschied Wendy, ihr Glück noch einmal zu versuchen. »Aber wie haben Sie dann …«, begann sie.

Als Rita ein kleines Mädchen gewesen war, hatte ein Stück die Straße hinunter dieser Junge in ihrem Alter gewohnt, ein schwerfälliger, übellauniger Bursche, der hinter den älteren Jungs hergedackelt war, wenn sie zum Skateboardfahren gingen, und der hinter dem örtlichen Circle K Minimarkt Zigaretten geraucht hatte. Ihre Freundinnen und sie hatten ihn gemieden, er hatte sie seinerseits ignoriert.

Bis zu einem Sommernachmittag, als sie neun war und mit ein paar Mädchen aus der Nachbarschaft im Vorgarten ihrer Familie spielte, der kaum mehr war als ein kleiner Flecken braunen Grases. Sie stand neben ihrem Fahrrad, als der Junge plötzlich auftauchte, sie ohne Vorwarnung oder Erklärung zu Boden stieß und versuchte, sich mit ihrem Fahrrad aus dem Staub zu machen.

Ihre Reaktion darauf hatte sie selbst ebenso sehr wie alle anderen überrascht. Bis zum heutigen Tag erinnerte sie sich an ihre rasende Wut, an die rechtschaffene Entrüstung eines kleinen Mädchens über diesen größeren Jungen, der *es zu versuchen wagte*, ihr das Fahrrad wegzunehmen, ihr Fahrrad, an dessen vorderen Stange ein geblümter Barbie-Korb hing. Und sie erinnerte sich an die verängstigten Schreie ihrer Freundinnen, als sie sich auf den Jungen stürzte, ihn zu Boden riss und in das stachelige braune Gras drückte. Mit ihren kleinen Fäusten hämmerte sie auf ihn ein, bis ihr Vater auftauchte und sie von dem Jungen wegzerrte. Benommen, aber unversehrt und weinend rannte der Junge nach

Hause und behelligte sie nie wieder. Ihr Vater trug Rita ins Haus, wusch ihr den Dreck ab und setzte sie auf seinen Schoß.

Du bist ein kleiner Hitzkopf, bezaubernde Rita. Du lässt dir von niemandem etwas gefallen. Das ist gut. Genau wie deine Mama. Aber du musst lernen, deine Aggressionen im Griff zu behalten.

Rita brach in Tränen aus. Diese Ungerechtigkeit! Sie wollte ihrem Vater sagen, dass sie *keine* Aggressionen hatte, was immer das sein mochte. Es war die Schuld des Jungen, nicht ihre: Hätte er sie einfach in Ruhe gelassen, hätte sie ihn nicht geschlagen. Rita vergrub das Gesicht an der Brust ihres Vaters, spürte, wie die Erkennungsmarken unter seinem T-Shirt gegen ihre Wange drückten, und versprach ihm, es nie wieder zu tun.

Aber sie hatte es wieder getan. Viele Male im Verlauf vieler Jahre. Märsche ins Büro des Direktors, nach Hause geschickte Mitteilungen über ihre *Aggressionsbewältigungsprobleme*. Die seufzenden Vorträge ihrer Eltern und ihre Forderung, es nicht wieder zu tun. Bis sie es dann *doch* wieder tat und sich der Kreislauf wiederholte.

Erst an der Highschool, als sowohl ihre Mutter als auch ihr Vater bereits tot waren, wurde ihr letztlich klar, dass der Begriff *Aggressionen* nicht auf sie zutraf. Sie hatte eine kurze Geduldsschnur, daran bestand kein Zweifel. Aber Aggressionen implizierten blinde Wut ohne Sinn dahinter. Ihre Wut hingegen entsprang einer emotionalen Reaktion auf eine wahrgenommene Ungerechtigkeit – wie jenes eine Mal an der Highschool, als eine ihrer Kontrahentinnen bei einem Crosslauf die Ellbogen ausgefahren hatte, um Ritas Endspurt zu bremsen. Rita hatte vor Wut geschäumt – nicht, weil das andere Mädchen gewann, sondern weil ihre Gegnerin *nicht fair* gewonnen hatte. Sie hasste Schummler. Ihre anschließende Diskussion war in wüste Beschimpfungen ausgeartet und nur ein physisches Eingreifen von Mädchen aus beiden Teams hatte verhindert, dass sie sich gegenseitig die Augen auskratzten.

Nach diesem Vorfall verdonnerte die Schulleitung Rita dazu, einen Aggressionsbewältigungskurs zu besuchen. Weil man sie andernfalls aus dem Team werfen würde, gab Rita nach, und zu ihrer Überraschung erwies sich der Kurs als nicht so schlimm, wie sie gedacht hatte. Die Betreuerin, die den Kurs leitete, war eine idealistische Mitzwanzigerin mit einem Abschluss in Psychologie aus Stanford. Recht nett. Sie verwendete gern und oft die Steigerung *super* und baute großzügig Ausrufezeichen in ihre Sätze ein. *Supertoll gemacht, Rita! Ich bin super-beeindruckt! Du erzielst* Super-*Fortschritte!*

Rita hatte getan, was ihr gesagt worden war, und letztlich hatte sie ihre Aggressionen *super* bewältigt.

Aggressionsbewältigung. Eine durchaus nützliche Fertigkeit. Aber als sich Rita im Beruf nach oben gekämpft hatte, war ihr bald klargeworden, dass ein gesundes Maß an rechtschaffener Wut für eine Karrierefrau durchaus produktiv sein konnte – vielleicht traurig, aber wahr: Während einer OP arbeiteten die Leute grundsätzlich schneller, wenn sie dachten, Rita sei sauer. Ihrer Ansicht nach sogar noch wesentlich schneller als bei ihren männlichen Kollegen.

Also hatte sie ihre Aggressionen – oder ihre Empörung oder ihren Zorn, wie immer man es nennen wollte – kultiviert. Sie hatte ihnen einen neuen Zweck verliehen. Hatte sie gezähmt. Sie dressiert. Mittlerweile hielt Rita sie wie ein Haustier. Ein Haustier, das sie bei Bedarf eine Weile von der Leine ließ, bis es seine Aufgabe erfüllt hatte. Dann holte sie es zurück und sperrte es wieder weg, bevor es echten Schaden anrichten konnte.

Und dies war eine jener Gelegenheiten, bei denen sie ihre Aggressionen aus ihrem Unterbewusstsein lassen musste, um sich ein wenig abzureagieren. Wendy war ihre Untergebene und hatte an diesem Morgen entschieden zu viel Spaß auf Ritas Kosten. Was bildete sich die Frau eigentlich ein?

»Wendy!«, sagte Rita barsch. In dem höhlenartigen Operationssaal hallte ihr zorniger Ruf zwischen den Wänden wider, und Wendy und Lisa zuckten zusammen. Wendy etwas mehr. »Genug jetzt mit den Fragen! Wir haben heute Morgen alle eine Menge Arbeit zu erledigen. Weitermachen. Okay? Sie haben mich hier gefunden, und ich bin jetzt wach. Finden Sie sich damit ab!«

Sie legte die Hand an die Schläfe, als die Schmerzen in ihrem Kopf auf ein beinah unerträgliches Maß anschwollen. Sie nahm sich vor, erst dann das nächste Mal laut zu werden, wenn sie sich besser fühlte.

»Wendy«, ergriff Lisa in der unbehaglichen, darauffolgenden Stille das Wort. »Warum gehst du nicht in den Lagerraum und holst die Chirurgiekassetten aus dem Sterilisator?«

Wendy schob gekränkt die Unterlippe vor und verließ in schlottrigem Gang den Raum.

Lisa schüttelte den Kopf. »Herrje. Tut mir leid.« Sie legte eine Hand auf Ritas Schulter. »Wie fühlen Sie sich, Dr. Wu? Ganz im Ernst.«

Verkatert. Der Gedanke schockierte Rita, noch bevor er sich vollständig in ihrem Kopf gebildet hatte. *Unmöglich.* Sie hatte seit über einem Jahr keinen Drink mehr angerührt. *Undenkbar.*

»Es geht mir gut, Lisa. Ehrlich.«

Lisa verzog das Gesicht und zeigte auf Ritas linkes Ohr. »Was ist das?«

»Was ist was?«

»Sie bluten.« Lisa holte ein Päckchen aus einem nahen Schrank, riss es auf, zog ein quadratisches Stück Verbandsmull daraus hervor und tupfte Ritas Ohr damit ab. Die Berührung war zart, trotzdem zuckte Rita vor Schmerz zusammen. Lisa hielt den Mull vor Ritas Gesicht. Grellrote Tupfen prangten darauf.

Rita runzelte die Stirn. »Was …?«

»Es scheint aus Ihrem Ohr zu kommen. Hier.« Sie drückte den Mull in Ritas Hand und führte sie behutsam zu Ritas linken Ohrläppchen. »Drücken Sie leicht. Ich hole Ihre Kleidung.«

»Meine Kleidung?« Rita hielt sich den Mull ans Ohr.

Lisa schaute betroffen drein. Sie zeigte auf eine Krankenhaushose und ein dazu passendes Oberteil, die ordentlich gefaltet auf einem nahen Tisch lagen. Darauf befanden sich ein weißer Slip, ein BH, ein Handy, ein Ausweis des Krankenhauses und eine Brille. Auf einem Hocker daneben standen zwei weiße Schuhe. Aus jedem ragte eine graue Socke. »Gehört das Ihnen?«

Rita errötete. »Ja.«

Lisa legte das Mobiltelefon und den Ausweis behutsam beiseite, dann ergriff sie die Kleidung und reichte sie Rita. Sie überprüfte erneut Ritas Ohr. »Ich glaube, es hat aufgehört.« Den blutbefleckten Mulltupfer warf sie in einen roten Abfalleimer. »Ich warte an der Tür.«

Wackelig stand Rita auf und zog sich an, während Lisa an der Tür Wache hielt. Einmal scheuchte sie Wendy und eine andere Krankenpflegerin weg.

Als sich Rita angezogen hatte, reichte Lisa ihr eine OP-Haube. Rita betastete das eigene schulterlange schwarze Haar, das sich wie ein Vogelnest anfühlte und wahrscheinlich noch schlimmer aussah. Es verstieß gegen das Sterilitätsprotokoll, dass ihr Haar nicht ordnungsgemäß bedeckt war, wodurch sie sich, sofern das überhaupt möglich war, noch nackter und verwundbarer fühlte. Sie ergriff die Haube, stülpte sie sich über den Kopf und schob die Haare unter die elastischen Ränder. »Danke.«

»Ihre Operation heute Vormittag – fühlen Sie sich … fit dafür?«

Keine Schwäche.

»Äh, sicher.« Rita schob ihr Handy in die Gesäßtasche ihrer Krankenhaushose, lächelte matt und fragte sich, ob sie wirklich in der Verfassung war, an diesem Vormittag einen Menschen aufzuschneiden.

Vermutlich ging Lisa dieselbe Frage durch den Kopf, denn Besorgnis zeichnete tiefe Furchen auf ihre Stirn und zog ihre

Mundwinkel nach unten. Lisa zählte zu den besten Krankenpflegerinnen, mit denen Rita je gearbeitet hatte: klug, selbstsicher, mitfühlend. Sie gehörten seit fast zehn Jahren demselben Team an. Wie ein herausragender Caddy, der einen Golf-Profi berät, wusste Lisa mehr über Ritas Fähigkeiten als Chirurgin – wozu sie imstande war und, wichtiger noch, wozu *nicht* – als Rita selbst.

Aber Rita wusste auch, dass sie nicht einknicken durfte. Nicht in dieser Situation. Lisa öffnete den Mund, um etwas zu sagen, aber Rita kam ihr zuvor. »Alles gut. Ich, äh, gehe nur mal eben in den Umkleideraum. Vielleicht dusche ich schnell und hole mir einen Kaffee. Um einen klaren Kopf zu bekommen.«

»Ich begleite Sie zur Umkleide«, bot die Krankenpflegerin an.

»Nein, danke. Es geht mir gut, wirklich.«

»Ich muss ohnehin in die Richtung.« Lisa verschränkte die Arme vor der Brust und schob die linke Hüfte leicht nach vorn. Ein deutliches Zeichen dafür, dass sie ein Nein als Antwort nicht akzeptieren würde.

»Sind Sie sicher?«

»Absolut.«

»Na schön. Danke.« Rita brachte ihren Ausweis vorn am Kittel an und setzte die Brille auf. Es handelte sich um ein elegantes Modell mit einem dicken, schwarzen Gestell. Als sie sich den Bügel hinter das linke, wunde Ohr klemmte, zuckte sie zusammen. Normalerweise trug sie Kontaktlinsen, außer, wenn sie spätnachts im Krankenhaus arbeitete.

Lisa und sie traten hinaus in den Korridor. Rita hielt den Kopf gesenkt. Das Letzte, was sie wollte, war, Aufmerksamkeit auf sich zu lenken.

»Guten Morgen, Dr. Wu! Hi, Lisa!« Eine vorbeigehende Krankenpflegerin bedachte sie mit einem fröhlichen Lächeln. Sie trug einen Karton mit Blasenkathetern. »Ein großer Tag! Heute ist doch die Operation mit dem Auto-Chirurgen, oder? Ein früher Start heute Morgen?«

»Äh … Guten Morgen, Becky. Ja.«

»Hi, Becky«, sagte Lisa.

»Das ist so toll für Sie«, quiekte Becky. »Ich meine – Wahnsinn. Eine Operation mit dem Auto-Chirurgen. *Wahnsinn!* Alle im Krankenhaus haben schon vom Auto-Chirurgen gehört. Das ist ja so was von aufregend, Dr. Wu. Viel Glück! Und einen spitzenmäßigen Tag!«

»Danke, Becky.«

Die Pflegerin eilte flink davon und grüßte einige Schritte den Gang hinunter vergnügt einen Kollegen. Dessen Erwiderung klang kurz angebunden und mürrisch. Er starrte auf sein Handy und murmelte vor sich hin. Ein kleines Stück hinter ihm bemerkte Rita Wendy, die – mit einem verschwörerischen Grinsen auf den Lippen – in ein Gespräch mit einer anderen Pflegerin vertieft war. Die Frau lauschte Wendy mit einem gebannten, zwischen Überraschung und morbider Faszination schwankenden Gesichtsausdruck. Die beiden sahen weder Rita noch Lisa. Rita konnte zwar nicht hören, was Wendy sagte, dennoch hatte sie eine gute Vorstellung, worum sich ihre Unterhaltung drehte.

Um mich.

Voll Bestürzung wurde ihr klar, dass sie sich noch weit von der Damenumkleide entfernt befand und dass es in den Gängen zwischen hier und dort nur so von frühmorgendlichen Mitarbeitern wimmelte, die Operationssäle für einen arbeitsreichen Tag vorbereiteten.

Lisa schien ihre Gedanken zu lesen. Sie ergriff leicht Ritas Ellbogen und sprach in ihr rechtes Ohr. »Gehen wir in die andere Richtung.«

Rita nickte wie betäubt. Sie hatte keine Erfahrung mit Spießrutenläufen. Anders als die Mädchen, denen sie begegnet war, wenn sie an Sonntagvormittagen zum Crosstraining am College joggte – Mädchen, die in freizügigen Kleidern oder knappen Blusen und engen Jeans nach Hause schlurften, die Stöckelschuhe über den Schultern, die Blicke zu Boden gerichtet. Damals hatte Rita nur Verachtung für diese Mädchen übriggehabt. Im Augenblick wünschte sie sich nichts sehnlicher, als mit den Wänden zu verschmelzen. Und sie fühlte sich weit weniger voreingenommen als damals.

Sie wendeten und betraten einen weniger frequentierten Gang. Lisa beließ die Hand an Ritas Ellbogen, wofür Rita dankbar war, denn sie fühlte sich immer noch wackelig auf den Beinen. Operationssaal zehn befand sich am weitesten vom Umkleideraum entfernt. Der Marsch, der nur wenige Minuten dauerte, schien sich über Stunden hinzuziehen. Schließlich erschien eine dicke rote Linie auf dem Boden vor ihnen.

Endlich. Gott sei Dank.

Sie kennzeichnete das Ende des ausgewiesenen Operationsbereichs, in dem Krankenhausmontur und OP-Hauben vorgeschrieben waren, und zugleich den Beginn von allem anderen. An diesem Morgen fühlte sich die rote Linie für Rita wie die Ziellinie eines erschöpfenden Marathonlaufs an. Knapp dahinter konnte sie den Eingang zum Umkleideraum für Damen sehen.

Lisa ließ ihren Ellbogen los, als sie an der roten Linie stehen blieben. »Sind Sie sicher, dass alles in Ordnung ist?«

»Ja.«

Lisa verschränkte die Arme vor der Brust.

»*Ja*, Lisa. Es geht mir gut. Und, äh … Sie werden doch niemandem etwas davon sagen. Oder?«

Lisa schüttelte den Kopf. »Nein.«

»Danke, Lisa. Ich … na ja … einfach danke.«

Lisa nickte knapp und wenig begeistert, als Rita flugs in der Damenumkleide verschwand.

RITA

Der Raum erwies sich als verwaist. Das Pflegepersonal der Frühschicht hatte sich bereits umgezogen und befand sich bei der Arbeit in den Operationssälen, die Chirurginnen waren noch nicht eingetroffen. Das Timing war perfekt.

Gott, ich danke dir für die kleine Gefälligkeit. Sie konnte an diesem Morgen noch ein paar davon gebrauchen.

Rita legte ihr Handy auf eine der kargen Holzbänke zwischen den Reihen der Spinde. Dann trat sie an ihren Schrank, gab die Kombination ein und zerrte am Griff, der sich jedoch nicht rührte. Verärgert gab sie die Kombination erneut ein und versuchte es noch einmal. Die Tür wollte sich nicht öffnen. Erst nach drei weiteren vergeblichen Anläufen, von denen jeder verzweifelter ausfiel, wurde ihr klar, dass sie schon die ganze Zeit versuchte, den falschen Spind zu öffnen.

Gott, was ist denn bloß los mit mir?

Rita holte tief Luft, bevor sie den *richtigen* Spind aufspürte und öffnete. Sie langte nach einer Packung Schmerztabletten und einer Plastikflasche mit Wasser. Hastig spülte sie ein paar Pillen hinunter, wogegen ihr Magen mit einem hörbaren Rumoren protestierte. Rita ließ sich schwerfällig neben ihr Handy auf die Bank plumpsen, nahm die Brille ab und legte sie ebenfalls auf die Sitzfläche. Sie trank einen weiteren Schluck Wasser und versuchte, ihre Situation einzuschätzen.

Sie meinen … Sie sind die ganze Nacht hier gewesen?

Wie fühlen Sie sich, Dr. Wu? Ganz im Ernst.

»Ich weiß es nicht«, sprach Rita laut aus. Sie nahm den Kopf in die Hände und schloss die Augen.

Eine eintreffende SMS brachte ihr Handy zum Vibrieren, ließ es über das Holz rattern und beförderte es zum Rand der Bank. Ohne den Kopf zu bewegen oder die Augen zu öffnen, streckte Rita die Hand aus, ergriff das Telefon, bevor es zu Boden fallen konnte, und drückte auf eine Taste. Im Raum kehrte wieder Stille ein.

Wenige Minuten später vibrierte das Telefon erneut. Mit erheblicher Mühe und keinerlei Enthusiasmus hob Rita den Kopf, um auf das Display zu blicken und die Mitteilung zu lesen. Die Nachricht kam vom Team der Operationsvorbereitung und teilte ihr – nach der vorherigen SMS – zum zweiten Mal mit, dass ihre erste Patientin des Tages, Mrs. Sanchez, eingecheckt hatte und zusammen mit ihrer Familie darauf wartete, mit Rita zu sprechen. Ritas Magen krampfte sich zusammen, und sie schmeckte Galle am Ansatz zur Kehle. *Gott*, was fühlte sie sich grauenhaft. Wie sollte sie an diesem Vormittag operieren?

Keine Schwäche.

Rita hatte sich darauf gedrillt, aus jeder Pore ihres Körpers Stärke zu verströmen, und die Operation abzusagen würde nach Schwäche aussehen. Rückzieher lagen nicht in ihrer Natur. Sie durfte nicht zulassen, dass ihr ein wenig Übelkeit einen Strich durch die Rechnung machte.

Wieder vibrierte ihr Handy. Diesmal mit einem eingehenden Anruf.

Gottverdammtes OP-Vorbereitungspersonal!

Ohne auf die Nummer des Anrufers zu achten, drückte sie zornig auf die Schaltfläche für die Rufannahme.

»Ich komme gleich!«, fauchte sie.

»Rita?«

»Oh. Darcy.« Es war ihre kleine Schwester. »Tut mir leid. Ich dachte, du wärst … Entschuldige.« *Moment mal – wieso ist Darcy um diese Zeit schon auf?* Seit ihre Schwester vor ein paar Tagen vorübergehend bei Rita eingezogen war, hatte sie es selten vor Mittag aus den Federn geschafft. »Darcy? Warum bist du wach? Ist alles in Ordnung?«

»Ja. Ich meine, ich glaube schon. Es ist nur so, dass …«

»Na schön. Gut.« Ritas Telefon vibrierte – eine weitere SMS

aus der Operationsvorbereitung. »Bin froh, dass es dir gutgeht. Pass auf, es ist gerade echt ungünstig. Ich muss mich um Dinge bei der Arbeit kümmern. Kann ich dich in ein paar Minuten zurückrufen?«

»Äh … klar. Denke schon. Aber …«

»Danke. Ich … warte! Darcy?«

»Ja?«

»Sag mal … erinnerst du dich noch, wann ich gestern Abend von zu Hause weg bin? Zum Krankenhaus?«

»Oh. Äh … so gegen sieben vielleicht? Nachdem wir mit dem Abendessen fertig waren.« Kurz verstummte sie. »Du, Rita, mir ist was Merkwürdiges passiert, das …«

»Ich muss auflegen. Ich ruf dich später an. Versprochen.« Ohne eine Erwiderung von Darcy abzuwarten, beendete Rita das Gespräch. Also war sie definitiv allein am Vorabend ins Krankenhaus gekommen. Die Frage lautete folglich: Was war danach passiert?

Sie betrachtete ihren Spind und dachte an ihre tollpatschigen Versuche, den falschen zu öffnen.

Keine Schwäche.

Sie dachte an den Tisch im Operationssaal …

… *nackt, ich bin nackt gewesen* …

… an das klaffende Loch in ihrem Gedächtnis …

… *ich bin NACKT gewesen* …

… an die Schmerzen und die Verschwommenheit in ihrem Kopf …

… *verkatert. Nur, kann das nicht sein, weil ICH NICHT MEHR TRINKE* …

… an das aus ihrem Ohr tropfende Blut …

… *was sollte DAS eigentlich?*

… und nichts davon ergab irgendeinen Sinn.

Und wieder stellte sie sich die Frage: Konnte sie an diesem Vormittag wirklich operieren? Jener Assistenzarzt für Chirurgie, dem sie vor so vielen Jahren begegnet war: *Er* hätte operiert. Er hatte sich in ein Spülbecken übergeben und weitergemacht, als sei nichts passiert.

»Er hat einfach weitergemacht«, murmelte sie bei sich.

Aber das hätte er nicht tun sollen, bezaubernde Rita, meldete sich die Stimme ihres Vaters in ihrem Kopf zu Wort. Sie rieb sich mit beiden Händen das Gesicht. *Du kannst heute Vormittag nicht operieren, bezaubernde Rita. Gott weiß, was du anstellen würdest, wenn dir jetzt jemand ein Skalpell in die Hand drückte.*

Rita musste sich eingestehen: Das wusste sie wirklich nicht. Und sie wollte es nicht herausfinden. Sie musste die Operation absagen, weil es das einzig Richtige war.

Zu ihrer Überraschung verspürte sie einen Anflug von Erleichterung. Erwartet hatte sie ein Schamgefühl – Scham, weil sie Schwäche zeigte, sich nicht überwand und den Job erledigte, obwohl sie sich beschissen fühlte. Stattdessen fühlte es sich an, als wäre ihr eine Last von den Schultern gehoben worden.

Es ist keine Schwäche, bezaubernde Rita, wenn du das Richtige für deine Patienten tust.

Richtig, dachte sie. *Ist es nicht.*

Sie ergriff ihr Handy, wählte die Nummer der Operationsvorbereitung und überlegte, was sie ihrer Patientin sagen sollte.

»Guten Morgen, Dr. Wu.« Die Stimme eines Mannes. Klar. Deutlich. Nah. Zu ihrer Linken.

Rita war so überrascht, dass sie das Telefon fallen ließ, bevor die Verbindung hergestellt war, und die Wasserflasche von der Bank stieß. Der Inhalt ergoss sich neben dem Handy auf den Boden. Was hatte ein *Mann* in der Damenumkleide zu suchen? Sie drehte sich um und erblickte – niemanden.

»Können Sie mich hören, Dr. Wu?«

Die Stimme fühlte sich wie Marmor an. Glatt und kalt, und so nah, als spräche der Mann direkt in ihr linkes Ohr. Vielleicht beeinträchtigte die Verletzung darin irgendwie ihren Orientierungssinn oder hemmte ihr Gehör. Sie legte die linke Hand hinter das Ohr und versuchte zu erahnen, wo sich der Mann befand.

»Können Sie mich hören, Dr. Wu?«

»Ja«, antwortete Rita, schwenkte den Kopf von links nach rechts und hielt die Hand wie eine Radarschüssel neben ihrem Kopf. »Das hier ist die Damenumkleide. Sie sollten nicht hier sein.«

Die Stimme hatte irgendetwas an sich, etwas, das sie verunsicherte. Rita hatte sie schon einmal gehört.

»Ich weiß, Dr. Wu. Und ich befinde mich auch *nicht* in der Damenumkleide.«

Eigenartig. Ganz gleich, in welche Richtung sie sich drehte, sie hörte den Mann immer direkt im linken Ohr, als trüge sie Kopfhörer mit einem defekten rechten Lautsprecher. Woher kannte dieser Kerl überhaupt ihren Namen? Eine weitere Merkwürdigkeit in der Parade verstörender Ereignisse dieses Morgens.

»Hören Sie mal, Sie Perverser, das ist nicht witzig. Ich werde den Sicherheitsdienst rufen.« Rita griff ihren Schlüsselbund aus dem Spind, legte ihn in die rechte Handfläche und schlang die Finger so darum, dass die scharfkantige Spitze des längsten Schlüssels durch ihre geschlossene Faust herausragte.

Vielen Dank, Sicherheitskurs für Frauen.

Unter einem Ausstoß von Adrenalin vergaß sie ihre Kopfschmerzen und ihren beleidigten Magen, und während sie den Schlüssel wie einen Miniaturspeer vor sich hertrug, schritt sie die Länge des Raums ab und durchsuchte mit angespanntem Körper die Reihen zwischen den Spinden.

Nichts.

»Keine Sorge, Dr. Wu. Ich bin kein Perverser.«

Wo habe ich diese Stimme bloß schon mal gehört?

Rita schlich in den angrenzenden Waschraum. Die Reihe der Waschbecken präsentierte sich still und unbenutzt. Rita beugte sich vor und spähte unter die Türen der Kabinen. Alle leer. Sie richtete sich wieder auf und stemmte verwirrt die Hände in die Hüften. Sie war allein.

Abgesehen von dieser Stimme.

»Es hat keinen Sinn, in den Toiletten nachzusehen. Oder sonst irgendwo. Ich bin nicht dort. Außerdem habe ich keinerlei Interesse daran, Sie oder Ihre Kolleginnen in entkleidetem Zustand zu sehen. Auch wenn Sie meines Wissens nach heute Morgen in einer eher peinlichen Lage erwacht sind.«

Ritas Magen krampfte sich zu einem dichten Knoten zusammen. Die Schlüssel glitten ihr aus den Fingern und fielen zu Boden. »Wie … wie meinen Sie das?« Schweiß brach auf ihrer Stirn und Oberlippe aus. Sie wischte ihn mit dem Handrücken weg, als sie sich bückte, um die Schlüssel aufzuheben und in ihre Tasche zu stecken.

»Fragen Sie sich nicht, wie Sie auf dem Operationstisch gelandet sind?«

Woher weiß er davon?

»Hören Sie zu.« Sie hatte Mühe, ihrer Stimme einen festen Klang zu geben. »Ich habe keine Ahnung, wovon Sie reden. Und ich weiß nicht, was für ein krankes Spiel Sie treiben. Aber Sie dürfen sich hier nicht aufhalten. Ich rufe den Sicherheitsdienst. Jetzt sofort.«

»Wollen Sie gar nicht wissen, wer ich bin, Dr. Wu?«

»Nein.«

»Mein Name ist Morgan Finney.«

Auf halbem Weg zur Tür blieb sie unvermittelt stehen.

»Was?«, stieß sie im Flüsterton hervor und stützte sich am Rand des nächstbesten Waschbeckens ab. *Oh mein Gott.*

»Erinnern Sie sich an mich?«, hauchte der Mann. »Erinnern Sie sich an *sie?*«

Wie könnte ich das jemals vergessen?

Sie klammerte sich mit beiden Händen am Waschbecken fest. Denn diesmal gab es kein Bremsen der Panik. Rita hatte Todesangst.

RITA

»Dr. Wu?«

Rita stand am Waschbecken, eine Hand an jeder Seite, während sie in kurzen, abgehackten Stößen atmete und ihre Lunge nach Luft brüllte. Sie zitterte am ganzen Leib und versuchte krampfhaft, die Panik in Schach zu halten.

Ich halluziniere. So musste es sein. Das erschien ihr die vernünftigste Erklärung. Aber warum halluzinierte sie von *ihm*?

»Dr. Wu?«

Im Lauf der Jahre hatte sie viele Patienten halluzinieren sehen. Sie hatte gelauscht, wie sie in hellwachem Zustand mit Menschen sprachen, die nicht existierten, und wie sie eingebildete Ereignisse in ihrem Leben mit mehr Details beschrieben, als Rita von den echten Erlebnissen ihres eigenen Lebens wusste.

Insbesondere ein Patient stach aus ihrer Erinnerung hervor, ein junger Mann, der an einer schweren Form von entzündlicher Darmerkrankung gelitten hatte, die ihm solche Schmerzen bereitete, dass ihm ein Teil des Darms entnommen werden musste.

Zum ersten Mal war sie dem Mann in einem Untersuchungsraum begegnet. Er hatte strahlende, eindringliche grüne Augen unter einem spitzen Haaransatz und trug eine Kippa. Seine Mutter begleitete ihn, eine dünne, verdrießlich wirkende Frau, die ständig mit den Händen fuchtelte, während sie sprach. Der junge Mann klang direkt, selbstsicher und energisch, ohne dabei anmaßend rüberzukommen. Er stellte Rita tiefschürfende Fragen über den Eingriff, die ein umfassendes Verständnis der Materie verrieten und Rita auf Trab hielten. Es bestand kein Zweifel daran, dass er ein aufgeweckter Bursche war.

Und hoffnungslos schizophren. Begonnen hatte es in seinem zweiten Jahr an der medizinischen Fakultät mit unangebrachten Gefühlsausbrüchen im Hörsaal, einem abrupten Absturz seiner Zensuren und dem jähren Abbruch von langjährigen sozialen

Verbindungen. Ein klassisches Muster für beginnende Schizophrenie bei einem ansonsten gesunden männlichen Weißen Anfang zwanzig.

Haben die Psychiater das zu seinen Eltern gesagt?, hatte Rita sich damals gefragt und beobachtete die Mutter des jungen Mannes dabei, wie ihre Hände nervös durch die Luft krallten, während sie ihre eigenen Fragen stellte. *Dass sein Alter beim Ausbruch und die ersten Symptome der Lehrbuchdefinition von Schizophrenie entsprechen? Haben sich die Ärzte das getraut?*

Sie bezweifelte es. Der Junge war ein Einzelkind und zweifellos ein Quell großen Stolzes gewesen – Abschluss mit Auszeichnung an einem Elite-College, Aufnahme an einer erstklassigen medizinischen Fakultät. Was mussten die Eltern empfunden haben, als all ihre Hoffnungen vom Gewicht der paranoiden Wahnvorstellungen ihres Sohnes zermalmt wurden?

Seine Pathologie konzentrierte sich auf die feste Überzeugung, er sei Moses – oder vielmehr eine moderne Version des Propheten. Er erklärte Rita, dass Moses' Wiederkunft in der Bibel vorhergesagt wurde und er diese Wiedergeburt sei. Rita hatte noch nie von einer Wiederkunft Moses' gehört und teilte dem jungen Mann das mit, woraufhin er prompt eine eselsohrige Ausgabe des Alten Testaments aus der Gesäßtasche zog und ihr Passagen zitierte, die mit Textmarker vier verschiedener Farbtöne gekennzeichnet und an den Rändern mit engen Notizen versehen waren.

Seine Mutter lächelte müde und händeringend.

Er redete weder wirr daher, noch fantasierte er. Vielmehr trug er seine Argumente mit der Eloquenz eines begabten Strafverteidigers vor. Und seine Ausführungen klangen *vollkommen logisch*. Am Ende des Gesprächs fragte sich Rita tatsächlich, wenn auch nur ein wenig, ob vielleicht er recht hatte und alle anderen – einschließlich ihr – sich irrten.

Ich weiß, dass Sie mir nicht glauben, sagte er zu ihr und fixierte sie mit dem bohrenden Blick seiner grünen Augen. *Aber das ist mir egal. Sie müssen nicht an mich glauben.*

Rita schaute zur Mutter des Mannes, die nickte und die Hände zu einer unverbindlichen Geste hob. Nachsicht? Kapitulation? Rita konnte es damals nicht sagen.

Seine Operation war gut verlaufen, und es war ihm danach besser gegangen. Sie hatte Moses schon lange nicht mehr gesehen. Manchmal fragte sie sich, wie es ihm inzwischen erging und wie es sein mochte, in einer selbst erschaffenen Version der Realität zu leben.

Nun, vielleicht war sie gerade im Begriff es herauszufinden.

»Dr. Wu?«

Oder doch nicht? Die Stimme in ihrem Kopf, die sich als Morgan Finney zu erkennen gegeben hatte, klang *real* und haargenau so, wie Rita sie in Erinnerung hatte. Wie konnte das eine Halluzination sein? Das ergab keinen Sinn.

Oder doch? Immerhin bildete das den Kern einer Wahnvorstellung: Sie wirkte für die Person, die daran litt, absolut echt. Vielleicht entwickelte sie ja wirklich eine Schizophrenie wie Moses, eine Krankheit, die sie langsam von der Wirklichkeit und von jedem Menschen abnabeln würde, an dem ihr etwas lag.

Darcy.

Spencer.

Der Gedanke jagte Rita eine Heidenangst ein.

Nackt im Operationssaal aufgewacht, ohne Erinnerung daran, wie ich dort hingelangt bin. Und jetzt redet eine Stimme in meinem Kopf mit mir. Fangen die Psychosen bei mir so an? Haben sie bei Moses so angefangen?

Vielleicht, aber …

Aber sie wusste, dass Schizophrenie in ihrem Fall unwahrscheinlich war. Eher konnte es sich um eine Art präseniler Demenz wie Alzheimer handeln. Allerdings glaubte sie nicht, dass sich Alzheimer mit diesen Symptomen äußerte, zumindest nicht in den frühen Phasen.

Vielleicht ein Überrest der vergangenen Nacht? Nach einem Jahr lastete ihre Erfahrung mit Morgan Finney immer noch schwer auf ihrem Gewissen, und seine Stimme, die zusammen mit dem Ballast der letzten Nacht aufstieg, implizierte ihre Reue bei dem, was vor sich ging, was immer das sein mochte.

Delirium.

Das musste es sein, entschied sie. Eine akute Veränderung des Geisteszustands, in der Regel hervorgerufen von Fieber, einer Operation, einem Rauschzustand …

… *Alkohol, aber an Alkohol kann es unmöglich liegen …*

… oder einer sonstigen Art von Belastung für den Körper. Rita erlebte das häufig nach Operationen bei ihren Patienten, vor allem bei den betagteren. Besonders abends geschah das so regelmäßig, dass Ärzte und Pflegepersonal einen informellen Begriff dafür hatten: *abendliche Verwirrtheit.*

»Dr. Wu?«

Ein Delirium kam häufig vor. Ein Delirium war nichts Ernstes. Und am wichtigsten: Ein Delirium ging vorüber.

Delirium. Okay. Und was mache ich jetzt? Die Diagnose bildet den ersten Schritt, dachte sie logisch. *Arzt, heil dich selbst.* Das sagte Spencer gern. *Ich wünschte, er wäre hier.*

Es ging lediglich darum, sich davon zu überzeugen, dass sie bloß mit einer fehlgeleiteten Abfolge elektrischer Signale in ihrem Gehirn plauderte statt mit einer realen Person.

Alles existiert bloß in meinem Kopf. Es ist nicht real. Es ist nur ein Delirium.

Rita konzentrierte sich auf tiefe, kontrollierte Atemzüge. Ihre Atmung verlangsamte sich, wurde zwar nicht ganz normal, aber fast. Auch das Zittern ihres Körpers ließ nach.

»Dr. Wu.«

Passiert nicht wirklich. Delirium.

»Sie können mich immer noch hören, oder? Bitte antworten Sie mir.«

Alles in meinem Kopf.

»Dr. Wu.«

Alles bloß in meinem Kopf.

»Wir müssen uns über meine Frau unterhalten. Jenny Finney.«

Rita öffnete die Augen und starrte auf ihre Hände, die immer noch die Seiten des Waschbeckens festhielten. Die Knöchel an ihren Fingern traten weiß hervor. Ihre Atmung beschleunigte sich wieder, ihr Herz hämmerte so wild gegen das Brustbein, als wolle es aus dem Brustkorb ausbrechen.

»Was haben Sie gerade gesagt?«, flüsterte sie. Alle Gedanken daran, ihn zu ignorieren oder durch Vernunft wegzuerklären, was immer vor sich ging, oder es als vorübergehendes geistiges Gebrechen abzuschreiben, hatten sich bei der Erwähnung des Namens in Luft aufgelöst.

Jenny Finney.

»Danke. Ich dachte mir doch, dass Sie mich hören können.«

Rita umklammerte das Waschbecken so krampfhaft, als kralle sie sich an ihrer geistigen Gesundheit fest. Sie befürchtete, dass sie wirklich im Begriff war, verrückt zu werden.

Die Stimme, die Morgan Finney zu sein behauptete, schien ihre Gedanken zu lesen. »Mir ist klar, dass die Situation, dass all das, was an diesem Morgen mit Ihnen geschieht, für Sie schwierig zu begreifen ist, Dr. Wu. Und dass es für Sie den Anschein haben könnte, Sie würden den Verstand verlieren. Aber das tun Sie nicht. Sie sind geistig vollkommen gesund. Mein Name ist Morgan Finney. Und ich spreche tatsächlich gerade mit Ihnen. Ich bin nicht bloß eine imaginäre Stimme in Ihrem Kopf.«

»Hören Sie auf zu reden«, flüsterte Rita.

»Es gibt einige sehr rationale Erklärungen dafür.«

»Hören Sie auf zu reden. Bitte. Hören Sie auf zu reden.« Sie schloss die Augen und lehnte die Stirn an den Spiegel über dem Waschbecken. Er fühlte sich kühl und unter den gegebenen Umständen sogar ein wenig angenehm an. »Hören Sie auf zu reden.«

»Es ist wichtig, dass Sie mir zuhören.«

»Bitte. Hören Sie einfach auf zu reden.«

»Es ist äußerst wichtig, dass Sie nicht die Kontrolle verlieren.«

»HÖREN SIE AUF ZU REDEN.«

Kurz verstummte die Stimme, dann sagte sie: »Sie können mich nicht einfach wegwünschen, Dr. Wu.«

Plötzlich kam ihr ein Gedanke. »Na schön.« Sie stieß sich vom Spiegel ab und öffnete die Augen. »Wenn Sie wirklich gerade mit mir reden, dann muss es über eine Art Lautsprechersystem oder über Funk erfolgen, richtig? Was bedeutet, dass auch andere Personen Ihre Stimme hören können. Sofern Sie real sind.«

Wie auf ein Stichwort öffnete sich eine Tür in den Umkleideraum – nicht jene, durch die Rita eingetreten war, sondern eine andere in der Nähe der Waschbecken, die zu einem anderen Bereich des Krankenhauses führte. Herein kam eine Kollegin von Rita. Zuerst wusste Rita nicht recht zu sagen, wovon der Arztkittel der Chirurgin mehr aufwies – Falten oder Flecke verschiedener Schattierungen von Schwarz und Rot. Sie tippte auf Falten.

»Oh. Hi, Rita.«

Rita löste die Hände vom Becken und richtete sich auf, als die Frau ans Waschbecken neben ihr trat und den Wasserhahn aufdrehte. Sie spürte ein stechendes Kribbeln in den Fingerspitzen, als das Blut in sie zurückströmte. Dann öffnete sie den Mund, um etwas zu sagen, doch es drang kein Laut heraus. Die Frau sah sie neugierig an.

»Wollen Sie nicht hallo sagen, Dr. Wu?«, ertönte die Stimme in ihrem linken Ohr.

»Was?«, fragte Rita.

»Hi«, wiederholte die Frau.

Die Stimme sagte: »*Hallo.* Sagen Sie hallo zu ihr, Dr. Wu.«

»Hast du das gehört, Lucy?«, fragte Rita.

»Wie bitte? Was gehört?«

»Diese Stimme.«

»Welche Stimme? Du meinst … meine? Meine Stimme?«

»*Seine* Stimme«, entgegnete Rita.

»Wovon redest du?«

»Ich …«

Lucy schaute verdutzt drein, und Rita kam der Gedanke, dass sie die Einzige im Raum war, die ein Dreiergespräch führte. Was nichts Gutes über ihren Geisteszustand verhieß.

Das ist mir egal, hatte der junge Mann gesagt, der sich für Moses hielt. *Sie müssen nicht an mich glauben.* Deshalb entschied Rita, die Information zumindest vorerst für sich zu behalten. »Vergiss es«, sagte sie. »Tut mir leid. Ich bin ein bisschen durcheinander. Lange Nacht.«

Lucy, eine stämmige, wortkarge Chirurgin, nickte mit ernster Miene. Sie sah erschöpft aus. »Bei mir auch.« Ihre Stimme klang tief – fast so tief wie jene, die in Ritas Kopf herumschwirrte. Lucy spritzte sich Wasser ins Gesicht und auf die kurzen, braunen Haare, während sie Ritas aschfahle Züge im Spiegel betrachtete.

»Ja. Ja, du siehst definitiv so aus, wie ich mich gerade fühle: lausig. Vielleicht sogar noch schlimmer.« Sie lachte schallend, ein sonorer, knurrender Laut, der tief aus ihrer Kehle aufstieg. »Mir tut von Kopf bis Fuß alles weh.« Sie drehte den Wasserhahn ab, trocknete sich das Gesicht mit einem Papierhandtuch und schlenderte zu einer Spindreihe im Nebenraum.

»Bitte folgen Sie ihr, Dr. Wu«, sagte die Stimme – *Finney, ich kann ihn genauso gut Finney nennen.*

»Warum?«, wollte Rita von Finney wissen.

»Trauma-Dienst«, antwortete Lucy, öffnete ihren Spind und schälte sich aus ihrer Arbeitskluft.

Rita folgte ihr in den Hauptbereich der Umkleide. Lucys Spind befand sich ein paar Reihen von ihrem eigenen entfernt.

Ritas Schranktür war nach wie vor angelehnt; ihr Handy und ihre Brille lagen immer noch auf der Bank neben einigen persönlichen Gegenständen, die Lucy aus ihrem Spind geholt hatte und gerade durchwühlte.

»Äh … schlimme Nacht?« Rita ergriff ihre Brille und setzte sie auf.

Lucy nickte. »Ja. Ein paar Autounfälle. Und eine Schussverletzung im Bauchraum. Ein Typ hat seinem Kumpel seine halbautomatische Pistole gezeigt, die dabei versehentlich losgegangen ist. Angeblich. Hat seinen Kumpel zweimal in den Bauch getroffen. Eine der Kugeln hat die Ileozökalklappe völlig zerfetzt. Deine?« Lucy hatte die leere Wasserflasche, die Rita zuvor umgestoßen hatte, vom Boden aufgehoben und betrachtete mit gerunzelter Stirn den triefnassen Fleck auf der Fußmatte zu ihren Füßen. Rita nickte. Kommentarlos reichte Lucy ihr die Flasche, die Rita in einen nahen Wertstoffeimer warf.

»Musste die ganze Nacht Eingeweide flicken. Und den Assistenzarzt, mit dem ich gearbeitet habe, kannst du komplett vergessen«, schilderte Lucy. »Ein Totalausfall. Musste ihn praktisch die ganze verdammte Nacht lang an der Hand führen.« Sie trat ihre verdreckte Montur zu einem Haufen auf dem Boden und grunzte. »Die werden sie wohl verbrennen müssen.«

»Holen Sie Ihr Notizbuch aus dem Spind«, meldete sich Finney zu Wort.

»Was?«, fragte Rita nach.

»Die werden sie wohl verbrennen müssen«, wiederholte Lucy, sprach dabei lauter und deutlicher. »Meine Montur. Gott weiß, was alles darauf gelandet ist.«

»Das Notizbuch, das Sie in Ihrem Spind aufbewahren«, präzisierte Finney. »Holen Sie es heraus.«

Rita fasste in ihren Schrank und langte nach ihrem Notizbuch. Es war so eines, wie es Studenten und Wissenschaftler benutzten, um Beobachtungen und Daten festzuhalten, mit einem schwarz-weiß karierten Muster auf der Vorderseite, die Seiten gefüllt mit Handskizzen und persönlichen Anmerkungen, die Rita zu allen ihren Operationen aufschrieb.

»Schlagen Sie es auf.«

Rita kam der Aufforderung nach. Zwischen den Seiten steckte ein versiegelter Umschlag.

Der gehört mir nicht. Den habe nicht ich da reingelegt.

»Schauen Sie in den Umschlag.«

Sie öffnete das Kuvert. Ein Farbfoto im Format zehn mal fünfzehn Zentimeter rutschte heraus und segelte zu Boden. Rita bückte sich und hob es auf. Es war sie. Jenny Finney.

Dieses Gesicht würde Rita nie vergessen. Wie könnte sie? Gegen Ende auf der Intensivstation war es bis zur Unkenntlichkeit entstellt gewesen, aufgedunsen von Unmengen aufgestauter Körperflüssigkeiten und verborgen unter dem hässlichen Kunststoff eines Beatmungsschlauchs.

Auf diesem Bild jedoch strotzte Jenny Finney vor Gesundheit und Leben: drall, sommersprossig, freundlich und gezeichnet von Lachfältchen. In hellbraunen Shorts und einem weißen Poloshirt saß sie mit untergeschlagenen Beinen auf einem grünen Rasen, den Blick auf eine Stelle irgendwo rechts des Fotografen gerichtet. Sie lachte, wodurch Zähne mit einer leichten Schiefstellung zum Vorschein kamen. Ihre zierliche, ebenfalls sommersprossige Hand war erhoben, um sich ein paar verirrte Strähnen langer, roter Haare hinters Ohr zu schieben.

Lucy, die in Jeans und ein hellgraues T-Shirt mit der Aufschrift *Gäbe ich dir recht, würden wir beide falschliegen* geschlüpft war, spähte über Ritas Schulter auf das Foto. »Eine Freundin von dir?«

»Nein. Eigentlich nicht. Ehemalige Patientin.«

»Oh. Hübsches Lächeln.« Lucy brummte und wandte sich ab, streifte sich ein Paar Flipflops über die Füße und verstaute ihre persönlichen Sachen wieder im Spind.

»Ja«, sagte Finney mit tonloser Stimme. »War es. So, Dr. Wu.

Ein handfester Beweis meiner Existenz. Bestätigt von einer objektiven Außenstehenden. Glauben Sie jetzt an mich?«

»Ja«, flüsterte Rita, während sie auf das Bild starrte.

»Gott, was für eine Nacht.« Lucy hatte sie nicht gehört. Sie schloss gerade die Gürtelschnalle ihrer Jeans. »Ich denke nur noch an eine lange, heiße Dusche, ein großes Pfannkuchen-Frühstück und mein Bett.« Als sie fertig war, schloss sie ihren Spind. »Kann's nicht erwarten, nach Hause zu kommen. He.« Ihre Züge hellten sich auf, und sie bedachte Rita mit einem seltenen Lächeln. »Viel Glück übrigens bei der Auto-Chirurgen-Sache heute.« Sie klopfte ihr auf die Schulter, hatte anscheinend keine Bedenken, dass Ritas abgehärmtes Aussehen auf Probleme hinwies, die ihre Fähigkeiten als Chirurgin vielleicht beeinträchtigen könnten.

Verdammt, dabei hat sie mir erst vor wenigen Sekunden gesagt, dass ich beschissen aussehe.

»Danke, Lucy.«

»Ich würde ja bleiben und zusehen, aber … na, du weißt schon.« Sie zuckte mit den Schultern. »Ich bin total erledigt.«

»Kein Ding.«

Die beiden sahen sich verlegen schweigend an, bis Lucy erneut mit den Schultern zuckte. »Tja. Bis dann.«

»Bis dann.«

Ihre Kollegin warf ihre verdreckte Montur in einen nahen Wäscheeimer und ging. Rita befand sich wieder allein im Umkleideraum. Zumindest physisch allein.

»Erinnern Sie sich an sie? An die Frau auf dem Foto«, fragte Finney.

»Ihre Frau«, antwortete Rita mit gedämpfter Stimme. »Jenny. Ich habe sie letztes Jahr operiert. Ich … ich habe den Blinddarmdurchbruch Ihrer Frau behandelt.«

»Ja«, bestätigte Finney. Eine Pause. »Und dann ist sie gestorben.«

»Ja«, flüsterte Rita.

»Sie ist einen entsetzlichen Tod gestorben.« Eine zweite, längere Pause, bevor er hinzufügte: »Ihretwegen, Dr. Wu. Sie ist Ihretwegen gestorben.«

SEBASTIAN

Der Mann stand in diskreter Entfernung zum Eingang der Damenumkleide und fingerte an dem laminierten Krankenhausausweis herum, der von der linken Brusttasche seines Hemdes baumelte. Darauf stand *Robert Rodriguez, Operationsassistent.* Neben dem Namen befand sich ein kleines Farbfoto des Mannes mit einem unverschämten Grinsen unter einem üppigen Schopf schwarzer Haare, die er als elegante Schmalztolle trug.

Im Augenblick lächelte der Besitzer des Ausweises nicht. Der Mann, der sich Sebastian nannte, hielt den Blick auf die Tür zum Umkleideraum gerichtet. Seinen Mund zu einer schmalen Linie gepresst.

Das ist der heikle Teil, ging es ihm durch den Kopf. Soweit er es hatte beurteilen können, bevor Finney die Verbindung gekappt hatte, war das Implantat erfolgreich aktiviert worden. Nun würde die Zielperson begreifen, was vor sich ging, und sich damit abfinden. Oder auch nicht.

Sebastian sog scharf und hörbar die Luft zwischen den Zähnen hindurch ein. Als er diesen Auftrag vor einem Jahr angenommen hatte, waren ihm von Finney die Akten und Videos der frühen Versuchspersonen zur Verfügung gestellt worden, der Unglückseligen, die das Implantat als die Ersten überhaupt erhalten hatten.

Arme Teufel.

Obwohl: Wenn er es sich recht überlegte, war es den späteren auch nicht viel besser ergangen. Er hatte die Akten und Videos studiert, stundenlang darüber gebrütet, detaillierte Notizen angefertigt, nichts unberücksichtigt gelassen. Das tat er immer, bei jedem Auftrag, den er annahm. Er war ein Profi und verhielt sich stets entsprechend. Da er nicht dafür angeheuert worden war zu fragen, woher die Versuchspersonen kamen, tat er es auch nicht. Allerdings war er schon mehrfach um die Welt gereist und erkannte in den abgehärmten Gesichtern eine Mischung von Rassen, wie man sie in einem breiten Streifen von Südostasien und in Indonesien antraf. Wahrscheinlich politische Gefangene, deren Mitwirkung still und heimlich durch vertrauliche und zweifellos lukrative Verträge mit Regierungen arrangiert worden war, die es mit den Menschenrechten nicht so genau nahmen. Vorwiegend Männer. Aber auch einige Frauen. Und, sehr zu seiner Abscheu, sogar ein paar Kinder.

Die Entwickler des Implantats hatten die ursprünglichen Modelle, wie er wusste, Affen eingepflanzt. Keinen besonderen Affen, herkömmlichen Primaten niederer Ordnung, deren Lebensinhalt sich im Grunde nur darum drehte, zu fressen, zu kacken und zu rammeln. Aus technischer Sicht schienen die Implantate einwandfrei zu funktionieren, und die Affen nahmen sie gut auf. Nach einer kurzen Erholungsphase fraßen, kackten und rammelten sie weiter, als wäre nichts geschehen, nur krallten sie gelegentlich an ihrem linken Ohr.

Allerdings konnten die Affen natürlich nicht beschreiben, was sie fühlten. Daher die Notwendigkeit von Menschen, die in der Lage waren, genau mitzuteilen, was sich in ihren Köpfen abspielte, und die hoffentlich so auf die Vorrichtung reagierten, wie es deren Entwickler beabsichtigten. Was die meisten taten. Das Implantat funktionierte gut und so, wie es sollte.

Es gab jedoch einen kleinen Haken, den niemand vorhergesehen hatte: Ein gewisser Anteil der Versuchspersonen drehte total durch, sobald die Vorrichtung aktiviert wurde, ein Absturz in den Wahnsinn, der so unumkehrbar wie unangenehm war, eine Psychose, die auch dann bestehen blieb, nachdem die Entwickler das Implantat abgeschaltet hatten. Einige Probanden hatten sich praktisch selbst die Ohren abgerissen, und ein Kerl hatte seelenruhig in die an der Wand seiner Zelle montierte Kamera gestarrt, während er sich einen zwanzig Zentimeter langen Holzspan in den linken Gehörgang schob.

Herrgott, war das eine Sauerei gewesen.

Eine andere Versuchsperson, eine Frau, hatte den Kopf rhythmisch und mit unmenschlicher Kraft auf den Betonboden neben ihrer Pritsche gehämmert. Auch sie hatte nicht lange überlebt.

Schließlich war da noch dieses Teenager-Mädchen gewesen. Auf melancholische Weise hübsch. Innerhalb von zehn Minuten nach der Aktivierung ihres Implantats war sie in einem Winkel ihrer Zelle zusammengebrochen, hatte sich in Embryonalstellung eingerollt und gelegentlich die Lippen geöffnet und geschlossen, als murmle sie ein stummes Gebet. Abgesehen davon hatte sie sich nie wieder gerührt.

Als Sebastian sich ihr Video angesehen hatte, in dem sie zusammengekrümmt auf dem Boden lag, war er an ein Experiment erinnert worden, von dem er einmal gelesen hatte. Dabei war es um Ratten gegangen, die man willkürlichen Stromschlägen aussetzte. Da der Strom durch die Metallböden ihrer Käfige geleitet wurde, gab es für die Tiere keine Möglichkeit, den Schlägen zu entkommen. In den Käfigen befanden sich Hebel, die die Ratten betätigen konnten, ohne dass etwas passierte – die Hebel waren mit nichts verbunden und daher wirkungslos. Die Stromschläge erfolgten schnell und heftig, ganz gleich, was die Ratten taten. Ob sie die Hebel betätigten oder nicht, ihnen wurde so oder so Strom durch die kleinen Hintern gejagt. Schließlich gaben sie auf, legten sich einfach hin und starben.

Erlernte Hilflosigkeit. So bezeichnete man das. Aber im Grunde genommen war es einfach nur *verflucht gruselig.* Der Anblick des Mädchens hatte Sebastian an jene Ratten denken lassen.

Die Entwickler des Implantats waren perplex gewesen. Immerhin waren die Affen nie verrückt geworden. Also hatten sie beobachtet, überlegt, ihre Berechnungen neu angestellt und einige Änderungen vorgenommen, bevor sie die neuen, verbesserten Modelle in die Ohren weiterer Versuchspersonen gesteckt, sie eingeschaltet und in deren Gehirne gesprochen hatten. Danach beobachteten sie weiter.

Immer noch waren manche Versuchspersonen vollkommen durchgedreht, was die Entwickler unheimlich frustrierte. Immerhin vereitelte es den ganzen Zweck der Vorrichtung, wenn die Zielpersonen den Verstand verloren. Für die Entwickler hatte keine Rolle gespielt, dass es nur bei einer Minderheit der Fälle geschah. Sie waren Techniker. Die Ungenauigkeit, die Unabwägbarkeit irritierte sie. Am liebsten hätten sie alles verworfen und von vorn angefangen. Aber sie hatten einzuhaltende Zeitpläne, und da das Implantat *meist* sicher funktionierte, hatten sie mit den Schultern gezuckt und weitergemacht.

Ein weiterer kleiner Haken neben der Sache mit dem Durchdrehen waren elektronische Interferenzen von externen Quellen, die hin und wieder auftraten. Eine der Versuchspersonen hatte Stein und Bein geschworen, spätabendliche Predigten auf Tagalog gehört zu haben, die von einem Baptistenpastor aus Manila übertragen wurden – was Sebastians Ansicht nach wohl *jeden* in den Wahnsinn treiben würde. Ein anderes Implantat hatte nach der Inbetriebnahme eines nahen Mobilfunkmasts überhaupt nicht mehr reagiert. Aber Interferenzen stellten kein großes Problem dar, eher eine seltene Unannehmlichkeit, die von den Entwicklern bei der nächsten Version ausgemerzt werden würde.

Angesichts der speziellen Art dieses Auftrags war sich Sebastian nicht sicher, wie viele der Entwickler, denen es nichts auszumachen schien, sich über die internationalen Gesetze gegen medizinische Experimente an Menschen hinwegzusetzen, überhaupt noch lebten oder zumindest wussten, für welchen Zweck ihr Gerät gerade eingesetzt wurde.

Ich werde nicht dafür bezahlt, das zu wissen. Und ich habe keine Lust, es herauszufinden.

Sehr wohl jedoch wusste Sebastian, dass unter den Entwicklern Einigkeit darüber herrschte, intelligentere Zielpersonen – wie diese Chirurgin – hätten die besten Chancen, geistig gesund zu bleiben … sofern sie die Wirkungsweise des Implantats verstanden und sich damit abfanden. Das war entscheidend. Also hatten sie ein Protokoll entwickelt, ein Verfahren, um Informationen nach und nach auf eine Weise zu vermitteln, die Zielpersonen nicht überlastete. Mit den Intelligenteren redete man vernünftig, holte sie vom Rand des Wahnsinns zurück, erklärte ihnen, wie die Vorrichtung funktionierte. Man fütterte sie löffelweise mit kleinen Informationsbrocken. Auf keinen Fall durfte man sie überlasten, denn mentale Überlastung führte unweigerlich zu Wahnsinn. Hielt man sich ans Protokoll, ging es den Intelligenteren normalerweise gut.

Aber nicht immer.

Also beobachtete Sebastian die Tür und wartete. Wartete, ob sie den Verstand verlieren würde. Nicht zum ersten Mal fragte er sich, wie er selbst reagieren würde, wenn er eines Morgens erwachte und ein unsichtbarer Fremder in seinem Gehirn flüsterte.

Er sah sich um und stellte fest, dass die Aktivitäten um ihn herum zunahmen, während das Krankenhauspersonal die Operationssäle für den bevorstehenden Tag vorbereitete. Männer und Frauen in dunkelblauen Krankenhausmonturen eilten vorbei. Manche schoben schwere Gerätschaften, andere trugen in sterile Verpackungen gewickelte Bündel chirurgischer Instrumente. Alle drängelten sich in den Korridoren aneinander vorbei.

Sebastian war froh über die dunkelblauen Monturen, die mit den hellblauen OP-Hauben ein zweifarbiges, waberndes Meer bildeten, in dem er einfach untertauchen konnte. Perfekt getarnt. Ein beiläufiger Beobachter würde ihn keines zweiten Blickes würdigen, so vollkommen fügte er sich ins Gesamtbild ein. Alles an ihm war einer sorgsamen Studie der Normalität entsprungen. Sein fitter, kräftiger Körper ging in den Falten seiner weiten Kluft unter, die er bewusst eine Nummer zu groß gewählt hatte. Die überdimensionierten Ärmel verbargen die definierte Muskulatur seiner Oberarme. Er war weder attraktiv noch hässlich. Sein glattes, schwarzes, unter die OP-Haube gestecktes Haar trug er mittellang und zu einem unauffälligen Scheitel frisiert, der in keiner Weise der aufwendigen Schmalzlocke vom Foto seines Ausweises ähnelte. Sein Gesicht war unscheinbar und von zweideutiger Herkunft – ein Teil der wenigen Personen, die ihn ausgiebig musterten, hielt ihn für einen Asiaten, andere tippten auf einen Latino. Die Wahrheit behielt er für sich.

Er sah auf die Armbanduhr. Es dauerte länger, als es sollte, was ihm Unbehagen bereitete. Allmählich fühlte er sich exponiert.

Dumm. Die Chirurgin nackt zurückzulassen. *Unprofessionell.* Das konnte zu viel Aufmerksamkeit erregen. Es war eine Sache, sie zu betäuben und besinnungslos auf dem Operationstisch abzulegen. Das spielte effektiv in ihre Strategie hinein. Aber sie auszuziehen und festzuschnallen, war ein völlig anderes Paar Schuhe, eine unnötige Ergänzung, die dem Ganzen eine unbesonnene pseudosexuelle Note verlieh. Bei einer komplexen, ehrgeizigen Operation wie dieser – fast *zu* komplex und ehrgeizig für seinen Geschmack – gab es absolut *keinen* Spielraum für Fehler. Deshalb hielt man die Dinge am besten einfach. Die Frau splitternackt zurückzulassen, war eine zusätzliche Variable, die diese Gleichung definitiv nicht brauchte.

Er wechselte seine Position zur gegenüberliegenden Seite des Flurs und gab vor, jemandem eine SMS zu schreiben.

Es war Finneys Idee gewesen, sie nackt liegen zu lassen, und er hatte sich nicht davon abbringen lassen. Sebastian arbeitete inzwischen lange genug für Finney, um zu wissen, dass es keine abartige sexuelle Sache war. Seinen Boss turnte solcher Mist nicht an. Bei anderen kranken Ärschen, für die Sebastian im Verlauf der

Jahre tätig gewesen war, sah die Sache anders aus. Aber Finney war nicht wie andere. Für ihn drehte sich alles um Kontrolle. Er wollte Wu lediglich demütigen.

Was Finney gelungen war. Sie hatte ziemlich fertig ausgesehen, als sie mit der Krankenpflegerin vom Operationssaal zu den Umkleiden gegangen war. Trotzdem mussten sie vorsichtig sein, damit die Chirurgin nicht über den Rand kippte und so wie das hübsche Teenager-Mädchen endete: eingerollt auf dem feuchtkalten Betonboden in einer Ecke ihrer Zelle. Oder schlimmer.

Also wartete Sebastian. Etwas anderes konnte er nicht tun. Ihm gefiel nicht, dass Finney ohne Erklärung darauf beharrt hatte, die Tonübertragung abzuschalten, und dass Sebastian nun wie ein Trottel vor dem Umkleideraum herumlungerte, um Wache zu halten. Das hatte der Plan nicht vorgesehen. Und wenn sich nicht bald etwas täte, würde er sich in sicherere Gefilde begeben müssen, bevor jemand unerwünschtes Interesse an ihm entwickelte.

Finneys Verhalten stellte eine verflucht beunruhigende Entwicklung dar. Es war das erste Mal, dass sein Auftraggeber Sebastian vor den Kopf gestoßen hatte. In der Regel hörte Finney auf seinen Rat, weil er ihn schließlich genau dafür angeheuert hatte. Sebastian fürchtete, dass sich Finney nun, da ihr einjähriges Projekt zur Vollendung gelangte, dazu hinreißen ließ, sein Urteilsvermögen von persönlichen Gefühlen trüben zu lassen. Das hatte er schon öfter erlebt. Viele Male. Dabei erforderten Dinge dieser Art absolute Professionalität – entschlossene Zielstrebigkeit ohne Emotionen und gedankenlose Impulse. Andernfalls konnte leicht alles in die Brüche gehen und einem um die Ohren fliegen.

Sebastian wusste alles über Finney, über Wu und darüber, was die beiden verband. Er nahm nie einen Auftrag an, ohne sich vorher genau zu informieren. Diese Sache mit Finneys Frau … nun, das hätte jeden aus der Bahn werfen können. Dennoch war Sebastian davon ausgegangen, dass Finney die Kontrolle über sich behalten würde. Aus eigener Erfahrung wusste er jedoch auch, dass die Zeit nicht alle Wunden heilte und besonders emotionale Wunden ewig schwären konnten.

Unauffällig bewegte er die Hand zu seiner Brust. Durch die dünne Baumwolle des Krankenhaushemds berührte er die Erkennungsmarken aus Metall, die um seinen Hals hingen. All die Jahre trug er sie schon. Alfonsos Erkennungsmarken.

Scheiß drauf. Es ist nun mal, wie es ist.

Er hatte gewusst, dass dieser Auftrag haarig werden würde, und hatte ihn trotzdem angenommen. Jetzt zu jammern, brachte nichts. Er hatte noch nie einen Job vermasselt. Keinen einzigen. Und er würde verdammt noch mal nicht jetzt damit anfangen. Außerdem musste er an seine Schwester, an Sammy und an Sierra denken. Also würde er dafür sorgen, dass die Sache lief, wie sie sollte. Für sie alle. Ihre Zukunft war auf Gedeih und Verderb mit jener von Finney verknüpft.

In der ganzen Angelegenheit gab es nur Finney und ihn. Sebastian war von Anfang an überzeugt davon gewesen, dass es so am besten war. Mehr Ressourcen bedeuteten zwar mehr Hilfe, aber mehr Hilfe bedeutete gleichzeitig mehr Mitwisser, die plaudern konnten. Und bei diesem Unterfangen gab es einige schwerwiegende, belastende Geheimnisse.

Drei können ein Geheimnis bewahren, wenn zwei davon tot sind. Es war Alfonso gewesen, der ihn auf *Poor Richard's Almanack* gebracht hatte, und Sebastian fand dieses Jahrbuch schlichtweg brillant.

Schon Benjamin Franklin wusste, dass man niemandem vertrauen kann. Drei können ein Geheimnis bewahren …

Alfonso.

… wenn zwei davon tot sind.

Alfonso hätte er vertrauen können. Alfonso, der erst die Eignungsprüfungen mit Bravour bestand, um dann seinen Platz in der Offiziersanwärterschule abzulehnen, weil *»jeder Offizier per*

Definition ein Arsch ist und ich mich nicht in einen Arsch verwandeln will …«.

Alfonso, der in einer armseligen kleinen Bruchbude am anderen Ende der Welt in Sebastians Armen gestorben war. Durch die Hände eines Zwölfjährigen.

Er bewegte sich ein paar Schritte den Flur entlang, lehnte sich mit geübter Lässigkeit an die Wand und behielt die Tür zur Damenumkleide im Auge. Wieder betastete er Alfonsos Erkennungsmarken. Dabei musste er an jene denken, die er an diesem Morgen an Wus Hals belassen hatte.

RITA

»Also erinnern Sie sich an sie«, sagte Finney in ihrem Ohr.

»Ja«, bestätigte Rita. Überraschenderweise fing sie an, die Fassung zurückzuerlangen. Der physische Beweis für Finneys Existenz, den sie in der Hand hielt, verlieh dieser unwirklichen Situation ein wenig Wirklichkeit.

Sie legte das Foto zurück in ihren Spind. »Na schön. Ich akzeptiere vorläufig mal, dass ich nicht gerade irgendeinen psychotischen Zusammenbruch erleide.« Sie schaute zur Decke hoch, als wäre Finney ein Geist oder eine Gottheit. »Wenn Sie nicht hier drin sind, wo sind Sie dann? Wie führen wir diese Unterhaltung? Warum kann ich Sie nur in meinem linken Ohr hören?«

»Sagen wir einfach, ich habe das Hörvermögen Ihres linken Ohrs verändert.«

»Wie?«

»Durch einen geringfügigen chirurgischen Eingriff.«

»Stammt daher das Blut? Und der Schmerz?«

»Ja.«

»Was für ein Eingriff war das?«

»Ich bin nicht geneigt, Ihnen das zu sagen.«

»Wer hat die Operation durchgeführt?«

»Auch das bin ich nicht geneigt, Ihnen zu sagen.«

Rita kaute auf ihrer Unterlippe. *Hat er es getan oder jemand anders? Musste ich dafür nackt sein?* Soweit sie es beurteilen konnte, war abgesehen vom Ohr und den Schmerzen in ihrem Kopf sonst nichts mit ihr … *gemacht* worden.

»Warum kann ich mich an nichts erinnern?«

»Eine Nebenwirkung des Verfahrens.«

Situationsbewusstsein, bezaubernde Rita. Sie brauchte mehr Informationen.

»Haben Sie mir … Drogen verabreicht? Sedativa?« Keine Antwort. »Na schön. Ist es wie ein Cochlea-Implantat oder so?«

»Cochlea-Implantate sind verherrlichte Hörgeräte«, klärte er sie auf wie ein Lehrer eine begriffsstutzige Schülerin. »Mit etwas so Plumpem würde ich mich niemals abgeben.«

Trotz der Umstände und ihres Gefühls der Hilflosigkeit ärgerte sie seine Arroganz – wie verächtlich er ihre Frage abtat – über alle Maße. Immerhin war sie Chirurgin. *Leck mich, du herablassender Mistkerl,* dachte sie. Dann schoss ihr etwas anderes durch den Kopf: *Kann er meine Gedanken lesen?* Die Vorstellung entsetzte sie. *Unmöglich.*

Aber war es das wirklich?

Denn weißt du, bezaubernde Rita, du redest gerade mit diesem Mann in deinem Kopf.

Die Vorstellung, er könnte in der Lage sein, ihre Gedanken zu lesen, ließ sie in Erwägung ziehen, sich das linke Ohr abzuschneiden. Ernsthaft. In der Hoffnung zu entfernen, was immer er ihr eingepflanzt hatte, oder es zumindest ausreichend zu beschädigen, damit es seinen Geist aufgab.

Sich das eigene Ohr abzuschneiden, war nichts, was ein rationaler Mensch tun würde. Das bedeutete eine Psychose. War ihr egal. Sie würde jedenfalls NICHT zulassen, dass er in ihrem Kopf herumkramte, ihre Emotionen sezierte und ihren Gedanken lauschte. Nüchtern plante sie die nächsten Schritte: Sie musste die Haut mit Betadine desinfizieren, mit Lidocain betäuben, danach mit einem Skalpell durch sie und das darunterliegende Knorpelgewebe schneiden – eine Fünfzehnerklinge sollte dafür reichen.

Nach einigen Augenblicken meldete sich Finney wieder zu Wort. »Dr. Wu? Hallo? Haben Sie gehört, was ich gesagt habe? Können Sie mich noch hören?«

Rita zögerte. Zwei Möglichkeiten: Entweder konnte er ihre Gedanken doch nicht lesen oder er konnte es, tat aber so, als könne er es nicht. Rita beschloss vorläufig, dass er es nicht konnte. *Wahrscheinlich* nicht.

Sie legte ihre Ohramputationspläne ad acta und sagte: »Aber von so etwas habe ich noch nie gehört. Das scheint mir einfach nicht möglich zu sein.«

»Erinnern Sie sich daran, womit ich meinen Lebensunterhalt bestreite?«

»Ich … also … Hmmm.« Sie wusste, er war reich, konnte sich jedoch nicht erinnern, weshalb. Biotechnologie vielleicht? Solche Firmen gab es in San Diego wie Sand am Meer.

»Lassen wir es bei der Feststellung bewenden, dass ich über hinlängliche Mittel verfüge, um eine solche Vorrichtung entwickeln und herstellen zu lassen«, sagte er. »Und über den Intellekt und die Erfahrung, um die Entwicklung zu beaufsichtigen.« Kurz verstummte er, bevor er weitersprach. »Ist das, was Sie und ich gerade tun, wirklich ein solcher Quantensprung? Denken Sie nur an all die neueren bemerkenswerten Entwicklungen in Biotechnologie und Medizin. Stammzellen, um brandneue Organe wachsen zu lassen. Mikroskopisch kleine Maschinen, die Krebszellen aufspüren und vernichten. Gesichtstransplantationen. Ihre Patienten und die Öffentlichkeit scheinen derlei Dinge als selbstverständlich zu betrachten.«

»Ist es … dauerhaft? Dieses Ding?«

Keine Antwort.

»Na gut«, sagte sie. »Kann ich mit meinem linken Ohr noch hören?«

»Ja.«

»Bin ich wirklich die Einzige, die Sie hören kann?«

»Ja.«

»Und … Sie können andere Menschen in meiner Nähe hören?«

»Offensichtlich.«

»Wie können Sie mich hören?«

»Vorwiegend durch Vibrationen«, erklärte Finney. »Durch ihren Schädel übertragen. Wie Sie sich vielleicht erinnern, klingt deshalb die eigene Stimme für einen selbst anders als für alle anderen Menschen.«

Das klang einleuchtend, wie Rita einräumen musste. Falls sich all das nur in ihrer Fantasie abspielte, falls sie wirklich gerade einen psychotischen Zusammenbruch erlitt, hatte sich ihre Psychose ein Szenario mit wasserdichter Logik und mehr Kreativität ausgedacht, als sie sich je zugetraut hätte.

Abgesehen von einer Unstimmigkeit: »Aber … Sie wussten, als Lucy am Waschbecken fertig war … und zu ihrem Spind gegangen ist. Woher? Das können Sie sich nicht nur durch Zuhören zusammengereimt haben.«

»Ihre Brille, Dr. Wu.«

Rita berührte das Gestell. »Was ist damit?«

»Sie haben Sie auf der Bank neben Ihrem Spind liegen gelassen, als Sie zu den Waschbecken gegangen sind.«

»Ich verstehe nicht …«

Er seufzte. »Ich hätte gedacht, das wäre offensichtlich. Vielleicht habe ich Sie überschätzt. Ich habe durch Ihre Brille gesehen, wie Ihre Kollegin den Raum betrat, Dr. Wu. Ich habe eine Kamera darin installiert, die es mir ermöglicht, dasselbe zu sehen wie Sie.«

»Aber haben Sie nicht gesagt, Sie hätten kein Interesse daran, jemanden von uns, äh … nackt zu sehen?«

»Ich sagte unbekleidet, nicht nackt.« Sein Tonfall blieb ruhig. »Ihre stämmige Chirurgenkollegin war nicht nackt. Abgesehen davon hätte ich auch gut darauf verzichten können, die Teile von ihr zu erblicken, die ich gesehen habe. Wie dem auch sei, mein Interesse – oder Mangel daran –, unverhüllte Frauen zu sehen, ist für unsere Zwecke unerheblich.«

»*Welche* Zwecke?«

»Darüber unterhalten wir uns in Kürze.«

»Was, wenn ich das Sicherheitspersonal rufe? Oder die Polizei?«

»Und was genau wollen Sie sagen, Dr. Wu?« Finneys Tonfall klang mild. »Dass Sie eine Stimme in Ihrem Kopf gehört haben, nachdem Sie in Ihrem eigenen Operationssaal nackt auf dem Tisch aufgewacht sind? Die Stimme eines Mannes, dessen Ehefrau unter Ihrer Obhut gestorben ist? Was meinen Sie, wie sich das für den Sicherheitsdienst oder die Polizei anhören wird?«

Rita konnte es sich vorstellen. *Als wäre ich ein Opfer paranoider, psychotischer Schizophrenie.* Wahrscheinlich würde sie noch vor Mittag stationär in der psychiatrischen Abteilung landen.

Vielleicht gehöre ich dort ja hin.

Sie konnte fühlen, wie sie abglitt, wie sie den mentalen Halt verlor und auf blinde Panik und womöglich eine Psychose zudriftete. Wie Moses.

»Warum?«, flüsterte Rita.

»Sie müssen etwas lauter sprechen, Dr. Wu.«

»Warum machen Sie das mit mir?«

Mehrere Sekunden lang schwieg er. »Haben Sie gewusst, dass sie schwanger war, Dr. Wu?«

Oh Gott.

Ihre Beine hatten sich in Gummi verwandelt. Schwerfällig

ließ sie sich auf die Bank plumpsen, schloss die Lider, presste die Handballen gegen die Augen und rieb.

Natürlich hatte sie es gewusst.

»Ja«, flüsterte Rita. Sie hörte zu reiben auf, presste die Hände aber weiter gegen die Augen, als wolle sie sich dahinter verstecken.

»Zwei Monate«, fuhr Finney fort. Keine Emotionen, nur eine nüchterne Aufzählung der Fakten. »Sie war im zweiten Monat. Unser erstes Kind. Wir hatten es noch niemandem erzählt. Nicht einmal Jennys Eltern. Sie hatten vorgehabt, uns zu besuchen, und Jenny wollte sie damit überraschen. Aber dann wurde sie krank. Die Blinddarmentzündung. Sie haben vor der Operation einen Schwangerschaftstest durchgeführt, richtig? Als Jenny in die Notaufnahme gekommen ist.«

Ja, ich habe es gewusst. Anscheinend hatte Finney die umfangreichen Gespräche vergessen, die Rita mit ihm vor der Blinddarm-Notoperation seiner Frau geführt hatte. Darin hatte sie die erheblichen Risiken sehr wohl betont, die Narkose und Operation für die Schwangerschaft darstellten.

Eine lange Weile schwieg er, bevor er sagte: »Sie war so aufgeregt. Ich habe sie nie davor so aufgeregt wegen irgendetwas erlebt, wie sie wegen des Ba… wegen der Schwangerschaft war.«

Baby, er hätte fast BABY gesagt, Gott, er macht die Sache so RIESIG …

»Sie musste an sich halten, um es nicht jedem zu erzählen, den sie kannte, sobald der Arzt die Ergebnisse des Heimtests bestätigt hatte«, fuhr Finney fort. »Wenn wir zum Essen mit ihren Bekannten ausgingen, fiel natürlich auf, dass sie keinen Alkohol trank, und ihre Freundinnen kicherten und zwinkerten einander zu. Sie haben Jenny gefragt, warum sie keinen Wein bestellte. Frauen scheinen immer ein … Gespür für solche Dinge zu haben.«

Mein Gott, warum redet er darüber?

»Jenny lachte dann jedes Mal bloß und wechselte das Thema.

Und sie saß auf ihren Händen. Ja. Daran erinnere ich mich sehr deutlich. Sie hat die Hände unter die Beine geschoben. Ich glaube … weil sie glücklich war. Sie hat immer auf den Händen gesessen, wenn sie wegen irgendetwas aufgeregt war. Wie … wie wegen eines Kindes.«

Oh Gott.

»Wenn wir allein waren, sprach sie von nichts anderem mehr.« Finney klang weit entfernt. Zerstreut. »Ein Zimmer einrichten. Babykleidung kaufen. Spielzeug. Kinderwagen. Namen natürlich.«

Sie wartete darauf, dass er weitersprach. Als er es nicht tat, murmelte Rita hinter ihren Händen hervor: »Es tut mir leid. Es tut mir so leid.«

Oh Gott, lieber Gott, das kann nicht wirklich mit mir passieren.

Ein Herzschlag verstrich. Die Stille wirkte unheilverkündend.

»Nicht annähernd so leid, wie es mir getan hat.« Ein weiterer Herzschlag, noch länger, noch unheilverkündender. »Wie es mir immer noch leidtut, Dr. Wu.«

Die leichte Betonung, die er auf die Gegenwartsform legte, traf Rita wie ein Schlag in den Magen. Sie ließ die Hände vom Gesicht sinken und starrte zur Decke.

»Aber mein Ohr. Wenn jemand hineinsieht oder meinen Schädel mit einer Computertomografie oder einer Magnetresonanztomografie untersucht …«

»Meine Technologie ist nicht aufspürbar. Eine medizinische Untersuchung würde eine Entzündung ergeben, vielleicht eine leichte Blutung um Ihr Trommelfell herum. Das gilt auch für eine CT oder eine MRT des Schädels. Die kleinen Befunde lassen sich bei Bedarf leicht durch das selbstverletzende Verhalten erklären, das mit paranoider Schizophrenie einhergeht.«

Rita fühlte sich ausgelaugt. Schwach. Niedergeschlagen. Verängstigt.

Kein Ausweg. Es gibt keinen Ausweg.

Blieb die Frage: keinen Ausweg *woraus?*

Dieser trauernde, unausgeglichene – *verrückte?* – Ehemann einer ehemaligen Patientin hatte sie in der Hand, in einer aufwendigen und perfekt ausgeführten … was? *Einer Falle*, vermutete sie. Aber *warum*? Eine Falle *wofür*? Was wollte Finney von ihr?

»Was wollen Sie?«, fragte Rita. Keine Antwort. Ihr Mobiltelefon vibrierte auf der Bank, als eine weitere SMS eintraf. »Was wollen Sie von mir?«

Eine weitere Minute des Schweigens. Ihr Handy brummte ungefähr alle fünfzehn Sekunden, als wolle es Empörung darüber zum Ausdruck bringen, dass es ignoriert wurde. Als Rita keine Antwort von Finney bekam, ergriff sie es endlich und las die Mitteilungen. Sie stammten von der Pflegerin aus der Operationsvorbereitung, die zum dritten Mal verlangte, Rita möge endlich kommen und sich um Mrs. Sanchez kümmern.

»Ich will«, ergriff Finney schließlich das Wort, »dass Sie Mrs. Sanchez operieren.«

SPENCER

Spencer befand sich auf halbem Weg zur Arbeit und dachte immer noch an den verdammten Ford Fiesta vor Ritas Haus.

Es war doch bloß ein Auto, das auf einer Straße geparkt hat, sagte er sich vor. Er war paranoid. Und er musste es aus dem Kopf bekommen. *Raj. Ich rufe Raj an.*

Die Uhr seines Armaturenbretts zeigte kurz nach sieben Uhr. Spencer hatte sieben Uhr vor langer Zeit als willkürliche Schwelle festgelegt, um an Werktagen Leute anzurufen, die keine Chirurgen waren. An Wochenenden wartete er bis acht.

»Ruf Raj an«, sagte er laut.

»Rufe Raj an«, meldete seine Freisprechanlage zurück.

Nach mehrmaligem Tuten hörte Spencer ein schlaftrunkenes, fragendes Brummen, das er als Begrüßung auffasste.

»Hä?«

»He, Mann«, sagte er. »Guten Morgen.«

»Spencer?« Raj stöhnte. »Scheiße. Mann, draußen ist es noch kaum hell.«

Spencer grinste. »Höchste Zeit, den Tag zu beginnen, Alter.« Wie viele Männer eines bestimmten Alters schalteten Spencer und Raj in der Gegenwart des jeweils anderen ihre persönliche Reife den einen oder anderen Gang herunter. Was in ihrem Fall bedeutete, dass sie Unterhaltungen mit Unflätigkeiten, *Alter* und *Mann* anreicherten. Raj, so wie Spencer alleinstehend, legte dabei mehr Begeisterung an den Tag als Spencer, wahrscheinlich weil er näher an dreißig als an vierzig und weniger geneigt war, endgültig erwachsen zu werden.

»Schließ nicht von dir auf andere.« Raj gähnte. »*Gehirnchirurgen*, Alter. Was zum Geier willst du?«

»Die MRT-Daten. Hab mich gefragt, ob du schon die Ergebnisse der Supercomputeranalysen von gestern hast, die während unseres Zeitfensters gelaufen sind.«

»Klar«, antwortete Raj und klang leicht genervt. »Hast du deine E-Mails nicht gecheckt? Hab sie dir gegen 3:00 Uhr geschickt.« Raj gehörte zu den beneidenswerten Menschen, die mit wenig Schlaf auskamen.

»Nein.«

»*Dafür* hast du mich im Morgengrauen geweckt? *Echt jetzt*, Spencer. Wie alt bist du, neunzig? Sogar meine *Oma* weiß, dass die Leute nicht mehr am Telefon miteinander reden.«

Plötzlich raste ein roter Tesla heran und schnitt Spencer. Hinter dem Steuer saß eine elegante Frau mit silbrigen Haaren. Nur Zentimeter trennten ihre hintere Stoßstange von seiner vorderen. Spencer schlug auf die Hupe. Flüchtig erhaschte er einen Blick auf eine verspiegelte Designer-Sonnenbrille, die ihn im Innenspiegel des Tesla zu mustern schien. Dann streckte die Frau mit gemächlicher Anmut eine zierliche Hand durchs Fenster nach draußen und zeigte ihm den Mittelfinger. Spencer unterdrückte den ungalanten Drang, auf dieselbe Weise darauf zu reagieren, und brummte: »Hatte heute Morgen keine Zeit, meine E-Mails abzurufen, bevor ich los zur Arbeit bin.«

»Nicht mein Problem.«

»Jetzt komm schon, Raj. Sag's mir einfach.«

Eine Pause. »Trägst du sie?«

Ups. Spencers Blick schnellte zu der Lederaktentasche – ein Weihnachtsgeschenk von seinen Eltern aus dem Vorjahr – auf dem Beifahrersitz. *Mist.*

»Du trägst sie nicht, oder?«, sagte Raj.

»Nein.«

»Warum nicht?«

Weil ich die ganze Zeit an diesen Fiesta gedacht habe. Was er jedoch Raj gegenüber nie zugeben würde, weil er dann erklären müsste, was er um sechs Uhr morgens vor dem Haus seiner Exfreundin gewollt hatte. Außerdem strotzte Raj nicht gerade vor herzlichen Gefühlen für Rita.

»Ich, äh, hab's vergessen.«

»*Echt jetzt,* Alter. Wir *brauchen* diese Daten. Dein Name steht auch auf dem Patent. Dir sollte genauso viel daran liegen wie mir. Mach sie jetzt dran, dann verrate ich dir vielleicht die Ergebnisse.«

Spencer wollte *wirklich* etwas über die Supercomputerergebnisse erfahren. Er hatte monatelang darauf gewartet. Abgesehen davon hatte Raj recht, er sollte das verfluchte Ding ja tragen. Es gab keine Ausrede dafür, dass er es nicht tat.

Er hielt seinen Prius hinter dem Tesla an, der an einer roten Ampel stehen geblieben war. »Na schön. Gib mir eine Sekunde.«

Spencer warf immer wieder Blicke zur Ampel, während er ein Seitenfach der Aktentasche öffnete und einen hellbraunen, runden Gegenstand, etwa so groß und dick wie eine Vierteldollarmünze, herausholte. Von einer Seite zog er einen Folienstreifen ab, darunter kam eine Haftfläche zum Vorschein. Er drückte sich den Gegenstand an die Haut hinter seinem rechten Ohr, wo er wie ein Pflaster kleben blieb. Spencer tastete mit dem Zeigefinger darauf herum, bis er einen kleinen Knopf fand, der an einer Seite der runden Kante hochragte. Mit dem Fingernagel schob er den Knopf eine winzige, lineare Spur entlang, die von einer Seite durch die Mitte des Gegenstands zur gegenüberliegenden Seite verlief.

»Alles klar«, sagte er, als der Knopf am gegenüberliegenden Rand des Kreises einrastete. »Hab sie gerade eingeschaltet.«

»Dann überprüfe ich mal eben die EEG-Signalintegrität.«

Plötzlich bekam das Satellitenradio des Prius, das Spencer auf einen Sender mit klassischer Musik eingestellt hatte, an- und abschwellende Aussetzer. Spencer versuchte es mit einem anderen Sender. Mit dem gleichen Ergebnis. »He. Raj. Mein Satellitenradio funktioniert nicht mehr.«

»Ja. Dasselbe passiert in meinem Auto, wenn ich sie trage. Irgendwie stört das Signal den Satelliten- und Mobilfunkempfang. Daran müssen wir noch arbeiten.«

Spencer trommelte mit den Fingern auf das Lenkrad, während er aufs Umschalten der Ampel und auf Rajs Bestätigung wartete, dass auf seiner Seite alles im grünen Bereich war. EEGs – oder genauer ausgedrückt *Elektroenzephalogramme* – dienten zur Erfassung der elektrischen Ströme des Gehirns. Neurologen benutzten sie, um Krankheiten wie Epilepsie zu diagnostizieren. Bestehende EEG-Vorrichtungen waren groß und sperrig. Sie erforderten zahlreiche Elektroden, die über den Schädel verteilt angebracht und über Drähte mit einem Aufzeichnungsgerät verbunden wurden.

Die EEG-Vorrichtung, die Spencer im Augenblick trug, entwickelt und gebaut von Raj und ihm – nun ja, größtenteils von Raj –, benötigte nur eine einzige drahtlose, hinter dem rechten Ohr angebrachte Elektrode. Sie übertrug Gehirnwellensignale direkt auf einen Server in Rajs Labor, und Raj konnte die Signale mit einer App auf seinem Smartphone überwachen. Eine schicke Lösung mit einer Unzahl gewerblicher Anwendungsmöglichkeiten. Es streckten bereits Biotech-Unternehmen die Fühler nach ihnen aus, aber Raj und er brauchten noch mehr Beweise, dass es tatsächlich funktionierte, bevor sie mit damit beginnen konnten, Deals an Land zu ziehen.

»Alles klar. Wir haben ein sauberes Signal«, meldete Raj. »Wird gerade aufgezeichnet. Hat dir schon mal jemand gesagt, dass du wunderschöne Gehirnwellen hast?«

»Schleimer. Ich wette, das sagst du zu allen Neurochirurgen.«

»Nur zu den süßen. Wie ich sehe, bist du gerade auf der Torrey Pines Road. Unterwegs Richtung Norden.«

»Wie …«

»Das Signal vom EEG ist wie ein GPS. Zeigt mir deinen exakten Aufenthaltsort. Hatte ich das noch nicht erwähnt?«

»Nein. Aber … ist schon irgendwie cool, schätze ich. Auf beklemmende Weise. Big Brother und so.«

»Oh *bitte*. Ist nicht anders als bei deinem Handy. Hast du die zusätzliche EEG-Elektrode, die ich dir gegeben habe?«

»Ja.« Als Spencer eine zweite EEG-Elektrode aus seiner Aktentasche holte und in seine Jacke steckte, schaltete die Ampel auf Grün, und der rote Tesla schoss davon wie ein Dragster. Spencer schaute finster drein und setzte seinen Prius mit einer vernünftigeren Geschwindigkeit in Bewegung. »Nur für den Fall, dass ich noch jemanden treffe, der dumm genug ist, sich das Ding anzulegen. Die MRT-Daten – wie sehen sie aus?«

»Spitze. Warte kurz.« Raj stöhnte, und Spencer hörte Bettfedern quietschen. Offenbar rappelte sich Raj gerade aus dem Bett. »Diese Generation der Software kann bestehende Bilder *deutlich* besser schärfen, als wir je gehofft haben. Eine *gewaltige* Verbesserung.«

»Wirklich?« Spencer war skeptisch. Schon die vorherige Version ihrer MRT-Software war ziemlich beeindruckend gewesen.

Raj und Spencer waren nicht nur langjährige Freunde, sondern auch Forscherkollegen. Beide waren Professoren an der Universität von Kalifornien. Spencer war alles andere als eine Niete auf der IQ-Skala, und Freunden gegenüber wies er gern scherzhaft darauf hin, dass es eigentlich keine Gehirnchirurgie sei, womit sich Raj den Lebensunterhalt verdiente. Allerdings wussten sie beide, dass Raj mit seinem Intellekt, einem Doktortitel von der UCLA und einem weiteren Abschluss in angewandter Physik von der Cal Tech Spencer in Wirklichkeit um Längen hinter sich ließ.

Zusammen hatten sie es sich zum Ziel gesetzt, die Diagnose von Hirntumoren und anderen Krankheiten mittels Magnetresonanztomografie, kurz MRT, zu verbessern. Statt die MRT-Maschinen selbst zu optimieren – große, sündhaft teure Gerätschaften, die ganze Räume füllten –, arbeiteten sie an den Bildern. Graustufenbilder, anhand derer Radiologen Krankheiten diagnostizierten und die Neurochirurgen wie Spencer als Leitfäden bei der Durchführung von Hirnoperationen benutzten. Bei MRTs handelte es sich im Wesentlichen um digitale Fotografien. Und wie jedes digitale Bild konnte man auch MRTs bearbeiten, um aus den Pixeln schärfere und präzisere Bilder herauszuholen.

Raj und Spencer programmierten eine neue Software zur Verbesserung von MRTs, so etwas wie eine super-fortschrittliche Form von Photoshop. Sie bildeten ein perfektes Team: Spencer stellte die chirurgischen Fachkenntnisse, die Patienten und die MRTs. Raj steuerte die technischen Fähigkeiten, die Programmierkenntnisse und ein paar Doktoranden für Routinearbeiten bei. Sie arbeiteten bereits seit drei Jahren daran und erzielten allmählich beachtliche Fortschritte. Vor ein paar Monaten war ihnen ein staatlicher Zuschuss in Höhe von fünf Millionen Dollar gewährt worden, mit dem sich das Labor für mindestens weitere fünf Jahre über Wasser halten konnte.

»Wirklich. Warte, bis du die Bilder siehst. Sie sind *spitze*. Wir können Strukturen der Größe von Proteinen erkennen. Von *Proteinen*, Spencer! Kleinen Proteinen mit einer Länge von weniger als fünfzig Aminosäuren. Stell dir das mal vor. Überleg nur, was wir damit alles machen können!«

Über das Telefon hörte Spencer, wie eine Tür auf den Angeln knarrte, danach folgte das Klappern von Kunststoff, der gegen Keramik prallte. Ein Toilettensitz, der hochgeklappt wurde, wie Spencer erkannte. Raj sprach weiter, begleitet von einem vorhersehbaren Plätschergeräusch, das gleich darauf einsetzte.

»Ich denke, wenn ich die Algorithmen noch ein wenig justiere, können wir sogar frühe rezidivierende Gliome erkennen. Und unter Umständen strukturelle Veränderungen, wie sie bei einem Zustand vor dem Ausbruch von Alzheimer auftreten, oder frühe Stadien von Parkinson. Was meinst du?«

»Äh, sicher. Okay.« Spencer versuchte erfolglos, sich eines geistigen Bilds von Raj am anderen Ende der Leitung zu erwehren, wie er in einer Hand das Handy hielt, während er mit der anderen die Verrichtung seiner biologischen Notdurft unterstützte. »Raj, musst du *wirklich* pissen, während wir miteinander reden?«

»Ja.« Raj gähnte. »Wie auch immer. Das wird uns um Jahre nach vorn katapultieren. Ein gottverdammtes Meisterwerk, kann ich dir sagen. Diese neidischen Penner an der Hopkins – wie Coleman, erinnerst du dich an *das* Arschloch? –, die werden einen Anfall kriegen, wenn sie das sehen.« *Das Rauschen der Toilettenspülung.* »Wenn wir die Sache einem Fachjournal vorlegen … Oh Scheiße. *Scheiße.*«

»Was ist?«

»Der Sturm!« Raj brüllte praktisch ins Telefon. »Alter, ich hab den Sturm völlig vergessen.«

»Wovon redest du?«

»Der Sturm vor der Küste! Ist *das* Thema auf Twitter.«

Spencer hatte keine Ahnung, wie Raj diese Multitasking-Meisterleistung vollbrachte: seinen Twitter-Feed zu lesen, während er gleichzeitig telefonierte *und* pinkelte. Er wollte es auch gar nicht wissen. Raj war schon immer unfähig gewesen, sich nur auf eine Sache auf einmal zu beschränken. Sein Verstand schien stets in mindestens fünf Richtungen gleichzeitig zu rasen, sogar, vermutete Spencer, in den wenigen Stunden, in denen er schlief.

»Oh. Richtig. Was ist damit?«

»Beständiger Wellengang mit drei Meter hohen Wellen. Drei Meter! Und sie brechen total sauber. Ich muss runter zum Black's, Alter.«

Black's Beach war eine beliebte Stelle zum Surfen am Fuß von steilen Klippen. Das Turner Krankenhaus und der Universitätscampus befanden sich oben auf dem Felsen und überblickten den Strandabschnitt. Soweit Spencer wusste, war Black's Beach in den 70ern so etwas wie ein Nacktbadestrand für Hippies gewesen. Heutzutage zog der kleine Strand ordentlich bekleidete Surfer, Sonnenanbeter, Familien und gelegentlich dickbäuchige alte Männer an, die nur einen Stringtanga und ein anzügliches Grinsen trugen. Unnötig zu erwähnen, dass man mit Letzteren, die meist wie gewaltige, knackig gebräunte Krabben die Küste entlangwanderten, keinen Blickkontakt herstellte. Niemals.

Raj war Surfer und trotz seines plumpen Körperbaus ein verdammt guter. Er bevorzugte die direkteste Route von seinem Labor am Campus zu Black's: mit dem Surfbrett unter dem Arm den steilen Serpentinenweg hinunter, der in den Sandstein der hundertzwanzig Meter hohen Felswand gehauen war.

Spencer fand, dass es verrückt war, sein Leben für ein paar Sekunden auf einem verfluchten, knapp zwei Meter langen Stück Fiberglas aufs Spiel zu setzen.

»Ich dachte, du hättest inzwischen längst davon gehört. Hab heute Morgen beim Laufen etliche Leute unten am Calumet gesehen. War gerammelt voll.«

»Überrascht mich nicht. Ich schiebe noch einen schnellen Ritt ein, dann geh ich ins Labor.« Rajs Enthusiasmus und Energie drangen knisternd über die Leitung – es klang, als würden seine vier Stunden Schlaf locker reichen. »Wahrscheinlich sind nur noch ein paar Stunden mit guten Wellen übrig.«

»Treffen wir uns zum Mittagessen?«

»Gern. Sushi? In dem Lokal in der Nähe vom Higdon Park?« Die umfassende Aussicht, die man dort auf den Pazifik hatte, war schlichtweg phänomenal.

»Alles klar. Wie wär's mit ein Uhr?«

»Super.«

Spencer näherte sich einer steilwandigen Schlucht. »Raj. Ich fahre gleich durch die Schlucht, also werd' ich dich wahrscheinlich verlieren. Ich seh mir die Daten an, und wir unterhalten uns beim Mittagessen weiter. In Ordnung?«

»Ja, klingt …« Die Verbindung riss abrupt ab.

Spencer grinste. Das waren tolle Neuigkeiten, und sie drängten die Erinnerung an den heruntergekommenen Ford Fiesta, der vor Ritas Haus parkte, geradewegs aus seinem Kopf. Er konnte es kaum erwarten, sich zu Mittag mit Raj zu treffen.

Als er sich den Weg über die vierspurige Straße durch die Schlucht bahnte – zwei Fahrspuren in jede Richtung, getrennt durch einen Betonmittelstreifen –, geriet die grauhaarige Frau im roten Tesla, nachdem sie mehrmals die Fahrspur gewechselt hatte, in zähfließenden Verkehr und endete hinter ihm auf der Nebenspur. Was Spencer, wie er schadenfroh erkannte, die einmalige Gelegenheit bot, ihr den Weg abzuschneiden und sie hinter der Gruppe von Autos festzusetzen. Um ihr eine Lektion zu erteilen. Um ihr zu zeigen, wie sich das anfühlte.

Er umklammerte das Lenkrad fester, als er dazu ansetzte, die Spur zu wechseln und seinen Wagen in die kleine Lücke vor dem Tesla zu zwängen.

Aber nein.

Er lenkte den Prius zurück auf seine Fahrspur. Über so etwas war er erhaben. Er würde ihr den Weg nicht abschneiden. Er hielt nichts von aggressivem Fahrverhalten. Oder sonstigen hitzigen Verhaltensweisen. Stattdessen blieb er auf seiner Spur, schaltete das Radio – das immer noch nicht richtig funktionierte – aus und konzentrierte sich darauf, in Gedanken die Schritte seiner ersten – und einzigen – Operation an diesem Vormittag durchzugehen.

SEBASTIAN

Sebastian fragte sich, was für eine Unterhaltung Finney und Wu gerade über das Implantat führen mochten.

Das Implantat.

Es stellte wahrhaftig ein beeindruckendes Werk dar. Ein gottverdammtes technisches Wunder. Sebastian war noch nie etwas Vergleichbares untergekommen, und er war jemand, für den sich im Verlauf der Jahre der Zugang zu etlichen Geheimnissen ergeben hatte, sodass ihm schon einiges an verrücktem Science-Fiction-Kram unter die Augen gekommen war. Wenn dieses Ding auf den Markt käme – und das würde es letzten Endes –, würden sämtliche Regierungen, Verbrechersyndikate und multinationalen Konzerne der Welt es haben wollen. Es gab dafür alle möglichen Anwendungszwecke. Natürlich vorwiegend militärischer Natur: Überwachung, Feldkommunikation, Verhöre.

Verhöre.

Er wusste, dass die Schöpfer des Implantats beim Entwickeln von Verhörtechniken über den faszinierendsten – und unerwartetsten – Vorteil der Vorrichtung gestolpert waren.

Ganz zu schweigen davon, dass es zugleich der Verstörendste ist.

Diese Forschungslinie war mit einer anderen Gruppe von Versuchspersonen betrieben worden – ausschließlich mit jungen Männern verschiedenster Volkszugehörigkeiten. In Sebastians

Augen hatte sie das Flair von Soldaten umgeben. Sie hatten trotziger als die anderen gewirkt. Härter. Terroristen? Rebellen? Kam auf die Perspektive an.

Jedenfalls sahen sie für sein geübtes Auge wie wirklich üble Kerle aus. Kaltblütige Killer mit ausdruckslosen Augen. Typen der Art, die sich selbst dabei filmten, wie sie schreienden Gefangenen in orangefarbenen Overalls die Köpfe abhackten. Von solchen Männern gab es mehr auf der Welt, als Sebastian zählen wollte – Männer, wegen der man keine Träne vergoss –, und sie hatten einen steten Strom frischen Materials geliefert, an dem die Entwickler experimentieren konnten.

Auch die Forschungsmethoden waren bei dieser Gruppe anders ausgefallen. Es gab Verhörleiter. Man konnte sie abseits der Kamera hören, wie sie den Probanden barsche Fragen in verschiedenen Sprachen stellten. Anhand des Materials, das Sebastian zur Verfügung stand, ließ sich unmöglich mit Sicherheit sagen, welche Länder beteiligt sein mochten. Was durchaus gut so war, denn durch dieses spezielle Wissen wäre es nicht unwahrscheinlich, dass er eines Tages mit dem Gesicht nach unten und einer Kugel im Hinterkopf in einem Straßengraben landete. Durch das Implantat würde jede seit dem Anbeginn der Zeit ersonnene Technik der Informationsextraktion überflüssig werden. Das gottverdammte Ding las praktisch Gedanken.

Allerdings gab es … Nebenwirkungen. Irreparable Nebenwirkungen, die Sebastian sogar bei den üblen Typen als Opfer zum Nachdenken brachten.

Zuerst hatten es die Verhörleiter mit dem direkten Ansatz versucht – indem sie wie in einer Endlosschleife immer und immer wieder dieselben Fragen stellten, wovor selbst Schlaf keine Flucht bot, weil er eine physiologische Unmöglichkeit darstellte, solange das Implantat Sprachübertragungen empfing. Letzten Endes erzählten die Versuchspersonen den Verhörleitern *alles*. Der längste Zeitraum, den je jemand durchgehalten hatte, waren vierundzwanzig Stunden – und jener Mann hatte damit geendet, dass er sich den Rest seines kurzen Lebens die Hände über die Ohren gehalten und an- und abschwellend schreiend Antworten auf Fragen gebrüllt hatte, die nicht mehr gestellt wurden. Was die Verhörleiter neugierig gemacht hatte: Gab es vielleicht andere, effizientere Methoden?

Sebastian vermutete, dass sich die Forscher ihre nächste Inspiration – Heavy Metal und Hardcore-Rap laut in die Köpfe der Versuchspersonen zu blasen – von US-Soldaten abgeschaut hatten, die ähnliche Taktiken, wenngleich über Lautsprecher, an Orten wie Gitmo anwandten. Probanden dieser Testreihe wiesen die bedauerliche Tendenz auf, mit rasender Geschwindigkeit dem Wahnsinn zu verfallen, in der Regel, bevor irgendwelche nützlichen Informationen aus ihnen herausgeholt werden konnten. Daher verwarf man das rasch wieder. Allerdings bewunderte Sebastian, der viele der Songs kannte, den Musikgeschmack der Verhörleiter und zollte ihnen Respekt für die Auswahl in ihren Wiedergabelisten.

Irgendwann kam jemand auf die schlaue Idee, unterschwellige Botschaften zu übermitteln. Die Mechanismen, die dem zugrunde lagen, verstand Sebastian nicht vollständig, zumal sie fortschrittliche Theorien beinhalteten, die Psychologie, Biologie und Technik miteinander vermischten. Er wurde das Gefühl nicht los, dass die Entwickler des Implantats selbst keine Ahnung hatten und bloß mit hochgestochenen Worten um sich warfen, um Dinge zu erklären, die sie eigentlich nicht erklären konnten.

Sebastian hatte unter unterschwelligen Botschaften immer die Versuche von Konzernen verstanden, einem ihren Mist anzudrehen – Bier oder Pick-ups oder was auch immer –, indem sie Bilder nackter Frauen oder ein Wort wie *Sex* auf dem Fernsehbildschirm aufblitzen ließen, so schnell, dass es der bewusste Teil des Gehirns nicht verarbeiten konnte, sehr wohl jedoch der unterbewusste. Dadurch stupste das Unterbewusstsein das Bewusstsein später an und sagte *He, Alter, kauf dieses Bier,* weil *dieses Bier* mit umwerfenden Sex mit heißen Frauen gleichgesetzt wurde.

Nur waren die unterschwelligen Signale des Implantats keine Bilder nackter Frauen, sondern getaktete, elektrische Impulse, die über den Nervus vestibulocochlearis, den Hör-Gleichgewichtsnerv, in die Gehirne der Versuchspersonen übertragen wurden. Die Entwickler hofften, dass ihnen diese Impulse in Kombination mit gesprochenen Suggestionen Zugang zum Unterbewusstsein erschließen würden, als lüde man Daten von einer Festplatte herunter. Die Idee dahinter war, die Probanden dazu zu bringen, detailliertere Informationen preiszugeben und das mit größerer Zuverlässigkeit als durch bewusste Erinnerung – um de facto an tief vergrabene Erinnerungen zu gelangen.

Es funktionierte nicht – jedenfalls nicht so wie geplant. Man war nicht in der Lage, das Unterbewusstsein einer Versuchsperson anzuzapfen und Erinnerungen daraus abzugreifen wie Kekse aus einem Glas. Trotzdem stellte sich die Prozedur als größere Gedankenbeeinflussung heraus, als man sich erhofft hatte: Als Reaktion auf die unterschwelligen Signale führten die Versuchspersonen, ohne es zu wollen, den Inhalt der Botschaften aus.

Wenn die Entwickler beispielsweise ein Signal übertrugen, das grob der Aufforderung *Sag uns, wie du hierher gelangt bist* entsprach, liefen die Versuchspersonen unablässig in ihren Zellen herum, als marschierten sie über eine weite Strecke, oder sie ahmten Bewegungen wie beim Lenken eines Autos nach. Gleichzeitig war ihnen nicht bewusst, dass sie es taten.

Gedankenkontrolle.

Die Entwickler waren unverhofft über Gedankenkontrolle gestolpert. Gut, vielleicht nicht *exakt* Gedankenkontrolle. Nicht so, als legte man einen Hebel an einer Maschine um oder erteilte Befehle wie ein Ausbilder an einen Armeerekruten. Man konnte keine Botschaft senden, die besagte *Lach laut auf* oder *Steck die Hand in einen Mixer,* um sich anschließend zurückzulehnen und zu beobachten, wie die Versuchsperson unter einem Lachanfall zusammenbrach oder sich die Finger pürierte. So funktionierte es nicht. Im Gegenteil, die Probanden neigten dazu, direkte Befehle abzulehnen.

Also perfektionierten die Entwickler ihre Technik. Sie lernten, subtiler vorzugehen, raffinierter und einen mentalen Taschenspielertrick durchzuführen, um die Versuchspersonen dazu zu *überlisten*, das zu tun, was sie von ihnen wollten. Das war keine Gedankenkontrolle. Aber verdammt nah dran.

Verdammt nah dran.

Sebastian hatte an der Highschool mal einen Hypnotiseur gesehen. Einen großen, fetten Kerl mit einer schwuchteligen Frisur und Goldketten, der einen Frack aus Samt und ein Rüschenhemd trug. Er hatte sich Dr. Dream genannt oder einen ähnlich albernen Namen gehabt und war für eine Vorstellung an ihre Schule gekommen. Als er damals nach Freiwilligen fragte, überschlugen sich die Beliebten förmlich dabei, auf die Bühne zu klettern und sich zum Affen zu machen. Dr. Dream tippte ihnen auf die Stirn, und sie reagierten, indem sie wie Hunde bellten, Luftgitarre spielten, sich verrenkten wie Stripperinnen – was immer ihnen Dr. Dream auftrug. Lauter verrückten Mist. Der Hypnotiseur schlenderte über die Bühne hin und her, hielt ein drahtloses Mikrofon in der Hand und gab kitschige Songs aus Bars in Las Vegas zum Besten, während er den Schülern auf die Köpfe tippte.

Sebastian, damals vierzehn, war zu dem Schluss gelangt, dass die ganze Sache totaler Quatsch war. Das dachte er noch immer – die Beliebten hatten sich bloß aufgespielt und so getan, als wären sie hypnotisiert, um noch mehr Popularität zu ergattern. Sie hatten haargenau gewusst, was sie auf der Bühne taten. Und der Hypnotiseur? Bitte. Sebastian hatte Zehnjährige gekannt, die an Straßenecken mit Kümmelblättchen eine bessere Show abzogen als jener aufgeblasene Arsch.

Finneys Implantat war kein Betrug. Keine Verarsche, kein billiger Taschenspielertrick. Sebastian hatte es mit eigenen Augen auf den Bändern gesehen. Es war auch keine Hypnose, nicht im klassischen Sinn. Eher so etwas wie *Überredung*.

Und genau das hatten Finney und er an diesem Morgen für Wu geplant. Die elektrischen Signale des Implantats sollten die Frau empfänglich für gesprochene Befehle machen. Die Entwickler nannten diesen Vorgang – die Kombination aus elektrischen Signalen und verbalen Befehlen – *Einbettung*. Sobald die Einbettung abgeschlossen war, würde Wu den überwältigenden Drang verspüren, den Befehl auszuführen, sich davon abgesehen jedoch normal verhalten und fühlen. Bestimmte psychoaktive Drogen, die vor den Signalen verabreicht worden waren, würden ihren Geist noch formbarer machen. Sebastian hatte dafür gesorgt, dass Wu eine kräftige Dosis davon erhalten hatte, während er ihr das Implantat ins Ohr einpflanzte.

Einbettung hatte Beschränkungen und funktionierte nicht immer. Komplexe Befehle – Dinge, die mehrere Schritte oder komplizierte Gedankengänge erforderten – kamen nicht infrage, weil sie die Zielperson verwirren würden. Manchmal setzten sich die Zielpersonen auch zur Wehr und leisteten Widerstand gegen die Impulse, vor allem, wenn die Suggestionen vollkommen entgegengesetzt zu ihren persönlichen Erfahrungen standen. Man konnte einen Klempner nicht auffordern, ein Flugzeug zu führen, umgekehrt konnte man einen Piloten nicht dazu bringen, eine Toilette zu reparieren. So funktionierte es nicht.

Die meisten Zielpersonen erinnerten sich an keine Einzelheiten der Einbettung – sie verspürten nur den Drang, die Befehle auszuführen, begleitet vom Gefühl, aus einem Traum erwacht zu sein. Diejenigen, denen es so erging, beschrieben lebhafte außerkörperliche Erfahrungen oder das Gefühl, geteilt gewesen zu sein. *Es war, als hätte ich meinen Zwilling gesehen und mit ihm geredet*, gab eine der Versuchspersonen später zu Protokoll. Manche berichteten auch von surrenden Geräuschen und Unbehagen. Verwirrung. Schwindelgefühl. Erbrechen. Ein paar bekamen Krampfanfälle.

Darüber hinaus ließen sich die Überzeugungssignale nur in kurzen, geballten Ladungen übertragen. Sonst riskierte man, das Gehirn des Probanden in Gelee zu verwandeln. In den Videos war das mehr als einmal passiert, als die Verhörleiter die Versuchspersonen unablässig mit Suggestionen bombardiert hatten. Nur um zu sehen, was passierte.

Das Ergebnis war immer dasselbe: Schmerzen und Geschrei, das manchmal stundenlang andauerte, danach Stille, starre Blicke, offene Münder. Sebastian wusste nicht recht, was er als verstörender empfand: das Gebrüll oder die starren Blicke der Versuchspersonen, die etwas jenseits des Kameraobjektivs fixierten, das nur sie sehen konnten. Diese Männer waren alle wenige Tage später gestorben, immer noch mit starrenden Blicken. Die Todesursache war unklar, die Autopsien hatten rein gar nichts ergeben.

Sebastian hatte sich dazu gezwungen, sich jedes einzelne der Videos anzusehen. Was er nicht hätte tun müssen. Und gewollt hatte er es verdammt sicher nicht. Im Verlauf der Jahre hatte er eine Menge verstörender Scheiße gesehen, doch verstörender als das ging es kaum.

Aber er war ein Profi und verhielt sich entsprechend. Also hatte er sich die Videos angesehen und sich so umfassend wie möglich über das Implantat informiert. Er hatte sämtliche Komponenten, technische Daten, Möglichkeiten und Unzulänglichkeiten eingehend studiert. Alfonso hatte immer voll Überzeugung behauptet, Sebastian sei gut darin, sich in Dinge zu vertiefen. Und nun wusste er ungefähr genauso viel über das verfluchte Ding wie Finney.

Verdammt, dachte er. *Vielleicht sogar noch mehr.*

Wieder sah er auf die Uhr und bemühte sich, nicht an das Teenager-Mädchen zu denken, das eingerollt auf dem Zellenboden gezuckt hatte. Ja, es gab reichlich böse Menschen auf der Welt.

Wann bin ich einer davon geworden?

»Mrs. Sanchez operieren? Sie meinen … mit dem Auto-Chirurgen?« Rita stand auf. Was sie überraschende Anstrengung kostete. Einmal mehr heftete sie den Blick an die Decke, als lauere Finney irgendwo dort oben, vielleicht im Kriechraum über den Kacheln der Deckenverkleidung.

»Ja. Ich will, dass Sie die Operation mit dem Auto-Chirurgen durchführen. Heute Vormittag. Wie geplant.«

»Das … ist alles?«

»Ja.«

»Warum?«

»Spielt das eine Rolle?«

Jedes Neuron in ihrem Gehirn brüllte sie an, dass es falsch, falsch, *falsch* wäre, an diesem Vormittag zu operieren.

»Ich glaube nicht, dass … Ich bin mir nicht sicher, ob ich heute Vormittag in der Lage bin zu operieren. Ich wollte die Operation absagen.«

Finney erwiderte nichts.

»Ich … ich will einfach auf der sicheren Seite bleiben«, fügte sie hinzu.

Ein langes Schweigen folgte. Schließlich sagte er: »Was ist mit Jenny? Haben Sie sich auch Gedanken darüber gemacht, ob Sie bei *ihr* auf der sicheren Seite waren?«

Ritas Kehle fühlte sich wie zugeschnürt an. Sie ballte die Hände zu Fäusten und trieb sie unter die Brille und in ihre Augen. Sie würde nicht weinen. Nicht mit *ihm* in der Nähe. Nur bestand das Problem natürlich darin, dass er *immer* in der Nähe war.

FINNEY

Als er die Anzeige auf seinem Tablet betrachtete, verweigerte er sich abermals die Befriedigung eines Lächelns.

Sie ist bereit für die Einbettung.

Er hatte sie lange genug darauf vorbereitet. Hatte den fruchtbaren Boden ihres Geistes gepflügt. Die Zeit war gekommen, die Saat zu säen, die Frau zu überzeugen, Mrs. Sanchez zu operieren und den Hauptteil seines Plans in Gang zu setzen.

Dr. Wu hatte gar nicht so weit danebengelegen, als sie die Vermutung äußerte, die Vorrichtung könnte ein Cochlea-Implantat sein. In gewisser Weise war sie das sogar – erdacht von einem kleinen innovativen Start-up-Unternehmen, das es sich zum Ziel gesetzt hatte, Gehörlosigkeit zu heilen. Vor etlichen Jahren schon war er auf die Firma gestoßen und hatte eine ordentliche Stange Geld in sie investiert. Mittlerweile stand das Unternehmen kurz davor, die Behandlung von Gehörlosigkeit zu revolutionieren, was ihm persönlich zig Millionen einbringen würde.

Lange, bevor er Jenny begegnet war, hatte sich Finney Gedanken über andere Verwendungszwecke des neuartigen Implantats gemacht und die Entwicklung klammheimlich ins Ausland verlagert – an Örtlichkeiten, die reichen und mächtigen Kunden unterstanden, die durch Diskretion aufwogen, was ihnen an Skrupeln fehlte. Er hatte über die medizinischen Experimente Bescheid gewusst, die man für ihn durchführte. Zweifellos unangenehm, aber notwendig – er hatte weggeschaut, weil Geschäft nun mal Geschäft war und der internationale Markt für das Endprodukt gewaltig sein würde.

Nach Jennys Tod hatte er die Entwicklung des Implantats beschleunigen müssen, damit es vor dem ursprünglichen Zeitplan bereit für den Praxiseinsatz wurde. Und nun waren sie am Ziel.

Ironischerweise hatte Jenny am College mit gehörlosen Kindern gearbeitet und war begeistert vom Konzept des Cochlea-Implantats gewesen.

»Du machst die Welt zu einem besseren Ort, Morgan«, hatte sie gesagt, als er ihr eines Morgens von der – legitimen – Anwendung erzählte, und sie hatte ihn auf die Wange geküsst. »Ich bin so stolz auf dich.«

Damals hatte er spontan ernsthaft darüber nachgedacht, das Programm im Ausland zu beenden und sogar vorbereitende Schritte eingeleitet, um sich davon zu trennen. Aber nur wenige Tage später war sie krank geworden.

Jenny.

So sehr er an das glaubte, was er gerade tat, er musste einräumen, dass sie es nicht gebilligt hätte. Allerdings war sie nicht hier.

Finney wischte mit zwei Fingern über den Bildschirm des Tablets. In der Mitte erschien ein roter Kreis. Er tippte darauf. Eine große »5« ersetzte den roten Kreis und ging in einen Countdown über. Bei »0« explodierte auf dem Bildschirm ein pixeliges Durcheinander bunter Sinuswellen.

Die Würfel waren gefallen.

Finney konnte es weder sehen noch hören oder fühlen. Dennoch wusste er, dass in diesem Moment ein Impuls elektromagnetischer Energie von seinem Tablet ausging und sein in Dr. Wus Gehirnsubstanz eingepflanztes Gegenstück suchte – eine elektronische Nabelschnur, die ihre Gedanken mit dem Tablet und dadurch mit ihm verbinden würde.

Auf dem Bildschirm blinkte ein einziges Wort: *LINKED.*

Die Verbindung war hergestellt.

RITA

Rita nahm ein leichtes Kribbeln im Schädel wahr, als hätte jemand einen Teil des Knochens entfernt und striche nun mit der Spitze einer Feder über die Oberfläche ihres Gehirns.

Sie löste die Fäuste von den Augen. Der Drang zu weinen war verschwunden, ausgelöscht von jenem Kribbeln, das sich so *eigenartig* anfühlte. Sie berührte ihr linkes Ohr und schüttelte den Kopf, als könne sie das Gefühl dadurch vertreiben. Aber es war bereits verschwunden.

»Was war das?«, fragte sie.

»Dr. Wu«, sagte Finney. »Sie müssen Mrs. Sanchez heute Vormittag operieren. Sie können die Operation nicht absagen. Sie sind Chirurgin.«

Durch Ritas Kopf hallte ein einziger, aber druckvoller Gedanke, als hätte sich ein Teil ihres Verstands ein Megafon geschnappt und brüllte: *Ich muss Mrs. Sanchez heute Vormittag operieren! Denn ich bin Chirurgin!*

Ohne nachzudenken, stand sie auf …

Denn ich muss Mrs. Sanchez heute Vormittag operieren.

… und wollte zur Operationsvorbereitung eilen, um Mrs. Sanchez mitzuteilen, dass es bald Zeit für den Eingriff sei. Sie legte zehn Schritte zurück, bevor sie unvermittelt stehen blieb.

Aber …

Nein.

Heftig schüttelte sie den Kopf.

Woher zum Henker war *diese* dumme Idee nur gekommen? Mrs. Sanchez an diesem Vormittag operieren? Das ergab überhaupt keinen Sinn. Sie hatte doch bereits entschieden gehabt, die OP abzusagen. Den Eingriff durchzuführen, wäre verantwortungslos.

»Aber … das ergibt keinen Sinn«, sprach sie laut aus. »Es gibt keinen Grund für mich, das zu tun.« Es fiel ihr so *schwer*, die

Worte aus dem Mund zu pressen, eine Anstrengung wie bei einem der härtesten Rennen ihres Lebens. Was ziemlich seltsam war. Sie fühlte sich, als versuche sie mit der Zunge Betonblöcke zu verschieben. Woran lag das?

»Es gibt keinen Grund für mich, heute Vormittag zu operieren«, sagte sie.

FINNEY

Finney zog die Augenbrauen hoch und betrachtete die farbigen Anzeigen auf seinem Tablet.

Interessant.

Und ärgerlich. Sie blockierte ihn. Ihr Widerstand war beeindruckend. Er hatte nicht erwartet, dass sie die Einbettung so schnell oder mit so wenig Mühe abschütteln würde. Ihre intellektuelle Disziplin – oder ihre Willenskraft – war beachtlich. Und, wie er einräumen musste, bewundernswert. Auf ihre eigene Weise.

Die Signalstärke, die Menge des Stroms, die er in ihr Gehirn übertrug, war auf fünfzig Prozent eingestellt, das Maß, das bei den meisten Versuchspersonen der Experimente funktioniert hatte. Er wischte mit dem Zeigefinger über das Tablet und steigerte die Stromstärke.

Steigerte sie *erheblich*. Nicht auf das Maximum, aber fast. Bewundernswert hin, bewundernswert her, *er* hatte hier die Kontrolle. Nicht sie.

RITA

Sie zuckte zusammen, als dieses kitzelnde Gefühl erneut in ihrem Gehirn auftauchte. Nur war es kein Kitzeln mehr, vielmehr ein intensives Summen oder Brummen, das durch ihren Kopf vibrierte wie die Räder eines herannahenden Zugs über die Schienen der Gleise. Dann verschwand es genauso abrupt, wie es eingesetzt hatte.

Sie fühlte sich …

Was um alles in der Welt war dieses Summen?

… wirklich, *wirklich* seltsam.

Rita hob die linke Hand ans linke Ohr und …

… und trat in jenem Moment irgendwie aus sich heraus.

Buchstäblich außer mir, war ihr erster Eindruck. *Aber das kann nicht sein*, dachte sie. *Ich kann nicht* buchstäblich *aus mir hinaustreten.*

Und dennoch: Sie befand sich im Umkleideraum und starrte sich selbst an. Tatsächlich war dort eine zweite Rita, als hätte sie sich in eineiige Zwillinge geteilt. Die andere Rita stand einen halben Meter entfernt und begegnete ihrem Blick.

Sie hob die Hand und dachte, die andere Rita würde gleichzeitig dasselbe tun, wie ein Spiegelbild. Stattdessen verharrte die andere Rita mit den Armen an den Seiten, starrte sie an und verhielt sich, als warte sie auf etwas.

Mit der eigenartigen Logik eines Traumes ergab das alles irgendwie sogar Sinn für Rita.

»Was passiert mit mir?«, fragte sie ihren Zwilling. Der blinzelte, antwortete jedoch nicht. »Spreche ich diese Worte gerade laut aus?«

Die andere Rita schwieg.

Sie wollte nicht bloß dastehen und sich selbst anglotzen. Also begann Rita, den Zwilling mit langsamen Schritten zu umkreisen. Auch das ergab Sinn, einfach, weil es so war.

»Passiert das in meinem Kopf?«

»Spielt das eine Rolle?«, gab die andere Rita zurück. Nur benutzte sie nicht Ritas Stimme, sondern die von Finney. Und Rita hörte die Stimme nur im linken Ohr. Was für ihre Traumlogik völlig in Ordnung zu sein schien.

»Also kannst du *doch* reden«, sagte Rita.

»Ja.«

»Vielleicht spielt es wirklich keine Rolle, ob das in meinem Kopf passiert oder nicht«, meinte Rita. »Und vielleicht, na ja, vielleicht könnte ich Mrs. Sanchez heute Vormittag *doch* operieren.«

»Ja«, pflichtete ihr die andere Rita mit Finneys Stimme bei. »Du bist eine herausragende Chirurgin.«

»Ja, das bin ich«, sagte Rita. Sie beendete ihre erste Runde um die andere Rita, die regungslos verharrte.

»Du bist auf jede erdenkliche Eventualität vorbereitet«, sagte ihr Zwilling.

»Ja«, betätigte Rita.

»Mrs. Sanchez braucht dich. Du musst die Operation mit dem Auto-Chirurgen heute Vormittag durchführen.«

»Ja.«

»Mrs. Sanchez ist krank. Sie braucht deine Hilfe.«

»Ja. Sie braucht meine Hilfe«, wiederholte Rita. Längst hatte sie eine neue Runde um ihren Zwilling angetreten.

»Du kannst Mrs. Sanchez heute Vormittag mit dem Auto-Chirurgen helfen«, sagte die andere Rita mit Finneys Stimme. »Sie braucht dich.«

»Ja, sie braucht mich.« Rita blieb stehen, als sie die zweite Runde vollendet hatte. »Ich kann Mrs. Sanchez helfen. Heute Vormittag. Mit dem Auto-Chirurgen.«

Beide Ritas musterten einander. Mit der Traumlogik konnte Rita beide Versionen ihrer selbst gleichzeitig sehen, durch zwei Augenpaare, und es war in Ordnung. Völlig in Ordnung.

»Ja«, sagten beide in Einklang, und der Zwilling sprach nicht mehr mit Finneys Stimme, sondern mit der von Rita. »Ich muss Mrs. Sanchez mit dem Auto-Chirurgen operieren.«

Beide hoben die linke Hand zum linken Ohr …

… und dann befand sich Rita auf dem Gang vor dem Umkleideraum und hielt auf den Operationsvorbereitungsbereich zu. Unvermittelt blieb sie stehen, blinzelte und sah sich um.

»Wie bin ich hier rausgelangt?«, fragte sie sich laut.

Keine Antwort.

Sie schüttelte den Kopf und versuchte sich daran zu erinnern, was geschehen war. Sie fühlte sich, als hätte sie geträumt und in dem Traum mit einer Zwillingsversion ihrer selbst geredet, und dann …

Dann war sie plötzlich hier gewesen. Und die kleinen Fetzen des Traums, an die sie sich noch erinnern konnte, verblassten rasch in Vergessenheit. Aber wie? Und was bedeutete dieser Traum?

Spielt keine Rolle, dachte sie. *Weil ich Mrs. Sanchez operieren muss. Mit dem Auto-Chirurgen.* Davon war sie überzeugt.

Sie setzte sich wieder in Bewegung. Zu operieren würde riskant sein, ja. Sie wusste, dass sie an diesem Morgen nicht in Bestform war. Trotzdem musste sie die Operation durchführen, denn Mrs. Sanchez war krank, und Rita konnte dafür sorgen, dass es ihr besserging.

»Ich muss Mrs. Sanchez operieren«, murmelte sie.

»Das werden Sie nicht bereuen, Dr. Wu«, sagte Finney in ihrem Ohr.

Zum Teufel mit Ihnen, wollte ein Teil von Rita erwidern. *Ich verschwinde von hier. Ich fahr nach Hause und krieche ins Bett.*

Aber sie sprach nichts davon laut aus. Ihre Beine fühlten sich an, als gehörten sie jemand anderem, und sie trugen sie weiter auf die Operationsvorbereitung zu.

Denn, dachte sie, *ich muss Mrs. Sanchez operieren.* Und Mrs. Sanchez befand sich in der Operationsvorbereitung.

SPENCER

Spencers Prius bog in die mehrgeschossige Parkgarage des Turner Krankenhauses und rollte auf einen leeren Abstellplatz. Spencer stieg aus und ging an einer ruhigen Seite des Hauptkomplexes entlang in Richtung Eingang. Im Vorbeigehen starrte er zu der Baustelle hinüber, auf der gerade ein neuer Krankenhausflügel entstand. Spencer verdiente sich den Lebensunterhalt, indem er die Gehirne von Menschen operierte. Dennoch war er nie der kindlichen Faszination für klobige Baumaschinen entwachsen. Noch immer konnte er staunend beobachten, wie sie Rauch ausspien und riesige Teile umherbewegten.

Der neue Flügel sollte in achtzehn Monaten den ersten Patienten in Empfang nehmen, und das rege Treiben auf dem Gelände zeigte Fortschritte. Der neue Trakt würde einen hohen Hauptturm umfassen, flankiert von zwei kleineren Türmen. Obwohl viele der reichen Philanthropen, die das Projekt sponserten, Juden waren, hatte Spencer der Erweiterung insgeheim den Spitznamen »Heilige Dreifaltigkeit« verpasst.

Das entstehende Bauwerk sah aus wie ein großer Dominostein, den zwei kleinere säumten, alle aufgerichtet und in Ost-West-Richtung angeordnet. Der Hauptturm sollte am Ende zehn Geschosse umfassen und somit hoch genug sein, um in den obersten Etagen – die natürlich VIP-Patienten vorbehalten sein würden – eine atemberaubende Aussicht auf den Pazifik zu bieten. Ein Teil der unteren Geschosse war bereits mit bläulichgrünem Glas ausgestattet, das zu gegebener Zeit den gesamten Komplex beherrschen würde.

Auf der Baustelle wimmelte es von Arbeitern mit Schutzhelmen, die durch offene Stellen im Überbau kletterten und über nackte Stahlträger balancierten. Manche schweißten unter aufsprühenden Funken, andere hämmerten an Wänden oder verlegten elektrische Leitungen. Wieder andere unterstützten den Führer eines großen Krans, der einen gewaltigen Träger in Position manövrierte.

Der Flügel sollte das Kronjuwel des Turner werden. Dreihundert Luxusbetten, alles Einzelzimmer. Die modernsten Intensivstationen und Operationssäle, die man für Geld bekommen konnte. Dazu eine Gebärstation, entworfen von einem weltberühmten Architekten, der sich auf *Wellness* und *räumliche Wärme* spezialisiert hatte, was auch immer das bedeuten mochte. Spencer war hin- und hergerissen, was er von der Dreifaltigkeit halten sollte. Einerseits fand er die Aussicht darauf, in einer brandneuen Einrichtung nach dem neuesten Stand der Technik Medizin zu praktizieren, ungemein aufregend. Andererseits fragte er sich angesichts der schamlosen Marketingkampagne, mit der die Eröffnung angekündigt wurde, ob im hippokratischen Eid demnächst das Wort *Patient* durch *Kunde* ersetzt werden würde.

Mittlerweile hatte er einen der Mitarbeitereingänge erreicht, eine ungekennzeichnete Tür auf der stillen Seite des Krankenhauses. Er fuhr mit seinem Ausweis über den Kartenleser neben der Tür, und ein Lämpchen an der Unterseite wechselte von rot zu grün, begleitet von einem lauten Klicken. Er zog die Tür auf und ging hinein.

Unmittelbar dahinter saß eine Mitarbeiterin des Sicherheitsdiensts in einen kleinen Holzverschlag gezwängt. Sie überwachte den angrenzenden Wartesaal der Notaufnahme, der sich im Augenblick menschenleer präsentierte. »Norma!«, rief Spencer ihr zu. »Wie geht's Ihnen?«

»Dr. Cameron«, erwiderte sie grinsend, legte ihren abgegriffenen Taschenbuchroman beiseite und lächelte ihn an. »Mir geht's blendend. Und Ihnen?«

»Bestens. Haben Sie endlich mit Ihrem Freund Schluss gemacht?«

Die Frau verlagerte auf dem Sitz das Gewicht. Der Verschlag, in dem sie sich befand, schwankte und ächzte. Norma war groß, fast so groß wie Spencer, und sie besaß beinah denselben Bauchumfang, außerdem ein offenes Gesicht und freundliche Augen.

»Nee, noch nicht. Ein bisschen Nutzen hat er noch. Aber wenn ich's tu, erfahren Sie es als Erster.« Sie sprach mit einem leichten Lispeln.

»Das will ich hoffen. Wissen Sie, ich werde nicht ewig auf Sie warten. *Irgendjemand* muss ja einen anständigen Mann aus mir machen.«

Sie warf den Kopf zurück, lachte grölend und ließ eine fleischige Faust auf das kleine Holzpult vor sich niedersausen. Die Kabine um sie herum war drauf und dran zusammenzubrechen. »Ich wünsch Ihnen einen tollen Tag, Dr. Cameron.«

»Wünsche ich Ihnen auch, Norma.«

Spencer marschierte ein kurzes Stück einen belebten Korridor entlang zu einer Treppe. Als er die ersten Stufen nahm, strahlten Schmerzen aus seinem rechten Knie das Bein hinauf. Mit jeder Stufe wurden sie schlimmer. Mürrisch fragte er sich, ob sein Knie dabei war anzuschwellen. Die Schmerzen legten sich jedoch, als er den ersten Stock erreichte und die Treppe hinter sich ließ. Er steuerte auf die Operationsvorbereitung zu, die sich neben den Operationssälen befand, um seinen ersten Patienten für heute zu treffen.

SEBASTIAN

Da war sie.

Sebastian beobachtete, wie sie unmittelbar nach dem Verlassen des Umkleideraums stehen blieb und sich umsah. Er erkannte diesen leeren, starren Blick in ihrem Gesicht auf Anhieb und lockerte die Anspannung in seinen Muskeln eine Winzigkeit. Diesen Ausdruck hatte er schon öfter gesehen, viele Male.

Die Einbettung hatte funktioniert. Mit nüchterner Professionalität fiel ihm auf, dass sie trotz allem, was sie durchgemacht hatte, ziemlich gut aussah. Eine attraktive Frau mittlerer Größe mit intensiven braunen Augen und athletischer Statur. Sie schien sich gut zu halten. Allerdings konnte der äußere Anschein auch trügen.

Zögerlich bewegte sie sich einige Schritte weiter, bevor sie erneut stehen blieb. Dann drehte sie sich eng im Kreis, und er sah, wie sich ihre Lippen bewegten, als führe sie eine Unterhaltung mit sich selbst.

Das beunruhigte ihn, denn es erinnerte ihn an das in der Zelle in Embryonalstellung eingerollte Mädchen. Vielleicht hielt sie sich doch nicht so gut. Ausbildung und Disziplin halfen ihm, seine Besorgnis zu verbergen.

Mist.

Wenn sie jetzt überschnappte, könnte er seinen Auftrag nicht zu Ende führen und würde sein Geld nie bekommen.

Sammys und Sierras Geld.

Aber vielleicht redete sie auch nur mit Finney. Sebastian drängte das Unbehagen zurück – *nicht die Beklommenheit, niemals Beklommenheit, denn Beklommenheit ist so unprofessionell, wie es Schuldgefühle sind* –, das aus seinem Bauch aufzusteigen drohte, und stieß sich beiläufig von der Wand ab, um ungehinderte Sicht auf die Chirurgin zu bewahren. Wieder tat er so, als schriebe er jemandem eine SMS, und schüttelte als Draufgabe ein paarmal den Kopf, als wäre er unglücklich über das, was er auf dem Display sah. Seine Aufmerksamkeit jedoch blieb auf die Chirurgin geheftet.

Wu ging einige zögerliche Schritte weiter, hob die Hand ans linke Ohr und entfernte sich mit forscheren Schritten. Sebastian wollte ihr gerade folgen, als der winzige, in seinem Ohr verborgene Empfänger knisterte.

»Sebastian.«

Endlich. Wird auch verdammt noch mal Zeit.

Er blieb stehen und drehte sich der Wand zu, um seine Lippenbewegungen vor den Blicken Umstehender abzuschirmen.

»Mr. Finney. Ja, ich sehe sie. Ich vermute, Sie haben erfolgreich den Impuls eingebettet, heute Vormittag mit dem Auto-Chirurgen zu operieren, richtig?«

»Ja. Sie ist gerade unterwegs, um mit der Patientin zu reden.«

»Hat einige Zeit gedauert.«

»Ja.«

Sebastian wartete. Es folgten keine weiteren Erklärungen.

Zugeknöpfter Mistkerl.

»Irgendwelche Probleme, Boss? War's schwer, sie zu überreden?«

»Nein.«

Und worüber habt ihr zwei dann die ganze Zeit gequatscht?

»Also haben Sie nichts dagegen, wenn ich mich wieder in die Übertragung einklinke?«

»Nein. Ich habe nichts dagegen.«

»Würden Sie mir dann bitte Zugang gewähren?«

Bitte. Vor Finney katzbuckeln, als er wäre er irgendein kleiner Lakai. Sebastian hasste das. Der Tag, an dem dieser Auftrag endete und er sein Geld bekäme – *Sammys und Sierras Geld* –, konnte gar nicht bald genug kommen.

»Ja.«

Sebastian tippte auf seinem Smartphone auf das Symbol einer App namens *Fruit Punch Drunk*, das nach einem Spiel aussah. Und man konnte sogar wirklich damit spielen: Das Ziel bestand darin, auf fliegende Früchte zu schlagen, bevor sie einen ins Gesicht trafen. Darunter verbarg sich ihr wahrer Zweck, aufrufbar durch die Eingabe einer Kombination, indem man in einer bestimmten Reihenfolge auf verschiedene Früchte schlug: die Überwachung der elektronischen Signale, die zwischen Finneys Steuerungs-Tablet und dem Implantat in Wus Kopf übertragen wurden.

Sebastian selbst hatte keine Kontrolle über Wus Vorrichtung oder die Eingangssignale dorthin – die oblag nur Finney. Sebastian war lediglich ein Zuschauer. Auch das hasste er. Und noch frustrierender fand er, dass ihn Finney jederzeit aussperren konnte – wie er es zuvor getan hatte, als Wu aufgewacht war. Sebastian verabscheute es, im Dunkeln gelassen zu werden. Er war daran gewöhnt, *andere* im Dunkeln zu lassen.

Im Augenblick strömten die Eingangs- und Ausgangssignale als eine Reihe farbiger Graphen und Zahlen über die Anzeige. Sie standen für die elektronischen Interaktionen zwischen Finney und dem Implantat, seit Sebastian es vor wenigen Stunden in Wus Schädel eingepflanzt hatte. Sebastian kaute auf der Innenseite seiner Wange, während er die Daten studierte.

»Das ist eine ziemlich hohe Signalstärke, Boss.«

»Nicht außerhalb des Bereichs früherer Erfahrungen.«

»Aber mehr, als wir vorhergesehen hatten.«

VIEL mehr.

»Nein. Das sehe ich anders. Sie braucht lediglich ein, vielleicht zwei Abweichungen über dem Mittel, um ihre Anweisungen aufrechtzuerhalten.«

Zwei Abweichungen: Das war viel – eine verflucht große Menge Strom, die in Wus Gehirn gepumpt wurde. Ungefähr so viel, wie die widerstandsfähigsten Versuchspersonen gerade noch ertragen hatten. Unmittelbar, bevor sie dem Wahnsinn verfallen waren.

»Aber hier, gegen sieben Uhr – da haben Sie den Wert ziemlich schnell hochgeregelt, um sie dazu zu bringen, auf die Befehle zu reagieren. Finden Sie das nicht besorgniserregend?«

Ich verdammt noch mal schon.

Eine geringfügige Pause.

»Nein. Lediglich eine … Unregelmäßigkeit, Sebastian. Die ich schnell und effektiv kompensiert habe. Mehr nicht.«

Finney redete immer auf diese Weise, sogar in zwanglosen

Unterhaltungen. Förmlich. Bedacht. Er mochte hochgestochene Wörter und Sätze, die nicht mit Präpositionen endeten. Für Sebastian klang Finney dadurch wie ein Roboter. Reine Analytik. Keinerlei Emotion.

»Okay. Wenn Sie es sagen, Boss …«

RITA

Sie ging auf den Operationsvorbereitungsbereich zu. Die ersten Eingriffe des Tages würden bald beginnen, und im Gang herrschte reges Treiben. Pflegepersonal, Ärzte und Patienten auf Transportliegen bevölkerten den Korridor in verschiedene Richtungen, ein Gewirr an Bewegung. Rita bahnte sich entschlossen einen Weg hindurch.

Die linke Seite ihres Kopfes tat noch immer weh, mittlerweile jedoch waren die Schmerzen erträglich geworden, das Stechen zu einem fernen Pochen verblasst. Ihre Gedanken fühlten sich klarer an, als wäre sie gerade aus einem kurzen Power-Nickerchen erwacht, und wenngleich sie im Magen ein leichtes Brennen durch Säureklumpen der Anspannung verspürte, hatte sich ihre Übelkeit gelegt.

Ihr Handy vibrierte. Ohne die Schritte zu verlangsamen, zog sie es aus der Gesäßtasche ihrer Montur und blickte auf das Display – *Eingehender Anruf: Zu Hause* –, bevor sie sich das Gerät ans rechte Ohr hob.

»Hi, Darcy«, sagte sie verlegen. »Tut mir leid. Ich hab vergessen, zurückzurufen. Entschuldige.«

»Schon gut. Ich weiß ja, dass du heute Morgen *super* beschäftigt bist.«

»Ja, bin ich wirklich, Kleines«, erwiderte Rita zerstreut, denn sie *musste Mrs. Sanchez operieren.* Weiter vorn sah sie mittlerweile die automatische Doppeltür, die zur Operationsvorbereitung führte. »Stimmt etwas nicht? Alles in Ordnung?«

»Ich … denke schon. Es ist nur … Als ich heute Morgen aufgewacht bin, hab ich mich irgendwie … keine Ahnung … *schräg* gefühlt, Ree.«

»M-hm.« Rita hatte die Doppeltür beinah erreicht.

»Ich weiß nicht, wie ich's beschreiben soll.«

»M-hm.«

»Erkundigen Sie sich nach ihrem Kopf«, meldete sich Finneys Stimme.

Um ein Haar hätte Rita das Telefon fallen gelassen. Unvermittelt blieb sie stehen, ein paar Schritte von der Tür entfernt. Ein Druck lastete auf ihrer Brust, als säße jemand darauf, und sie hatte Mühe, Luft in die Lunge zu bekommen.

»Wie war das?«, flüsterte Rita.

»Was?«, fragte Darcy.

Gleichzeitig tönte Finney in Ritas Ohr: »Fragen Sie Ihre Schwester nach ihrem Kopf, Dr. Wu.«

Ritas Finger verstärkten den Griff um das Handy …

Darcy … wie kann ER von Darcy wissen?

… und sie hörte sich sehr langsam sagen: »Darcy. Ist, äh, ist mit deinem … Kopf alles in Ordnung?«

»Na ja, eigentlich nicht. Ich bin heute Morgen mit grauenhaften Kopfschmerzen aufgewacht.« Sie zögerte. »Woher weißt du davon, Ree?«

Oh Gott.

Finney murmelte: »Fragen Sie, *wo* ihr Kopf schmerzt, Dr. Wu.«

Rita wischte sich Schweiß von der Stirn. »Wo, Kleines? Wo tut dir der Kopf weh?«

»Links. Überall an der linken Seite. Scheiße, sogar mein linkes *Ohr* tut weh. Aber egal. Das ist nicht der schräge Teil, Ree.«

»Wie meinst du das?« Ritas bereits krampfhafter Griff um das Telefon …

Oh Gott, Finney, was hat Finney mit meiner kleinen Schwester gemacht?

… wurde noch fester.

»Der schräge Teil, der Grund, warum ich dich angerufen hab, ist …«

»Rita!«, rief ein Mann hinter ihr. Erschrocken zuckte Ritas Kopf vom Handy weg. »Rita.«

Sie hatte den unverwechselbaren Bariton in dem Moment erkannt, in dem sie ihn gehört hatte. Daher wusste sie, um wen es sich handelte, noch bevor sie sich umdrehte und den Mann erblickte, der kerzengerade auf sie zusteuerte.

»Dr. Montgomery«, sagte Finney im Plauderton. »Natürlich. Mit seiner Einmischung habe ich gerechnet. Ich bin sicher, es hat nicht lange gedauert, bis er von der Aufregung des heutigen Morgens erfahren hat.«

Aus dem Handy, das Rita um die dreißig Zentimeter vom Kopf entfernt hielt, dröhnte ein blechernes Krächzen, als Darcy sagte: »Hallo? Rita? Hast du mich gehört? Bist du noch dran? *Hallo!* Kannst du mich hören?«

So viele Menschen gleichzeitig, so viele verschiedene Stimmen gleichzeitig, die es zu verarbeiten galt.

Das treibt mich in den Wahnsinn.

Rita hob sich das Telefon wieder ans Ohr. »Darcy, ich muss auflegen.«

»Das wäre ratsam«, ermutigte Finney sie. »Dr. Montgomery wird Ihre volle Aufmerksamkeit erfordern.«

Halt die Klappe!, spie sie Finney in Gedanken entgegen. *Halt einfach die Klappe und lass mich nachdenken.*

»Was? Aber Rita …«, setzte Darcy an.

Die Hand abschirmend vor den Mund gelegt fiel sie ihrer Schwester ins Wort. »Darcy. Ich muss jetzt *wirklich* auflegen. Aber ich schwöre bei Gott, ich rufe dich zurück.« Damit unterbrach sie die Verbindung und stellte sich ihrem Vorgesetzten, der mittlerweile vor ihr stand, die Arme vor der Brust verschränkt.

»Hallo, Chase.«

»Guten Morgen, Rita.«

Chase Montgomery war ein attraktiver Mann Anfang fünfzig. Er besaß die widersprüchliche Anziehungskraft einer bestimmten Spezies fitter weißer Südkalifornier mittleren Alters: den vollen, dunklen Haaransatz und den strammen Körperbau eines fünfzehn Jahre jüngeren Mannes, aber die sonnengebräunten, zerknitterten Züge eines fünfzehn Jahre älteren. Er war in Orange County südlich von Los Angeles aufgewachsen und hatte ein nussbraunes, von den Jahren in der ganzjährigen Sonne Südkaliforniens zerfurchtes Gesicht. Die knittrige Implosion der ungeschützten Haut und die Entfernung mehrerer Basalzellkarzinome hatten ihn bislang nicht davon abbringen können, ein hutloses Leben zu führen. Er kniff häufig die Augen zusammen, sogar in Gebäuden, als wäre er ständig grellem Sonnenschein ausgesetzt. Man kannte ihn als begeisterten Radfanatiker, der in den steilen Hügeln außerhalb von San Diego jedes Wochenende Hunderte Kilometer auf seinem Hochleistungsfahrrad abspulte.

Montgomerys eleganter grauer Anzug, den er sich für diesen Tag ausgesucht hatte, saß wie angegossen: modisch, aber nicht aufdringlich. Dasselbe galt für sein weißes Hemd und die blaue Seidenkrawatte. Rita fiel auf, dass er an diesem Morgen eine Grundierung aufgetragen hatte, zweifellos wegen der Kameras. Immerhin war Chase ein Vollprofi – Öffentlichkeitsarbeit und Image-Management gingen ihm so natürlich von der Hand wie anderen das Atmen.

Er lächelte, wodurch seine Runzeln trotz der Grundierung tiefe Falten warfen, die von seinen Augen- und Mundwinkeln ausstrahlten. Außerdem kamen makellos weiß gebleichte Zähne zum Vorschein. Sein Nachrichtensprecherlächeln. Sein Pressekonferenzlächeln. Das Lächeln, das besagte: *Alle sehen zu, also muss ich für die Kamera und die Welt gut aussehen.*

Rita kannte dieses Lächeln nur allzu gut und wusste auf Anhieb, dass sie in mächtigen Schwierigkeiten steckte.

»Können wir uns einen Moment unterhalten, Rita?«

»Äh … sicher.«

Er hatte bereits mit sanftem, aber unmissverständlich strengem Griff ihren Arm genommen und lenkte sie auf eine kleine, unbesetzte Nische in einer nahen Wand zu. Während sie den Korridor dorthin durchquerten, entbot er mehreren vorbeigehenden Mitgliedern des Personals einen guten Morgen und wirkte dabei so aalglatt wie ein Politiker im Wahlkampf. Sein strahlendes Lächeln geriet nie ins Stocken, und die Mitarbeiter und Mitarbeiterinnen grinsten unwillkürlich, suhlten sich in der Wärme seiner Aufmerksamkeit.

Rita ließ sich davon nicht täuschen. Dafür kannte sie ihn zu gut. Chase setzte seine soziale Kompetenz mit derselben Skrupellosigkeit und Präzision ein, mit der er das Skalpell führte. Beide Talente hatten seinem kometenhaften Aufstieg Vorschub geleistet.

Die Nische diente als provisorischer Lagerplatz. Eine große, mobile Durchleuchtungsmaschine – eine klobige Gerätschaft aus Metall der Größe eines Kühlschranks und der Form des Buchstabens *C* mit der zwar anschaulichen, aber wenig inspirierten Bezeichnung *C-Bogen* – bewachte den Eingang und ließ auf einer Seite gerade genug Platz, um in die beengte Einbuchtung zu gelangen.

»Hier hinein, bitte«, forderte Montgomery Rita freundlich auf. Hintereinander zwängten sie sich durch die schmale Öffnung: Rita zuerst, gefolgt von Chase, der sich mit seinen breiten Schultern und seiner Größe von einigen Zentimetern über eins achtzig bücken musste, um hineinzupassen. Die Nische erwies sich als dunkler und wärmer als der Gang. Kartons mit Bedarfsmaterial stapelten sich vom Boden bis zur Decke, dennoch blieb genug Platz, um sich zu bewegen.

Kaum befanden sie sich hinter der metallischen, sperrigen Masse des C-Bogens außer Sicht des Korridors, presste Montgomery die Lippen zu einer blassen, schmalen Linie zusammen. Mit zusammengekniffenen Augen musterte er Rita. Sein Politikerlächeln verschwand.

»Er sieht aufgebracht aus«, merkte Finney an.

»Lassen Sie uns reden«, begann Montgomery in strengem, gedämpftem Tonfall. »Hätten Sie vielleicht die Güte, mir zu erklären, was *zum Teufel* hier los ist?«

»Chase, lassen Sie mich Ihnen …«

Er hob eine Hand. Chase stellte immer rhetorische Fragen, wenn er stinksauer war. »Zunächst mal«, sagte er zur Einleitung, »sehen Sie fürchterlich aus. Absolut grauenvoll. Und die Geschichten, die ich höre, Rita! Wie soll ich das verstehen, dass zwei Pflegerinnen Sie heute Morgen in Operationssaal zehn gefunden haben? Ohne, äh, ohne …« Ein gequälter Ausdruck zog über sein Gesicht, und einen Moment lang sah er peinlicher berührt aus, als Rita ihn je zuvor erlebt hatte.

»Kleidung«, half sie ihm aus. Sie sprach schnell, um zu Wort zu kommen, bevor er sie wieder unterbrechen konnte. »Ja, Chase. Ich hatte keine Kleidung an. Aber ich kann das erklären.«

Er streckte eine Hand mit der Handfläche nach oben aus und kniff die Augen zu noch engeren Schlitzen zusammen. »Dann nur zu. Bitte.«

Rita bediente sich der Geschichte mit dem Schlafwandeln, die sie schon zuvor benutzt hatte, und streute diesmal einige zusätzliche Details ein, um die Glaubwürdigkeit zu erhöhen … *Ich hab in letzter Zeit nicht gut geschlafen … vermutlich nervliche Anspannung wegen des Auto-Chirurgen … Hat mich wohl letzte Nacht eingeholt … das kann passieren, wenn man eine Schlaftablette einwirft …*

Montgomery lauschte mit skeptischem Blick. »Schlafwandeln. Nackt. Ich bin mir nicht sicher, ob das überzeugender klingt als beim ersten Mal, als ich es gehört habe, Dr. Wu«, meldete sich Finney ohne jeden Anflug von Sarkasmus zu Wort. Wodurch er sich erst recht sarkastisch anhörte.

»*Schlafwandeln*, Rita?«

»Ich weiß, es hört sich seltsam an, Chase. Aber ich … Es gibt keine andere Erklärung. Ich bin gestern Abend hergekommen, um letzte Überprüfungen am Auto-Chirurgen durchzuführen. Ich war müde und habe für ein paar Minuten den Kopf abgelegt. Dabei muss ich eingeschlafen sein, mich ausgezogen und auf den Operationstisch gelegt haben, ohne mir dessen bewusst zu sein. Das ist die einfachste Erklärung, oder? Sie wissen schon, wie bei Ockhams Rasiermesser.«

»Hmmm.« Das kam von Finney. »Ja. Ockhams Rasiermesser. Von allen möglichen Erklärungen ist die einfachste Theorie allen anderen vorzuziehen. Ein interessantes Argument, trotzdem bin ich nicht sicher, ob ich das auch so sehe. Die Hypothese mit dem Schlafwandeln beinhaltet mehrere Annahmen und ist daher nicht unbedingt die einfachste Theorie.«

»Jetzt kommen Sie mir nicht mit so etwas, Rita«, sagte Chase in scharfem Ton. »Das ist eine ernste Angelegenheit.« Sein Blick schnellte zum Gang hinter dem schützenden C-Bogen. »Gottverdammt noch mal. Ihr gesamter professioneller Ruf steht hier auf dem Spiel. Ist Ihnen das klar? Wie um alles in der Welt soll ich das vertuschen? Diese Sache … also, ich meine, so etwas habe ich noch nie erlebt. Ich habe noch nicht einmal von so etwas *gehört.*« Er grunzte. *»Schlafwandeln.«*

»Er wird Sie auffordern, Mrs. Sanchez nicht zu operieren«, sagte Finney.

»Was immer gestern Nacht mit Ihnen passiert ist, eines steht fest«, fuhr Chase fort. »Wir müssen die Sache mit dem Auto-Chirurgen heute Vormittag absagen.«

»Aber …«

»Nein.« Er fuhr sich mit einer Hand übers Gesicht und schüttelte den Kopf. »Nein. Was immer heute Morgen mit Ihnen gewesen ist, das würde keinen guten Eindruck machen. Abgesehen davon sehen Sie nicht so aus, als wären sie in Bestform. Wir müssen an die Patientin denken. Die Patienten haben *immer* Vorrang, Rita.«

Das weiß ich, dachte Rita verbittert. *Glauben Sie etwa, ich wüsste das nicht?*

»Soll das heißen, Sie glauben mir nicht?«, hakte sie nach.

Chase erwiderte nichts. Seine Mundwinkel verzogen sich nach unten, der Blick seiner Augen wanderte durch die schmalen Öffnungen der geschlitzten Lider über sie, väterlich und mitfühlend. Dann schaute er weg und fuhr sich erneut mit der Hand übers Gesicht.

»Sie glauben mir also nicht, Chase?«, wiederholte Rita.

Montgomery lachte. Es klang wie ein Bellen, ein kurzes, kehliges Kichern. »Würden Sie sich glauben, wenn Sie an meiner Stelle wären, Rita?« Sein Blick schwenkte zurück zu ihr und sah ihr suchend ins Gesicht. So musterte er sonst immer Assistenzärzte, wenn er glaubte, sie dachten sich irgendeinen Blödsinn über einen Patienten aus oder versuchten, ihn wegen eines wissenschaftlichen Dokuments zu verscheißern, das sie entweder nicht verstanden oder gar nicht erst gelesen hatten. Der Blick schüchterte sie stets ausnahmslos ein. Rita wusste das aus persönlicher Erfahrung, weil sie selbst früher eine von Chases Assistenzärztinnen gewesen war, und sie hatte auf die harte Tour erfahren, dass man ihn besser nie verarschte. Oder sich zumindest nicht dabei *erwischen* ließ.

»Entspricht das wirklich dem, was Ihrer Meinung nach passiert ist, Rita?«, fragte er sanfter nach.

Sie zögerte nicht. »Ja.«

Volle dreißig Sekunden lang starrten sie sich gegenseitig schweigend an wie zwei Kinder, die Bockschauen spielten. Schließlich gab Chase nach, indem er den Blick senkte, sich auf dem Absatz herumdrehte und sich erneut mit der Hand übers Gesicht fuhr.

»Das ist faszinierend«, murmelte Finney. »Absolut faszinierend. Ihnen beiden zuzuhören, meine ich.«

Chase begann, auf und ab zu laufen, die Hand am Kinn. Die Enge der Nische verhinderte, dass er mehr als fünf Schritte in eine Richtung laufen konnte. Rita überlegte, wie viele Runden durch die Nische von einer Seite zur anderen nötig wären, bis ihm schwindlig würde.

»*Gottverdammt*, Rita. Warum ausgerechnet heute Morgen? Die Marketingabteilung schiebt wegen dieser Sache seit Monaten Überstunden. Alle Medien stehen in den Startlöchern. Eine Reporterin vom *Wall Street Journal* ist hier, um einen Artikel zu schreiben. Mehrere prominente Chirurgen, persönliche Freunde von mir, sind von der Ostküste eingeflogen. Verdammt, ich habe sogar Linton aus Boston dazu überredet herzukommen. Sie tun mir gerade definitiv keinen Gefallen.«

Sie versuchte erst gar nicht, darauf zu antworten.

»Dann sind da noch der Vorstandsvorsitzende des Krankenhauses und der Dekan der medizinischen Fakultät … sogar die Rektorin. Alle wegen des Auto-Chirurgen. Wenn wir jetzt einen Rückzieher machen …« Zum widerholten Mal senkte sich seine Hand auf sein Gesicht, fuhr darüber, zog förmlich daran.

Rita starrte ihn an, und aus irgendeinem willkürlichen Grund ging ihr durch den Kopf: *Tja, das ist jedenfalls ein sicherer Weg, Ihr Make-up zu verschmieren.*

»Ja«, sagte Finney. »Das alles stellt in der Tat ein Problem dar.«

Rita kämpfte gegen den Drang an, sich beide Hände über das linke Ohr zu halten, als könne sie Finney dadurch irgendwie aussperren.

Gott, warum kann er nicht einfach die Klappe halten?

Chase blieb stehen und blickte zum C-Bogen und den Operationssälen dahinter. »Die Arbeit. Die Menge an Arbeit, die wir in dieses Projekt gesteckt haben. Und was sollen wir den Leuten erzählen? Es wird übel aussehen. Ganz gleich, was wir sagen. Und was *sollen* wir überhaupt sagen? Wir müssen uns etwas einfallen lassen. Etwas Glaubwürdiges. Wir könnten behaupten, die Patientin sei zu krank. Oder nicht geeignet für die Operation. Oder es sind Probleme mit der Ausrüstung aufgetreten. Richtig?«

Finney meldete sich zu Wort. »Das sind alles potenzielle Ausreden.«

Am liebsten hätte Rita aus voller Kehle gebrüllt: *Gott, jetzt HÖREN SIE ENDLICH AUF ZU REDEN!*

»Wir können es doch so hindrehen«, meinte Chase. »Oder?« Bei *Oder?* wurde seine Stimme auf klägliche Weise höher, seine breiten Schultern sackten herab. Und wieder fuhr er sich mit der Hand übers Gesicht.

»Sie dürfen nicht zulassen, dass er die Operation absagt«, warf Finney ein. »Sie müssen ihn dazu überreden, es Sie heute tun zu lassen, Dr. Wu.«

Nein, muss ich nicht.

Der Gedanke war ihr plötzlich und so wuchtig in den Kopf geschossen, dass er sie völlig überraschte.

Natürlich muss ich das nicht. Ich muss Chase zu gar nichts überreden.

Rita presste die Augen zu, dann öffnete sie die Lider, als wäre es das erste Mal an jenem Tag. Was zum Henker dachte sie sich überhaupt, dass sie versuchen wollte, Chase zu etwas zu überreden, was sie ohnehin nicht tun wollte? Zu etwas, das eine Patientin einem entsetzlichen Risiko aussetzen würde. Sie wusste, dass sie nicht operieren sollte. Warum also führten sie diese Unterhaltung überhaupt? Rita zupfte an ihrem linken Ohr.

»Nein«, sagte sie zu Finney. Das Wort ertönte laut in der kleinen Nische.

SPENCER

Der Patient musterte Spencer von oben bis unten. »Sind Sie ein Mensch, der betet, Doktor?«, brummte er.

Der Mann war ein Rancher – der *dritten Generation*, wie er Spencer häufig erinnerte – aus den unfruchtbaren Bergen östlich von San Diego, besaß eine breite Fassbrust und eine unheimlich tiefe Stimme.

»Tatsächlich bin ich das, Mr. Bogart«, antwortete Spencer. Er stand in der Operationsvorbereitung über der Transportliege des Mannes.

Bogarts zerklüftete Züge teilten sich zu einem breiten Grinsen. »Wusst ich's doch. Sie sehen mir wie jemand aus, der betet. Ich merk so was immer. Episkopale?«

»Presbyterianer.«

»Knapp daneben. Dann lassen Sie uns mal loslegen, junger Mann. Wir haben nicht den ganzen Tag Zeit.« Er hob seine raue, fleischige Pranke, die Spencer ergriff. Der Mann besaß dicke Schwielen, die sich so anfühlten, wie sein Gesicht aussah.

»Sheila?« Bogart streckte seine zweite Hand der Frau entgegen, die auf der anderen Seite der Transportliege stand. Seine Schwester war so klein und unscheinbar wie ihr Bruder groß und stämmig. Wortlos trat sie vor, und ihre Hand verschwand förmlich in der von Mr. Bogart.

»Sheila ist Pastorin unserer Kirche«, erklärte er mit Stolz in der Stimme.

Bogarts Ehefrau war im vergangenen Jahr verstorben. »Der gottverdammte Bauchspeicheldrüsenkrebs hat sie bis auf die Knochen aufgefressen«, hatte er gleich bei ihrer ersten Begegnung knurrend verraten. »Sie hat ihr Leben lang keinen Tag lang geraucht oder getrunken. Pestizide, Doc. Es waren diese gottverdammten Pestizide. Ich hab immer gewusst, dass das verfluchte Zeug Krebs verursacht. Die Regierung hat es auch gewusst, uns aber nichts gesagt. Verfluchte Bundesbürokraten. Schätze, jetzt bin wohl ich an der Reihe, was, Doc?«

»Das ist noch längst nicht gesagt, Mr. Bogart«, hatte Spencer vorsichtig erwidert. In Wirklichkeit jedoch war er ziemlich sicher, dass Bogart tatsächlich an der Reihe war. Er konnte eine MRT so gut lesen wie jeder Arzt, und Bogarts Tomografie verriet ihm ziemlich sicher, dass der Mann ein Glioblastom hatte – so ziemlich die schlimmste Form eines Gehirntumors. Höchstwahrscheinlich würde er seiner Frau innerhalb der nächsten achtzehn Monate folgen, ganz gleich, was Spencer tat. Tatsächlich hatte er gar nicht vor, den Tumor herauszuschneiden – er saß zu tief und zu nah an zu vielen wichtigen Strukturen. Sollten diese beschädigt werden, würde der Mann für den Rest seiner Tage nur noch dahinvegetieren. Spencers Ziel an diesem Tag bestand lediglich darin, eine Biopsie durchzuführen.

Sheila, die Schwester, ergriff Spencers freie Hand. Er konnte sie kaum spüren. Es war, als hielte man die Hand einer Zweijährigen. Zu dritt neigten sie die Häupter und schlossen die Augen. Sheila begann mit lauter, deutlicher Stimme zu beten. Das Übliche. Sie rief Gott und den Herrn Jesus Christus an und bat sie, Spencers Hände während des Eingriffs zu lenken. Er hatte schon etliche Male verschiedene Variationen davon gehört.

Er wusste, dass ein außenstehender Beobachter die Bedeutung von Ritualen für einen Chirurgen vielleicht nicht nachvollziehen konnte. Aber er hatte gelernt, die Macht von Bräuchen nicht zu unterschätzen. Gewohnheiten und Rituale wirkten beruhigend auf Chirurgen: Sie boten Gewissheit und Zuversicht, stärkten das Gefühl von Kontrolle. Spencer hatte Kollegen, die nur in Sälen mit der Nummer ihrer Glückszahl operierten oder nur an bestimmten Wochentagen. Oder sie trugen beim Operieren immer dasselbe Paar Schuhe oder bestanden darauf, immer denselben Fadentyp zu verwenden oder mit exakt demselben Muster und exakt derselben Anzahl von Knoten zu nähen, obwohl es mit anderen Mustern und einer anderen Anzahl von Knoten genauso gut ginge.

Da Spencer letztlich Vertrauen in Gott setzte, bestand sein eigenes Ritual darin, sich vor jeder Operation zu bekreuzigen und ein kurzes Gebet zu murmeln. Bei allen seinen Operationen, ob groß oder klein, ob schlicht oder komplex, denn er wusste, aus Sicht des Patienten gab es so etwas wie einen *kleinen* oder *einfachen* Eingriff nicht.

Er betete nie offen vor Patienten oder dem OP-Personal, es sei denn, Patienten wie Bogart luden ihn dazu ein, es mit ihnen zu tun. Sonst versteckte er sich dabei in einem der OP-Versorgungsräume. Teilweise, weil er Angehörige anderer Glaubensrichtungen oder Atheisten nicht vor den Kopf stoßen wollte. Hauptsächlich jedoch lag es daran, dass der sicherste und schnellste Weg, eine Vertrauenskrise bei Patienten und Personal heraufzubeschwören, darin bestand, ein höheres Wesen um dessen Hilfe zu bitten. Würde er selbst an Bord eines Flugzeugs gehen wollen, nachdem er beobachtet hatte, wie sich der Kapitän am Flugsteig bekreuzigte? Oder eine Kippa aufsetzte und hebräische Gebete murmelte? Oder sich auf einen Teppich kniete und in Richtung Mekka verneigte? Auf keinen Fall.

Beten – so hatte er Rita kennengelernt. Nicht, dass Rita religiös wäre. War sie nämlich nicht. Nicht im Geringsten. Sie hatte sich nie ernsthaft mit Religion befasst, obwohl sie bereits in jungen Jahren beide Elternteile verloren hatte. Rita war sich nicht einmal im Klaren darüber, ob sie Agnostikerin oder Atheistin war. Es kümmerte sie schlichtweg nicht, und Spencer hatte das nie gestört. Mangelnder Glaube war für ihn nie ein Hinderungsgrund gewesen, mit einer Frau eine Beziehung einzugehen. Er hatte schon zur Genüge Frauen gekannt, die gläubig zu sein behaupteten, in Wirklichkeit jedoch gar keinen Glauben besaßen oder ihn auf eine Weise zum Ausdruck brachten, die er sonderbar, verstörend oder beides fand.

Eines Morgens vor einer Operation vor mittlerweile fast zwei Jahren hatte Rita ihn dabei ertappt, wie er im Versorgungsraum hinter hohen Regalen mit Ausrüstung kauernd gebetet hatte.

»Was machen Sie da?«, hatte sie ihn gefragt, als er aufstand und sich bekreuzigte. Sie war dabei keineswegs streitlustig aufgetreten, bloß neugierig. So war Rita. Weder damals noch später hatte sie ihm erklärt, was sie eigentlich in dem ansonsten leeren Versorgungsraum gewollt hatte, und aus irgendeinem Grund hatte Spencer sie nie danach gefragt.

Er hatte ihr geantwortet – befangen war er wegen seines Glaubens noch nie gewesen –, und so waren sie ins Gespräch gekommen. Natürlich hatte er sie davor schon in den Operationssälen gesehen, aber sie waren sich noch nie persönlich begegnet gewesen. Spencer konnte sich gar nicht mehr daran erinnern, worüber sie geredet hatten. Er wusste nur noch, wie hingerissen er von der gepflegten Chirurgin gewesen war, die sich selbstsicher mit den Händen an den Hüften vor ihm aufgebaut hatte, das Kinn nach vorn gestreckt, die langen schwarzen Haare von der OP-Haube aus dem bezaubernden Gesicht gehalten. Die OP-Haube schien damals in einem kessen Winkel auf ihrem Kopf zu sitzen, obwohl eine formlose OP-Haube natürlich niemals kess wirken konnte. Und dennoch, an *ihr* hatte sie kess ausgesehen.

Spencer hatte nie an Liebe auf den ersten Blick geglaubt. Tat er immer noch nicht. Das hielt er für Schwachsinn. Toll für kitschige Songs und Filme. Aber im wahren Leben? Nie und nimmer. Klar, man konnte jemanden auf Anhieb *wollen*. Lust auf die Person verspüren, sie quer durch einen Raum sichten und sich auf Anhieb zu ihr hingezogen fühlen. Aber Liebe? Mit Liebe verhielt es sich nicht so einfach. Liebe brauchte Zeit und Bemühen.

Bis zu jenem Punkt in seinem Leben war Spencer nur einmal ernsthaft verliebt gewesen, am College, und diese Beziehung aufrechtzuerhalten hatte ständiger Arbeit bedurft – als hätte er fieberhaft an einer Semesterarbeit geschrieben, die er einfach nicht zu Ende bekam. Und er hatte mit angesehen, wie seine Eltern, die sich gegenseitig mehr liebten als jeder, den er kannte, reichlich harte Zeiten zusammen durchstanden.

Deshalb hatte er nach seinem fünf Minuten währenden Gespräch mit Rita im Versorgungsraum nur gewusst, dass er diese attraktive Frau mit der *kessen* Haube unbedingt näher kennenlernen wollte. Und sie auf einen Kaffee eingeladen.

Sie hatte ihm rundheraus eine Abfuhr erteilt. Hatte nicht einmal versucht, es schönzufärben.

Nein danke.

Ende der Durchsage. Damit hatte sie auf dem Absatz kehrtgemacht, war davonmarschiert und hatte über die Schulter so etwas gerufen wie: *War nett, Sie kennengelernt zu haben.* Oder: *Wir sehen uns im OP*. Damit hatte es sich gehabt.

Nur war das nicht das Ende vom Lied gewesen. Denn Rita war Spencer einfach nicht mehr aus dem Sinn gegangen. Sie hatte sich in seinen Gedanken festgesetzt wie ein Span unter einem Fingernagel. Mehr als alles andere hatte ihn ihr Selbstvertrauen fasziniert, und sie hatte ihn am Haken gehabt wie einen Fisch, der fest auf einen Köder beißt. Spencer fand selbstbewusste Frauen schon immer anziehend, also beschloss er, ein *Nein* als Antwort nicht gelten zu lassen. In dieser Hinsicht orientierte er sich ganz an seinen Eltern. Er wusste, dass seinem Vater nach seiner ersten Begegnung mit seiner Mutter dasselbe passiert war – in einer Bowlingbahn in der Nähe des kleinen Colleges im östlichen Washington, wo sie beide studierten. Laut seinen Eltern war die Bowlingbahn der Dreh- und Angelpunkt ihres gesellschaftlichen Universums gewesen. Die jungen Leute hatten deshalb gebowlt, weil es anscheinend sonst nicht viel zu tun gab, vor allem im Winter. Gebowlt und getrunken. Wahrscheinlich auch gevögelt, doch das blieb unausgesprochen: Spencer dachte nicht so gern daran, denn immerhin ging es um seine Eltern.

Seine Mutter war kontaktfreudig, beliebt und temperamentvoll, sein Vater wortkarg, doch er besaß einen messerscharfen Sinn für Humor. Beide waren sich darin einig, dass sie ihm anfangs die kalte Schulter gezeigt hatte. Weil er so wenig zu sagen wusste, hielt sie ihn für einen arroganten Arsch. Aber sein Vater ließ nicht locker, und es war, wie seine Mutter gern sagte, seine *süße Hartnäckigkeit* gewesen, mit der er sie schließlich herumbekam. Spencer, ein Einzelkind und somit größter Nutznießer ihrer letztlich doch noch erfolgten Vereinigung, war dankbar für diese *süße Beharrlichkeit* seines Vaters.

Also war auch er beharrlich geblieben – auf *süße* Weise wohlgemerkt –, bis Rita nachgegeben und eingewilligt hatte, mit ihm auszugehen.

Es war Ritas Selbstvertrauen gewesen, auf das er ursprünglich angebissen hatte, danach war es ihre Zähigkeit, die den Haken noch tiefer in ihn trieb. Chirurgie war ein auslaugendes Geschäft, das einen fertigmachen konnte. An manchen Abenden war Spencer dermaßen erschöpft, dass er es kaum allein vom Krankenhaus nach Hause schaffte, bevor er sich in nahezu katatonischem Zustand vor den Fernseher plumpsen ließ, wo er sich an einer aufgewärmten Tiefkühlpizza und ein paar Bieren labte.

Rita schienen die stressigen Anforderungen nie zuzusetzen. Sie schien ein schier endloses Reservoir an Energie zu besitzen und war taffer und ausdauernder als nahezu jeder Chirurg, den Spencer je kennengelernt hatte – und im Verlauf der Jahre war er schon so manchem hartgesottenen Kollegen über den Weg gelaufen. Sie widmete sich uneingeschränkt hingebungsvoll ihren Patienten und Patientinnen, schwitzte praktisch Blut für sie. Es war offensichtlich, dass sie es liebte zu operieren. Sie schwelgte in der intellektuellen und körperlichen Herausforderung, die es verhieß, Menschen zu zerlegen und anschließend wieder zusammenzusetzen. Er hatte jedoch herausgefunden, dass sie die Patienten selbst noch mehr liebte.

Hingabe für Patienten: In dieser Hinsicht ähnelten sie sich

sehr. Es war einer der vielen Gründe, warum er sich so heftig in sie verliebt hatte, mit Abstand heftiger als in jede andere Frau, der er in seinem Leben begegnet war. Und der Grund, warum er gedacht hatte, sie wären ein so tolles Paar.

»Doc?«, sagte Bogart.

Bis zu jener grauenhaften Nacht vor einem Jahr, als ihm Rita mitgeteilt hatte, dass sie doch nicht zueinander passten.

»Doc? Alles gut?«

Spencer öffnete die Augen und schaute auf. Bogart und Sheila starrten ihn an.

»Oh, tut mir leid.« Er räusperte sich und lächelte verlegen. »*Amen*. Manchmal … äh … lasse ich mich mitreißen.« Er richtete sein Lächeln auf Sheila. »Frau Pastor.« Es war zwar keine eklatante Lüge, dennoch genügte es, um von seinem Gewissen einen rügenden Schlag zu erhalten. Seine Wangen brannten.

Lügen übers Beten, Spencer Cameron? Schäm dich. Wärst du Katholik, würde dich das ungefähr zwanzig Ave Marias und zehn Bußhandlungen kosten.

Bogart lächelte. »Ich versteh' schon, junger Mann. Ist mir nur recht, wenn Sie *zu* innig für mich beten, falls Sie wissen, was ich meine.«

Nachdem Spencer mit Bogart fertig war, trieb er sich noch im Operationsvorbereitungsbereich herum, weil er hoffte, einen Blick auf Rita zu erhaschen. Er betrachtete es als einen guten Tag, wenn er das Glück hatte, sie bei der Arbeit zu sehen, und als einen noch besseren, wenn sie im Vorbeigehen einen höflichen Gruß austauschten.

Allerdings fehlte in der Operationsvorbereitung jede Spur von ihr – was er seltsam fand, denn er wusste, dass sie an diesem Tag operieren sollte. Enttäuscht ging er, hegte jedoch die Hoffnung, sich vielleicht später während der Operation mit dem Auto-Chirurgen in ihren Operationssaal schleichen zu können.

FINNEY

»Nein«, sagte Dr. Wu.

Allmählich wurde es mühsam. Sie wagte es, sich ihm zu widersetzen. *Schon wieder.* Er würde sich nicht trotzen lassen.

Sein Finger senkte sich auf das Tablet, erhöhte die Einstellungen für die Stromstärke – denn er würde sich *nicht* trotzen lassen –, und er sagte: »Dr. Wu, Sie müssen ihn dazu überreden, Sie heute operieren zu lassen.«

SEBASTIAN

»Nein«, sagte Wu in Sebastians Ohrstöpsel.

Wow.

Verdammt, sie kämpfte noch immer dagegen an. Eine echt krasse Lady.

Sebastian hatte zu ihr aufgeschlossen, bevor sie und Montgomery die Nische betreten hatten, und behielt die Dinge von einer diskreten Stelle in der Nähe aus im Auge. Er beobachtete den Ausschlag der Grafik auf seinem Display. Finney hatte die Signalstärke noch höher geregelt und näherte sich der für die menschliche Verträglichkeit ermittelten Obergrenze. Viel mehr als das würde sie nicht verdauen können.

Vorsicht, Boss. Sie grillen gleich Ihr Gehirn.

Finney wiederholte den Befehl: »Dr. Wu, Sie müssen ihn dazu überreden, Sie heute operieren zu lassen.«

Chase wirbelte mit einem überraschten Ausdruck im Gesicht zu ihr herum, als hätte er vergessen gehabt, dass sie da war.
»Was?«, fragte er. »Wie war das?«

Rita erwiderte nichts. Sie konnte nicht, denn das Summen war zurück – diesmal mit einer Intensität, die ihren Schädel förmlich zum Bersten und die Zähne zum Klappern brachte, als zertrümmere jemand in ihrem Kopf Glasflaschen mit einem Hammer. Es verdrängte sämtliche Gedanken. Sie zuckte zusammen und presste die Zähne aufeinander.

»Was?«, wiederholte Chase, dann bemerkte er den Ausdruck in ihrem Gesicht. Seine Augenbrauen knautschten sich zusammen. »Rita. *Rita.* Alles in Ordnung?«

Und dann war das Summen verschwunden …

Was habe ich eben gesagt? Rita fühlte sich, als wäre gerade ein Reset-Knopf in ihrem Gehirn gedrückt worden. *Worüber haben Chase und ich gesprochen?*

»Rita?«

»Sie müssen ihn dazu überreden, Sie heute operieren zu lassen«, ertönte Finneys Stimme.

Richtig. Ich muss Chase dazu überreden, mich heute operieren zu lassen.

Es schien die natürlichste Sache der Welt zu sein. *Natürlich* musste sie Chase dazu überreden.

»Rita?«, wiederholte Chase besorgt.

»Sie müssen ihn dazu überreden, Sie heute operieren zu lassen«, wiederholte Finney.

Ich muss ihn dazu überreden, mich heute operieren zu lassen.

»Ich … Alles gut, Chase.« Sie räusperte sich. »Es geht mir gut.«

»Was haben Sie mit ›nein‹ gemeint?«

»Oh. Ich habe damit gemeint, dass wir die Operation heute Vormittag nicht absagen müssen.«

»Was?« Er kniff die Augen zusammen. »Und wieso um alles in der Welt nicht?«

Ich muss ihn dazu überreden.

Aus Gründen, die sich Rita nicht erklären konnte, verspürte sie plötzlich den Drang, die Operation unbedingt an diesem Vormittag stattfinden zu lassen. Sie wurde regelrecht davon *verzehrt*. Das einzige Hindernis, das ihr dabei im Weg stand, war ihr Vorgesetzter. Ihr Verstand raste, als sie sich Möglichkeiten überlegte, um ihn für ihre …

Aber halt mal, war ich nicht bis vor einer Sekunde DERSELBEN MEINUNG wie er?

… Denkweise einzunehmen.

Chase war ein außergewöhnlich kluger und ehrgeiziger Mann in einem Berufsstand, der vor klugen und ehrgeizigen Menschen nur so strotzte. Eine der intelligentesten Personen in jedem Raum voll intelligenter Personen, und er wusste es. Er war ein kompetenter und weithin geachteter Chirurg und politisch so gewieft, wie man nur sein konnte. Gerüchten zufolge stand er an erster Stelle der Anwärter auf den Posten des Vorstandsvorsitzenden bei Turner, wenn der derzeitige CEO nächstes Jahr abdankte. Zweifellos stellte dieser Job nur den nächsten sorgfältig geplanten Schritt in Chases Masterplan für berufliches Vorankommen und letztlich die Weltherrschaft dar.

Ohne seine Unterstützung wäre es mit dem Projekt des Auto-Chirurgen nie und nimmer vorangegangen. Bei Turner geschah im Operationssaal nichts ohne seinen Segen. Arbeitete man hier als Chirurg, ganz gleich welcher Fachrichtung, und wollte man etwas, dann ersuchte man um eine Audienz bei Chase und holte sich dessen Zustimmung. Bekam man sie nicht, war der Fall erledigt. Denn in Sachen Chirurgie hatte Chase bei Turner das erste und das letzte Wort.

Außerdem besaß er ein ausgeprägtes Konkurrenzdenken und war bei allem ein Getriebener, der immer gewinnen wollte, ob es darum ging, die wissenschaftlichsten Dokumente zu einem bestimmten Thema zu veröffentlichen, komplexere Eingriffe als jeder andere im Land durchzuführen oder beim alljährlichen Golfturnier der Chirurgie zu siegen. Chase zählte *immer* die Punkte.

Es war ein Stolz, der ihn mitunter blind für bestimmte unerfreuliche Fakten machen konnte, die sonst seine Herrschaft über alle Dinge infrage gestellt hätten. Rita wusste all das, weil sie Chase so gut kannte, wie sie je jemanden gekannt hatte. Den Begriff *Vaterfigur* lehnte sie als abgedroschen ab. Er strafte die Komplexität ihrer Beziehung Lügen, reduzierte sie auf eine billige, pseudo-freudsche Analyse. Ja, seine Gegenwart in ihrem Leben hatte bis zu einem gewissen Grad ihren Vater ersetzt. Allerdings verkörperte Chase für sie noch so viele andere Dinge.

Einen silberhaarigen Gott des Olymps, der ihr Talent aus lichter Höhe erspäht hatte, herabgeschwebt war, mit dem Finger auf sie gezeigt und sie aus der Masse herausgepickt hatte.

Raus aus Schwierigkeiten, er hat mich raus aus Schwierigkeiten geholt, nachdem Jenny Finney gestorben war, er hat die Dinge geradegebogen, aber denk jetzt nicht daran, daran darf ich jetzt nicht denken …

Er war für sie ein Mentor und Vertrauter, der Mann hinter dem Vorhang, der ihr Können gefördert, ihre Karriere gelenkt, ihr Türen geöffnet und sie den richtigen Leuten vorgestellt hatte.

Er hat die Dinge geradegebogen, nachdem Jenny Finney gestorben war, damit niemand etwas erfuhr, aber denk jetzt bloß nicht daran …

Der Mann, der sie für das Projekt des Auto-Chirurgen nominiert und ihr jede erdenkliche Ressource zur Verfügung gestellt hatte, die sie brauchte, um es umzusetzen.

Er hat die Dinge geradegebogen, nachdem Jenny Finney gestorben war …

Chase hasste es zu verlieren. Also ja: In diese Kerbe musste sie schlagen.

»Chase. Hören Sie …« Rita streckte die Hand zögerlich aus und legte sie auf seine Schulter. »Ich weiß, das alles sieht, äh, merkwürdig aus.« Sie wählte ihre Worte mit Bedacht. »Was immer letzte Nacht passiert ist … also – ich kann es nicht vollständig erklären. Ich denke, man kann davon ausgehen, dass ich in letzter Zeit einfach zu hart gearbeitet habe und mich das schließlich eingeholt hat. Aber ich fühle mich gut.«

Er zog die Augenbrauen hoch.

»Wirklich!«, beteuerte Rita. »Ich *kann* das. Ich kann es gefahrlos. Außerdem übernimmt den Großteil der Arbeit ohnehin der Auto-Chirurg, nicht wahr? Er hat sämtliche Tests an Leichen und Tieren mit Bravour bestanden. Ich bin ja bloß dabei, um alles einzurichten, dann erfüllt er seine Aufgabe. Er arbeitet selbsttätig. Genau das soll er ja auch tun. *Selbsttätig arbeiten.*«

Mit hartem Blick, zu Schlitzen verengten Augen und verkrampfter Kieferpartie sah er sie an.

Sie fuhr fort: »Ich bin zwar keine Medienexpertin oder so, aber selbst ich habe das Gefühl, dass wir dumm dastehen würden, wenn wir absagen. Es würde so aussehen, als wüssten wir nicht, was wir tun, oder als gäbe es schwerwiegende Sicherheitsprobleme. Und die Rektorin der Universität, der Dekan und wer immer sonst noch alles kommt – ihnen würde es auch nicht gefallen. Und sei es nur, weil Sie ihre Zeit verschwendet haben.«

Bei der Erwähnung ihrer Vorgesetzten kniff Chase die Augen noch mehr zusammen, bis seine Pupillen nur noch aus horizontalen Schlitzen brauner Haut hervorlugten. Rita konnte beinah hören, wie die politischen Rädchen in seinem Gehirn klickten.

»Und wenn wir heute verschieben, Chase, wirft uns das hinter den Zeitplan zurück. Weit zurück. Überlegen Sie nur, wie lange wir gebraucht haben, um Mrs. Sanchez zu finden. Sie eignet sich perfekt dafür – perfekte Anatomie, perfekte Körperbeschaffenheit. Wenn wir heute absagen, müssen wir einen anderen Patienten oder eine andere Patientin suchen. Keine Ahnung, wie lange das dauern wird. Die Europäer sind uns dicht auf den Fersen. Fabius in Lyon …«

»Ich weiß über *Professor* Fabius Bescheid«, fiel Chase ihr knurrend ins Wort.

Rita wusste, dass Chase Fabius insgeheim oft als *dieser Froschfresser* bezeichnete. Zum Beispiel: *Auf keinen Fall werde ich zulassen, dass mir* dieser Froschfresser *zuvorkommt.*

»Gut, dann wissen Sie ja auch, dass Fabius mit diesem EU-Konsortium, das er leitet, fast so weit ist wie wir. Wir müssen das heute durchziehen. Wir müssen es durchziehen und auf den Markt bringen, so schnell wie möglich. Oder Fabius wird der Erste sein. Wir können es uns nicht leisten zu warten. Keinen einzigen Tag.«

Chases Züge blieben unergründlich.

Rita holte tief Luft und pflügte weiter. »Sie haben das alles zusammengeführt. Durch Ihre Leitung und Ihre Vision ist es überhaupt erst möglich geworden.« Rita wusste, dass es wie für jede Politikerseele auch für ihn einer Droge gleichkam, wenn man sein Ego streichelte. »Sie haben all die Jahre an mich geglaubt. Sie kennen mich. Sie wissen, dass ich nur dann operiere, wenn ich es für ungefährlich halte. Ich kann diese Operation im Schlaf durchführen, Chase. *Vertrauen Sie mir.* Vertrauen Sie mir so, wie Sie mir bisher immer vertraut haben.«

Im Gang vor der Nische lachte eine Gruppe von Männern und Frauen. Es klang herzlich und ausgelassen, ungewöhnlich für die frühe Stunde an einem Montag, und Rita fragte sich unwillkürlich, ob über sie gelacht wurde.

Chases Züge wirkten wie aus Stein gemeißelt.

Das klappt nicht. Er wird nicht mitspielen.

»Das war eine nette Ansprache, Dr. Wu«, lobte Finney. Erst da wurde ihr bewusst, dass er sich eine ganze Weile nicht mehr eingemischt hatte.

Die Fältchen um Chases Augen und Mund entspannten sich

einen Hauch. Oder lag der Eindruck nur an einer Tücke des Lichts?

»Sind Sie sicher, dass Sie sich gut fühlen?«, bohrte er nach. »Sie sehen mir nämlich nicht so aus. Sie sind blass.«

»Ja. Es geht mir gut, Chase. Ehrlich.«

»Hm.« Sein Kiefer arbeitete, als kaue er Kaugummi, die Arme ließ er vor der Brust verschränkt, und er lehnte sich auf die Fersen zurück. »Wissen Sie«, sagte er schließlich, »ich erinnere mich noch an unsere erste Begegnung. Beim Bewerbungsgespräch für das Assistenzarztprogramm. Erinnern Sie sich auch?«

»Ja.« Rita erinnerte sich an Chase in einem Eckbüro, wo er an seinem footballfeldgroßen, polierten Eichenholzschreibtisch gesessen hatte. Seine Bürofenster überblickten ein Grüppchen Eukalyptusbäume, durch deren Baldachin man flüchtig das bläuliche Silber des Pazifiks erkennen konnte.

Rita wusste noch, dass ihr durch den Kopf gegangen war, wie attraktiv und beeindruckend er war, der Wunderknabe, den man gerade erst zum Leiter der Chirurgie befördert hatte. Sie war damals überrascht gewesen, als sie die gerahmten Filmposter von Klassikern neben den Diplomen und Auszeichnungen an der Wand seines Büros gesehen hatte. *Der Pate Teil II. Sein Mädchen für besondere Fälle. Terminator. Der Schwarze Falke.* Wie sie bald danach erfuhr, war Chase ein Filmfanatiker und besonders stolz auf sein in limitierter Auflage erschienenes Poster von *Star Wars: Die Rache der Jedi-Ritter.* Nur allzu gern wies er verwirrte Besucher darauf hin, dass davon nur wenige Tausend Exemplare gedruckt worden waren, bevor man den Titel des Films in *Die Rückkehr der Jedi-Ritter* geändert hatte.

»Gott, ich erinnere mich noch so gut daran. So viele Bewerber. So viele junge Leute, die Chirurgen werden wollten. Aber Sie, Rita: Sie haben sich auf Anhieb von der Masse abgehoben.«

»Wieso?«

»Ihr Selbstvertrauen. Ich habe Sie damals gefragt, wo Sie sich in zehn Jahren sehen. Eine banale Standardfrage bei Bewerbungsgesprächen, auf die man normalerweise eine banale Standardantwort erhält. Wissen Sie noch, was Sie gesagt haben?«

»Nein.«

»Sie haben auf mich gezeigt und geantwortet: ›Auf Ihrem Stuhl, Sir.‹« Er lachte herzlich, und der Anflug eines Lächelns zeichnete sich um seine Lippen ab. »›Auf Ihrem Stuhl.‹ Gott, was für *Nerven!*«

Es war das erste Mal in all den Jahren, die Rita Chase schon kannte, dass er ihr seine Sicht der Geschichte erzählte.

»Oh Mann – Sie haben mich so sehr an mich selbst in Ihrem Alter erinnert. Übersprudelnd vor Kraft und Elan. Vielen an der Fakultät hat Ihre Einstellung nicht gepasst. Ich musste mich für Sie stark machen. Den anderen sagen, dass Sie die beste Bewerberin wären, die mir je untergekommen ist. Talentiert. Intelligent. Schneidig.« Er grunzte. »Aber die konnten mit einer starken Frau nichts anfangen.« Er brauchte nicht ausdrücklich darauf hinzuweisen, dass es sich genau genommen um eine starke *asiatische* Frau gehandelt hatte. Rita wusste, dass nach Ansicht der Altherrenriege der obersten Etagen eine nette Asiatin wie sie, die gut in Mathematik und Naturwissenschaften war – was nach ihrer steinzeitlichen Meinung die einzigen Dinge waren, in denen sich Asiaten auszeichneten –, in ein Labor gehörte, nicht in einen Operationssaal. Allerdings hätte ihre idiotische Einstellung Rita kaum weniger interessieren können. Darauf hatte sie nie etwas gegeben. Sie konnte mühelos jeden dieser Männer an die Wand operieren.

Chase verschränkte die Hände hinter dem Rücken und wandte sich ab.

Du bist ein kleiner Hitzkopf, bezaubernde Rita. Genau wie deine Mutter.

»Das ist eine interessante Geschichte«, meinte Finney. Er klang neugierig. »Waren Sie wirklich so?«

Rita schluckte. Der Versuch, zwei Gespräche gleichzeitig zu

führen, eines davon in ihrem Kopf, laugte sie aus. »Und … was meinen Sie, Chase?«

»Ich meine, ich muss Sie wohl nicht darauf aufmerksam machen, wie wichtig diese Operation ist.« Er betrachtete weiter den C-Bogen. Ihr fiel auf, wie starr sein Rücken wirkte. Die sonnengebräunten Stränge der Muskeln an seinem Hals zwängten den Kragen des weißen Hemds auseinander wie dicke Finger. Die Wärme war aus seiner Stimme so jäh abgeflossen wie Wasser aus einer Badewanne. »Alle werden Sie beobachten. *Alle.* Sind Sie dem heute *wirklich* gewachsen?«

Nein, versuchte ein schwacher Teil von Rita zu protestieren. Aber sie *musste* Mrs. Sanchez operieren. »Ja. Absolut.«

»Ihnen muss klar sein, wenn Sie das vermasseln …«

»Ich weiß.«

»… werde ich nicht in der Lage sein, Sie zu schützen.«

In der Lage? Oder willens, Chase?

»Ich verstehe.«

»Na schön«, sagte er schließlich, immer noch dem C-Bogen zugewandt. Auf einmal klang er sehr müde. »In Ordnung, Rita. Wir machen es. Wir ziehen es durch. Aber wir verschieben es um zwei Stunden.« Jäh wirbelte er herum und richtete den ausgestreckten Zeigefinger auf sie. »Und das ist nicht verhandelbar. Ich will, dass Sie duschen und sich herausputzen. Tragen Sie etwas Make-up auf, um Himmels willen. Sie müssen für die Kameras gut aussehen. Haben Sie welches dabei? Make-up?«

»Ja«, antwortete Rita und biss sich auf die Unterlippe. Unter anderen Umständen wäre sie vermutlich verhärmter wegen des Vorschlags über Schminke gewesen. Trotz der netten Ansprache, die er gerade gehalten hatte, verrieten Chases unregelmäßig eingestreute, flapsige Bemerkungen über ihr Erscheinungsbild – Kleidung, Haare, Make-up – subtilen, wenn auch vielleicht unbeabsichtigten Sexismus. Tatsächlich benahmen sich die meisten ihrer männlichen Kollegen so.

Außer Spencer, aber denk jetzt nicht an Spencer, du darfst im Augenblick nicht an ihn denken.

… doch Chase trug an diesem Morgen selbst Make-up, also musste sie in dem Fall wohl ein Auge zudrücken.

Er nickte. »Ich halte inzwischen die Besucher bei Laune. Wir stellen den Terminplan ein wenig um, und ich führe sie zuerst durch den Baustellenbereich. Schutzhelme und dergleichen haben wir ja.« Er schnaubte. »Der CEO *liebt* diesen gottverdammten Schutzhelm. Man kann praktisch sehen, wie er einen Ständer bekommt, wenn er sich das Ding auf den Kopf stülpt. Vor allem, wenn man ihm dazu noch einen Satz Blaupausen in die Hand drückt.« Chase hatte für den CEO nicht viel übrig. Ein Empfinden, das auf Gegenseitigkeit beruhte, soweit Rita gehört hatte. »Und … später, Rita, unterhalten wir uns. Nur Sie und ich. Sie sind noch nicht vom Haken.«

»Ich verstehe.«

Sein Blick wanderte besorgt über sie, während er sich übers Kinn strich. Dann öffnete er den Mund, schloss ihn wieder und spannte die Kiefermuskulatur an. Einen Moment lang fürchtete Rita, er würde es sich anders überlegen. Dann jedoch erklärte Chase: »Mir gefällt die Brille. Behalten Sie die auf. Dadurch sehen Sie noch kompetenter aus. Und intellektueller. Außerdem sind Ihre Augen ein bisschen blutunterlaufen. Durch die Brille wird das für die Leute weniger offensichtlich.«

»Okay.«

Er zwängte sich am C-Bogen vorbei hinaus auf den Gang, steckte jedoch noch einmal den Kopf durch die schmale Lücke herein. Rita sog scharf die Luft ein, weil er plötzlich unheimlich wirkte, ein körperloser Kopf, durch die grelle Beleuchtung im Gang in Schatten gehüllt und von hinten erhellt.

»Rita.«

»Ja, Chase?«

»Lassen Sie mich diese Entscheidung nicht bereuen.«

»Werden Sie nicht. Versprochen.«

Er nickte mit einer knappen Bewegung des Kinns. Dann war er verschwunden.

Rita sank zu Boden, bis ihre Knie auf den harten Fliesen landeten. Beide Kniescheiben wurden durch den dünnen Stoff ihrer Montur gegen den unnachgiebigen Untergrund gepresst. Was wehtat. Es war ihr egal. Kniend verharrte sie und atmete schwer.

Was ist nur los mit mir? Ich sollte heute nicht operieren. Das weiß ich. Warum also mache ich andauernd Dinge, von denen ich weiß, dass ich sie nicht machen sollte? Und sage Dinge, die ich nicht sagen will?

Dann setzten ohne Vorwarnung die Tränen ein. Sie spürte, wie sie in warmen Rinnsalen über ihre Wangen kullerten, und in der Brust bahnte sich ein heftiges Schluchzen an, wie sie es nicht mehr erlebt hatte, seit ihr Vater gestorben war. Damals war sie vierzehn gewesen. Sie entschied, dass sie sich einfach hier auf dem kalten Boden hinter dem C-Bogen einrollen würde, um so lange zu weinen, wie es nötig war, und gleichzeitig zu hoffen, dass alles einfach verschwand.

Denn warum sagte sie diese Dinge? Warum tat sie diese Dinge? Warum war sie so überzeugt davon, dass sie operieren musste, obwohl sie tief in ihrer Seele wusste, dass sie es nicht sollte? Was stimmte nicht mit ihr?

Dann ergriff *er* das Wort.

»Gut«, sagte Finney. »Hervorragend. Schön zu sehen, dass Dr. Montgomery ein so vernünftiger Mann ist.«

Plötzlich verpuffte der Drang zu schluchzen, aufzugeben und zu weinen wie das Mädchen, das sie beim Tod ihres Vaters gewesen war. Stattdessen ballte Rita die Hände zu Fäusten und knirschte mit den Zähnen.

Mistkerl.

Tief, tief in ihrem Innersten, dort, wohin die Aggressionsbewältigungskurse ihre Wut verbannt hatten, brodelte der gerechte

Zorn. Im Augenblick glich er keinem Haustier, das man nur gelegentlich von der Leine ließ, um Untergebenen auf die Zehen zu treten. Nein. Im Augenblick nicht. Es handelte sich vielmehr um nackte, urtümliche Rage, die – zumindest vorläufig – Ritas Verwirrung und Angst überwältigte.

Selbstgefälliger Drecksack, dachte sie. *Du hast das mit mir gemacht. Aber ich werde einen Ausweg finden.* Sie wischte sich mit dem Handrücken übers Gesicht, stützte sich an der Wand ab und rappelte sich auf die Beine. *Ich weiß noch nicht wie, aber ich werde einen Ausweg finden. Und wenn es mich umbringt.* Sie schob sich am C-Bogen vorbei und kehrte zurück in den Gang. *Aber zuerst muss ich Mrs. Sanchez operieren. Mit dem Auto-Chirurgen.*

SEBASTIAN

Er beobachtete, wie Wu aus der Nische hervorkam, die Wangen gerötet und verquollen. Wahrscheinlich hatte sie geweint. Sie sah sich um. Damit hatte Sebastian nicht gerechnet, und unwillkürlich gestattete er seinen Augen einen kurzen Blickkontakt mit ihr.

Verdammt.

Er war ihr zu nah gekommen.

Dumm. Unprofessionell.

Er zwang sich, keine Reaktion zu zeigen, und begann, in ihre Richtung zu schlendern. Dabei runzelte er die Stirn, als konzentriere er sich, und neigte den Kopf über sein Handy. All das gelang ihm, während er Wu gleichzeitig unscheinbar im Auge behielt. Sie grüßte einen Kollegen, bevor sie zielstrebig auf Sebastian zusteuerte.

Oh-oh.

Dann jedoch spürte er einen Luftzug, als sie ihn passierte,

ohne ihn eines weiteren Blickes zu würdigen. Er entspannte sich und drehte sich langsam um, beobachtete ihren Weg.

»Sebastian. Sie ist gerade an Ihnen vorbeigegangen.«

Hält er mich für einen gottverdammten Idioten?

»Ich sehe sie, Boss.«

»Das ist ein kritischer Punkt. Wie sieht es aus? Irgendwelche Gründe zur Beunruhigung?«

Abgesehen von der verfluchten Menge Strom, die Sie in ihr Gehirn pumpen?

»Nein. Nichts, was mir auffiele.«

»Behalten Sie die gute Frau am besten aufmerksam im Auge.«

»Verstanden.« Sebastian wartete, bis sie sich beinah außer Sicht befand, bevor er ungezwungen hinter ihr herlief. »Was ist mit ihrer Schwester?«

Sie hatten nicht damit gerechnet, dass Wus Schwester so früh aufwachen würde. Als Sebastian an diesem Morgen in Wus Haus eingebrochen war, um die Vorrichtung zu implantieren, hatte er sie mit genug Sedativa betäubt, um sie praktisch ins Koma zu versetzen – hatte er zumindest *gedacht*. Ihm hatte nie gefallen, Wus Schwester mit hineinzuziehen. Das hatte die Logistik erschwert …

Das Teenager-Mädchen in der Zelle …

… denn er musste vom Krankenhaus zu Wus Haus und wieder zurück hasten. Aber Finney hatte darauf bestanden. Die Schwester, so hatte er argumentiert, bot ihnen ein zusätzliches Druckmittel und eignete sich als perfekter Plan B, sollte Wu nicht auf die Einbettung ansprechen. Sebastian vermutete allerdings, dass mehr dahintersteckte.

Das Teenager-Mädchen in der Zelle …

Viel mehr. Aber er hatte den Mund gehalten. Denn er musste diesen Auftrag zu Ende bringen. Diesen einen, letzten Auftrag. Für seine Nichte Sierra. Für seinen Neffen Sammy.

Sammy.

Der ihn an den Jungen erinnerte, der Alfonso getötet hatte.

»Überlassen Sie die Frau mir«, sagte Finney. »Vorläufig.«

Sebastian gefiel nicht, wie sich das anhörte.

SPENCER

Die grobschlächtige Atmosphäre in der Herrenumkleide für Chirurgen rief Erinnerungen an den Sportunterricht an der Highschool wach. Spärlich bekleidete Männer standen vor ihren Spinden, plauderten und lachten. Spencer zog eine frisch gewaschene und gebügelte Montur aus einer Maschine, die an einen Geldautomaten erinnerte, und bahnte sich den Weg zu seinem Schrank. Unterwegs tauschte er Begrüßungen und Schulterklopfer mit Chirurgenkollegen aus.

Er wechselte von seinem blauen Poloshirt und der grauen Hose in die Montur und von seinen Slippers in ein Paar Turnschuhe. Als er sich vom Zubinden der Schnürsenkel aufrichtete, tippte ihm von hinten jemand auf die Schulter.

»Spence! Alles fit im Schritt, *Compadre*?« Spencer drehte sich um und erblickte einen der anderen Chirurgen, Ray Lorenz. Ray klopfte ihm auf die Schulter und warnte: »Vorsicht mit deiner Antwort, *Compadre*. Ich bin allzeit bereit, meine professionelle Meinung über deinen Intimbereich abzugeben. Ha!«

Spencer zwang seine Lippen zu einem verkniffenen Lächeln. Ray war Urologe. Auf seinem Porsche neueren Baujahrs mit personalisiertem Kennzeichen stand KLÖTEN DOC. Die Angestellten der Zulassungsbehörde hatten sich sicher bestens amüsiert. In der Regel beanspruchte Ray mit der Karre zwei Parkplätze, weil er sie immer genau auf der weißen Trennlinie zwischen den Plätzen abstellte.

»Hallo, Ray. Wie geht's?«

Ray strich sein zurückgegeltes, pechschwarzes Haar glatt – vielleicht eine Spur *zu* schwarz für einen Mann in seinem Alter – und neigte den Kopf von einer Seite zur anderen, brachte die Sehnen im Hals zum Knacken. Seine Knopfaugen erinnerten Spencer an das Opossum, das er am Morgen in Ritas Garten gesehen hatte. Der Mann stammte von der Ostküste, ursprünglich von irgendwo in New York oder New Jersey – Spencer war sich nicht sicher.

»Spitze. Verflucht, *ausgezeichnet* sogar. Dir?«

»Gut.«

»Was steht bei dir heute Vormittag an?«

»Kurzer Tag. Nur eine schnelle stereotaktische Hirnbiopsie bei einem mutmaßlichen Glioblastom.«

»Glioblastom? Das ist scheiße.«

»Richtig.«

»Definitiv beschissen.« Ray wiegte sich auf den Fußballen vor und zurück. Sein Lächeln erreichte nicht ganz die Augen.

»Und bei dir? Was spielt sich in deinem OP heute ab, Ray?«

»Drei Schwellkörperprothesen und eine Vasektomie-Umkehrung.« Ein Herzschlag verstrich. »Was soll ich sagen, *Compadre?*« Ray löste die Anspannung mit einem forschen Klopfen auf Spencers Schulter, wobei er den Arm über seinen Kopf recken musste, um sie zu erreichen. »Ich sorge dafür, dass sich ein paar alte Säcke wieder wie achtzehn fühlen. Gebe ihnen noch ein paar Runden über die Rennstrecke, ein paar weitere Stiche mit der Lanze. Ha! Um der alten Zeiten Willen. Du verstehst, was ich meine? Abgesehen davon bezahlt es die College-Ausbildung. Ha!«

»Davon bin ich überzeugt.«

»He.« Ray beugte sich näher und klopfte mit dem Handrücken gegen Spencers Brust, eine leutselige Geste, als wolle er ihm etwas anvertrauen, worüber getratscht wurde. »He.« Ray klopfte ein zweites Mal.

Spencer zuckte zusammen. Sein persönlicher Freiraum war

ihm wichtig, und Rays Geste stellte ein klares Eindringen darin dar.

»*Compadre*. Hast du schon gehört, dass ein paar Pflegerinnen heute Morgen irgendeinen Trottel nackt und besinnungslos in einem der OPs gefunden haben? Einen Chirurgen?«

»*Was?*«

»Ich weiß. Krass, oder?«

»Du verarschst mich doch.«

»Nein, echt. Ich verarsch dich nicht, mein Freund. *Irre*, was?«

»Wer war es?«

»Keine Ahnung. Aber, Mann, ich wünschte, ich wüsste es. Hat einfach dagelegen und alles raushängen lassen. Mann, oh Mann!« Ray schlug sich aufs Knie. »Ha! Ich hab gehört, Montgomery ist *stinksauer*.«

»*Nackt*, Ray? Bist du sicher? Das ist … Ich meine, das ist bizarr. Bist du sicher, dass es stimmt?«

»*Compadre*«, meinte Ray eindringlich. »Komm schon. So ein Mist kann passieren. Erinnerst du dich an den Anästhesisten vor ein paar Jahren? Den Kerl, den sie in einem der Bereitschaftsräume gefunden haben, total zugedröhnt mit Drogen? Wie er zwei Nutten gevögelt hat?«

Davon hatte Spencer nichts gewusst.

»Ha!«, stieß Ray hervor, als er Spencers schockierten Gesichtsausdruck bemerkte. »Der Typ ist natürlich in die Wüste geschickt worden. Aber Montgomery hat die Sache unter den Teppich gekehrt. Darin ist er gut. Aalglatt – einer der Gründe, warum dieser Wunderknabe die Chirurgie leitet.«

»Hm.«

»Dann war da noch dieser Unfallchirurg. Junger Bursche. Hat in einer schäbigen, gemieteten Absteige in Ocean Beach gegen Bares Zentralvenenkatheter bei Junkies verlegt.«

»*Wirklich?*«

»Ja.« Ray schnaubte. »Auch das hat Montgomery sauber unter

den Teppich gekehrt. Mann, der Junge muss vielleicht Nerven gehabt haben …«

»Woher hatte er die Katheter?«

»Aus der Intensivstation geklaut. Gerissener kleiner Penner. Hat sie den Junkies für tausend Mücken das Stück eingesetzt – bis er einmal zu tief die Arterie unter dem Schlüsselbein runter ist. Hat die Lunge irgendeines Jungen zum Kollabieren gebracht. Der arme Tropf hätte beinah den Löffel abgegeben. Spannungspneumothorax. Die Lunge war auf die Größe einer Weintraube geschrumpft, bevor die Jungs in der Notaufnahme seine Brust mit der Nadel punktiert haben. Hast du davon etwa auch noch nie gehört?«

Spencer schüttelte den Kopf.

»Hm.« Ray verengte die Augen zu Schlitzen. »*Compadre*, du bist echt ein puritanischer Mistkerl. Weißt du das? Du bist wirklich so unbedarft, wie alle sagen.«

Spencer errötete. »Und … warum glaubst du, hat er es gemacht? Der Typ mit den Zentralvenenkathetern?«

Ray schwenkte wegwerfend die Hand. »Wer weiß? Manchmal drehen halt einige von uns durch, wenn du weißt, was ich meine. Versteh mich nicht falsch: In der großen Ruhmeshalle sagenhafter Fehltritte von Ärzten war das heute echt *krass* daneben. Aber solcher Mist ist auch schon vorher passiert und wird wieder passieren. Manchmal stresst dieser Job einfach. Und hin und wieder brennt einer von uns durch. *Spektakulär.* Wie bei 'ner Kernschmelze.«

»Und … du meinst, das war der Fall bei dem nackten Chirurgen?«

»Oh ja«, gab Ray zurück, als wäre es das Offensichtlichste der Welt. Er schnaubte, warf einen flüchtigen Blick über die Schulter und beugte sich dann wieder näher. »Eins steht fest – der Typ ist seinen Job los. Kann genauso gut gleich seinen Kram packen. Seine Karriere? Ab in die Tonne damit, denn die ist verdammt sicher am Ende, mein Freund.« Er beugte sich noch näher und klopfte ein drittes Mal gegen Spencers Brust. »Hab ich recht?« Und noch ein Klopfen. »Ha!«

Spencer wich einen Schritt zurück und verschränkte die Arme vor der Brust. Es gefiel ihm nicht, auf diese Weise berührt zu werden. Das versetzte ihn zurück in die Zeit am College und an der medizinischen Fakultät. Damals hatte er nachts als Rausschmeißer in Nachtlokalen gearbeitet, um ein bisschen zusätzliches Geld zu verdienen. In den meisten Schichten hatte es mindestens ein Alphamännchen gegeben, das sich in eine Parfumwolke gehüllt an der Schlange vorbei zum Eingang drängte, um einer Freundin zu imponieren, die auf Zwanzig-Zentimeter-Stöckelschuhen mit Bleistiftabsätzen balancierte und in einem zwei Nummern zu kleinen, halb durchsichtigen Nichts durch den Abend schwebte. Diese Typen waren es in der Regel, die einen mit dem Finger in die Brust stupsten oder, schlimmer noch, einem die Handfläche gegen die Brust rammten wie bei einem Kräftemessen zweier brunftiger Hirsche.

»Tja.« Ray warf einen Blick auf die dicke goldene Rolex an seinem Handgelenk. »Muss los, die Kohle für ein weiteres Semester an der Colgate verdienen. Ha! *Adios, Compadre.*«

Als Ray mit beschwingten Schritten durch die Tür hinaus in Richtung der Operationssäle losmarschierte, hörte Spencer ihn sagen: »He! *Mein* Freund! Hast du schon das von dem nackten Kerl gehört, den sie in Saal zehn gefunden haben? … Ja, du hast? … Ich weiß, krass, oder? *Mann,* oh Mann! Ist das zu fassen, *Compadre?*«

Die Tür schloss sich, bevor Spencer mitbekam, ob Rays unsichtbarer *Compadre* es fassen konnte oder nicht. Aus irgendeinem unerklärlichen Grund krampften sich seine Eingeweide zusammen.

Ich frage mich, wer es war …

RITA

Die Operationsvorbereitung bestand aus einem großen, rechteckigen Raum. Er enthielt zwanzig kleine, private Sitzbereiche: Nischen mit Trennwänden an drei Seiten und einem dicken, faltbaren Vorhang an der offenen Seite. Jede Nische beherbergte eine Transportliege, einen Infusionsständer und zwei Stühle.

Rita blieb am Eingang stehen. Sie war spät dran, aufgehalten von ihren Unterhaltungen mit Finney und Chase. Die meisten für die ersten Eingriffe des Vormittags eingeplanten Patienten waren bereits in die Operationssäle geschoben worden. In einigen der Nischen jedoch hielten sich noch Patienten und Angehörige auf. Pflegerinnen eilten zwischen den Nischen hin und her wie Hummeln von einer Blume zur anderen.

»Ich erinnere mich an diesen Ort«, sagte Finney leise. »An diesen Raum. Hier haben wir mit Ihnen gesprochen, unmittelbar vor Jennys Operation.« Ein Herzschlag verstrich. »Es war der letzte Ort, an dem ich Jenny je wach gesehen habe.«

Oh Gott, muss er das andauernd ansprechen?

Rita lehnte sich an den Türrahmen, um sich abzustützen.

Sachte, bezaubernde Rita. Das war ihr Vater. Seine Präsenz in ihrem Geist war beinah so ausgeprägt wie die von Finney, und Rita bezog Stärke aus ihr. *Vorläufig gibt Finney den Ton an, aber lass uns erst abwarten, wie das Spiel weiter verläuft, bezaubernde Rita. Denk daran: Situationsbewusstsein. Situationsbewusstsein.*

»Wir haben über die Blinddarmoperation gesprochen«, fuhr Finney fort. »Erinnern Sie sich daran, was Sie zu uns gesagt haben?«

»Guten Morgen, Dr. Wu.« Eine der Pflegerinnen am Schwesterntresen, der sich in der Mitte des Raumes befand, winkte ihr zu. »Ihre Patientin liegt in Bett acht.«

Rita holte tief Luft, setzte ihr bestes Lächeln einer selbstsicheren Chirurgin auf und löste sich vom Türrahmen. Über jeder Nische hing ein Schild mit einer Zahl darauf. Auf bleiernen Beinen schleppte sie sich zu der mit der Nummer acht.

»Sie haben uns gesagt, es würde alles gut werden«, ertönte Finneys Stimme. »Aber das ist es nicht geworden.«

Rita biss die Zähne zusammen und ging weiter.

»Was werden Sie dieser Patientin erzählen, Dr. Wu? Werden Sie auch zu ihr sagen, dass alles gut wird?«

Ruhig, bezaubernde Rita.

»Sagen Sie, wollen Sie jetzt, dass ich operiere oder nicht?«, murmelte Rita. »Sie lenken mich ab.«

Keine Antwort. Offenbar war Finney beleidigt. Rita versuchte, sich sein Bild vor Augen zu rufen. Sie erinnerte sich an einen großen, reservierten Mann mit einem knabenhaften Gesicht und hellbraunem Haar. Er hatte ihr nie in die Augen gesehen, wenn sie miteinander sprachen, nur entweder starr über ihre Schulter oder zu seiner Frau geblickt.

Der Vorhang zu Nische acht stand offen. Mrs. Sanchez lag in einem Krankenhaushemd auf einer Transportliege. Aus einem Infusionsbeutel sickerte eine klare Flüssigkeit in ihren linken Handrücken. Ihr Ehemann saß rechts neben ihr auf einem Stuhl mit orangefarbener Vinylpolsterung und hielt ihre Hand. Über ihre andere Hand gebeugt stand eine Pflegerin, die gerade die Infusionsnadel fixierte. Als sie fertig war, beäugte sie den Infusionsbeutel und das stete *Tropf-tropf-tropf* der klaren Flüssigkeit mit zufriedener Miene.

»Da ist sie ja«, kündigte sie Ritas Ankunft trällernd an.

Rita hatte an der medizinischen Fakultät die fünf typischen Merkmale von Patienten mit Gallensteinen gelernt: weiblich, vierzig, fettleibig, hellhäutig und gebärfreudig. Abgesehen davon, dass Mrs. Sanchez weiblich war, traf nichts davon auf sie zu. Sie war sechsundfünfzig, schlank, lateinamerikanischer Herkunft und hatte, soweit Rita wusste, nur eine Tochter, die in Los Angeles das College besuchte. Sie war einmal eine attraktive Frau gewesen, mit

Wangenknochen, die sich stolz wie die Büge zweier schnittiger Segelboote abzeichneten, und mit großen dunklen Augen. Allerdings hatten es die Jahre nicht gut mit ihren Zügen gemeint – die Schwerkraft zog die Haut nach unten wie bei einer welkenden Blume. Obwohl sie sich weiß Gott wann aus dem Bett gerappelt haben musste, um es bis zur Anmeldung um fünf Uhr ins Krankenhaus zu schaffen, hatte sie dezent Make-up aufgetragen. Die mittellangen, dunklen Haare, die vereinzeltes Grau um die Wurzeln erkennen ließen, präsentierten sich in einer ordentlichen, altersgerechten Frisur. Mrs. Sanchez lag unter einer bis zur Leibesmitte hochgezogenen Decke und strahlte ruhige Resignation aus.

Die Hand mit der Infusionsnadel ruhte auf der Decke. Die andere wurde von Mr. Sanchez so sorgsam festgehalten, als könnte sie davontreiben, wenn er sie losließe. Mr. Sanchez besaß ein freundliches Gesicht und die Haltung eines Mannes, der sich ohne Protest in die mittleren Jahre gefügt hatte. Sein dichtes, gewelltes Haar hatte die Farbe von schmutzigem Schnee. Er trug ein blaues, in die Hose gestecktes Golfhemd mit Kragen. Sein Bauch hing über den Gürtel zur gestärkten, hellbraunen Hose hinunter.

»Guten Morgen«, grüßte Rita mit einem Lächeln.

»Guten Morgen«, erwiderte das Ehepaar. Mr. Sanchez ließ die Hand seiner Frau gerade lange genug los, um Rita mit freundlichem Druck die Hand zu schütteln. Seine Handfläche war schweißnass.

»So, meine Liebe«, meldete sich die Pflegerin zu Wort. »Das stülpen wir jetzt über Ihren hübschen Kopf.« Damit beugte sie sich vor und setzte Mrs. Sanchez behutsam eine blaue OP-Haube auf. Mrs. Sanchez lächelte unsicher und berührte den Stoff.

»Ich lasse Sie jetzt mit Dr. Wu allein. Sie ist eine unserer Lieblingsärztinnen.«

Rita wusste, dass die Frau flunkerte …

Spencer … Spencer gehört zu den Lieblingsärzten der Pflegerinnen.

… doch sie wusste auch, dass die meisten Pflegerinnen sie zumindest mochten, weil sie von ihr mit Respekt behandelt wurden.

Die Pflegerin zwinkerte Rita zu, dann verschwand sie. Rita zog sich den zweiten Stuhl zum Kopfteil der Transportliege und nahm darauf Platz. Sie legte eine Hand auf Mrs. Sanchez' Schulter.

»Wie geht es Ihnen heute?«

»Es geht mir … gut.« Mrs. Sanchez sprach mit Bedacht und einem mexikanischen Akzent. Sie setzte dazu an, erneut den Mund zu öffnen, dann jedoch schüttelte sie den Kopf und drehte sich ihrem Mann zu. Ein unausgesprochenes Signal blitzte zwischen den beiden auf.

»Es geht ihr gut«, beteuerte der Mann, während er seine Frau musterte und ihre Hand massierte. Auch sein Englisch wies einen Akzent auf, allerdings nicht so stark wie das seiner Gattin. »Die Schmerzen – *aqui*.« Er deutete auf seinen rechten oberen Quadranten, auf eine Stelle knapp unter dem Brustkorb, wo sich die Gallenblase befand. »Sie sind noch da. Nicht besser.« Er zuckte mit den Schultern. »Nicht schlechter.«

»Tja, nach dem Eingriff heute werden sie besser werden. Viel besser.« Rita ließ ihr Lächeln so breit werden, wie es ging, und zeigte auf den eigenen Unterleib. *»No mas.«* Ihr Spanisch war grausam, doch sie wollte zeigen, dass sie es zumindest versuchte.

Der Ehemann nickte höflich. Mrs. Sanchez folgte seinem Beispiel und tat dasselbe. Rita stimmte mit ein, und sie nickten alle drei zusammen.

»Also«, sagte Rita schließlich und schürzte die Lippen. »Ich muss Ihnen etwas mitteilen.«

Mrs. Sanchez schaute zu ihrem Mann, der Rita eindringlich anstarrte.

»Es ist alles in Ordnung für heute Vormittag. Allerdings haben wir ein paar kleine … äh … Punkte an der Ausrüstung zu klären.« Mr. Sanchez' Augen weiteten sich, und Rita fügte rasch hinzu: »Aber es ist alles in Ordnung! Wirklich, alles bestens. Wir möchten lediglich … alles noch einmal überprüfen.«

»Warum? Ist der … Roboter … kaputt?«, fragte Mr. Sanchez misstrauisch.

»Nein. Alles gut. Ehrlich. Ich will nur, dass alles perfekt ist. Deshalb verschieben wir die Operation. Nur für eine, vielleicht auch zwei Stunden, damit wir zusätzliche Sicherheitsüberprüfungen durchführen können. Okay?«

Mr. Sanchez verdaute die Information kurz, dann beugte er sich dicht zu seiner Frau. Es folgte ein schneller Wortwechsel auf Spanisch.

»Entschuldigen Sie bitte, Doktor, aber müssen Sie den Roboter verwenden?«, fragte Mr. Sanchez schließlich.

»Ja«, sagte Finney.

Ja, dachte Rita. Unwillkürlich biss sie sich auf die Zunge, um zu verhindern, dass ihr das Wort laut herausrutschte. Sie schmeckte warmes, salziges Blut. Was sollte sie dazu bringen, so etwas zu behaupten? Denn *nein*, sie *musste* den Roboter *nicht* verwenden. Die nächsten Worte wählte sie äußerst sorgfältig: »Also … wie wir besprochen haben, wird Ihre Frau ein Teil von etwas wirklich Aufregendem. Von etwas, das Operationen künftig verbessern wird.«

»Ja, Doktor. Aber wird es auch *ihre* Operation verbessern?«

»Ja, wird es«, meldete sich Finney zu Wort.

Ja, wird es, hätte Rita beinah gesagt, bremste sich aber noch rechtzeitig. Sie wusste nämlich, dass das nicht der Wahrheit entsprach.

Mr. und Mrs. Sanchez sahen sie erwartungsvoll an.

Finney wiederholte in ihrem Kopf: »Ja. Wird … es.«

»Nein … wird es … nicht«, antwortete Rita ebenso sehr Finney wie Mr. Sanchez. Es überraschte sie, wie schwer ihr auf einmal das Sprechen fiel. Als versuche ihre Zunge – die sich dort, wo sie darauf gebissen hatte, wund und blutig anfühlte –, zwei Herren gleichzeitig zu gehorchen.

»Entspricht das wirklich dem, was Sie den beiden mitteilen möchten, Dr. Wu?«, bedrängte Finney sie.

Rita sagte: »Was ich damit meine, ist, dass es Ihrer Frau nach dem Eingriff so oder so hervorragend gehen wird. Ob mit Roboter oder ohne.«

»Ich möchte nicht, dass sie zum … Versuchskaninchen wird. Nichts für ungut, Doktor.«

»Sie wird kein Versuchskaninchen, das verspreche ich Ihnen. Ich würde niemals an einer Patientin experimentieren.«

»Experimentieren.« Mr. Sanchez runzelte die Stirn und schürzte die Lippen, als hätte das Wort einen üblen Geschmack in seinem Mund hinterlassen. »Aber … bei allem Respekt, Doktor: Genauso hört es sich für mich an. Wie ein Experiment.«

Mrs. Sanchez Augenbrauen knautschten sich zusammen. Sie stellte ihrem Ehemann in rasantem Spanisch eine Frage. Er schüttelte den Kopf und tätschelte ihren Arm.

»Hören Sie«, sagte Rita und breitete die Hände aus. »Mr. Sanchez. Ich habe diese Operation schon über fünfhundert Mal durchgeführt. Der Roboter ist lediglich ein Werkzeug, das mir dabei hilft. Ein Werkzeug, das wir buchstäblich Tausende Male getestet haben.« Sie fügte nicht hinzu, dass diese Tests an Computermodellen, Simulationen, lebenden Schweinen und menschlichen Kadavern erfolgt waren – an so gut wie allem außer lebenden, atmenden Menschen. Bis jetzt.

Mr. Sanchez ließ die Hand seiner Frau los und verschränkte die Arme vor der Brust. »Ist dieser Roboter … wirklich sicher?«

»Ja. Absolut.«

»Würden Sie den Roboter jemanden aus Ihrer Familie operieren lassen? Ihren Mann zum Beispiel?« Er breitete beide Handflächen vor sich aus. »Nichts für ungut, Doktor.«

Ihren Mann. Rita wusste, er wollte damit nichts Bestimmtes sagen, und sie versuchte, sich nicht davon irritieren zu lassen. Das bekam sie oft zu hören. Aus irgendeinem Grund gingen die Leute davon aus, dass sie verheiratet war. Sie brauchte allerdings keinen Ehemann.

Aber Spencer … ich brauche Spencer …

»Ja.« Rita glaubte aufrichtig daran, dass der Auto-Chirurg sicher war. Und sie hoffte *inständig*, dass er vor allem an diesem Vormittag in ihren Händen sicher sein würde.

Mr. Sanchez sah seine Frau an, und in jenem einen Blick erhaschte Rita Eindrücke von so vielem. Liebe. Hingabe. Loyalität. Angst.

Würde Spencer mich unter denselben Umständen genauso ansehen? Nach dem, was ich zu ihm gesagt, wie ich ihn abserviert habe? Nein, denk jetzt nicht an Spencer, denk jetzt bloß nicht an ihn …

Mr. Sanchez verschränkte im Schoß die Finger ineinander, blickte darauf hinab und seufzte. Rita beugte sich zu ihm und berührte ihn am Arm. »Operationen sind beängstigend, das ist mir bewusst. Ich hatte selbst schon welche. Das ist einer der Gründe, weshalb ich Chirurgin geworden bin – ich möchte Menschen helfen.«

Er nickte und wandte sich wieder seiner Frau zu. Ein weiterer Wortwechsel in stakkatoartigem Spanisch, danach lächelte Mrs. Sanchez verhalten und nickte. Mr. Sanchez' Haltung entspannte sich. Er bedachte Rita mit einem schicksalsergebenen Lächeln.

»Na schön, Doktor. Sie ist mit dem Roboter-Eingriff einverstanden. Sie sind eine hervorragende Ärztin, und wir vertrauen Ihnen.« Sein Lächeln wurde breiter, während das von Rita ins Stocken geriet.

Sie haben uns gesagt, es würde alles gut werden, hatte Finney sie angeklagt. *Aber das ist es nicht geworden.*

»Also, nur, um alles noch einmal durchzugehen: Ihnen ist klar, was ich heute machen werde?«

»Sie entfernen ihre … *vesícula biliar.*« Mr. Sanchez deutete auf seinen Bauchbereich. Mrs. Sanchez nickte.

»Ihre Gallenblase«, bestätigte Rita. »Richtig. Und Ihnen ist bewusst, dass sich im Operationssaal Beobachter aufhalten werden? Personen, die nicht direkt in den Eingriff einbezogen sind?« Mrs. Sanchez hatte zwar bereits ein Formular unterschrieben, mit dem sie ihr Einverständnis mit Beobachtern erklärt hatte, konnte davon allerdings immer noch zurücktreten, wenn sie wollte. In dem Fall würden sie zwar dennoch die Operation durchführen, aber keine Besucher dabei gestatten.

Und Chase würde ausflippen.

Mr. Sanchez übersetzte für seine Frau, die daraufhin nickte, und er kommentierte: »Anderen etwas beizubringen, ist wichtig. Solange Sie diejenige sind, die den Eingriff durchführt.«

»Das bin ich. Und sind Sie auch mit der Verzögerung einverstanden?«

Ein Wortwechsel auf Spanisch. Dann kicherten beide. »Sie fragt sich, ob sie wohl einen Snack bekommen könnte. Sie ist hungrig.«

Rita rang sich ein Lachen ab. »Leider nein.« Dann wollte sie von Mr. Sanchez wissen: »Werden Sie nach der Operation hier sein?«

»Ja. Im Warteraum. Unsere Tochter wird auch hier sein. Sie fährt gerade vom College her.«

»Ach ja? Von wo?«

»UCLA.«

»Wie schön für sie. Das ist eine tolle Uni.«

»Ja, stimmt. Danke, Doktor.« Seine Brust blähte sich und überschattete vorübergehend das leichte Hervorstechen seines Bauchs. Mrs. Sanchez strahlte mit zustimmender Miene. »Sie möchte Sie gern kennenlernen. Sie hat schon viel von Ihnen gehört.«

»Nur Gutes, hoffe ich.«

»Oh ja, Doktor.« Mr. Sanchez grinste. »Nur Gutes.«

Sie haben uns gesagt, es würde alles gut werden. Aber das ist es nicht geworden.

Erneut schüttelte Rita beiden die Hände und versprach, nach dem Eingriff zu Mr. Sanchez und der Tochter zu kommen, anschließend ließ sie das Paar allein. An der Tür der Operationsvorbereitung warf sie einen letzten Blick zurück über die Schulter. Mr. Sanchez war aufgestanden, hatte sich über die Transportliege gebeugt und drückte die Stirn gegen die seiner Frau. Die beiden hielten Händchen.

Rita würde es wirklich tun. Sie würde an diesem Vormittag operieren. Ein Teil von ihr – ein unangenehmer, fremd wirkender Teil – freute sich darauf. Der Rest von ihr empfand Bestürzung.

Gott steh mir bei.

»Gut gemacht, Dr. Wu«, lobte Finney. »Gut gemacht.«

Was tue ich nur?

SEBASTIAN

Tja. Damit wäre das erledigt. Es hatte funktioniert. So weit, so gut. Der winzige Empfänger in seinem Ohr – Gott sei Dank *keine* von Finneys Vorrichtungen – knisterte.

»Sebastian.«

»Ja, Boss.«

»Dr. Montgomery verschiebt die Operation. Wir haben ein wenig zusätzliche Zeit vor der Ausführung des Primärbefehls. Unerwartet. Aber nicht problematisch.«

Ausführung des Primärbefehls. Finney klang wie eine gottverdammte Maschine.

»Verstanden. Aber ich denke, ich sollte mich der Rundganggruppe anschließen. Um Montgomery im Auge zu behalten. Und um sicherzustellen, dass er sonst nichts ändert. Ich mache den Rundgang mit und bin dann wie geplant in Operationssaal zehn.«

»Einverstanden. Und, Sebastian?«

»Ja, Boss?«

»Ich schalte Sie von der Kommunikation mit Dr. Wu weg.«

Schon wieder. Sebastian sog scharf die Luft ein. »Wie lange?«

»Bis Sie den Operationssaal erreichen.«

»Wieso?«

»Sie müssen sich auf den Rundgang konzentrieren. Und auf Montgomery.«

Blödsinn.

Der Rundgang würde eine belanglose Präsentation, ein Lückenfüller, eine Augenauswischerei werden. Auf keinen Fall ein Grund, der ihn daran hinderte, sich gleichzeitig auf Montgomery und Wu zu konzentrieren.

Was zum Teufel haben Sie wirklich vor, Boss?

»In der Zwischenzeit kümmere ich mich um die gute Dr. Wu«, kündigte Finney an.

Sebastian spürte, dass es keinen Sinn hätte, mit ihm zu diskutieren. »Okay. Wenn Sie es sagen, Boss …«

»Informieren Sie mich umgehend über etwaige neue Entwicklungen. Falls es keine gibt, hören wir uns in ein paar Stunden wieder.« Ein statisches Knistern ertönte in Sebastians Ohr, und Finney war weg.

SPENCER

»Guten Morgen, Dr. Cameron.«

»Guten Morgen, Wendy.« Spencer bewegte sich rückwärts durch die Doppelschwingtür in Operationssaal zwei. Die frisch geschrubbten Hände hielt er auf Schulterhöhe vor sich hoch. Ohne sie sinken zu lassen, drehte er sich um und näherte sich dem sterilisierten Instrumententisch, an dem Wendy, die OP-Schwester, bereits wartete. Sie trug Montur und Handschuhe.

»Wie geht es Ihnen?«

Sie senkte ein steriles Handtuch über seine Hände und zwinkerte ihm mit einer zurückhaltenden Sinnlichkeit zu, die Spencer durchaus anziehend fand. Jedenfalls ging er davon aus, dass sie *ihm* zuzwinkerte: Das anwesende Pflegepersonal und die für die Anästhesie zuständige Assistenzärztin waren allesamt Frauen, und Bogart war bereits bewusstlos. Assistenzärzte oder Studenten der Neurochirurgie waren an diesem Vormittag nicht anwesend, weil sie eine Vorlesung besuchten.

»Mir geht es hervorragend, Dr. C., weil ich in *Ihrem* Operationssaal sein darf.«

Spencer grinste, als er sich mit dem Tuch die Hände abtrocknete. »Ach, ich wette, das sagen Sie zu allen Chirurgen.«

»Nein«, widersprach sie mit leiser Stimme. Den Blick der blauen Augen ließ sie dabei fest auf sein Gesicht gerichtet. »Mache ich nicht.«

Chrissy, die Aufsichtspflegerin, stand zwar einige Meter entfernt, hatte das Augenmerk aber eindeutig auf Spencers Unterhaltung mit Wendy geheftet. Er ertappte sie dabei, wie sie die Augen verdrehte. Er durfte nicht den Eindruck vermitteln, irgendjemanden zu bevorzugen, also sagte er: »Vielen Dank, Wendy. Das weiß ich zu schätzen. Guten Morgen, Chrissy!«

»Guten Morgen, Doktor!«, rief Chrissy überschwänglich zurück.

»Ist wie immer ein Vergnügen, mit Ihnen zu arbeiten.«

Die Fältchen um Chrissys Augen wurden länger. »Danke, Doktor!«

Die Haut um Wendys Augen blieb glatt. Kurz wanderte ihr Blick zu Chrissy, dann schwenkte er zurück zu Spencer. Auch das fand er anziehend. Und wie könnte es anders sein? Ihre Augen waren groß und blau.

»Extragroße Kittel, Dr. C., richtig?«

»Ja.«

Sie ließ den sterilen Kittel vor ihm baumeln wie ein Matador, der einen Stier mit einem Umhang ködert. Spencer ließ das Handtuch zu Boden fallen und schob die Arme in die Ärmel. Es handelte sich um den größten verfügbaren Kittel, dennoch erwies er sich als so eng, dass Spencer kaum hineinpasste – er hatte Mühe, die Arme und Schultern hineinzuzwängen. Hatte er immer. Chrissy half ihm, das Kleidungsstück hinten zu befestigen, während Wendy ihm seine – extragroßen – sterilen Handschuhe anzog.

Er begann, Bogart für die Biopsie vorzubereiten. Neben ihm drehte sich Wendy um und holte Instrumente vom Tablett.

»Ich kann nicht fassen, dass Ihnen dieser extragroße Kittel kaum passt«, meinte sie gurrend. »Sieht so aus, als könnten Sie ihn jeden Moment zum Platzen bringen! Trainieren Sie, Dr. C.?«

»Ich, äh, gebe mir Mühe, in Form zu bleiben. Könnte man sagen«, meinte Spencer.

»Oh bitte. Haben Sie früher Football gespielt oder so?«

»Nein. Hat mich nie interessiert. Ich habe geboxt. In der Highschool.«

»Geboxt! Wow.«

»Ja. Na ja, in meiner Heimatstadt im östlichen Washington gab es diesen ehemaligen Olympiaboxer, der uns Kids trainiert hat. War eine tolle Möglichkeit, in Form zu kommen und keine Dummheiten anzustellen.« Obwohl er ohnehin nie zu den Teenagern gehört hatte, denen es schwerfiel, sich aus Schwierigkeiten herauszuhalten.

»Und am College?«

»Da habe ich Rugby für die Universität von Washington gespielt. Ein stolzer Huskie.«

»Rugby. Tja, sieht man«, meinte Wendy und lachte. Sie berührte seinen Handrücken etwas länger als nötig.

Was Spencer nicht entging. *Natürlich* entging es ihm nicht – immerhin war er ein heterosexueller Mann mit intakter Libido und einem Puls. Wendy war ein bisschen dünn, außerdem stand er nicht unbedingt darauf, wie sie ihr Haar, den blauen Lidschatten oder ihr Piercing betonte. Trotzdem war sie unbestreitbar süß. Und verfügbar – sie und ihr erster Mann hatten die kurze Ehe vergangenes Jahr ohne Verbitterung oder Kinder beendet.

Und Spencer fühlte sich einsam. Nicht, dass es *gar keine* Frauen gegeben hätte, seit Rita und er sich voneinander getrennt hatten. Allerdings waren sie lediglich gekommen und gegangen, Platzhalter, um kurzzeitig die Leere zu füllen, die Rita hinterlassen hatte. Eine Anwältin. Eine Privattrainerin in seinem Fitnessstudio. Eine Frau, die sich selbst als »Lebensberaterin« bezeichnet hatte. Alle durchaus nett, vor allem die Lebensberaterin, die zu den fröhlichsten Menschen gehörte, die er je kennengelernt hatte. Dennoch konnte niemand von ihnen Rita das Wasser reichen. Und in letzter Zeit hatte es ihm sowohl an Energie als auch an Interesse gemangelt, um nach weiteren Frauen zu suchen.

Oder lag es an der fehlgeleiteten Hoffnung, Rita könnte noch zur Vernunft kommen, was ihre Beziehung anging?

Tief in seinem Innersten wusste er, dass eine Liebschaft mit Wendy lediglich zu einer kurzzeitigen Verdrängung seiner Einsamkeit führen würde. Abgesehen davon, dass er gut auf die Gerüchte und den damit verbundenen Ärger verzichten konnte, die ein Techtelmechtel unweigerlich mit sich brachte. In den Pausen- und Umkleideräumen des OP-Personals wurde verdammt viel getratscht. Beweisstück A: der Idiot, der nackt im Operationssaal die Besinnung verloren hatte. Leute wie Ray sogen solche Dinge förmlich auf. Und selbst, wenn es durch irgendeinen bizarren Umstand eine vernünftige Erklärung für den nackten Chirurgen gäbe, war der Ruf des Kerls rettungslos ruiniert. Sobald seine

Identität bekannt wurde, wäre er gut damit beraten, nie wieder im Turner aufzukreuzen.

Als hätte Wendy seine Gedanken gelesen, fragte sie mit leiser Stimme: »Und? Haben Sie schon gehört, was heute Morgen passiert ist, Dr. C.?«

Spencer lachte leise. »Sie meinen den nackten Kerl?«

Chrissy, die hinter Wendy stand, stieß ein Quieken aus. »Wendy war diejenige, die sie gefunden hat!«

Sie?

»Sie?«, fragte Spencer und bemühte sich um einen beiläufigen Tonfall.

Wendys Augen schimmerten vor Freude über ihr geheimes, pikantes Wissen. »Ich soll eigentlich nicht darüber reden. Dr. Montgomery hat mich aufgefordert, niemandem davon zu erzählen.« Ihr Blick schnellte zur Assistenzärztin für Anästhesie, die auf ihrem iPad in ein medizinisches Fachbuch vertieft zu sein schien. »Aber ja. Eine Frau, Dr. C. Ist das zu *fassen?* Lisa Rodriguez und ich haben sie gefunden, als wir Operationssaal zehn vorbereiten wollten.« Wieder schaute sie zur Assistenzärztin. »Aber von mir haben Sie das nicht.«

Rita operierte an Montagen in Operationssaal zehn. Tatsächlich sollte sie jetzt gerade dort operieren.

Langsam, Spencer. Das muss noch gar nichts bedeuten. Könnte irgendjemand gewesen sein.

»Eine Assistenzärztin?«, fragte er im Plauderton. »Abdecktuch bitte.«

Wendy reichte ihm das sterile Laken. »Nein.« Er konnte Wendys Lippen nicht sehen, aber er vermeinte, förmlich zu *hören*, wie sie grinste. »Eine Oberärztin.«

Sein Mund wurde trocken, als er das Abdecktuch auseinanderfaltete und über Bogart ausbreitete. Das schränkte die Zahl der Infragekommenden auf ungefähr zehn Frauen ein, darunter Rita.

»Ah«, sagte er. »Langsam wird es interessant. Also, wer war es?«

»Das darf ich Ihnen nicht sagen.« Doch es war offensichtlich, dass Wendy es ihm sagen *wollte*. Alles, was sie brauchte, war ein kleiner Anstoß.

»Kommen Sie schon. Spannen Sie uns nicht so auf die Folter.«

Wendy stützte die Ellbogen auf die Instrumentenablage und beugte sich zu ihm. »Was bekomme ich dafür?«

»Äh … meine unendliche Dankbarkeit?«

Sie warf den Kopf zurück und lachte. »Da fällt Ihnen doch bestimmt etwas Besseres ein, Doktor«, meinte sie schließlich. »Ich hatte mehr an ein Essen gedacht.« Nun spielte sie mit ihm.

»Kaffee? Der vom Wagen in der Eingangshalle ist erstklassig.«

»Wissen Sie«, gurrte Wendy, »ich habe eine Wohnung unten an der Mission Bay. Klein, nichts Aufregendes, aber die Sonnenuntergänge von meinem Balkon aus sind *atemberaubend*, und ich koche eine teuflisch gute Paella. Diesen Samstag habe ich ein paar Freunde eingeladen.«

»Arterienklemme, bitte.«

Sie reichte sie ihm. »Sie sollten kommen.«

Chrissy zog die Augenbrauen hoch.

Vorsicht, Doktor.

»Äh … wie kann ich das ablehnen?« Spencer achtete darauf, nicht ausdrücklich zuzusagen.

»Gar nicht«, erwiderte Wendy.

»Na schön. Abgemacht. Wer war es?«

Nach einem neuerlichen Blick zur Assistenzärztin schrieb Wendy mit einem sterilen Marker einen Namen auf ein OP-Tuch und schob es zu Spencer.

Dr. Wu.

Mit einem kleinen Smiley darunter.

»Äh …« Spencer ergriff den Stift mit zittriger Hand und schrieb zurück: *Sind Sie SICHER?*

Sie nickte mit Nachdruck. *Ja.*

»Samstag?«, murmelte sie. »Spencer?«

»Sicher«, antwortete er abwesend, denn sein Verstand raste in fünf verschiedene Richtungen gleichzeitig. Mehr als eine führte ihn zu dem merkwürdigen Auto, das vor Ritas Haus geparkt hatte. »Samstag.«

»Margaritas um fünf. Ich simse Ihnen meine Adresse nach dem Eingriff. Okay?«

»Klar.«

Rita. Nackt in einem Operationssaal. Unmöglich.

Spencer bemühte sich bestmöglich, sich auf Bogarts Biopsie zu konzentrieren. Leicht fiel es ihm nicht.

SEBASTIAN

Sebastian fand es bemerkenswert, wie einfach man unbehelligt in einen Operationssaal eines bedeutenden Universitätskrankenhauses einer Großstadt in den Vereinigten Staaten marschieren konnte. Geradezu peinlich.

Heutzutage konnte man nicht mehr an Bord eines Linienflugs gelangen, ohne beinah in sämtlichen Körperöffnungen durchsucht zu werden. Aber man brauchte lediglich seinen Namen mit schwarzem Stift auf ein Namensschild aus Haftpapier zu schreiben – oder besser noch, einen Drucker zu verwenden, was Sebastian getan hatte –, sich den Zettel auf die Brust zu pappen und zu behaupten, man arbeite für einen Hersteller chirurgischer Instrumente oder Maschinen. Jeder beliebige größere Anbieter, der Verträge mit dem Krankenhaus unterhielt, reichte dafür – und schon konnte man hineinspazieren, ohne irgendwelche Fragen gestellt zu bekommen.

In der Zwischendecke einer wenig benutzten Herrentoilette hatte Sebastian einen Anzug samt Krawatte versteckt, und nachdem er hineingeschlüpft war, hatte er sich an einem Zugang des Baubereichs, am Ende eines langen Korridors im zweiten Stock, unbemerkt einer Gruppe von ungefähr zwanzig Beobachtern anschließen können. Der Rummel beim Verteilen der Schutzhelme und beim Besprechen der Sicherheitsvorschriften hatte die perfekte Ablenkung geboten.

Das gehetzte PR-Team des Krankenhauses, das den Rundgang organisierte, war ein unter starkem Koffeineinfluss stehendes Paar, das aus einer hübschen, dunkelhaarigen, dunkelhäutigen jungen Frau in einem eng anliegenden blauen Kleid und einem noch attraktiveren blonden jungen Mann in grauem Anzug mit schmaler roter Krawatte bestand. Sie hatten Sebastian einen Moment der Anspannung beschert, als sie feststellten, dass die Rundganggruppe größer war als erwartet. Mehrere Personen, darunter er und eine Frau, die sich als Reporterin für das *Wall Street Journal* auswies, standen nicht auf der Liste. Da die beiden gestressten PR-Spezialisten jedoch unbedingt im Zeitplan bleiben wollten, hatten sie über die Diskrepanz hinweggesehen und in aller Eile weitere Schutzhelme aufgetrieben. Verdammt, sie hatten sich nicht einmal die Mühe gemacht, Sebastians falschen Namen aufzuschreiben. Mit einem hohlen Lächeln hatte der attraktive PR-Mann Sebastian eine Werbebroschüre des Turner Krankenhauses in die Hände gedrückt und ihn durch eine – wie Sebastian wusste, normalerweise abgesperrte – Tür auf eine Brücke gescheucht, die ins Zentrum der Baustelle führte. Nach Abschluss der Arbeiten würde die Brücke – auch das wusste Sebastian – einen der Hauptverbindungswege zum neuen Flügel bilden.

Die Brücke war überdacht, an den Seiten jedoch offen, und während die Rundganggruppe sie überquerte, blies vom Meer eine kräftige, salzige Brise über sie hinweg. Sie zerzauste Sebastian die Haare wie ein Föhn und wehte ihm die Krawatte über die Schulter.

Ihm fiel auf, dass die präzise Frisur des blonden PR-Mannes, der vor ihm ging, tadellos blieb. Keine Strähne löste sich daraus. Auch die Krawatte blieb an Ort und Stelle, da er sie sicher unter dem zugeknöpften Jackett seines knitterfreien Anzugs verstaut hatte. Plötzlich verlegen fuhr sich Sebastian mit den Fingern durch die Haare und steckte die eigene Krawatte unter sein Jackett, bevor er einen Knopf davon schloss, um sie ebenfalls an Ort und Stelle zu halten.

Drei Männer hinter ihm unterhielten sich angeregt über Lebertransplantationen. Vermutlich Chirurgen auf Besuch. Auch Sebastian hatte mit dem Gedanken gespielt, sich für diesen Tag als Chirurg von einem anderen Krankenhaus auszugeben. Er vermutete, dass er die Rolle glaubwürdig zu spielen vermocht hätte. In der Vergangenheit hatte er nebenher als Sanitäter seiner Einheit fungiert, weshalb er solide medizinische Kenntnisse besaß – eine der Fertigkeiten, denen er den Auftrag von Finney verdankte.

Und seine medizinischen Fähigkeiten waren erprobt. Während seiner Ausbildung, nachdem er als Sanitäter auserkoren worden war, hatte er die Nase ausgiebig in Bücher gesteckt. Die Bewährungsprobe jedoch waren die Kampfeinsätze gewesen, bei denen er sein Geschick verbessern und verfeinern konnte, bis er sich nahezu alles außer schweren Operationen zutraute. Bei einigen der medizinischen Eingriffe, die er am Arsch der Welt allein, ohne jede Unterstützung hatte durchführen müssen, war im angst und bange gewesen. Aber er hatte keine Wahl gehabt. Scheiße passierte nun mal.

Oh Mann, jenes eine Mal: Ein Junge – ein halbes *Kind*, sie waren alle halbe Kinder gewesen – war buchstäblich in Stücke geschossen worden, in verfluchte *Stücke*, das Fleisch in Brocken aus seinem Hals und von seinem Kopf gerissen. Der Junge hatte noch gelebt, wenngleich er das Bewusstsein verloren hatte, und überall, *überall* war Blut gewesen, während inmitten der rohen Masse, die noch wenige Sekunden zuvor ein Gesicht dargestellt hatte, die Überreste des Munds Luft einsaugte.

Gary – der Junge hatte Gary geheißen, stammte aus Indiana und war von den anderen Jungs *Gary Indiana* genannt worden, wie in dem Song aus dem alten, kitschigen Musical.

Schnell war klar gewesen, dass Gary Indiana erstickte. Die zu seinen Lungenflügeln führende Röhre – die Trachea – war kollabiert, verstopft von Blut und dicken, rosa Brocken von Gott-weiß-was. Der Evakuierungshubschrauber befand sich zehn Minuten entfernt – Gary Indiana blieb vielleicht noch ein Viertel dieser Zeit.

Also traf Sebastian eine Entscheidung und tat etwas, was er nie zuvor und nie wieder danach gemacht hatte: Er schob einen Atemschlauch aus Plastik in die Überreste von Gary Indianas Luftröhre, um sie aufzuzwängen und die lebensrettende Sauerstoffzufuhr aufrechtzuerhalten, bis Hilfe eintraf. Er machte es unter freiem Himmel in einer Wüste mitten im verfluchten Nirgendwo. Trotzdem bekam er es hin.

Verdammt, war das eine beängstigende Erfahrung gewesen – seine Hände hatten gezittert, während sie an der sterilen Verpackung des Atemschlauchs hantierten und Garys nasse, rasselnden Atemzüge ihn ablenkten. Irgendwie war es ihm gelungen, den Schlauch richtig einzuführen und den Jungen am Leben zu erhalten, bis der Helikopter eintraf.

Er hatte nie erfahren, was aus Gary Indiana geworden war – ob er letztlich überlebt hatte, und falls ja, wie er inzwischen aussah. Sebastian dachte nicht gern darüber nach, denn er wollte sich nicht vorstellen, dass der Junge in der Dauerpflegestation eines Veteranenkrankenhauses an ein Atemgerät angeschlossen vor sich hinvegetierte.

Aber so selbstsicher Sebastian sein mochte, er kannte seine Grenzen, und er bezweifelte, dass er den Schein bei einer ausgedehnten Unterhaltung mit einem echten Chirurgen wahren könnte. Nein, zu riskant.

Und apropos Chirurg: Dr. Chase Montgomery ging rückwärts vor der Gruppe her und prahlte über die topmodern ausgestatteten Operationssäle des neuen Trakts.

Was für ein Arsch. Sebastian hatte Montgomery auf Anhieb abgestempelt – als eine Führungspersönlichkeit der Art, die mit hehren, hohlen Worten vom Team und einem höheren Zweck oder dergleichen um sich warf, um das eigene Vorankommen zu fördern. Mit anderen Worten: Er redete schöngefärbten Hochglanzmüll.

Schließlich erreichten sie das Ende der Brücke, und Montgomery führte sie in das Gerippe des neuen Krankenhausteils. Sebastian sah sich um, bewunderte die Größe und die Komplexität. Eines Tages würde es ein verdammt schönes Krankenhaus werden, erst recht, wenn man Montgomery und dem aufgeblasenen Werbepaket dafür Glauben schenken wollte. Weniger ein Krankenhaus als vielmehr ein Fünfsternehotel.

Im Augenblick jedoch war es noch eine Baustelle. Freiliegende Verkabelungen und Rohrleitungen, halbfertige Wände und haufenweise Rohmaterial – Holz, Gipswände, Rohre, Glasscheiben, bündelweise Stahlstäbe, jede Menge Farbdosen – stapelten sich in Ecken und Gängen. Die nackten Eingeweide eines großen Gebäudes.

Der Geruch von Verputz und frischer Farbe setzte sich in Sebastians Nase fest. Durch die Luft hallten die Geräusche von Hämmern und Sägen und Gebrüll, teils auf Englisch, teils auf Spanisch. Es wurde viel geschweißt, und die Gruppe musste sich in unregelmäßigen Abständen den Weg vorbei an Funkenschauern bahnen. Die Arbeiter würdigten sie kaum eines Blickes. Vermutlich hatten sie sich bereits daran gewöhnt, dass täglich gut gekleidete Schaulustige durch ihre Baustelle trampelten.

Montgomery erklärte, das neue Krankenhaus würde in Phasen errichtet, was der Grund dafür sei, weshalb manche Bereiche bereits verglast und zementiert waren, andere hingegen noch keine Fenster und Mauern besaßen. Sebastian beobachtete, wie

Arbeiter die ungeschützten Abschnitte mit großen, blauen Planen abdichteten.

»Vorbereitungen für den großen Sturm heute Abend«, erläuterte Montgomery und deutete dabei auf zwei Männer, die gerade eine der Planen wie ein Segel über eine leere Fensteröffnung ausbreiteten und die Ecken mit Seilen und Eimern voll Schotter sicherten. »Wir haben hier drin eine Menge Material, das wir vor Wind und Regen schützen müssen. Soll ja angeblich ein heftiges Unwetter werden. Wird ganz angenehm sein, endlich etwas Regen zu bekommen. Den brauchen wir hier in Kalifornien. Die Dürre, wissen Sie.«

Montgomery führte sie in den Bereich der neuen Operationssäle unweit der Brücke, die sie soeben überquert hatten. Er ging mit ihnen in einen der größeren Säle – mindestens dreimal so groß wie Sebastians gesamte Wohnung –, und die Gruppe lauschte höflich, als der Leiter der Chirurgie die Merkmale des Raums erörterte. Sebastian fiel auf, dass die Arbeiten an den Operationssälen weiter vorangeschritten waren als in den meisten anderen Abschnitten. Alle zwanzig waren mehr oder weniger fertig. Jeder bildete einen abgeschlossenen Raum mit vier Wänden und einer Decke, geschützt vor den Elementen und ein gutes Stück entfernt von den offenen Bereichen ohne Fenster. Hier wurden keine blauen Planen benötigt.

Sebastians geübtem Blick entging nicht, dass die neuen Operationssäle nicht nur verborgen von anderen Abschnitten der Baustelle, sondern auch vom bestehenden Krankenhaus, den angrenzenden Gebäuden und der nahen Straße lagen. Waren die Bauarbeiter nicht in der Nähe, konnte hier alle mögliche Scheiße ablaufen, ohne dass irgendjemand etwas davon mitbekäme – nicht einmal Mitarbeiter von Turner oder das Sicherheitspersonal, das die Baustelle bewachte.

Für ihn oder Finney spielte diese Tatsache zwar keine Rolle, aber Sebastian konnte die professionelle Seite seines Gehirns nun mal nicht abschalten, also merkte er sich diese Besonderheit in Gedanken für alle Fälle vor. Sie deckten sich übrigens mit den Blaupausen, die er sich besorgt und eingeprägt hatte, und mit den Erkundungen vor Ort, die er bei Turner sowohl nachts als auch tagsüber unternommen hatte. Die Pläne, die Finney und er besaßen, bezogen die Baustelle zwar nicht mit ein, doch es schadete nie, bestmöglich vorbereitet zu sein.

Ihm war aufgefallen, dass sich die Sicherheitsmaßnahmen primär darauf konzentrierten, den Diebstahl von Baumaterial zu verhindern. Sie waren ordentlich, aber keinesfalls unüberwindlich. Ein dreieinhalb Meter hoher Maschendrahtzaun, bedeckt mit grünen Sichtschutzplanen aus Vinyl, umgab das Gelände. Nachts sorgten im Freien in regelmäßigen Abständen angeordnete Flutlichter an den jeweiligen Stellen für taghelle Verhältnisse, während weitere entlang der Infrastruktur des Gebäudes aufgehängte Lampen das Innere erleuchteten.

Die kompetenten, gut ausgebildeten Nachtwächter widmeten ihr Augenmerk vorwiegend dem einzigen Tor im Zaun, wohin die meisten Überwachungskameras gerichtet waren. Allerdings schritten sie auch den Rest der Umfriedung zu willkürlichen Zeiten ab.

Das ergab durchaus Sinn. Denn falls jemand vorhätte, sich das wertvolle Zeug unter den Nagel zu reißen, das auf dem Gelände herumlag – Baumaterial und Elektrowerkzeug –, bildeten das Tor und der Zaun, ob darunter, durch ihn hindurch oder darüber hinweg, den einzigen Weg rein oder raus.

Abgesehen von einer anderen Stelle: der Brücke zum Turner Krankenhaus, über die Montgomery die Gruppe zu Beginn geführt hatte. Keine Option für einen dahergelaufenen Dieb mit einer Armladung gestohlenen Installationszubehörs. Aber im Notfall eine machbare Route für Sebastian, um Zugang zum neuen Trakt zu erlangen.

Wiederum: Es spielte grundsätzlich keine Rolle, aber Optionen waren nun mal Optionen und nie verkehrt. Sebastian konnte diesen Teil seines Verstands, der immer über taktische Möglichkeiten nachdachte, nicht einfach abschalten.

Montgomery leierte weiter vor sich hin und streute gelegentlich Fragen ein. Das PR-Team flankierte ihn, hielt links und rechts von ihm stumm Wache, jeweils mit einem ausdruckslosen Lächeln im unverbindlich dreinschauenden Gesicht. Die beiden sahen aus wie Models aus einem Modemagazin. Sebastian spähte auf die Uhr, bevor er den Blick prüfend über die anderen Mitglieder der Gruppe wandern ließ. Darunter befanden sich die Rektorin der Universität, der Dekan der medizinischen Fakultät und der Leiter des medizinischen Bereichs. Alles große Nummern. Die anderen kannte er nicht.

Die Frau vom *Wall Street Journal* – die wie Sebastian nicht auf der Gästeliste gestanden hatte – kam ihm wie eine dieser ständig mürrischen Personen vor. Die Züge zu einer hochmütigen Miene erstarrt, eine Hälfte der Lippen zu einem halb spöttischen Lächeln hochgezogen. Bei Frauen gefiel ihm das: Irgendetwas daran sprach ihn an. Sie trug einen konservativen grauen Rock, eine weiße Bluse, stakste auf modischen Schuhen und strahlte Langweile und Desinteresse aus.

Allerdings war Sebastian gut darin, Menschen zu deuten, und er ließ sich keine Sekunde lang hinters Licht führen. Die Langeweile war bloß gespielt. Und jede der Fragen, die sie Montgomery unterbreitete, bildete eine Finte, dazu gedacht, ihn Stück für Stück aus seinem vorbereiteten Monolog herauszuholen. Montgomery, der nicht dumm war, parierte sie mit geistreichen Bemerkungen und einem medienwirksamen Haifischgrinsen, während ihre dunklen, intelligenten Augen den Blick aufmerksam überallhin wandern ließen und jede Einzelheit registrierten.

Gut aussehend war sie auch noch, entschied Sebastian – auch diesen Teil seines Gehirns konnte er nicht immer abschalten. Warum also die Mühe, es zu versuchen? Sie war schwarz mit einer eleganten Kurzhaarfrisur. Ein klar definiertes Kinn. Anmutiger Hals ohne jedes Anzeichen hängender Haut. Schlank, aber mit Kurven an den richtigen Stellen. Den wohlgeformten Waden nach trainierte sie wahrscheinlich. Ja. Sie war in Ordnung.

Der PR-Mann beugte sich zur Seite und flüsterte Montgomery ins Ohr.

»Richtig!«, entfuhr es dem Chirurgen freudig. Er klatschte in die Hände, bevor er sie rieb. »Richtig. Nun, es ist an der Zeit, den Rückweg anzutreten. Wir werden Sie alle ersuchen, eine sterile Montur für den Operationssaal anzulegen, danach folgt eine kurze Präsentation vor dem eigentlichen Eingriff. Also lassen Sie uns aufbrechen!«

Sebastian und die anderen folgten ihm zurück über die Brücke.

So weit, so gut, dachte Sebastian, während er hinter der Frau vom *Wall Street Journal* hermarschierte. Wobei er sich – vergeblich – bemühte, nicht ihren Hintern zu bewundern.

FINNEY

Dr. Wu war in den Umkleideraum zurückgekehrt, um sich zu waschen, und er hatte es ihr gestattet. Es gab keinen Grund, der dagegensprach. Außerdem hatte er ihr erlaubt, die Brille abzunehmen, um die Toilette aufzusuchen und – relativ – unbeobachtet zu duschen. Denn warum nicht? Finney fühlte sich großzügig. Im Großen und Ganzen lief alles so, wie er es geplant hatte. Sie würde nirgendwohin gehen.

Im Augenblick lauschte er dem steten Prasseln des Wassers der Dusche auf ihren Schädel, das sich für ihn durch die Audioübertragung wie das Dröhnen von Düsentriebwerken eines Passagierflugzeugs anhörte. Finney saß in einem kleinen, fensterlosen

Raum eines anonymen Bürogebäudes neben dem Turner Krankenhaus – ein Gebäude, das ihm gehörte und das im Augenblick leer stand. Dafür hatte er bereits vor Monaten gesorgt, indem er still und leise die gewerblichen Mieter durch Mittelsmänner und abgelaufene Mietverträge aus dem Haus entfernt hatte, damit es an diesem Morgen weit und breit keine neugierigen Augen gab.

Der Raum war karg möbliert, eignete sich jedoch bestens für seine Zwecke. Auf einem großen Schreibtisch konnte er das Tablet ablegen, das ihn mit Dr. Wu verband, auf einem Stuhl mit Rollen und gepolsterten Armstützen und hoher Rückenlehne saß er davor.

Finney stieß sich vom Schreibtisch ab, lehnte sich auf dem Stuhl zurück und starrte zur Decke. Das Wasser rauschte in seinem Ohr, als stünde er bei ihr unter der Dusche.

Sebastian.

Wahrscheinlich ging der Mann gerade die Wände hoch, fragte sich, was Finney tat, und vermutete, dass Finney ihn ausschloss, um vielleicht Plänen nachzugehen, von denen Sebastian nichts wusste. Pläne, die Finney natürlich *hatte*. Pläne, die beinhalteten, Dr. Wu zu töten. Aber das würde erst später folgen. Vorläufig wollte er lediglich mit ihr allein sein. Denn in Wirklichkeit handelte es sich bei dieser ganzen Sache um etwas, das nur sie beide etwas anging.

Ohne den Blick von der Decke zu lösen, zog Finney das abgegriffene Notizbuch mit Ledereinband aus der Hemdtasche. Das Notizbuch, in das er am Tag von Jennys Beerdigung geschrieben hatte. Er hob es sich vors Gesicht. Ein ausgefranstes, an der Bindung befestigtes Stofflesezeichen markierte eine Seite im hinteren Bereich. Er schlug sie auf und betrachtete eingehend den Namen, den er vor einem Jahr mit Druckbleistift aufgeschrieben hatte.

Dr. Rita Wu.

Er legte das Lesezeichen wieder ein, schloss das Buch und drückte es sich an die Brust.

Als Jenny noch am Leben gewesen war, hatten sich die Leute immer gefragt, was sie in ihm sah. Oh, sie hatten sich nie geoutet und es ihm direkt ins Gesicht gesagt. Aber Finney wusste, dass sie es gedacht hatten. Sie hatten hinter seinem Rücken über ihn geredet. Er war nicht *dumm*.

Die meisten glaubten, es hätte an seinem Geld gelegen, das wusste er. Und mit gutem Grund. Er hatte eine Menge davon. Und da er ausgesprochen sorgsam damit umging, hatte er Frauen, die etwas von ihm wollten, von jeher mit Argwohn betrachtet.

Natürlich war er schon vor Jenny mit Frauen zusammen gewesen. Wie die meisten Männer hatte er körperliche Bedürfnisse. Eine enge Gemeinschaft hatte ihn jedoch nie interessiert. Die Befriedigung jener Bedürfnisse hingegen sehr wohl, aber er war nie jemand gewesen, der für solche Dinge *bezahlen* wollte. Also hatte er Verabredungen gehabt, allerdings nie ohne eine gründliche Überprüfung des Hintergrunds der jeweiligen Frau. Und dabei hatte sein Ermittler unweigerlich jedes Mal Dinge zutage gefördert, die Finneys Verdacht – zumindest in seinen Augen – bestätigten und die Entwicklung einer längerfristigen Beziehung verhinderten. Was in Ordnung gewesen war. Es hatte immer wieder eine andere Frau gegeben.

Und dann Jenny.

Sie war von Anfang an anders gewesen. Als ausgebildete Buchhalterin arbeitete sie für ein kleineres Biotech-Unternehmen, das er kontrollierte und das neue Behandlungen für Diabetes entwickelte. Er begegnete Jenny bei einer der Besprechungen der Firma, an denen er gelegentlich teilnahm, und sie faszinierte ihn auf Anhieb.

Es begann mit ihrer Hand.

Finney schüttelte ungern Hände. Die Hände von Menschen waren *schmutzig*. Verseucht von Erregern und Dreck. Hände zu schütteln, tolerierte er nur, weil es guten Geschäftsgepflogenheiten entsprach und die Höflichkeit es vorschrieb. Aber er trug immer eine kleine Flasche mit flüssigem Handdesinfektionsmittel mit sich herum, und nach jedem widerlichen, keimverseuchten Händeschütteln schob er die Hand verstohlen in die Hosentasche, um sie zu desinfizieren, ohne die Flasche je hervorzuholen.

Nicht jedoch, nachdem er Jennys Hand geschüttelt hatte – kein Spritzer des nach Zitrone duftenden Bakterientods. Zum ersten Mal verspürte er nicht den Drang dazu, und vor seinem geistigen Auge zeichnete sich nicht wie sonst das abstoßende Bild von Millionen Mikroben ab, die über Handflächen und Finger wuselten. Finney hatte nicht verstanden, weshalb.

Ebenso wenig hatte er eine Ahnung gehabt, wieso er in der Lage gewesen war, ihr bei ihrer ersten Begegnung direkt in die Augen zu sehen. Unverhohlener Blickkontakt mit Menschen verursachte ihm für gewöhnlich Unbehagen. *Ihre* Augen jedoch waren wunderschön gewesen. Grün, passend zu ihren roten Haaren.

Schon bei ihrer ersten Begegnung und auch bei späteren Treffen war ihm aufgefallen, dass sich andere Menschen zu ihrer Wärme hingezogen fühlten, als wäre Jenny die Sonne und sie die Planeten, die um sie kreisten. Jenny besaß eine positive Ausstrahlung, die sie auf Menschen in ihrem Umfeld übertrug. Ihm gegenüber hatte sie sich immer freundlich und professionell verhalten, dabei jedoch nie die extreme, an Kriecherei grenzende Beflissenheit gezeigt wie andere, die für ihn arbeiteten. Das hatte ihm gefallen.

Und dann ihr Lachen. Gott. Ihr Lachen war wie eine Droge für ihn gewesen. Das Gelächter anderer Menschen nervte ihn oft, ging ihm durch Mark und Bein wie ein Messer, das über eine Glasflasche kratzt. Ihr Lachen hingegen hatte wie Musik geklungen.

Je länger er in ihrer Nähe gewesen war, desto mehr *wollte* er in ihrer Nähe sein. Er hatte angefangen, regelmäßigere Besprechungen in ihrer Firma anzuberaumen, um einen Vorwand zu haben, sich im selben Raum wie sie aufzuhalten. Doch obwohl er ihr insgeheim erlegen gewesen war, war ihm nie der Gedanke gekommen, sie um eine Verabredung zu bitten. Er hatte sie lediglich beobachtet, zufrieden damit, sie aus geringer Entfernung zu bewundern, erfreut darüber, sich in ihrem Orbit eingegliedert zu haben.

Bis zu der Sache mit den Comics.

Finney war Comic-Fan. Unter anderem von Science-Fiction. Als Kind und Jugendlicher war er in dieser Hinsicht geradezu fanatisch gewesen und hatte seine gesamte freie Zeit – von der er ohne Freunde jede Menge gehabt hatte – mit Comics und Science-Fiction-Romanen verbracht. Er liebte die Klassiker und sammelte und bewahrte sie in speziellen luftdichten Plastikhüllen mit Karton als Stütze und berührte sie nur mit weißen Baumwollhandschuhen. Er verschlang grundsätzlich alles, was er in die Finger bekommen konnte, ob alt, ob neu, ob wertvoll oder wertlos. Das spielte für ihn keine Rolle.

Actionfiguren und anderem Spielzeug, das es zu verschiedenen Comics gab, schenkte er hingegen keine Beachtung, weil sie ihm … nun ja … zu kindisch waren. Er liebte die Geschichten und vertiefte sich mit der Gewissenhaftigkeit und dem Ernst eines Professors in ihre Geheimnisse. Er versuchte sich sogar darin selbst welche zu schreiben, obwohl er wusste, dass er nicht gut darin war. Hingegen konnte er poetisch über die Unterschiede zwischen Steampunk und Cyberpunk fabulieren, über die Geschichte japanischer Mangas referieren und die Herkunft selbst der unbedeutendsten Nebenfiguren in den unbedeutendsten, kurzlebigsten Reihen aufsagen.

Die Sache mit Jenny hatte sich bei der Comic-Con ereignet, einer internationalen Zusammenkunft der Fans von Comics, Science-Fiction und Fantasy. Jeden Juli geriet San Diego in den Würgegriff Zehntausender Comic-Con-Besucher. Ganze Heerscharen schlenderten mit absurden Kostümen verkleidet von einem Stand zum nächsten, schleppten Tüten mit kostenlosem Nippes mit sich, verstopften Bürgersteige und strömten in dicht gedrängten, bunten Reihen durch die Innenstadt wie militante Ameisen auf einem Marsch durch den Dschungel. Für Finney war es die größte Halloween-Party aller Zeiten.

Aber es war nicht immer so gewesen. Finney hatte die Comic-Con jahrelang besucht. *Jahrzehntelang.* Als Kind hatte er seine Eltern jedes Jahr *angefleht*, die knapp zweihundert Kilometer von ihrem Haus in Los Angeles nach San Diego mit ihm zu fahren, bis er alt genug wurde, um die Reise allein zu bestreiten. Und jedes Jahr hatten Finneys von seinem Fanatismus verwirrte Eltern letztlich nachgegeben.

Finney war alt genug, um sich an eine Zeit zu erinnern, als die Comic-Con noch aus ihm und mehreren Hundert anderen wahren Gläubigen bestand, die im Keller eines Hotels Kartons voller Hefte durchgesehen hatten – völlig anders als das obszöne Spektakel, das mittlerweile daraus geworden war. Er vermisste jene Tage. Als Kind war er nur selten glücklich gewesen, und am glücklichsten dann, wenn er sich unter anderen Fans befunden hatte. Jedes Jahr freute er sich lange im Voraus darauf, sie zu sehen. Vor allem auf die Erwachsenen, die ihn wie einen Gleichgestellten behandelten. Weder verurteilten sie ihn, noch interessierte sie, woher er kam – dieser dürre, linkische Teenager mit Akne so schlimm, dass er aussah, als spritze er sich jeden Morgen Tomatensoße ins Gesicht. Bei der Comic-Con verflüchtigten sich die dunklen und verstörenden Gedanken, die ihn heimsuchten, die sich in seinen Kopf einschlichen, vor allem nachts …

Ja, dunkel und verstörend, das hatte er immer gewusst, aber er hatte nicht gewusst, wie er sie kontrollieren konnte, bis er Jenny kennenlernte. Gedanken, die er die gesamte Unter- und Oberstufe hindurch über seine Peiniger hegte. Bei der Comic-Con lösten sie sich einfach so auf wie Morgendunst in der aufgehenden Sonne.

Während er nun zur Decke starrte und dem Wasser der Dusche lauschte, streichelte er über den Ledereinband des Notizbuchs und dachte darüber nach, dass er nie, *nicht ein einziges*

Mal, den Namen eines anderen Comic-Fans hineingeschrieben hatte. Das war nie nötig gewesen.

Die Comics hatten ihm Kraft gegeben, ihm in den langen, einsamen Stunden seiner Kindheit Gesellschaft geleistet, seine Träume von wissenschaftlichen Dingen, die es noch nicht gab, genährt und ihn zu einer Karriere inspiriert, bei der er sie erfand und Wirklichkeit werden ließ. Deshalb hatte er die Comic-Con auch weiterhin jedes Jahr besucht wie einen heiligen Wallfahrtsort – selbst, nachdem er längst erwachsen geworden war und eigentlich darüber erhaben hätte sein sollen.

Und dann, eines Jahres, war *sie* dort gewesen.

Auf dem Bürgersteig vor dem Eingang des Veranstaltungsgebäudes. Einhundertdreißigtausend Fans, die sich auf acht Quadratblocks der Stadt drängten, und *sie* war dort. Ein vollkommen willkürlicher Zufall. Ein Glücksfall.

Oder doch nicht?

Mittlerweile war er längst zu der Überzeugung gelangt, dass ihm das Universum an jenem Tag etwas mitteilen wollte. Er glaubte nicht an eine wohlwollende Gottheit, die sein Schicksal lenkte. Sehr wohl jedoch glaubte er an ein kosmisches Uhrwerk, an unsichtbare Rädchen, die sich im Getriebe eines göttlichen, geordneten Plans drehten. Der Kosmos hatte verfügt, dass Jenny und er zusammen sein sollten, und seine ineinandergreifenden Teile hatten sich diesem Zweck entsprechend verschoben.

Das war mehrere Monate nach ihrer ersten Begegnung gewesen. Jenny trug eine Jeans und ein ausgebleichtes T-Shirt mit der Aufschrift *I grok Spock*. Er befand sich auf dem Weg hinein, sie auf dem Weg nach draußen. Mit offenem Mund stand er da, während sein Gehirn den Anblick ihrer roten, in der Sommersonne schimmernden Haare und den Umstand zu verarbeiten versuchte, dass sie tatsächlich hier war, bei *seiner* Comic-Con.

Als sie ihn an der Tür stehen sah, weiteten sich ihre Augen. Sie musste ein zweites Mal hinsehen und errötete. Dann lachten sie beide, und Jenny sonnte ihn mit einem wunderschönen Lächeln. Er grinste, ergriffen auf eine Weise wie nie davor und nie wieder seither.

Während sich die kostümierte Menschenmenge an ihnen vorbeidrängte, plauderten sie fünfzehn Minuten lang an der Tür. Sie war allein. Wie sich herausstellte, war sie ein genauso großer Fan wie er, schon seit Teenagertagen, aber sie scheute sich davor, es Freunden und Kollegen anzuvertrauen, weil sie ernst genommen werden wollte. Er lachte mit ihr, ließ sie wissen, dass er sie gut verstehen konnte und dass ihr Geheimnis bei ihm sicher aufgehoben war. Als er sie einlud, ihn zu begleiten, schlug sein Magen Purzelbäume, und sie folgte ihm tatsächlich zurück hinein.

Durch Finneys Status unter den Alteingesessenen hatte er speziellen Zugang zu ruhigen, privilegierten Orten. An jenem Tag und den nächsten Tagen, die darauf folgten, nahm er Jenny dorthin mit. Sie beobachteten aus der Ferne, wie Gruppen von Hollywood-Schauspielern vor kreischenden Menschenmassen auf der Bühne erschienen und für das Publikum Grimassen schnitten. Ein bisschen wie das britische Königshaus, wenn es von hohen Palastfenstern aus dem Volk zuwinkte. Jenny und er schlenderten durch die Stände und plauderten bei intimen, VIPs vorbehaltenen Treffen mit Künstlern und Schriftstellern. Sie tauschten sich über ihre Lieblingsgeschichten und Lieblingscomics aus und redeten stundenlang beim Essen miteinander.

Und sie verliebten sich ineinander.

Aufgrund einer stillschweigenden Vereinbarung hatten sie nie jemandem vom Ursprung ihrer Beziehung erzählt. Das blieb ihr Geheimnis, eine gemeinsame Verbindung, die ausschließlich ihnen gehörte und immer gehören würde. Finney war überzeugt davon, dass die anderen, die sich hinter seinem Rücken lustig über ihn machten, gekichert und höhnisch gelacht hätten.

Comichefte? Erbärmlich. Und dabei schien sie so normal *zu sein. Da sieht man's mal wieder, man kann eben in niemanden hineinsehen. Nicht wahr?*

Finney presste die Lider zu.

Gott, er war von ihrer Lebenskraft angezogen worden, so hilflos wie ein Falter von Licht. Blinde Hingabe hatte ihn mitgerissen. Es war zugleich aufregend und beängstigend gewesen, als wäre er auf einem winzigen Floß gefangen, das ein rauschendes Wildwasser hinabraste.

Mit ihr war er ein anderer Mensch geworden. Vor Jenny hatte er Liebe für ein biologisches Konstrukt gehalten, für elektrische Impulse, die im Schaltkreis des Gehirns abgefeuert wurden, Neuronen, die über zarte, biochemische Leitungen in schlichten, reproduzierbaren Mustern miteinander kommunizierten. Jenny hatte ihm gezeigt, dass es sich um etwas völlig anderes und so viel mehr handelte. Um etwas, das er nicht analysieren konnte. Etwas, dem er nicht widerstehen konnte.

Er öffnete die Augen, wischte sich eine Träne von der Wange und legte den Kopf schief. Irgendetwas geschah gerade. Das Geräusch des laufenden Wassers war verstummt.

Er beugte sich vor und schob den Stuhl zum Schreibtisch. Auf seinem Tablet war in der rechten oberen Ecke des Bildschirms ein neues Signal erschienen. Dr. Wu benutzte gerade ihr Telefon, in das Sebastian einen winzigen Überwachungschip eingebaut hatte, während sie bewusstlos im Operationssaal gewesen war.

Finney sah die Nummer, die sie anrief. Der Anblick weckte in ihm den Wunsch zu lächeln. Doch er gestattete sich die Befriedigung nach wie vor nicht. Er verdiente sie nicht. Noch nicht. Stattdessen öffnete er mit einer Berührung des Tablets die Verbindung zu ihrem Gehirn.

RITA

Rita befand sich unter der Dusche, starrte auf den Abfluss und dachte nur an die Wärme des Wassers, das ihr aufs Genick prasselte, als ihr plötzlich einfiel, dass sie völlig vergessen hatte, Darcy zurückzurufen. Schon wieder. Sie klopfte mit der Stirn leicht gegen die Fliesen unter dem Duschkopf.

Verdammt.

Finney brachte ihr Gehirn *gewaltig* durcheinander. Sie konnte ihre Gedanken einfach nicht geordnet halten. Darcy hatte sie angerufen, um ihr mitzuteilen, dass sie sich nicht wohlfühlte …

Oh Gott.

Ihr Kopf hob sich mit einem so jähen Ruck, dass ihr das Wasser wie ein Schlag ins Gesicht klatschte.

Oh Gott, oh Gott, oh Gott …

Was hatte ihre Schwester noch mal gesagt?

Ich bin heute Morgen mit grauenhaften Kopfschmerzen aufgewacht. Und Finney hatte Rita aufgefordert: *Fragen Sie, wo ihr Kopf schmerzt.* Auf der linken Seite. Am linken *Ohr*. Genau wie bei Rita. Finney hatte auch mit Darcy etwas gemacht. Erfüllt von neuer Furcht …

Nicht in Panik verfallen …

… drehte sie das Wasser ab, wickelte sich in ein Handtuch von einem nahen Haken und stieg aus der Dusche.

Finney hatte sich ruhig verhalten, seit sie in die Damenumkleide zurückgekehrt war. Kein Wort, als sie einen Müsliriegel gegessen und ein paar Tabletten gegen Übelkeit eingeworfen hatte. Oder als sie ankündigte, dass sie pinkeln gehen und anschließend unter die Dusche springen würde, woraufhin sie die Brille abnahm und in den Spind legte, bevor sie sich auszog. Sie hatte sich Zeit gelassen, vor allem unter der Dusche. Pfeif auf die Dürre. Diesen Abend sollte es ohnehin heftige Regenfälle geben.

Aber Rita wusste, dass Finney immer noch da war und lauschte.

Sie konnte seine Gegenwart fühlen. Die Luft um sie herum wirkte dicht und elektrisch geladen wie vor einem Sommergewitter.

Im Umkleideraum herrschte mittlerweile mehr Betrieb. In regelmäßigen Abständen passierten Chirurginnen und Pflegerinnen ihren Spind. Rita hätte sie am liebsten ignoriert und wünschte inständig, sie könnte sich irgendwo in ein Loch verkriechen. Aber sie alle kannten Rita, also rang sie sich das obligatorische Lächeln ab und grüßte reihum. Dabei ließ sie den Blick prüfend über die Gesichter wandern und fragte sich, wie viele bereits von ihrer … *Situation* gehört hatten. Aber keine der Frauen verhielt sich so, als wüsste sie davon.

Rita öffnete ihren Spind, holte ihr Handy heraus und rief bei sich zu Hause an.

»Wollen Sie nach Ihrer Schwester sehen, Dr. Wu?«, erkundigte sich Finney in ihrem Ohr.

Halt die Klappe, dachte sie und fragte sich, wie er wissen konnte, was sie gerade tat, zumal sich die Brille noch hinten in ihrem Spind unter einer Reservemontur befand.

Überwacht er vielleicht auch meine Telefongespräche?

Es klingelte mehrere Male, dann: »Hi, hier spricht Rita. Tut mir leid, dass ich den Anruf gerade nicht entgegennehmen kann …«

Sie legte auf und versuchte es auf Darcys Handy. Dort meldete sich sofort die Mobilbox. Rita atmete tief durch.

Ruhig, bezaubernde Rita. Bleib ruhig.

Sie wählte erneut die Nummer bei sich zu Hause.

»Hi, hier spricht Rita. Tut mir leid, dass …«

Verdammt noch mal! Mit dem Zeigefinger hieb sie auf die Wahlwiederholungsschaltfläche.

»Hi, hier spricht …«

Sie legte auf. Schweiß brach ihr am gesamten Körper aus und vermischte sich mit den Wassertropfen, die noch ihre Haut benetzten.

»Ich frage mich, was wohl los sein könnte?«, sagte Finney.

Halt … DIE KLAPPE!

Rita setzte sich auf die Bank vor ihrem Spind und wählte ein drittes Mal ihre eigene Festnetznummer. Wieder klingelte es mehrmals. Es schien sich über Stunden hinzuziehen.

»Geh ran, geh ran, *bitte* geh ran, Kleines«, flüsterte sie bei sich.

Und dann ertönte Darcys schlaftrunkene Stimme. »Hallo?«

»Darcy.« Ritas Magen, der ihr förmlich in die Kehle gestiegen war, senkte sich zurück auf Normalposition.

Danke, danke, danke, Gott!

»Ah. Da ist sie ja«, kommentierte Finney.

»Ree. Entschuldige. Ich bin zurück ins Bett.« Darcy gähnte. »Hab das Telefon nicht gleich gehört.«

»Nein – *ich* entschuldige mich, Kleines. Du wolltest vorher mit mir reden, und ich … hab total vergessen, dich zurückzurufen. Tut mir so leid. Hier ist heute alles irgendwie, äh …« Sie suchte nach dem richtigen Wort. »Verrückt.«

»Das ist eine Möglichkeit, es zu beschreiben«, fand Finney.

»Schon gut.« Wieder gähnte Darcy.

»Wie fühlst du dich?«, wollte Rita wissen.

»Äh … besser. Meinem Kopf geht's besser. Als ich beim ersten Mal aufgewacht bin, dachte ich, jemand hätte ihn mit einem *Vorschlaghammer* bearbeitet. Und ich hatte getrocknetes Blut am linken Ohr.«

Ritas Magen drehte sich um und kletterte wieder in Richtung der Kehle.

»Ist das nicht *schräg?* Ich muss wohl falsch drauf gelegen haben oder so. Aber noch schräger – das, was mich ein bisschen hat ausflippen lassen – war das, was ich dir vorher erzählen wollte …«

»Was?«

»Also … ich schwöre bei Gott, ich bin clean, Ree. Ich schwöre bei Gott. Seit drei Monaten diesmal. Das weißt du. Total clean.«

Eine Pflegerin in Straßenkleidung mit einer zusammengefalteten Montur unter dem Arm lächelte Rita an, als sie zum Spind neben dem von Rita trat und die Kombination eingab. Rita lächelte zurück, stand auf, ging zum entgegengesetzten Ende des Raums und legte die Hand über den Mund. »Was meinst du damit?«, fragte sie leise.

»Drei Monate. Clean. Ich schwöre bei Gott.«

»Okay, schon gut. Clean. Ich glaube dir ja, Darcy. Wovon redest du?«

»Ich hab mich ein bisschen … ich weiß auch nicht … irgendwie neben der Spur gefühlt. Als hätte ich einen Kater, verstehst du? Als hätte ich gestern Nacht gefeiert. Hab ich aber nicht. Das weiß ich genau. Nachdem du zum Krankenhaus losgefahren bist, hab ich mir einen echt dämlichen Film reingezogen, irgendwas mit Adam Sandler, dann bin ich ins Bett gegangen. Ich schwöre es bei Gott. Deshalb hat mir das ein bisschen Angst gemacht.«

Oh Gott. Genau wie bei mir. Rita schluckte schwer. *Ruhig, bezaubernde Rita. Situationsbewusstsein.* »Ist dir sonst noch etwas aufgefallen, Darcy? Irgendwelche … äh, anderen Symptome?«

»Nein.«

»Hörst du merkwürdige Geräusche?«

»Geräusche? Nein. Warum?«

Also redet Finney nicht mit ihr. Wieso nicht?

Rita starrte zu Boden und versuchte, diese Erkenntnis rasch zu verarbeiten. Sie sah keine andere Möglichkeit, als Darcy vorerst im Dunkeln zu lassen, bis sie überlegen konnte, was sie als Nächstes tun sollte. Das Problem war nämlich: Sie hatte im Augenblick nicht die leiseste Ahnung.

Ich weiß nur, dass ich Mrs. Sanchez operieren muss.

»Kein besonderer Grund. Ich bin sicher, es ist harmlos«, log Rita. Was sollte sie Darcy schon sagen? Dass sich der verbitterte, rachsüchtige Ehemann einer ehemaligen Patientin …

Toten Patientin, vergessen wir das mal nicht, sie ist tot, und zwar wegen MIR …

… vergangene Nacht anscheinend in ihr Haus geschlichen und irgendeine bizarre Operation an ihrem Kopf durchgeführt hatte, während sie schlief? Durch den Versuch, Darcy das zu erklären, würde sie mit genauso großer Wahrscheinlichkeit in der psychiatrischen Abteilung landen wie durch den Versuch, es Chase zu erklären.

»Du hast viel durchgemacht, Kleines«, sagte Rita stattdessen. »Wahrscheinlich leidest du an irgendwelchen Entzugserscheinungen oder so. *Verspätete* Entzugserscheinungen.« Rita wusste sehr genau, dass es keine »verspäteten« Entzugserscheinungen durch die Substanzen gab, die Darcy früher geschluckt hatte.

»Meinst du?« Darcy klang arglos.

Rita verstärkte den Griff um das Handy. »Absolut, Kleines.«

»Oh, Dr. Wu. Was für Lügen«, hauchte Finney. »Sind Sie Ihren Patienten gegenüber genauso unaufrichtig wie Ihrer Familie gegenüber?«

Mistkerl, verfluchte sie Finney in Gedanken.

Darcy sagte: »Okay. Dadurch fühle ich mich schon besser.«

»Gut.«

Ich wünschte nur, ich würde mich dadurch auch besser fühlen.

Kurze Stille, dann: »He, äh … Ree?«

»Ja, Kleines?«

»Darf ich dich was fragen?«

»Sicher.«

»Bist du gestern Nacht noch nach Hause gekommen?«

»Äh …« Rita zog das Handtuch um ihren Körper enger und schaute zurück zu ihrem Spind. Die Pflegerin war fast fertig damit, ihre Montur anzuziehen, und hatte den Kopf in die andere Richtung gedreht. »Warum fragst du?«

»Als ich heute Morgen aufgewacht bin, sah dein Bett nicht so aus, als hätte jemand darin geschlafen.«

Rita seufzte und presste eine Hand gegen die Stirn. »Nein, Darcy. Bin ich nicht. Ich … hab lange gearbeitet und bin dann im Krankenhaus eingeschlafen.«

»Oh. Die große Operation heute?«

»Ja.«

»Wie läuft's damit?«

»Wir fangen bald an.«

Ich muss Mrs. Sanchez heute Vormittag operieren.

»Oh. Tja. Dann solltest du wahrscheinlich los, was?«

»Ja.«

Weil ich Mrs. Sanchez operieren muss.

»Wann wirst du zu Hause sein?«

Etwas in Rita fühlte sich an, als müsse es sterben. *Zu Hause* und alles, was damit zu tun hatte, schien so weit entfernt zu sein, dass es sich genauso gut auf der dunklen Seite des Mondes befinden konnte. »Weiß ich noch nicht«, antwortete sie mechanisch. »Wahrscheinlich spät.«

»Okay.« Darcy gähnte. »Ich geh wieder ins Bett. Ruf mich an, wenn du unterwegs bist, dann richte ich flott etwas zum Abendessen her. Okay?«

Sie plauderten, als wäre es ein Tag wie jeder andere, und *Gott*, was würde Rita dafür geben, wenn es so wäre.

»Okay.« Sie konnte das Wort kaum aus dem Mund pressen.

»Viel Glück, ja? Hab dich lieb, Ree.«

»Hab dich auch lieb, Kleines.«

Als Rita auflegte und sich an eine nahe Wand lehnte, packte sie plötzlich ein grauenhafter Gedanke: Sie würde nie wieder mit Darcy reden.

»Ihre Schwester hat harte Zeiten durchgemacht. Nicht wahr, Dr. Wu?«

Rita stützte sich an der Wand ab. Plötzlich befürchtete sie, dass die Erkenntnis, dass Finney nicht nur private Unterhaltungen mit ihrer kleinen Schwester belauschte, sondern darüber hinaus in Darcys Kopf dasselbe *Ding* wie in Rita eingepflanzt hatte, an diesem verstörenden Morgen restlos zerstören könnte, was noch von ihr übrig war. Ihren Willen vollkommen auslöschen.

Doch das Gegenteil passierte. Was zuvor schwelender Zorn gewesen war, artete in blanken Hass aus. Rita ballte die Hände zu Fäusten. Sie war Ärztin und hatte den heiligen Eid abgelegt, Menschenleben zu schützen. In diesem Moment wollte sie Finney jedoch verletzen, *schwer* verletzen, auf jede erdenkliche Weise, auf die ein Mensch einem anderen Schaden zufügen konnte.

»Was haben Sie mit meiner Schwester gemacht?«, verlangte sie knurrend zu erfahren.

Keine Antwort.

»Feigling. Sie sind ein Feigling. Verstecken sich hinter Ihrem Mikrofon.«

Keine Antwort.

Wie in einem Traum – Albtraum – schleppte sie sich zurück zu ihrem Spind. Die Pflegerin mit dem Schrank neben ihrem war gegangen. Rita löste das Handtuch vom Körper, schlüpfte in frische Unterwäsche – für Nächte mit Bereitschaftsdienst hatte sie immer welche in Reserve da – und zog ihre Montur an. Dabei achtete sie darauf, die Brille von sich abgewandt zu lassen, sodass sie in den hinteren Bereich des Umkleideraums wies.

Kaum lauter als im Flüsterton sagte Finney: »Was wissen Sie schon über Feigheit, Dr. Wu? Piloten stürzen mit ihren Flugzeugen ab. Kapitäne gehen mit ihren Schiffen unter. Aber Chirurgen spazieren einfach von den Katastrophen davon, die sie verursachen. Genau, wie Sie von Jenny davonspaziert sind.«

Drecksack, dachte Rita schäumend vor Wut.

Ja, gut, sie *hatte* Schuldgefühle wegen Finneys Frau. Natürlich hatte sie die. Und Rita würde sie immer haben. Mehr, als Finney je wissen konnte, aus Gründen, die er nie begreifen würde. Aber zum Teufel mit ihm: Was wusste er schon darüber, Chirurg zu sein? Darüber, was es bedeutete? Was wusste er von Komplikationen und vom Leben mit den Geistern der Patienten, die starben, während man für sie verantwortlich war? Jeden Tag traf Rita unzählige Entscheidungen, die das Leben von Menschen veränderten. Operieren? Nicht operieren? Großer Einschnitt oder kleiner? Mehr von einem Organ herausschneiden – vielleicht von einem Dickdarm oder einer Leber – und schwerwiegende Komplikationen riskieren? Oder weniger und die Krankheit unter Umständen nicht heilen? Und immer, *immer* gab es Konsequenzen.

»Was wissen Sie schon?«, murmelte Rita.

»Tatsächlich eine ganze Menge. Nehmen wir nur Ihre Schwester. Darcy Rose Wu, zweiundzwanzig Jahre alt. Die Mutter, Rose Wu, ist kurz nach der Geburt an unerwarteten Komplikationen bei der Entbindung gestorben. Richtig? Großgezogen von Ihrem Vater, Kevin Wu …«

»Sprechen Sie *nicht* den Namen meines Vaters aus«, zischte Rita. Eine orthopädische Chirurgin, die Rita zwar vom Sehen kannte, mit der sie aber noch nie gesprochen hatte, saß auf einer nahen Bank und hielt beim Tippen einer SMS inne, um Rita neugierig anzusehen. Rita schaute weg und legte eine Hand über den Mund. »Wagen Sie es nicht, die Namen meiner Eltern noch einmal auszusprechen. Nie wieder.«

»… und nach seinem Tod von Ihrer Großmutter Peggy. Und von Ihnen selbst. Muss hart gewesen sein, so jung zu einem Waisenkind zu werden. Ich könnte mir vorstellen, das war einer der Gründe für die schlimmen Dinge, die Ihrer Schwester widerfahren sind, als sie an der Brown war.«

Rita schürzte die Lippen und suchte Trost in der Tatsache, dass Finney zumindest damit nicht ganz richtig lag. Denn die schlimmen Dinge mit Darcy hatten lange vor der Brown University begonnen, als sie noch an der Highschool gewesen war. Nach dem Tod ihrer Großmutter. Als Rita, mit Ende zwanzig selbst noch kaum mehr als ein Teenager, zu Darcys Vormund wurde. Anfangs waren es Kleinigkeiten gewesen. Typische Teenagersachen. Kein großes Ding. Man brauchte nur ein Fachbuch über Teenager aufzuschlagen, zum Kapitel über Launenhaftigkeit zu blättern, und schon hatte man alles vor sich ausgebreitet. Brüllduelle. Zugeknallte Türen. Mürrische Blicke. Zu spätes Nachhausekommen. Provokative Klamotten.

Dann die Eskalation, als Darcy sechzehn war: Da hatte sie sich heimlich rausgeschlichen, um die Nacht mit Freundinnen in Tijuana durchzufeiern. Ein schrecklicher, frühmorgendlicher Anruf. Rita hatte sich von ihrer Schicht abgemeldet, um die fünfzig Kilometer zum Grenzschutzbüro in San Ysidro zu fahren. Die Fensterscheiben der Station waren braun von den rußigen Ablagerungen der Auspuffgase von Millionen Autos gewesen, die dort im Leerlauf darauf gewartet hatten, in die USA einzureisen.

Die *Demütigung*. Sie hatte Darcy – benommen, nach Alkohol und Erbrochenem stinkend – bei einer fetten, uniformierten Beamtin mit vorwurfsvollem Blick und strähnigen Haaren im gleichen schmutzigen Braunton wie die Fenster der Station abgeholt. Die Frau hatte Rita Formulare über eine zerschrammte, billig laminierte Arbeitsfläche zugeschoben. *Unterschreiben Sie bitte hier. Und hier. Und hier.*

Wutentbrannt hatte sie Darcy den Großteil des nächsten Tags ihren Rausch aus Tijuana ausschlafen lassen und ihr anschließend beim Abendessen gründlich den Kopf gewaschen. Sie hatte ihr gehörig die Meinung gegeigt: Was hatte sie sich eigentlich gedacht? Wusste sie überhaupt, was für ein Glück sie hatte, dass sie nicht in einem *mexikanischen* Knast gelandet war, um Himmels willen? Und was würden ihre Eltern wohl von ihr denken?

Darcy hatte mit verquollenem Gesicht und verbitterter, erbärmlicher Miene geweint, dicke Tränen von Schuldgefühlen, Wut oder beidem. Danach war sie in ihr Zimmer geflüchtet, wo sie den Großteil der nächsten Woche geblieben war.

Rückblickend wusste Rita, das wäre die Stelle gewesen, an der sie sich mehr mit Darcy hätte befassen müssen. Ein aktives Eingreifen ihrerseits hätte damals vielleicht noch verhindern können, was wenig später folgen sollte. Aber Ritas irres Arbeitsprogramm hatte ihr keine Zeit gelassen, die alleinerziehende Mutter für ihre Teenager-Schwester zu spielen.

Nein. Das stimmte nicht ganz.

Sie hätte Darcy *sehr wohl* mehr Zeit widmen können. Damals war Rita bereits Ärztin gewesen – zwar noch nicht vollständig ausgebildet, aber bereits mit Titel, wodurch sie für einen Arbeitgeber einstellbar gewesen war. Sie hätte zum Beispiel das strapaziöse Ausbildungsprogramm für Chirurgen fallenlassen und sich einen gut bezahlten Job mit normalen Arbeitszeiten in einem Forschungslabor suchen können.

Allerdings liebte sie die Chirurgie zu sehr und konnte sich ein Leben ohne nicht vorstellen. Rita war nicht bereit gewesen, sich zwischen Chirurgie und Darcy zu entscheiden. Und nach Tijuana hatte sich Rita der Illusion hingegeben, Darcy hätte ihre Lektion gelernt und kriegte sich von allein in den Griff. Warum? Weil Darcy klug, talentiert und süß war. Weil sie eine begabte Schriftstellerin und eine wunderschöne Sängerin war. Weil sie sich aktiv in der Theatergruppe und im Gesangsverein engagierte, jede Menge – normal wirkende – Freunde hatte und hervorragende Zensuren nach Hause brachte. Im vorletzten Jahr an der Highschool hatte sie den zweiten Platz bei einem Dramatik-Wettbewerb für Schüler erreicht. Den zweiten! In einem Staat mit 40 Millionen Einwohnern. Wie konnte sich ein solcher Teenager *nicht* von allein in den Griff bekommen?

Und war nicht auch *Rita* als Teenager allein klargekommen, nachdem ihr Vater gestorben war? Hatte *sie* sich nicht gut durchgeschlagen, obwohl sich nur eine zwar wohlmeinende, aber überforderte Großmutter um sie kümmerte? *Rita* hatte es ohne Eltern durch die Pubertät geschafft, ohne auch nur ein einziges Mal zu spät in die Schule zu kommen.

Sie hatte für Essen, ein Dach über dem Kopf, Kleidung und

Geld für willkürlichen, teenagertypischen Mist gesorgt. Sie hatte Darcy bei ihren Hausaufgaben geholfen, wenn sie es schaffte – was herzlich selten der Fall gewesen war. Wenn sie es nicht schaffte – was meist der Fall war –, engagierte sie eine Helferin, die putzte, kochte und Darcy zur Schule fuhr. Rita besuchte – zumindest ein paar – Aufführungen der Theatergruppe und des Gesangsvereins und sah sich die Videos von jenen Veranstaltungen an, für die sie keine Zeit gehabt hatte.

Abgesehen davon überließ sie Darcy – die kluge, süße und verletzliche Darcy – so ziemlich sich selbst. Damit sie ihren eigenen Weg finden konnte. Nur hatte Darcy ihren Weg nicht gefunden.

Rita verstand das Konzept von ADHS. Sie verstand auch die pharmakologischen Aspekte der Behandlung. Sie konnte aus dem Gedächtnis die physiologischen Auswirkungen von Medikamenten wie Adderall auf Halbwüchsige aufsagen und wusste aus ihren Erfahrungen in der Notaufnahme, warum Teenager ohne ADHS darauf zurückgriffen.

Intelligenzpillen, hatte ein zugedröhnter College-Student eines Nachts in einem Abteil der Notaufnahme einmal zu ihr gesagt. Unmittelbar, bevor Rita ihm einen Schlauch durch die Nase einführte, um ihm den Magen auszupumpen. Total sicher, glaubten die Kids. Eine einfache, nicht süchtig machende Möglichkeit, um in nur einer Nacht eine große Semesterarbeit zu Ende zu bringen oder für Abschlussprüfungen zu lernen.

Blödsinn.

Amphetamine. Aufputschmittel. Speed. Steroide für die Konzentration. Die *so was von* süchtig machten. Mühelos in den Gängen von Highschools und in Studentenwohnheimen zu bekommen.

All das hatte Rita schon damals gewusst. Warum also hatte sie die Anzeichen bei Darcy nicht erkannt?

Sie hatte nie herausgefunden, woher die Pillen stammten, und Darcy hatte beharrlich darüber geschwiegen. Es hatte auch keine

Rolle gespielt. Nicht am Ende: nicht nach dem Herzrasen, der Benommenheit, dem projektilartigen Erbrechen und der spätnächtlichen Fahrt in die Notaufnahme – sehr zu Ritas Erleichterung nicht in jene, in der sie damals arbeitete.

Gott sei Dank war noch einmal alles gutgegangen. Darcy hatte sich rasch erholt und, ernüchtert und erschrocken von dem Ausflug ins Krankenhaus, den Pillen abgeschworen. Rita arrangierte eine Therapie, Darcy kam zurück in die Spur, schaffte es in ihrem letzten Jahr an der Highschool über die Ziellinie und legte ihren Abschluss – drogenfrei – als eine der Besten der Klasse hin. Die Therapeutin hatte ihre Arbeit für erfolgreich erledigt erklärt und sich abgemeldet. Jener Sommer vor dem College war in einem Schleier aus Optimismus und Erleichterung vergangen.

Aber nein, das wäre ja zu einfach gewesen.

Im Nachhinein betrachtet war alles viel zu einfach gewesen.

Im folgenden Herbst hätte Rita ihre Schwester gern selbst an der Brown University abgeliefert. Im Verlauf des Sommers hatten sie immer wieder aufgeregt darüber geredet, wie sie beide in Ritas verbeultem Honda Civic quer durchs Land gondeln würden. Sie hatten sogar eine Landkarte hervorgeholt und eine Route samt Zwischenstopps in Nationalparks geplant – und in Graceland, weil Darcy den Ort schon immer mal sehen wollte.

Aber das Gerede war genau das geblieben: Gerede.

Dazwischengekommen war das wichtige Forschungsdokument über Roboterchirurgie, das Rita am American College of Surgeons präsentieren musste. Und die Extraschichten, die Chase als persönlichen Gefallen von ihr verlangte. Und der Auto-Chirurg selbst. *Immer* der Auto-Chirurg. Chase hatte *sie* dafür handverlesen, das Auto-Chirurg-Projekt zu leiten, das damals gerade erst aus den Startlöchern gekommen war. Wie hätte sie wegfahren können?

Darcy ist ein großes Mädchen, redete sich Rita ein, als sie ihrer Schwester dabei half, ihre Sachen zu packen und nach Rhode Island zu versenden. *Sie schafft das schon.*

Rhode Island. *So weit weg.*

Hätte es etwas geändert, wenn Rita damals mit Darcy gefahren wäre, um ihr beim Umzug zu helfen? Oder wenn sie darauf bestanden hätte, dass Darcy näher der Heimat studierte? Sie würde es nie erfahren.

Ein bisschen Unabhängigkeit. Ein bisschen Abstand. Wird ihr guttun, hatte sich Rita gesagt, bevor Darcy, die großen dunklen Augen voll Tränen, ein letztes Mal verunsichert über die Schulter zu ihr zurückgewinkt hatte, bevor sie durch die Sicherheitsschleuse gegangen war.

Für immer mit den Pillen fertig. Das hatte Darcy zu ihr gesagt.

Ein gegebenes Versprechen. Ein gebrochenes Versprechen.

Fast fünftausend Kilometer entfernt begann es in der Dunkelheit eines bitterkalten Winters in New England von vorn – des schlimmsten Winters seit Jahren, wie Rita nun wieder einfiel, das hatte sie in den Nachrichten gehört. Im ersten Jahr war es Darcy noch gutgegangen, durch das zweite jedoch war sie bereits gestolpert und mitten im dritten war sie mit dem Gesicht voraus im Dreck gelandet. Vor einem Jahr, als so viel in Ritas eigenem Leben ebenfalls völlig danebengegangen war.

Darcy. Spencer. Jenny Finney.

Ein regelrechter Sturm aus Mist, Dreck und noch mehr Mist.

»Habe ich recht?«, fragte Finney.

Eine plötzliche Erkenntnis: Rita bewegte sich Zentimeter für Zentimeter auf Wahnsinn zu.

»Dr. Wu?«

Ja. Wahnsinn. Definitiv.

Sie spürte, wie er sich näherte, als taste sie sich blind durch einen stockfinsteren Tunnel, und irgendwo vor ihr raste unsichtbar eine Güterlok – der Wahnsinn – auf sie zu. Rita wollte umkehren, weg aus dem Tunnel, weg von dem Zug, doch sie konnte nicht; Finneys Stimme in ihrem Kopf stieß sie weiter vorwärts in Richtung der rasenden Lok. In Richtung des Wahnsinns. Und sie hatte keine Möglichkeit, überhaupt keine, den Zug oder sich selbst aufzuhalten.

Es gab keinen Ausweg.

»Dr. Wu.«

Andererseits …

Wäre vielleicht gar nicht so schlimm, dachte Rita. *Wahnsinn.* Er würde sie mit voller Wucht treffen, ihr die Besinnung rauben, und dann würde sie all das nicht mehr jucken, und sie würde mit Moses, ihrem ehemaligen Patienten, in der psychiatrischen Abteilung abhängen. Sich mit ihm über die Bibel oder sonst etwas unterhalten. Könnte nett werden. Vielleicht würden sie Freunde werden.

In ihrem Geist hörte sie die Stimme ihres Vaters: *Situationsbewusstsein, bezaubernde Rita.* Er klang ruhig, und die Ruhe zog Rita zurück aus dem pechschwarzen Tunnel. *Sorg dafür, dass er weiterredet. Sammle mehr Informationen. Es gibt* immer *Möglichkeiten. Du kannst das durchstehen. Deine kleine Schwester braucht dich. Darcy braucht dich, bezaubernde Rita.*

Tief und schaudernd holte sie Luft. *Richtig.* Darcy. Sie musste an Darcy denken. Der Tunnel mit dem Zug wich zurück.

»Dr. Wu. Bitte antworten Sie mir.«

Mittlerweile hatte sie sich fertig angezogen. Rita schaute zu der orthopädischen Chirurgin, die völlig in ihrer SMS versunken war, und setzte sich vor ihrem Spind auf die Bank. Sie beugte sich vor, um die Schnürsenkel ihrer Sportschuhe zuzubinden.

»Wir zwei haben uns gut durchgeschlagen«, meinte sie zu den Schuhen.

»*Sie* vielleicht, Dr. Wu. Darcys Weg ist ein wenig … steiniger gewesen, scheint mir.«

»Darcy geht es gut. Auch wenn das *Sie* nicht das Geringste angeht.«

Situationsbewusstsein.

»Oh, ich denke, es geht mich sogar sehr viel an.«

»Von wegen.«

Rita wurde mit den Schnürsenkeln fertig und richtete sich auf. Die orthopädische Chirurgin starrte sie an.

»Hi«, grüßte Rita.

Die Frau wandte sich wieder ihrer SMS zu. Rita erhob sich, ergriff ihre Brille und setzte sie auf, als eine Nachricht auf ihrem Handy eintraf. In Operationssaal zehn war alles bereit für sie. Ihr Magen krampfte sich zusammen.

Ich muss Mrs. Sanchez operieren.

»Ah«, sagte Finney. »Hervorragend.«

Aber *warum* musste sie Mrs. Sanchez operieren? Woher kam dieser eigenartige Drang? Warum musste sie operieren, obwohl sie tief in ihrem Herzen wusste, dass es nicht richtig war? *Operieren. Nicht operieren.* Es fühlte sich wie ein mentales Tauziehen an, das ihr Gehirn wie ein weiches Karamellbonbon auseinanderzog.

Operieren.

Nicht operieren.

Das Bild des Tunnels mit dem Zug kehrte zurück wie eine Einblendung am Beginn eines Films.

»Dr. Wu?«, sagte Finney nach mehreren Sekunden. »Lassen wir die Leute nicht warten.« Pause. »Für Darcy.«

Darcy.

Der Tunnel verblasste wieder.

Rita schlug die Tür ihres Spinds zu. Die orthopädische Chirurgin erschrak und ließ ihr Telefon fallen.

»Tut mir leid«, murmelte Rita, bückte sich, hob das Handy auf und gab es ihr zurück. Die Frau musterte sie argwöhnisch. »Ich meine, also … tut mir einfach leid.«

Rita spürte, wie sich der Blick der Frau in ihren Rücken bohrte, als sie davonging.

SEBASTIAN

Nachdem sich die Gäste des Rundgangs umgezogen hatten und Krankenhauskittel trugen, nahmen alle auf den weichen Sitzen eines gepflegten Amphitheaters Platz, das an den Haupteingang zu den Operationssälen des Turner Krankenhauses grenzte. Trotz aller Aufklärung war Sebastian vorher nie an diesem Ort gewesen und beeindruckt davon, wie neu er wirkte. Alles sah aus, als wäre es erst unlängst errichtet oder vielleicht umgestaltet worden. Saubere Wände, glänzender Bezug auf den Stühlen, ein Geruch wie in einem brandneuen Auto.

Montgomery ging auf dem Podium an der Vorderseite des Amphitheaters in Position. Über seiner Montur trug er einen makellos weißen Kittel. Über der linken Brusttasche stand sein Name in kursiver Schrift eingestickt, über der rechten prangte das Turner-Logo – ein modifizierter Äskulapstab, bei dem ein Dreizack den Stab ersetzte. Über die Wand hinter ihm erstreckte sich ein großer, hochauflösender Monitor, auf dem die Logos der Universität von Kalifornien und des Turner Krankenhauses willkürliche Muster zeichneten. Als Montgomery über das Podium schritt, zitterte sein weißer Kittel, so steif war er vor Stärke. Der Mann erinnerte Sebastian an den CEO eines Unternehmens, der ein neues Produkt präsentiert.

»Vor einigen Jahren«, begann Montgomery, wobei seine Stimme über ein kleines, drahtloses Mikrofon am Kragen seines weißen Kittels verstärkt wurde, »hat sich eine Gruppe von uns Chirurgen hier an der Universität von Kalifornien die Frage gestellt, wie wir unsere Arbeit besser verrichten können.«

Die Lichter im Hörsaal wurden gedämpft. Die Logos auf dem Bildschirm verschwanden, wurden ersetzt vom Bild einer Gruppe von Chirurgen in langen weißen Kitteln und OP-Montur, in den Gesichtern jeweils ein breites Lächeln. Sie standen vor dem Haupteingang des Turner Krankenhauses. Unter ihnen Wu und

Montgomery. Die Kamera schwenkte gemächlich über sie wie bei einer Dokumentation.

»Chirurgen sind Perfektionsfanatiker. Wir sind von Perfektion besessen. Mit *durchschnittlich* oder *gut genug* geben wir uns nicht zufrieden. Wir streben immer nach *Perfektion*. In diesem Sinne haben wir uns bei Turner nicht gefragt: Wie können wir führend werden? Die Frage lautete vielmehr: Wie können wir so weit vorankommen, dass wir die Chirurgie für immer verändern? Um es mit den Worten des großen Eishockeyspielers Wayne Gretzky zu umschreiben: Wir haben beschlossen, nicht dorthin zu gehen, wo der Puck gerade *ist* – wir wollten dorthin, wo der Puck *sein wird*.« Montgomery stolzierte über die Bühne und gestikulierte mit den Händen. »Also haben wir uns gefragt: Wo wird der Puck in fünf Jahren sein? Oder in zehn? Wie können wir den Puck kontrollieren? Wie können wir zum Puck *werden?*«

Sebastian verlagerte auf dem Sitz das Gewicht. *Schon gut. Herrgott noch mal. Wir haben's kapiert. Es dreht sich alles um den gottverdammten Puck.*

»Der Puck zu werden, hat eine grundlegende Veränderung unserer Denkweise erfordert«, fuhr Montgomery fort. »Im Grunde verrichten Chirurgen ihre Arbeit seit über hundertfünfzig Jahren auf dieselbe Weise. Wir sind jetzt im Begriff, das zu ändern. Für immer.«

Auf dem Bildschirm ging das Bild der Chirurgen in das eines modernen Flugzeugcockpits mit digitalen Hightech-Kontrolltafeln über. Zwei männliche Piloten, der eine schwarz, der andere weiß, beide mit mehrstreifigen Schulterklappen an weißen Hemden mit hochgerollten Ärmeln, saßen der Kamera zugedreht auf ihren Sitzen, zeigten die hochgestreckten Daumen und strahlten ein kraftvolles, charmantes Charisma aus.

»Automation. Das ist unser Puck, werte Gäste! Die Automation einer Operation auf dieselbe Weise, wie man einen Flug automatisiert. Autopiloten benutzen computergesteuerte Systeme, um die präzise koordinierten Bewegungen eines Flugzeugs zu mechanisieren und die Maschine sicher durch alle Aspekte eines Flugs zu führen. Start.« Unter den Piloten erschien ein kleineres Bild, in dem das Video eines Passagierflugzeugs lief, das geräuschlos von einer Rollbahn abhob. »Flug.« Die Bilder vom Start gingen in eine Ansicht desselben Jets über, wie er in großer Höhe durch sonnengesprenkelte Wolken schwebte. »Landung.« Der Jet senkte sich zu einer Routinelandung auf einer anderen Rollbahn. »Autopiloten fliegen zehntausende Menschen täglich um die ganze Welt. Sie haben viele von Ihnen heute hierhergeflogen. Warum also nicht auch *Auto-Chirurgen*? Maschinen, die Operationen so für uns durchführen, wie Autopiloten unsere Flugzeuge steuern.«

»Aber Chirurgie ist eine Kunst!«, protestierte lautstark ein Mann in der vordersten Reihe. Er besaß einen Schopf weißer Haare, ein krummes Genick und ein hochmütiges Auftreten. Der Mann hatte zwar kein Mikrofon, doch die Akustik erwies sich als so außergewöhnlich, dass Sebastian ihn auch auf seinem Platz weit hinten deutlich hören konnte. »Eine Maschine kann nicht das übernehmen, was Chirurgen machen! Wir sind Menschen, die Hand an andere Menschen legen! Eine Maschine kann das nicht! Wir sind *Künstler!*«

Montgomery nickte auf eine Weise, die sowohl Zustimmung als auch höflichen Widerspruch vermittelte. »Ja, Dr. Linton. Wir Chirurgen sind in der Tat Künstler. Und Sie, Sir, sind ein Meister dieser Kunst. Wir alle haben von Ihrer bahnbrechenden Arbeit profitiert. Für mich besteht kein Zweifel daran, dass Sie, Sir, über die Kunst der Chirurgie mehr vergessen haben, als ich je hoffen könnte, darüber zu lernen.«

Linton neigte in erhabener Zustimmung das schlohweiße Haupt, nahm Montgomerys Kompliment so entgegen wie der Papst den Kuss seines Rings.

Sebastian hätte am liebsten laut aufgelacht. *Herrgott*, war dieser Montgomery aalglatt.

»Aber«, fuhr jener fort, »Chirurgie ist zugleich eine Wissenschaft, Dr. Linton. Warum also nicht Wissenschaft *und* Kunst verbinden? Warum sollen Chirurgen nicht Maschinen darauf programmieren, dieselben Aufgaben auszuführen, die sie sonst selbst übernehmen würden, allerdings ohne die menschliche Fehlbarkeit? Warum sollen sie nicht jeden Schnitt des Skalpells und jeden Einstich der Naht präzise vorgeben und sie dann von Maschinen durchführen lassen?«

»Pah!«, stieß Linton hervor und vollführte eine Geste wie ein Fußballfan, der empört eine Fehlentscheidung des Schiedsrichters verwirft.

»Ihre Skepsis ist absolut verständlich, aber wenn Sie gestatten, dass ich …«

»Nein, Sir, ich gestatte nicht!« Linton streckte das Kinn vor und schnaubte durch die von dicht wachsenden weißen Härchen bewachten, höhlenartigen Nasenlöcher. »Ich möchte Sie daran erinnern, dass wir Hand an *Menschen* legen, Doktor. Jeder Schnitt und jeder Einstich bei jeder einzelnen Operation, die ich je vorgenommen habe, war *perfekt*. Weil alles perfekt sein *musste*. Keine *Maschine* kann das!« Wieder schnaubte er. Die weißen Nasenhaare erzitterten.

Montgomery lächelte geduldig und breitete die Hände aus. »Aber wenn Sie gestatten, Sir: Geht es nicht auch bei der Luftfahrt um Leben und Tod? Jedes Mal, wenn wir an Bord eines Linienflugs gehen, legen wir unser Leben in die Hände von Autopiloten. Genau wie Sie, Sir, als Sie aus Boston hierhergeflogen sind.«

»Pah.« Linton entdeckte an der Wand des Hörsaals rechts der Bühne eine Stelle, auf die er den mürrischen Blick heftete.

Montgomery deutete mit ausholender Geste auf das Bild der grinsenden Piloten in dem schimmernden, durch und durch automatisierten Cockpit. »Ob bei einem Linienflug oder einem Kampfeinsatz, *jeder* Pilot heutzutage wird Ihnen bestätigen, dass

Automation schier unerlässlich geworden ist. Computer haben die Piloten nicht ersetzt – sie haben lediglich bestimmte Aspekte des Fliegens übernommen. Um das Fliegen präziser zu gestalten. *Sicherer.* Unser Auto-Chirurg funktioniert sehr ähnlich wie ein Autopilot. Der menschliche Chirurg entwirft einen Operationsplan und programmiert damit den Auto-Chirurgen. Der Auto-Chirurg führt den Plan anschließend unter der Aufsicht des menschlichen Chirurgen aus, ähnlich wie ein Autopilot den Flugplan eines Flugzeugs. Wir sind überzeugt davon, dass die meisten Schritte einer Routineoperation – beispielsweise die Entfernung eines Blinddarms – automatisiert werden können.«

»Ein Autopilot hat direkte Verbindungen mit der Steuerung des Flugzeugs«, warf die Frau vom *Wall Street Journal* ein, die im vorderen Bereich saß. »Wie führt ein Computer eine Operation an einem Menschen durch?«

Definitiv eine kluge Frau.

Montgomery ließ sich nicht aus der Ruhe bringen. Er grinste. »Ms. … Grant, richtig?«

Sie nickte.

Die Piloten verschwanden. Das Publikum japste kollektiv, als auf dem Monitor hinter Montgomery das 3D-Bild einer mechanischen Vorrichtung erschien, die aus einem glatten, mittleren Zylinder bestand, von dem sechs kleinere zylindrische Fortsätze ragten, die mit verjüngten Enden zum Boden zeigten. Das von einem schimmernden, silberfarbenen Gehäuse umhüllte Objekt sah ein wenig aus wie eine riesige Qualle mit sechs Tentakeln oder wie ein Oktopus.

Sebastian hatte die Maschine schon Hunderte Male gesehen, und die in der Luft schwebende Darstellung sah so echt aus, dass er das Gefühl hatte, er würde unnachgiebiges Metall spüren, wenn er auf das Podium kletterte und die Hände darauflegte. Er musste zugeben, dass es sich insgesamt um eine verdammt beeindruckende Show handelte.

Das Hologramm schwebte hinter und über Montgomery, drehte sich dabei langsam. Ein Ende näherte sich Montgomerys Kopf auf wenige Zentimeter und erweckte den Eindruck, als würde es ihm gleich kräftig eins über den Schädel ziehen.

»Die Antwort auf Ihre Frage, Ms. Grant, lautet *Robotik*. Wir haben den ersten vollautomatischen chirurgischen Roboter der Welt gebaut.«

RITA

Rita wartete bereits in Operationssaal zehn, als Mrs. Sanchez – die sie *unbedingt* operieren musste – eintraf.

Sie hatte die gesamte Ausrüstung noch einmal mit ihrem handverlesenen, aus zwei Personen bestehenden chirurgischen Team überprüft: mit Lisa Rodriguez und einem Arzthelfer namens Thomas – ein bärbeißiger Typ weniger Worte mit zahlreichen Tätowierungen, von denen sich einige über seinen kahlen Schädel erstreckten. Davon abgesehen, besaß er außergewöhnliche chirurgische Kompetenz, war eingefleischter Fan der Oakland Raiders und fuhr eine Harley-Davidson. Rita war überzeugt davon, hätte das Krankenhaus es gestattet, würde er im OP eine schwarze Montur tragen und sie vielleicht um Ketten an den Schultern ergänzen.

Chase hielt nicht viel von Thomas. Rita vermutete, dass es sich um eine rein männliche Testosteronsache handelte, denn Thomas entsprach so gar nicht ihrem Typ, strahlte aber ein maskulines Charisma aus, das sie trotzdem sexy fand und das Männern wie Chase wahrscheinlich Unbehagen bereitete. Aber egal. Man musste Chase zugutehalten, dass er sich wenigstens nicht in die Zusammensetzung von Ritas Team einmischte.

Spencer hingegen mochte Thomas. Hatte ihn immer gemocht.

Finney hatte seit dem Umkleideraum kein Wort mehr von sich gegeben. Was ein gutes oder schlechtes Zeichen sein konnte. Rita entschied, dass es vermutlich ein schlechtes war. Sie wusste, dass er nach wie vor da war, denn sie konnte seine Gegenwart fühlen. Am liebsten hätte sie ihn gefragt, wieso er aufgehört hatte zu reden, doch die Gesellschaft so vieler anderer Personen hielt sie davon ab.

Und überhaupt spielte all das im Augenblick ohnehin keine Rolle, denn sie musste Mrs. Sanchez operieren.

Ihr Blick wanderte durch den Raum, über den Operationstisch und die Ausrüstung, um sich zu vergewissern, dass sich alles, was sie brauchte, an Ort und Stelle befand. Operationssaal zehn war riesig – dreimal so groß wie die anderen Operationssäle – und darauf ausgelegt, große Gruppen von Beobachtern für Unterrichtszwecke zu beherbergen. Ein überdimensionierter Videobildschirm, zweihundertzehn mal zweihundertsiebzig Zentimeter groß, beherrschte eine Wand. Sein Zweck bestand darin, Live-Bilder des jeweils durchgeführten Eingriffs zu übertragen. Eine Art Kinoleinwand.

Ritas Blick verlagerte sich vom Monitor zur Tür, als zwei Anästhesisten – Dr. Henry Chow, der umgängliche Leiter der Anästhesie, und ein junger Assistenzprofessor namens Nikhil – die gute Mrs. Sanchez mit einer Transportliege zum Operationstisch schoben …

Derselbe, auf dem ich heute Morgen aufgewacht bin, aber denk jetzt nicht daran, denk jetzt bloß nicht daran …

… der sich in der Mitte des Raums befand.

Bei einer Routineoperation würde Nikhil den Part des leitenden Anästhesisten übernehmen, und Dr. Chow würde bei irgendwelchen administrativen Besprechungen sein oder vielleicht mehrere verschiedene Operationssäle gleichzeitig beaufsichtigen. Doch dies war keine Routineoperation.

Eine junge Frau und ein Mann, deren Ausweise und deren scheue Haltung sie als Medizinstudenten kennzeichneten, folgten mit einem Achtungsabstand hinter der Transportliege, als schritten sie bei einem Begräbnis hinter dem Leichenwagen her. Rita spürte, dass es sich um ihren ersten Besuch eines Operationssaals während eines Eingriffs handelte: Ihre Augen waren geweitet, und ihre Bewegungen wirkten steif wie bei hölzernen Marionetten.

Rita selbst hatte an diesem Tag keine Medizinstudenten dabei. Auch keine Assistenzärzte. Chase hatte das Auto-Chirurg-Projekt als zu wichtig erklärt, um die Anwesenheit von Auszubildenden zu gestatten.

Nikhil und Dr. Chow gingen an der Anästhesiestation in Position, die sich am Kopf des Tisches zwischen einer Ansammlung von Videomonitoren, einem Wagen mit Rädern voll Medikamenten, ausreichend für eine ganze Apotheke, einigen Infusionsständern und mehreren zylindrischen Stahltanks mit Gas befand.

Rita hielt Nikhil für einen anständigen Kerl – jung und unerfahren zwar, erst in seinem ersten Praxisjahr, aber klug. Selbstbewusst, doch nicht auf übertriebene Weise. Er wusste, wann er um Hilfe bitten musste, und hatte keine Hemmungen, es auch zu tun. Besser noch: Er beherrschte fließend Spanisch, was er sich im Augenblick zunutze machte, während er beruhigend auf Mrs. Sanchez einredete. Sie nickte, und Nikhil, Thomas und Lisa verfrachteten sie zusammen von der Transportliege auf den Operationstisch …

Denselben Tisch, auf dem ich NACKT aufgewacht bin, aber daran darf ich jetzt nicht denken, denn ich muss Mrs. Sanchez operieren …

… wo sie auf dem Rücken zum Liegen kam. Lisa breitete warme Decken über der Patientin aus, während Thomas die nunmehr leere Transportliege hinaus auf den Gang schob.

Rita trat an den Tisch und ergriff Mrs. Sanchez' Hand. Wie immer bei einem Eingriff war Mrs. Sanchez die einzige Person im Raum, die keine OP-Maske trug. Sie lächelte tapfer, doch ihre Kiefermuskulatur wirkte angespannt.

»Alles in Ordnung, Doktor?«, fragte sie. »Alles in Ordnung?« Sie drückte Ritas Hand, und ein paar Tränen lösten sich aus ihren Augenwinkeln. Die Schwerkraft ließ sie in Richtung ihrer Ohren rinnen. Sie hinterließen silbrige Spuren über ihren Krähenfüßen, bevor sie unter dem elastischen Bund der OP-Haube verschwanden.

Pfeif auf Sterilität.

Mit der freien Hand, die nicht von Mrs. Sanchez' umklammert wurde, zog Rita ihre OP-Maske nach unten und rang sich ein mattes Lächeln ab. »Ja. Alles in Ordnung.«

Oh Gott, bitte sorg dafür, dass es wirklich so ist.

»Está bien«, sagte Mrs. Sanchez.

Nikhil brachte eine durchsichtige Maske aus Kunststoff über ihrer Nase und ihrem Mund an. *»Respire profundo por favor, señora.«*

Mrs. Sanchez atmete tief und langsam ein und aus. Ihre Brust hob und senkte sich gleichmäßig.

»Muy bien«, kommentierte Nikhil.

Mrs. Sanchez schloss die Augen.

Bitte Gott, lass es nicht das letzte Mal sein.

Um sich vom Brodeln ihres Magens abzulenken, konzentrierte sich Rita darauf, was Nikhil tat. Sie beobachtete, wie er den Kolben einer mit milchig-weißer Flüssigkeit gefüllten Spritze durchdrückte. Die Flüssigkeit raste durch eine Infusionsleitung und in Mrs. Sanchez' Arm. Sie stöhnte, ihr Arm zuckte leicht.

»Lo siento, señora«, murmelte Nikhil ihr ins Ohr. Er schaute erst zu Rita, dann zu den Studenten, die das Geschehen aus einigen Schritten Entfernung mit großen Augen beobachteten. »Das ist Propofol. Verwandt mit Barbituraten. Wir benutzen den Arzneistoff, um die Amnesie einzuleiten. Brennt manchmal beim Eintritt in die Vene.«

Die Studenten nickten mit ernsten Mienen.

Mrs. Sanchez beruhigte sich, ihre Lider schlossen sich flatternd. Ihre Hand erschlaffte, und Rita legte sie behutsam seitlich auf den Operationstisch.

Nikhil ließ auf das Propofol eine mit klarer Flüssigkeit gefüllte Spritze folgen. »Das ist Rocuronium«, erklärte er den Studenten. »Ein Muskelrelaxans. Wirkt innerhalb von ungefähr fünfundvierzig Sekunden. Es lähmt die Muskeln der Patientin. Alle, einschließlich des Zwerchfells. Was bedeutet, dass sie was nicht tun kann, Leah?« Er zeigte auf die junge Frau.

»Äh … atmen?«

»Ja. Hervorragend. Atmen. Jedenfalls nicht allein. Wir müssen die Atmung für sie übernehmen, was wir mit diesem Respirator machen.« Er zeigte auf ein Stahlgehäuse der ungefähren Größe eines kleinen Kühlschranks, an das mit Schläuchen mehrere, als feuergefährlicher Sauerstoff gekennzeichnete Gasflaschen angeschlossen waren. »Die Muskellähmung ermöglicht es uns, den Sauerstoffgehalt des Blutes zu kontrollieren und sie davon abzuhalten, sich zu bewegen. Und das hier …« Er hielt ein Arzneimittelfläschchen hoch, das eine klare Flüssigkeit enthielt. »Das ist Sugammadex. Es hebt die Lähmung innerhalb von drei Minuten ab der Injektion auf – am Ende, wenn wir wollen, dass sie aufwacht.« Nikhil legte das Fläschchen mit Sugammadex beiseite und ergriff stattdessen ein Instrument aus Metall, das aus einem Griff und einem langen, gekrümmten Haken mit verjüngtem Ende bestand.

»Nathaniel«, sagte er. Der andere Student nahm schlagartig stramme Haltung ein. »Was ist das?« Nikhil schwenkte das Instrument hin und her.

»Ein … Laryngoskop?«

»Richtig. Wozu dient es?«

»Man führt es in den, äh … endotrachealen Tubus ein. Damit sie atmen kann.«

»Richtig. Gute Arbeit. Alle beide.«

Die Studenten wechselten einen Blick, und Rita musste nicht unter ihre Masken spähen, um zu wissen, dass sie beide grinsten.

»Und jetzt schaut gut zu, denn letztlich erwarte ich von euch, dass ihr das selbst tun könnt.« Leah und Nathaniel rückten ein wenig näher. Nikhil zwängte Mrs. Sanchez' schlaffe Kiefer mit der linken Hand auf. Mit der rechten schob er die gekrümmte Spitze des Laryngoskops zwischen ihre Zähne, schwenkte den Griff mit einem Ruck in Richtung der Decke und deutete anschließend mit der Linken in den Innenraum ihres Munds. »Seht ihr das? Die runde Öffnung mit den weißen Bändern?« Leah und Nathaniel nickten. »Das ist ihre Trachea. Verläuft geradewegs zur Lunge. Dorthin erstreckt sich der endotracheale Tubus.«

Dr. Chow, der das Geschehen stumm beobachtet hatte, trat vor und drückte Nikhil einen Plastikschlauch der Länge eines Lineals für die Grundschule in die freie Hand. Nikhil schob den Schlauch in Mrs. Sanchez' Mund und zog das Laryngoskop heraus. Er hatte es so geschickt geführt wie jeder Anästhesist, den Rita je in Aktion erlebt hatte – doch als er das Instrument entfernte, klebte an der silbrigen Spitze, wo das Metall die weiche Haut im Inneren von Mrs. Sanchez' Kehle aufgekratzt hatte, dennoch eine dünne Blutschicht.

»Gut gemacht«, kommentierte Dr. Chow.

Rita gab ihm recht. Nicht zum ersten Mal fragte sie sich jedoch, ob Patienten, wenn sie wüssten und in vollem Umfang *verstünden*, was Ärzte mit ihnen in Operationssälen anstellten, chirurgischen Eingriffen je zustimmen würden.

Nikhil schloss den Trachealtubus – von dem ein paar Zentimeter aus Mrs. Sanchez' Mund ragten, als sauge sie an einem PVC-Schlauch – an das Atemgerät an und schaute zu dessen Monitoren. Er setzte ein Stethoskop auf Mrs. Sanchez' Brust und horchte damit.

»Alles in Ordnung?«, wollte Rita wissen.

Er zeigte ihr einen hochgestreckten Daumen. »Kann losgehen.« Mit einem Geflecht aus Stoff fixierte Nikhil den Trachealtubus, damit er nicht aus dem Mund rutschen konnte, dann klebte er die Lider mit Gewebeband zu.

Lisa zog die Riemen des Operationstisches um Mrs. Sanchez fest …

Dieselben Riemen, die exakt selben Riemen, die heute Morgen um mich geschlungen waren …

… einen quer über die Oberschenkel, einen über die Brust, dann schloss sie die Schnallen.

Die Riemen. Sie konnte den Blick nicht davon lösen.

Lisa zog kräftig an jedem der Gurte …

Nackt, ich war NACKT …

… um sich zu vergewissern, dass sie fest anlagen.

Ein Anflug von Übelkeit begleitete den sauren Geschmack in Ritas Mund, als sie daran dachte, wie sie selbst ausgestreckt auf jenem Tisch gelegen hatte.

Ich muss Mrs. Sanchez operieren.

Ja, aber warum? Der Drang war unwiderstehlich und unbegreiflich. Ihr Herzschlag pulsierte laut durch ihre Ohren, Schweiß brach an ihrem gesamten Körper aus. Sie geriet in Panik, steuerte wieder auf blanken Wahnsinn zu.

Darcy. Ganz gleich, was passiert, denk an Darcy.

Rita hatte keine Wahl. Sie musste weitermachen. Wegen Darcy.

Und weil ich Mrs. Sanchez operieren muss.

Nikhil unterwies nach wie vor die Studenten. Rita atmete tief durch und konzentrierte sich auf seine Worte, versuchte verzweifelt, ihren Verstand mit etwas, *irgendetwas* anderem als den verdammten Riemen am Tisch zu beschäftigen.

»Das ist Isofluran«, erklärte der Anästhesist gerade und klopfte auf einen großen Metallkanister neben dem Beatmungsgerät, der wie die Sauerstoffflaschen über Schläuche damit verbunden war. »Isofluran und ähnliche Gase rufen eine tiefe Bewusstlosigkeit hervor – eine Art reversibles Koma –, wie sie für chirurgische Eingriffe erforderlich ist. Lähmende Arzneistoffe wie Rocuronium führen keine Bewusstlosigkeit herbei. Man braucht Gas, um einen Patienten zu betäuben.«

»Kann Isofluran oder einer dieser anderen Gastanks explodieren?«, fragte Leah.

»Nein. Isofluran ist absolut inaktiv.« Er deutete in Richtung der Sauerstoffflaschen. »Aber Sauerstoff ist brennbar.« Nikhil drehte ein Ventil an der Oberseite des Isofluran-Kanisters auf und schmunzelte. »Ich meine, Chirurgie ist schon merkwürdig, wenn man genauer darüber nachdenkt, wisst ihr? Den Großteil der Geschichte der Menschheit konnte man jemanden nicht operieren, ohne ihn beinah umzubringen. Dann kamen diese Erfindungen, die alles verändert haben. Sterilisieren. Antibiotika. Anästhesie. Heutzutage betrachten wir das alles als selbstverständlich, als wäre es nichts Großartiges. Vor allem Anästhesie. Kennt ihr zufällig alte Western? Oder vielleicht *Vom Winde verweht?* Nein? Wenn jemandem – einem Soldaten oder einem Cowboy – ein brandiges Bein nur mit einer Metallsäge, einem Schluck Whiskey und einem Stück Leder zum Draufbeißen amputiert wird? Im Film kommt das zwar dramatisch rüber, zugleich jedoch so, als wäre nichts weiter dabei. Tja … bedenkt mal, dass man bei einer Amputation *durch den Knochen sägen muss*. Bei Bewusstsein wären die Schmerzen dabei *unvorstellbar*.«

»Ich mag ihn«, verkündete Finney laut in Ritas Ohr.

Scheiße!

Sie erschrak so heftig, dass sie beinah an die Decke gesprungen wäre, dann sah sie sich um und überprüfte, ob es jemand bemerkt hatte. Thomas und Lisa waren damit beschäftigt, im hinteren Bereich des Raums chirurgische Instrumente zu sortieren, Dr. Chow und die Studenten gingen völlig in Nikhils informellem Vortrag auf.

»Ihren Anästhesiekollegen meine ich«, fügte Finney hinzu. »Ich mag ihn sehr, und mir gefällt, was er zu sagen hat.«

Rita fragte sich, was an Nikhil – und daran, was er erzählte – Finney so ansprechend fand. Sie wartete auf eine weitere Erklärung, aber es kam keine. So plötzlich, wie Finney das Wort ergriffen hatte, verfiel er wieder in Schweigen. Ein Schweigen, das Ritas Unbehagen verstärkte.

»Wacht eigentlich jemals jemand versehentlich auf? Mitten während einer Operation?«, fragte Nathaniel.

»Theoretisch kann das passieren. Es nennt sich intraoperative Wahrnehmung.« Das kam von Dr. Chow. »Tritt sehr selten auf. Angeblich einmal alle zwanzigtausend Operationen. Ich mache das schon seit über fünfundzwanzig Jahren und habe es noch nie persönlich erlebt. Ich bin auch noch keinem anderen Anästhesisten über den Weg gelaufen, der es je erlebt hätte.«

Lisa tippte Rita auf die Schulter und bedachte sie mit einem bedeutungsvollen Blick. Rita folgte ihr in einen abgelegenen Winkel des Operationssaals. Lisa spähte zu Thomas, der vor dem Computer saß und vor sich hin murmelte, während er sich am behaarten Unterarm kratzte, der mehr Tinte als nackte Haut aufwies; dann zu Nikhil und Dr. Chow, die mit den Studenten eine angeregte Diskussion über die Dosierung von Arzneistoffen und den Sauerstoffgehalt von Blut begonnen hatten. Chase und die Besucher waren noch nicht eingetroffen.

Die Ruhe vor dem Sturm.

»Sie sehen … viel besser aus als vorhin, Dr. Wu«, merkte Lisa mit leiser Stimme an. Eine diplomatische Feststellung. Lisa zeichnete sich generell darin aus, diplomatisch zu sein.

»Danke, Lisa. Es geht mir gut.« Sie beugte sich näher. »Weiß irgendjemand Bescheid? Über … na ja, Sie wissen schon.«

Lisas scharfer Blick schwenkte zu Thomas, den Anästhesisten und den Studenten, dann zurück zu Rita. »Dr. Montgomery hat mir aufgetragen, es niemandem zu erzählen. Er war wütend. Ruhig. Aber wütend. Er hat angedeutet, dass ich ziemliche Schwierigkeiten bekommen könnte, wenn ich mit irgendjemandem darüber rede.« Sie schob eine Hüfte vor und verschränkte die Arme vor der Brust. »Ehrlich gesagt«, meinte sie kalt, »hätte ich gut auf seinen Vortrag verzichten können. Nach all den Jahren, die ich schon hier arbeite, sollte er mich wirklich besser kennen.«

Rita nickte. Lisa war intelligent und taff. Auf dem Gebiet der Lebenserfahrung wäre ein strenger Vortrag von Chase nicht einmal ein Blinken auf ihrem Radar. Und wahrscheinlich galt dasselbe für die Entdeckung einer nackten Chirurgin auf einem Operationstisch am Beginn eines ansonsten normalen Arbeitstags.

Im Flüsterton fügte Lisa hinzu: »Wendy allerdings … Na ja … bei ihr kann man sich da nicht so sicher sein. Wenn Sie wissen, was ich meine.«

»Ja. Weiß ich. Ist schon gut. Ich … setze mich später damit auseinander.« Rita legte eine Hand auf Lisas Arm. »Können Sie mir einen Gefallen tun?«

»Selbstverständlich.«

»Können Sie … mich heute Vormittag aufmerksam im Auge behalten? Nur, um ganz sicher zu gehen, dass ich nichts … Dummes anstelle?«

Lisas Blick über der Maske wirkte düster. »Sicher. Wird gemacht.«

»Ich werde Sie ebenfalls im Auge behalten, Dr. Wu«, versprach Finney.

Der Klang seiner Stimme traf Rita so unverhofft wie ein Schlag ins Gesicht.

»Dr. Wu?«, fragte Lisa, die ihren Gesichtsausdruck eingehend musterte. »Alles in Ordnung?«

»Ja. Es geht mir gut.«

Lisas Blick strotzte vor Skepsis.

Sie versteht es nicht. Sie versteht nicht, dass ich Mrs. Sanchez operieren muss. Wie kann ich es ihr nur begreiflich machen?

»Es geht mir gut«, wiederholte Rita, als würde es wahrer, wenn sie die Worte laut aussprach. Sie holte tief Luft und nickte in Mrs. Sanchez' Richtung. »Tun wir es.«

Thomas schloss sich ihnen am Operationstisch an, und zu dritt bereiteten sie Mrs. Sanchez und den Auto-Chirurgen auf den bevorstehenden Eingriff vor.

SEBASTIAN

»Aber es gibt bereits andere chirurgische Systeme auf Roboterbasis auf dem Markt«, sagte Grant, die Reporterin vom *Wall Street Journal.* »Wodurch unterscheidet sich Ihres davon?«

»Diese von der Arzneimittelzulassungsbehörde genehmigten Roboter sind toll«, antwortete Montgomery. »Wir verwenden einen davon hier bei Turner. Allerdings sind sie abhängig vom Chirurgen, der die Operation durchführt, indem er die Roboterarme mit Joysticks von einer Kontrollstation aus bedient. Unser Roboter ist einzigartig, *weil er unabhängig vom Chirurgen agiert.* Denken Sie an Roboter entlang den Fertigungsstraßen von Autos, die komplexe Abfolgen vorprogrammierter Bewegungen ausführen. Anstatt Autos zu bauen, führt unser Roboter jedoch Operationen durch.«

Ein Raunen ging durch die Menge, als Dr. Linton geräuschvoll aus dem Hörsaal stürmte. Er stapfte von der vordersten Reihe den Mittelgang hinab davon, schwang dabei wild die Arme und brummte vor sich hin. Sebastian schnappte die Worte *Wahnsinn* und *Verbrechen gegen die Menschlichkeit* auf, als ihn Linton passierte.

Montgomery kniff die Augen zusammen und lächelte das Publikum an, die Hände respektvoll gefaltet, bis Linton seinen Abgang vollendet hatte und das vereinzelte Kichern verstummt war. Dann sagte er: »Veränderungen sind hart. Innovation ist beängstigend. ABER …« Mit dramatischer Geste deutete er auf die Vorrichtung auf dem Bildschirm. »Die Robotik bietet uns einen Weg in die Zukunft. Um Chirurgie *sicherer* zu gestalten.« Er schwenkte herum und schritt zur Mitte der Bühne. »Bedenken Sie nur: Im Gegensatz zu menschlichen Chirurgen werden Roboter niemals müde. Die Aufmerksamkeit, die sie jedem noch so kleinen Detail bei jeder Operation widmen, lässt niemals nach. Ihre Hände zittern niemals wegen zu vieler Tassen Kaffee oder, Gott bewahre, den Auswirkungen des Zahns der Zeit!« Er streckte die rechte Hand aus – deren Rücken sich als runzlig wie Krepppapier und gesprenkelt von braunen Flecken erwies: untrüglichen Anzeichen von zu viel ultravioletter Strahleneinwirkung – und deutete ein übertriebenes Zittern an.

Schmieriger Mistkerl.

Nachdem das gutmütige Kichern des Publikums verstummt war, fuhr Montgomery fort: »Ich möchte Ihnen jetzt Delores vorstellen.«

Das Bild auf dem Videoschirm hörte auf, sich zu drehen. Montgomery trat einen Schritt zur Seite, damit das Publikum uneingeschränkte Sicht darauf hatte.

»Meine Damen und Herren, darf ich vorstellen: Delores. Delores, bitte sag hallo.«

»Guten Morgen, Dr. Montgomery«, reagierte das 3D-Bild. Ein Raunen ging durch die Anwesenden. Die weibliche Stimme klang freundlich und sprach im Plauderton.

»Ich würde Ihnen ja gerne sagen, dass ihr Name eine einfallsreiche Abkürzung ist«, meinte Montgomery. »Zum Beispiel *Dynamischer Eleganter Original Robotisch Entwickelter Systemchirug*. Allerdings sind wir nicht *ganz* so poetisch. Delores ist nach der Großtante eines der leitenden Techniker des Projekts benannt, mit der sie eine bedauerliche Ähnlichkeit aufweist.«

Vereinzelt wurde ausgelassen gelacht. Montgomery lächelte. »Delores verarbeitet den Softwarecode, den wir in ihr System eingeben – den chirurgischen Plan –, und überträgt ihn anschließend in eine Reihe koordinierter Roboterbewegungen. Delores, erzähl dem Publikum etwas über dich.«

»Selbstverständlich, Dr. Montgomery. Ich bin ein automatisiertes chirurgisches System auf Roboterbasis und in der Lage, Operationen auf der Grundlage programmierter Anweisungen durchzuführen.« Auf dem Bildschirm wechselte die Perspektive zu einer vergrößerten Ansicht des mittleren Zylinders. »Mein zentraler Kern beherbergt ein hochentwickeltes Rechen- und Leitsystem, das drahtlos mit einem sicheren Server verbunden ist. Mein Bordsystem lädt die entsprechende Software für die Durchführung der Operation herunter. Ich bin jedoch auch in der Lage, Eingaben in Echtzeit zu verarbeiten und meine Handlungen entsprechend anzupassen.«

»Mit anderen Worten«, warf Montgomery ein, »Delores kann automatisch auf Unerwartetes reagieren, das sich während eines Eingriffs ereignen könnte.«

»Kann das System gehackt werden?«, fragte Grant mit halb geschlossenen Lidern. »Könnte es jemand umprogrammieren? Um es eine Operation anderer Art durchführen zu lassen?« Ein durchtriebenes Grinsen. »Oder Schlimmeres?« Sebastian bewunderte ihr Genick, das überaus seidig aussah.

Montgomery lächelte nachsichtig. Sebastian fragte sich, ob der Mann überhaupt nie zu lächeln aufhörte. Scheiße, Sebastians Wangen schmerzten schon allein vom Zusehen.

»Theoretisch, Ms. Grant«, räumte Montgomery ein. »Ja. Aber unsere Verschlüsselungsalgorithmen wurden von einem renommierten Informatikprofessor der Universität von Kalifornien entwickelt. Ein intelligenter, hartnäckiger Hacker könnte sich vielleicht in, na ja, sagen wir hundert bis zweihundert Jahren nicht autorisierten Zugang zu Delores' System verschaffen.« Er zwinkerte.

Blödsinn. Kein System war davor gefeit, gehackt zu werden.

Und bei Delores wusste Sebastian das mit Sicherheit. Denn Finney und er *hatten* sie bereits gehackt.

»Nun denn«, fuhr Montgomery fort. »Delores, bitte zeig uns deine Füße.«

»Selbstverständlich.«

Das Bild drehte sich, der Fokus verlagerte sich auf zwei der kleineren, silbrigen Zylinder, die von Delores' zylindrischem Kern abstanden, einer links, der andere rechts. Kleinere, wie winzige Schraubstöcke geformte Objekte erstreckten sich von ihren Enden.

»Eine *wunderbare* Präsentation einer wahrhaft *beeindruckenden* Maschine, Chase, keine Frage«, lobte der CEO von Turner. »Reagiert die *reale* Delores auf Sprachbefehle?«

»Oh ja. Die Spracherkennung entspricht dem neuesten Stand der Technik. Lassen Sie sich jedoch nicht von ihrem freundlichen Auftreten täuschen. Delores kann nicht eigenständig denken. Sie ist lediglich darauf programmiert, innerhalb einer Bandbreite einfacher Fragen und Befehle zu antworten beziehungsweise zu reagieren. Delores, trifft es zu, dass du nicht eigenständig denken kannst?«

»Ich denke, das ist Ansichtssache, Dr. Montgomery.«

»Diese beiden Mechanismen«, sprach Montgomery während des einsetzenden Gelächters, »einer rechts, einer links, sichern Dolores am Operationstisch. Wir nennen sie liebevoll Füße – der linke Fuß kommt auf die linke Seite des Patienten, der rechte Fuß auf die rechte. Kleine, magnetische Klemmen an der Unterseite befestigen Delores am OP-Tisch. Gyroskopische Stabilisatoren sorgen dafür, dass alles vollkommen robust bleibt. Wir schätzen, dass die Stabilisatoren einem Erdbeben der Stärke 7,0 standhalten, ohne dass sich Delores auch nur einen Millimeter bewegt. Das ist hier in Südkalifornien eine durchaus praktische Sicherheitsvorkehrung.«

Vereinzelt wurde zustimmend geschmunzelt. Montgomery

sprach weiter. »Außerdem passen sich Delores' Füße an den Einsatz auf jeder Art von Fläche an. Sogar an einen rauen Untergrund.«

»Warum wurde dieses Merkmal in die Konstruktion eingebaut?«

»Weil wir, Ms. Grant, in unserer Vision den Tag voraussehen, an dem Delores routinemäßig außerhalb des Operationssaals verwendet wird. Der erste vollkommen mobile Chirurgie-Roboter der Welt.«

»Erscheint mir schrecklich kompliziert, sie herumzukutschieren.«

»Im Gegenteil. Delores ist kompakt, leicht und transportierbar. Eine einzige Person kann sie mühelos zusammenbauen. Und im Batteriebetrieb kann sie bis zu acht Stunden eingesetzt werden.«

»Mir ist zu Ohren gekommen, Sie hätten Mittel vom Verteidigungsministerium erhalten«, bohrte Grant weiter.

»Ja. Und darauf sind wir stolz. Denken Sie nur daran, wie viele unserer tapferen jungen Männer und Frauen in Uniform wir letztlich werden retten können, wenn Delores an der Front eingesetzt wird. Aber das macht nur einen Bruchteil von Delores' Potenzial aus. Humanitäre medizinische Missionen. Routineversorgung für abgelegene Gemeinden oder an Bord von Schiffen auf See. Die Möglichkeiten sind grenzenlos.«

Verdammt, der Mann kann wirklich verkaufen.

Sebastian sah auf die Uhr und sog scharf die Luft ein. Mittlerweile schien klar zu sein, dass sich nichts Weiteres am Ablauf des Vormittags ändern würde, und Montgomerys Gequassel wurde allmählich ermüdend. Sebastian wusste alles über den verfluchten Roboter. Delores stellte den Schlüssel für seinen aktuellen Auftrag dar. Finney hatte ihm detaillierte Schaltpläne und ein funktionierendes Modell zur Verfügung gestellt, und Sebastian hatte sich damit befasst, bis er alles in- und auswendig kannte. Verdammt, er hätte eine bessere Präsentation als Montgomery abliefern können. Aber wenn er jetzt ginge, würde er unerwünschte Aufmerksamkeit erregen. Also verlagerte er stattdessen das Gewicht auf dem Sitz und fragte sich, wie es mit Wu laufen mochte.

Montgomery ließ sein Lächeln noch breiter werden und sagte: »Nun denn. Delores, erzähl uns etwas über deine Kamera.«

»Selbstverständlich.« Das Bild zoomte auf einen einzelnen Zylinder. Delores sagte: »Meine Kamera kombiniert hochauflösende digitale Videobilder mit neuester Ultraschalltechnik. Die Bilder werden auf Videomonitore übertragen, damit das OP-Personal meine Bewegungen beobachten und beaufsichtigen kann. Mein Bordcomputer erstellt eine dreidimensionale Echtzeitkarte, damit ich meine Bewegungen an Abweichungen bei Anatomie und Blutstrom anpassen kann.«

»Delores analysiert die individuelle Anatomie eines Patienten präziser als jeder menschliche Chirurg«, führte Montgomery weiter aus. »Sie kann Strukturen wie Blutgefäße erkennen, die für das menschliche Auge nicht sichtbar sind, was die Präzision und die Sicherheit erhöht.«

Montgomerys Blick schwenkte jäh zur Seite. Aus den Schatten vorne im Hörsaal tauchten der PR-Mann und die PR-Frau auf. Sowohl sie als auch er hielt je einen silbrigen Zylinder der Länge eines Baseballschlägers mit Gelenken in Abständen von fünf Zentimetern in den Händen. Der Mann begab sich zu den hinteren Reihen im Saal, die Frau blieb vorne.

»Tja. Den nächsten Teil finde ich persönlich *besonders* aufregend. Delores, erzähl uns etwas über deine Arme.«

»Selbstverständlich.« Das Bild schwenkte vergrößert auf die drei letzten Zylinder, die parallel vom zentralen Körper abstanden. An den Spitzen prangten mehrere kleine Objekte, darunter eine Schere und ein Skalpell.

»Mein Arme sind flexible, präzise chirurgische Plattformen. Jeder enthält alle grundlegenden Instrumente, die für die Durchführung eines Eingriffs erforderlich sind: Skalpell, Schere mit Elektrokauter, Nahtinstrument, Wundspreizer, Sauger, Spülung. Die Mikroserver in meinen Armen ermöglichen es mir, augenblicklich von einem Instrument zum anderen zu wechseln.«

»Wir nennen sie Schweizer Messer«, erläuterte Montgomery. Der Mann, der neben Sebastian saß, kicherte und nickte begreifend mit dem Kopf. »Darauf sind wir ziemlich stolz. Es gibt weltweit nichts Vergleichbares. Die Kugelgelenke ermöglichen es den Armen, sich in *jede beliebige* Richtung zu biegen. Sie können *um die Ecke* arbeiten. Und zum ersten Mal *überhaupt* ist jedes chirurgische Instrument in einem einzigen Werkzeug zusammengefasst. Amber und Paul verteilen jetzt Muster davon. Werfen Sie einen genauen Blick darauf und reichen Sie die Muster dann bitte an Ihren Sitznachbarn weiter.«

Amber übergab ein Schweizer Messer an die vorderste Reihe, Paul das andere hinten.

»Aufgrund der Software wählt Delores das jeweils erforderliche Instrument aus und setzt es entsprechend ein – ähnlich, wie wenn man ein einzelnes Werkzeug eines Schweizer Messers auswählt.«

»Ich hatte ein Schweizer Messer, als ich ein Mädchen war«, rief die Universitätsrektorin dazwischen, eine ehemalige Professorin aus dem Technikbereich. »Auf diesen Dingern ist doch hoffentlich kein Korkenzieher, Chase. Oder ein Zahnstocher.«

»Nein, Ma'am«, antwortete Montgomery grinsend. »Weder ein Korkenzieher noch ein Zahnstocher. Dafür alles, was ein typischer Chirurg braucht. Medizinisches Skalpell. Schere mit eingebautem Elektrokauter, um Blutungen zu stoppen. Nahtinstrument zum Vernähen von Gewebe. Der Faden zum Nähen wird automatisch dem Nähinstrument zugeführt, eine weitere einzigartige Innovation. All diese verschiedenen Instrumente in einem einzigen Paket zusammengefasst zu haben, erhöht die Effizienz. Und jedes Instrument steht sofort zur Verfügung, wenn es gebraucht wird. Es dauert nur wenige Sekunden, um vom einen zum anderen zu wechseln – was wesentlich schneller als ein manueller Wechsel ist. In manchen Fällen kann das sogar den Unterschied zwischen Leben und Tod ausmachen.«

»Chase, wofür ist das hier?«, wollte der CEO wissen. Er hielt eines der Schweizer Messer hoch, das so bearbeitet worden war, dass es mehrere seiner chirurgischen Instrumente gleichzeitig zeigte. Der CEO deutete darauf: eine türkisfarbene, Fliegenklatschen ähnliche Vorrichtung, die aus weichen, gitterartig miteinander verwobenen Fasern bestand.

Montgomery lächelte. »Das ist ein ausfahrbarer Wundspreizer, um Organe und Gewebe während eines Eingriffs beiseitezuhalten. Wir nennen ihn Fächer, weil das Aussehen einem Handfächer ähnelt.«

Der dünne Mann mit Brille neben Sebastian reichte ihm eines der Schweizer Messer. Dieses Exemplar wies ein Skalpell auf, allerdings mit stumpfer Klinge, um Verletzungen zu vermeiden. Das Schweizer Messer entpuppte sich als leicht. Sebastian wusste, dass die Zusammensetzung der Keramiklegierung der einer modernen Körperpanzerung ähnelte.

Er berührte die Spitze des stumpfen Skalpells. Dann dachte er daran, was sich schon bald ereignen würde, und empfand Mitgefühl für Wu. Und erst recht für ihre Patientin, wie sich ein schuldbewusster Winkel seines Gewissens eingestand.

Das Handy von Paul, dem PR-Mann, klingelte mit einer elektronischen Version von »Ode an die Freude«. Er gab Montgomery ein Zeichen.

»Okay«, sagte Montgomery. »Im Operationssaal ist man bereit für uns. Gibt es noch weitere Fragen?«

Es gab keine.

Montgomery klatschte in die Hände und setzte ein Haifischlächeln auf. Er sah hungrig aus. »Also gut! Auf zum Operationssaal und in die Zukunft der Chirurgie!«

Das Publikum erhob sich im Einklang und bewegte sich auf den Ausgang zu.

RITA

Rita hörte es, bevor sie die Leute sehen konnte – das Raunen vieler Stimmen, aus dem sich Chases tiefe DJ-Stimme vom Rest abhob. Mithilfe von Thomas und Lisa hatte sie alles für die große Show vorbereitet. Sie hatten Mrs. Sanchez auf dem Tisch in die richtige Position gebracht und ihren Bauch über eine in die Haut eingeführte Hohlnadel mit Kohlendioxid aufgepumpt, bis sie einem dicken Buddha ähnelte und weiche, konvexe Kurven die normalen Konturen ihres Körpers überzeichneten.

Rita hatte am rasierten, sterilisierten Bauchbereich vier Einschnitte vorgenommen und durch jeden einen wie eine große Schraube geformten Gegenstand eingeführt, mit einem flachen, runden Kopf auf einer Seite und einem spitzen Kegel auf der anderen. Schließlich hatte sie durch eine der Schrauben – oder *Ports* – Delores' Kamera eingeführt, die gerade ein Live-Bild von Mrs. Sanchez' inneren Organen auf den großen Bildschirm im Operationssaal übertrug.

Mittlerweile saß Rita in ihrer sterilen Montur und mit sterilen Handschuhen neben Mrs. Sanchez. Ihre Hände ruhten wartend auf einem Tisch mit ebenfalls sterilen Instrumenten. Lisa hatte neben ihr Platz genommen. Thomas, der keine OP-Montur trug, hielt sich im hinteren Bereich des Raums auf, bereit, jederzeit zu Hilfe zu eilen. Nikhil und Dr. Chow befanden sich an der Anästhesiestation in Position. Die Medizinstudenten waren in andere Operationssäle geschickt worden.

Finney war wieder in Schweigen verfallen.

Rita schaute zu Delores auf. Die jungen Projekttechniker,

die geholfen hatten, sie zu konstruieren, benutzten Worte wie *cool* und *retro*, um die metallischen Kurven und die Gelenkarme zu beschreiben. Aber auf Rita wirkte Delores … *beunruhigend.* Sogar ein wenig bedrohlich. Ein gigantisches Insekt aus Metall, dass rittlings über Mrs. Sanchez kauerte, je ein Bein auf jeder Seite am Tisch fixiert, die Kamera und die dreigelenkigen Arme auf den Bauch der Patientin gerichtet wie vier riesige Stachel. Der vom mittleren Zylinder abstehende Fortsatz glich einem unförmigen Kopf mit farbigen Anzeigen als Augen und einem Bedienfeld, das man mit etwas Fantasie als Mund deuten konnte. Rita hoffte, die nächste Version, Delores 2.0, würde weniger einschüchternd aussehen. Denn wäre sie selbst eine Patientin und würde einen Blick auf dieses verfluchte Ding erhaschen, wie es über ihr kauerte, würde sie wohl nie wieder einen Fuß in ein Krankenhaus setzen.

Jetzt gibt es kein Zurück mehr, bezaubernde Rita.

Sie holte tief Luft.

Bitte, Gott. Als Chase die Besucher in den Raum führte, stand sie auf. *Bitte. Mach, dass alles gut verläuft.*

Sie zählte ungefähr zwanzig Personen, mehr als Chase erwartet hatte, die sich grob halbkreisförmig um den Operationstisch verteilten.

»Tja, nun ist es so weit, meine Damen und Herren. Treten Sie ruhig näher, es ist genug Platz für alle. Das ist unser größter Operationssaal, darauf ausgelegt, mühelos bis zu dreißig Besucher unterzubringen. Können Sie mich hinten hören? Sir? Bitte winken Sie, wenn Sie mich hören können. Gut. Können Sie mich sehen? Gut. Also. Ich möchte Ihnen einen der Stars unserer Fakultät und die Leiterin unseres Auto-Chirurg-Teams vorstellen, Dr. Rita Wu.«

Im Rahmen eines zuvor festgelegten Ablaufs, den Chase und sie – na ja, eigentlich vorwiegend Chase – ausgearbeitet hatten, winkte Rita der Gruppe zu. Sie war dankbar für die Maske, die ihren Mund bedeckte, wodurch sie sich kein falsches Lächeln abringen musste.

»Guten Morgen!«, rief sie mit einem Enthusiasmus, den sie nicht empfand. Sie kam sich vor wie eine Fremdenführerin, die eine Gruppe von Highschool-Schülern auf Klassenfahrt betreute. »Vielen Dank Ihnen allen, dass Sie heute hier sind. Delores und ich freuen uns darauf, Ihnen die erste vollautomatische Operation der Welt vorzuführen.« Sie legte die Hand auf Delores' zylindrischen Kern, den ein transparentes, steriles Einwegtuch bedeckte. »Das ist Delores. Delores, sag hallo.«

»Hallo, Dr. Wu.« Delores' stereofone Lautsprecher befanden sich am mittleren Kern in der Nähe des Bedienfelds, das wie ein Mund aussah.

»Delores, wie fühlst du dich heute?«

»Ich fühle mich, als wäre ich eine Million Dollar wert, danke, Dr. Wu.«

»Was fast so viel ist, was sie kostet!«, warf Montgomery – wie auf ein Stichwort – ein, wofür er reichlich Gelächter erntete.

Gott, Chase hat sie dazu gebracht, ihm geradewegs aus der Hand zu fressen.

»Delores, was für einen Eingriff wirst du heute durchführen?«, fragte Rita dem Drehbuch folgend.

»Ich werde eine laparoskopische Cholezystektomie durchführen, eine Operation, bei der die Gallenblase durch kleine Einschnitte in den Unterleib entfernt wird.«

»Die Entfernung der Gallenblase ist eine sehr überschaubare Operation«, ergänzte Chase. »Gehört mit zu den ersten, die unsere chirurgischen Auszubildenden alleine durchführen können.«

»Was macht die Gallenblase?«, fragte jemand.

»Sie speichert ein Verdauungsenzym namens Gallensekret. Das wird in der Leber gebildet und hilft dabei, Fett zu absorbieren. Die Gallenblase kann ohne langfristige Folgeerscheinungen entfernt werden.«

»Gibt es noch andere Operationen, die Sie schon für den Roboter entwickelt haben?«, wollte der CEO des Krankenhauses wissen.

»Ja, die gibt es tatsächlich: die laparoskopische Entfernung des Blinddarms. Die Software dafür ist bereits geschrieben, und wir suchen derzeit nach einem geeigneten Patienten. Nun denn. Ich möchte Ihnen Dr. Chow vorstellen, den Leiter unserer Anästhesie. Er wird ein zweites System erörtern, das wir heute auf die Probe stellen: eine Maschine, die automatisch eine Narkose verabreicht.«

Dr. Chow trat einen Schritt vor, die Hände förmlich hinter dem Rücken verschränkt. »Danke, Chase. In Zusammenarbeit mit unseren Kollegen von der Chirurgie haben wir einen Roboter zum Verabreichen von anästhetischen Medikamenten entwickelt. Wir haben ihm den Spitznamen Morpheus gegeben, nach dem griechischen Gott der Träume.« Er legte die Hand auf eine unscheinbare, schwarze und silbrige Box der Größe und Form eines Laserdruckers auf einem Metalltisch ein Stück von Mrs. Sanchez' Kopf entfernt. »Das ist Morpheus. Leider muss ich Ihnen mitteilen, dass Morpheus nicht spricht. Dennoch hat er eine wichtige Aufgabe – die Automatisierung der Aufgabe eines Anästhesisten.«

»In gewisser Weise ist das Ersetzen des Anästhesisten noch einfacher als das Ersetzen des Chirurgen«, warf Chase ein. »Anästhesisten haben in der Regel während Operationen nicht so viel zu tun wie Chirurgen.«

»He!« Dr. Chow trug bei seiner Empörung ein wenig dick auf, indem er die Hände in die Hüften stemmte. Auch das war im Voraus abgesprochen. Natürlich von Chase so inszeniert.

»Keine Sorge, Hank, so bald werdet ihr trotzdem nicht arbeitslos.«

»Das liegt daran, dass wir diejenigen sind, die die Patienten am Leben erhalten, während die Kollegen von der Chirurgie deren Eingeweide ummodeln. Aber im Ernst: Bei einem Großteil dessen, was wir Anästhesisten tun, geht es darum, Informationen über den Patienten zu sammeln – Körpertemperatur, Puls, Blutdruck, Sauerstoffsättigung –, und dementsprechend zu handeln, um zu gewährleisten, dass der Patient behaglich und gefahrlos den Eingriff hindurch schläft.«

Chow besaß nicht Chases natürliche, ungezwungene Gabe, ein Publikum um den Finger zu wickeln. Aber er war immer ein guter Dozent gewesen und in der Lage, komplizierte Sachverhalte klar und verständlich zu vermitteln.

Er fuhr fort: »Morpheus sammelt diese Daten, interpretiert sie und passt die Mengen der Narkosemedikamente, die dem Patienten zugeführt werden, automatisch und präzise an. Wir Menschen behalten die Kontrolle über alles andere, unter anderem darüber, den Patienten vor Beginn des Eingriffs unter Narkose zu setzen.«

Chase nickte. »Das Konzept hinter Morpheus ist dasselbe wie hinter Delores: die Automatisierung von Routineabläufen der Operation.«

»Könnten diese Roboter, wenn sie zusammenarbeiten, einen Eingriff völlig ohne Menschen durchführen?«, fragte jemand aus den hinteren Reihen. »Ohne jegliche Ärzte?«

»Theoretisch ja«, antwortete Chase. »Alle Komponenten dafür sind vorhanden. Wir haben sie lediglich noch nicht zusammen getestet.«

»Autopiloten in Flugzeugen können automatisch Korrekturen vornehmen, um Katastrophen zu verhindern«, meldete sich eine Afroamerikanerin in der vordersten Reihe zu Wort. »Gibt es solche Sicherheitsvorkehrungen auch bei Ihren Robotern?«

»Ja, Ms. Grant«, versicherte ihr Chase. »Delores ist darauf programmiert, Probleme zu erkennen und unverzüglich entsprechende Maßnahmen zu ergreifen, ohne dass ein direkter Eingriff durch Menschen erforderlich ist.«

»Probleme welcher Art?«

»Blutungen. Delores ist darauf programmiert, Blutungen zu stoppen.« Wegen der Maske, die Chase trug, konnte es niemand sehen, aber Rita war überzeugt davon, dass er ein blendend strahlendes Lächeln aufgesetzt hatte. »Heute allerdings machen wir uns keine Sorgen wegen irgendwelcher Blutungen.«

SEBASTIAN

»Sebastian? Können Sie mich hören?«

»Ja, Boss«, murmelte Sebastian. Finney hatte seinen Signalempfang wieder zugeschaltet.

»Irgendwelche Probleme?«

»Nein. Keine.« Sebastian, der bei den Beobachtern stand, verlagerte das Gewicht von einem Bein aufs andere und berührte durch seine Krankenhausmontur Alfonsos Erkennungsmarken, als Montgomery an den großen Videoschirm schritt und seitlich davon in Stellung ging, damit er gleichzeitig das Bild und die versammelte Gruppe sehen konnte.

Die Langeweile, die Sebastian zuvor im Hörsaal verspürt hatte, war verschwunden. Alles im Verlauf des vergangenen Jahres hatte auf diesen Augenblick hingeführt. Er fühlte sich zwar angespannt, aber ruhig – in höchstem Maße konzentriert. Adrenalin brandete durch seinen Körper wie früher unmittelbar vor einem Gefechtseinsatz. Sein Blick wanderte durch den Raum, achtete auf alles, hielt Ausschau nach irgendetwas, das unter Umständen stören konnte, was gleich passieren sollte. Beobachter. Anästhesisten. Wu und ihre Assistenten. Roboter. Alles an Ort und Stelle.

Kurz verharrte sein prüfender Blick auf der Patientin – ein undeutlich erkennbarer Klumpen unter sterilen blauen Laken, die Arme des Roboters auf ihre Mitte gerichtet.

Sebastian zwang sich, wegzuschauen. Er wollte nicht daran

denken, was als Nächstes kommen würde. Alfonso hätte es nicht gebilligt, das wusste er.

»Ein herrliches Bild«, befand Montgomery. Ein roter Punkt, der von einem Laserpointer in seiner Hand ausging, tänzelte über den riesigen Videoschirm an der Wand. »Danke, Rita. Also gut, meine Damen und Herren. Das sind die Live-Bilder von Delores' Kamera. Sie sehen exakt das, was auch Delores sieht. Für diejenigen unter Ihnen, die keine Chirurgen sind: Im Augenblick strömt Kohlendioxid durch die Bauchhöhle der Patientin und drückt alles nach außen. Deshalb können wir ihre Organe so deutlich erkennen.«

»Würde das Kohlendioxid schmerzen? Wenn man wach wäre?«, erkundigte sich Grant.

»Definitiv! Die Schmerzen wären schier unerträglich. Gut, dass die Patientin tief und fest schläft! Also. Hier haben wir die Leber.« Der rote Punkt bewegte sich über ein glänzendes, braunes, keilförmiges Objekt, das drei Viertel des Bildschirms einnahm. »Sie können sehen, wie groß das Organ im Verhältnis zu allem anderen ist. Und es sieht bei dieser Patientin sehr gesund aus, wie ich hinzufügen möchte. Die Leber ist ein bemerkenswertes Organ. Sie erfüllt zahlreiche lebenswichtige Funktionen, die überwiegend mit der Verdauung und der Entgiftung zu tun haben.«

»Kann man ohne leben? Wie bei der Gallenblase?« Es handelte sich um denselben Kerl, der zuvor nach der Gallenblase gefragt hatte.

Idiot. Was für ein Arschloch stellte eine so dämliche Frage?

»Oh nein. Ohne Leber stirbt man. Und zwar ziemlich schnell.« Der Laserpointer kreiste um einen kleinen grünen Fleck, der sich gerade noch sichtbar unter dem braunen Rand der Leber abzeichnete wie eine in Erde liegende Olive. »Sehen Sie diesen kleinen Hauch von Grün hier auf der rechten Seite? Das ist die unter der Leber eingebettete Gallenblase. Sie ist durch ihre Blutversorgung sowie durch einen hohlen Schlauch namens Gallengang verankert. Beides wird auf sichere Weise durchtrennt werden müssen. Mehr davon werden wir gleich sehen.«

Der Laserpointer wanderte über den Rest des Bildschirms, als Montgomery auf weitere Teile der Anatomie hinwies. Ligamentum falciforme. Omentum. Dünndarm. Dickdarm. Zwerchfell. »Ach ja, und falls Besucher, die keine Ärzte sind, das Bedürfnis verspüren, sich zu setzen oder hinauszugehen, haben wir für alle genügend Stühle vorgesehen.«

Niemand rührte sich.

»Nein? Hervorragend. Alle mit einem starken Magen gesegnet. Also. Wie Sie sehen, hat Dr. Wu den ersten Teil der Operation heute Vormittag vor unserer Ankunft abgeschlossen. Allerdings ist Delores absolut in der Lage dazu, dieselben Aufgaben durchzuführen. Delores kann sogar ein Skalpell verwenden, um einen Einschnitt in die Haut vorzunehmen, genau wie ein menschlicher Chirurg.«

»Warum hat der Roboter das heute dann nicht gemacht?«, wollte Grant wissen.

»Wir wollen Dolores' Fähigkeiten unter Realbedingungen Schritt für Schritt austesten.« Montgomery sah Wu an und nickte. Sie nickte zurück.

»Sind wir bereit, Dr. Chow?«, fragte Wu.

»Kann losgehen, Rita. Hier drüben sieht alles perfekt aus.« Er drehte sich um und zeigte der Gruppe einen hochgestreckten Daumen. »Morpheus funktioniert bestens. Wie erwartet.«

»Wunderbar«, befand Montgomery. »Dr. Wu, bitte beginnen Sie.«

Sebastian hielt sich für einen harten Mann. Für einen Profi. Im Verlauf der Jahre hatte er schon einige … *abstoßende* … Dinge gesehen und getan. Er hatte sich seine Taten immer eingestanden, und er suchte keine Entschuldigungen dafür. Für nichts davon. Was er getan hatte, das hatte er getan, um zu überleben.

Die Welt war scheiße, und er machte daraus das Beste, was er konnte.

Und dennoch … Beim Gedanken daran, was, wie er wusste, bevorstand, krampften sich seine Eingeweide zusammen. Vor Schulgefühlen? Schuldgefühle waren unprofessionell. Warum also empfand er so?

Weil Alfonso mit dieser Scheiße niemals einverstanden gewesen wäre.

Wieder verlagerte er das Gewicht und verdrängte den Gedanken aus dem Kopf.

Wu drückte einen Knopf am zentralen Körper des Roboters. Die drei Arme spulten eine koordinierte Abfolge von Bewegungen ab, summten und brummten und drehten sich, beugten ihre Gelenke wie ein Oktopus seine Tentakel. Sie erinnerten Sebastian an einen Spider-Man-Film. Einen davon hatte er mit Sammy gesehen, und er war ziemlich gut gewesen. Darin war ein Schurke mit großen, mit seinem Körper verschmolzenen Tentakeln vorgekommen, die er wie zusätzliche Arme bewegen und als Waffen einsetzen konnte. Genauso sahen diese Dinger aus – wie Metalltentakel.

Montgomery erklärte: »Dolores' Arme richten sich jetzt selbstständig aus. Rufen Sie sich ins Gedächtnis, dass jeder dieser Arme ein Schweizer Messer an der Spitze hat – das Werkzeug mit den zahlreichen Instrumenten, das wir Ihnen zuvor demonstriert haben.«

Die Arme bewegten sich über den verbliebenen drei Ports in Position, ein Arm pro Port. Wenige Zentimeter darüber hielten sie inne, als warteten sie auf etwas.

»Delores, initiiere manuelles Positionierungsprotokoll für Schweizer Messer Nummer eins, zwei und drei«, sagte Wu.

»Selbstverständlich«, antwortete Delores. »Initiiere manuelles Positionierungsprotokoll für Schweizer Messer Nummer eins, zwei und drei.«

Sebastian hörte ein Klicken, auf das ein blechernes Dröhnen

mehrerer Getriebe in allen drei Armen folgte. Eine Pause, dann bewegte sich jeder gleichmäßig nach vorn auf seinen entsprechenden Port zu. Sebastian fand, dass die Arme wie silbrige Schlangen aussahen, die auf die Patientin zukrochen – fehlten nur zischende, metallische Zungen. Die Spitze jedes Schweizer Messers fuhr in eine kreisrunde Öffnung oben im jeweiligen Port und verschwand in der Patientin. Das Surren verstummte, und alle drei Instrumente hielten mit der Spitze in den Ports inne.

Montgomery ergriff erklärend das Wort. »Dr. Wu wird jetzt jedes Schweizer Messer manuell in seine endgültige Position bringen.«

»Wieso?«, fragte Grant. »Warum lassen Sie das nicht den Roboter machen?«

»Wiederum, Ms. Grant, aus Vorsicht. Es ist das erste Mal, dass wir das mit einem Patienten machen, und wir haben entschieden, dies sei die absolut sicherste Vorgehensweise. Sobald Dr. Wu persönlich jedes der Instrumente positioniert hat, übernimmt Delores die Kontrolle.«

RITA

Rita ergriff das erste Schweizer Messer.

»Ich denke, es ist nur fair, Ihnen das zu verraten, Dr. Wu«, sagte Finney. »Ich bin recht vertraut mit Delores und dem Auto-Chirurg-Programm. Schon seit einiger Zeit.«

Ritas Hand zuckte von dem Schweizer Messer zurück, und sie konnte gerade noch einen spitzen Aufschrei unterdrücken.

»Dr. Wu«, wisperte Lisa. »Ist alles in Ordnung?«

»Ja«, flüsterte Rita zurück.

»Verzeihung. Ich wollte Sie vor all diesen Leuten nicht erschrecken«, sagte Finney.

Rita streckte ihre Hand verhalten wieder nach dem ersten Schweizer Messer aus, als Finney hinzufügte: »Ich bin der Mehrheitsinvestor – de facto der Eigentümer – des Privatunternehmens, das Delores konstruiert und herstellt. Haben Sie das gewusst, Dr. Wu?«

Oh Scheiße. Wovon redet er da?

»Aber natürlich können Sie das nicht wissen«, meinte Finney. »Es ist ja nicht öffentlich einsehbar.«

Plötzlich fühlte sich Ritas Operationskluft entschieden zu heiß an. Schweiß sammelte sich in ihren Achselhöhlen und lief an ihren Seiten hinab.

Ich muss Mrs. Sanchez operieren.

Sie ergriff das Schweizer Messer und schob es behutsam weiter in Mrs. Sanchez, wie sie es Hunderte Mal bei den Simulationen gemacht hatte, führte es durch den Port in Mrs. Sanchez' Bauchhöhle. Die Spitze geriet auf dem riesigen Bildschirm in Sicht, vergrößert auf die Dimensionen eines Laternenmasts.

»Und da haben wir das erste Schweizer Messer im Körper der Patientin«, kommentierte Chase. »Es kommt gerade ins Sichtfeld unserer Kamera.«

Rita achtete darauf, es nicht zu schnell und zu weit zu schieben. Sie hielt die Spitze einen sicheren Abstand von der Leber entfernt. Auch ohne ausgefahrenes Skalpell stellte das Schweizer Messer eine potenziell tödliche Waffe dar, einen Speer, der Mrs. Sanchez' Leber oder andere Organe pfählen konnte, wenn Rita ihn nur wenige Zentimeter zu weit führte. Schließlich hielt sie die Vorwärtsbewegung der Spitze an und sagte stockend: »Delores, initiiere laparoskopisches Cholezystektomie-Protokoll für Schweizer Messer Nummer eins.«

»Initiiere laparoskopisches Cholezystektomie-Protokoll für Schweizer Messer Nummer eins.« Ein nicht unangenehmes Surren von Getrieben ertönte.

»Hören Sie dieses Rotationsgeräusch?«, fragte Montgomery.

»Das bedeutet, dass Delores das erste Schweizer Messer aktiviert hat und bereit ist, es zu benutzen.«

»Seit fast einem Jahr beobachte ich Ihre Fortschritte mit Argusaugen«, verriet Finney.

Oh Gott.

»Man könnte sagen, ich bin so etwas wie ein stiller Teilhaber Ihres Projekts. Ich bin äußerst interessiert daran, wie sich die Dinge mit Delores heute Vormittag entwickeln.«

»Oh Gott«, hauchte Rita.

»Haben Sie etwas gesagt, Dr. Wu?«, flüsterte Lisa.

»Nein, nichts, Lisa«, flüsterte Rita zurück.

Sie streckte die Hand aus und ergriff Schweizer Messer Nummer zwei.

SPENCER

Nachdem Spencers Operation zu Ende war, betrat er mit vor Sorge um Rita verkrampften Eingeweiden und einer Maske über dem Gesicht Operationssaal zehn unmittelbar hinter einem der Herzchirurgen, der die Tür für ihn aufhielt. Anscheinend interessierten sich nicht nur der Herzchirurg und er für die Operation: Der Raum präsentierte sich zum Bersten gefüllt, fast bis zur Tür. Spencer war schon viele Male in Operationssaal zehn gewesen, hatte ihn aber noch nie so gerammelt voll erlebt.

Montgomery hielt neben dem großen Videoschirm Hof. Rita trug volle Operationsmontur …

Verdammt, es tut gut, sie zu sehen, wenn auch nur aus der Ferne.

… und schien Justierungen am Auto-Chirurgen vorzunehmen. Spencer wusste, dass es sich um den Auto-Chirurgen handelte, weil er schon Bilder davon gesehen hatte – wie angesichts all der Publicity praktisch jeder im gesamten Krankenhaus.

»Dr. Montgomery, glauben Sie, dass es wirklich sicher ist, menschliche Handlungen Maschinen anzuvertrauen?«, hörte er eine Frau fragen, als er sich langsam den hinteren Rängen der Gruppe näherte und nach einer Lücke Ausschau hielt, um einen Blick auf den Bildschirm zu erhaschen, ohne jemandem die Sicht versperren. Er begnügte sich mit einem brauchbaren Platz, von dem aus er durch seine Größe einen einigermaßen guten Sichtwinkel hatte. Rita jedoch konnte er von dieser Position aus nicht sehen. Aber er *wollte* Rita sehen.

»Absolut, Ms. Grant«, antwortete Montgomery. »Und eines möchte ich an dieser Stelle glasklar festhalten: Der Chirurg – der *menschliche* Chirurg – hat immer das Kommando. *Immer.* Wir haben sogar einen eigenen Schutzmechanismus vorgesehen, um das zu gewährleisten.«

Montgomery benutzte einen Laserpointer, um die Aufmerksamkeit auf einen großen roten Knopf zu lenken, der sich unübersehbar an der Seite eines silbrigen Zylinders befand, den Spencer als die Hauptkomponente des Roboters erkannte. Er sah aus wie ein Brandmeldeknopf an einer Wand, bei dem man zuerst ein Glas einschlagen musste, um ihn zu drücken, und er wies auch ungefähr dieselbe Größe auf.

»Das ist Delores' Not-Aus-Taster«, erklärte Montgomery. »Der Schutzmechanismus. Drückt man darauf, wird Delores sofort abgeschaltet, und das menschliche Team kann übernehmen. Man könnte auch sagen, der Schalter ›tötet‹ Delores mit sofortiger Wirkung, nur mögen wir im Operationssaal keine Wörter wie *töten.*« Montgomery verstummte kurz, um zu sehen, ob der Scherz zog. Von ein paar Seiten wurde höflich geschmunzelt. Abgesehen davon herrschte Totenstille. Montgomery räusperte sich. »Wie dem auch sein mag: Der Schutzmechanismus deaktiviert Delores auf einen Schlag.«

Mit dem Laserpointer hob er einen weiteren roten Knopf hervor, der stark dem am Roboter ähnelte, sich allerdings an einem druckergroßen Gegenstand in der Nähe des Kopfes der Patientin befand. Spencer sah Hank Chow und einen jüngeren Anästhesisten, den er nicht kannte, neben der Vorrichtung stehen.

»Auch in Morpheus haben wir eine Sicherheitsabschaltung eingebaut«, erklärte Montgomery. »Sie unterbricht die Zuführung von Anästhesiegasen und injiziert der Paralyse entgegenwirkende Medikamente, um den Patienten aufzuwecken.«

Richtig, dachte Spencer. *Morpheus. Die automatisierte Anästhesiemaschine.* Hank hatte unlängst im Pausenraum des OP-Personals damit geprahlt. Viele andere Anästhesisten hielten die Maschine für völligen Quatsch, wie Spencer wusste.

Er schürzte die Lippen und runzelte unbehaglich die Stirn, nahm alles in sich auf und versuchte, die Ruhe der Szene mit seiner beunruhigenden Unterhaltung mit Wendy zu vereinbaren.

Scheint soweit alles in Ordnung zu sein …

Er wünschte sich einen genaueren Blick auf die Roboter – und auf Rita. Und als er eine freie Stelle näher bei ihr entdeckte, an der er niemanden stören würde, schob er sich seitlich am Publikum vorbei dorthin. Er stand nun wesentlich dichter am Operationstisch.

Besser.

Rita hatte die Hände um einen zierlichen, silbrigen Zylinder der ungefähren Länge eines Siebener Eisens gelegt. Sie schob ihn langsam nach vorn durch einen der laparoskopischen Ports.

Wahrscheinlich einer der Operationsarme des Roboters. Von seinem Blickwinkel aus schien alles gut zu verlaufen. Vielleicht hatte sich Wendy geirrt. Vielleicht war die nackte Chirurgin gar nicht Rita gewesen.

Spencer rückte noch ein Stück näher.

RITA

»Ja«, sagte Finney zu ihr. »Ich bin *sehr* daran interessiert, wie gut Delores funktioniert. Ich denke …«

Rita zuckte zusammen, als ein schrilles Pfeifen in ihrem Ohr Finneys Stimme ersetzte. Es dauerte einige Sekunden an. Dann folgte Stille. Rita erstarrte. Sie schüttelte den Kopf und horchte aufmerksam.

Nichts.

Sie wartete darauf, dass Finney beendete, was immer er ihr gerade erzählen wollte. Er tat es nicht. Was … eigenartig war. So eigenartig wie die Stille in ihrem Kopf.

FINNEY

Finney legte die Stirn in Falten und tippte mit einem zierlichen Finger auf das Tablet.

Merkwürdig.

Die präzisen elliptischen Muster, die eben noch über das Display getänzelt waren und die eine starke Verbindung zwischen seinem Steuerungs-Tablet und Dr. Wus Implantat angezeigt hatten, waren verschwunden, ersetzt von einer unregelmäßigen Reihe spitzer Ausschläge.

»Was ist das?«, fragte er laut. Wieder tippte er gegen das Tablet.

»Boss«, flüsterte Sebastian über ihre Verbindung, »ich glaube, wir haben ein Problem.«

»Tja, das ist … hm. Seltsam. Seltsam. Äh … Ich glaube, ich habe den Kontakt mit Dr. Wu verloren.«

»Interferenz. Irgendetwas blockiert die Übertragung, Boss. Das haben wir schon erlebt. Bei den Tests.«

»Ja.« Finney trommelte mit den Fingern der rechten Hand auf den Schreibtisch, ein billiges Modell in Leichtbauweise, typisch für Arbeitsnischen in Großraumbüros. Sebastian besaß eine nervende Gabe dafür, das Offensichtliche auszusprechen. Sachdienlicher wäre: Was verursachte die Interferenz? Und die Folgefrage: Wie ließ sich der Zustand beheben?

Finney legte die Hände auf die Tischfläche, schlang die Finger ineinander, starrte auf die *hässlichen* Muster und presste die Hände zusammen. Seine Knöchel verfärbten sich rot. Dann weiß. Seine Hände zitterten. Sie klopften laut auf die Tischfläche.

Nein.

»Ich denke, ich muss nicht betonen, dass dies ein *äußerst* ungelegener Moment dafür ist, dass so etwas passiert, Sebastian.« Das Klopfen seiner Hände steigerte sich zu einem heftigen Trommeln.

Nicht jetzt.

»Richtig. Ich versuche, auf meiner Seite herauszufinden, woran es liegen kann, Boss«, versprach Sebastian.

Ich habe zu lange darauf gewartet.

»Bitte, Sebastian.«

NICHT …

… JETZT.

RITA

Regungslos wie eine Statue stand sie da und lauschte der Stille. Es war eine andere Art von Stille als jene, während sie geduscht und Finney nicht mit ihr gesprochen hatte. Es schien eine *stillere* Art von Stille zu sein. Oder bildete sie sich das bloß ein? Außerdem fand sie seltsam, dass Finney mitten im Satz verstummt war, als wäre bei einem Telefongespräch plötzlich die Verbindung abgerissen.

Zum ersten Mal, seit er im Umkleideraum auf so verstörende Weise in ihr Leben eingedrungen war, konnte sie seine *Abwesenheit* fühlen. Sie legte den Kopf leicht schief. *Ja.* Sie wurde zunehmend überzeugter davon. Wie wenn man an Bord eines Flugzeugs taub für das Dröhnen der Motoren wurde, während man in zehntausend Metern Höhe seine Cola Light schlürfte. Kam man schließlich am Zielort an, merkte man erst später während der Autofahrt nach Hause, dass jenes unterschwellige Dröhnen verschwunden war.

Ritas Herz hämmerte gegen die Innenseite ihres Brustbeins und ihre Rippen.

Könnte er wirklich verschwunden sein?

Wohin? Und warum? Funktionierte dieses Ding in ihrem Kopf nicht mehr? Und falls ja, was war mit dem in Darcy?

»Dr. Wu?«, flüsterte Lisa. »Warum hören Sie auf?«

Auch Chase hatte die Pause bemerkt. »Rita?«, fragte er. »Wie sieht es da drüben aus?«

»Alles perfekt!«, gab sie melodisch zurück. Und vorerst fühlte es sich beinah auch so an, als wäre alles perfekt.

Weil er weg ist.

Sie drückte das zweite Schweizer Messer ein Stückchen tiefer in Mrs. Sanchez' Bauchhöhle. Auf dem Bildschirm erschien die Spitze neben der ersten.

Er ist weg! Am liebsten hätte sie es gebrüllt.

Geradezu euphorisch löste Rita die Hände vom Schweizer Messer und sagte: »Delores, initiiere das laparoskopische Cholezystektomie-Protokoll für Schweizer Messer Nummer zwei.«

Sie wartete darauf, dass der Roboter reagierte.

Nichts geschah.

SEBASTIAN

Sebastians Blick suchte den Raum ab und versuchte, die Quelle der Interferenz ausfindig zu machen. Was zum Teufel war nur los?

»Delores, initiiere laparoskopisches Cholezystektomie-Protokoll für Schweizer Messer Nummer zwei«, wiederholte Wu.

An der Seite des mittleren Zylinders des Roboters erschien ein blinkendes rotes Licht. »Systemfehler«, meldete Delores. »Drahtlosverbindung unterbrochen.«

Interessant. Was immer Finneys Signal störte, brachte offensichtlich auch den Roboter durcheinander. *Gut.* Das verschaffte Sebastian Zeit, die Lage unter Kontrolle zu bringen. Was nicht einfach werden würde. *Diese verfluchte Menschenmenge.* Die Gruppe war beträchtlich angewachsen, da nach und nach neugierige Mitarbeiter des Krankenhauses dazugestoßen waren, um sich den Eingriff anzusehen. Mittlerweile mussten es über dreißig Personen sein, die sich drängten, um einen Blick auf das Geschehen zu erhaschen. *Wie der Moshpit bei einem verfluchten Rockkonzert.* Die Quelle der Interferenz aufzuspüren, würde höllisch heikel werden, nahezu unmöglich.

»Sebastian?«

»Ich arbeite daran, Boss«, sagte er leise, während sein Kopf bald hierhin, bald dorthin schwenkte.

Woher kommt diese gottverdammte Interferenz?

SPENCER

»Systemfehler«, meldete der Roboter erneut. »Drahtlosverbindung unterbrochen.«

Geräusche von Füßen, als unruhig von einem Bein aufs andere getreten wurde. Gemurmel. Jemand hüstelte.

Spencer bemerkte, wie Rita und Montgomery einen Blick wechselten. Dann sagte Montgomery: »Ah. Hat zufällig irgendjemand ein elektronisches Gerät dabei? Bestimmte Arten von Energiewellen können Delores' Drahtlossignale durcheinanderbringen. Mikrowellen zum Beispiel. Hat irgendjemand einen Mikrowellenherd dabei?«

Vereinzeltes Kichern.

»Sind Mobiltelefone in Ordnung?«, erkundigte sich jemand.

»Normalerweise ja. Aber vielleicht könnte heute bitte trotzdem jeder sein Gerät ausschalten …«

Weiteres Gemurmel. Hände klopften Taschen ab und fassten hinein, Telefone wurden mit elektronischem Piepen und melodischen Signaltönen ausgeschaltet. Auch Spencer kam der Aufforderung pflichtbewusst nach.

Das rote Lämpchen am Roboter blinkte weiter.

»Systemfehler. Drahtlosverbindung unterbrochen.«

Montgomery ergriff wieder das Wort. »Ja. Hm. Sonst noch irgendetwas? Hat wirklich jeder alles ausgeschaltet?«

Die Leute sahen sich gegenseitig an, schüttelten die Köpfe, zuckten mit den Schultern.

»Trägt vielleicht irgendjemand medizinische Implantate?«, fragte Montgomery in die Runde.

Gemurmel, Kopfschütteln, Schulterzucken.

Implantate. Spencers rechte Hand wanderte verstohlen zu seinem rechten Ohr. Das mobile EEG maß immer noch seine Gehirnwellen und übertrug ein elektromagnetisches Signal zum Server in Rajs Labor. Das Signal hatte sich zuvor als stark genug erwiesen, um das Satellitenradio in seinem Auto durcheinanderzubringen. Konnte es daran liegen?

Er fasste unter seine OP-Haube und hinter sein Ohr, als wolle er sich an der Stelle kratzen. Seine Finger tasteten umher, fanden die Elektrode und fuhren die flache, glatte Oberfläche entlang, bis er den kleinen Knopf am Rand entdeckte. Mit dem Fingernagel schob er ihn von einer Seite zur anderen, um den Transmitter abzuschalten.

Das rote Lämpchen am Roboter hörte zu blinken auf.

»Drahtlosverbindung wiederhergestellt«, meldete Delores. »Operatives System online.«

Also, was sagt man dazu? Darüber würde er Raj berichten müssen. Weitere auszumerzende Mängel.

Montgomery rieb sich freudig die Hände. »Na also! Vielen Dank an alle für die Kooperation. Bitte fahren Sie fort, Dr. Wu.«

»Delores, initiiere laparoskopisches Cholezystektomie-Protokoll für Schweizer Messer Nummer zwei«, sagte Rita.

»Selbstverständlich«, antwortete Delores. »Initiiere laparoskopisches Cholezystektomie-Protokoll für Schweizer Messer Nummer zwei.« Die Getriebe des zweiten Arms surrten zustimmend.

SEBASTIAN

Wie eine Radarschüssel auf der Suche nach einem Zielobjekt schwenkte Sebastian den Blick von einem Ende der Menschenansammlung zum anderen, achtete auf alles, das verdächtig wirkte – oder *irgendjemanden*, der sich verdächtig verhielt.

Nähe. Was immer es sein mochte, es musste sich nah bei Wu *und* dem Roboter befinden. Nur deshalb konnte es sowohl den Roboter als auch Sebastians und Finneys Verbindung mit Wu stören, nicht jedoch ihre Verbindung miteinander. Ein Mann erregte seine Aufmerksamkeit. Er stand in der Nähe des Roboters. Sebastians Blick wurde unwillkürlich von ihm angezogen, weil er alle anderen überragte. Ein *großer* Typ, der sich gerade hinter dem rechten Ohr gekratzt hatte. Er ging aufs mittlere Alter zu, war vielleicht knapp unter vierzig, schien jedoch gut in Form zu sein. Als der Kerl die Arme vor der Brust verschränkte, drohten seine Oberarme den Stoff der kurzen Ärmel seiner XXL-Krankenhausmontur zu sprengen. Etwas an dem Mann machte Sebastian unruhig.

Er begann, sich unauffällig auf ihn zuzubewegen. Dann jedoch holte ein anderer Mann, der neben dem Großen stand, sein Handy hervor, das eigentlich abgeschaltet sein sollte, und schoss verstohlen ein Bild von dem Roboter, obwohl sie alle mehrfach aufgefordert worden waren, nicht zu fotografieren. Gleich darauf bemerkte Sebastian *noch einen* Mann, der ebenfalls in der Nähe des Roboters eine SMS auf seinem Telefon tippte. Herrgott, konnten die Leute nicht mal ein paar Minuten auf ihr verfluchtes elektronisches Spielzeug verzichten?

Hoffnungslos.

Es ließ sich unmöglich mit Sicherheit sagen, von wo die Störung ausgegangen war oder ob sie sich wiederholen könnte – zu viele Personen, zu viele Möglichkeiten. Sebastian richtete die Aufmerksamkeit gerade wieder auf den Bildschirm an der Wand, als sich Finney meldete.

FINNEY

Ah. Na also. Viel besser.

Das Signal auf seinem Tablet war zum gewünschten Muster zurückgekehrt. Das Implantat funktionierte wieder. Finney öffnete die zu Fäusten geballten Hände.

»Sebastian. Ich bin wieder online. Was haben Sie gemacht?«

»Nichts, Boss«, flüsterte Sebastian. »Muss eine Störung durch eines der elektronischen Geräte im Raum gewesen sein. Das Signal ist zurückgekehrt, sobald Montgomery alle im Raum ihre Geräte ausschalten ließ.«

»War es Vorsatz?«

Eine Pause. »Nein. Ich denke nicht.«

»Gut. Dann machen wir weiter.«

Er rief die Audioverbindung zu Dr. Wu wieder auf.

RITA

Noch bevor er ein einziges Wort gesprochen hatte, wusste sie es. Finney war zurück. Rita konnte es spüren. Ihr Mut sank.

»So. Dr. Wu. Ich bin also sehr daran interessiert, wie gut Delores funktioniert.«

Finney machte dort weiter, wo er aufgehört hatte, als wäre nichts geschehen. Dennoch war Rita sicher, *absolut sicher*, dass er für eine kurze Weile aus ihrem Kopf verschwunden gewesen war. Sie biss sich auf die Unterlippe. Hatte er nicht mitbekommen, was passiert war? Oder überspielte er einen Fehler? Sie vermutete Letzteres. Dann ereilte sie die Erkenntnis, dass seine Abwesenheit mit Delores' Fehlfunktion zusammengefallen war.

Ein Zufall?

Das glaubte sie nicht. Sie hatte zwar keine Ahnung, was es bedeutete, machte sich aber dennoch eine gedankliche Notiz.

Situationsbewusstsein.

»Da ich über einige Fachkenntnisse auf diesem speziellen Gebiet verfüge, habe ich mich der Gelegenheit bemächtigt und einige eigene Ideen in die Konstruktion und Entwicklung von Delores einfließen lassen«, erklärte Finney.

Seine eigenen Ideen?

»Rita?«, sagte Chase. »Sie können fortfahren.«

»Ja. Natürlich.« Rita legte die zittrigen Hände um das dritte Schweizer Messer.

»Überrascht, zu erfahren, dass wir quasi als Team zusammengearbeitet haben, Sie und ich?«, fragte Finney. »Müssen Sie nicht sein. Sie und ich verfolgen sehr ähnliche Ziele. Sie können sich gar nicht vorstellen, wie ich mich gefreut habe, als ich erfuhr, dass Sie mit dem Unternehmen zusammenarbeiten, das Delores' Prototyp hergestellt hat. Und wie günstig es für mich war, dass die Gründer just zu jenem Zeitpunkt eine größere Bargeldspritze brauchten.«

Rita gefiel nicht, wohin das führte. *Aber ich muss Mrs. Sanchez operieren.*

»Die Idee, fehleranfällige menschliche Chirurgen durch exakt arbeitende Maschinen zu ersetzen, ist bewundernswert. Dabei decken sich Ihre Ansichten mit den meinen. Tatsächlich bin ich der Meinung, dass Maschinen weit bessere – und sicherere – Chirurgen wären als Menschen. Stimmen Sie mir darin nicht zu?«

Was meint er damit?

Rita erstarrte.

»Dr. Wu«, flüsterte Lisa.

»Was meinen Sie, wie gut hätte eine Maschine wie Delores die Operation an meiner Frau bewältigt?« Eine qualvolle Pause. »Besser als Sie?«

Oh Gott, oh Gott, oh Gott …

»Dr. Wu«, flüsterte Lisa eindringlich. »Alle warten.«

»Rita?«, fragte Montgomery. »Ist alles in Ordnung?«

Sie schaute auf. Chase starrte sie an. Genau wie alle anderen.

So viele Menschen … Gott, wie sehr sie aufhören wollte. Aber sie MUSSTE MRS. SANCHEZ OPERIEREN.

»Ja.« Sie schob das Instrument behutsam weiter vorwärts. Weiter in Mrs. Sanchez. Und näher zu ihrer Leber.

Finney sprach weiter. »Ich denke, wir wissen beide, dass Delores unter Routinebedingungen ziemlich gut funktioniert, Dr. Wu. Die Simulationen haben das ohne jeden Zweifel bewiesen. *Wirklich* interessieren jedoch würde mich, wie gut Delores in einem Notfall funktioniert. Das ist schon eine interessante Frage. Finden Sie nicht auch?«

Tief in Ritas Magen nistete sich ein grauenhaftes Gefühl ein. Das vielleicht schlimmste überhaupt, seit die zwei Männer in Uniform mit den grimmigen Gesichtern an ihrer Tür aufgekreuzt waren und ihr mitgeteilt hatten, dass sich das Flugzeug ihres Vaters in einen qualmenden, über fünfundzwanzig Quadratkilometer Wüste verstreuten Haufen Schutt verwandelt hatte und sie und Darcy …

Darcy, oh Gott, Darcy, ich hoffe, es geht ihr gut …

… nunmehr Waisen wären. Ihr Herz hämmerte wie wild. Schweiß sammelte sich in großen Tropfen unter ihrer OP-Haube. Auf dem Bildschirm an der Wand kam die Spitze des Instruments in Sicht.

»Also: Ich schlage Folgendes vor, Dr. Wu. Wir testen die wahren Grenzen von Delores' Möglichkeiten aus. Hier. Jetzt. Für dieses Publikum.«

Oh Gott.

Aus dem Augenwinkel sah Rita, dass Chase die Aufmerksamkeit vom Monitor gelöst hatte und mit jemandem aus dem Publikum plauderte.

»Fahren Sie das Skalpell bei Schweizer Messer Nummer drei aus«, verlangte Finney.

»Dolores, fahr das Skalpell bei Schweizer Messer Nummer drei aus«, sagte Rita.

Es war unbestreitbar ihre Stimme, doch die Worte schienen aus jemand anderes Mund gedrungen zu sein.

Was hat mich dazu gebracht, DAS zu sagen?

Mit einem Klicken mechanischer Rädchen tauchte das Skalpell aus der Spitze des dritten Schweizer Messers auf. Die scharfe Schneide schimmerte bedrohlich.

Wie ein Springmesser.

»Skalpell bei Schweizer Messer Nummer drei ausgefahren«, meldete Delores.

Ein krasses Springmesser. So bezeichnete es einer der jungen Techniker des Projekts gern.

Delores merkte emotionslos an: »Bitte beachten Sie, dass der Einsatz des Skalpells gegen dieses Operationsprotokoll verstößt.«

Ja, dachte Rita. *Tut er definitiv. Warum ZUM TEUFEL HABE ICH ES DANN GERADE AUSGEFAHREN?*

»Dr. Wu?« Lisas Augen über der OP-Maske waren geweitet auf das Skalpell geheftet, das sich auf dem Monitor so groß wie ihre Hand abzeichnete.

»Gut«, lobte Finney. »Jetzt möchte ich, dass Sie das Skalpell in die Leber der Patientin stoßen.«

»Ich soll *WAS* tun?«, zischte Rita.

SPENCER

Spencers rechtes Knie fing unangenehm zu pochen an. Er hatte bereits zu lange gestanden. Also verlagerte er das Gewicht auf das linke Bein und verschränkte die Arme vor der Brust. Seine Aufmerksamkeit wanderte von Montgomery weg, der mit dem CEO des Krankenhauses und mit der Universitätsrektorin plauderte – *Verdammt, wie viele VIPs sind heute eigentlich hier?* –, und heftete sich auf den Videobildschirm. Er sah, wie ein Skalpell aus der Spitze des Arms ausgefahren wurde, und hörte, wie der Roboter es ankündigte.

Was? Die Schmetterlinge in seinem Bauch, die seit seiner Unterhaltung mit Wendy herumflatterten, explodierten plötzlich zu einem frenetischen Schwarm. Irgendetwas lief schief.

Verstoß – der Roboter hat gesagt, dass ein Verstoß vorliegt.

Komplett schief.

Was macht sie denn da?

Spencer öffnete den Mund zum Sprechen, doch es drang kein Wort heraus. Er befeuchtete die Lippen und versuchte es erneut.

»Rita?«, sagte er leise. »Was machst du da?«

Niemand hörte ihn.

RITA

»Dr. Wu? Warum haben Sie das gemacht? Warum ist das Skalpell ausgefahren?« Lisa klang bemerkenswert ruhig. Viel ruhiger, als Rita sich fühlte.

»Alles gut, Lisa«, flüsterte Rita. »Es muss, äh, versehentlich ausgefahren sein. Ich arbeite daran.« Sie befahl sich, die Worte zum Einfahren des Skalpells auszusprechen, ihr Mund und ihre Zunge weigerten sich jedoch zu gehorchen.

»Stoßen Sie das Skalpell mitten in die Leber, Dr. Wu«, forderte Finney.

Beinah hätte Rita laut aufgelacht. *Soll das ein Scherz sein?* Absurd. Finney verlangte von ihr, vorsätzlich ein lebenswichtiges Organ – eines der lebenswichtigsten überhaupt – in Mrs. Sanchez' Körper zu pfählen, als wäre es ein Brocken Fleisch als Ausgangsbasis für Schaschlik. Das Skalpell würde durch Mrs. Sanchez' Leber fetzen wie ein Fleischermesser durch Hüttenkäse.

Hat schon jemals in der Menschheitsgeschichte ein Chirurg während einer Operation absolut vorsätzlich eine schwere Komplikation verursacht? Wahrscheinlich nicht. Rita wollte weder die Erste sein, noch wollte sie jede moralische Faser in ihrem Wesen misshandeln.

Und dennoch …

In ihr steckte etwas Hässliches, das genau das tun wollte. Irgendein schreckliches, namenloses *Ding*. Dieses unbekannte Etwas *wollte* das Skalpell in Mrs. Sanchez' Leber stoßen. Wollte es *unbedingt*. Es war ein grauenhafter, ein reißender Drang. Kein bestimmter Gedanke, keine bestimmte Emotion. Der Drang war einfach *vorhanden*. Rita spürte, wie ihre Hände, die immer noch auf dem dritten Schweizer Messer ruhten, und insbesondere die Hand, die das Skalpell hielt, zuckten, als besäßen sie einen eigenen Willen.

Nein.

Sie zuckten erneut.

Nein!

Ihre Hände entspannten sich. Rita stellte sich vor, was geschehen würde, wenn sie Finneys Befehl befolgte.

Interessante Tatsache, ging ihr mit einem plötzlichen, unerklärlichen Schwindelgefühl durch den Kopf. *Die Leber ist mit Blut gefüllt. Bis zu fünfzehn Prozent des gesamten Blutes im Körper können sich gleichzeitig in der Leber befinden. Ein anderthalb Kilo schwerer, blutdurchtränkter Schwamm. Jede Sekunde jedes Tages strömt konstant Blut in und aus der Leber.*

»Tun Sie es«, drängte Finney. In ihrem Ohr. In ihrem *Geist*. »Stoßen Sie das Skalpell in die Leber der Patientin.«

Auf dem gigantischen Bildschirm wirkte die Leber groß wie ein Doppelbett und pulsierte mit jedem Piepton des Herzmonitors. Pulsierte vor Blut. Vor Leben. Rita wusste, wenn sie mit dem Skalpell in die Leber stäche, würde Mrs. Sanchez verbluten. Sie würde verbluten und so gut wie sicher sterben.

»Nein«, murmelte Rita.

»Tun Sie es!«

Sie spürte eine Hand am Arm. »Dr. Wu?«

Rita zuckte zusammen und löste den Blick vom Bildschirm. Es war Lisa. »Dr. Wu? Was ist los? Was machen Sie da?«

Bevor Rita antworten konnte, meldete sich die gelangweilt klingende Schwarze in der vordersten Reihe zu Wort.

Grant, Chase hat sie Grant genannt …

»Dr. Montgomery? Warum ist das Skalpell ausgefahren? Aus diesem Werkzeug. Wird Delores es gleich verwenden?«

Als Chase das Wort *Skalpell* hörte, schnellte sein Kopf herum. Mit zusammengekniffenen Augen betrachtete er den Bildschirm.

»Dr. Wu? Was machen Sie da?«, fragte er in scharfem Ton.

»Tun Sie es«, wiederholte Finney. »Stoßen Sie das Skalpell in die Leber der Patientin.«

»Nein!«, flüsterte Rita eindringlich.

»Rita!« Montgomery brüllte praktisch. Jeder Anschein von Förmlichkeit war verschwunden. Er bewegte sich auf sie zu.

SEBASTIAN

Verdammt. Wu kämpft tatsächlich immer noch *dagegen an!*

Praktisch übermenschlich, wie sie sich zur Wehr setzte. Keine der Versuchspersonen, allesamt Männer, hatte bei den Experimenten je mit solcher Beharrlichkeit Widerstand geleistet.

»Tun Sie es«, hörte er Finney zu Wu flüstern. »Stoßen Sie das Instrument in ihre Leber.«

»Nein«, entgegnete sie.

Und *immer noch* kämpfte sie. *Unglaublich!*

Bei all der Signalstärke, die sein Boss schon den ganzen Vormittag in ihr Gehirn pumpte, sollte sie eigentlich inzwischen Finneys willenlose Sklavin sein. Oder mit dem Gesicht nach unten in einer Lache ihres eigenen Geifers auf dem Boden liegen. Verdammt, war diese Frau krass drauf!

Allerdings sorgte sich Sebastian, dass Wu schon bald wie eine Irre schreien würde, wenn Finney nicht vorsichtiger würde – wie die Testpersonen in den Videos, deren Gehirne so lange mit Befehlen bombardiert worden waren, bis sie nur noch blicklos ins Leere gestarrt hatten.

Wie diejenigen, die gestorben sind.

Scharf sog er die Luft zwischen den Zähnen hindurch ein. Vielleicht hatte Finney das von Anfang an für Wu vorgesehen gehabt. Wahnsinn.

Und den Tod.

FINNEY

Finneys Augen verengten sich zu Schlitzen. Sie widersetzte sich ihm.

Sie widersetzte sich ihm, und das würde er nicht dulden. *Er* hatte das Kommando. Nicht sie. Dr. Wu würde ihm nicht die Früchte seiner Arbeit verweigern oder seinen Plan vereiteln, die Ordnung der Dinge wiederherzustellen. Die Ordnung, die von ihr zerfetzt worden war, als sie Jenny *ermordet* hatte.

Nein. Das würde sie nicht.

Er fuhr mit dem Zeigefinger von einer Seite des Tablets zur anderen.

RITA

Das Summen, das Rita zuvor im Umkleideraum und anschließend erneut in der Nische mit Chase erlebt hatte, fuhr wie eine Dampframme in ihr Gehirn ein.

Doch diesmal war es anders. Schlimmer. *Viel* schlimmer. Diesmal *schmerzte* es. *Gott, und wie es SCHMERZTE!*

Höllenqualen. Als setzten sich in ihrem Schädel tausend heiße Nadeln mit Widerhaken fest, die sich brennend hineinbohrten und ihren Kopf förmlich *zerfetzten*. Etwas Vergleichbares hatte sie noch nie zuvor erlebt. Keuchend taumelte Rita.

Sie griff mit einer Hand nach dem OP-Tisch, um sich abzustützen, und …

SEBASTIAN

Heilige Scheiße. Finney hatte die Signalstärke *erneut* hochgeschraubt. Auf den höchsten Pegel bisher – den höchsten, den Sebastian je gesehen hatte. Weit über die Sicherheitsparameter hinaus, die von den Entwicklern aufgrund der Erfahrungen mit den Testpersonen festgelegt worden waren. Er hatte einen gewaltigen Energiestoß in Wus Gehirn abgefeuert.

»Herrgott noch mal, Boss. *Vorsicht!*«, warnte Sebastian flüsternd über die Kommunikationsverbindung.

Finney ignorierte ihn.

»Tun Sie es«, verlangte Finney von Wu. »Tun Sie es sofort. Stoßen Sie das Skalpell in ihre Leber.«

Sie würde es tun, glaubte Sebastian. Oder ihr Gehirn würde in Stücke gerissen werden. Vielleicht war das aber auch bereits passiert.

RITA

… in jenem Moment, dem Moment, als sie mit einer Hand die Seite des Operationstisches umklammerte, hatte Rita das Gefühl, als würde sie entzweigerissen wie eine von einer Machete halbierte Kokosnuss.

Dann verschwanden die Höllenqualen, die ihr Gehirn durchdrungen hatten, auf einen Schlag.

Gott sei Dank.

Die Schmerzen waren schier unerträglich gewesen. Sie bezweifelte, dass sie in der Lage sein würde, die Fassung zu bewahren, falls sie zurückkämen.

Mit einer Hand am Rand des OP-Tischs und der anderen nach wie vor am Schweizer Messer sah sie sich um. Eine andere

Rita, ein eineiiger Zwilling ihrer selbst, wie sie in eine sterile Montur gekleidet, samt Handschuhen, Haube und Maske, stand neben ihr und sah sie an, und Rita erfuhr das ausgeprägte Gefühl eines Déjà-vus.

Die andere Rita sagte mit Finneys Stimme, die nur in ihrem linken Ohr ertönte: *Stoß das Skalpell in ihre Leber.*

Rita löste die Hand vom Tisch und legte sie auf das Schweizer Messer. Mit beiden Händen begann sie, das Schweizer Messer auf Mrs. Sanchez' Leber zuzubewegen, wobei sie das Bild auf dem Videoschirm als Orientierungshilfe benutzte. Denn … warum nicht? Immerhin hatte es ihr die Rita gesagt, die neben ihr stand. Es schien völlig vernünftig zu sein, es zu tun.

So ist es, bestätigte die andere Rita mit Finneys Stimme. *Gut.*

Dann jedoch hielt Rita inne. Die Spitze des Skalpells befand sich nur Zentimeter von der Leber entfernt.

Nein, sagte sie zu der anderen Rita, die eigenartigerweise mit Finneys Stimme sprach. *Das kann ich nicht machen. Es würde die Frau umbringen.*

Und auf einmal befand sich Rita nicht mehr im Operationssaal, sondern bei ihrem Abschluss an der medizinischen Fakultät. Sie drückte sich ihr Diplom an die Brust und sprach zusammen mit ihren Kommilitoninnen und Kommilitonen den Hippokratischen Eid, wodurch sie gelobte, dass sie niemals vorsätzlich ihre Patientinnen oder Patienten verletzen würde.

Einen Lidschlag danach stand sie auf jenem Gang vor dem Zimmer, in dem der Patient kollabierte, und beobachtete, wie sich jener charismatische Chirurg mit den mittelmeerblauen Augen ins Waschbecken übergab.

Dann war sie auf einmal mit Mr. und Mrs. Sanchez in der Operationsvorbereitung, wo Mr. Sanchez die Hand seiner Frau hielt und über seine an der UCLA studierende Tochter sprach.

Ritas Schlafzimmer, wo Spencer nackt neben ihr im Bett lag und ihr mit der riesigen, aber so zärtlichen Hand durch die Haare und hinab über die Wange fuhr. Er nahm ihr Kinn zwischen die Finger und führte die Lippen dicht an ihr linkes Ohr. Sein warmer Atem kitzelte einladend ihr Ohrläppchen.

Tu es, murmelte er, allerdings nicht mit seiner eigenen, sondern mit Finneys Stimme. *Tu es sofort. Stoß das Skalpell in ihre Leber.*

Nein.

Und dann befand sie sich wieder in Operationssaal zehn. Die andere Rita, die neben ihr gestanden und mit Finneys Stimme gesprochen hatte, war verschwunden. Die Schmerzen in ihrem Kopf waren zurückgekehrt. Am liebsten hätte sie geschrien. Am liebsten hätte sie sich übergeben. Am liebsten wäre sie *gestorben*.

»Tun Sie es!«, brüllte Finney. Das Geräusch seiner Stimme fuhr in ihren Kopf, misshandelte ihren Geist auf eine Weise, die sich vulgärer und obszöner anfühlte, als wenn er ihren Körper missbraucht hätte.

Dann hörte Rita aus weiter, weiter Ferne jemanden, der wie Spencer klang, sagen: »Rita! Was machst du da?«

Spencer? Aber es konnte nicht Spencer sein. Denn was sollte Spencer hier wollen?

»Rita! Was ist hier los? Rita!«

Chase. *Warum ist Chase noch mal hier?* Sie konnte sich nicht daran erinnern. Es spielte ohnehin keine Rolle, denn sie dachte an etwas völlig anderes. Rita dachte an ihre Augen. Daran, wie sehr sie ihre Augen bedecken wollte.

Sie wollte ihre Augen bedecken, weil sie wusste, was gleich geschehen würde, und sie wollte es nicht sehen, denn es würde schrecklich sein, und sie hatte keine Macht, es aufzuhalten.

Sie spürte, wie sich ihre Hände mit einem Ruck nach vorn bewegten. Schlagartig überwand auf dem Bildschirm die Spitze des Skalpells den geringen verbliebenen Abstand zu Mrs. Sanchez' Leber. Jemand im Raum sog scharf die Luft ein. Sie selbst?

Und dann, kurz, bevor das Skalpell die glänzende, pulsierende braune Oberfläche berührte, stieß Rita hervor: »Gott steh mir bei.«

SEBASTIAN

Sebastian sah, wie sie zögerte, wie ihre Hände zitterten, als ringe sie mit sich. Verblüfft beobachtete er, wie Finney *schon wieder* die Signalstärke höher regelte.

»Tun Sie es!«, schrie Finney.

Und sie tat es.

Sebastian beobachtete, wie sich ihr Plan, den sie fast ein Jahr lang vorbereitet hatten, vollendete.

Makellos.

Er vermochte nicht zu sagen, ob er sich deswegen gut fühlte – oder schlecht. Jedenfalls wollte er nicht noch mehr sehen. Als die Hölle losbrach, stahl er sich aus dem Raum davon.

SPENCER

»Rita!« Spencer stürmte auf sie zu.

Sie murmelte etwas, das er nicht verstehen konnte, irgendetwas über Gott, als das Skalpell in die Leber der Patientin eintrat und unter der pulsierenden Oberfläche des Organs verschwand.

Spencer kannte Chase Montgomery seit einem runden Jahrzehnt. In der Zeit hatte er noch nie erlebt, dass dem Mann einmal die Worte fehlten. Bis jetzt. Montgomery gab einen kehligen Laut wie ein Höhlenmensch von sich. Dann brachte er hervor: »Also, wir, äh … *ha.*« Oder etwas Ähnliches.

Spencer fühlte sich genauso benommen. Etwas Vergleichbares

hatte er noch nie gesehen, hätte er nicht einmal für *vorstellbar* gehalten. Aber er hatte es mit eigenen Augen gesehen.

Rita. Die Leber. Das Skalpell.

Rita hat das Skalpell in die Leber gestoßen.

Was um alles in der Welt hatte sie nur geritten? Blanker Wahnsinn. Er wusste, dass Rita eine Komplikation bei einem Eingriff als persönlichen Affront von Gott und der Natur betrachtete. Sie gab ihren Kampf um absolute Perfektion niemals auf, und Ritas Komplikationsrate gehörte zu den niedrigsten weit und breit. Bis zu diesem Wahnsinn.

Und was jetzt?

Er starrte auf den Bildschirm. Zumindest vorläufig gab es keine Blutung. Was gut war. Denn die sagenhafte Unlogik dessen, was sie gerade bezeugt hatten, ließ all die Chirurgen wie benommen und sprachlos dastehen. Spencer schätzte, dass mit Montgomery, ihm selbst und den anderen Chirurgen mindestens einhundert Jahre klinischer Erfahrung anwesend waren, während das Leben dieser Patientin in Gefahr schwebte. Sie alle hätten vorwärtsstürmen müssen, um Rita zu helfen.

Stattdessen jedoch standen sie alle wie die Vollidioten herum und warteten darauf, dass irgendetwas passierte.

RITA

Nachdem sich die gehärtete, diamantenbesetzte Spitze des Skalpells in Mrs. Sanchez' Leber gebohrt hatte, konnte sich Rita nicht mehr genau erinnern, wie sie dort hingelangt war. Sie wusste, dass sie verantwortlich war. Dass sie den Stich in die Leber ausgeführt hatte. Nur begriff sie nicht …

Finney, es muss Finney gewesen sein!

… warum sie es getan hatte. Als sie auf den Videoschirm

starrte, fühlte sie sich, als wäre sie gerade aus einem grauenhaften Albtraum aufgewacht …

Finney hat mich irgendwie dazu gebracht!

… nur endete der Albtraum einfach nicht. Der hässliche Anblick des Schweizer Messers, das auf dem Monitor wie ein Spieß aus Mrs. Sanchez' Leber ragte, entsetzte sie.

Im Augenblick konnte sie sich über all das allerdings nicht den Kopf zerbrechen.

Chase gab ein lautes Geräusch von sich. Ein seltsames Geräusch, und eigenartigerweise eines der Dinge, die Rita später am deutlichsten von diesem schrecklichen Vormittag im Gedächtnis bleiben sollten. Es erinnerte sie an die Delfine in Sea World, die sie mit ihren Eltern gesehen hatte – an die Laute, die sie beim Auftauchen ausstießen, wenn sie Luft durch ihre Atemlöcher bliesen.

Mit zusammengebissenen Zähnen stählte sie sich für das Unvermeidliche, die Hände immer noch um das Schweizer Messer gelegt. Und wartete.

Auf die Blutung.

Nichts geschah. Fünf Sekunden verstrichen. Nichts.

Zehn unwahrscheinliche Sekunden. Immer noch nichts.

Im Raum, so vollgestopft er mit Menschen war, blieb es völlig still, abgesehen vom Piepen des Herzmonitors, der den steten Schlag von Mrs. Sanchez' Herz anzeigte.

Hoffnung. Oder zumindest ein Funke davon.

Vielleicht hatte das Skalpell die großen Blutgefäße schlichtweg verfehlt. Oder vielleicht auch nicht, aber das Schweizer Messer übte Druck gegen die Blutung aus, die unter der Oberfläche der Leber auftrat. Beide Szenarien waren zu bewältigen.

Gott, könnte ich wirklich solches Glück haben?

Fünfzehn Sekunden.

Reines Glück.

Kam manchmal vor. Einmal war ein betrunkener Bursche

einer Studentenverbindung über einen schmiedeeisernen Zaun geklettert und dabei abgerutscht. Er hatte sich den Oberschenkel an einem pfeilförmigen Zierstück aufgespießt. Die Feuerwehr fand ihn am Zaun baumelnd wie eine Fahne aus Fleisch an einem Flaggenmast. Man verabreichte ihm starke Dosen Schmerzmittel, bevor man ihn freischnitt, ließ den Metallstab klugerweise jedoch in seinem Bein stecken.

Großer Gott, was für eine Freakshow das in der Notaufnahme gewesen war, als der Junge eingeliefert wurde und sechzig Zentimeter Eisen aus seinem Bein ragten. Nachdem er in aller Eile in den OP gebracht worden war, hatte Rita festgestellt, dass die Stange alle lebenswichtigen Strukturen in seinem Bein verfehlt hatte – Blutgefäße, Nerven, Knochen. Das hatte ihm das Bein und vielleicht sogar das Leben gerettet. Reines Glück.

Rita hatte absolut nichts gegen Glück. Sie liebte Glück. Sie betete, dass ihr dasselbe Glück nun gewogen sein möge und vielleicht auch Mrs. Sanchez diesen Zwischenfall überleben würde.

Zwanzig Sekunden.

Keine Blutung.

Rita spürte, wie sich hinter ihr Lisa und Thomas rasch bewegten und zusätzliche Päckchen mit sterilen chirurgischen Instrumenten öffneten, die man brauchte, um große Löcher in wichtigen Organen und Blutgefäßen abzudichten.

Gut.

Rita gestattete den Händen, die das Schweizer Messer hielten, sich zu entspannen. Sie fing an, abzuschätzen, wie sie die Lage vielleicht noch retten konnte. Ihr Verstand ging potenzielle Behandlungsalgorithmen durch, als sie ihre bestmögliche nächste Handlung erwog.

»Lisa …«, setzte sie an.

Und dann begann die Blutung.

SPENCER

Auf dem riesigen Monitor spritzte das Blut wie ein gewaltiger roter Geysir um das Schweizer Messer herum auf.

Herrgott, Rita! Was hast du getan?

Jemand japste. Spencer vermochte nicht zu sagen, ob es sich um einen Mann oder eine Frau handelte – entweder um einen Mann mit einer hohen Stimme oder um eine Frau mit einer tiefen. Abgesehen von dem auf dem Bildschirm sprudelnden Blut jedoch wirkte der Moment wie erstarrt. Niemand rührte sich.

Bis sich wie auf ein vereinbartes, unausgesprochenes Stichwort hin alle gleichzeitig in Bewegung setzten.

RITA

Mit jedem Piepton des Herzmonitors schoss das Blut aus Mrs. Sanchez' Leber heraus. Tropfen davon trafen die Kamera, bespritzten das Objektiv wie rote Farbe ein Fenster. Das Sichtfeld verschwamm.

Wie roter Regen, wie in dem alten Song von Peter Gabriel, in dem roter Regen fällt, roter Regen … Was stimmt bloß nicht mit mir, oh Gott, was stimmt nicht mit mir … konzentrier dich, verdammt noch mal, konzentrier dich …

Rita schüttelte den Kopf, versuchte krampfhaft, die wirren Gedanken abzuschütteln – Gedanken, die von außerhalb zu stammen schienen, von *irgendwo anders*, und bemühte sich, die Konzentration stattdessen auf den Videoschirm und darauf zu bündeln, Mrs. Sanchez' Leben zu retten.

Am Rande bekam sie mit, dass Chase aus dem Operationssaal stürmte. Er rief Lisa und Thomas zu, dass er sich schnell die

Hände waschen würde, und sie sollten sterile Handschuhe, einen Kittel und das Laparotomie-Tablett mit den Gefäßklemmen für ihn vorbereiten.

Laparotomie-Tablett … das ist doch für Notfälle, für große Einschnitte in den Bauchbereich von Patienten, um mit den Händen hineinzufassen und eine Blutung zu stoppen …

Wieder schüttelte Rita den Kopf, diesmal noch heftiger: *Konzentrier dich!*

Dann ertönte ein Rauschen in ihrem linken Ohr, und der Raum drehte sich wild, zuerst langsam, dann schneller und schneller. Sie taumelte vom Operationstisch weg und übergab sich in einen nahen Mülleimer.

Wenigstens in den Mülleimer und nicht vor all diesen Leuten mitten auf den Boden …

Anschließend setzte um die Ränder ihrer Sicht herum Dunkelheit ein. Eine Dunkelheit, die Rita umhüllte, ihren Geist umfing. Das fühlte sich … tröstlich an, als gleite sie mit schmerzenden Muskeln in einen warmen Whirlpool oder als stiege sie am Ende eines wirklich, *wirklich* langen Tages ins Bett, vielleicht am längsten Tag, den sie bisher im Leben gehabt hatte. Rita gab der Dunkelheit nach, weil es sich so gut anfühlte. Außerdem war sie zu müde, um weiterzukämpfen.

Als sie im Begriff war, in süße Besinnungslosigkeit zu driften, raste ihr jedoch plötzlich ein Gedanke durch den Kopf – ein schrecklicher, ein Übelkeit erregender Gedanke: Mrs. Sanchez würde sterben.

Sie hatte Mrs. Sanchez umgebracht.

Gott steh mir bei, ich habe diese arme Frau getötet.

Die Schwärze war nahezu vollständig, als sie Delores sagen hörte: »Initiiere laparoskopisches Cholezystektomie-Protokoll für Schweizer Messer Nummer drei.«

Das ist seltsam, ging Rita durch den Kopf. Delores begann von allein mit der Operation. *Warum? Was hat sie dazu gebracht?*

Dann verkündete der Roboter: »Iatrogene hepatische Verletzung erkannt. Initiiere Notfallprotokoll für Hämostase.«

Rita hob den Kopf vom Mülleimer. Erbrochenes troff ihr vom Kinn, als sie wie durch einen Nebelschleier den Monitor beobachtete. Delores' Kamera war auf die Mitte der blutenden Leber gerichtet. Die Instrumente der drei Schweizer Messer bewegten sich mit schwindelerregender Geschwindigkeit und voll Entschlossenheit.

Delores. Was hast du vor?

Abermals übergab sie sich in den Mülleimer.

»Rita!« Spencers Stimme, die sich ihr näherte.

Es tut mir leid, Spencer, es tut mir alles so leid …

SPENCER

Rita übergab sich erneut in den Mülleimer, dann stieß sie ihn um, als sie zusammenbrach. Der Inhalt ergoss sich über den Boden, während heftige Zuckungen ihren Körper durchschüttelten. Sie hatte einen Anfall.

Spencer rannte zu ihr und schob ihr ein Kissen unter den Kopf, um zu verhindern, dass ihr Schädel auf den harten Fliesenboden hämmerte. Auf der Hose ihrer Montur entstand ein dunkler, nasser Fleck, der sich von ihrem Becken ihre Oberschenkel hinunter ausbreitete. *Urin.* Der durchdringende Geruch stieg Spencer in die Nase. Er hielt ihre Hand und wartete mit angespannten Zügen darauf, dass der Anfall verging.

Es dauerte lange.

FINNEY

Finney beobachtete, wie Dr. Wu auf den Boden zusammenbrach. Die Brille fiel ihr von der Nase und landete mit dem Kameraobjektiv nach unten, wodurch er nicht mehr sehen konnte, was vor sich ging. Aber das war in Ordnung. Er brauchte es nicht mehr zu sehen.

Finney lauschte dem Gebrüll und dem Tumult im OP und lehnte sich mit hinter dem Kopf verschränkten Fingern zurück.

Und endlich, *endlich* gestattete er sich, zu lächeln.

Es war ein heikles Unterfangen gewesen, so viel stand fest. Immerhin musste er sie an den Rand eines mentalen Zusammenbruchs treiben. Ja, er hatte ihre Widerstandskraft unterschätzt gehabt. Aber am Ende hatte sich alles *hervorragend* gefügt, genau so wie er es geplant hatte: Auf einen Schlag hatte sich Dr. Wu blamiert und zugleich das volle Potenzial des Roboters offenbart.

Finney ergriff das kleine, abgewetzte Notizbuch mit Ledereinband, legte es aufgeschlagen neben das Tablet auf den Tisch und holte den Druckbleistift aus der Brusttasche seines Hemds hervor. Er klickte dreimal mit dem Bleistift.

Eine volle Minute schwebte die Spitze der Bleistiftmine über dem leeren Kästchen neben Dr. Wus Namen, während Finney überlegte, ob er ein *X* in das Kästchen setzen und die Frau damit als abgehakt betrachten sollte. Er zog Gnade in Erwägung und dachte darüber nach, was Jenny wohl in dieser Situation getan hätte. Vielleicht, so grübelte er, hatte er an Genugtuung bekommen, was ihm zustand, und sollte vom Rest des Plans absehen. Vielleicht sollte er sowohl Dr. Wu als auch ihre Schwester weiterleben lassen.

Die Bleistiftspitze berührte das Papier.

Jenny.

Es war alles für sie gewesen. Natürlich war es das. Er hätte sich mit Benzin übergossen und selbst in Brand gesteckt, wenn sie es von ihm verlangt hätte. Er wäre für sie gestorben.

Nein.

Statt ein *X* in das Kästchen zu setzen, drückte er mit dem Stift so fest auf die Seite, dass die Bleistiftmine abbrach.

NEIN.

Es würde keine Gnade für Dr. Wu geben. Denn sie verdiente keine. Diese Skalpell schwingende *Hure* hatte seine Frau und sein Kind *abgeschlachtet.*

Und was die Schwester anging, nun … das mochte bedauerlich sein, ließ sich aber nicht vermeiden: Bevor er Dr. Wu tötete, musste sie noch das volle Ausmaß seines Schmerzes spüren. Sie musste erfahren, wie es sich anfühlte, wenn der Mensch, der einem am nächsten stand, zuerst litt und dann starb.

Finney legte das Notizbuch und den Bleistift auf den Tisch und berührte ein Symbol auf dem Tablet. Auf dem Bildschirm öffnete sich ein neues Fenster. Darin befand sich eine Uhr, die damit begann, auf null herunterzuzählen wie der Countdown bei einem Raketenstart. Er hieb weiter mit dem Finger auf das Symbol ein, immer und immer wieder, einfach nur, weil ihm danach zumute war.

Er wäre für Jenny gestorben. Nun würde er für sie töten, um Buße für ihr Leiden einzufordern.

Und für meines.

Damit würde er das Gleichgewicht im Universum wiederherstellen.

RITA

Durch die Dunkelheit hörte Rita den Ton eines Pulsoximeters, der rhythmisch im Einklang mit dem Herzen eines Patienten piepte, den sie nicht sehen konnte, während das Gerät den Sauerstoffgehalt des Blutes maß. Außerdem drangen das Gemurmel entfernter Unterhaltungen und die gedämpften Durchsagen einer deckenmontierten Lautsprecheranlage zu ihr.

Rita öffnete die Augen. Sie lag in einem Bett. Die Patientin mit dem Pulsoximeter war sie selbst. Der Sensor des Geräts hing an ihrem linken Zeigefinger. Sie trug ein Krankenhaushemd. Eine Infusionsleitung verlief in ihren linken Arm, angeschlossen an einen Beutel mit klarer Flüssigkeit. Sie spähte auf die kleine Schrift an der Seite des Beutels. Zwar hatte sie ihre Brille nicht auf, weshalb sie die Buchstaben verschwommen sah, dennoch konnte sie erkennen, dass es sich um normale Kochsalzlösung handelte. Zum Hydrieren.

Sie sah sich um. Das Bett stand mitten in einem Raum, den sie als eines der Privatzimmer in der Notaufnahme des Turner Krankenhauses erkannte. Eine schwere Schiebetür aus Glas, die eine gesamte Wand einnahm und an eine Terrassentür erinnerte, wies als Aufdruck die Nummer fünf auf. Sie stand einen Spalt breit offen, durch den Stimmen hereindrangen. Chase saß auf einem Stuhl am Fußende ihres Bettes und tippte eine SMS.

»Chase?«

Mit rot geränderten, zusammengekniffenen Augen sah er sie an. Er wirkte verausgabt, so erschöpft, wie sie ihn noch nie zuvor gesehen hatte.

»Geht es Ihnen gut?«, fragte er.

Gott, und dann erst seine *Stimme*: Sie klang wie Schotter, der am Boden eines leeren Metalleimers rumpelte. Keine Spur mehr vom volltönenden Timbre eines Nachrichtensprechers.

Ob es mir gut geht? Rita war sich nicht sicher. »Was ... was ist mit mir passiert?«

»Dieselbe Frage wollte ich Ihnen stellen, Rita. Sie sind in der Notaufnahme. Was ist das Letzte, woran Sie sich erinnern?«

Sie krampfte die Hände ins Bettlaken. »Die Blutung. Mrs. Sanchez. Meine Patientin. Ist sie ...«

»Tot? Nein. Erstaunlicherweise geht es ihr gut.« Er legte das Telefon auf die Armlehne seines Stuhls. »Der Endotrachealtubus ist entfernt, und sie ruht sich aus. Ob Sie's glauben oder nicht, sie hat nicht einmal eine Bluttransfusion gebraucht. Ihre Gallenwege sind Gott sei Dank unversehrt, trotzdem behalten wir sie ein paar Tage zur eingehenden Beobachtung hier, um ganz sicherzugehen, dass sie keinen verspäteten Gallenaustritt entwickelt.«

»Und ... Sie konnten die Blutung stoppen?«

»Oh ja. Ja, konnten wir. Mit ... unerwarteter Hilfe.« Er schüttelte den Kopf. »Wenn ich es nicht mit eigenen Augen gesehen hätte, ich hätte es niemals geglaubt. Nachdem Sie die Leber der Patientin ... *harpuniert* ... hatten, übernahmen Delores' Sicherheitsprotokolle.«

»Die ... Sicherheitsprotokolle?«

»Ja.«

»Ich wusste gar nicht, dass wir die aktiviert hatten.«

»Ich auch nicht. Wir hatten die Software auf das Bordsystem geladen, aber nicht aktiviert oder damit gerechnet, sie zu verwenden. Die Techniker sehen gerade die Daten durch und versuchen, schlau daraus zu werden. Aber es sieht so aus, als hätte Delores die Blutung erkannt und automatisch auf ihre Sicherheitsroutinen zugegriffen.«

»Und die haben funktioniert?«

»Oh *Gott*, ja. Wie am Schnürchen. Besser, als wir je hätten hoffen dürfen. Das verdammte Ding hat nicht nur den Einstich in der Leber repariert, sondern es auch noch geschafft, den Großteil der Cholezystektomie abzuschließen, bevor ich zurück war und wir es abgeschaltet haben. So schnell hat der Roboter gearbeitet. Ich konnte es nicht glauben. *Herrgott.* Es war geradezu unheimlich. Als besäße er einen eigenen Verstand.« Er brummte. »Man musste kein Arzt sein, um einschätzen zu können, was für eine … *beeindruckende* Leistung Delores abgeliefert hat. Die Reporterin vom *Wall Street Journal* hat danach noch herumgebohrt und uns vorgeworfen, wir hätten die ganze Sache inszeniert, um Delores' Sicherheitsmerkmale zu präsentieren. Das ist natürlich eine alberne Verschwörungstheorie … aber seltsamerweise, Rita, hat Ihre totale, unverständliche Inkompetenz Delores noch besser dastehen lassen, als wir es geplant hatten.«

»Chase, was da passiert ist …«

Jäh hob er die Hand mit der Handfläche nach außen. Er schaltete sein Telefon aus – was sie ihn noch nie zuvor hatte tun sehen –, legte einen Finger an die Lippen, stand von seinem Stuhl auf, schloss die Glastür vollständig und zog den Vorhang daran zu. Das Glas war dick. Abgesehen vom Piepen des Pulsoximeters herrschte Stille rings um sie beide.

Mit strenger Miene setzte er sich wieder. »Rita. Hören Sie mir zu. Hören Sie mir sehr, *sehr* aufmerksam zu. Gott allein weiß, warum Sie getan haben, was Sie getan haben. Jedenfalls ist mir nicht zum Scherzen und Herumalbern zumute …«

»Das ist mir klar, Chase, aber …«

»… denn Sie stecken in *richtig* üblen Schwierigkeiten. Bevor Sie zu mir irgendetwas sagen: Möchten Sie mit einem Anwalt reden?«

»Warum sollte ich das wollen?«

Er fuhr sich mit der Hand übers Gesicht, beugte sich vor und kniff die Augen zu noch schmaleren Schlitzen zusammen. »Der Tox-Screen, Rita.«

Sie schüttelte den Kopf. »Ich verstehe nicht. Welcher Tox-Screen?«

»Der Tox-Screen, den wir hierher in die Notaufnahme geschickt haben. Von Ihnen.«

Ein Tox-Screen. Also hatte man ihr Blut auf Alkohol und Drogen getestet. Und bei genauerer Überlegung: Wahrscheinlich hatte man auch ihren Harn untersucht – bei dem Gedanken tauchte eine unangenehme vage Erinnerung daran auf, wie ihr jemand einen Blasenkatheter einführte.

»Wieso um alles in der Welt haben Sie einen Tox-Screen geschickt?«

»Verdammt, Rita. Warum *nicht?* Es war medizinisch indiziert. Wir wussten ja nicht, was zum Teufel mit Ihnen los war. Ich meine, zuerst spießen Sie die gottverdammte Leber der armen Frau auf.« Er lachte schnaubend. »Und das vor den Augen der Rektorin der Universität. Und, oh, damit ich es nicht vergesse, vor dem *Wall Street Journal.* Dann haben Sie sich vollgekotzt, sind zusammengebrochen und kriegten einen Anfall. Was für ein *gottverdammtes* Chaos.«

»Einen *Anfall?*«

»Ja.« Chase erhob sich und lief vor dem Fußende ihres Bettes auf und ab. »Grand-Mal-Anfall. Sie haben zu atmen aufgehört. Hat uns allen eine scheiß Angst eingejagt. Wir haben Wiederbelebungsmaßnahmen eingeleitet und Sie hierhergebracht. Ein Tox-Screen ist dabei Routine.« Er setzte sich wieder auf den Rand der Sitzfläche des Stuhls. »Als Ärztin wissen Sie das doch nur zu gut selbst.«

»Was hat er angezeigt?«

Chase schaute über die Schulter zur geschlossenen Tür und zum zugezogenen Vorhang. Dann rutschte er mit dem Stuhl näher zu Ritas Bett. Die vier Beine schabten unglücklich kreischend über den Boden. »Was hat er *nicht* angezeigt, Rita? Spuren von Kokain. Methamphetamine. Heroin. Einige Benzos. Einen Alkoholspiegel von 0,4 Promille – nicht genug, um in Kalifornien rechtlich als betrunken zu gelten, aber zusammen mit allem anderen bleibt trotzdem als einzige Frage: Was zum Teufel haben Sie sich eigentlich gedacht?«

Mit leiser Stimme sagte sie: »Was?«

»Alkohol und illegale Drogen, Rita. In Ihrem Körper. Während Sie *operiert* haben.«

»Aber das kann nicht sein. Da muss ein Missverständnis …«

»Nein.«

»Aber ich …«

»Haben Sie *das* gestern Nacht hier getrieben?«

»Was?«

»Sind Sie deshalb heute Morgen in Operationssaal zehn gefunden worden? Haben Sie sich ausgezogen und die Besinnung verloren?« Langsam und heftig fuhr er sich mit der Hand übers Gesicht, dann lachte er verbittert. »Schlafwandeln! Schlafwandeln. Sie haben gesagt, Sie wären schlafgewandelt. *Gottverdammt noch mal*, Rita. Wenn wir eine Inventur der Medikamente im Anästhesiewagen in OP zehn durchführen, wird dann etwas fehlen?«

»Was? Nein, Chase!«

»Die Betäubungsmittel vielleicht? Oder die Benzos?«

»Nein! Das ist … absurd. Ich habe nie irgendetwas davon genommen. Ich habe mein ganzes Leben lang nie irgendwelche Drogen genommen.«

»Wie sind sie dann in Ihrem Blut gelandet?«

»Ich weiß es nicht. Sind Sie sicher, dass es *mein* Blut war? Dass kein Irrtum vorliegt? Vielleicht sollten Sie es das Labor noch einmal überprüfen lassen …«

»Haben wir bereits. Zweimal.«

»Vielleicht hat irgendjemand … ich weiß auch nicht … die Proben verunreinigt, es mir untergejubelt, um …«

»Bitte, Rita«, fiel er ihr ins Wort. Seine Züge liefen vor Wut rot an. »Jetzt benehmen Sie sich allmählich lächerlich. Warum hätte jemand das tun sollen?«

»Ich …« Jäh verstummte sie, weil ihr plötzlich klarwurde, dass es keinen Sinn hatte, noch länger darüber zu debattieren. Die Erkenntnis, das Begreifen ihrer grausamen Notlage brach über sie herein, und sie wusste haargenau, wie die Drogen und der Alkohol in ihren Körper gelangt waren. Es ergab alles einen Sinn – auf elegante und zugleich grauenhafte Weise.

Finney.

Das träge, verkaterte Gefühl, das sie den ganzen Morgen lang begleitet hatte, und ihre Unfähigkeit, sich daran zu erinnern, was in der vergangenen Nacht geschehen war. Finney hatte sie unter Drogen gesetzt und dann nackt auf dem Operationstisch zurückgelassen. Er hatte sie auf unsagbar gehässige Weise vor ihren Kollegen und vor Chase in eine Falle tappen lassen.

Vor aller Augen.

Oh großer Gott, wie sollte sie sich aus dieser Lage je herausreden?

»Ich dachte, Sie wären trocken geblieben, Rita.« Ein Anflug von Kränkung schlich sich in Montgomerys Stimme. Von missbrauchtem Vertrauen. »Seit der Sache mit der Blinddarmoperation. Ich dachte, seither wären Sie trocken.«

»Das bin ich, Chase.« Sie legte den Kopf auf das Kissen zurück. Gott, war sie müde. »Das bin ich.«

»Ich habe Ihnen geholfen …« Wieder schaute Chase über die Schulter zurück, bevor er sich so nah zu ihr beugte, dass sie fürchtete, er würde vom Stuhl kippen. »Ich habe Ihnen geholfen«, flüsterte er. »Ich habe Ihnen unter der Voraussetzung geholfen, dass es niemals, *niemals* wieder vorkommen würde – die Sache mit dem Trinken. Ich habe meinen guten Ruf und meine Karriere aufs Spiel gesetzt. Für *Sie*, Rita. Ich habe diesen Bericht verschwinden lassen, damit er nie das Licht der Welt erblickt. Habe sogar den Pfleger in ein anderes Krankenhaus versetzen lassen.«

»Ich weiß, Chase. Ich weiß.«

»Ich kann Ihnen nicht helfen, Rita. Dieses Mal nicht. Was für ein Schlamassel. Was für ein verfluchter Schlamassel, den Sie da angerichtet haben. Es wird alles ans Licht kommen. Den Vorwurf der Fahrlässigkeit können wir als gesichert annehmen. Es könnte zu einer strafrechtlichen Anklage kommen. Körperverletzung … wer weiß? Ein Mangel an Beweisen besteht jedenfalls nicht, das ist mal sicher. Verdammt, abgesehen von rund dreißig Zeugen im OP haben wir die ganze Sache auch noch aufgezeichnet.«

Rita erwiderte nichts. Was hätte sie sagen können?

»Ihnen ist doch hoffentlich klar, dass sich das Krankenhaus und die Universität in Anbetracht der Umstände von Ihnen distanzieren und die Hände in Unschuld waschen werden? Man wird Sie allein im Regen stehen lassen.«

»Was ist mit Ihnen, Chase? Was werden Sie tun?«

Er seufzte und starrte an die Wand über ihrem Bett. »Wollen Sie wirklich eine Antwort darauf, Rita?«, fragte er leise. »Ehrlich, ich sollte gerade nicht einmal mit Ihnen reden. Diesmal kann ich Ihnen nicht helfen. Kann ich wirklich nicht. Verdammt, ich habe bereits meinen *eigenen* Anwalt angerufen.«

»Was hat er gesagt?«

»Er hat mir geraten, nicht mit Ihnen zu reden.« Mit einem Grunzen hievte er sich aus dem Stuhl. »Hören Sie: Die Sache liegt nicht mehr in meinen Händen. Sie ist geradewegs an die höchsten Stellen gewandert – weil die höchsten Stellen in Operationssaal zehn anwesend waren, als Sie ein Loch in diese Leber gestochen haben. Das Krankenhaus ist gesetzlich verpflichtet, das Gesundheitsamt von Kalifornien und die Ärztekammer zu benachrichtigen. Aufgrund der vorliegenden Informationen hat Sie der CEO bereits bezahlt beurlaubt, und eine Untersuchung ist anhängig.«

»Werde ich meine Zulassung verlieren?«

Chase legte die Hand auf den Griff der Schiebetür aus Glas. »Das könnte sich noch als eine Ihrer geringsten Sorgen erweisen. Nur … bitte, Rita. Um Himmels willen. Besorgen Sie sich einen Anwalt.«

Damit schob Chase die Tür auf. Die fernen Geräusche der

Notaufnahme, die Laute kranker Menschen drangen herein, dann verstummten sie wieder, als Chase die Tür hinter sich so heftig zuzog, dass das Glas klirrte.

In ihrem linken Ohr sagte Finney: »Wissen Sie, ich wusste von Ihrer Trunksucht.«

Oh Gott.

Das Trinken. Wie konnte Finney davon wissen?

»Ich bin neugierig. Wann hat es angefangen?«, fragte er.

Ein paar Monate, bevor deine Frau gestorben ist, hätte Rita beinah laut ausgesprochen, bremste sich aber noch rechtzeitig. Ihre Gedanken kehrten zu der Zeit vor knapp mehr als einem Jahr zurück, als Darcy das Studium an der Brown University abgebrochen hatte. Eine überraschende SMS vom Flughafen eines Sonntagmorgens, dann ein paar weitere aus dem Taxi – und auf einmal hatte Darcy vor Ritas Tür gestanden, war emotional und physisch auf jede nur erdenkliche Weise am Ende gewesen. Sie hatte an der Tür gestanden und kein Wort gesagt, ließ nur ihre Taschen fallen, schlang die Arme um Ritas Hals und fing an zu schluchzen. Trockene Zuckungen schüttelten ihren ausgemergelten Körper – *Gott, sie hatte so viel Gewicht verloren* – heftig durch. Sie roch nach Zigaretten.

»Gab es einen bestimmten Grund dafür, dass Sie getrunken haben?«, fragte Finney.

Weil es meine Schuld war. Weil ich für meine kleine Schwester nicht dagewesen bin, als sie mich gebraucht hätte.

Während Darcy mit dem Gesicht an Ritas Hals unkontrolliert weinte, wurde Rita klar, wie egoistisch sie im Verlauf der Jahre gewesen war. Nein, nicht nur egoistisch. *Schwach.* So schwach, weil sie zugelassen hatte, dass all das geschehen war. Weil sie zugelassen hatte, dass es so weit gekommen war.

Rita hatte beschlossen, die Sache zu beheben. Immerhin war sie *Chirurgin*, verdammt noch mal. Sie war dafür ausgebildet, Dinge zu beheben, die nicht in Ordnung waren. Schlimmere

Dinge als das. Vorher mochte sie für Darcy nicht dagewesen sein, doch sie konnte auf jeden Fall jetzt beheben, was nicht mit ihr stimmte. Gleich dort an der Tür hatte sie beschlossen, sich ab sofort mehr Mühe zu geben, ihre Prioritäten neu zu ordnen, mit chirurgischer Präzision alles aus ihrem Leben zu entfernen, was nicht unerlässlich war, die *egoistischen* und *schwachen* Aspekte, und sich ganz auf Darcy zu konzentrieren.

Und dann hatte sie alle anderen ernsten persönlichen Beziehungen wie Ballast an Bord eines Heißluftballons abgeworfen.

Spencer.

Gott, mit ihm Schluss zu machen, hatte *so* wehgetan.

Noch schwerer war ihr gefallen, ihm nicht zu sagen, warum. Es war ihre Entscheidung gewesen, nicht die von Darcy. Rita war ein Mensch, der das Leben in eigenen Fächern organisierte: Darcy in einem Fach, Spencer in einem anderen. Darcy wusste damals gar nichts von Spencer, und Spencer wusste nur vage von Darcy. Ihm das plötzliche Auftauchen ihrer Schwester zu erklären, hätte diese klare Ordnung durcheinandergebracht. Außerdem hätte Spencer darauf bestanden, Rita zu helfen, weil es in seiner Natur lag, Menschen zu helfen. Darcy wieder in die Spur zu bringen, war jedoch etwas, das Rita allein bewältigen musste.

Als sie wenige Tage später unter dem wohlüberlegten Vorwand mit ihm Schluss machte, in ihrem Leben sei kein Platz für eine feste Beziehung …

Seine Augen. Gott. So traurig. Wie bei einem großen, geprügelten Welpen. Als hätte ich einen Welpen getreten.

… brachte sie das fast um.

Wahrscheinlich kam sie wie ein eiskaltes Miststück rüber, wie das Klischee einer karrierebesessenen Frau, die weder Zeit noch Lust hatte, mit einem anständigen Mann häuslich zu werden. *Auch gut.* Vielleicht war sie ja wirklich ein skrupelloses Miststück. In dem Fall verdiente Spencer ohnehin etwas Besseres.

Das glaubst du doch selber nicht, Rita. Hast du nie geglaubt.

Als sie im Anschluss Chase mitteilte, dass sie sich eine Auszeit nehmen würde, nachdem sie über die Jahre genug nicht eingelösten Urlaub angesammelt hatte, um praktisch in Ruhestand gehen zu können, musterte er sie über seinen Schreibtisch hinweg mit zusammengekniffenen Augen einige Momente lang, bevor er mit seinem melodischen Bariton sagte: *»Keine Sorge. Wir halten Ihnen Ihr Plätzchen frei. Tun Sie, was immer Sie tun müssen.«* Er hatte nie nach ihren Gründen gefragt.

»Dr. Wu? Können Sie mich hören?«, fragte Finney.

Darcy war einverstanden gewesen, mit den Tabletten aufzuhören, und auch mit dem Wein, den sie gebraucht hatte, um davon wegzukommen, doch sie hatte sich strikt geweigert, sich einer Therapie zu unterziehen. Rita hatte dazu mit den Schultern gezuckt und es dabei bewenden gelassen. Die beiden fügten sich in eine gemächliche Routine, und Rita fing an, sich die kleinen Annehmlichkeiten zu gönnen, die sie sich seit … na ja, seit so ziemlich *immer* vorenthalten hatte. Schlafen. In der Sonne liegen. Ausgiebige Brunche. Wanderungen. Wellnesstage. Reality-TV. Filme.

Sie redeten über alles und nichts. Über ihre Mutter. Ihren Vater. Ihre Großmutter. Darcys Männergeschichten. Spencer. Ritas Karriere. Darcys Ängste und Fehlschläge. Wochen vergingen. Darcy nahm wieder zu, reduzierte das Rauchen auf ein Viertelpäckchen pro Tag und fing an, sich mit langen Spaziergängen in Form zu bringen. Außerdem sprach sie davon, wieder zu schreiben und an der State University oder vielleicht an der Universität von San Diego einen Neustart zu wagen.

Dann, als Rita gerade bereit war, zur Arbeit zurückzukehren, und sich Darcy verschiedene Universitätskataloge ansah, kam ein Anruf von einer Freundin aus Portland, die Darcy übers Wochenende zu sich einlud. Da Darcy kein Geld hatte, bat sie Rita um welches.

Nur genug für das Flugticket, Ree. Und für ein bisschen Essen.

Rita zögerte, weil ihre Instinkte ihr sagten, sie sollte Darcy noch etwas länger in ihrer Nähe behalten. Andererseits war es ja nur ein Wochenende. Was konnte ein Wochenende schon schaden?

Also gab sie Darcy das Geld.

Aus dem Wochenende in Portland wurde eine Woche. Aus der Woche wurden erst zwei Wochen, dann zwei Monate. Und plötzlich … war Rita wieder allein gewesen.

Da hatte sie mit dem Trinken angefangen.

Weil Darcy weg war, spielte sie mit dem Gedanken, zu Spencer zurückkehren, der ihr weiter nachjagte wie ein liebeskranker Teenager, letztlich jedoch verwarf sie die Idee. Nicht aus Stolz. Sie hatte keinen Stolz mehr übrig, den sie hätte runterschlucken müssen.

Da hat das Trinken angefangen.

Nein. Sie *verdiente* Spencer nicht. Außerdem war Spencer ein Luxus, den sie sich nicht leisten konnte: Sobald Darcy wieder zurückkäme – *Falls sie zurückkommt*, hatte sie sich gesorgt –, würde in ihrem Leben kein Platz für beide sein.

Nur war Darcy nicht zurückgekommen. Jedenfalls nicht damals.

Da hat das Trinken angefangen.

Portland hatte nicht funktioniert. Aber Darcy hatte dort einen Jungen kennengelernt …

Simon? Steve? Irgendetwas, das mit einem S anfängt.

… der sie überredete, mit ihm nach Seattle zu gehen. Darcy und dieser S-Irgendwas zogen zusammen. Darcy nahm einen Job als Kellnerin an, rief aber trotzdem in unregelmäßigen Abständen an und bat Rita um Geld. Um ihr zu helfen, wie sie behauptete, Zeit zu finden, um einen Roman zu schreiben.

Wohl eher, um für ihre Ausschweifungen zu bezahlen. An dem Roman hat sie höchstens zwischen den Partys gearbeitet.

»Dr. Wu?«, sagte Finney.

Rita schloss die Augen …

SEBASTIAN

Sebastian fühlte sich – *schuldbewusst* – beschissen. Diese Frau. Die Patientin. Sie hatte das nicht verdient. Niemand verdiente so etwas. Es war eine Sache, die ganze Angelegenheit auf Papier zu planen und sie sich als Bestandteil eines größeren Bildes, eines umfassenderen Vorhabens vorzustellen. Aber tatsächlich mit ansehen zu müssen, wie sie sich abspielte, mit dem Skalpell und all dem Blut …

Doch Schuldgefühle waren unprofessionell. Und was Wu anging: Es kam einem Wunder gleich, dass die Frau noch nicht zu einer geifernden Irren mutiert war. Oder tot.

Wann bin ich eigentlich einer von den Bösen geworden?

Sebastian war kein Mörder. Er war ein Profi.

Es ist ein Auftrag. Wie all die anderen Aufträge davor. Ein letzter verdammter Auftrag.

Gut. Nur ein Auftrag. Er musste sich einfach weiter vor Augen halten, warum er das tat.

Nach dem Verlassen von Operationssaal zehn hatte er den Empfänger in seinem Ohr ausgeschaltet, sich umgezogen und sein Handy in die Tasche gesteckt. Er war hinaus in den kleinen Park hinter dem Turner Krankenhaus gegangen, der auf der Westseite eine weitläufige Aussicht auf den Pazifik bot.

Er setzte sich allein an einen Picknicktisch aus Beton, abseits der anderen Besucher des Parks, und drehte sich dem Meer zu. Eine lange Weile starrte er auf die Wellen hinaus und dachte nach, dann sah er auf die Armbanduhr. Später Nachmittag an der Ostküste.

Er kramte sein Handy hervor und rief eine spezielle, unter mehreren Systemen von Sicherheitssoftware verborgene Nummer auf. Richtig wirkungsvolles Zeug mit genug Verschlüsselungen, sodass sich selbst die Jungs von der NSA am Kopf kratzen würden, sollten sie je über das Signal stolpern.

»Hallo?«

»Hi, Schwesterherz.«

»Bruder.« Er hörte Überraschung, vermischt mit Zuneigung. »Ist ein Weilchen her. Geht's dir gut? Hältst du dich aus Ärger raus?«

»Ich geb' mir Mühe, Schwester. Ich geb' mir Mühe.« Als sich zuletzt jemand – unverhohlen – darüber lustig gemacht hatte, dass Sebastian seine Zwillingsschwester mit *Schwester* und sie ihn mit *Bruder* anredete, damals in der siebten Klasse, hatte der Bursche, der es gewagt hatte, mit einem gebrochenen Kiefer bezahlt. Was Sebastian einen Aufenthalt im Jugendknast einbrachte, den ersten von mehreren. Doch das war es vollkommen wert gewesen.

»Tja. Ich schätze, es zumindest zu versuchen, ist schon mal eine Verbesserung.«

Er lächelte. »Wie geht's den Kindern?« Seine Hand verstärkte den Griff um das Telefon. »Wie geht's Sammy?«

»Gut. Wirklich gut. Bisher dieses Semester nur Einsen. Schon wieder. Die Lehrerin ist zwar wirklich jung, aber nett. Und kompetent. Von ›Teach for America‹. Sie sagt, Sammy ist unheimlich klug.«

»Logisch. Er kommt schließlich nach seinem Onkel.«

»Sie sagt, er behandelt auch die anderen Kinder gut. Hilft ihnen bei ihren Schulaufgaben. Ihrer Ansicht nach kann er es weit bringen, aber er braucht Stimulation. *Stimulation.*« Sie schnaubte. »Ich tu wirklich mein Bestes, Bruder. Nur gibt es hier nicht viel *Stimulation*. Jedenfalls keine der guten Sorte. Neulich hat die Bibliothek in unserem Viertel geschlossen – war auch besser so. An den Wochenenden gehe ich mit den Kindern in die Zentralbibliothek in der Innenstadt. Wenn ich kann. Die Zentralbibliothek ist wirklich gut.« Kurz verstummte sie, bevor sie leise hinzufügte: »Er hatte letzte Woche eine Untersuchung im Kinderkrankenhaus.«

Sebastians Magen krampfte sich zusammen. »Und?«

»Ziemlich gut. Glaube ich. Aber sie sprechen nicht von *Heilung*. Sie sagen ... *Remission*. Ja, Remission. So haben sie es genannt. Zu ihm haben sie gesagt, er sei ein *Überlebenskünstler*. Das hat ihm gefallen.« Sebastian konnte das Lächeln in ihrer Stimme hören. »Überlebenskünstler.«

Überlebenskünstler. Das sind wir beide, Kleiner.

»Von *Heilung* sprechen sie nie, Bruder«, fuhr sie fort. »Die Ärzte. Was glaubst du, woran liegt das?«

Plötzlich fühlten sich seine Handflächen verschwitzt an. »Ich weiß es nicht, Schwesterherz. Du, äh, weißt ja, wie Ärzte sind. Ist er ... gerade bei dir?«

»Nein. Er ist unten im *Boys & Girls Clubs of America*. Nachmittagsprogramm. Er kommt bald zurück. Die Betreuerin begleitet ihn immer nach Hause.«

Über die Leitung konnte Sebastian weit entfernt eine Sirene hören. Darauf folgte erst etwas, das wie in der Nähe zerbrechendes Glas klang, dann wütendes Gebrüll in einer Sprache, die Russisch anmutete.

»Sierra?«, sagte seine Schwester. »Sierra. Geh weg vom Fenster, Schatz. So ist's brav, mein großes Mädchen. Mami möchte, dass du ins Schlafzimmer gehst, okay? Setz dich aufs Bett. Schalt den Fernseher ein und setz dich aufs Bett. Mami kommt gleich nach, Schatz.«

Sierra fragte sie, mit wem sie telefonierte. Sie sagte es ihr.

»Hi, Onkel!«, rief eine blecherne Stimme aus dem Hintergrund.

Sebastian lachte. Verdammt, fühlte sich das *gut* an. »Hi, Sierra.«

»Er grüßt dich zurück, Schatz. Und jetzt tu, was Mami sagt. Danke, Schatz.«

»Was ist denn los?«

»Nichts«, antwortete seine Schwester knapp angebunden.

Sebastian ging über ihre Lüge hinweg. *Herrgott noch mal. Ich muss sie aus diesem Drecksloch rausholen.* »Wie geht's Sierra?«

»Gut. Nur hat ihre Konfessionsschule das verflixte Schulgeld erhöht. Schon wieder. Ist das zu fassen?«

»Wir reden hier von der katholischen Kirche, Schwester. Die raubt die Menschen seit Tausenden von Jahren aus.«

Sie lachte. »Ja. Da hast du wohl recht.«

»Wie viel brauchst du?«

Sie zögerte, bevor sie antwortete. »Da, äh … ist noch etwas.«

»Was?«

»Die … Arztrechnungen. Ich dachte, das Problem sei erledigt. Aber als ich Sammy zu seinem Termin brachte, wollte man ihn fast nicht zum Arzt lassen. Ich musste praktisch darum betteln.«

Betteln lag nicht in der Natur seiner Schwester. Sebastian konnte sich gut vorstellen, wie verdammt schwer es ihr gefallen sein musste. »Die Fünfzigtausend, die ich vor sechs Monaten geschickt habe …«

»Waren ein Anfang. Aber diese verdammten Zuzahlungen haben sich summiert, Bruder. MRTs, Chemo, Operation, Krankenhausaufenthalte …«

Am liebsten hätte er sein Handy auf dem Picknicktisch aus Beton zu Trümmern gedroschen. *Verfluchte Scheiße! Sollte Obamacare diesen Mist nicht beseitigen? Er ist doch bloß ein Kind, verdammt noch mal!*

Mit ruhiger Stimme fragte er abermals: »Wie viel brauchst du?«

Eine Pause. »Es ist doch nicht schmutzig, oder? Ich will kein schmutziges Geld von dir. Das weißt du.«

»Nein. Es ist sauber.« *Sauber genug jedenfalls*, dachte er, den Blick auf den Horizont gerichtet. So sauber, wie er es verdienen konnte. »Wie viel?«

Sie sagte es ihm. *Mist.* Weitere hunderttausend. Das war verdammt viel Geld. Wesentlich mehr, als er vermutet hatte. Zudem hegte Sebastian den Verdacht, dass sie tiefstapelte und ihn um deutlich weniger bat, als sie in Wirklichkeit brauchte. Sie war eine stolze Frau – seine Schwester hatte zwei Jobs, lausige Jobs mit lausiger Bezahlung, weil sie nichts anderes fand.

Scharf sog er die Luft zwischen den Zähnen hindurch ein. *Herrgott noch mal. Eine alleinerziehende Mutter mit einem schwerkranken Kind.* Konnte man ihr nicht ein wenig entgegenkommen? Natürlich würde Sebastian sie nicht auf der Straße enden lassen. Aber diese Rechnungen auch nur teilweise zu bezahlen, würde einen Großteil dessen aufbrauchen, was sich noch auf seinem Konto befand. Den Großteil der Bezahlung für Finneys Auftrag – diesen *gottverdammten, beschissenen* Auftrag – würde er erst nach Abschluss erhalten. Gott sei Dank war es vorbei. Er brauchte dringend, was Finney ihm schuldete. Sofort.

Ich brauche dieses Geld.

Er versprach seiner Schwester, ihr noch vor Ende des Tages mehr als genug zu überweisen.

Sie dankte ihm, bevor sie hinzufügte: »Also … es klingt, als würde es dir gutgehen.«

»Ja. Es geht mir auch gut.«

»Kannst du mir verraten, wo du gerade bist?«

»Nein.«

Eine Pause. »Kannst du mir sagen, wann wir dich wiedersehen werden? Sammy fragt ständig nach seinem Lieblingsonkel.«

Seinem *einzigen* Onkel. Seiner einzigen Familie, abgesehen von seiner Mutter und seiner Schwester. Sammys und Sierras Drecksack von einem Vater hatte sich vor Jahren aus dem Staub gemacht. Sebastian hatte mit dem Gedanken geliebäugelt, ihn aufzuspüren, um das Arschloch umzubringen, langsam natürlich, letztlich jedoch hatte er entscheiden, der Typ sei die Mühe nicht wert. Der Junge brauchte eine Vaterfigur, etwas, das Sebastian selbst nie gehabt hatte. Das Mädchen auch. »Bald, Schwesterherz. Bald. Ich bin gerade dabei, einen Auftrag abzuschließen.«

»Was für einen Auftrag?« Ihre Stimme strotzte vor Argwohn.

»Bloß einen Auftrag.« Rasch fügte er hinzu: »Sauber, Schwester.« *Einigermaßen.*

»Verarsch mich nicht.«

Sebastian seufzte. Er wusste, dass es nicht helfen würde, das Thema zu wechseln. Sie glich einem Pitbullterrier: Wenn sie erst zugeschnappt hatte, konnte keine Kraft auf Gottes Erden sie dazu bringen loszulassen. »Hör zu. Es sollte höchstens noch ein paar Wochen dauern, meinen Kram zu erledigen. Dann komme ich zu euch. Und bleibe, Schwester.«

»Wie lange?«, fragte sie nach mehreren Sekunden Pause.

»Lang genug, um für den Jungen eine anständige *Stimulation* zu finden.«

Darüber lachte sie, und da wusste Sebastian, dass er gewonnen hatte. Die nächste halbe Stunde unterhielten sie sich so miteinander, wie es nur Zwillingsbruder und Zwillingsschwester konnten. Und dann, als sie sich voneinander verabschiedeten, sagte sie etwas Eigenartiges – etwas, das sie seit Jahren nicht gesagt hatte, nicht mehr, seit der Fortsetzung seiner Dienstzeit nach dem ersten Kampfeinsatz.

»Sei einfach vorsichtig, Bruder. Bitte. Sei vorsichtig.« Sie legte auf.

Sei vorsichtig.

Sein Arm, der das Telefon hielt, erschlaffte und sank zwischen seine Beine. Er starrte zu den dunklen Wolken, die sich über dem Meer verdichteten.

Krank. Diese verfluchte Branche machte ihn krank bis zum Erbrechen. Gott sei Dank war er so gut wie fertig damit. Es war an der Zeit, sich bei Finney zu melden und seine Abschlusszahlung zu holen. Mit einem Seufzen tippte er auf das Symbol der App *Fruit Punch Drunk* auf seinem Telefon, und die Audioverbindung in seinem Ohrstöpsel erwachte knisternd zum Leben.

RITA

Als Rita die Augen wieder aufschlug, saß eine andere Rita auf dem Stuhl neben dem Bett, demselben Stuhl, auf dem zuvor Chase gesessen hatte. Sie trug ein Krankenhaushemd wie das ihre und starrte sie an. Die Beine – muskulös und straff, die Beine einer Läuferin – hatte sie übereinandergeschlagen. Die Hände ruhten ineinander gefaltet ungezwungen auf dem Schoß, als plauderten sie beide gemütlich bei einem Kaffee. Ein Damenkränzchen.

»Ich wusste es, Dr. Wu«, sagte die andere Rita, die auf dem Stuhl saß. Sie sprach mit Finneys Stimme, die Rita nur im linken Ohr hören konnte. »Ich wusste, dass Sie vor der Operation an meiner Frau getrunken hatten.«

Rita starrte die andere Rita auf dem Stuhl an, bevor sie erwiderte: »Das waren alles Sie, nicht wahr? Dieser merkwürdige Zwang, heute Vormittag zu operieren, und die Blutung. Einfach alles. Ich weiß nicht, wie Sie es gemacht haben, aber Sie haben meine Karriere zerstört. Mein Leben. Alles, was mir etwas bedeutet.«

Die andere Rita entgegnete: »Sie selbst haben diesen Weg eingeschlagen, Dr. Wu, als Sie meine Frau betrunken operierten. Außerdem sehen Sie nicht das große Ganze. Ihre Selbstaufopferung hat den Erfolg des Auto-Chirurgen gewährleistet. Delores hat vor äußerst wichtigen Leuten Hervorragendes geleistet.«

»Ich war nicht betrunken«, sagte Rita verdrossen.

Die andere Rita schwieg.

»Ich war nicht betrunken«, wiederholte Rita mit Nachdruck und stützte sich auf das Kissen.

»Der Bericht, den Dr. Montgomery angedeutet hat, ließ auf etwas anderes schließen«, konterte ihr Spiegelbild auf dem Stuhl.

Rita schoss zurück. »Der Bericht eines unzufriedenen Pflegers, der vielen Frauen bei Turner vollkommen aus der Luft gegriffene

Dinge vorwarf, bevor er entlassen wurde. Keine seiner Beschwerden hat je zu irgendetwas geführt.«

Die andere Rita gab zurück: »Wofür allerdings Dr. Montgomery gesorgt hat, nicht wahr? Zumindest in Ihrem Fall.«

Rita wandte den Blick ab.

Die andere Rita fuhr fort: »Ich habe die Beschwerdeschrift gelesen. Der Pfleger hat Sie beschuldigt, vor der Operation an Jenny getrunken zu haben. Er hat angegeben, Alkohol in Ihrem Atem gerochen zu haben.«

Rita presste die Lippen zu einer schmalen Linie aufeinander. »Das beweist gar nichts.« Tat es wirklich nicht. Tatsächlich war es einer der Gründe gewesen, warum Chase die Beschwerde hatte verschwinden lassen.

Die andere Rita räumte ein: »Ich muss zugeben, dass ich selbst keinen Alkohol in Ihrem Atem gerochen habe, als Sie vor der Operation mit uns sprachen. Jenny auch nicht, soweit ich weiß.«

Das lag wahrscheinlich daran, dass Rita zu dem Zeitpunkt, als sie am Vorabend zum Vorgespräch mit den Finneys gegangen war, bereits den Argwohn im mürrischen Blick des Pflegers gespürt hatte. Jenes schmierigen kleinen Kerls mit den dürren Armen, den Augen eines Wiesels und dem dunklen Flaum über der Oberlippe, durch den sie wie eine behaarte Raupe ausgesehen hatte. Jenes Kerls, bei dem sie überzeugt war, dass er es hasste, Anordnungen von einer Frau entgegenzunehmen. Laut der OP-Schwester hatte ihr der Raupenlippenmann einmal mit der Hand an den Hintern gegrabscht – während einer Operation. Und nachdem ihm Lisa nüchtern mitgeteilt hatte, dass er beim nächsten Mal nur noch einen Stumpf von ihrem Allerwertesten zurückziehen würde, hatte sich der Raupenlippenmann bei der Leitung des chirurgischen Pflegepersonals über Lisas *feindselige Einstellung* beschwert.

Deshalb hatte sich Rita, nachdem sie an jenem Abend den Ausdruck in der Visage des Raupenlippenmanns gesehen hatte, zwei Packungen Minzbonbons eingeworfen und sich penibel die

Hände und das Gesicht geschrubbt, um jegliche verräterischen Gerüche loszuwerden. Nur, um ganz sicherzugehen.

Der Pulsoximeter an Ritas Finger piepte in einem langsamen, steten Takt wie ein zurücksetzender Lastwagen, als sie sich an jenen verhängnisvollen Sonntagabend erinnerte. Sie hatte Bereitschaftsdienst gehabt und war allein zu Hause gewesen. Ein ruhiger Abend – nicht viel los, stundenlang kein einziger Anruf aus dem Krankenhaus. Da hatte sie sich gedacht, ein paar Drinks wären in Ordnung. Ein Glas Wein, vielleicht zwei. Keine große Sache. Also hatte sie Chardonnay hervorgeholt.

Das erste Mal überhaupt, dass sie während ihres Bereitschaftsdiensts etwas getrunken hatte. Rita kannte andere Ärzte, die regelmäßig zum Glas griffen, dieweil sie Bereitschaft hatten. Sie hatte die Kollegen bei Partys und Buchklubs gesehen, in einer Hand ein Glas Bier oder Wein, in der anderen ein Telefon, über das sie mit einem anderen Arzt, einer Pflegerin oder vielleicht sogar einem Patienten redeten. Wie wohl einer jener Ärzte darauf reagiert hätte, wäre er auf seinen Alkoholkonsum während seiner Bereitschaft angesprochen worden? Wahrscheinlich hätte er gesagt, dass nichts dabei sei, bloß so, als führe man nach einem Abendessen mit ein, zwei Drinks intus mit dem Auto nach Hause. Man musste nur verantwortungsbewusst sein. Und diskret.

Dasselbe hatte sich Rita an jenem Abend gesagt, als sie sich ihr zweites Glas einschenkte. *Keine große Sache. Sei einfach verantwortungsbewusst. In Ordnung?* Einmal hatte sie gehört, wie ein Professor für Chirurgie nur halb scherzend zu einem anderen meinte, mit einem Schwips operiere er besser. Als Rita an jenem Abend am Chardonnay nippte, war ihr unwillkürlich durch den Kopf gegangen, ob das vielleicht stimmen könnte.

Sie war nie eine große Trinkerin gewesen – zu konzentriert auf Schule, Crosslauf und Arbeit. Und dann war da noch Darcy. An der medizinischen Fakultät hatte Rita gelernt, dass die Abhängigkeit von Suchtmitteln in den Genen verankert lag und von einer

Generation zur nächsten weitergegeben wurde. Ihre Eltern hatten keine solchen Probleme gehabt, soweit sie wusste. Aber nachdem sie Darcys Absturz mitansehen musste, hatte sie die Sorge beschlichen, sowohl Darcy als auch sie könnten ein rezessives Gen besitzen, und sie könnte zu einem ähnlichen Schicksal verurteilt sein, wenn sie nicht vorsichtig wäre. Außerdem galten Ärzte als besonders anfällig für Drogen- und Alkoholprobleme. Statistiken belegten es. Daher hatte Rita Alkohol, abgesehen von einem gelegentlichen Drink im Urlaub, immer gemieden.

Dann war Darcy in Portland geblieben.

In der Nacht, als sie anrief, um Rita mitzuteilen, dass sie nicht zurückkommen würde, war sie erst spät aus dem Krankenhaus nach Hause gekommen. Nach dem Gespräch saß Rita am Küchentisch, legte das Telefon beiseite und starrte aus dem Fenster hinaus in die Nacht, bevor sie aufstand und den Schrank im Wohnzimmer durchwühlte. Sie holte die edle Flasche Cabernet hervor, die ihr ein dankbarer Patient geschenkt hatte, dazu ein angestaubtes Weinglas. Sie entkorkte den Wein und wischte den Staub vom Glas.

Nach dem ersten Gläschen sahen die Dinge nicht mehr ganz so schlimm aus. Nach dem zweiten wurden sie geradezu angenehm. Sie brauchte Darcy doch gar nicht. Oder?

Die Kopfschmerzen, mit denen sie am Morgen danach aufwachte – *nach nur zwei Gläsern, Herrgott noch mal, bin ich wirklich ein solches Leichtgewicht?* – und die sie den Vormittag hindurch und bei zwei Routineoperationen begleiteten, konnten sie damals nicht davon abhalten, auf dem Heimweg bei Costco zu halten, um sich eine Kiste Chardonnay zu besorgen. In Großmengen war er viel billiger, außerdem hatte sie einmal gelesen, dass Weißwein mit geringerer Wahrscheinlichkeit Kopfschmerzen am Morgen danach verursachte als Rotwein. Wie sich herausstellte, stimmte Letzteres nicht, jedenfalls nicht bei ihr, aber ihre Alkoholverträglichkeit steigerte sich schon bald, was half.

Dennoch behielt sie *immer* die Kontrolle. Das hatte sie sich wiederholt eingeredet, Nacht für Nacht. Abgesehen davon belegten Studien, dass man mit einem täglichen Glas Wein länger lebte, nicht wahr? Die gesundheitlichen Vorteile waren somit wissenschaftlich erwiesen.

Aus einem Drink am Abend nach der Arbeit wurden zwei und gelegentlich drei. Sie trank dabei allein, was, wie der vernünftige Teil ihrer selbst anmerkte, *nicht* in Ordnung war. Tatsächlich sogar alles andere als in Ordnung. Dennoch behielt sie die Kontrolle. *Immer.* Sie konnte jederzeit aufhören, sie hatte bloß keine Lust dazu. Und sie trank niemals, wenn sie Bereitschaftsdienst hatte. Niemals. Das war eine Grenze, die sie *NIEMALS* überschreiten wollte.

Bis zu jenem Sonntagabend ein paar Wochen nach Darcys Anruf, als Rita die Grenze *doch* überschritt.

Spencer.

Es hatte sich alles um Spencer gedreht. Nicht, dass es seine Schuld gewesen wäre. Ihm konnte Rita keinen Vorwurf machen. An jenem Vormittag waren sie sich in einem Gang des Turner Krankenhauses über den Weg gelaufen, beide unterwegs zu ihren Wochenendvisiten. Rita hatte ihn davor mehrere Wochen lang nicht gesehen. Unbeholfen hatten sie sich gegenseitig gegrüßt, dann hatte Spencer sie angesehen. Nur für einen Moment. Er hatte kein Wort gesagt, das war jedoch auch gar nicht nötig gewesen. Er hatte sie einfach mit jenen großen blauen Augen …

Wie ein trauriger Welpe, den ich getreten habe …

… angesehen, bevor er weitergegangen war. Danach schwebten seine Augen die ganze Zeit während ihrer weiteren Arbeit in ihren Gedanken vor ihr. Wie in jenem Buch, das sie an der Highschool gelesen hatte, *Der große Gatsby.* Spencers Augen glichen jener Reklame in der Nähe der Straße, wo die Lady von dem Auto angefahren wird. Die Augen Gottes, hatte ihre Englischlehrerin ihnen erklärt.

Als Rita an jenem Abend nach Hause kam, glühten Spencers Augen noch immer vor ihr. Sie konnte sie einfach nicht aus dem Kopf bekommen. Also schenkte sie sich ein Glas ein. Dann ein zweites. Sie griff gerade nach dem dritten, als die Notaufnahme anrief: ein Blinddarm, der umgehend entfernt werden musste.

Rita geriet in Panik, weil sie definitiv leicht beschwipst war. Hektisch putzte sie sich die Zähne so kräftig, dass das Zahnfleisch blutete, und fuhr danach – vorsichtig – zum Krankenhaus, wobei sie während der gesamten Strecke streng alle Geschwindigkeitsbegrenzungen beachtete und beide Hände am Lenkrad hielt. Nach der Ankunft schickte sie den Assistenzarzt weg, der ihr sonst im OP assistierte. Und schüttete genug Kaffee und Red Bull in sich hinein, um eine Woche lang unter Strom zu stehen.

Als ich sie operiert habe, war ich stocknüchtern, dachte Rita. *Beharrte* sie sich selbst gegenüber. Es war eine seltene Komplikation gewesen, die Jenny Finney getötet hatte. *Selbst wenn ich vorher nicht getrunken hätte, hätte sich nicht das Geringste geändert.* Jenny Finney wäre trotzdem gestorben.

Und damit hatte es sich. Aber stimmte das auch? Es war ein schwieriger Fall gewesen. Einer der schlimmsten, die Rita je gesehen hatte. In der Bauchhöhle der Frau hatte blankes Chaos geherrscht: durchgebrochener Blinddarm, überall Eiter. Rita musste den Wurmfortsatz förmlich herausmeißeln, so entzündet waren er und die umliegenden Organe gewesen.

Hatten die Drinks also eine Rolle gespielt? Hatten sie womöglich ihre Reaktionszeit während des Eingriffs verlangsamt, wenn auch nur ein wenig? Oder ihr Urteilsvermögen getrübt? Oder ihre Wahrnehmung gerade genug abgestumpft, dass sie das in Jenny Finneys Eingeweiden lauernde Loch übersehen hatte? Jenes, aus dem die nächsten drei Tage lang Gift in ihre Bauchhöhle sickerte, bevor Rita es diagnostizierte und die Frau in aller Eile zurück in den Operationssaal brachte.

Doch da war es bereits zu spät gewesen. Nach der zweiten

Operation hatte Jenny Finney noch eine Woche durchgehalten – die längste Woche in Ritas Leben. Dann war sie auf der Intensivstation gestorben. Das Leben war mit jedem versagenden Organ aus ihr abgeflossen, mit jedem weiteren Plastikschlauch, der von den Ärzten in ihren Körper eingeführt worden war.

Eine ungewöhnliche Komplikation. Aber nicht beispiellos. Und, wie ein Expertenausschuss von Ritas Kollegenschaft der Chirurgie ermittelt hatte, eine *unvermeidliche* Komplikation. Hatte Chase bei diesem Urteil seine Hand im Spiel gehabt? Hatte er die Zusammensetzung des Untersuchungsausschusses und dessen umfassenden Bericht manipuliert? Vielleicht. Falls ja, hatte er es nie durchklingen lassen. Man hatte Rita von jeder Schuld freigesprochen, sie vollkommen entlastet. Der offiziellen Ansicht der Experten nach war Jenny Finneys Tod lediglich der schlimmsten Art von Pech geschuldet. Oder in der trockenen Formulierung des Untersuchungsberichts: *eine unvorhersehbare, katastrophale Komplikation, die innerhalb des Normbereichs der medizinischen Versorgung aufgetreten ist.*

Und dennoch …

Wie viele schlaflose Nächte seither? Wie viele Stunden hatte Rita damit zugebracht, die Scheinwerferlichter vorbeifahrender Autos an der Decke ihres dunklen Schlafzimmers zu zählen? Und sich dabei gefragt, was sie hätte anders machen können, anders machen *müssen?* Die Frau hatte sie das gesamte vergangene Jahr heimgesucht, ihr persönlicher Geist.

Seither hatte Rita keinen Tropfen Alkohol mehr angerührt.

Sie spielte mit dem Gedanken, Finney – oder eigentlich der Zwillingsversion ihrer selbst, die auf dem Stuhl saß und mit Finneys Stimme sprach – all das mitzuteilen. Stattdessen jedoch sagte sie: »Ich wollte zum Begräbnis kommen. Sie haben mich nicht gelassen.«

In ihrem linken Ohr schlich sich eine neue Schärfe in Finneys

Stimme. »Ihre Gegenwart dabei wäre ein Hohn gewesen. Sie hatten GETRUNKEN, Dr. Wu.«

Rita zuckte zusammen. »Ich habe mir Mühe gegeben. Ich habe mir solche Mühe gegeben, sie zu retten ...«

»LÜGNERIN!«, brüllte Finney.

Das Wort verursachte Schmerz, der wuchtig Ritas Hirn durchfuhr.

Und wieder: »LÜGNERIN!«

Höllenqualen.

Sonst gab es nichts mehr.

Rita umklammerte ihren Kopf, rollte sich kreischend herum und fiel über die Bettkante zu Boden. Zurück in Dunkelheit.

SEBASTIAN

»Lügnerin!«, brüllte Finney ein zweites Mal.

Großer Gott! Er wird sie umbringen!

»Mr. Finney«, schaltete sich Sebastian ein. *»Hören Sie auf.«*

»Was?«

»Hören Sie auf. *Sofort.* Sie müssen eine Weile raus aus ihrem Gehirn, Boss. Sie kann nicht viel mehr davon ertragen. Sonst bringen Sie die Frau um.« Die Anzeige seines Handys und die Geräusche über den Audiokanal – ein Krachen und Leute, die ins Zimmer stürmten – wiesen darauf hin, dass Wu gerade erneut einen Anfall erlitt.

»Sebastian.« Finney fand zurück zu seinem üblichen, ruhigen Gebaren. »Sie hat getrunken. In der Nacht von Jennys Tod.«

»Ich weiß, Boss. Darüber haben wir schon geredet. Trotzdem müssen Sie aufhören. Sonst stirbt sie.«

»Was spielt das für eine Rolle? Sie ist bereits so gut wie tot.«

»Was?«

Stille.

»Was soll das heißen, sie ist *so gut wie tot?* Wir sind fertig. Es ist vorbei. Meine Abschlusszahlung ist fällig, Mr. Finney. Ich bin bereit, sie entgegenzunehmen.«

Sebastian gefiel nicht, wie viel Zeit verstrich, bevor Finney erwiderte: »Sie und ich müssen reden, Sebastian.«

Plötzlich fiel Sebastian etwas ins Auge. Auf seinem Telefon war ein neues Symbol erschienen und zeigte ein Signal an, das von der Vorrichtung im Kopf von Wus *Schwester* stammte. Jener Vorrichtung, die er kurz nach der von Wu implantiert hatte. Das Implantat, das sie nur als Reserve für den Notfall benutzen wollten – als Druckmittel gegen Wu, falls ihr eigenes Implantat versagte. Das neue Symbol erwies sich als Timer, der rückwärts lief.

Ein Countdown.

Was haben Sie getan, Boss? Was zum Teufel wird im Kopf der Frau heruntergezählt?

Sebastian sog scharf und hörbar die Luft zwischen den Zähnen hindurch ein. Diese Entwicklung gefiel ihm nicht. Kein gottverdammtes Stück. Finney führte etwas im Schilde, und Sebastian brauchte sein verfluchtes Geld.

Sammys und Sierras Geld.

»Okay. Reden wir. Aber von Angesicht zu Angesicht, Boss.« *An einem öffentlichen Ort, du durchtriebener Mistkerl. Wo uns jeder sehen kann.*

»Gut. Wo sollen wir uns treffen?«

»Higdon Park.« Ohne eine Antwort abzuwarten, schaltete Sebastian seinen Audiokanal ab und begann zu überlegen. Er würde sich anhören, was Finney zu sagen hatte. Dem Mistkerl auf den Zahn fühlen. Zumindest vorerst würde er mitspielen. Und falls nötig, würde er Zeit herausschinden, um einen Notfallplan in Gang zu setzen.

FINNEY

Der zwischen dem Turner Krankenhaus im Osten, niedrigen Bürogebäuden im Norden und Süden und dem Meer im Westen eingebettete Higdon Park stellte eine kleine Grünfläche dar, die sich vom Maschendrahtzaun um die Baustelle zum Rand der hohen Klippen über dem Black's Beach erstreckte. Dort fand Finney wie vereinbart Sebastian vor.

Er ging über den Rasen auf den Mann zu. Das Gras entsprach der rauen Sorte, die sich in öffentlichen Parks in ganz San Diego aufgrund ihrer Widerstandsfähigkeit gegen trockene Hitze größter Beliebtheit erfreute und die überaus attraktiv war für kleinere Gemeinden mit begrenztem Grünflächen-Budget. Die meisten Bewohner San Diegos zogen es vor zu vergessen oder zumindest darüber hinwegzusehen, dass sie umgeben von einer Wüste lebten, die bloß zufällig an ein Meer grenzte.

Finney fand diese Art von Gras zwar recht angenehm, aber kratzig, wenn man es barfuß überquerte oder sich mit dem Rücken darauf ausstreckte. Dafür roch es gut, vor allem, wenn es frisch gemäht worden war. Bei ihm rief der Geruch Erinnerungen an längst vergangene Nachmittage wach, die er einsam in südkalifornischen Parks wie diesem verbracht hatte. Diese Stunden waren Oasen für ihn gewesen, Zeiten, in denen er sich vor den anderen Jugendlichen, vor ihrem schrillen Geschrei und ihren Rempeleien, verstecken und in die Welt seiner Comichefte versinken konnte.

Die Gebäude entlang der Nord- und der Südseite des Parks beherbergten einige kleine Biotech-Unternehmen und Universitätslabors. Finney – oder vielmehr einer seiner durch andere Personen geleiteten Firmen – gehörte eines dieser Gebäude. Darin befand sich der fensterlose Raum, von dem aus er die Aktivitäten dieses Vormittags dirigiert hatte.

Der klare blaue Himmel wurde allmählich grau, als vereinzelte Wolken die Sonne verhüllten und Schatten entstehen ließen. Die

Temperatur blieb dennoch mild. Ein paar Gruppen von Leuten hielten sich an den Picknicktischen aus Beton auf, genossen den unregelmäßigen Sonnenschein, aßen zu Mittag oder plauderten einfach miteinander. Zwei warfen auf dem Rasen eine Frisbeescheibe hin und her.

Sebastian saß auf einem der Tische und blickte auf den Pazifik hinaus. Er war allein. Der Tisch lag am weitesten von den anderen entfernt und am nächsten beim Meer. Sebastian hatte die Füße auf eine der Bänke gelegt, die Hände in den Hosentaschen vergraben.

Finney näherte sich ihm von hinten.

»Mr. Finney«, sagte Sebastian, als sich Finney noch ungefähr anderthalb Meter entfernt befand, ohne den Blick vom Ozean zu lösen.

Finney fiel auf, dass sie beide ein unscheinbares Paar verkörperten. Sebastian hatte sich umgezogen. Er trug ein ausgefranstes, nicht in die Hose gestecktes T-Shirt mit der Aufschrift DAS LEBEN IST SCHÖN in einer fröhlichen Schrift über einem surfenden Strichmännchen, dazu eine Jeans, Flipflops, eine Basecap und eine Sonnenbrille. Mindestens ein halbes Dutzend der anderen Leute, die durch den Park oder zwischen den umliegenden niedrigen Gebäuden umherspazierten, präsentierten sich in ähnlicher Aufmachung – das ganze Jahr über typisch für öffentliche Bereiche in San Diego. Finney, der eine Khakihose, ein Hemd mit Kragen und unauffälligem Streifenmuster sowie legere schwarze Halbschuhe trug, hätte ohne Weiteres ein beliebiger Mitarbeiter eines Großraumbüros oder eines Labors in den angrenzenden Gebäuden sein können.

Mit einer flüssigen Bewegung rutschte Sebastian vom Tisch und schlenderte über den Rasen in Richtung der Klippen und des Meeres. Er wartete nicht ab, ob Finney ihm folgte.

Finney setzte sich hinter ihm her in Bewegung. »Also: Was denken Sie, Sebastian?«

»Worüber, Boss?«

Finney schloss zu ihm auf und lief neben ihm her. »Über den Auto-Chirurgen. Er hat haargenau wie geplant funktioniert.«

»Ja.« Der Saum von Sebastians T-Shirt flatterte in der steifen Brise. In den letzten Stunden war der Wind deutlich stärker geworden. »Hat er.«

»Wunderbar. Finden Sie nicht auch? Heute wurde der erste Schritt dazu gesetzt, fehlbare menschliche Chirurgen wie Dr. Wu durch automatisierte chirurgische Systeme zu ersetzen. Systeme, die gefeit sind gegen schlechtes menschliches Urteilsvermögen.«

Sebastian erwiderte nichts.

Wo will er hin?

Sie erreichten den Rand des Rasens, überquerten einen Gehweg und marschierten über mehrere Meter trockener, verdichteter Erde zu einem hüfthohen Geländer aus Metall. Ein daran angebrachtes, grellgelbes Schild warnte in großen roten Lettern:

GEFAHR!
INSTABILE KLIPPEN!
ZURÜCKBLEIBEN!

Ein verwittertes Plakat daneben lieferte Bilder und einen Text über den kalifornischen Grauwal. Finney wusste, dass man von Aussichtspunkten aus und mit scharfen Augen die Tiere mehrere Kilometer vor der Küste sichten konnte, beispielsweise während der Winterwanderung der Wale von Alaska nach Mexiko. Hinter dem Geländer folgten einige Meter verdichteter Erde, dann die Kante eines Abgrunds und Leere. Finney konnte das kraftvolle Rauschen der zig Meter tiefer an den Fuß der Klippen brandenden Wellen hören.

Er wusste, dass diese Klippen vom östlichen Rand des Strands einhundertzwanzig Meter steil emporragten, lotrechte, bröckelnde Wände aus unstetem Sandstein. An manchen Stellen wie hier leckte der Pazifik bei Flut regelmäßig an ihren Füßen. An anderen bot der Strand breitere Flächen für Sonnenanbeter, die trocken bleiben wollten.

»Große Wellen«, merkte Sebastian an. »Der Sturm vor der Küste nähert sich schneller, als in den Nachrichten angesagt. Soll ja ziemlich heftig werden. Die schwersten Regenfälle seit Jahren, sagen die Experten. Angeblich wird das Unwetter alle möglichen Rekorde brechen. Flut- und Erdrutschwarnungen. *El Niño*. Extremes Wetter. Globale Erwärmung.«

Finney beobachtete, wie sich Sebastian unter dem Geländer hindurchduckte und an den Rand der Klippe trat. Er spähte über die Seite, bevor er sich mit der Anmut einer Katze hinhockte und den Untergrund dreißig Zentimeter vom Rand der Klippe entfernt untersuchte, mit den Fingern in der Erde stocherte.

Finney sah sich um, aber niemand im Park schien es zu bemerken. »Darf ich fragen, was Sie da draußen machen?«

Sebastian richtete sich auf und klopfte sich Erde von der Jeans. Er hatte ein eigenartiges Lächeln im Gesicht. »Ich halte mir meine Optionen offen«, antwortete er. Dann hob er die rechte Hand und berührte sich damit an der Mitte der Brust, als ergriffe er etwas unter seinem T-Shirt. Das tat er häufig, mehrmals pro Tag. Schon seit ihm Finney zum ersten Mal begegnet war. Eine unerklärliche Angewohnheit. »Anscheinend genau wie Sie, Mr. Finney.«

Er kehrte zu Finney zurück, bewegte sich mit Bedacht. Jeder Schritt wirkte gemessen, als zähle er sie mit. Schließlich duckte er sich wieder unter dem Geländer hindurch.

»Was soll das heißen?«

Sebastian stützte sich mit den Ellbogen auf das Geländer und starrte über das Meer zu den dunklen Wolken, die sich am Horizont sammelten. »Der Countdown. Im Kopf von Wus Schwester. Er zeigt an, wie lange sie noch zu leben hat, nicht wahr?«

»Ja.«

»Woraufhin wird heruntergezählt?«

»Auf eine Konformationsänderung der Nanopartikel. Die Akkus werden ihre verbliebene Ladung schlagartig freisetzen, was bewirkt, dass die Nanopartikel mit hoher Geschwindigkeit versprengt werden.«

Sebastians Gesichtsausdruck blieb unverändert. »Eine Bombe.«

»In gewisser Weise. Ja. Ausreichend stark, um eine Hirnblutung zu verursachen. Sie wird innerhalb von Minuten tot sein.«

Sebastian grunzte. »Schmerzhaft, vermute ich mal. Diese Partikel. Wie Granatsplitter.«

»Ja.« *Schier unerträglich schmerzhaft. Darauf baue ich.* »Eine spätere Autopsie, sollte überhaupt eine durchgeführt werden, würde ein spontan geplatztes Blutgefäß ergeben, was einer angeborenen Fehlbildung entspräche.«

Sebastian nickte. »Eine natürliche Ursache, die alles erklären würde. Ich vermute, Wus Vorrichtung ist mit etwas Ähnlichem ausgestattet? Falls Sie entscheiden, sie zu … aktivieren.«

»So ist es.«

»In Wus Fall würde das auch ihr bizarres Verhalten vor ihrem Tod erklären. Und unsere Spuren verwischen.«

»Ja.«

»Und sollte an Wu in der Notaufnahme eine MRT durchgeführt werden, bevor die Bombe hochgeht …«

»… lässt sich der Countdown ändern.«

»Warum ein Countdown? Warum lassen Sie das Ding nicht einfach gleich hochgehen?«

»Dazu bin ich noch nicht bereit. Der Countdown ist eine Sicherheitsmaßnahme. Falls einem von uns beiden etwas zustößt, geht die Bombe trotzdem morgen Früh hoch.«

»Aber *wieso?* Warum die Bombe?«

Finney erwiderte nichts. Er beobachtete, wie sich Sebastian zwei Schritte vom Geländer entfernte, sich vor das Schild mit den Walen stellte und in die Erde trat. Dann drehte er sich um, schaute zu einem Baum, einem ungefähr zehn Meter entfernt einsam wachsenden Pinus torreyana, bevor er abermals an derselben Stelle in die Erde trat.

»Na schön. Dann eine andere Frage: Warum haben Sie mir nichts davon gesagt, Boss? Warum haben Sie mich im Dunkeln gelassen?«

Finney hatte schon vermutet, dass Sebastian deswegen verärgert sein würde. Allerdings konnte er nicht recht nachvollziehen, weshalb. Redete nicht Sebastian selbst immer über sorgfältige Planung? Darüber, die Optionen nicht einzuschränken? Darüber, sich Alternativen offen zu halten? Finneys Plan folgte genau diesen Grundsätzen. Dieser Mann – ein bloßer *Auftragnehmer* – stellte seine Methoden infrage.

»Ich fand nicht, dass Sie es wissen müssten.«

»Tja, an der Stelle muss ich Ihnen widersprechen, Boss. Eine solche Information wäre schon hilfreich für mich gewesen.«

»Nun«, meinte Finney, »vielleicht können wir uns dann darauf einigen, dass wir uns in diesem Punkt nicht einig sind.« Sebastian hatte sich vornübergebeugt und drückte gegen die Erde. »Was *machen* Sie da?«

»Optionen.« Sebastian richtete sich auf, und zum ersten Mal, seit sich ihm Finney im Park angeschlossen hatte, sah ihm der Mann in die Augen. »Passen Sie auf. Dafür habe ich nicht angeheuert, Boss. Wir hatten eine Vereinbarung. All die Monate haben wir auf zwei bestimmte Ziele hingearbeitet: Wu in beruflicher Hinsicht vernichten und den Erfolg des Auto-Chirurgen sicherstellen. Beides haben wir erreicht.« Wieder blickte er zu dem Pinus torreyana. »Der Plan, mit dem ich einverstanden war, hat nicht vorgesehen, die Schwester zu töten. Ich habe getan, was Sie verlangt haben, habe die Nanopartikel in Wu und ihre Schwester implantiert und Wu zusätzlich mit Drogen und Alkohol vollgepumpt. Sie nackt auf dem Operationstisch zurückgelassen. Sie haben Ihr Ziel erreicht: Wu ist rettungslos blamiert, und das Profil des Auto-Chirurgen ist gestärkt. Warum die Schwester umbringen? Die Nanopartikel sind nicht aufspürbar. Sollte Wu je versuchten, mit ihrer Geschichte an die Öffentlichkeit zu gehen, würde ihr niemand glauben. Ich meine … verdammt, Boss. Sie wird nie wieder als Medizinerin praktizieren. Wahrscheinlich droht ihr sogar strafrechtliche Verfolgung. Vielleicht sogar Zeit im Knast.«

»Verlieren Sie gerade das eigentliche Ziel aus den Augen, Sebastian?«

»Nein. Sie?«

Finney seufzte. Der Mann besaß durchaus seine Fähigkeiten, allerdings konnte er manchmal auch so verdammt *nervtötend* sein.

Ich muss Ihnen gar nichts erklären, Sebastian, wollte ein impulsiver, undisziplinierter Teil von Finney am liebsten sagen.

Oh, ganz im Gegenteil, widersprach seine rationale Seite. Das musste er sehr wohl. Sebastian beurteilte ihn. Beurteilte seine Handlungen. Beurteilte seine Entscheidungen. Davon hielt Finney gar nichts, konnte es nicht ausstehen. Sebastian musste sogar unbedingt erfahren, weshalb sich Finney für diese spezielle Vorgehensweise entschieden hatte.

»Haben Sie schon vom Codex Hammurabi gehört?«, fragte er.

»Klar. König Hammurabi von Babylon. Eine Sammlung uralter Gesetze, ungefähr zweitausend vor Christi in einer Keilschrift genannten Sprache, in eine große Steinsäule gemeißelt.«

»Ja.« Obwohl Finney seit mittlerweile fast einem Jahr mit Sebastian zusammenarbeitete, gelang es dem Mann immer noch hin und wieder, ihn zu überraschen. Wie konnte jemand in Sebastians … nun ja, *unappetitlicher* Branche eine solche Vertrautheit mit so esoterischen Themen wie Geschichte und Kultur des alten Orients unter Beweis stellen?

»Der älteste bekannte schriftliche Gesetzestext«, fügte Sebastian hinzu.

»Rein technisch, nein – nicht der älteste.« Es erfüllte Finney mit einem gewissen Maß an Befriedigung, doch mehr als Sebastian über diesen Punkt zu wissen. »Es gibt Berichte von mindestens zwei anderen, beide von den alten Sumerern, beide mit ähnlichem Inhalt und wenigstens zwei Jahrhunderte älter als die von Hammurabi.« Finney drehte sich dem Horizont zu, an dem mittlerweile schwarze Wolken zornig brodelten. »Wie dem auch sein mag. Eine bemerkenswerte Errungenschaft, der Codex Hammurabi. Ich habe das nahezu vollständig erhaltene Original gesehen, eingeritzt in eine Dioritstele – man könnte auch sagen eine Steinsäule –, die im Louvre ausgestellt ist. Ich bin eigens nach Paris gereist, um es mir anzusehen.« *Unmittelbar nach Jennys Beerdigung. Ich musste das sehen. Ich musste den Codex mit eigenen Augen sehen. Um ihn mir wie ein Brandzeichen ins Gedächtnis einzubrennen.* »Über zwei Meter hoch. Bemerkenswert.«

Sebastian verschränkte die Arme vor der Brust und wartete.

»Man glaubt, dass Stelen mit dem Codex überall in den Städten Mesopotamiens an prominenten Stellen aufgestellt waren, damit sich die Bürger des Reichs mit den Gesetzen vertraut machen konnten. Mit Gesetzen, die jeden Aspekt der menschlichen Zivilisation und ihrer Verhaltensweisen abdecken. Mord. Ehe. Handel. Sex. Alles da.« Er wandte sich vom Horizont ab und bedachte Sebastian mit einem kalten, durchdringenden Blick. »Einschließlich der Strafen für Verstöße dagegen. In Hinblick auf Strafen bei Übergriffen baute der Codex Hammurabi auf dem Grundsatz des *Lex talionis* auf. Wissen Sie, was das ist?«

»Das Recht der Vergeltung. Auge um Auge, Zahn um Zahn. Etwas in dieser Art.«

Finney verengte die Augen zu Schlitzen. *Dieser Mann kann einen wirklich zum Verzweifeln bringen.* »Ja. Einige der vom Codex Hammurabi vorgesehenen Strafen waren ziemlich grausam. Rückblickend könnte man sogar sagen barbarisch. Ich allerdings würde darauf kontern, dass sie sowohl der Natur als auch der

Schwere des Verbrechens angemessen waren. Schlug beispielsweise ein Sohn seinen Vater, wurden ihm dafür die Hände abgehackt.« Finney ergriff mit beiden Händen das Geländer. »Sie müssen wissen, die Angaben sind recht detailliert. Es gibt sogar einen Abschnitt, der behandelt, was zu geschehen hat, wenn jemand den Tod einer Schwangeren verursacht. Wissen Sie, was dann geschah? In diesem speziellen Fall?«

»Etwas, das den Tod zur Folge hatte, könnte ich mir denken.«

»Richtig. Tod.« Finney drehte die Hände am Geländer vor und zurück, als betätige er den Gasgriff eines Motorrads.

»Boss. Wir leben nicht nach dem Codex Hammurabi.«

»Ist das tatsächlich so? Leben wir nicht in einem Strafrechtssystem, in dem die Bestrafung dem Verbrechen angemessen sein sollte? Was ist mit der Todesstrafe? Ist das nicht eine Form des *Lex talionis*? Auge um Auge. Sie hat meine Frau und mein ungeborenes Kind getötet.«

»Nicht vorsätzlich.«

»Richtig. Nicht vorsätzlich. Aber durch ihre Fahrlässigkeit. Strafrechtlich verfolgbare Fahrlässigkeit, da sie an jenem Abend getrunken hatte. Das System hat es ihr gestattet, unversehrt davonzukommen. Jenny dagegen ist nicht unversehrt davongekommen.« Er spürte, wie die Venen an seinen Handrücken hervortraten, als er das Geländer krampfhaft umklammerte. »Ich bin ein Mann, der nach seinen Überzeugungen lebt, Sebastian. Und ich halte mich an die Gesinnung des Codex Hammurabi.« Er traf spontan eine Entscheidung, ließ das Geländer los und zog sein Notizbuch mit Ledereinband aus der Tasche.

Sebastian beäugte es neugierig. »Was ist das?«

Finney hatte das Notizbuch noch nie zuvor irgendjemandem gezeigt. Nicht einmal Jenny. Er hatte ihr nie davon erzählt, dass es das Buch überhaupt gab. Stattdessen hatte er es kurz nach ihrer Verlobung in einem Schließfach verwahrt.

Für immer, hatte er damals gedacht. Tatsächlich hätte er es beinah vernichtet, hatte sogar schon genau dafür eines Morgens den mit Propangas betriebenen Kamin in seinem Wohnzimmer angefeuert. Zweimal an jenem Morgen hatte er das Buch mit zitternder Hand über die Flammen gehalten – zweimal hatte er es sich anders überlegt. Letztlich hatte er beschlossen, es als Erinnerung an sein vergangenes Leben zu behalten. An sein vergangenes Ich. An das, was er vor Jenny gewesen war.

Nun erinnerte es ihn daran, zu was er seit ihrem Tod geworden war.

Er schlug die erste, vor Alter vergilbte Seite auf, über die sich eine deutlich lesbare, aber noch unreife Handschrift zog. Nicht die Handschrift eines Erwachsenen, sondern die eines älteren Kindes. Ganz oben auf der Seite stand ein dreißig Jahre zurückliegendes Datum. Darunter befand sich ein großes, von Hand gezeichnetes Kästchen mit einem großen schwarzen *X* in der Mitte. Daneben ein Name: *Tucker Steele*. Unter dem Kästchen und dem Namen prangten deutlich kleiner dicht geschriebene Sätze, deren Aussehen einem Kochrezept oder der Bauanleitung eines Heimgeräts ähnelte.

»Was ist das?«, wiederholte Sebastian. Er starrte eindringlich auf den Namen und das mit einem X ausgefüllte Kästchen daneben.

»Tucker Steele war ein Junge in meiner achten Klasse. Unheimlich beliebt. Gut aussehend. Sportlich. Bestimmt kennen Sie die Sorte. Unnötig zu erwähnen, dass ich selbst nichts davon war.« Finney berührte Tuckers Namen mit einem Finger. »Er hatte Spaß daran, Jungs wie mich zu quälen. Zusammen mit seinen genauso beliebten Freunden. Halbwüchsige können unvorstellbar grausam sein, und der Schulverwaltung war es vollkommen schnuppe. Das war vor langer Zeit, Sebastian, als die Vermeidung von Mobbing unter Schulkindern nicht in aller Munde war wie heute.« Er fuhr mit dem Finger die Buchstaben von Tuckers Namen nach, beginnend beim *»e«* am Ende von

Steele, von rechts nach links in Richtung des *X*. »Wir hatten in den Klassenzimmern billige Stühle mit Rückenlehnen aus Kunststoff. Unbequem. Die Plastikrückenlehnen waren dünn. Es war nicht schwierig, sie mit scharfen Gegenständen wie beispielsweise Reißzwecken zu durchstechen. Die Spitze hat dann durch die Rückenlehne hervorgeragt und nur darauf gewartet, dass sich ein Ahnungsloser gegen sie lehnt.« Finneys Finger erreichte das *X*. »In Englisch habe ich vor Tucker gesessen. Vorgegebene Sitzordnung. Ich saß in der vordersten Reihe, die gesamte Klasse konnte mich sehen. An jenem Tag bin ich zu spät zum Unterricht gekommen. War in Eile. Zerstreut. Tucker muss den Rest der Klasse vorbereitet, über den Scherz informiert haben, bevor ich eintraf.« Finneys Finger verharrte über dem *X*. »Als ich mich hinsetzte, habe ich mich nicht bloß auf die Reißzwecke zurückgelehnt. Nein. Ich hatte es eilig, und ich war abgelenkt, also bin ich mit dem Rücken an der Kunststofflehne auf meinen Stuhl *geglitten*.« Er tippte mit dem Finger auf das *X*, als folgte er einem Takt, den nur er hören konnte. »Die Reißzwecke hat sich unten an meinem Hemd und an der Haut meines Rückens verhakt und beides aufgerissen. Ganz hinauf, ein riesiger Riss bis nach oben, sowohl in meinem Hemd als auch in meiner Haut. Von meinem Kreuz bis knapp unterhalb der Schulter. Tucker und seine Freunde – eigentlich die ganze Klasse – fanden das unheimlich lustig. Sind in Gelächter ausgebrochen. Der Lehrer hat mich dafür angebrüllt, dass ich den Unterricht gestört hatte, und dann, als augenscheinlich wurde, dass ich mich selbst und den Stuhl vollblutete, wurde ich wegen meiner Unachtsamkeit gerügt und zum Schularzt geschickt.« Finney sah Sebastian an. »Für mich war das die Krönung einer ganzen Reihe von Demütigungen durch Tucker und seine Freunde. Damals hatten wir in Geschichte gerade erst den Codex Hammurabi durchgenommen. Der Grundsatz schien mir ausgesprochen treffend zu sein. Ich dachte über praktische Anwendungsmöglichkeiten nach und ließ mir eine geeignete Antwort an Tucker einfallen, basierend auf dem *Lex talionis*. Eine große Herausforderung war es nicht.« Er zuckte mit den Schultern. »Es gab da einen Hund. Ich habe ihn vergiftet.«

Es dauerte einen Moment, bis Sebastian die Information verarbeitet hatte. »Sie haben seinen Hund *vergiftet?* Als Sie in der *achten Klasse* waren?«

»Nein. Nicht Tuckers Hund. Den Hund seines Freundes. Eines seiner Freunde, der mich im Englischunterricht ausgelacht hat. Ein weiterer beliebter Junge namens Ryan. Die Einzelheiten sind nicht weiter wichtig. Jedenfalls war es Rattengift, und ich habe es so aussehen lassen, als hätte Tucker Ryans Hund vergiftet, um ihm eine Beleidigung heimzuzahlen. Gleichzeitig sorgte ich still und leise – sehr still und leise – dafür, dass die ganze Schule davon erfuhr. Niemand hat je vermutet, dass ich die Hände im Spiel haben könnte, oder daran gezweifelt, dass Tucker dafür verantwortlich war. So gut setze ich die Dinge in Bewegung, Sebastian.« Finney lächelte bei der Erinnerung verhalten. »Das hat großes Aufheben verursacht. Tierquälerei – so etwas gab es an unserer Schule oder in unserer Gemeinde schlichtweg nicht. Niemals. Mobbing – ja. Tierquälerei – nein. Es war ein Skandal.«

»Also haben Sie es dem Jungen angehängt.«

»Ja.«

»Ist der Hund gestorben?«

»Ja.« Finney zuckte mit den Schultern. »War nicht meine Absicht. Die Dosis war stärker, als ich vorhergesehen hatte. Wie nennt man so etwas beim Militär? *Kollateralschaden?* Jedenfalls war es mit Tuckers Beliebtheit, die ihm das Wichtigste auf der Walt war, vorbei. *Hundevergifter.* Können Sie sich das vorstellen? Er wurde ein Ausgestoßener. Tucker hat versucht, die Leute davon zu überzeugen, dass er es nicht war, dass er niemals einen Hund vergiften würde. Hat geweint und gebettelt. Niemand glaubte ihm. Weder Ryan selbst noch Ryans Eltern oder die Schulverwaltung. Tucker und seine gesamte Familie waren gedemütigt.« Finney drückte so verbissen auf das *X*, als wolle er den Finger durch das Papier stoßen, dann zog er ihn zurück. »Eines Tages ist Tucker dann nicht mehr zum Unterricht erschienen, und es hat sich die Neuigkeit verbreitet, dass er der Schule verwiesen worden war. An dem Tag habe ich ein X in das Kästchen neben seinem Namen gesetzt.«

»Hat Tucker je herausgefunden, dass Sie es waren?«

Finney schüttelte den Kopf. »Nein. Obwohl ich das wollte. Sehr sogar. Ich wollte die Befriedigung, die mir sein Wissen, dass ich es war, gegeben hätte. Sie können sich nicht vorstellen, wie sehr ich in Versuchung war, ihm – natürlich anonym – ein Päckchen mit einer Reißzwecke, meinem zerrissenen Hemd und etwas Rattengift zu schicken. Aber ich war nicht dumm. Ich wusste, dass man es hätte zurückverfolgen können. Also musste ich meine Befriedigung allein aus dem Ergebnis beziehen. Was ich getan habe, das können Sie mir glauben, Sebastian.« Er schlug die Seite um. »Und wie.« Behutsam blätterte er durch die restlichen Seiten des Buchs, die sich als gefüllt mit vielen weiteren Namen erwiesen – und vielen weiteren Kästchen daneben. Alle Kästchen waren mit einem *X* gekennzeichnet.

Alle außer dem letzten.

»Im Verlauf der Jahre sind Weitere gefolgt. Ich habe den jeweiligen Namen aufgeschrieben, ein Kästchen daneben gezeichnet und mir einen Plan überlegt, um das *Lex talionis* zur Anwendung zu bringen.«

»Das sind ziemlich viele Namen«, merkte Sebastian mit leiser Stimme an.

»Richtig. Tja.« Finney schlug das Buch zu und verstaute es wieder in der Tasche. »Wer ein erfolgreiches Unternehmen leitet, schafft sich zwangsläufig Feinde. Das gilt auch für mich.«

Der vom Meer hereinwehende Wind wurde stärker.

Finney schürzte die Lippen. Sein Plan, Dr. Wu und ihre Schwester zu töten, hatte noch eine letzte Phase, für die er Sebastians Hilfe brauchte. Nun schien der richtige Zeitpunkt zu sein, darauf zu sprechen zu kommen. Er würde seine Worte mit Bedacht wählen müssen, damit Sebastian einwilligte. Finney spürte, dass der Mann anfing, seine Methoden in Zweifel zu ziehen.

»Sebastian. Es gibt noch etwas, das Sie für mich tun müssen, bevor das alles erledigt ist. Etwas, das ich zuvor noch nie erwähnt habe und wofür ich bereit bin, Sie zu entschädigen. Üppig.«

Sebastians Züge blieben unergründlich. »Fahren Sie fort.«

Finney erklärte, was er von Sebastian brauchte. Als er fertig war, sagte Sebastian so leise, dass ihn Finney über die Windgeräusche kaum verstehen konnte: »Auch dafür habe ich nicht angeheuert, Boss.«

»Ich habe noch Pläne mit der Frau, Sebastian. Sie muss für das büßen, was sie Jenny angetan hat. Von Ihnen verlange ich nur, dass Sie Wu in Position bringen.«

»Und was, wenn sie in Position ist? Was wollen Sie dann mit ihr machen? Wie wollen Sie erklären, wie sie überhaupt erst dort gelandet ist?«

»Darüber brauchen Sie sich nicht den Kopf zu zerbrechen. Sie können dann einfach gehen. Ohne je zurückzuschauen. Ich werde das restliche Geld umgehend auf Ihr Konto überweisen. Das Zehnfache der ursprünglich vereinbarten Summe, Sebastian. *Das Zehnfache.* Denken Sie darüber nach. Sie werden nie wieder arbeiten müssen. Sie können die Überweisung mit jeder von Ihnen gewählten, unabhängigen Methode überprüfen und unsere Partnerschaft dann verlassen. Einfach gehen und nie zurückblicken.«

»Was, wenn ich mich weigere?«

»Dann bezahle ich Ihnen jetzt den vereinbarten Betrag – den ursprünglich vereinbarten Betrag –, und unsere Wege trennen sich. Ich bin ein Mann, der zu seinem Wort steht.«

Sebastian starrte ihn an. Der Wind zerrte an seinem T-Shirt.

»Das Zwanzigfache. Das Zwanzigfache des ursprünglichen Betrags.«

»Das Zwanzigfache? Nein. Definitiv nicht. Kommt nicht infrage.«

»Das Zwanzigfache. Oder ich verschwinde. Mit dem ursprünglichen Betrag. Jetzt sofort.«

Finney dachte darüber nach. Er brauchte den Mann für den letzten Teil seines Plans. Und er wusste, dass Sebastian zu unangenehmen Dingen fähig war, sollte er jetzt mit dem Gefühl gehen, er sei unfair behandelt worden. Erschwernisse dieser Art konnte Finney nicht gebrauchen. Außerdem würde Finney am Ende ohnehin dafür sorgen, dass Sebastian gar nichts erhalten würde. Und Sebastian würde es nicht kommen sehen.

»Das Fünfzehnfache.« Er musste es so wirken lassen, als wolle er feilschen. Gäbe er zu schnell nach, würde Sebastian misstrauisch werden.

»Das Achtzehnfache.«

»Abgemacht.«

»Die Hälfte sofort.«

»Nein. Gar nichts, bis alles an Ort und Stelle ist.«

Finney beobachtete, wie sich Sebastian umdrehte und die dunklen Wolken am Horizont betrachtete. Er hatte dem Mann diesen Teil des Plans deshalb bisher nicht offenbart, weil er nicht sicher gewesen war, ob sie je so weit kommen würden. Zuversichtlich zwar, aber eben nicht sicher.

Außerdem hatte er – richtigerweise, wie es schien – gespürt, dass Sebastian Gewissensbisse bekommen könnte. Der Mann besaß eine unerklärlich sentimentale Ader. Sein Zögern beim Hochregeln der Energiestärke von Wus Implantat und seine unverständliche Sorge um ihr Leben legten Zeugnis davon ab. Eine unerklärliche Schwäche bei einem Mann mit Sebastians Qualifikationen. Finney hatte bislang entschieden, darüber hinwegzusehen, doch mittlerweile fragte er sich, ob sich Sebastian letztlich gegen sein Angebot sperren würde. Was zwar enttäuschend, aber nicht verheerend wäre: Finney würde ihm sein Honorar bezahlen, und Sebastian konnte seiner Wege ziehen. Finney würde das Implantat hochjagen – Sebastian hatte es als *Bombe* bezeichnet, eine recht treffende Beschreibung – und danach ein *X* in jenes letzte leere Kästchen setzen.

Und im Universum wird wieder Harmonie hergestellt.

Wenngleich eine Harmonie, die er weniger befriedigend als zuvor empfinden würde.

Sebastian schien Finneys Bereitschaft zu spüren, die Abmachung fallen zu lassen. »Na schön, Boss«, willigte er schließlich ein. »Noch diese letzte Sache. Für achtzehn Millionen. In voller Höhe und unverzüglich nach Erfüllung der Aufgabe zahlbar.« Sebastians Hände blieben an den Seiten. Er wusste, was Finney vom Händeschütteln hielt.

»Und Sie sind zuversichtlich, dass Sie es durchführen können?«

»Ja.«

»Sind Sie auch sicher?«

»Sie wird nirgendwo hingehen. Ich habe es überprüft – man behält sie vorläufig hier im Krankenhaus. Mindestens über Nacht.« Er warf einen Blick auf seine Armbanduhr. »Geben Sie mir noch ein paar Stunden Vorbereitungszeit, bevor ich Sie nach Hause fahre. In Ordnung?«

Klang vernünftig. Abgesehen davon mochte Finney die Einsamkeit des fensterlosen Raums in seinem Gebäude. Ein paar weitere Stunden allein dort zu verbringen, klang einladend. »Ja.«

Als Sebastian in Richtung Turner Krankenhaus davonging, legte Finney die Hände auf das Geländer und beobachtete, wie sich der Sturm weiter zusammenbraute. Wie es aussah, würde sich die Wettervorhersage als richtig erweisen: Alles deutete auf ein großes Unwetter hin.

Nein. Dr. Wu würde mit Sicherheit nirgendwo hingehen.

Nie wieder. Auf die eine oder andere Weise würde sie das Turner Krankenhaus nicht lebend verlassen.

SPENCER

Spencer und Raj saßen an einem der Beton-Picknicktische im Higdon Park. Vor ihnen reihten sich Sushi zum Mitnehmen auf. Sie stammten aus einem Lokal in einem der angrenzenden Gebäude. Rajs Ansicht nach waren Sushi aus kleinen Imbissstuben das einzig Wahre, und sein Lieblingslokal in San Diego hatte die Größe eines Besenschranks und lag an einer unbekannten Einkaufsstraße eingepfercht neben einem 7-Eleven. Aber Raj fand, dass es auch hier ziemlich gut schmeckte, und Spencer pflichtete ihm bei.

Rajs schulterlanges Haar war nass. Sein über der Bank neben ihm ausgebreiteter Neoprenanzug trocknete in der unregelmäßig durchscheinenden Nachmittagssonne. Rajs großzügiger Bauch ragte durch die Lücke seines aufgeknöpften Hawaiihemds und über den Bund seiner Badehose. Sein Surfbrett lag verkehrt herum im Gras. Die drei dreieckigen Finnen wiesen zum Himmel.

Spencer, der noch seine OP-Montur trug, saß vor seinem Essen, das er noch nicht angerührt hatte. Raj machte sich mit der üblichen Begeisterung über seine Mahlzeit her, bremste sich jedoch, als ihm Spencer die Ereignisse des Vormittags schilderte, wobei er mit dem begann, was Wendy ihm erzählt hatte. Je weiter Spencer mit seiner Geschichte kam, desto langsamer aß Raj. Schließlich legte er seine Essstäbchen beiseite, als Spencer zu dem Teil gelangte, wie Rita das Skalpell in die Leber der Patientin rammte.

»Leck mich am Arsch …«, entfuhr es ihm.

»Du sagst es«, erwiderte Spencer, bevor er damit fortfuhr, Ritas Anfall zu beschreiben. Dann schilderte er, wie unfassbar gut der Roboter den Einstich in die Leber repariert hatte und wie er selbst dem Notfallteam geholfen hatte, Rita zu stabilisieren und in die Notaufnahme zu transportieren. Danach hatte er sich noch vergewissert, dass ihr Zustand stabil war, bevor er zum Higdon Park und seinem Treffen mit Raj aufgebrochen war. Was er nicht erwähnte, war, dass er lieber in der Notaufnahme an Ritas Seite geblieben wäre – wo er offiziell nichts verloren hatte.

Als er zu Ende gesprochen hatte, meinte Raj: »Heilige Scheiße, Spencer. Heilige *Scheiße*. Das ist … *wow*. Einfach nur *wow*, Alter.« Er schüttelte den Kopf.

»Ich weiß. Schon, oder? Ich meine – hast du je von so etwas gehört?«

»Nein. Nicht annähernd.« Raj schüttelte nachdrücklich den Kopf, wobei sein nasses Haar in dicken Strähnen über seinen Nacken peitschte. »Wirklich, nicht mal annähernd. Das ist geradezu … surreal, Mann. Und … was denkst du?«

»Keine Ahnung.«

»Ein psychotischer Schub vielleicht?«

»Ich weiß es nicht. Kann sein. Allerdings hat sie ziemlich klar gewirkt. Bis zu der Stelle, als … na ja, du weißt schon … die Sache mit dem Skalpell.«

»Psychotiker können vollkommen klar wirken, wenn sie es wollen.«

»Ja. Ich weiß.«

»War sie schon aufgewacht? Als du noch in der Notaufnahme warst?«

»Gerade dabei, aber noch nicht richtig. Ihre Vitalwerte waren stabil. Ungefähr zehn Minuten, nachdem wir sie hintransportiert hatten, schlug sie die Augen auf. Hat auch angefangen zu reden, aber nichts Sinnvolles von sich gegeben.«

»Psychose. Definitiv.«

»Nein. Ich denke nicht.« Spencer runzelte die Stirn. Er fand, dass Raj Rita ein bisschen zu überzeugt und zu schnell als geistesgestört abschrieb. »Klassischer postiktaler Zustand. Ich habe schon viele Patienten nach einem Anfall untersucht, und Ritas Verhalten war typisch dafür. Sie hat weder mich noch sonst jemanden erkannt. Sie hat immer wieder Delores – so heißt der chirurgische Roboter – und jemanden namens Jenny erwähnt. Während wir sie stabilisierten und saubermachten, hat sie ständig zu dieser Jenny wiederholt, wie leid es ihr täte. Ich hab mich schlau gemacht: Jenny ist nicht der Name der Patientin, die sie operiert hat.« *Ich wünschte, ich wüsste, wer Jenny ist und was Rita so leidtut.* »Jedenfalls wird sie sich an nichts davon erinnern, wenn sie vollständig aufgewacht ist. Nach einem schweren Anfall erinnern sich Patienten selten an irgendetwas.«

»Und was jetzt?«

»Na ja, für mich ist heute nichts mehr eingeplant, also dachte ich mir, ich geh zurück und sehe nach ihr, sobald wir mit dem Essen fertig sind.« Spencer vermutete, dass man bis dahin eine Schädel-CT oder vielleicht eine MRT angefertigt hatte.

Ich hoffe, sie hat keinen Tumor. Bitte, Gott, lass sie keinen Gehirntumor haben. Andererseits würde ein Gehirntumor vieles erklären.

Raj ergriff eine California Roll, betrachtete sie und legte sie dann zurück. »Hast du … immer noch Gefühle für sie?«

Spencer fasste nach hinten, um sich am Kopf zu kratzen, und spürte dabei die Erhebung der EEG-Elektrode hinter seinem rechten Ohr. Er hatte völlig vergessen, dass er sie noch trug. Während er die zwei Männer beobachtete, die am Sicherheitsgeländer auf der Meeresseite standen, schob er den winzigen Knopf zurück in die Ein-Position. Einer der Männer hatte mittellange, dunkle Haare und trug eine Jeans, ein T-Shirt, eine Sonnenbrille und eine Basecap. Ein bisschen kurz geraten. Sah wie ein Latino aus. Nein, Asiate. Oder beides? Auf die Entfernung konnte Spencer es nicht genau sagen. Der andere – groß und schlank, sandblondes

Haar – trug ein gestreiftes Hemd und eine gemütlich aussehende Khakihose, wie man sie bei Gap kaufen konnte. Sie plauderten miteinander, und der mit der Khakihose zeigte dem Dunkelhaarigen ein kleines Buch.

Eine vollkommen gewöhnliche Szene – bloß Freunde, die sich im Park die Zeit vertrieben. Warum konnte sein Leben nicht mehr wie das ihre sein? Irgendwie … na ja … *normaler* …

»Scheiße«, hauchte Raj. »Weiß es sonst irgendjemand? Ist sonst noch irgendjemand mit den Einzelheiten deines verkorksten Liebeslebens belastet?«

»Nein. Wir haben es ja geheim gehalten. Das weißt du. Rita wollte es so. Sie hatte Angst, dass … Sie wollte nicht, dass die Leute reden und über sie urteilen. Dass man glaubt, sie würde herumvögeln, um ihre Karriere zu fördern.«

»Gott. Und dabei bist du sonst so *konventionell*, Mann. So normal.« Unwillkürlich sah ihn Spencer mit finsterer Miene an. »Wirklich. Das mein' ich so. Ganz im Ernst. Wie lange ist es jetzt her? Ein Jahr? Länger? Sie hat dir gesagt, dass es zwischen euch aus ist. Warum kannst du nicht damit abschließen und nach vorn schauen?«

»Keine Ahnung.«

Raj seufzte. »Das ist einfach schräg, Alter. Du hast ihr doch nicht schon wieder nachgestellt, oder?«

Spencer erwiderte nichts.

»*Hast* du?«

Er senkte den Blick.

»Oh Scheiße. Du hast.«

»Das ist kein Nachstellen, Raj.«

Sein Freund beugte sich über den Tisch auf ihn zu. »Von wegen, Alter. Scheiße, ich meine, hör dir doch mal selbst zu. Wirklich, du solltest dich mal hören. Läufst du immer noch regelmäßig an ihrem Haus vorbei?« Raj sah Spencer eindringlich ins Gesicht. »Oh mein Gott. Du tust es. Das ist *echt* verstörend.«

»Nein, ist es nicht.«

»Doch, ist es.«

»Wir wohnen in derselben Gegend. Meine … Strecke führt nun mal zufällig durch ihre Straße. Das ist alles.«

»Du stalkst deine Ex, und jetzt hat sie einen psychotischen Schub erlitten.« Raj ergriff erneut die California Roll und biss dieses Mal hinein. »Das ist ein ziemlich beunruhigender Zufall, Spencer.« Reiskörnchen flogen aus seinem Mund.

Spencer ballte die Hände zu Fäusten. »Ich stelle ihr nicht nach. Es ist nur so, dass … Ach, du würdest es ja doch nicht verstehen.«

»Da hast du recht. Würde ich nicht. Tu ich nicht. Weil es *schräg* ist, Spencer. Normale Menschen machen so etwas nicht.«

Spencer wurde selten wütend. Aber nach allem, was er an diesem Vormittag miterlebt hatte, lagen seine Nerven blank und sein Temperament drohte, mit ihm durchzugehen. Er hatte Mühe, sich unter Kontrolle zu halten. »Du hast sie nie gemocht, oder?«, fragte er mit knurrendem Unterton.

Trotzig kaute Raj auf seiner Sushi-Rolle. »Nein. Hab ich nicht.«

»Wieso nicht?«

»Weil sie dich nie gut behandelt hat, Mann. Sie ist ein kaltherziges *Miststück*, das dich nicht verdient. Die Beziehung zwischen euch geheim halten?« Er lachte abfällig. »Ich meine, echt jetzt – das ist doch scheiße. Als wärst du ihr *peinlich*, Alter. Sie hat dir eiskalt das Messer in den Bauch gerammt. Dir praktisch das Herz herausgerissen und es dir vors Gesicht gehalten.«

Im Verlauf der Jahre hatten Spencers Eltern oft zu ihm gemeint, er neige dazu, umso leiser zu sprechen, je wütender er wurde. Raj musste sich weit, *weit* über den Tisch beugen, um ihn zu hören, als er sagte: »Was weißt du denn schon? Für wen zum Teufel hältst du dich eigentlich?«

Raj aß die restliche Rolle auf und erwiderte: »Für deinen Freund, Mann.«

»Meinen Freund.« Spencer nickte. »Meinen Freund.« Er stand auf und schob sein unangetastetes Essen zu Raj hinüber. »Hier«, sagte er mit kalter Stimme. »Stopf dir einfach weiter Futter ins Gesicht, mein fetter *Freund.*«

»Wo willst du hin?«

»Was zum Geier interessiert dich das?« Spencer stapfte davon.

»Spence«, rief Raj hinter ihm her.

Spencer drehte sich nicht um.

»Komm schon, Spence. He. Tut mir leid, Mann. Komm zurück.«

Spencer steuerte auf die Operationssäle zu, um nach seinem Patienten zu sehen, der mittlerweile im Aufwachraum sein würde, und um sich umzuziehen. Danach würde sein nächster Halt die Notaufnahme sein.

SEBASTIAN

Sebastian war argwöhnisch. Er saß in einem ruhigen Abschnitt der Parkgarage des Turner Krankenhauses in seinem Auto und dachte nach.

Ich bin ein Mann, der zu seinem Wort steht, hatte Finney zu ihm gesagt. Mit todernster Miene!

Ein Scheißdreck ist er. Sebastian spürte, dass etwas faul war. Auf keinen Fall war das, was Finney für Wu in petto hatte – was Sebastian mit ihr tun sollte –, die ganze Geschichte. *Pläne innerhalb von Plänen.* Finney war ein kaltschnäuziger, berechnender Mistkerl, und für Sebastian bestand mittlerweile wenig Zweifel daran, dass Finney mit ihm spielte. Oder es zumindest versuchte.

Aber das war in Ordnung, denn die Rädchen in Sebastians Gehirn drehten sich. Planten Optionen. Wappneten sich gegen unschöne Überraschungen. Berechneten mögliche Ergebnisse.

Es hatten schon ausgekochtere Mistkerle als Finney versucht, mit ihm zu spielen. Und es bereut.

Sebastian wollte sein Geld. Er *brauchte* sein Geld. *Sammys und Sierras Geld.* Und er wollte verflucht sein, wenn er es nicht bekäme. Sicher: Er hatte mit dem Gedanken gespielt, die ursprünglich vereinbarte Million zu nehmen, die Sache dort im Park zu beenden und zu verschwinden. *Vielleicht hätte ich das tun sollen.* Das wäre die kluge Option gewesen. Die sichere Variante. Genug Geld für die Zuzahlungen und die verdammte Konfessionsschule. Genug Geld, um in den Vororten eine anständige Bleibe für die Kinder zu suchen.

Das Problem war nur: Es würde nicht lange vorhalten. Mit einer Million kam man heutzutage nicht weit. Selbst, wenn er sparsam mit dem Geld umginge, würde er in wenigen Jahren wieder genau dort stehen, wo er angefangen hatte, und sich den Lebensunterhalt mit dieser Scheiße verdienen müssen.

Und dann war da noch Sammy.

Von Heilung sprechen sie nie, Bruder.

Was glaubst du, woran liegt das?

Durch das T-Shirt umklammerte er Alfonsos Erkennungsmarken. Wie viele gottverdammte Zuzahlungen warteten noch in Sammys Zukunft? Vielleicht keine. *Hoffentlich* keine. Aber falls doch, würden seine Schwester und er tiefe Taschen brauchen. Sammy verdiente die Chancen, die dem Jungen, der Alfonso getötet hatte, nie vergönnt gewesen waren.

Achtzehn verfluchte *Millionen* Dollar.

Das war eine ansehnliche Stange Geld. Damit hätte er für den Rest seines Lebens ausgesorgt. Sie *alle* hätten damit ausgesorgt. Damit könnte er ein für alle Mal aus dieser beschissenen Branche aussteigen. Kleingeld für Finney, einen mehrfachen Milliardär. Wahrscheinlich sackte der Mistkerl in der Zeit, die er für den morgendlichen Klogang brauchte, mehr an Zinsen ein. Sebastian wäre ein Idiot gewesen, hätte er das Angebot ausgeschlagen. Also hatte er gepokert, war ein kalkuliertes Risiko eingegangen. Er würde Finneys Spiel mitmachen. Vorerst zumindest. Der Trick bestand darin sicherzustellen, dass er am Ende bezahlt werden würde. Wofür er eine Versicherung brauchte.

Sebastian betrachtete sich als Problemlöser. Methodisch. Professionell. Gut darin, Lösungen aus dem Stegreif zu improvisieren, darauf ausgebildet, stets mit dem Unerwarteten zu rechnen. Finney hatte unverhofft die Regeln geändert. *Keine große Sache.* Für eine angemessene Reaktion brauchte er lediglich ein paar frische Vorbereitungen, und er hatte sich etwas Zeit dafür erkauft, indem er Finney weisgemacht hatte, er bräuchte noch ein paar Stunden, um Finneys Wünsche in die Wege zu leiten, was nicht stimmte: Finneys Pläne, so beunruhigend Sebastian sie fand, waren simpel. Er hatte eine gute Vorstellung davon, was er als Nächstes tun musste. Immerhin hatte er die Videos studiert.

Das Teenager-Mädchen in der Zelle …

Er hatte das Implantat studiert.

Das Teenager-Mädchen, eingerollt auf dem Boden in der Zelle – denk nicht an das Mädchen …

Und wenngleich er die dem Implantat zugrundeliegenden Theorien nicht verstand, so kannte er die Vorrichtung selbst so gut wie seine Erfinder und Finney. Er brauchte bloß ein bisschen Hilfe, um etwas herauszufinden.

Sebastian schaltete seine Verbindung zu Finney stumm, ergriff sein Handy und tätigte einen verschlüsselten Anruf. Nach dreimaligem Klingeln meldete sich eine elektronisch veränderte Stimme: »Blade.«

»Blade. Hier Scepter.« Wie Sebastian wusste, würde seine eigene Stimme ebenso unkenntlich am anderen Ende der Leitung ankommen, verändert vom elektronischen Filter.

»Scepter.« Die elektronische Verzerrung konnte die Überraschung der Person am anderen Ende nicht verbergen. Wie immer fragte sich Sebastian, ob Blade eine Frau oder ein Mann war. Durch die Verzerrung ließ es sich unmöglich sagen. »Ist eine Weile her.«

»Ja.« Genauer gesagt hatte er Blade zuletzt vor sechs Monaten engagiert. Damals hatte er oder sie ihm geholfen, sich in die digitalen Krankenakten und Sicherheitssysteme des Turner Krankenhauses zu hacken.

»Was hast du so getrieben, Scepter?«

»Dies und jenes.«

»Was kann ich für dich tun?«

»Ich brauche Hilfe dabei, eine Firewall zu umgehen. Ist ein ziemlich ... einzigartiges ... System.« Er erklärte die Lage.

»Klar. Bis wann?«

»Bis acht Uhr morgens westeuropäischer Zeit.« Heute um Mitternacht kalifornischer Zeit.

Blade kicherte. Durch den elektronischen Filter klang Blade bedrohlich wie der Schurke in einem Horrorstreifen. »Für dich, mein Freund, räume ich meinen Terminkalender frei. Aber es wird dich etwas kosten.«

»Das tut es immer.«

Blade nannte ihm seinen Preis. Sebastian zuckte zusammen: Durch seine Schwester und Blade würde sein schrumpfender Kontostand vor Tagesende noch deutlich weitergeschrumpft sein. Gegen null. Abgesehen von dem Bargeld, das er bei sich trug, würde er blank sein und die achtzehn Millionen dringend brauchen. *Das sollte also besser funktionieren.* »Na schön. Zehn Prozent Anzahlung. Die restlichen neunzig bei Erhalt des Algorithmus.«

»Zwanzig. Zwanzig Prozent im Voraus.«

»Fünfzehn.«

»Nein. Zwanzig.«

Sebastian seufzte und überlegte kurz, den Hacking-Auftrag anderweitig zu vergeben. Aber Blade war der – oder die – Beste und immer kurzfristig verfügbar. »Gut. Dann zwanzig.«

»Du weißt, was ich brauche.«

Wusste er. Sebastian übertrug die Daten einschließlich elektronischer Bezahlung an die von Blade bereitgestellte IP-Adresse. Um auf Nummer sicher zu gehen, leitete er sie zuerst durch fünf verschiedene Server im Ausland – obwohl er angesichts Blades überragendem Können davon ausgehen musste, dass Blade ihn bereits aufgespürt hatte. Dagegen ließ sich nichts machen: Das Risiko gehörte dazu.

Blade bestätigte den Empfang der Daten und legte auf.

Sebastian warf das Telefon auf den Beifahrersitz und lehnte sich zurück, lauschte dem Audiokanal von Wus Implantat. Sie schlief, soweit er das beurteilen konnte. Er hörte ihre gleichmäßige Atmung und im Hintergrund die Geräusche der Notaufnahme des Turner Krankenhauses. Seit ihrem letzten Anfall hatte sich nicht viel ereignet – ein paar weitere Blutuntersuchungen, eine Hirn-MRT. Ihre Brille mit der Kamera hatte man ihr abgenommen und verwahrt, weshalb sie nutzlos war.

Dann ertönte ein Rascheln. Sebastian setzte sich aufrechter hin. Irgendetwas ging vor sich.

SPENCER

Mittlerweile wieder in Straßenkleidung, betrachtete Spencer die große Digitalanzeige über dem Schwesternzimmer der Notaufnahme und suchte nach Ritas Namen. Der Monitor, der ungefähr die Größe eines Doppelbetts aufwies, zeigte alle Patienten der Notfallambulanz an – Nachnamen, Arbeitsdiagnosen und Betten, in denen sie lagen. Erinnerte ein wenig an die Tafel mit Abflügen und Ankünften in einem Flughafen.

Mit einer Hand berührte Spencer die EEG-Elektrode hinter seinem rechten Ohr. Die andere Hand steckte in seiner Hosentasche und betastete müßig die zusätzliche Elektrode, die ihm Raj gegeben hatte und die Spencer an diesem Morgen während der Fahrt zur Arbeit aus seiner Arzttasche geholt hatte. Raj wollte, dass Spencer diese Elektrode an jemand anderem testete. Und mittlerweile wusste Spencer, wer es sein würde.

Da. Zimmer fünf. Man hatte Rita verlegt, seit er dem Notversorgungsteam geholfen hatte, sie in die Notaufnahme zu bringen.

»Spencer! He, Mann.« Er drehte sich dem Mann in weißem Kittel und Ärztemontur zu, der an seiner Seite erschien: Brian Ford, einer der leitenden Ärzte der Notfallambulanz.

»Oh, hi, Brian. Wie geht's, Kumpel?«

Brian war Afroamerikaner und besaß zwei hypnotisierende Reihen der geradesten, weißesten Zähne, die Spencer je gesehen hatte. Er mochte Brian, doch wie immer in seiner Nähe verspürte er einen Anflug von Neid, als sie die Ghettofaust miteinander machten. Brian gehörte zu jenen Kerlen, die eine ungezwungene, intelligente *Männlichkeit* ausstrahlten. Ein Musterbeispiel für einen Mann. Frauen liebten ihn, Männer wollten so sein wie er. Brian war groß und schlank, aber stark. Spencer und er spielten in derselben Rugbyliga und luden sich nach Spielen regelmäßig gegenseitig zu ein paar Bieren in ihrer Lieblingskneipe ein.

»Danke fürs Herkommen. Und meine Güte, so schnell.«

Hä?

»Wie meinst du das, ›schnell‹?«, fragte Spencer nach. »Hast du mich erwartet?«

»Ich habe bei euch gerade nach jemanden für eine fachliche Meinung angefragt. Bist du nicht wegen Rita Wu hier?«

Mit erheblicher Mühe gelang es Spencer, keine Miene zu verziehen und seiner Stimme einen ruhigen Klang zu verleihen, als er antwortete, nein, er sei nicht wegen ihr hier, aber vielleicht könne er trotzdem helfen.

»Kennst du sie? Dr. Wu?«

»Dr. Wu? Ja. Ich kenne sie. Ich meine … du weißt schon, nicht allzu gut. Vom Sehen. Ich war heute zufällig im Operationssaal, als sie den Grand-Mal-Anfall hatte, also habe ich dem Wiederbelebungsteam geholfen, sie hierherzubringen. Ziemlich beängstigend. Aber es schien ihr gut zu gehen, als wir hier ankamen.«

»Ja, na ja … sie hatte noch einen Grand-Mal-Anfall, seitdem sie hier ist. Eine der Pflegerinnen hat sie reden und rufen gehört und sie dann auf dem Boden neben ihrer Transportliege gefunden, wo sie in einem typisch tonisch-klonischen Muster gezuckt hat.«

Spencer verschränkte die Arme vor der Brust und stellte bestmöglich professionelle – *nicht persönliche, definitiv nicht persönliche* – Besorgnis zur Schau. »Oh. Wie geht es ihr jetzt? Ist sie wach? Ist sie … in Ordnung?«

»Ja. Geht ihr recht gut. Ein bisschen postiktal, aber sonst okay. Ruht sich gerade aus. Die Vitalwerte sind stabil. Wach und allseits orientiert hoch drei. Dehydriert und ein bisschen azidotisch, abgesehen davon sieht der Elektrolythaushalt gut aus. EKG innerhalb der Normalwerte. Ich habe sie an normale Kochsalzlösung angehängt und konnte sie für eine Schädel-MRT vorreihen. Wir warten noch auf die Ergebnisse. Keine starken Indikationen auf Antiepileptika, deshalb setze ich sie noch nicht auf Dilantin. Wir werden sie zur Beobachtung und Abklärung stationär aufnehmen. Ich habe in der Neurologie angerufen, aber dort ist irre viel los, und es hatte noch niemand Zeit, herzukommen und sie sich anzusehen.«

»Warum hast du uns angerufen?«

»Weil ich besorgt war, sie könnte beim Sturz von der Transportliege ein Schädeltrauma erlitten haben. Ich glaube zwar, dass es ihr gut geht, aber du weißt ja, wie das ist.« Er verdrehte die Augen. »Haftungsmist. Auch bei einer Arztkollegin.«

»Verstehe ich vollkommen, Mann. Habt ihr die MRT vor oder nach dem Sturz von der Liege gemacht?«

»Danach.«

»Gut. Ich seh's mir gern an und schreibe eine Notiz in die Krankenakte.«

»Danke, Mann. Du bist ein Held. Hör zu, Spence.« Brian schaute unbehaglich drein. »Du solltest im Voraus wissen, dass du, wenn du ihre Laborwerte durchgehst, äh, einige, na ja ... heikle Informationen sehen wirst.«

Spencer drehte sich der Magen um. »Was meinst du damit?«

»Der Tox-Screen«, sagte Brian leise. »Na ja, er ist ... ziemlich positiv. Sie hatte ein paar echt harte Sachen geladen.«

Pokerface, Spencer. Pokerface.

»Oh. Was zum Bespiel?«

Brian zuckte mit den Schultern. »Koks. Meth. Noch ein paar andere Sachen. Jede Substanz könnte die Anfälle ausgelöst haben.«

DROGEN? RITA?

Pokerface, vergiss nicht das Pokerface.

»Oh. Und du bist dir sicher?«

»Absolut.«

Absolut UNMÖGLICH.

Spencer nickte und erwiderte mit angemessener Betretenheit und Neutralität – denn immerhin verkörperte er lediglich einen Kollegen, der mit einem anderen Kollegen sachlich über heikle Informationen diskutierte: »Ist das deiner Meinung nach passiert?«

»Sie hat in ihrer Krankengeschichte keine früheren Anfälle, weist keine Risikofaktoren dafür auf, und die diagnostische Abklärung ist ansonsten negativ, also – vorbehaltlich der Ergebnisse der MRT – ja. Das steht bei meiner Differentialdiagnose ganz oben. Montgomery ist bereits hier gewesen, um sie zu besuchen. Er war allein bei ihr drin, hat mit ihr geredet. Ich hab keine Ahnung, worüber.«

»Ich verstehe. Tja, ich werd's mir mal ansehen.«

»Danke, Spencer. Ach ja, eins noch: Sie erwähnt andauernd ihr linkes Ohr. Bin mir nicht sicher, warum.« Sein Blick wanderte zu einer gehetzt wirkenden Pflegerin, die ihm quer durch den Raum zuwinkte. Von der Tür eines der Patientenzimmer schrie eine greise Frau in einem fleckigen Krankenhaushemd, die einen Infusionsständer auf Rädern hinter sich herzog, der Pflegerin, einer Filipina, rassistische Beleidigungen zu. Überall in der Notaufnahme drehten sich Köpfe, um zu sehen, was der Radau sollte.

Brian verzog das Gesicht. »Ah, wie ich sehe, ist die bezaubernde Mrs. Thorn zurück in meiner Notaufnahme. *Entzückende* Frau. Ein absolutes Vergnügen. Sie vergöttert *mich.*«

Spencer gefiel Brians Sinn für Humor – so trocken wie edler Wein.

»Ich glaube, ich bin der Grund, warum sie immer wieder herkommt.« Er klopfte Spencer auf die Schulter, ließ ein Lächeln seiner umwerfenden Zähne aufblitzen und zwinkerte. »Jeder Tag ist besser als der davor, mein Freund. Verdammt, wie ich diesen Job *liebe.* Lass mich wissen, wie es bei Wu aussieht. Und danke noch mal.«

Als sich Brian der knotigen Mrs. Thorn näherte, schwenkte sie ihre bornierte Gehässigkeit sofort auf ihn und stupste ihn mit knorrigen, arthritischen Fingern in die Brust. Die dankbare Filipino-Krankenpflegerin wandte ihre Aufmerksamkeit indes wichtigeren Dingen zu.

Spencer schrieb seiner Kollegin, die in der Neurochirurgie Dienst hatte, eine SMS und teilte ihr mit, dass er sich um die spezielle Konsultation in der Notaufnahme kümmern würde.

Am Eingang zu Zimmer fünf stockte ihm der Atem. Rita lag schlafend im Bett, die Lichter waren gedimmt. Klar, er hatte sie dazwischen immer wieder mal im Operationssaal und im Krankenhaus gesehen, aber nur aus der Ferne. Flüchtige Blicke, die er rasch wieder abgewandt hatte. Das hier war anders. Nun konnte er sie einfach nur *ansehen.* Jedes Photon von ihr in sich aufnehmen. Gott, es war so lange her. Es fühlte sich an, als sähe er sie erneut zum allerersten Mal. Spencer hätte den ganzen Tag hier stehen und sie anstarren können.

Schließlich näherte er sich ihr erst einen kleinen Schritt, dann einen weiteren. Sie wirkte blass und abgezehrt, für ihn jedoch trotzdem wunderschön. Er hatte sie immer für wunderschön gehalten. Ihr schwarzes Haar ergoss sich über das Kissen und ihre zierlichen Schultern.

Sie schlug die Augen auf und japste, als wäre sie gerade aus einem bösen Traum erwacht. Ihr Blick zuckte herum, bevor er sich auf ihn heftete.

»Spencer?« Sie klang, als könne sie nicht glauben, dass er real war.

Er trat ans Kopfende des Bettes und winkte ihr verhalten zu. »Hi, Rita.«

Mit einem Ruck hob sich ihr Kopf vom Kissen, und sie berührte ihr linkes Ohr. Sie schien auf etwas zu lauschen – dann begegnete ihr Blick wieder dem seinen, und in ihre Augen trat ein Ausdruck, der für ihn wie Angst aussah.

»Spencer.« Sie streckte die Hand aus und ergriff erst seinen Arm, dann seine Hand. Die Berührung brachte sein Herz zum Rasen. Sie hatte ihn so lange nicht mehr angefasst.

SEBASTIAN

Es klang, als befände sich jemand bei ihr im Zimmer.

Sie sagte: »Spen…«

Ein statisches Knistern. Die Verbindung brach ab.

Scharf sog Sebastian die Luft zwischen den Zähnen hindurch ein und lauschte dem Rauschen. Dann ergriff er sein Handy vom Beifahrersitz und betrachtete stirnrunzelnd die gezackten Interferenzlinien, die über das Display wanderten. Sie glichen jenen, die er am Vormittag im Operationssaal gesehen hatte. Seine Eingeweide krampften sich zusammen. Er hasste es, blind *und* taub zu sein. Was immer gerade vor sich ging, es verdiente, genauer unter die Lupe genommen zu werden.

»Sebastian?«, meldete sich Finney.

Sebastian hob die Stummschaltung seiner Audioverbindung auf, als er aus dem Auto stieg. »Ja. Ich sehe es, Boss. Bin schon dran.«

Er eilte in Richtung der Notaufnahme. Er brauchte dafür länger, als ihm lieb war, weil er sich zuerst umziehen und wieder eine Krankenhausmontur anlegen musste. Am Eingang zur Notaufnahme hielt er inne, um seinen Ausweis von Turner hervorzukramen …

ROBERT RODRIGUEZ, OPERATIONSASSISTENT

… und ihn einer gelangweilten Sicherheitsmitarbeiterin zu zeigen – *verdammt, ist die groß* –, die gerade einen Taschenbuchroman las.

»Hallo.«

Sebastian schaute auf. Seine Hand kam gerade mit seinem Namensschild mit der Aufschrift *Rodriguez* aus der Tasche. Vor ihm stand Grant, die Reporterin vom *Wall Street Journal.*

RITA

»Hi, Rita«, sagte Spencer.

Der Kunststoffstuhl neben ihrem Bett ächzte unter seinem Gewicht, als er darauf Platz nahm. Er rutschte näher und verstellte mit den Bedienelementen an der Seite des Bettes die Neigung des Kopfteils, bis sich ihre Augen und die seinen auf selber Höhe befanden.

Sie berührte ihr linkes Ohr.

Seltsam. Wieder beschlich sie das deutliche und eigenartige Gefühl von Finneys *Abwesenheit.* Dasselbe Gefühl wie zuvor in Operationssaal zehn.

War er *wirklich* weg? Sie glaubte schon. Falls ja, hoffte sie, dass es diesmal von Dauer sein würde. Denn sie war sicher, wenn sie ihn noch einmal in ihrem Geist hören müsste, würde sie einfach zum Rand des Parks hinter dem Turner Krankenhaus spazieren und von der hohen Klippe dort springen.

»Wie fühlst du dich?«

»Ist mir schon … besser gegangen.« Plötzlich fühlte sich ihre Kehle wie zugeschnürt an.

Nicht weinen. Weinen ist Schwäche. Sie spürte, wie ihr eine Träne über die Wange kullerte. *Nicht … weinen.*

Spencer streckte eine riesige, sanfte Hand aus und wischte die Träne weg. Er lächelte auf jene für ihn so typische, arglose Weise. Ein Lächeln, das ihn trotz seiner mächtigen Statur wie einen kleinen Jungen wirken ließ. Ein Lächeln, in das sich Rita damals verliebt hatte. Ein Lächeln, das sie immer noch liebte, wie ihr klarwurde. Und auf einmal spielte alles, was sie an diesem Tag durchgemacht hatte, keine entscheidende Rolle mehr. Da Finney verschwunden und Spencer hier war, fühlte sie sich, nun ja … *sicher.*

»Ich bin echt froh, dich zu sehen, Spencer.« Sie streckte den Arm aus und ergriff seine Hand. Er schaute über die Schulter zur Tür und drückte sie kurz, bevor er sie losließ. Rita ertappte sich dabei, sich zu wünschen, er hätte nicht losgelassen oder über die Schulter geschaut, doch sie verstand den Grund für beides.

Ich habe ihn ja nicht unbedingt zur öffentlichen Demonstration von Zärtlichkeiten ermutigt.

»Ich bin auch froh, dich zu sehen, Rita. Nur wären mir ein bisschen … na ja, du weißt schon, bessere Umstände lieber gewesen.«

»Ja.« Sie lächelte matt.

»Rita.« Wieder warf er einen Blick zurück, bevor er in gedämpftem, eindringlichem Tonfall fragte: »Was geht hier ab? Was ist heute im Operationssaal passiert?«

»Ich … ich weiß gar nicht, wo ich anfangen soll.«

»Wie wär's vorn? Ich habe Zeit.« Abermals grinste er. Die Geste fühlte sich warm wie die Sonne in ihrem Gesicht an.

Warum nicht?

Am Ende würde er sie vielleicht für verrückt halten … andererseits konnte ihr an dieser Stelle ja kaum noch etwas Schlimmeres widerfahren. Abgesehen davon fühlte sie sich … enthemmt. Ob das an den Drogen und dem Alkohol lag? Oder an etwas, das man ihr hier in der Notaufnahme verabreicht hatte? Oder – und der Gedanke ließ ihr das Blut in den Adern gefrieren – daran, was Finney mit ihrem Gehirn angestellt hatte?

Also erzählte sie es Spencer. Alles. Angefangen beim Operationstisch …

»Welches Ohr?«, fiel ihr Spencer ins Wort.

»Was?«

»Welches Ohr hat geblutet?«

»Oh. Links. Das linke.«

»Okay. Erzähl weiter.«

Rita tat es und ließ nichts dabei aus. Nachdem sie zu Ende geschildert hatte, fragte sie: »Und? Was denkst du?«

Mit gerunzelter Stirn kratzte er sich am Kopf. »Rita …«

»Du glaubst mir nicht.« Sie fühlte sich verraten, was sie wie einen unverhofften Schlag in die Magengrube wahrnahm. »Du glaubst mir nicht.«

»Ich glaube, dass du denkst, es habe sich so zugetragen.« Er betrachtete seine Hände, jede so groß wie ein Baseballhandschuh für Kinder.

»Das ist keine Antwort. Das ist eine leere Floskel, Spencer.« *Das sagt man zu paranoiden Schizophrenen, wenn man versucht, sie zu überreden, von der Dachkante zu steigen.* »Behandle mich nicht von oben herab.«

»Rita …«

»Nein.« Sie verschränkte die Arme vor der Brust und rollte sich im Bett weg von ihm.

Er seufzte und stand auf.

»Warte.« Rita drehte sich zurück herum und packte seinen Arm. »Du willst gehen?«

Er hielt inne. Wie solide und unverwüstlich er aussah. Sie konnte ihn riechen. Sein *Old Spice*. Sie hatte *Old Spice* immer gemocht, weil ihr Vater es benutzt hatte. Am liebsten hätte sie in Spencers Unerschütterlichkeit Zuflucht gesucht, das Gesicht in die Beuge seiner Schulter gepresst und sich in *Old Spice* vergraben.

»Ich halte es für keine gute Idee, im Augenblick hier zu sein. Vielleicht später …«

»Bitte, Spencer.« Rita umklammerte seinen Arm. »Wenn du in meiner Nähe bist, kann ich ihn nicht hören. *Ich kann ihn nicht hören.*« Und es stimmte. Finney war immer noch verschwunden.

Spencers Augenbrauen zogen sich zusammen. »Na schön. Wie wär's damit?« Er zog etwas aus der Tasche, einen runden, fleischfarbigen Gegenstand mit wenigen Zentimetern Durchmesser. »Lass mich das an dir anbringen.«

»Was ist das?«

»Eine neue EEG-Elektrode, an der Raj und ich arbeiten. Erinnerst du dich an meinen Freund Raj?«

»Raj? Ja. Er hat mich nie gemocht.«

»Nun …« Spencer zuckte mit den Schultern, widersprach ihr aber nicht. »Ist total mobil. Drahtlos.«

»Warum? Wieso soll ich das tragen?«

»Bitte. Tu es einfach. Schau her.« Er zeigte ihr die hinter seinem rechten Ohr befestigte Elektrode und grinste. »Ich hab meine eigene. Funktionell *und* schick.«

Rita schaute finster drein.

»Im Ernst«, sagte er. »Letztlich wird man sowieso ein EEG

an dir machen. Wer weiß? Vielleicht finden Raj und ich ja etwas Nützliches. Etwas, das, äh, deine Geschichte untermauert.«

Warum eigentlich nicht? »Na schön.«

Sie ließ sich die Elektrode von ihm auf die Haut hinter dem Ohr drücken. Er achtete darauf, keine Haare darunter einzuklemmen, und erklärte ihr, dass die Elektrode eine verstärkte Haftfläche besaß und äußerst widerstandsfähig war. Rita konnte sein *Old Spice* erneut riechen, als er sich über sie beugte.

Mit einer App auf seinem Smartphone überprüfte er, ob die Elektrode aktiviert war und funktionierte. »Stell sie dir als Glücksbringer vor. Jedenfalls mache ich das so, wenn ich meine trage.« Verlegen stand er da. »Ruh dich aus, Rita. Okay? Ich komme morgen Früh wieder vorbei und sehe nach dir.«

»Spencer.« Auf halbem Weg zur Schiebetür blieb er stehen. Wieder wollte sie ihn fragen, ob er ihr glaubte. Doch sie wusste bereits, wie seine Antwort lauten würde. »Nichts. Vergiss es.«

»Ruh dich aus, Rita«, wiederholte er. Und damit verschwand Spencer. Er ließ die Tür offen.

Rita schloss die Augen, um zu verhindern, dass ihr weitere Tränen übers Gesicht liefen. Doch die Tränen blieben ohnehin aus, weil sie zu erschöpft zum Weinen war. Als sie in den Schlaf glitt, wurde ihr klar, dass sie Finney immer noch nicht hören konnte. Doch sie war sogar zu müde, um dankbar dafür zu sein.

SPENCER

Paranoia. Wahnvorstellungen. Schizophrenie. Psychotischer Schub.

Spencer dachte über diese Begriffe nach, während er wie in einem Traum zum Schwesternzimmer der Notaufnahme zurückkehrte und sich auf einen Stuhl vor einem der zahlreichen Computer zwängte.

Sie hört Stimmen. Oh Gott, Allmächtiger. Stimmen.

Er fühlte sich wie betäubt …

Und Drogen! Sie hat Drogen eingeworfen! Vor einer Operation!

… als wäre er in eine Badewanne voll Eis gefallen.

Zumindest liefert uns das EEG vielleicht mehr Informationen über ihre Diagnose. Und die MRT auch.

Spencer fand Ritas Schädel-MRT auf dem Krankenhausserver und ließ sich die Bilder auf dem Monitor anzeigen, wie er es schon Tausende Male für andere Patienten getan hatte. Er sah die Bilder im Querschnitt durch, fing oben in ihrem Gehirn an und arbeitete sich nach unten vor, nahm die Anatomie genau unter die Lupe.

Frontallappen normal. Parietallappen normal. Und so weiter. Nichts. Alles vollkommen normal. Seine Gedanken begannen abzudriften.

Ich habe vergessen, sie wegen des Ford Fiesta vor ihrem Haus zu fragen. Ist wahrscheinlich nichts, aber …

Immer noch scrollte er durch die Aufnahmen. Mittlerweile war er beim Stammhirn angelangt, und nach wie vor wirkte alles normal …

Was?

Spencer beugte sich vor, und alle Gedanken an den Fiesta verpufften. Er fuhr mit dem Finger die linke Seite ihres Gehirns in der Nähe des Stammhirns nach. Den *Nervus vestibulocochlearis* entlang, jene Leitung, über die Geräuschsignale vom Ohr zum Gehirn übertragen wurden. Dort befand sich etwas. Und zwar etwas, das dort definitiv nicht hingehörte.

Was zum Teufel ist das?

»Äh, hallo.« Sebastian holte die Hand aus der Hosentasche, allerdings ohne den Ausweis.

»Sie waren doch bei dem Rundgang dabei, oder?«, fragte Grant. »Der heute Vormittag im Operationssaal geendet hat.«

Verdammt. Er hatte gewusst, dass sie aufmerksam war. Allerdings hatte er unterschätzt, *wie* aufmerksam.

»Äh, ich denke, Sie irren sich, Ma'am.«

»Nein, tu ich nicht.« Ein listiges Lächeln. »Ich habe bemerkt, wie Sie mich angesehen haben.«

»Äh, na ja …«

Dumm. Unprofessionell. Es hätte ihr nicht auffallen dürfen. Er wurde nachlässig. Andererseits … Sie besaß umwerfende Zähne.

Ihr listiges Lächeln wurde breiter. »Schon gut. Ich verstehe das. Also. Wer hat Sie geschickt? Halsted Robotics? Oder diese europäische Gruppe?«

Ahhh. Sie dachte also, er sei so etwas wie ein Industriespion. *Hervorragend.* Ja. Eine überaus vernünftige Erklärung. Eine bessere Ausrede hätte ihm selbst nicht einfallen können. Tatsächlich waren an diesem Tag vermutlich *wirklich* Schnüffler anwesend gewesen, die Informationen für die Konkurrenz sammelten.

Sebastian setzte ein schelmisches Grinsen auf und schlüpfte in die Rolle des Industriemaulwurfs. »Sie wissen, dass ich Ihnen das nicht sagen darf. Das Letzte, was ich gebrauchen kann, ist, auf der Titelseite des *Wall Street Journal* zu landen. Wäre schlecht fürs Geschäft.«

»Was für ein Geschäft?«

»Beratung.«

Sie warf den Kopf zurück und lachte. »Ich bin Constance.« Sie streckte ihm die Hand entgegen. Sebastian ergriff sie. Ihre Hand erwies sich als warm und einladend wie ein Platz am Feuer in einer kalten Nacht. »Nennen Sie mich Connie.«

»Sebastian.« Schadete nicht, ihr den Namen zu verraten. Schließlich würde er ja nicht mehr lange so heißen.

»Vorname oder Zuname?«

»Beides.«

Wieder lachte sie und beugte sich vor. Ein Hauch ihres Parfums stieg ihm in die Nase. *Poison.* Sehr angenehm. »Kommen Sie schon«, sagte sie in gedämpftem Tonfall, als brüteten sie zusammen eine Verschwörung aus. »Sagen Sie mir, für wen Sie arbeiten, Sebastian. Ganz inoffiziell.«

Sebastian sah sich um. »Inoffiziell?«

»Total.«

»Inoffiziell, Connie: Ich weiß, dass es in Ihrer Branche so etwas wie *inoffiziell* nicht gibt.« Was für wunderschöne Lippen.

»Na gut.« Die wunderschönen Lippen krümmten sich nach oben. »Aber ich wette, Sie sind aus demselben Grund hier wie ich.« Sie holte ihr Mobiltelefon aus der Handtasche und fing an, Nachrichten zu überprüfen. »Ich fürchte, Sie werden auch nicht viel mehr als das hier bekommen«, kündigte sie nüchtern an. »Ich habe gesehen, wie Montgomery vor Kurzem von hier weg ist, ziemlich sauer. Ich habe versucht, mit ihm zu reden, aber er hat mich abgewimmelt. Ich glaube, er verbirgt etwas.« Das Telefon war wieder in der Handtasche verschwunden, und sie spähte in eine andere Richtung, als hätte dort etwas ihre Aufmerksamkeit erregt.

»Verstehe. Na ja, ich dachte mir wohl, der Versuch kann nicht schaden …«

»Also dann: Ich habe einen Abgabetermin. Das verstehen Sie sicher. Viel Glück, Seymour.«

Sebastian, dachte er empört, als er beobachtete, wie sie ohne einen Blick zurück davonstolzierte. *Der Name ist Sebastian. Jedenfalls noch für kurze Zeit.*

Zehn Sekunden lang stand er wie ein Trottel da, bevor er zur Vernunft kam. *Verdammt unprofessionell.* Seiner Verärgerung über sich selbst kam nur seine Bewunderung für sie gleich – und dafür, wie gekonnt sie mit ihm gespielt hatte. *Also*, das *nenne ich mal professionell.* Die Ablenkung hatte ihn Zeit gekostet. In seinem Ohr knisterte die Statik von Wus Audiokanal. Er zeigte der großen, massigen Sicherheitsmitarbeiterin mit dem Taschenbuchroman seinen Ausweis und eilte in die Notfallambulanz.

Am Schwesternzimmer erhob sich gerade ein gewaltiger Kerl mit langem, weißem Kittel, blauem Polohemd und grauer Hose aus einem Stuhl vor einem Computerbildschirm. Sebastian erkannte ihn auf Anhieb.

Er war heute Vormittag im Operationssaal.

Ja. Der Mann hatte in der Nähe des Roboters gestanden und sich am Ohr gekratzt. Ein Zufall? Vielleicht, aber Sebastian glaubte nicht sonderlich an Zufälle. Als der Mann auf den Ausgang zusteuerte, heftete sich Sebastians Blick auf die an dem weißen Kittel eingestickten Worte.

DR. SPENCER W. CAMERON. NEUROCHIRURGIE

Dem würde er nachgehen müssen. Nur fehlte ihm im Augenblick dafür die Zeit. Er merkte es sich in Gedanken vor, schlenderte auf Zimmer Nummer fünf zu und – *Vorsicht, lass dich bloß von niemandem bemerken* – spähte im Vorbeigehen durch die offene Tür hinein.

Wu befand sich allein im Raum und lag im Bett. Die Augen geschlossen.

Hm. Hier ist nichts los.

»Sebastian?«

Er bewegte sich auf eine abgelegene Ecke der Notaufnahme zu. »Alles klar hier, Boss. Sieht alles gut aus.«

»Ich habe immer noch kein Signal.«

»Ich weiß. Ich auch nicht.«

»Wieso nicht?«

»Keine Ahnung. Wäre aber nicht das erste Mal, dass ein Implantat ausfällt. Spielt das eine Rolle?«

Ein Herzschlag verstrich, dann folgte: »Nein. Nein, das tut es wohl nicht.«

»Also fahren wir mit dem Plan fort?«

»Ja.«

SPENCER

Nachdem Spencer zu seinem Büro gegangen war – einem kleinen, gemütlichen Raum im dritten Stock des Turner Krankenhauses mit schöner Aussicht auf den Torrey Pines Golfplatz im Norden –, brauchte er eine geschlagene Stunde, um den Mut zusammenzukratzen, Raj anzurufen.

»Keine Sorge, Mann.« Raj tat Spencers wiederholte Entschuldigungen unbeschwert ab. »Alles gut, Kumpel. Ich … ich will nur nicht miterleben müssen, dass du, na ja, du weißt schon … verletzt wirst. Schon wieder. Aber ich verstehe dich. Total. An deiner Stelle hätte ich meinem unverschämten Kumpel auch einen Schuss vor den Bug verpasst.«

Spencer lachte. »Na schön. Hör zu, Raj. Nachdem ich mit dir geredet hatte, bin ich in die Notaufnahme, um nach Rita zu sehen. Wie sich herausgestellt hat, wollte man dort die Meinung eines Neurochirurgen.«

Stille. War die Verbindung abgebrochen?

»Raj? Hörst du mich?«

»Ja.«

»Hast du gehört, was ich gesagt habe? Über Rita?«

»Ja«, antwortete sein Freund mit tonloser Stimme.

»Sie, äh … hatte ein paar … seltsame Dinge zu erzählen. Eine interessante Version der Ereignisse von heute Vormittag.«

»M-hm.«

»Was dagegen, wenn ich dir die Kurzfassung gebe?«

»Ich bin ganz Ohr.« Die Kälte in Rajs Tonfall ließ allerdings auf etwas anderes schließen.

Spencer klärte ihn über alles auf, was Rita ihm erzählt hatte. Das Aufwachen im Operationssaal. Ihr Ohr. Finney. Der unwiderstehliche Drang zu operieren. Ihr Gespräch mit Chase in der Notaufnahme. Als er fertig war, begann Raj vorsichtig. »Spence, Alter …«

»Ich weiß, ich weiß – eine aufwendige Wahnvorstellung einer paranoiden Schizophrenen. Richtig? Aber etwas an ihrer MRT hat mir zu denken gegeben.«

»Was?«

»Es hat ausgesehen, als hätte sie punktförmige Blutungen um das Trommelfell und den Hör-Gleichgewichtsnerv, die sich medial auf das Gehirn zu erstrecken. Auf der linken Seite. Sehr subtil.«

»Und? Was hat der Radiologe davon gehalten?«

»Dass es nichts ist.«

»Na ja, da hast du's.«

»Aber das linke Ohr ist das Ohr, in dem sie die Stimme hört.«

»Ach, jetzt hör aber auf, Spencer.« Raj gab sich keine Mühe mehr, seine Frustration zu verbergen. »Vielleicht hat sie sich etwas ins Ohr gesteckt. Du weißt schon, einen Bleistift oder Kleiderbügeldraht. An der medizinischen Fakultät hab ich mal einen Schizophrenen gesehen, der hat sich einen der Backenzähne mit einer Zange gezogen, weil er dachte, es wäre ein Funksender drin, und …«

»*Nein.* Das war anders, Raj. Ich kenne durch Fremdkörper verursachte Schädeltraumata, und das ist es nicht. Es ist etwas anderes. Etwas wesentlich Subtileres.«

»So subtil, dass du es dir bloß eingebildet haben könntest?«

»Nein.«

»Worauf also willst du hinaus? Dass wirklich etwas in ihrem Kopf steckt? Etwas, das sie durchgeknallte Dinge tun oder sagen lässt?«

Spencer grübelte darüber nach. *Ja. Ich schätze, genau darauf will ich hinaus.* Und um es zu beweisen, brauchte er Rajs Hilfe, die Raj nicht unbedingt freudestrahlend von sich aus anbieten würde. Nein, eine schlichte Bitte würde vermutlich nicht funktionieren. Aber vielleicht ein raffinierterer Ansatz – der die wissenschaftliche Neugier seines Freundes und dessen immensen Stolz auf seine Arbeit ansprach.

»Nein. Ich will damit lediglich sagen, dass sie eine neurologische Diagnose haben könnte, die noch nicht identifiziert worden ist. Eine Diagnose, die ihr Verhalten erklären könnte.«

»Oh!« Blitzartig schlug Rajs Einstellung von streitlustig in neugierig um. »Ohhhhh. Und du denkst, wir könnten die Diagnose stellen, wenn wir ihre MRT durch unsere Softwarefilter laufen lassen.«

»Genau.«

»Hm.« Raj klang nachdenklich. »Also, *das* ist mal 'ne Idee. Bei einer Differentialdiagnose gibt es alle möglichen potenziellen Probleme. Eine Infektion. Entstehende arteriovenöse Malformation. Subtile neoplastische Läsion. Marklagerschwund.« Mit einem Anflug berechtigter Selbstgefälligkeit fügte er hinzu: »Und ich wette, alles davon könnten wir mit unserer Software erkennen.«

»Genau.«

»Und du sagst, du hast unsere zusätzliche EEG-Elektrode an ihr angebracht?«

»Ja. Hoffentlich behält Rita sie eine Weile drauf …«

»… damit wir vielleicht ihre Gehirnwellendaten mit der MRT korrelieren können.«

»Genau.«

»Hm. Tja … da dieser Sturm bevorsteht, gehen heute eine Menge Leute früher. Meine Studenten hab ich schon nach Hause geschickt und das Labor für den restlichen Tag dicht gemacht … also habe ich eigentlich nichts Besseres zu tun.«

Spencer lächelte bei sich. »Wie schnell kannst du mir Ergebnisse liefern?«

Vor seinem geistigen Auge sah er vor sich, wie Raj sein breites, rotzfreches Grinsen aufsetzte, als er zurückfragte: »Wie schnell kannst du mir ihre MRT zukommen lassen?«

SEBASTIAN

Wenige Stunden später fuhren Sebastian und Finney unter einem trist-grauen Himmel auf der I-5 in Richtung Norden. Wenngleich Sebastian noch nichts von Blade gehört hatte, war der Rest seiner Vorbereitungen beinah abgeschlossen. Er erstattete Bericht, während er den Wagen durch den zunehmend dichteren Verkehr manövrierte.

»Der diensthabende Arzt hat sich nach dem zweiten Anfall an die Neurochirurgie gewandt«, sagte er. *Nachdem Sie in ihrem Kopf herumgebrüllt haben*, fügte er nicht hinzu. »Der Name des Spezialisten ist Dr. Spencer Cameron. Neurochirurg bei Turner. Neununddreißig Jahre alt. Medizinischer Abschluss an der Universität von Washington. Ausgebildet in Neurochirurgie an der UC San Diego, ist danach als Professor geblieben. Anscheinend ein populärer, allseits beliebter Kerl. Ich habe ihn heute Vormittag in Operationssaal zehn gesehen, wo er den Eingriff beobachtete.«

»Und hat dieser Dr. … Spencer …«

»Cameron. Dr. Cameron.«

»… irgendeine direkte Verbindung zu Dr. Wu?«

»Nein. Zumindest keine, von der ich wüsste.«

»Was soll das heißen? Dass Sie sich nicht sicher sind?«

»Richtig, bin ich nicht. Erst recht nicht jetzt, da sie offline ist und wir keine Signale mehr von ihrer Vorrichtung empfangen.« Sebastian hatte immer noch keine Ahnung, was die Quelle der anhaltenden Interferenz sein konnte, zerbrach sich jedoch nicht mehr den Kopf darüber, da es sich ohnehin nicht ändern ließ, und außerdem sollte es seine Pläne nicht beeinträchtigen. »Ich kann nur sagen, dass sie keine formellen beruflichen oder persönlichen Interaktionen hatten, von denen ich weiß.«

»Gut. Sonst noch etwas?«

»Wie erwartet wurde in der Notaufnahme eine Schädel-MRT gemacht«, fuhr Sebastian fort. »Die üblichen unauffälligen, leichten Spuren rings um das Trommelfell. Nichts, was den Argwohn des Radiologen erregt hätte. Oder den des guten Dr. Cameron, da bin ich mir sicher.«

»Gut.«

Schweigend fuhren sie weiter, verließen die Autobahn und setzten den Weg nach Norden über kurvige, hügelige Straßen fort. Sebastian bemühte sich, nicht über der Tatsache zu brüten, dass er *eigentlich in die gottverdammte entgegengesetzte Richtung unterwegs sein sollte*. Dass er mittlerweile *die halbe verfluchte Küste von Baja* hinter sich haben und sich dazu beglückwünscht haben sollte, den längsten, komplexesten Auftrag abgeschlossen zu haben, den er je durchgezogen hatte. Eine Flasche Champagner köpfen. Die Nullen hinter dem Komma auf seinem Konto im Ausland zählen. Sich darauf vorbereiten, einen fetten Brocken davon an seine Schwester zu überweisen.

Das sollte er eigentlich tun. Aber nein, stattdessen spielte er den Chauffeur für Finney, saß in seinem unscheinbaren Volkswagen neben dem Milliardär und fuhr ihn nach Hause nach Rancho Santa fünfundzwanzig Kilometer nördlich des Turner Krankenhauses, eine Gemeinde mitten in sanften Hügeln mit riesigen, gewaltigen Anwesen. Eines der Postleitzahlgebiete mit den reichsten Einwohnern der gesamten Vereinigten Staaten. Perfekt für einen Typen wie Finney. Sebastian knirschte mit den Zähnen.

Finney.

Was für ein Arsch. In Sebastians Gegenwart funktionierte das Pokerface des Mannes nicht gut. Offensichtlich hielt er Sebastian nach wie vor für eine Art Trottel. Wie bei der Sache mit dem Codex Hammurabi. Als wäre Sebastian nicht in der Lage, ein verdammtes Buch zu lesen.

Egal.

Wichtiger war, dass Finney zunehmend unberechenbarer wurde. *Sehr* viel unberechenbarer. Mit Großkotzigkeit konnte Sebastian leben. Irrationales Verhalten hingegen wurde leicht gefährlich. Die Sache mit Wu und ihrem Alkoholproblem: bedauerlich, klar. Und Sebastian wusste alles über Rache, über das primitive Verlangen, zurückzuschlagen und Schmerz zu verursachen, nachdem man selbst verletzt worden war.

Alfonso. Gott, wie sehr wollte ich nach dem, was mit Alfonso passiert ist, jemandem wehtun.

Und dennoch …

Sebastian hatte von Anfang an Finneys Bereitschaft gestört, das Leben einer unschuldigen Patientin aufs Spiel zu setzen. Und nun die Sache mit der Bombe im Kopf der jungen Schwester von Wu. Er fragte sich, ob es ihm irgendwie gelingen konnte Finney zu überreden, das Ding zu entschärfen …

»Gottverdammt noch mal!«

Eine Gruppe von Teenagern mit Skateboards sauste plötzlich vor das Auto. Sie kreuzten in engen Kreisen mitten die Straße hinunter, sprangen in die Luft, ließen ihre Skateboards in komplexen Figuren rotieren, bevor sie perfekt wieder darauf landeten, begleitet vom Klappern der Räder auf dem Asphalt.

Sebastian trat hart auf die Bremse. Der Wagen blieb mit quietschenden Reifen nur Zentimeter vom Vordersten der Gruppe entfernt stehen.

Herrgott! Das war knapp. Er musterte die Burschen. Skateboard-Fanatiker. Vier insgesamt. Abgerissene T-Shirts und karierte Flanellhemden. Weite Jeans, deren Bünde tief unter den schmalen Hüften hingen und flüchtige Einblicke auf sonnengebräunte, hart definierte Bäuche gewährten. Strickmützen, bis knapp über die mürrisch dreinschauenden Augen ins Gesicht gezogen. Schwarz und weiß karierte Turnschuhe. Zottige Haarsträhnen. Unregelmäßige, flaumige Ansätze beginnender Schnurrbärte. Sie skateten weit außerhalb ihres Reviers, das in der Regel näher an der Küste lag.

Die ersten drei warfen nicht einmal einen Blick in die Richtung des Autos. Bei dem, der das Schlusslicht bildete, verhielt es sich anders. Er hatte eine Kamera auf einem Selfiestick dabei, mit der er die anderen filmte. Und er hielt lange genug inne, um Sebastian mit halb zusammengekniffenen Augen einen finsteren Blick zuzuschleudern.

»Pass verfickt noch mal auf, Alter!« Dann hieb er mit der Faust auf die Motorhaube des Wagens, bevor er sich die Kamera über die Schulter schlang und den anderen folgte.

Sebastian drehte sich Finney zu. Der starrte geradeaus. Er schürzte die Lippen und nickte.

»Sind Sie sicher, Boss?«

Ein zweites Nicken.

Gottverdammt. Das können wir im Augenblick überhaupt nicht gebrauchen.

»Wissen Sie, ich rate davon ab.« Sebastian trat sachte aufs Gaspedal und steuerte den Wagen an den Straßenrand. Mittlerweile war der Kameratyp einen halben Häuserblock hinter seine Freunde zurückgefallen. Sebastian öffnete die Fahrertür.

»Sebastian.«

»Ja, Boss?«

»Ich will, dass Sie ihm wehtun.« Finney starrte durch die Windschutzscheibe. »Ich kann Respektlosigkeit nicht ausstehen.«

Sebastian seufzte. Das konnte er grundsätzlich auch nicht, dennoch wäre er in diesem Fall bereit gewesen, darüber hinwegzusehen. Sie hatten zu viele andere Dinge, über die sie sich den Kopf zerbrechen mussten. Er drückte lange und laut auf die Hupe, bevor er aus dem Wagen stieg.

»Junger Mann«, rief Sebastian. »Entschuldige mal! Junger Mann!«

Die Hupe erregte die Aufmerksamkeit des Burschen. Ungefähr drei Meter entfernt hielt er inne, kurz vor einem steil abfallenden Straßenabschnitt. Seine glatten, halbwüchsigen Züge verzerrten sich vor Zorn, als er Sebastian musterte. Er musste zu dem Schluss gelangt sein, dass Sebastians unscheinbares Äußeres keinen Rückzug rechtfertigte.

Ein Schluss, den er schon bald bereuen sollte.

»Was zur Schifferscheiße willst du«, stieß der Bursche knurrend hervor. Es klang wie eine Aussage, nicht fragend. Er stand auf einer Seite der Straße, ungefähr dreißig Zentimeter vom Randstein entfernt im Schatten eines hohen, immergrünen Baums, um dessen Stamm dichte, ebenfalls hohe Büsche wuchsen. Die drei Freunde des Bürschchens waren mittlerweile außer Sicht geraten und den Abhang hinuntergerast. Entlang der Straße befanden sich nur wenige Häuser mit großem Abstand dazwischen. Vermutlich eine Stadtverordnung: Grundstücke durften hier wohl nicht in Parzellen unterteilt werden, die kleiner waren als ein Hektar – oder ähnlicher Quatsch. Abgesehen von dem Jungen, Sebastian und Finney war der Straßenabschnitt menschenleer.

Sebastian näherte sich dem Skateboarder mit langsamen, gemessenen Schritten, achtete auf eine leicht an der Hüfte gebeugte Haltung und hielt die Hände mit den Handflächen nach außen in einer nicht drohenden Geste hoch: ein zaghafter, braver Bürger, der einen Skateboard fahrenden Rowdy zur Rede stellen wollte.

Wie beabsichtigt ermutigte Sebastians sanftmütige Körpersprache den Jungen, überzeugte ihn davon, dass *er* hier das Alphamännchen verkörperte. Der Bursche hatte die dürre Brust nach vorn gestreckt. Perfekt.

»Pass auf, Jungchen«, sagte Sebastian und hob die Hände mit den Handflächen nach außen. »Hör zu. Ich will keinen Ärger. Aber ich glaube, du hast mein Auto ein bisschen beschädigt.«

»Ach ja? Das Stück Scheiße?« Lachend zeigte der Skateboarder auf den Volkswagen.

Sebastian verringerte langsam den Abstand zwischen ihnen. Mittlerweile trennten sie nur noch knapp zwei Meter voneinander. »Ja. In der Motorhaube ist eine kleine Delle, wo du draufgeschlagen hast. Du und deine Freunde, ihr verhaltet euch sehr fahrlässig.«

Im Mund des Jungen blitzte eine Zahnspange auf. »Ach ja? Tja, *scheiß auf dich*, Alter. Fick dich doch.«

Was für eine verdammte Wortwahl! Dieser Bursche konnte *wirklich* eine gröbere Justierung seiner Einstellung vertragen. Wie alt mochte er sein, vielleicht fünfzehn? Höchstens sechzehn.

»Eine solche Ausdrucksweise ist nicht nötig, junger Mann.«

»Ach echt? Ich sag dir was: *Fick … dich.*« Der Junge gluckste, dann hustete er, als hätte er sich an seiner eigenen, ach so geistreichen Bemerkung verschluckt.

Die Entfernung hatte sich auf einen Meter verringert.

Der Bursche war groß. Ungefähr acht Zentimeter größer als Sebastian, und er besaß breite, runde Schultern – zweifellos durch jahrelanges Paddeln auf einem Surfbrett so kräftig geworden. *Skateboarder* und *Surfer.* Bereits kurz nach seinem Umzug nach San Diego hatte Sebastian festgestellt, dass diese Kids ein und dasselbe waren. Zwischen dem Surfen fuhren sie Skateboard, zwischen dem Skateboarden surften sie.

Sebastian schwenkte die Hände unterwürfig, während sein Blick den schlaksigen Körperbau des Jungen begutachtete und dann zu einer Lücke in den nahen Büschen schwenkte. Ja. Das würde gehen. Er liebäugelte mit der Idee, das kleine, in einem Holster untergebrachte Gerät zu verwenden, das er zwecks einfachem Zugriff unter dem lose herabhängenden T-Shirt verborgen am Kreuz trug. Ein raffiniertes Stück Technik: Finney hatte es diskret von einer seiner Geschäftsbeteiligungen beschafft – einer Firma, die im Hintergrund die nächste Generation von Produkten für den Gesetzesvollzug entwickelte. Urbane Befriedung, Kram dieser Art. Man nannte es eine Konduktionspistole. Wie ein Taser feuerte das Gerät Elektroden ab, die Stromstöße verabreichten. Nur war es kleiner als ein Taser und in der Lage, seine Opfer sowohl hilflos *als auch* vorübergehend bewusstlos zu machen.

Doch Sebastian verwarf es als Möglichkeit. Die Straße mochte wenig befahren sein, trotzdem befanden sie sich auf offener Fahrbahn, und warum das Risiko eingehen, dass ihn jemand sehen konnte, der zufällig vorbeikam? Außerdem wollte Finney dem Jungen eine Lektion erteilen, und dafür eignete sich die Konduktionspistole nur bedingt. Es musste persönlicher sein.

Noch ein guter halber Meter. Sebastian stieg der von dem Jungen ausgehende Geruch von Gras in die Nase.

Der Skateboarder verengte die Augen, spürte vermutlich, dass etwas nicht stimmte, dann beugte er sich vor, verlagerte das Gewicht in Sebastians Richtung.

Doch da war es bereits zu spät.

»Hör mal, junger Mann …«

Es war einfach. *Zu* einfach.

So einfach, dass es Sebastian geradezu Übelkeit verursachte. Also konnte er das Verprügeln eines zugedröhnten Teenagers zu der wachsenden Liste der Dinge hinzufügen, für die er nie angeheuert hatte. Innerhalb von Sekunden war alles vorbei.

Sebastian bewegte sich wie ein Geist. Er ließ sich zu Boden fallen und trat gleichzeitig mit dem rechten Fuß gegen die Beine des Skateboarders aus. Im letztmöglichen Moment, bevor er das ungeschützte Knie des Jungen traf, redete er seinem eigenen Bein gut zu – flehte es an –, einen Hauch zu weit zu schwingen, um die Kraft eines andernfalls verkrüppelnden Treffers abzumildern und das Bein des Jungen zu verschonen. Sonst hätte er es zweifellos gebrochen und die Tage als Skateboarder und Surfer wohl endgültig beendet.

Wenige verschwommene Augenblicke später landete der Bursche zwischen den Büschen im Gras, Sebastians Knie auf seiner Brust, der Selfiestick in Sebastians Hand. Das Skateboard lag mit den Rädern nach oben auf dem Boden neben ihnen. Die Räder quälten sich noch durch einige Umdrehungen, bevor sie innehielten.

Der Junge starrte in Sebastians Gesicht hoch. Sein offener Mund bildete ein perfektes *O* der Überraschung.

Dann setzten die Schmerzen ein.

Der Gesichtsausdruck des Burschen veränderte sich. Der Mund blieb ein perfektes *O*, aber die Augenbrauen bewegten sich. Mehr war nicht nötig, um das *O* der Überraschung – die Augenbrauen hochgezogen und voneinander getrennt – in ein *O* grauenhafter Schmerzen zu verwandeln – die Augenbrauen nach unten zusammengezogen. Der Skater umklammerte sein rechtes Knie und begann zu stöhnen.

»Mein Knie. Du hast mir das *verfickte* Knie gebrochen, Alter! Du hast es gebrochen!« Der Junge war tatsächlich unglücklich zu Boden gegangen.

Sebastian untersuchte das Bein, ohne das Knie von der Brust des Skateboarders zu entfernen. Er fuhr mit den Händen über den Unterschenkel und das Knie. Der Junge stöhnte ein wenig lauter, als Sebastian auf die Kniescheibe drückte. Dem Großmaul schien nichts weiter zu fehlen. Alles war noch in einem Stück und am richtigen Platz.

Sebastian beugte sich über ihn, die Nase nur Zentimeter vom Gesicht des Jungen entfernt. »Nein, habe ich nicht«, entgegnete er mit knurrendem Unterton. »Dein Bein ist nicht gebrochen, Kleiner. Aber dein Knie ist verstaucht. Du wirst eine Schwellung und einen hässlichen Bluterguss bekommen. Vielleicht brauchst du sogar ein paar Tage lang Krücken. Aber du wirst wieder ganz der Alte. Was jammerschade für deine Umwelt ist.«

Der Junge fing zu weinen an. Typisch für überwältigte Halbstarke. *Was für ein Weichei.*

»Und jetzt hör mal zu, Kleiner.« Sebastian setzte eine vernichtende Miene auf, schlüpfte in seine beste Rolle als krasser Mistkerl und senkte das Gesicht zu dem des Jungen hinab. Nase an Nase. Ein Ausdruck des Grauens verdrängte die Tränen des Burschen. »Die Sache mit dem Bein ist nichts im Vergleich zu dem, was ich wirklich mit dir anstellen könnte«, zischte Sebastian. »Ich habe mich bemüht, nett zu sein, aber du musstest mir ja unbedingt blöd kommen. Gut. Siehst du den Kerl in meinem Auto?«

Die Augen des Jungen, groß wie Untertassen, schwenkten kurz zur Straße und wieder zurück. Er nickte.

»Genau der, Jungchen. Das ist ein wichtiger Typ. Und du warst ihm gegenüber respektlos. Er will, dass ich dir wehtue. *Richtig* wehtue. So weh, dass du deine Mahlzeiten die nächsten sechs Monate durch einen verfickten Strohhalm zu dir nehmen musst. Etwas in der Art.« Der Junge wand sich, rutschte hin und her. Sebastian hätte beinah gelacht. »Aber heute mache ich das nicht, Kleiner. Könnte ich. Und werde ich, falls ich dich und deine Kumpels je wieder hier in der Gegend beim Skateboarden erwische. Wenn ich dich auch nur mit einem verschissenen *Dreirad* diese Straße entlangrollen sehe, zerlege ich dich höchstpersönlich Stück für Stück. Hast du mich verstanden, Kleiner?«

»Ja«, flüsterte der Junge.

»Gut. Und dasselbe gilt, wenn du mit irgendjemandem über unsere Unterhaltung redest. Denk nicht mal daran, Kleiner. Denk dir als Geschichte aus, was immer du willst, solange darin nicht ich oder unsere kleine Plauderei vorkommen.«

Der Junge fing zu schluchzen an.

Sebastian ließ ihn flennend liegen und trat aus dem Gebüsch

hervor. Er schaute die nach wie vor verwaiste Straße entlang nach links und rechts und klopfte sich die Erde von der Kleidung.

Irgendwann würden die Freunde des Skateboarders zurückkommen, um nach ihm zu suchen, wenn sie letztlich merkten, dass ihr Kameramann von der Bildfläche verschwunden war. Der Junge selbst würde sich irgendeine Geschichte einfallen lassen – bestimmt, dass ein beeindruckender Skateboard-Trick schiefgegangen war.

Sebastian musste sich eingestehen, dass es auf irgendeiner Ebene eine unerwartet befriedigende Begegnung gewesen war. Es bestand sogar die kleine Chance, dass er die Einstellung des Jungen tatsächlich ein wenig justiert hatte. Größtenteils jedoch verursachte ihm die Konfrontation trotz allem Unbehagen – ein weiteres loses Ende, eine weitere Variable in der Gleichung.

Er stieg zurück ins Auto und startete den Motor.

»Okay, Boss?«

Finney hatte das Fenster heruntergelassen, durch das ein gedämpftes Schluchzen aus dem Gebüsch hereindrang.

»Ja.«

Ungefähr einen Kilometer weiter am Fuß des Abhangs standen die drei Freunde des Jungen am Straßenrand und starrten mit unterschiedlichen Graden von Verärgerung in den Gesichtern den Hügel hinauf. Einer hielt sich ein Handy ans Ohr.

Sebastian umklammerte das Lenkrad mit festem Griff. Es gab böse Menschen auf der Welt. Das wusste er. Böse Menschen, die ohne guten Grund böse Dinge taten. Wann genau war er einer davon geworden?

Dicke Regentropfen begannen, auf die Windschutzscheibe zu prasseln. Er schaltete die Scheibenwischer ein und ging im Kopf noch einmal die Pläne durch, die er für diese Nacht geschmiedet hatte. Einschließlich jener, von denen Finney nichts wusste.

RITA

»Rita?«

Sie kannte die Stimme. Rita folgte dem Klang aus der Schwärze und öffnete blinzelnd die Augen. Sie lag nach wie vor in einem Krankenhausbett, allerdings in einem anderen, daher wusste sie, dass sie aus der Notfallambulanz in eine andere Abteilung verlegt worden war. Auf einem Stuhl neben dem Bett saß Darcy.

»Darcy. Hi.«

Sie drehte den Kopf, um dem Blick ihrer kleinen Schwester zu begegnen. Dabei wurde ihr klar, dass es ihr besser ging. Wenn auch nur marginal. Ihr Kopf fühlte sich zwar immer noch schwer an, tat aber nicht weh. Ihre Zunge schien geschwollen zu sein, war aber feucht. Kleine Dinge. Rita war dankbar für beides. Sie würde nehmen, was immer sie kriegen konnte.

Obwohl im Zimmer Dunkelheit herrschte – *Ist es schon Nacht? Derselbe Tag? Oder der nächste?* –, bemerkte Rita, dass Darcy geweint hatte. Das Licht, das unter der geschlossenen Tür hereindrang, und jenes, welches das Bedienfeld der Infusionspumpe neben dem Bett abstrahlte, reichte aus, um die Tränenbahnen auf Darcys Wangen auszumachen, die wie silbrige Schneckenspuren auf einem Bürgersteig anmuteten.

»Oh mein Gott, Rita.« Darcy schniefte feucht und rieb sich mit dem Handrücken die Nase. Der große Goldring in ihrem rechten Nasenflügel wackelte hin und her und blitzte im schwachen Licht auf. »Oh mein Gott. Oh mein Gott.« Frische Tränen traten ihr in die Augen, und sie fächelte mit den Händen vor dem Gesicht. »Oh … mein … *Gott.*«

Innerlich seufzte Rita. *Jetzt geht's los.*

Darcy hatte noch kaum den Mund aufgemacht, schon verspürte Rita die vertraute Irritation. Am liebsten hätte sie sich herumgerollt und wäre wieder eingeschlafen. Darcy war aufgewühlt und verängstigt. Das konnte Rita nachvollziehen. Aber bitte. Die *Theatralik*.

Rita verbarg ihre Frustration unter einer Tarnkappe der Selbstbeherrschung. Ihr Gefühl war fehl am Platz, sogar egoistisch. Was erwartete sie? Darcy war nie ein emotionaler Stützpfeiler oder ein sicherer Hafen zum Überstehen eines der Stürme im Leben gewesen. Dafür war sie nicht ausgestattet. Tatsächlich hatte sie im Gegenteil schon selbst hässliche Stürme in Ritas Leben und in ihrem eigenen verursacht. Nicht zuletzt deshalb übernachtete sie nun in Ritas Gästezimmer – ohne irgendwelche anderen Pläne als den, dort zu bleiben, bis sich etwas Besseres ergab.

Und dennoch. Das Letzte, was Rita im Augenblick gebrauchen konnte, war, sich sowohl mit ihren eigenen Problemen als auch mit der Reaktion ihrer kindlichen Schwester darauf auseinanderzusetzen. Am meisten wünschte sie sich jemanden, der sich ihre verrückte Geschichte anhörte und ihr glaubte, ihr sagte, dass alles gut werden würde. Jemanden, der ihr half, einen Weg aus dieser Hölle zu finden, idealerweise mit intakter Karriere und unversehrter geistiger Gesundheit. Oder zumindest jemanden, der so tat, als wären diese Ziele erreichbar. Mit Darcy würde das nicht geschehen.

Ihre Schwester schniefte erneut. Ihre volle Unterlippe bebte, und sie zupfte daran. Ihr Nagellack, ein elektrisches Rosa, wies Sprünge auf, und die Nägel selbst sahen aus, als hätte sie darauf herumgekaut.

Rita ging nachdenklich durch den Kopf, dass sie beide eine wahre Kontraststudie verkörperten. Ihr jeweiliges Erscheinungsbild und ihre Persönlichkeiten waren so gegensätzlich, dass sich die Menschen regelmäßig ratlos und ungläubig an den Köpfen kratzten, wenn sie beide ihnen als Schwestern vorgestellt wurden. Rita war gertenschlank mit drahtigen Muskeln, Darcy hingegen kompakt und üppig. Ritas Züge wirkten hart, die von Darcy weich – unscharfe Linien und verschwommene Übergänge, als wäre Darcys Antlitz ein Foto, das während einer Bewegung geschossen worden war. Pummelige Wangen. Große Augen, großer Abstand dazwischen, wodurch sie ständig überrascht wirkte. Und wenn jemand sprach, vermittelte sie dadurch den Eindruck, an jedem Wort zu hängen.

Dads Augen.

Dad.

Seinetwegen hieß sie Darcy. Nicht, weil ihr Vater den Namen vorgeschlagen hatte. Damit hatte er nichts zu tun gehabt. Ihre Eltern konnten sich bis zu ihrer Geburt auf keinen Namen einigen. Und dann ging mit ihrer Mutter alles so schnell, dass Rita und Dad keine Gelegenheit mehr blieb, darüber zu beratschlagen.

Danach, als Ritas frisch geschlüpfte Schwester rosig und gesund in einem Kinderbett der Säuglingsstation lag, ihre Mutter hingegen auf einer kalten Stahlbahre in der Leichenhalle des Krankenhauses, überließ ihr Vater in seiner Trauer die Aufgabe der Namensfindung der dreizehnjährigen Rita, aus Gründen, die er nie erklärt hatte.

Nachdem sie ihre Überraschung überwunden hatte, ging sie mit äußerstem Ernst an die Aufgabe heran. Schon vor dem Tod ihrer Mutter war Rita ein in jeder Hinsicht intensives Kind gewesen. *Alt geboren*, meinten ihre Eltern und Lehrer oft. In der Mittagspause an der Mittelschule hatte sie lieber Bücher für Erwachsene gelesen, als mit Freundinnen zu tratschen oder herumzualbern. Und in jenen elenden Tagen damals hatte Rita die Ablenkung begrüßt, sich einen Namen einfallen lassen zu müssen. Es füllte einen Teil der Leere in ihr. Ihr Vater kümmerte sich in der Zwischenzeit wie betäubt um die Vorkehrungen für das Begräbnis, ihre Großmutter nahm sich des Babys an, und in ihrem Kummer versunken schenkten beide Rita kaum Beachtung.

Darcy.

Was auf Mr. Darcy zurückging.

Seit Rita im Alter von zwölf Jahren *Stolz und Vorurteil* – zum ersten Mal – gelesen hatte, war sie ein begeisterter Fan von Jane Austen. Der Name kam ihr eines Morgens in den Sinn, als sie einfach dasaß, aus dem Fenster starrte und sich bemühte, nicht traurig zu sein. Anfangs hatte sie *Emma* favorisiert, dann jedoch zusammen mit einer Reihe anderer Möglichkeiten verworfen. Damals hatte sie die Ansicht vertreten, dass es bereits zu viele Emmas, Elizabeths und Janes auf der Welt gab.

Darcy hingegen besaß Flair. Elan. Ein bisschen Einzigartigkeit. Und als sie am Morgen von Mums Beerdigung ihrem Vater ihre Entscheidung mitteilte, da umarmte er sie und meinte, *Darcy* sei perfekt.

Und was ist mit dem zweiten Vornamen?, fragte er dann.

Zweiter Vorname? An einen zweiten Vornamen hatte Rita nicht gedacht. So genau waren die Anweisungen für sie nicht gewesen.

Deine Schwester braucht einen zweiten Vornamen, bezaubernde Rita.

Die Rädchen in ihrem Gehirn ratterten, und spontan sprudelte sie hervor: *Rose.*

Der zweite Vorname ihrer Mutter.

Ihr Vater sagte kein Wort dazu, nickte nur ernst, die großen Augen – *Darcys Augen* – feucht. Dann umarmte er sie erneut, lang und innig.

Und so war es Darcy Rose Wu geworden.

Wenn sie im Verlauf der Jahre darüber nachgedacht hatte, wie sie als Verantwortliche für Darcy versagt hatte, war in Rita manchmal die Sorge aufgekommen, es könnte ein schwerer Fehler gewesen sein, sie nach ihrer Mutter zu benennen. Hatte sie Darcy unabsichtlich ein Mahnmal dafür aufgebürdet, dass ihre Mutter durch ihren Eintritt in die Welt selbst aus der Welt heraus gestoßen worden war?

»Alles in Ordnung, Ree?«

»Ja. Es geht mir gut.« Rita stützte sich auf das Kissen.

»Blödsinn. Du lügst.« Als Lügnerin war Darcy entschieden besser als Rita.

»Darcy …«

»Nein, Ree. Wie kannst du so etwas überhaupt zu mir sagen?« Schwarze Locken mit rosa Strähnchen fielen ihr in die Augen. Sie schob sie weg. Davor war Darcys Frisur ein halb rasierter Kopf gewesen. Buchstäblich – die Haare auf einer Seite bis auf die Kopfhaut abgeschoren, auf der anderen Seite unberührt, tadellos symmetrisch. Rita hatte sich gefragt, ob ihre Schwester ein Maßband oder vielleicht einen Winkelmesser benutzt hatte, um sich die Haare zu schneiden, so perfekt geteilt hatte sich ihr Schädel präsentiert: die eine Hälfte kahl, die andere Hälfte nicht.

Das war vor über einem Jahr gewesen, als Darcy das Studium hingeschmissen und sich nicht um Hüte oder Sonnenschutzcreme geschert hatte. Rita erinnerte sich an Darcys glänzende Schädelhälfte. *Rechts? Links?* Sie wusste es nicht mehr. Den Kontrast dazu hatte auf der anderen Seite ein üppiger Schopf rabenschwarzer, zu einem engen Zopf geflochtener, über die Schulter hängender Haare gebildet. Die kahle Seite hatte sich unter der kalifornischen Sonne erst rosa, dann krebsrot verfärbt. Hatte ziemlich schmerzhaft ausgesehen, vor allem, als die Haut Blasen geschlagen und sich geschält hatte. Aber Darcy hatte sich nie beklagt. In dieser Hinsicht war sie schon immer stur gewesen.

»Gott, Ree.« Darcy blinzelte mit ihren großen Augen und schüttelte den Kopf. »Du siehst echt scheiße aus. Bist du krank? Oh Gott. Hast du *Krebs* oder so? Oh mein Gott!« Sie hob die Fersen auf die Sitzfläche ihres Stuhls und schlang die Arme um die Knie. »Hast du einen Hirntumor? Oh mein *Gott*. Du *hast* einen Hirntumor.«

»Darcy …«

»Du hast einen Hirntumor, stimmt's?«

»Ich …«

»Wenn du einen Hirntumor hast, dann sag's mir einfach.«

»Ich habe keinen Hirntumor.«

»Was ist heute mit dir passiert?«

Wo soll ich anfangen? »Ich …«

»Wenn es kein Hirntumor ist, was ist es dann? Was werden sie jetzt mit dir machen? Was passiert jetzt mit dir?« Und die unausgesprochene Frage: *Was wird jetzt aus mir?*

»Ich weiß es nicht, Darcy«, antwortete Rita leise.

Darcy suchte Ritas Züge ab, das eigene Gesicht besorgt zusammengeknautscht. Rita erfuhr einen Anflug von Zuneigung, vermischt mit Scham, weil sie anfangs verärgert über ihre Schwester gewesen war. Darcy war ein guter Mensch. Schon immer gewesen. Rita hatte sich stets geweigert, sie als egoistisch zu bezeichnen, obwohl es so viele andere getan hatten, denn Darcy war in Wirklichkeit bloß unreif und verwirrt. Viele verwirrte junge Menschen waren primär auf sich selbst konzentriert.

»Gott. Ich brauche eine Zigarette.« Darcy zuckte zusammen und zupfte an ihrem Ohr. Ihrem *linken* Ohr.

Ritas Magen überschlug sich. *Fragen Sie Ihre Schwester nach Ihrem Kopf, Dr. Wu.* »Wie geht's deinem Ohr?«

»Tut weh.« Sie rieb es. »Aber weniger als vorher.« Sie verlagerte das Gewicht und rutschte zum Rand des Stuhls. »Du bist doch die Ärztin. Irgendeine Ahnung, was vor sich geht?«

»Nein.«

Darcy starrte sie eindringlich an. »Tja. Okay.«

»Ist dir sonst irgendetwas, äh, aufgefallen? Irgendwelche … äh, Symptome?«

»Nein.« Darcy hatte die Aufmerksamkeit mittlerweile dem Fenster zugewandt. »Hab ein paar Tylenol eingeworfen, ein bisschen Gatorade getrunken, und gegen Mittag war ich fast so gut wie neu.« Ein verbittertes Lachen. »Und dann hat man mich wegen dir angerufen.«

Rita spürte, wie sie sich ein wenig entspannte.

Gott sei Dank.

Darcy hatte also keine Stimme gehört. Sie hatte *seine* Stimme nicht gehört. Hatte Finney geblufft? Wenn es sich tatsächlich um ein Implantat derselben Art handelte, wenn Finney wirklich etwas in Darcys Kopf eingepflanzt hatte, dann hatten sie vielleicht Glück und das verfluchte Ding funktionierte nicht.

Aber selbst wenn: Warum hatte Finney es überhaupt in Darcys Kopf platziert? Rita dachte an den überwältigenden Drang zurück, Mrs. Sanchez zu operieren. Finney musste sie mit dem Ding in ihrem Ohr irgendwie einer Gehirnwäsche unterzogen haben. Eine andere vernünftige Erklärung gab es nicht.

Was hat er noch für uns geplant? Die Frage drehte ihr den Magen um.

Draußen regnete es. Heftig. Die beiden Schwestern lauschten dem Takt der gegen das Fenster prasselnden Tropfen.

»Regnet immer noch«, murmelte Darcy. »Vielleicht hilft das gegen die Dürre.« Sie schlang die Arme um sich und schauderte. »Scheiße. Nur eine Kippe. Mehr brauche ich nicht.« Mit den rosa Strähnchen im Haar, Designerjeans, ausgebleichtem weißem Hello-Kitty-T-Shirt, hohen Converse-Schuhen mit offenen Schnürsenkeln und mehreren knalligen Plastikarmbändern an jedem Handgelenk sah sie aus wie ein kleines Kind.

So verletzlich.

Trotzdem anders als damals, als sie San Diego das letzte Mal verlassen hatte, das spürte Rita.

Als die Sache mit dem Burschen in Seattle geendet hatte, war ihre Schwester nach Santa Cruz zu einem anderen Jungen gezogen, einem Surfer, der Darcys spärliche Ersparnisse verprasste und sich anschließend aus dem Staub machte. Rita vermutete, dass eine demütigende Vertragsauflösung in einer Familienplanungsklinik stattgefunden hatte, bevor Darcy vergangene Woche in einem aus dem letzten Loch pfeifenden Ford Fiesta aus Santa Cruz eingetroffen war, doch sie hatte Darcy nicht unter Druck gesetzt und nicht nachgefragt. Ihre kleine Schwester hatte den Fiesta vor dem Haus abgestellt und keine Erklärung geboten, woher sie ihn hatte. Seither verbrachte sie die Zeit damit, zu schlafen und fernzusehen, zwischen ihrem Bett und der Couch im Wohnzimmer hin und her zu schlurfen und gelegentlich für eine Zigarette nach draußen zu gehen.

Rita hingegen konzentrierte sich noch mehr als sonst auf die Arbeit. In der spärlichen Zeit, die sie zusammen verbrachten, wirkte Darcy … taffer. Robuster. Jahrelang war sie Rita suchend vorgekommen, wie jemand, der im Bett liegt und in der Dunkelheit auf dem Nachttisch nach einer Brille tastet. Vielleicht hatte sie endlich gefunden, wonach auch immer sie gesucht hatte.

Manchmal, hatte Chase in den schrecklichen Tagen nach Jenny Finneys Tod zu Rita gemeint, *führt der einzige Weg hinaus mitten hindurch.* Das war vor Ritas Entlastung durch den Untersuchungsausschuss gewesen, als die Schuldgefühle sie lähmten.

Vielleicht hat Darcy auch endlich den Weg mitten hindurch nach draußen gefunden.

Ein liebevolles Lächeln legte sich auf Ritas Lippen. »Du und ich, Darcy. Wir zwei. Wir sind schon nicht einfach, was?«

Jäh wirbelte Darcys Kopf herum. »Was?« Dann sah sie Ritas Lächeln und entspannte sich. »Oh … Ja. Da hast du wohl recht.«

»Als Baby warst du ein fürchterlicher Schreihals. Wusstest du das?«

»Herrgott noch mal, Rita. Was zum Geier hat das denn mit irgendwas zu tun?«

»Du hast nie mit dem Weinen aufgehört.«

»Ich *weiß*. Du hast es mir erzählt. So ungefähr hundertmal. Ich hab geweint, als ich ein Baby war. Kapiert. Viele Babys weinen.« Sie schaute zur Tür und klopfte mit den Füßen einen Takt auf den Boden. »Meinst du, man würde es merken, wenn ich mir eine schnelle Kippe reinziehe? Ich könnte ein Fenster aufmachen. Nur einen Spalt breit.«

»Ich glaube, du hast tatsächlich die klinische Definition von Koliken erfüllt.«

»Was heißt *das* jetzt wieder?«

»Dass sogar dein Kinderarzt dein Weinen ernst genommen hat. Da war diese eine Nacht. Du warst vielleicht … drei Monate alt. Dad war zu einem Einsatz unterwegs, seinem ersten nach Mamas Tod, und du hast geweint und geweint. Ich dachte schon, Oma würde sich von einer Brücke stürzen. Sie ist regelmäßig mit dir im Auto herumgefahren, weil du nur dann die Klappe gehalten hast. Und kaum hat der Wagen angehalten – *zack*, hast du von vorn angefangen.«

Darcy legte den Kopf schief und strich sich eine rosa Strähne hinters Ohr zurück. »Was war mit dir?«

»Ich war in der *achten Klasse*, Darcy. Mama war tot. Gott. Ich hatte meine eigenen Probleme. Was hat es *mich* gejuckt, ob du geweint hast? Ich hab mir Kopfhörer aufgesetzt, die Musik lauter gedreht und mich in meinem Zimmer eingeschlossen. Du warst nicht mein Problem. Bis zu jener Nacht.« Rita schaute zum Regen hinaus.

Schüttet ja wirklich ganz schön heftig.

»Die Mutter meiner Freundin hatte mich gerade nach dem Crosstraining zu Hause abgesetzt. Ich weiß noch, dass ich *so was von* müde und gestresst war, weil ich noch Hausaufgaben machen musste. Oma erwartete mich an der Tür. Mit dir auf dem Arm. Du hast geschrien wie eine Sirene, was nicht weiter überraschend war. Aber Oma … hat auch geweint. Was ich beängstigend fand, weil ich sie davor *noch nie* weinen gesehen hatte. *Niemals.* Nicht einmal, als Mama gestorben ist. Du weißt ja, wie kontrolliert sie war. Also muss sie wirklich am Ende ihrer Kräfte gewesen sein.«

Darcy beugte sich vor.

»›Hier‹, sagte Oma zu mir und drückte dich mir in die Arme.« Rita ahmte die Bewegung nach. »›Nimm sie. Nimm sie einfach.‹

Damit verschwand sie in ihrem Zimmer. Ohne ein weiteres Wort. Ich hab sie erst am nächsten Morgen wiedergesehen.«

»Und was ist passiert?«

»Du hast aufgehört zu plärren. Ich meine, nicht sofort. War nicht so, als konnte ich es abstellen wie mit einem Lichtschalter. Gott, was hab ich mir gewünscht, ich könnte es! Aber nach einer Weile hast du dich beruhigt. Und dann hast du … gelächelt. Das war … *wunderschön*. Als hättest du dir dieses putzige, persönliche Lächeln aufgehoben. Nur für mich. Du hattest schon davor gelächelt. Aber *dieses* Lächeln schien mir anders zu sein. Und auf einmal war ich nicht mehr müde. Oder gestresst wegen der Hausaufgaben.« Ritas Kehle fühlte sich wie zugeschnürt an. Sie drehte das Laken in den Händen und beobachtete, wie der Regen gegen die Fensterscheiben klatschte. Sie wusste, wenn sie jetzt zu Darcy aufschaute, würde sie zu weinen anfangen. »Ich habe dich nach oben gebracht, gebadet und bereit fürs Bett gemacht. Ich wusste nicht, was ich sonst tun sollte. Dann haben wir zusammen auf dem Schaukelstuhl gegenüber deinem Babybettchen gesessen …«

»Der alte Schaukelstuhl im Wohnzimmer?«

»Ja. Damals stand der in deinem Zimmer. Jedenfalls: Nachdem du eingeschlafen warst, wollte ich dich in dein Bettchen legen, aber du hast sofort zu weinen angefangen. Also habe ich mich mit dir wieder auf den Schaukelstuhl gesetzt, und du hast dich beruhigt.«

»Und dann?«

»Bin *ich* eingeschlafen. Mitten in der Nacht wachte ich auf, immer noch auf dem Stuhl, mit höllisch steifem Nacken. Du warst in meinen Armen total weggetreten. Ich hab dich in dein Bettchen gelegt, und weil du nicht geweint hast, bin ich zurück in mein Zimmer geschlichen, hab meine Hausaufgaben gemacht, ein paar Stunden geschlafen und bin dann in die Schule gegangen. Danach … na ja, danach habe ich Oma mehr geholfen und bin zum Schlafen in dein Zimmer gezogen. Alles wurde besser.«

Ein heftiger Windstoß ließ das Fenster erzittern.

»Alles wurde besser«, murmelte Rita. Sie streckte den Arm aus und ergriff Darcys Hand. Darcy fing zu weinen an. Rita auch. Was Darcy dazu brachte, erst richtig draufloszuheulen. Sie sprang förmlich von ihrem Sitz auf und schlang die Arme um ihre Schwester. Rita erwiderte die Umarmung, so gut sie konnte, aber ein Arm verhedderte sich in der Infusionsleitung, daher legte sie ihn über Darcys Schulter, während sie mit dem anderen ihren Rücken streichelte. Weinend hielten sie sich gegenseitig fest, bis sich Darcys Schultern nicht mehr vor Schluchzen hoben und senkten und sich ihre Atmung verlangsamte.

Sie ließ sich neben Rita auf dem Bett nieder. »Ich … Als der Anruf aus dem Krankenhaus kam, da hatte ich solche Angst. *Solche* Angst. Ich weiß nicht, was ich ohne dich tun würde, Ree.«

»Es wird alles gut, Darcy. Was immer auch geschieht.«

»Du lügst.«

»Darcy …«

»*Nein.* Nein. Das glaubst du selbst nicht, Ree. Versuch erst gar nicht mir einzureden, du würdest es glauben.«

Rita schürzte die Lippen. »Na ja«, räumte sie ein. »Man kann schon sagen, dass ich nicht sicher bin, was als Nächstes passieren wird.« Ihr Drang, über die absurde Äußerung zu lächeln, überraschte Rita. Tatsächlich fühlte sie sich seltsam – *bemerkenswert* – ruhig und klar im Kopf. Darcys Gegenwart und Finneys anhaltende Abwesenheit, die Rita immer noch spürte, schienen diese Wirkung auf sie zu haben. Eins war mittlerweile klargeworden.

Ich muss Darcy beschützen.

Alles um sie herum konnte in sich zusammenstürzen …

Scheiße, ist es ja sogar schon so ziemlich.

… aber ihre kleine Schwester musste sie vor Schaden bewahren.

Ich war nicht für sie da. Jetzt muss ich sie beschützen. Koste es, was es wolle.

»Was werden deine Ärzte tun?«, fragte Darcy.

»Also … Ich bin mir nicht ganz sicher. Hat jemand vorbeigeschaut, seit du hier bist?«

Darcy zuckte mit den Schultern. »Eine Krankenpflegerin. So um acht. Sie hat deinen Blutdruck und deine Temperatur gemessen. Du bist mir ziemlich benommen vorgekommen, also habe ich dich einfach wieder einschlafen lassen. Erinnerst du dich nicht?«

»Nein.«

»Du hast im Schlaf geredet. Hast jemanden namens Spencer erwähnt. Ist das nicht der Typ, mit dem du mal gegangen bist?«

»So ungefähr. Hat irgendeiner der Ärzte mit dir geredet?«

Darcy schüttelte den Kopf. »Ist keiner hier gewesen.«

Es würde wohl auch so bald keiner kommen, vermutete Rita. Sie hatte das Gefühl, dass Chase ihr Zimmer, abgesehen von einem medizinischen Notfall, zur Tabuzone für ihre Ärzte erklärt hatte – zumindest, bis sich er und seine Vorgesetzten morgen überlegen konnten, was sie als Nächstes mit ihr tun sollten.

Sie konnte sich schon ausmalen, welche Geschichten demnächst aufkommen würden. *Alkoholisierte Junkie-Chirurgin sticht Patientin ab, bevor sie ins Kokainkoma fällt.* Die Leute würden sich nur so darauf stürzen. Beinah tat ihr Chase leid. Wie würde er *das* schönreden?

»Und … du bleibst über Nacht hier im Krankenhaus?«, fragte Darcy.

Tu ich das?

Rita blickte zum Regen, der unvermindert an die Fensterscheiben prasselte.

»Ree?«

Der einzige Weg hinaus führt mitten hindurch.

»Hmmm?«

»Verbringst du die Nacht hier?«

»Mmmm … ja.« *Oder … vielleicht auch nicht.*

»Willst du, dass ich bleibe?«

Sie drehte sich Darcy zu. »Was?«

»Willst du, dass ich bleibe? Hier? Bei dir? Heute Nacht? Eine der Krankenpflegerinnen hat mir gesagt, ich könnte.« Sie deutete auf einen gepolsterten Vinylstuhl, der sich in der Düsternis auf der anderen Seite des Zimmers abzeichnete. »Lässt sich wohl zu einer kleinen Liege ausklappen.«

»Oh … Wie spät ist es überhaupt?«

Darcy blickte auf ihr Handy. »Fast zehn.«

»Und du sagst, die Krankenpflegerin war gegen acht hier, um meinen Blutdruck zu messen?«

»Ja.«

Was bedeutet, dass sie das nächste Mal gegen Mitternacht kommt. Wenn sie sich an die Routine hält.

Rita ergriff Darcys Hände. Nun wusste sie, was sie zu tun hatte. Sie war noch nicht sicher, wie sie es umsetzen würde, aber zuerst musste sie auf jeden Fall dafür sorgen, dass Darcy aus dem Krankenhaus verschwand. »Nein, Kleines. Fahr lieber nach Hause.«

»Bist du sicher?«

»Absolut.« Sie drückte Darcys Hände. »Es geht mir gut. Alles, was ich brauche, ist ein wenig Schlaf. Und das gilt auch für dich. Hier auf einem Stuhl wirst du davon nicht viel abbekommen, noch dazu, wo uns Pflegerinnen alle paar Stunden wecken, um meine Vitalwerte zu überprüfen.«

Darcys Unterlippe zitterte, aber sie nickte, und diesmal blieben ihre Augen trocken. »Ja. Na schön, Ree. Aber … was, wenn ich dich erreichen will? Hast du dein Handy?«

»Das ist in meinem Spind.« *Zusammen mit dem anderen Kram, den ich brauche, darunter meine Kleidung.* Rita zeigte auf ein Schnurlostelefon auf einem Tisch neben dem Bett. Wie in einem Hotel gab es bei Turner in jedem Zimmer einen eigenen Festnetzapparat. »Ich sag dir was: Du fährst nach Hause. Sobald du dort ankommst, rufst du die Vermittlung im Krankenhaus an und verlangst, in mein Zimmer durchgestellt zu werden. Okay? Dann reden wir weiter.«

»Okay.«

»Nur … fahr direkt nach Hause. Versprich mir das, ja? Du musst heute Nacht zu Hause bleiben, Darcy. Versprich mir, dass du direkt nach Hause fährst.«

»Okay, Ree. Sicher.«

»Ruf mich in dem Moment an, in dem du durch die Tür bist.«

»Mach ich. Hab dich lieb, Ree.«

»Hab dich auch lieb.« Sie küsste Darcy auf die Wange, und sie umarmten sich. Schließlich löste sich Darcy von ihr und trat den Weg zur Tür an. Licht und Geräusche drangen ins Zimmer, als sie die Tür öffnete.

»Darcy?«

»Ja?«

Rita lächelte. »Kein Rauchen im Haus, Kleines.«

Darcy grinste und wischte sich über die Nase. »Klar.« Die Tür schloss sich mit einem leisen Klicken hinter ihr, und Rita blieb allein zurück.

Sie ergriff ihr Telefon und rief bei der Vermittlung an. Dort deponierte sie, dass sie einen wichtigen externen Anruf von einer Angehörigen erwartete, den man bitte zu ihr durchstellen sollte. Der Mann, der Dienst hatte, versprach es ihr.

Dreißig Minuten später hob sie beim ersten Klingeln ab und drückte sich das Gerät ans Ohr. Ihre Hand zitterte.

Bitte lass es Darcy sein.

Sie war es. Ihre Schwester war wohlbehalten zu Hause angekommen. Rita versprach, sie gleich am nächsten Morgen anzurufen – eine Lüge, die sich jedoch nicht vermeiden ließ. Sie legte auf, lehnte sich zurück, drückte sich das Telefon an die Brust und beobachtete, wie der Regen gegen die Fenster hämmerte.

Sie wartete.

SPENCER

Spencer befand sich behaglich ausgestreckt vor dem Fernseher auf seinem Lieblingssessel, einem großen La-Z-Boy, perfekt eingesessen. Die Polsterung hatte sich an seinen Körper angepasst. Rita stand lächelnd vor ihm. Sie war nackt.

Was er schön fand.

Sie war schlichtweg atemberaubend: dichtes dunkles Haar, sinnlicher Körper, dunkle Augen über vollen, lächelnden Lippen. Spencer ließ sie auf sich wirken. Er konnte spüren, wie sich seine Erektion von innen gegen die Hose presste, beinah schon schmerzlich hart, wie früher als Teenager.

Rita näherte sich ihm einige Schritte. Erst da wurde ihm klar, dass auch er nackt war … was er seltsam fand, denn er hätte schwören können, dass er noch vor einer Sekunde Kleidung getragen hatte. Aber das war schon in Ordnung, er hatte nicht vor, sich darüber zu beschweren.

Ohne Vorspiel schlang sie die Hände um seinen Nacken und schwang sich mit einer geschickten Bewegung rittlings auf ihn, wie sie es viele Male auf demselben Sessel getan hatte. Wie in jener ersten Nacht, nachdem er sie geduldig – *und auf süße Weise, das wollen wir mal nicht vergessen* – zwei Monate lang mit keuschen Verabredungen zum Kaffee und zum Essen weichgekocht hatte. Allerdings nie im Krankenhaus, denn Rita hatte sich immer davor gefürchtet, dass man sie zusammen sehen könnte. An einem Freitag schließlich hatte sie ihm eine SMS geschickt und ihn gefragt, ob er zu Hause sei. Und als er bejahend geantwortet hatte, war sie zwanzig Minuten später bei ihm aufgekreuzt und hatte ihm gestanden, dass sie sich in ihn verliebt hatte. Fünf Minuten danach hatten sie sich nackt ineinander verschlungen auf dem Sessel befunden – so wie jetzt.

Er glitt in sie, wurde umhüllt von ihrer Wärme und Feuchtigkeit. Sie keuchte, er ebenfalls.

Oh Gott.

Instinktiv hob er die Hüften an.

Rita, hauchte er. *Ich liebe dich. Gott, ich liebe dich so sehr.*

Sie fing an, sich auf ihm zu wiegen, bewegte sich auf und ab, beugte sich vor, um ihn innig zu küssen, erkundete mit der Zunge seinen Mund. Dann wanderten ihre Lippen zu seinem Ohr, als wollten sie ihm etwas zuflüstern, als wollten sie ihm sagen, dass Rita ihn immer noch liebte und immer lieben würde.

Allerdings drangen aus ihrem Mund keine Worte, sondern elektronische Töne.

Spencer versuchte, die Klingeltöne zu ignorieren und sich stattdessen auf Rita zu konzentrieren, die sich auf ihm bewegte. Er hatte sie so sehr vermisst und wünschte sich geradezu verzweifelt mit dem weiterzumachen, was sie begonnen hatten. Er wollte ihre Liebkosungen spüren.

Aber das Klingeln ließ nicht locker. Das verfluchte Klingeln ließ sich nicht ignorieren.

Er schlug die Augen auf. Rita war verschwunden. Er saß allein in seinem Sessel. Das Klingeln stammte von seinem auf der Armlehne des Sessels liegenden Telefon. Er griff danach und blinzelte den Traum weg.

»Hallo?«

»Hi, Spence. Tut mir leid, dass ich so spät noch anrufe. Wie geht's dir, Schatz?«

Schlagartig erschlaffte er. »Oh – hi, Ma.« Unwillkürlich errötete er, als er nach dem Hebel tastete, um sich mit einem Ruck aus der Liegeposition in die Sitzposition aufzurichten. Die aufgeschlagene medizinische Fachzeitschrift, auf die er sich zu konzentrieren versucht hatte, als er eingedöst war, und die versiegelte Tüte mit – mittlerweile geschmolzenem – Eis, die er auf sein schmerzendes rechtes Knie gelegt hatte, fielen zu Boden. »Ist alles in Ordnung? Wie geht's Dad?«

»Uns geht's gut, Schatz. Ich rufe an, um mich nach *dir* zu erkundigen. Ich habe gerade den Wetterkanal gesehen und wollte mich vergewissern, dass es dir gutgeht.«

»Wieso sollte es mir nicht gutgehen?«

»Der Sturm, Schatz. In Malibu treten Schlammlawinen auf. Schwere Schlammlawinen. Ganze Häuser rutschen die Abhänge runter, Spencer. Ist Malibu nicht in deiner Nähe?«

Er rieb sich die Augen und gähnte. »Nein, Ma.« Seine Eltern lebten nach wie vor in der Kleinstadt im östlichen Washington, die sie seit vierzig Jahren ihr Zuhause nannten, und seine Mutter rief jedes Mal an, wenn es Flächenbrände, Schlammlawinen oder Erdbeben in Kalifornien in die landesweiten Nachrichten schafften. Keines dieser Ereignisse hatte je näher als achtzig Kilometer von ihm entfernt stattgefunden, doch ganz gleich, wie oft er es seiner Mutter erklärte, sie würde nie begreifen, dass Kalifornien fast tausenddreihundert Kilometer lang und vierhundert Kilometer breit war. »Malibu ist zweihundertvierzig Kilometer von hier entfernt.«

»Oh.« Sie klang leicht enttäuscht, als hätte es ihr Leben interessanter gestaltet, wenn ihr einziges Kind in der Gefahr geschwebt hätte, von etlichen Tonnen erstickenden Schlamms unter sich begraben zu werden. »Tja. Gott sei Dank. Regnet es bei dir?«

Er spähte durch das Fenster hinaus. Die Nacht war angebrochen, und schwere Regenfälle hämmerten gegen das Glas. Windböen brachten die Scheibe zum Beben. Da er in einem Bungalow wohnte, konnte er hören, wie die Tropfen auf das Dach einprasselten.

Mann. Wie lange war ich eigentlich weggetreten? Er sah auf die Armbanduhr: zwei Stunden.

»Ja. Ziemlich heftig. Ungefähr so heftig, wie ich es in San Diego je erlebt habe.«

»Genau! Im Fernsehen sagen sie, dieser Sturm – irgendwas mit *El Niño* – sei der schlimmste seit Jahren. Ist hinter deinem Haus nicht ein Hügel?«

»Nein, Ma.«

»Ich erinnere mich aber deutlich an einen Hügel, als dein Vater und ich dich letzten Sommer besucht haben.«

»Ma. Das war das Haus meines Freunds Greg und seiner Frau Sarah. Wir waren zum Brunch eingeladen.«

»Oh … Hm. Vielleicht solltest du mal nach ihnen sehen.«

Der »Hügel« hinter Gregs und Sarahs Haus war ganze anderthalb Meter hoch und stieg sanft mit dichtem Buschwerk bewachsen an – nicht gerade ein Hang, der nur darauf wartete, eine Schlammlawine zu entfesseln. »Es geht ihnen gut, Ma. Sag mir lieber, wie geht's dir und Dad?«

»Oh … Hm. Ach, weißt du …« Seine Mutter begann mit einer Zusammenfassung der jüngsten Ereignisse: die Nierensteine, die sie hinter sich hatte – *Diese Schmerzen, Spencer! Schlimmer als bei deiner Geburt!* Das Bridge-Turnier, das sein Vater und sie gewonnen hatten. Der verheiratete Gemeinderat, der in einen Sexskandal mit einer jungen Frau verwickelt war, halb so alt wie er.

Seine Eltern sorgten dafür, dass ihnen nicht langweilig wurde, und sie waren größtenteils gesund. Seine Mutter, Grundschullehrerin im Ruhestand, half als Freiwillige in der örtlichen Bibliothek aus, sein Vater, ein ehemaliger Polizist, bewirtschaftete immer noch ihre zwölf Hektar große Farm und fuhr jeden Tag Traktor. Allerdings wurden auch sie nicht jünger. Sein Vater brauchte ein neues Knie und hatte mürrisch eingewilligt, diesen Winter einen Monat in San Diego zu verbringen, um sich von einem durch Spencer handverlesenen orthopädischen Chirurgen eines einsetzen zu lassen.

Schließlich gab seine Mutter das Telefon an seinen Vater weiter, der einen Großteil dessen wiederholte, was seine Ma ihm bereits erzählt hatte, wenngleich aus seiner – nicht allzu verschiedenen – Sicht. Soziale Medien einschließlich Facebook verweigerten sie strikt, deshalb versprach Spencer, als sie fertig waren, dass er sie am nächsten Tag anrufen und Bescheid geben würde, ob bei ihm alles in Ordnung war.

Dann legte er das Telefon beiseite und verlagerte sein wundes Knie. Seine Gedanken kehrten zu Rita zurück.

Spencer, ich kann ihn nicht hören. Wenn du in der Nähe bist, kann ich ihn nicht hören.

Er dachte an ihr linkes Ohr, die Magnetresonanztomografie und daran zurück, wie sich der Auto-Chirurg am Vormittag im Operationssaal verhalten, wie er beinah *zu* gut auf jene Blutung reagiert hatte.

Spencer, ich kann ihn nicht hören. Wenn du in der Nähe bist, kann ich ihn nicht hören …

Sein Telefon klingelte erneut. Er blickte auf die Kennung des Anrufers.

»Hi, Raj. Was läuft?«

»Spence.« Rajs Aufregung sprudelte förmlich durch den Hörer. »Kumpel. Ich bin mit der Analyse der MRT fertig.«

»Ja?« Spence setzte sich aufrechter hin. »Und?«

»Alter, das *musst* du dir ansehen.«

SEBASTIAN

Vorbereitungen. Vorbereitungen und Pläne.

Sebastian saß wieder in der Parkgarage des Turner Krankenhauses in seinem Auto. Im Becherhalter neben ihm befand sich eine halb leere Thermosflasche mit Kaffee. Obwohl der Winkel der Garage, den er sich ausgesucht hatte, verwaist war, hatte er sich und sein Telefon mit einer dicken Decke gegen neugierige Augen geschützt.

Vorbereitungen.

Nachdem er Finney abgesetzt hatte, war Sebastian zu seiner

schäbigen Wohnung in Pacific Beach gefahren, um seine wenigen Habseligkeiten zu holen, eine Kanne Kaffee zu kochen, sein Handy aufzuladen und in ein durchgängig schwarzes Outfit zu wechseln: Jeans, Stiefel, langärmeliges Shirt und eng anliegende, wasserfeste Windjacke. Außerdem hatte er einige zusätzliche Gegenstände mitgenommen, die er in dieser Nacht vielleicht noch brauchen würde, darunter die Konduktionspistole.

Und Pläne.

Von dort war er zurück hierhergefahren. Zu dem Zeitpunkt war bereits die Nacht angebrochen, und der Himmel hatte seine Schleusen geöffnet gehabt. Es hatte in Strömen geschüttet. Er hatte den – nicht zu ihm zurückverfolgbaren – Volkswagen in der Garage des Turner Krankenhauses geparkt, das sich bis auf wenige Wagen leer präsentierte, weil die meisten Leute vor dem Sturm geflüchtet waren. Trotzdem würde es noch einige Stunden dauern, bevor das Krankenhaus verwaist genug wäre, um Wu zu entführen.

Entführung. Dafür habe ich nie angeheuert. Was würde Alfonso davon halten? Oder Sammy?

Genug Zeit, um zu beenden, was noch getan werden musste.

Mit seinem Handy und einem Hacking-Programm, das ihm Blade vor sechs Monaten geliefert hatte, war ihm der Zugriff auf das Sicherheitsnetzwerk von Turner gelungen, um die Garagenkameras in der Nähe zu deaktivieren. Dann hatte er über dasselbe Netzwerk Wus Zimmer lokalisiert und sich vergewissert, dass sie dort war. Was der Fall sein musste, denn das Pflegepersonal hatte ihre Vitalwerte um zwanzig Uhr eingetragen.

Ungefähr um diese Zeit war Wus Schwester, deren Aufenthaltsort er mithilfe des Implantats überwachte, in Wus Zimmer eingetroffen. An der Stelle war auch *ihr* Signal mit einem Anflug von Interferenzen ausgefallen, die jenen von Wus Implantat glichen. Finney hatte die Veränderung des Signals auf seinem Tablet bemerkt und Sebastian beunruhigt damit beauftragt, Wus Zimmer aufzusuchen und der Sache auf den Grund zu gehen.

Aber Wu und ihre Schwester würden in nächster Zeit nirgendwohin verschwinden, und im Augenblick hatte Sebastian andere Prioritäten. Seine eigenen. Finney hatte die Regeln geändert und keine Möglichkeit zu wissen, wo sich Sebastian gerade aufhielt. Die Schwester konnte warten. Also war er zuerst durch die Nacht und den Regen in den Higdon Park getrabt – *eine weitere Vorbereitung* – und hatte sich an den in einem winzigen Anhänger kauernden Nachtwächtern vorbei in den Baustellenbereich geschlichen – *weitere Vorbereitungen.*

Was länger als geplant gedauert hatte. Als er fertig gewesen war, hatte sich die Interferenz bei der Schwester in Luft aufgelöst gehabt – die Störung war zum selben Zeitpunkt verschwunden, an dem die Schwester Wus Zimmer verlassen hatte.

Interessant. Das würde er sich merken müssen.

Er hatte kurz mit Finney Rücksprache gehalten, der ihm recht gegeben hatte, dass die Interferenz kein Problem mehr war. Sebastian versicherte Finney, Bescheid zu geben, sobald er bereit wäre. Danach war er in sein Auto zurückgekehrt, um darauf zu warten, dass Blade Wort hielt.

Was Blade tat, als Sebastian gerade einen Schluck Kaffee aus der Thermosflasche trank. Ein leiser Ton von Sebastians Smartphone kündigte an, dass Blade bereit war, das fertiggestellte Hacking-Programm zu übermitteln, sobald er die Restzahlung erhielte. Sebastian seufzte und tippte auf »Senden«. Dabei stellte er sich vor, wie die Zahlen auf seinem Bankkonto rasant auf null purzelten. Wenige Sekunden später traf das Programm mit einer Bedienungsanleitung ein.

Sebastian las die Anleitung durch, öffnete das Programm jedoch nicht – es war noch nicht der richtige Zeitpunkt. Er wusste noch nicht genau, was er damit tun würde, doch er war zuversichtlich, dass es seinen Wert schon bald unter Beweis stellen würde. Vorausgesetzt natürlich, es funktionierte.

Zwanzig Minuten später, um 00:10 Uhr, erschienen Wus Vitalwerte von 00:00 Uhr auf seinem Handy, was bestätigte, dass Wus Krankenpflegerin bei ihr gewesen war und ihren mitternächtlichen Rundgang fortgesetzt hatte. Sofern sich nichts Unerwartetes ereignete, würde die Pflegerin erst in vier Stunden zurückkehren.

Es war so weit.

Zurück im Krankenhaus legte Sebastian in einem abgelegenen Besenschrank erneut die Tarnung des Robert Rodriguez, Operationsassistent, an. Anschließend ging er zu Wus Zimmer im sechsten Stock und huschte unbemerkt an mehreren Pflegerinnen vorbei, die versuchten, eine durchgedrehte alte Vettel in Patientenaufmachung zurück in ihr Zimmer zu drängen. *Gottverdammt*, hatte die Frau ein Mundwerk – dreckiger als das des halbstarken Skateboarders.

Schließlich erreichte er Zimmer 638. Laut dem Netzwerk des Krankenhauses Wus Zimmer. Die Tür stand einen Spalt offen. Er schob sie weiter auf und huschte hinein, bevor er innehielt, damit sich seine Augen an die Düsternis anpassen konnten. In geduckter Haltung schlich er auf das Bett zu, die Konduktionspistole in der Hand.

Das Bett war leer.

Keine Wu.

Sebastian richtete sich auf und suchte den Raum ab. Niemand hier. Er kramte sein Handy hervor und überprüfte noch einmal die Zimmernummer – *638*. Ja. Er befand sich im richtigen Raum.

Ihre gesamten Sachen fehlten – außer ihrer Brille, die er in einer Plastiktüte unter einer Decke auf dem leeren Bett fand.

Mist.

Er schaute zur Tür und überprüfte sein Handy auf das Signal von Wus Implantat. Immer noch blockiert, für Verfolgungszwecke nutzlos.

Scheiße!

Wohin konnte sie gegangen sein? Wenn er es nicht schnell herausfände, würde er so gut wie am Arsch sein.

SPENCER

Das Bild auf dem Computermonitor erinnerte an Aufnahmen aus dem All von der Milchstraße, wie man sie am nächtlichen Himmel von der Erde aus höchstens noch sehen konnte, wenn man sich irgendwo in der Antarktis oder vielleicht mitten auf dem Pazifik befand: unzählige winzige, weiße Punkte, die sich zu willkürlichen Haufen und Klecksen vor einem dunklen Hintergrund verdichteten.

»Was ist das?«, fragte Spencer und wäre beinah vom Stuhl aufgesprungen. Er konnte seine Aufregung kaum bändigen.

»Der Teufel soll mich holen, wenn ich's weiß«, sagte Raj in dem kleinen Fenster in der rechten oberen Ecke des Bildschirms von Spencers Desktopcomputer, dem einzigen Abschnitt des Monitors, den nicht Ritas Schädel-MRT einnahm. »Millionen winzige Partikel um ihr linkes Trommelfell, den Hör-Gleichgewichtsnerv und den lateralen Hirnstamm. Sehr klein. Ich habe mit den Kontrasteinstellungen herumgespielt, um sie grellweiß darzustellen. So kann man sie leichter sehen.«

Spencer zupfte an seinem Kinn. »Wie klein?«

»Jeweils nicht größer als ein kleines Protein. Mit einigen damit verbundenen Blutungen und Entzündungen. Wir hätten sie niemals sehen können, wenn ich die Bilder nicht mit der neuesten Version unserer Software aufpoliert hätte.«

»Woraus bestehen sie?«

»Bin mir nicht sicher. Meine Vermutung: Sie sind größtenteils organisch, aber mit Anteilen von synthetischem Material.«

»Was machen sie dort?«

»Ich hab nicht den leisesten Schimmer. Eine Infektion vielleicht?«

»Also … ich würde sagen, Prionen-Erkrankungen basieren auf Proteinen. Spongiforme Enzephalopathien.«

»Du meinst wie Rinderwahn? Creutzfeldt-Jakob-Krankheit? Das könnte es erklären. Verursacht Creutzfeldt-Jakob nicht Demenz?«

»Ja, schon, aber nicht so. Creutzfeldt-Jakob passt nicht ins klinische Bild. Das hier« – Spencer tippte mit dem Finger auf den Bildschirm – »ist einfach nur merkwürdig. Vor allem, da diese Dinger nicht gänzlich organisch sind.« Somit warf Ritas MRT mehr Fragen auf, als es beantwortete. »Vielleicht ergibt sich aus ihren Bluttests etwas. Und aus dem mobilen EEG.«

»Das ist eine weitere Merkwürdigkeit: die mobilen EEGs.«

»Wie meinst du das?«

»Na ja, dein EEG-Signal ist heute total durcheinandergekommen. Zweimal. Das erste Mal gegen« – Rajs Blick schwenkte nach unten, und Spencer hörte über die Leitung das Rascheln von Papier – »zehn Uhr.«

»Da bin ich in Ritas Operationssaal gegangen.«

»Richtig. Schwere Interferenz. Bis du die Elektrode ausgeschaltet hast. Und als du sie wieder eingeschaltet hast …«

»… da war ich mit dir im Higdon Park …«

»… da war wieder alles gut. Bis dasselbe noch mal ungefähr drei Stunden später passiert ist …«

»… als ich Rita in der Notaufnahme besucht habe …«

»… und das Signal wieder total abgeschmiert ist.«

»Also … hat mein EEG jedes Mal verrückt gespielt, wenn ich in Ritas Nähe war?«, fragte Spencer.

»Richtig.«

»Warum?«

»Hochenergetische elektromagnetische Wellen, die dein Signal stören.«

»Woher?«

»Von Rita.«

»Was?«

»Lass mich dir zeigen, was ich meine.« Raj griff nach rechts. Das Bild einer horizontalen, schnörkeligen Linie ersetzte Ritas MRT auf Spencers Bildschirm.

»Was ist das?«, fragte Spencer. »Sieht wie ein EEG-Muster aus.«

»Ist es auch. Deines. Das Muster, das dein Gehirn heute übertragen hat.«

»Sieht normal aus.«

»Ist es. Vorwiegend Beta-Aktivität. Vollkommen normal.«

Spencer rechnete mit einem beißenden Kommentar von Raj, zum Beispiel, dass sich Spencers EEG nicht von dem eines Schimpansen oder dergleichen unterschied. Aber Raj blieb ernst.

»So hat es den Großteil des Tags hindurch ausgesehen. So *sollte* es aussehen. Aber *so* hat dein EEG ausgesehen, als du im Operationssaal warst.« Die schnörkelige Linie verkam zu einem wilden, gezackten Auf und Ab, als wäre sie von einem zornigen Vierjährigen mit schwarzer Ölkreide gezeichnet worden. »Nur Interferenzen. Chaos.«

Spencer beugte sich vor. »Hm.«

»Und *so* hat dein EEG ausgesehen, als du in der Notaufnahme warst und Rita besucht hast.« Das zornige Gekritzel verschwand und tauchte dann wieder auf. »Interferenzen.«

»Heilige Scheiße. Das haargenau gleiche Muster.«

»Ja. Und da ist noch mehr.« Ein weiteres EEG-Muster füllte den Bildschirm aus, mit derselben schwarzen Kritzelei wie bei den zwei ersten.

»Wieder mein EEG? Mit Interferenzen?«

»Nein. Ritas EEG. In Echtzeit. Das Ausgangssignal, das in diesem Augenblick von ihrer Elektrode übertragen wird.« Kurz verstummte er. »So ist es schon, seit du sie an ihr angebracht hast.«

»Das ist dasselbe …«

»Es ist *haargenau* das gleiche Interferenzmuster«, sagte Raj leise. »Und was immer ihr EEG-Signal und deines stört, scheint *von* Rita auszugehen. Da fragt man sich … na ja, ich frage mich, ob es etwas mit diesen winzigen Partikeln zu tun hat.«

»*Heilige Scheiße.* Ja.«

»Und das ist immer noch nicht alles, Spence: Was immer es ist, was immer von Rita ausgestrahlt wird, das EEG behindert es umgekehrt auch. Hebt es auf. So ähnlich, wie rauschunterdrückende Kopfhörer funktionieren: Wellen entgegengesetzter Phasen, die aufeinanderprallen.«

Wenn du in meiner Nähe bist, kann ich ihn nicht hören. Ich kann ihn nicht hören, Spencer!

»Ist sonst noch etwas passiert, als du im Operationssaal gewesen bist?«, wollte Raj wissen.

»Also … der Roboter hatte einen Systemfehler, als ich mich ihm näherte. Ich musste mein EEG ausschalten, erst danach hat er wieder funktioniert.«

»Arbeitet der Roboter drahtlos?«

»Ich glaube schon.«

»Ich wette, das EEG hat auch das Funksignal des Roboters blockiert.«

Spencer dachte daran zurück, wie sein Autoradio ausgefallen war, als er seine EEG-Elektrode während der Fahrt zur Arbeit am vergangenen Morgen eingeschaltet hatte. Er nickte. »Lass mich sehen, ob ich richtig verstehe, was du sagst: Von Rita geht irgendein merkwürdiges, elektromagnetisches Signal aus, das unser EEG stört.«

»Richtig.«

»Wir wissen nicht, was das Signal ist, aber es könnte mit den Millionen proteingroßer *Dinger* in ihrem Gehirn zu tun haben – oder auch nicht.«

»Korrekt.«

»Und die EEG-Elektroden blockieren dieses Signal. Heben es auf wie beim Chirurgie-Roboter oder bei meinem Autoradio.«

»Ja.« Raj legte den Kopf schief. »Also … was denkst du?«

Spencers Handflächen fühlten sich schweißnass an. Er hatte das Gefühl, sich gleich übergeben zu müssen. Sein Triumph darüber, recht wegen Rita gehabt zu haben …

Ich hab gewusst, *dass irgendetwas faul ist!*

… wurde von Beklommenheit überlagert.

Was zum Teufel ist hier los?

»Ich denke, ich muss zurück zum Turner, Raj.«

Auf der Stelle.

RITA

Rita hatte gewartet, bis die Nachtpflegerin um Mitternacht ihre Vitalwerte gemessen hatte. Als sie gekommen war, hatte Rita so getan, als schliefe sie. Die junge Frau, die Rita nicht kannte, wirkte mürrisch. Sie hatte ihre Ankunft mit einem schrillen *Hallo* und einer Flut Neonlicht von der Deckenbeleuchtung angekündigt, ein Verhalten, das von passiver Feindseligkeit zeugte. Wusste sie, wer Rita war? Wusste sie, was sich an diesem Vormittag unten im Operationssaal zugetragen hatte? Vermutete sie, dass es sich bei Rita um eine koksabhängige Säuferin handelte?

Wahrscheinlich nicht. Die Krankenpflegerinnen der Nachtschicht waren oft jung, was bedeutete, dass sie wegen der mangelnden Jahre der Betriebszugehörigkeit keine andere Wahl hatten, als die unbeliebten Schichten zu übernehmen. Deswegen waren sie meist mürrisch, besser gesagt stinksauer. Temperatur. Puls. Atmung. Blutdruck. Messungen, die die Frau mit minimaler persönlicher Interaktion ausführte.

Pflegerin Griesgram gab Ritas Vitalwerte in den Computer

im Zimmer ein, brummte ein *Gute Nacht*, schaltete die Lichter wieder aus und schloss die Tür, ließ Rita allein in der nur vom Computermonitor erhellten Düsternis zurück.

Rita befreite sich von dem mit Infusionslösung gefüllten Beutel, indem sie den IV-Katheter aus ihrem Handrücken zog, dann stand sie auf – zuerst ein bisschen wackelig, doch sie fand rasch das Gleichgewicht. Was sie an persönlichen Gegenständen im Operationssaal gehabt hatte – Unterwäsche, Socken, Montur, Sportschuhe, Krankenhausausweis und Brille –, war ins Zimmer geliefert worden und befand sich in einer transparenten Plastiktüte neben dem Bett. Sie holte alles außer der Brille heraus und zog sich an. Die Tüte mit der Brille stopfte sie für den Fall, dass Finney zusah, unter eine Decke, obwohl sie immer noch seine Abwesenheit spürte.

Tatsächlich waren ihre Gedanken nie klarer gewesen, seitdem sie nackt auf dem Operationstisch erwacht war. Lag wahrscheinlich am Schlaf und den Infusionslösungen.

Ihre Hand verharrte über der EEG-Elektrode, die Spencer hinter ihrem Ohr angebracht hatte. Rita setzte bereits dazu an, sie von der Haut zu lösen, als sie es sich anders überlegte. Durch die Elektrode fühlte es sich so an, als wäre Spencer in der Nähe und beobachte sie, und sie fand die Vorstellung tröstlich.

Ihr Blick schwenkte zu den Fenstern in die immer noch stürmische Nacht draußen. Sie sah nur Wasser, das zornig gegen die Fensterscheiben klatschte, dazwischen verschwommen orangegelbliches Licht von Straßenlaternen und ein paar Bäume, die vom böigen Wind durchgeschüttelt wurden, der leise, aber hoch pfiff, während er sich durch die Fensterritzen zwängte.

Wenn sich Pflegerin Griesgram an die Krankenhausroutine hielt, blieben Rita ungefähr vier Stunden, bis sie wieder hier sein musste. Sie öffnete die Tür einen Spalt und spähte hinaus. Der Flur vor ihrem Zimmer lag verwaist da. Bei Turner arbeitete in der Nachtschicht nur eine Rumpfmannschaft. Rita hatte viele

Stunden damit verbracht, in diesem Patientenbereich ihre Runden zu drehen, und sie wusste, dass er um diese Zeit mit nur zwei Krankenpflegerinnen besetzt war.

Sie hatte das Glück auf ihrer Seite: Ungefähr zehn Türen weiter stand mitten im Gang eine demente alte Dame namens Mrs. Thorn. Rita wusste den Namen, weil die Frau erbost brüllte, sie sei »Mrs. Thorn, gottverdammt noch mal, also zeigt gefälligst etwas Respekt, ihr verfluchtes weißes Gesindel!«. Dabei fuchtelte sie mit den Armen in Richtung von Pflegerin Griesgram und einer anderen jungen Schwester und tobte darüber, dass die *gottverdammten, dreckigen Bohnenfresser* ihr Geld stahlen, was ja *so gottverdammt typisch* sei. Die Pflegerinnen standen mit dem Rücken zu Rita.

Ein weiterer Glücksfall: Eines der Treppenhäuser befand sich direkt gegenüber von ihrem Zimmer.

Während die zwei Pflegerinnen versuchten, Mrs. Thorn zu besänftigen und in den Griff zu bekommen, huschte Rita durch die Tür ins Treppenhaus. Mrs. Thorn erblickte sie dabei, zeigte in ihre Richtung und kreischte, dass *die diebische Schlitzaugenschlampe* entkomme, aber die gestressten Pflegerinnen drehten sich nicht einmal um.

Zwei Stufen auf einmal nehmend rannte Rita die Treppe hinunter. Sie hatte sich noch nicht überlegt, wohin sie eigentlich wollte oder was sie tun sollte. Sie wusste nur, dass Darcy und sie *weg* mussten – weg vom Turner Krankenhaus und weg von Finney. Rita hatte keine Ahnung, ob Finney ihnen folgen konnte, und in diesem Augenblick interessierte es sie auch nicht. Dafür hatte sie keine Zeit.

Eins nach dem anderen. Sie brauchte ihre Autoschlüssel, ihr Handy und ihre Brieftasche. All das befand sich in ihrem Spind. Also steuerte sie mit dem Krankenhausausweis an ihrer Montur nach unten in Richtung des Umkleideraums für OP-Personal und hoffte, niemandem über den Weg zu laufen, der sie kannte.

Noch mehr Glück: Die einzige Person, der sie unterwegs begegnete, war ein Mitarbeiter des Reinigungspersonals, der die Böden wachste und sie nicht sah, und als sie den Umkleideraum erreichte, fand sie ihn menschenleer vor.

Rasch holte sie ihre Schlüssel, ihre Brieftasche und ihr Handy und schlüpfte aus der Montur in die Jeans, das T-Shirt und den Sweater, die sie in der vergangenen Nacht getragen hatte. Dann schlich sie aus dem Umkleideraum und eilte zurück zum Treppenhaus.

Immer noch niemand in der Nähe.

Rita verspürte einen Anflug irrer Energie, als sie das Erdgeschoss erreichte, freudig erregt von der Aussicht auf Flucht. Sie raste durch eine Tür, durch die sie in die Parkgarage gelangte, und lief zu ihrem Auto.

Fast geschafft.

Sie setzte sich hinters Lenkrad, startete den Motor, legte den Gang ein und atmete vor gewaltiger Erleichterung tief durch. Sie hatte es beinah bis zum Tor der Garage geschafft, als es geschah.

SEBASTIAN

Sebastian kam schlitternd und keuchend an Wus Parkplatz in der Garage zum Stehen. Er war leer.

Gottverdammt!

Wu war weg und mit ihr seine Chance, sein Geld – *Sammys und Sierras Geld* – von Finney zu bekommen. Da ihr Signal blockiert war, hatte er keine Möglichkeit, sie zu orten.

Idiot!

Ein Großteil von ihm war stinksauer. Ein kleiner Teil jedoch verspürte Erleichterung darüber, dass Wu vielleicht doch noch die Flucht gelang.

Konzentrier dich, du Volltrottel: Was zum Teufel hast du jetzt vor?

Seine beste Chance bestand im Versuch, die Fährte bei ihrem Haus wiederaufzunehmen. Er hatte sich bereits in die Richtung seines Autos in Bewegung gesetzt, als ein Geräusch aus der Nähe der Garagenausfahrt seine Aufmerksamkeit erregte.

RITA

Verdammt.

Sie hielt den Wagen kurz vor dem Garagentor an und tippte mit der Stirn gegen das Lenkrad.

Mrs. Sanchez. Rita hatte ihre Patientin völlig vergessen gehabt.

Verdammt noch mal! Rita hämmerte mit den Fäusten auf das Lenkrad. Sie musste nach der Frau sehen. Sonst könnte sie sich nie verzeihen. Schließlich hatte Rita ja keine Ahnung, wann sie zurückkommen würde. Oder *ob* sie überhaupt je zurückkommen würde.

Sie setzte vom Tor zurück, parkte an einem leeren Abstellplatz, meldete sich mit ihrem Smartphone beim Netzwerk von Turner an und sah Mrs. Sanchez' elektronische Krankenakte durch. Die gute Neuigkeit: Bluttests und Vitalwerte sahen hervorragend aus. Die schlechte Neuigkeit: Ihr Zimmer befand sich im achten Stock. Rita musste Menschen und somit auch Fahrstühle meiden, was Treppensteigen verhieß. Sie verzog das Gesicht. Das würde dauern.

Finney war aus ihrem Kopf verschwunden – vorläufig jedenfalls –, dennoch würde er sie vielleicht verfolgen. Ihr Selbsterhaltungstrieb brüllte sie an, den Gang einzulegen und schleunigst zu verschwinden.

Aber das konnte sie nicht.

Jedenfalls nicht, ohne zuvor nach Mrs. Sanchez gesehen zu haben.

Sie stellte den Motor ab, kehrte zum Treppenhaus zurück, öffnete das elektronische Schloss mit ihrem Ausweis und begann den langen Aufstieg. Rita teilte sich ihre Kräfte ein, ruhte sich in jedem Stockwerk kurz aus. Dennoch gestaltete sich der Weg nach oben in ihrem geschwächten Zustand erschöpfend, und als sie den achten Stock erreichte, hob und senkte sich ihre Brust vor Anstrengung heftig. Wenigstens hielt ihr das Glück die Treue: Anscheinend benutzte in dieser Nacht niemand außer ihr das Treppenhaus.

An der offenen Tür zum Zimmer hielt Rita inne. Die Deckenbeleuchtung war eingeschaltet, und Mrs. Sanchez schlief in einem Bett in der Mitte des Raums. Eine junge Frau mit einem blauen Kapuzenpulli mit der Aufschrift »UCLA Bruins«, Kopfhörern und weißer Jogginghose saß am Fenster, die Beine in indischem Stil vor sich übereinandergeschlagen, die Aufmerksamkeit auf ihr Telefon geheftet. Sie war dünn und wirkte anmutig, besaß lange dunkle Haare und ein hübsches Gesicht – eine jüngere Ausgabe der schlafenden Patientin.

Die junge Frau legte das Telefon beiseite und nahm den Kopfhörer ab. Sie musterte Rita mit müden, aber intelligenten Augen.

»Ja?«, flüsterte sie. »Kann ich Ihnen helfen?« Ihr Blick wanderte zu Ritas Krankenhausausweis, den Rita an ihrem Sweater befestigt hatte. Die Augen der jungen Frau verengten sich zu feindseligen Schlitzen. Sie sprang vom Stuhl auf, manövrierte die erschrockene Rita am Arm zurück hinaus in den Gang und pflanzte sich zwischen Rita und die Tür, die sie leise hinter sich schloss.

»Ja?«

»Ich bin Dr. Wu.« Rita streckte die Hand aus. Die junge Frau betrachtete sie mit kaltem Blick und verschränkte die Arme vor der Brust. Rita ließ die Hand sinken und spürte, wie ihr Hitze in die Wangen schoss.

»Ich bin Mrs. Sanchez' Ärztin …«

»Ja. Ich weiß, wer Sie sind«, sagte die junge Frau. Unter ihren Augen prangten dunkle Ringe. »Kann ich Ihnen irgendwie helfen?«

»Sind Sie …«

»Ich bin ihre Tochter. *Kann ich Ihnen irgendwie helfen?*«

»Ich wollte nur nach ihr sehen.«

»Warum?«

»Ich wollte mich vergewissern, dass es ihr gutgeht und …«

»Warum? Damit Sie weiter an ihr experimentieren können?«

»Was?«

Die junge Frau kramte eine zerknitterte Kopie der Operationseinverständniserklärung aus der Tasche ihres Kapuzenpullis. »Mein Vater hat mir das hier gezeigt. Darin steht, dass Sie eine experimentelle Operation an ihr durchgeführt haben.«

»Also … nein, nicht wirklich. Es war eine Standard…«

Aufgebracht fuchtelte die junge Frau mit den Armen. »Warum kriegt man von Ärzten nie eine klare Antwort? Zuerst wird die Operation meiner Ma verzögert. Was noch in gewisser Weise gut war, weil es mir die Zeit verschafft hat, hier anzukommen. Dann dauert der Eingriff drei Stunden länger, als man uns ursprünglich gesagt hat. Und schließlich kommt irgendein alter Kerl im Arztkittel mit Make-up im Gesicht daher – was ich zwar total schräg finde, aber gut, von mir aus – und erzählt uns, dass zwar alles in Ordnung ist, meine Mutter aber eine Weile im Krankenhaus bleiben muss. Mein Dad hat gesagt, dass er mit Ihnen reden will, aber der alte Kerl hat gemeint, Sie wären sehr krank. Warum haben Sie meine Mutter operiert, wenn Sie krank sind?«

»Das ist nicht, was … Hören Sie, es ist nicht alles wie geplant verlaufen, aber …«

»Dachten Sie, dass Sie meine Eltern ausnutzen können, weil sie nicht so gut Englisch sprechen?«

»Was? Nein! Hören Sie zu …«

»Denn das ist echt einfach *krank*. Sie haben Ihnen *vertraut*. Und jetzt ist meine Ma schwer krank.« Eine Träne kullerte ihr die Wange hinunter. »Meine Ma ist für meinen Pa sein *Leben*. Das verstehen Sie nicht. Sie wissen nicht, wie das ist. Hat ewig gedauert, meinen Pa zu überreden, dass er nach Hause fährt und ein bisschen schläft …« Sie straffte die Schultern. »Ich will Sie nicht haben. Ich will den anderen Arzt.« Ihre Stimme schwoll an, dann kippte sie wie eine Welle, die sich am Ufer brach. »Ich will den alten Kerl. Den mit dem Make-up.«

Rita spähte zum nahen Schwesternzimmer. Eine der Pflegerinnen, die Rita nicht kannte, starrte mit hochgezogener Augenbraue zu ihnen herüber. Das Letzte, was Rita im Augenblick gebrauchen konnte, war eine Szene.

Die junge Frau berichtete noch andere Dinge. Ein Mann in einem teuren Anzug, der sich als Vertreter des Krankenhauses vorgestellt hatte, sei gekommen, um zu sehen, wie es ihrer Mutter ging, und Mrs. Sanchez' Tochter wollte wissen, was das zu bedeuten hatte. Außerdem hatte ihr eine Frau vom *Wall Street Journal* eine Nachricht auf der Mailbox hinterlassen und ihr mehrere E-Mails geschickt. Mrs. Sanchez' Tochter fragte, ob sie vielleicht mit der Dame reden sollte. Dann fügte sie hinzu, dass die Mutter ihres festen Freundes Anwältin sei, eine *echt wichtige* Anwältin in Beverly Hills, und dass sie sich gleich am nächsten Morgen mit ihr in Verbindung setzen würde …

Die Pflegerin mit der hochgezogenen Augenbraue kam auf sie zu.

Standpauke von einer Collegestudentin.

Die junge Frau redete immer noch, als Rita ins Treppenhaus zurückwich.

Darf ich mich heute auf noch irgendwelche Demütigungen freuen?

Wie benommen stieg sie die Stufen hinunter und fragte sich, wohin ihr Körper sie als Nächstes bringen würde. Er schien auf die Parkgarage zuzusteuern. *Ist wohl so gut wie jeder andere Ort, schätze ich.* Und von dort – wohin?

Darcy. Ich muss Darcy holen.

Ja. Mit jedem Schritt wurden ihre Gedanken klarer. Und dann würden sie zu zweit abhauen. Bargeld besorgen, so viel abheben, wie der Geldautomat hergab. Danach weg. Die Einzelheiten hatte sie sich noch nicht überlegt, aber das würden sie tun. Verschwinden.

Rita hatte die Füße gerade auf den Treppenabsatz im Erdgeschoss gestellt, als sie einen lauten Knall hörte und einen scharfen Schmerz wie von vier heißen Nadeln im Rücken spürte. Dann krampften sich sämtliche Muskeln zusammen, und sie sackte hilflos zu Boden.

FINNEY

Finney saß in seinem über tausend Quadratmeter großen, im Stil einer Hacienda errichteten Haus im Arbeitszimmer auf seinem Lieblingssessel aus Leder. Das Haus war zu groß für eine Person. Das wusste er. Als sie sich damals nach einem Eigenheim umgesehen hatten, da hatte sich Jenny in dieses Haus verliebt, weil sie es mit Kindern füllen wollte. Er hatte sich noch nicht dazu durchgerungen, es zu verkaufen, weil er die Abgeschiedenheit mochte. Und davon gab es jede Menge in den großen, leeren widerhallenden Räumen auf über einem Hektar Grundbesitz, umgeben von hohen Mauern. Er pflegte kaum Kontakt mit anderen Menschen. Im Augenblick nur mit Sebastian und einigen wenigen, anderen Mittelsmännern sowie dem – sorgfältig überprüften – Hauspersonal, das den Dienst für den Tag bereits beendet hatte und gegangen war. Abgesehen davon hatte er sich seit Jennys Tod von der Welt größtenteils zurückgezogen.

Der Regen strömte die Fensterscheiben in Wasserfällen herab. Was hatte Sebastian zuvor gesagt? Irgendetwas über eine Sturzflutwarnung? Schlammlawinen? Der Sturm schien innerhalb kürzester Zeit genauso viel Wasser über der Gegend auszuschütten, wie vorhergesagt worden war.

Finney streichelte den Einband seines Notizbuchs, als wäre es eine auf seinem Schoß sitzende Katze. Und wie das Schnurren einer Katze übertrug die Beschaffenheit des abgewetzten Leders beruhigende Vibrationen auf seine Fingerspitzen. Seine Haut kribbelte, und er fühlte sich vor Erwartung lebendig.

Seit er vor mehreren Stunden angekommen war, saß er schon auf diesem Sessel. Er hatte weder gegessen noch geschlafen. Eigentlich hatte er den festen Vorsatz gehabt sich hinzulegen, um sich für die bevorstehende Nacht auszuruhen. Doch wie könnte er? Dafür war er zu aufgekratzt. Immerhin stand das Universum kurz davor, wieder ins Gleichgewicht einzuschwenken. Nur noch ein Teilchen musste an die richtige Stelle geschoben werden, brauchte einen letzten Schubs in die richtige Richtung, dann würde alles wieder so sein, wie es sein sollte. Wie es zuvor gewesen war. Das Ungleichgewicht, das seit Jennys Tod herrschte, würde verschwinden, und damit auch Finneys Schmerz.

Aber … würde es tatsächlich so sein? Würde der Schmerz *wirklich* verschwinden? Inzwischen war sich Finney dessen nicht mehr so sicher.

Sein Blick schwenkte zu dem großen, gerahmten Portrait von Jenny an der Wand – dasselbe Bild, von dem er Dr. Wu – dieser mordenden Hure – eine Kopie gegeben hatte, das Foto, auf dem Jenny im Gras saß und lächelte. Aufgenommen vor einer gefühlten Ewigkeit.

Finney schloss die Augen, und in seinem Geist verwandelte sich das wunderschöne Gesicht von dem Foto in das, was es gewesen war, als die Ärzte der Intensivstation zu ihm gekommen waren und ihm mitgeteilt hatten, dass Jenny hirntot sei und es an der Zeit wäre, den Stecker zu ziehen – ein grotesker Hohn ihrer früheren Schönheit, aufgedunsen, bleich und leblos. Wie das Gesicht einer Leiche.

Finney öffnete die Lider, legte das Notizbuch beiseite und ergriff die Pistole vom Tisch neben sich. Er lud eine Patrone ins Magazin und steckte sich den Lauf in den Mund.

Der Stahl erwies sich als kalt, doch damit hatte er gerechnet, denn es war nicht das erste Mal, dass er es tat. Auf seinem Sessel sitzend starrte er auf Jennys Bild.

Was er noch nie gemacht hatte, war, den Abzug zu drücken. Nun jedoch, den Blick weiter auf Jennys Portrait geheftet, tat er es.

Nichts geschah.

Der Abzug gab nicht nach. Die Waffe feuerte nicht.

Er runzelte die Stirn, nahm die Pistole aus dem Mund und überprüfte sie. Ja: Im Magazin befand sich eine Patrone. Er hatte es richtig gemacht, genau, wie es ihm von dem Mann gezeigt worden war, der ihm die Waffe verkauft hatte. Warum also war die Pistole nicht losgegangen? Und hatte seinem Schmerz ein Ende gesetzt?

Ah. Die Sicherung. Die Waffe konnte nicht schießen. Das erkannte man daran, dass der kleine Hebel über dem Abzug in die Richtung des Wortes GESICHERT wies, das in kleinen Buchstaben in das Metall geprägt war, und weg von dem orangefarbenen Punkt. Finney hatte vorher nie eine Schusswaffe besessen und musste sich immer noch daran gewöhnen. Vermutlich hätte er wohl damit üben sollen. Vielleicht einen Schießstand aufsuchen. Aber er wollte keine Aufmerksamkeit erregen. Vor allem nicht die von Sebastian.

Mit dem Daumen kippte er den Hebel in die Richtung des orangefarbenen Punkts – der für *Entsichert* stand – und steckte sich die Pistole erneut in den Mund.

Sein Finger zuckte am Abzug.

Nein.

Finney ließ die Waffe sinken, sicherte sie und legte sie vorsichtig zurück auf den Tisch.

Das konnte kein Zufall sein. Das Universum hatte ihn aufgehalten, die Waffe aus einem Grund gesichert gelassen. Er *sollte* den Abzug nicht drücken. Das Universum *wollte*, dass er seine Aufgabe zu Ende brachte. Und aus dem Chaos die Ordnung wiederherstellte.

Das Tablet auf seinem Schoß vibrierte mit einer eingehenden Nachricht: Sebastian, der ihm mitteilte, es sei an der Zeit, dass er zum Turner Krankenhaus zurückkehrte.

Finney schaute zum Fenster hinaus und seufzte. Ihm gefiel die Vorstellung nicht, inmitten des Unwetters zu fahren. Er fuhr generell nicht mehr viel, bezahlte andere dafür, ihn zu chauffieren. Es war so dunkel, es regnete heftig, und einige der tieferliegenden Straßen zwischen seinem Grundstück und dem Turner Krankenhaus würden vielleicht überflutet sein.

Andererseits: ein geringer Preis, den man für kosmische Vergeltung durchaus in Kauf nehmen konnte.

RITA

Rita wurde flach auf dem Rücken auf etwas Weiches gehoben …

… dann befand sie sich auf etwas, das sich bewegte, und starrte nach oben, wo hell erleuchtete Deckenverkleidungsfliesen an ihr vorüberzogen …

… immer noch in Bewegung, nur wurde die Deckenverkleidung von Dunkelheit, einem kalten Wind und Wassertropfen ersetzt, die ihr ins Gesicht spritzten. Außerdem roch sie Regen, hörte ihn fallen, als …

… sie erwachte.

Gott, allmählich habe ich die Schnauze voll vom ständigen Aufwachen.

Sie stellte fest, dass sie an eine Betonmauer gelehnt saß und ihre Beine auf einem Betonboden ruhten. In dem Raum selbst schien es trocken zu sein, dennoch hörte sie überall die Geräusche von rinnendem Wasser. Jeder Muskel in ihrem Körper, jeder Teil von ihr schmerzte. Ihre Nase juckte. Sie versuchte, sie zu kratzen …

… konnte jedoch die Hände nicht bewegen. Fühlte sich an, als wären sie mit irgendwelchen Kunststoffriemen hinter ihrem Rücken gefesselt. Fest, aber nicht zu fest und insgesamt nicht allzu unangenehm.

Ein kurzes Stück entfernt saß mit untergeschlagenen Beinen ein Mann mit glatten, mittellangen, dunklen Haaren auf dem Boden. Er sah wie jemand gemischter Herkunft aus – *Asiate? Vielleicht Latino?* – und besaß intensive, dunkle Augen.

Er starrte sie an.

Situationsbewusstsein, bezaubernde Rita.

SEBASTIAN

Ihre erste Frage war am vorhersehbarsten.

»Wer sind Sie?«

»Mein Name ist Sebastian. Ich arbeite für Mr. Finney.«

»Sebastian.« Sie leckte sich über die Lippen. »Sebastian.« Ihr Mund schien seinen Namen auf eine Probefahrt mitzunehmen. »Ist das Ihr Vor- oder Ihr Nachname?«

»Nennen Sie mich einfach Sebastian.«

»Na schön. Sebastian. Was haben Sie mit mir gemacht?«

»Über welche Aspekte wollen Sie etwas wissen?«

Rita dachte darüber nach. »Mein Ohr. Und Finney, der über mein Ohr mit mir redet.«

So viel gestand er ihr zu: Sie war eine taffe Lady. Ruhig, cool, gefasst. Er kannte kampferprobte Soldaten, die mittlerweile längst wie Babys brabbeln würden und heulend nach ihren Müttern gerufen hätten. Aber was *sie* wollte, waren Antworten. Schon bevor sie aufgewacht war, hatte Sebastian entschieden, dass die Frau welche verdiente. Schadete nicht, sie ihr zu geben. Würde nichts ändern.

»Implantate. Eingepflanzt durch das Ohr. Millionen mikroskopischer Maschinen der Größe kleiner Proteine, primär aus biologisch abbaubaren Verbindungen. Injiziert in Ihre Membrana tympanica.«

»Mein Trommelfell.«

»Richtig. Die in Ihren Hör-Gleichgewichtsnerv implantierten Partikel funktionieren wie ein Funkempfänger: Als Reaktion auf Energiewellen, die in Ihr Ohr übertragen werden, vibrieren sie. Oder geben elektrische Impulse ab. Oder verursachen die Freisetzung von Neurotransmittern. Oder alles davon. Ich bin mir nicht sicher. Die physiologischen und biochemischen Aspekte gehen weit über meine Besoldungsstufe hinaus. Wie auch immer. Der Nerv überträgt die Signale in Ihr Gehirn, das sie als Sprache interpretiert. Finney hat buchstäblich in Ihrem Gehirn mit Ihnen gesprochen.«

»Warum hat er aufgehört?«

»Die Partikel in Ihrem Ohr haben aufgehört, auf seine Übertragungen zu reagieren.«

»Warum?«

»Ich weiß es nicht. Manchmal tun sie das.«

»Belügen Sie mich gerade?«

»Nein.«

»Wie kann ich das wissen?«

»Gar nicht. Aber es gibt für mich keinen Grund zu lügen.«

Eine Weile verstummte sie.

»Hatten diese … Dinger etwas damit zu tun … was heute im Operationssaal passiert ist, als ich … als ich das Skalpell …«

»Ja.«

»Wie hat er mich dazu gebracht, es …«

»Spielt das wirklich eine Rolle, Doc? Tatsache ist, er hat es getan. Er hat die Partikel dafür verwendet. Sie gegen Sie eingesetzt.« Sebastian tippte sich mit einem Finger an die Stirn. »Sie gegen Ihren Verstand eingesetzt. Er ist in Ihren Kopf eingedrungen. Hat Sie dazu gezwungen, in die Leber der Frau zu stechen.«

Sie nickte, dann betrachtete sie die Umgebung, als wäre ihr gerade zum ersten Mal der Gedanke gekommen, sich umzusehen. »Wo bin ich?«

»Im Baustellenbereich neben dem Turner Krankenhaus. In einem der neuen Operationssäle.« Kurz verstummte er, bevor er hinzufügte: »Sparen Sie sich die Mühe zu schreien. Der einzige Grund, warum ich Sie nicht geknebelt habe, ist, dass uns weit und breit niemand hören kann.« Der Lärm des prasselnden Regens und des in Strömen durch die Dachrinnen schießenden und die Seiten des Gebäudes hinabrinnenden Wassers betonte sein Argument. »Oder uns sehen«, ergänzte er. Sie befanden sich in einem halb fertiggestellten Operationssaal, einem jener, die er mit der Gruppe beim Rundgang besucht hatte und in die man von außen unmöglich hereinblicken konnte. Um auf Nummer sicher zu gehen, hatte Sebastian zudem die Lichter in ausgewählten Bereichen des Gebäudes deaktiviert und darauf gesetzt, dass niemand kommen würde, bis der Sturm vorbei wäre.

Wu schaute zu Boden und nickte.

So ruhig.

Sie hatte schon im Treppenhaus ruhig gewirkt, als er mit der Konduktionspistole auf sie schoss.

Er hatte Glück gehabt. Schon wieder.

Das Glück ist mit den Dummen, Sebastian. Das hätte Alfonso gesagt.

Er war über die Chirurgin gestolpert, als sie gerade in der Nähe der Ausfahrt der Garage aus ihrem Wagen gestiegen war, und war ihr zu Mrs. Sanchez' Zimmer hinterhergeschlichen. Dort hatte er mit angesehen, wie die Sanchez-Tochter ihr die Meinung gegeigt hatte, bevor er ihr die Treppe zurück hinunter gefolgt war. Danach war es einfach gewesen, sie hierherzuschaffen. Er hatte sie auf eine Transportliege verfrachtet, ihr ein Laken bis zum Kinn hochgezogen, damit sie wie eine Patientin aussah, und sie weggerollt. Der Sturm hatte so gut wie jeden vertrieben. Abgesehen von den Patienten, der minimal besetzten Nachtschichtmannschaft und vereinzelten Angehörigen war das Krankenhaus verwaist.

Er zeigte auf ihre Brust. »Diese Erkennungsmarken um Ihren Hals: Von wem sind die?«

Fragend sah sie ihn an. »Von meinem Vater.«

»Was hat er gemacht?« Das hatten seine Recherchen über sie nicht beinhaltet.

»Er war Pilot. Bei der Navy.«

»Was ist er geflogen?«

»Vorwiegend die P3.«

»Die Orion.« Sebastian nickte. »U-Boot-Jagdflugzeug.«

»Ja.« Sie legte den Kopf schief. »Sie waren ebenfalls bei der Navy?«

Sebastian zögerte, dann antwortete er: »Sagen wir einfach, wir waren eine … Einheit gemischter Teilstreitkräfte.«

»Ich wusste gar nicht, dass es so etwas gibt.«

»Meine Vorgesetzten haben nicht unbedingt damit geworben. Warum tragen Sie seine Erkennungsmarken?«

»Warum fragen Sie mich über meinen Vater aus?«

»Warum nicht?«

»Was werden Sie mit mir tun?«

»Weiß ich nicht.« Eine Halbwahrheit.

»Werden Sie mich umbringen?«

»Weiß ich nicht.« Eine weitere Halbwahrheit.

Wu verlagerte an der Wand die Haltung und sagte: »Erwarten

Sie von mir, dass ich weine oder so? Denn das werde ich nicht tun. Diese Befriedigung gönne ich Ihnen nicht.«

Das wiederum weiß ich. »Nein. Ich erwarte nicht von Ihnen, dass Sie weinen.« *Wann bin ich eigentlich einer von den Bösen geworden?*

Abgesehen von den Geräuschen des Regenwassers setzte Stille ein.

»Er ist gestorben«, sagte sie schließlich.

»Was?«

»Mein Vater. Sein Flugzeug ist in der Wüste östlich von San Diego abgestürzt. Katastrophales mechanisches Versagen.« Sie zuckte mit den Schultern. »Wir haben eine Flagge und seine Erkennungsmarken bekommen. Die Flagge liegt irgendwo in einem Karton. Die Erkennungsmarken … na ja, ich trage sie gern.«

»Wieso? Vermitteln sie Ihnen das Gefühl … er wäre noch bei Ihnen?«

Sie schüttelte den Kopf wie eine Frau, die sprachlos über die Dämlichkeit eines Mannes ist, und schleuderte ihm einen vor Gift und Galle strotzenden Blick zu. »So ähnlich. Nur wenn *Sie* es sagen, klingt es … kitschig.«

Sebastian fasste in seinen offenen Kragen und zog Alfonsos Erkennungsmarken hervor. Sie klimperten aneinander wie Windglockenspiele, als er sie vorne über sein Shirt fallen ließ.

Ritas Blick wanderte darüber. »Wenn Sie nicht mehr dabei sind, wieso tragen Sie Ihre dann noch?«

»Tu ich nicht. Die gehören – *gehörten* – einem Freund von mir.«

»Ist er tot?«

»Ja.«

»Wie ist er gestorben?«

Seit den Missionsnachbesprechungen hatte Sebastian die Geschichte niemandem mehr erzählt. Es hatte keinen Grund dafür gegeben. Das entsprach nicht seiner Art oder der Art der Männer, neben denen er gekämpft hatte. Sah ihr Kodex nicht vor. Außerdem verstieß es gegen Bundesgesetze, vermutete er. Aber wann hatte er sich zuletzt schon den Kopf über Gesetze zerbrochen?

Wann bin ich eigentlich einer von den Bösen geworden?

»Wir waren auf einer Mission«, sagte er. »Selbst wenn ich Ihnen erzählen könnte, wo, würde es keine Rolle spielen.« *Tut es das eigentlich je?* »Die Informationen, die man uns gegeben hatte, lauteten, dass sich das, äh, Ziel an einem bestimmten Ort aufhielt.« *Ein geheimer Unterschlupf. Für psychopathische Dschihad-Terroristen.* »Nur leider waren die Informationen unvollständig. Um das Ziel herum gab es eine ganze Menge Häuser, und alle sahen gleich aus. Und alle waren gerammelt voll. Familien. Babys. Alte Menschen. Die Hölle brach los. Reihenweise Feuergefechte. Von Haus zu Haus, von Zimmer zu Zimmer. Verfi… gefährliche Nahkämpfe, Ma'am.« Sie verdiente Respekt, also versuchte er seine Verwendung unflätiger Ausdrücke zu drosseln. »Eine dieser Situationen, in der man Freund nicht von Feind unterscheiden kann.«

»Klingt kompliziert.«

»Ja.« *Ein riesiges*, kompliziertes *Desaster.* Seine um Alfonsos Erkennungsmarken geschlungene Hand drückte abwechselnd zu und entspannte sich, drückte zu und entspannte sich. »War es.« Er kaute auf der Unterlippe. »Haben Sie gewusst, dass wir mal in Russland einmarschiert sind? Die USA?«

»Nein.«

»Ja. Wissen die meisten Menschen nicht. 1918 gegen Ende des Ersten Weltkriegs. Achttausend heißblütige amerikanische Soldaten, die in Sibirien rumgelaufen sind. Die Russen hatten sich bereits 1917 aus dem Krieg zurückgezogen, nachdem die Bolschewiken den Zaren und die königliche Familie an die Wand gestellt hatten. Erinnern Sie sich an die Bolschewiken?«

Wu sah ihn mit steinerner Miene an.

»Sie wissen schon. Die Kommunisten. Wie Lenin. Egal. Jedenfalls haben die Bolschewiken einen Bürgerkrieg angezettelt. Die Engländer und die Franzosen hatten eine scheiß Angst … Entschuldigung, Doc … waren *beunruhigt* von der Aussicht auf ein kommunistisches Russland und haben Präsident Woodrow Wilson in den ganzen Schlamassel mit reingezogen, obwohl er sich mit Händen und Füßen dagegen zu wehren versucht hat. Schließlich hat Wilson diese Kotzbrocken von der Army hingeschickt. Hat sie geradewegs hinverschifft, und die nächsten drei Jahre haben sie damit verbracht, im Schlamm zu hocken, sich die Ärsche abzufrieren und von Guerillas der Bolschewiken beschossen zu werden. Der echte Hammer ist aber, dass diese armen Teufel nicht mal wussten, gegen wen sie eigentlich kämpfen sollten. Die lächelnden Bauern, die ihnen tagsüber Wodka verkauften, waren nämlich dieselben Rebellen, die mitten in der Nacht willkürlich auf sie feuerten. Klingt das vertraut, Ma'am? Vietnam. Irak. Afghanistan.« Sebastian kicherte freudlos und schüttelte den Kopf. »*Sibirien.*«

Er holte tief Luft. »Wie auch immer. Es war ein Junge, der Alfonso getötet hat. Ein kleiner Junge. Nicht älter, als mein Neffe jetzt ist. Ihm habe ich nie die Schuld gegeben. Dem Kind. Ich meine, was für ein Arschloch drückt einem Zwölfjährigen ein AK in die Hände? Was zum Teufel weiß ein Zwölfjähriger schon von *irgendwas*?« Er umklammerte die Erkennungsmarken fest mit der Faust. »Als ich bei Alfonso eintraf, war er schon tot. Kopfschuss. Er hatte keine Chance.« *Ist nicht viel von seinem Kopf übriggeblieben.* »Der Junge auch nicht. Bis wir die Lage sondiert hatten, hatte der Rest von uns schon … na ja … Bin mir nicht sicher, ob es eine Rolle gespielt hätte, wenn wir gewusst hätten, wer auf uns schießt.« Er zuckte mit den Schultern. »Tatsache ist, dass unsere, äh, Führung es danach für das Beste hielt, wenn dieser spezielle Zwischenfall nie in öffentlichen Aufzeichnungen erschiene. Die Zahl der zivilen Verluste, all die Menschen, die ins Kreuzfeuer geraten waren … ein echtes Blutbad. Die Führung hat entschieden, dass sie keinen weiteren, nun ja, *bedauerlichen* Zwischenfall wollte, der das gediegene Ansehen des Militärs der Vereinigten Staaten getrübt hätte.«

»Was bedeutet das?«

»Das bedeutet, die Führung hat nie zugegeben, dass wir zu jenem bestimmten Zeitpunkt an jenem bestimmten Ort waren. Man hat die ganze Sache einer lokalen Milizgruppe in die Schuhe geschoben. Einer rivalisierenden Fraktion.«

»Also wurde es … vertuscht?«

»Ja.«

»So etwas passiert wirklich? Vertuschung durch die Regierung?«

Sebastian warf ihr einen Blick zu. »Sie kommen mir eigentlich gar nicht naiv vor, Doc. Auch nicht heuchlerisch. Hat nicht Ihr Vorgesetzter dasselbe für Sie getan?«

Sie lehnte den Kopf zurück an die kahle Betonmauer und starrte zur Decke. »Kommt mir einfach nicht richtig vor.«

Sebastian zuckte mit den Schultern. »War nicht das erste Mal. Wird nicht das letzte Mal bleiben. Obwohl man nie öffentlich die Verantwortung übernommen hat, brauchten meine Vorgesetzten einen Sündenbock. Alfonso war unser ranghöchster Unteroffizier gewesen. Unser Offizier war unterwegs bei einem Helikopterunfall umgekommen. Praktischerweise war Alfonso zugleich tot. Also gab man ihm die Schuld. Stempelte ihn im offiziellen Bericht, der offiziell gar nicht existiert, zum Sündenbock. Und damit hatte es sich. Sie haben ihn blamiert. Ihn *entehrt.*« Sogar jetzt noch, nach all der Zeit, flammte Verbitterung in Sebastian auf. Am liebsten hätte er mit der Faust durch die nächstbeste Wand geschlagen, ohne sich darum zu kümmern, ob er sich dabei jeden *verfluchten* Knochen in der Hand brach. Stattdessen spuckte er auf den weißen Verputzstaub auf dem Boden.

»Also ja, Doc«, sagte er mit vor Emotionen belegter Stimme. »Ich trage seine Erkennungsmarken, weil sie mir, zumindest ein bisschen, das Gefühl geben, er wäre noch hier.«

Außerdem helfen sie, die Albträume zu vertreiben. Manchmal jedenfalls.

Wu wirkte ungerührt. »Und jetzt arbeiten Sie für Finney.«

In den Albträumen sehe ich immer den Jungen mit dem AK-47. Nur ist es nicht der Junge, sondern Sammy. Seine Augen sind im Sichtfeld der Nachtsichtbrille vor Grauen geweitet wie zwei kleine, grüne Scheinwerfer.

»Ja.«

»Die Dinge, die Sie für Finney tun«, sagte die Chirurgin mit unüberhörbarer Verachtung. »Entspricht das dem, was Ihr Freund Alfonso gewollt hätte?«

Was diese Frau für *Mumm* hatte! Urteilte über *ihn*. Ihr Leben war zerstört, Finney stromerte in ihrem verfluchten Kopf herum, und *dennoch* besaß sie den Schneid, ihm die Meinung zu geigen. Eigentlich sollte er wohl wütend auf sie sein. War er aber nicht.

Vielmehr wollte er ihr erklären, wie kompliziert es war. Dass Finney die Fahrkarte in ein besseres Leben für seine Nichte und seinen Neffen verkörperte. Dass er, indem er ihnen ein besseres Leben ermöglichte, nicht nur das Andenken Alfonsos, sondern auch das des Jungen ehren konnte, der ihn getötet hatte – des Jungen, den zu töten und um seine Zukunft zu bringen Sebastian gezwungen gewesen war.

Aber das änderte nichts an der Tatsache, dass sie recht hatte. Es gab auf der Welt gute Menschen, und es gab böse Menschen.

Wann bin ich eigentlich einer von den Bösen geworden?

»Sebastian«, meldete sich Finney über den Empfänger in seinem Ohr. »Ich bin hier.«

RITA

Der Mann, der sich Sebastian nannte, legte den Kopf schief. Er hob die Hand an ein Ohr und vermittelte den Eindruck, auf etwas zu lauschen. Oder jemandem.

»Verstanden«, sagte er. »Ich habe die Tür auf der anderen Seite der Brücke für Sie unversperrt gelassen.«

Der Mann stand auf, kam zu Rita herüber und kniete sich neben sie. Er hielt etwas in der Hand. Sie konnte nicht erkennen, worum es sich handelte. Sein Blick wirkte … traurig. Ja. Definitiv traurig.

»Entschuldigen Sie«, sagte er.

»Was?«

»Das.« Er drückte ihr die Plastikmaske, die er in der Hand hielt, über Mund und Nase. Kalte Luft blies Rita ins Gesicht. Sie roch süßlich.

Distickstoffoxid. Lachgas.

Seine andere Hand lag an ihrem Hinterkopf, um Mund und Nase zu fixieren und gegen die Maske zu pressen. Rita wand sich und versuchte, das Gesicht von der Maske und deren unsichtbarem Schlaf wegzubewegen. Aber Sebastians Griff erwies sich als stark.

»Wehren Sie sich nicht«, sagte er überraschend sanft. »Es wird nur umso härter, wenn Sie dagegen ankämpfen, Doc.«

Rita kämpfte trotzdem. Sie versuchte den Atem anzuhalten, den süßen Geruch abzublocken.

Süßer Geruch.

Süße Dunkelheit.

RITA

Zusammenhanglose Empfindungen, zusammenhanglose Bilder. Bruchstücke von Bruchstücken. Sie lag ausgestreckt auf einer harten Fläche. Sie spürte ein Zwicken in der Beuge des Ellbogens ...

Die Fossa cubitalis, das ist eine Infusionsleitung in meine Fossa cubitalis, eine Infusionsleitung ...

... gefolgt von einem Brennen, das sich durch ihren Arm ausbreitete ...

Ist das Propofol? Aber es kann nicht Propofol sein ... Warum Propofol? Warum jetzt? Propofol? Warum ich?

... flüssiges Feuer raste durch Blutgefäße wie über eine Autobahn von ihrem Ellbogen zur Schulter hinauf ...

... ihr Hals, etwas befand sich in ihrem Hals, sie erstickte daran, und dann ...

RITA

... Rückkehr ins Bewusstsein.

Von all den Malen, die sie in der jüngsten Vergangenheit aufgewacht war, erwies es sich diesmal als das schlimmste. Das schlimmste Erwachen *aller Zeiten*.

Das Erste, was sie wahrnahm, als sie aus dem Unterbewusstsein auftauchte, war ein schreckliches Gefühl im Hals.

Nein.

Schrecklich beschrieb es nicht einmal annähernd. Ihr fiel überhaupt kein Adjektiv ein, das dafür ausgereicht hätte. *Schrecklich* war bloß ein Wort. Was sie erlebte, war etwas völlig anderes.

Sie wollte husten. Und würgen. Und sich übergeben. Und schreien. All das wollte sie gleichzeitig tun. Dringend – dringender, so fühlte es sich an, als sie je zuvor *irgendetwas* in ihrem Leben hatte tun wollen. Aber sie konnte weder husten, noch würgen, sich übergeben oder schreien. Rita versuchte es zwar, Gott, und wie sie es versuchte, doch ihr gelang nichts davon.

Warum? Warum geht es nicht?

Ratlosigkeit. Angst. Schmerz.

Warum?

Sie schlug die Augen auf.

Nein, doch nicht.

Denn ihre Augen waren bereits geöffnet.

Wann ist das denn passiert?

Rita konnte sich nicht daran erinnern, die Augen geöffnet zu haben. Sie schaute nach links. Nein, doch nicht. Denn sie konnte nicht nach links schauen.

Ich kann die Augen überhaupt nicht bewegen.

In diesem Moment wurde ihr klar, dass sie auf eine Art Schlauch biss. Der Gegenstand füllte ihren Mund und ragte so zwischen ihren Lippen hervor, dass sie daran saugte.

Was ist das? Schmeckte nach Plastik. *Ein großes Eis am Stiel aus Plastik.*

Sie fasste nach oben, um sich den Plastikeislutscher aus dem Mund zu ziehen. Ab dann wurden die Dinge schlimmer.

Viel schlimmer. Denn sie konnte ihren Arm nicht bewegen. Konnte ihn *überhaupt nicht* rühren. Und nicht, weil sie festgebunden war wie am vergangenen Morgen, als sie im Operationssaal erwacht war. Sie konnte ihn deshalb nicht bewegen, weil ihre Muskeln nicht reagierten.

Da wusste sie, dass sie gelähmt war.

Scharf sog sie die Luft ein. Was sich …

Oh mein GOTT!

… als unmöglich erwies, denn sie *konnte auch nicht atmen.*

Sie hörte ein vertrautes *Wusch*, das Geräusch eines Beatmungsgeräts. Gleichzeitig spürte sie, wie sich ihre Lungenflügel mit frischer, sauerstoffreicher Luft weiteten, als inhaliere sie tief, verrichte jedoch keinen der damit einhergehenden Arbeitsschritte selbst. Als ihre Lunge gefüllt war, verstummte das zischende Geräusch. Dann leerten sich ihre Lungenflügel, und die verbrauchte Luft wurde durch den Schlauch ausgeblasen, als der wohltuende Austausch von Sauerstoff gegen Kohlendioxid erfolgte. Eine kurze Pause entstand, bevor das Beatmungsgerät erneut zischte und sich der Zyklus wiederholte.

Grauen und *Panik* waren so wie *schrecklich* nur Wörter. Abstrakte Konzepte. Rita fühlte sich, als wäre sie lebendig begraben, gefangen unter tonnenweise Erdreich, das auf ihren Körper herabdrückte. Ihr Rumpf fühlte sich vom oberen Rand ihrer Schambehaarung an aufwärts kalt an, so kalt, und sie vermutete – *nur eine Vermutung, schließlich kann ich ja nicht nachsehen oder mich mit den Händen abtasten* –, dass ihr gesamter Oberkörper nackt war. Was nicht auf den unteren Bereich – Hüften, Beine und Füße – zutraf, der sich relativ warm anfühlte. Geradezu behaglich im Vergleich zum Rest.

Sie hörte Stimmen. Die erste erkannte sie auf Anhieb, und sie erfüllte Rita mit Abscheu und Furcht.

»Ist sie wach?« Das kam von Finney.

»Kann ich nicht mit Sicherheit sagen. Aber ich habe das Isofluran abgeschaltet.«

Die zweite Stimme gehörte … zu dem Mann, der sich Sebastian nannte, glaubte sie. Bei ihm gestaltete es sich ein bisschen schwerer sicher zu sein, weil sie ihn nur einmal hatte reden hören. »Bei all den Paralytika in ihrem Körper gibt es keine Möglichkeit, den Grad ihres Bewusstseins direkt zu messen.« Ja, doch, er war es. Nun war sie überzeugt davon. »Aber ihre Herzfrequenz und ihr Blutdruck sind weit, weit oben. Die Werte sind auf einmal jäh angestiegen. Also ja – ich denke, sie ist wach. Versuchen wir es mit einem noxischen Stimulus.«

Etwas Spitzes – *eine Injektionsnadel?* – stach in ihre rechte Seite.

Autsch!

Rita brachte das Wort nicht laut heraus, aber der Herzmonitor protestierte für sie, indem sich der Takt der Pieptöne als Reaktion auf die Schmerzen beschleunigte.

»In Ordnung. Sehen Sie den Monitor? Ihre Herzfrequenz ist schlagartig angestiegen, als ich sie mit der Nadel gestochen habe. Das heißt, soweit ich es beurteilen kann, ist wie wach, Boss. Oder zumindest so wach, wie sie werden wird.«

Oh mein Gott, oh mein Gott, oh mein Gott …

Sie war gelähmt und intubiert. Und sie war hellwach.

Ich bin HELLWACH. WAS MACHEN DIE JETZT MIT MIR?

Wie zur Antwort senkte sich Finneys Gesicht über das von Rita, bis es sich nur noch wenige Zentimeter von ihrer Nase entfernt befand. Ein eigenartiges Gefühl, ihn in Fleisch und Blut zu sehen. Irgendwie schien es weniger intim zu sein, als ihn in ihrem Kopf zu hören.

»Dr. Wu.« Er sah in etwa so aus, wie Rita ihn in Erinnerung hatte. Vielleicht ein wenig ausgeprägtere Krähenfüße um die Augen, ein Tupfen Grau an den Schläfen. »Ich gehe davon aus, dass Sie mich hören können.«

Oh Gott, oh Gott, oh Gott …

Er sprach in Richtung ihres rechten Ohrs. Ihres unversehrten Ohrs. »Ich denke, jetzt verstehen Sie, wie tief meine Gefühle hinsichtlich der Dinge reichen, die sich zwischen uns zugetragen haben.« Er klang so ruhig, viel ruhiger als beim letzten Mal, als er mit ihr gesprochen hatte. Und so förmlich. Andererseits wirkte er immer förmlich, als wäre er ein Universitätsprofessor, der vor einem großen Hörsaal voll Studenten referierte. »Ich sehe keine Notwendigkeit, die Dinge hinauszuzögern. Wie Ihnen vermutlich bereits klargeworden ist, haben wir Sie intubiert und paralysiert. Wie einen ihrer Patienten. Ich könnte mir vorstellen, dass Sie sich im Augenblick überaus hilflos fühlen.« Eine Pause. »Genauso hilflos, wie es Jenny war.«

Oh Gott, oh Gott, oh Gott …

Ritas bereits erhöhte Herzfrequenz stieg weiter an. Das Piepen des Monitors wurde schneller und hektischer. Das Beatmungsgerät blies Luft in sie, ihre Lunge stieß sie wieder aus.

»Ja. Der Herzmonitor verrät mir, dass Sie mich in der Tat hören können. Also. Was diese Sache zwischen uns angeht. Mich hat verärgert, Dr. Wu, dass Ihre Handlungen keine angemessene Bestrafung nach sich zogen. Ich habe immer die Ansicht vertreten, dass die Bestrafung dem Verbrechen angemessen sein sollte. Ich habe viel Zeit damit verbracht, darüber nachzudenken. Jenny war so hilflos, wie Sie es gerade sind. Jenny hat nach ihrer Operation gelitten, und dann ist sie gestorben.«

Bitte nicht …

»Ich habe versucht herauszufinden, wie ich Sie als Vergeltung für das, was Jenny durchgemacht hat, etwas Ähnliches erfahren lassen könnte. Ich habe lange und intensiv nachgedacht. Ich bin kein Arzt oder sonstiger medizinischer Fachmann. Aber ich habe gelesen. Ich habe die Fachliteratur geradezu verschlungen. Und es weckte mein Interesse, als ich über etwas stolperte, das sich *versehentliche Bewusstseinserlangung während der Allgemeinnarkose* nennt. Ich glaube, man bezeichnet es auch als *intraoperative Wahrnehmung*.«

Oh mein Gott …

Der Herzmonitor heulte mittlerweile förmlich.

Finneys dünne Lippen streckten sich zu einem noch dünneren Lächeln. »Wie ich sehe, sind Sie vertraut mit dem Konzept. Wir alle betrachten es wohl als selbstverständlich, dass wir, falls wir uns je einer Operation unterziehen und dafür unter Narkose gesetzt werden müssen, nicht mitten während des Eingriffs aufwachen.«

Bitte NICHT …

»Ich war hocherfreut, als ich hörte, wie Ihr Kollege von der Anästhesie das Thema im Operationssaal ansprach. Wie er sagte, kommt es äußerst selten vor. Und dennoch: Schon einmal ist einmal zu viel für ein derart unerfreuliches Erlebnis. Finden Sie nicht auch?«

BITTE NICHT!

»Können Sie sich das überhaupt vorstellen? Wie das sein muss? Vollkommen wach zu sein, während man eine Operation im Bauchbereich über sich ergehen lässt?« Er beugte sich ein wenig näher. Ihre Nasen berührten sich beinah. »Nehmen wir zum Beispiel Jennys Operation. Eine laparoskopische Appendektomie. Soweit ich weiß, ein unkomplizierter Eingriff. Denken Sie darüber nach. Zuerst teilt das Skalpell Ihre Haut wie ein Messer, das zu Thanksgiving einen Truthahn tranchiert. Dann diese angespitzten Ports aus Kunststoff, die wie riesige Schrauben in Ihre Bauchhöhle gedreht werden. Sie dehnen. Sie förmlich zerreißen. Anschließend kommt das Kohlendioxid, das Sie ausfüllt und Ihre Eingeweide anschwellen lässt wie einen gewaltigen Ballon.«

ES TUT MIR SO LEID!

»Natürlich ist das nur das Vorgeplänkel, denn dann beginnt erst die *eigentliche* Operation. Instrumente aus Metall, die in Ihren Eingeweiden bald hierhin, bald dorthin drücken und stochern. Das Schneiden und Klammern der Gedärme. Die Schmerzen müssen *unvorstellbar* sein.«

ES TUT MIR SO LEID, DASS SIE GESTORBEN IST!

»Aber es ist durchaus schon vorgekommen.« In seine Augen trat ein entfernter Blick. »Japanische Samurai nannten es *Seppuku*. Ritueller Selbstmord. Bemerkenswert. Was für eine *Disziplin*. Was für eine *Kontrolle*. Der in Ungnade gefallene Samurai führte dabei zwei große Schnitte über seinen Bauch aus, mit seinem *Katana* – seinem Schwert.« Finney benutzte die Hände, um die Bewegung quer über den Bauch anzudeuten. »Das Ritual sollte ihn von seiner Unehre reinigen. Erscheint mir in Ihrem Fall angemessen. Die englische Krone wiederum bediente sich vor Hunderten Jahren eines anderen Ansatzes. Man bezeichnete ihn als *Hängen, Ausweiden und Vierteilen.* Verräter wurden zuerst aufgehängt, bis sie nicht ganz tot waren, dann ausgeweidet. Man verbrannte ihre Eingeweide, während sie noch bei Bewusstsein waren. Die anschließende Enthauptung muss den Opfern wie die größte Gnade überhaupt vorgekommen sein.« Seine Aufmerksamkeit kehrte konzentriert zu Rita zurück. »Ich für meinen Teil kann mir nicht annähernd vorstellen, wie das sein muss. Mitten während einer Operation aufzuwachen.«

ES TUT MIR SO LEID, ES HAT MIR IMMER SO LEIDGETAN!

»Obwohl: In Ihrem Fall gibt es vorher gar keine Narkose, also ist es ein wenig anders.« Finney beugte sich noch näher, und einen absurden Moment lang dachte Rita, er würde sie auf die Wange küssen. Stattdessen streckte er die Hand aus und verlagerte ihren Kopf und Hals so, dass ihre Augen zu ihren Füßen wiesen, wobei er darauf achtete, nicht den Schlauch zu verschieben. »So ist es besser. Ich will, dass Sie alles sehen können, Dr. Wu. Die Operation, der Sie sich heute Nacht dank Delores unterziehen, ist natürlich die passende: eine laparoskopische Appendektomie. Derselbe Eingriff, den Sie an Jenny vorgenommen haben. Morpheus sorgt dafür, dass sie gelähmt bleiben, und injiziert einige Stimulanzien in Ihren Kreislauf, damit Sie während der gesamten Dauer wach bleiben.«

OH GOTT!

»Oh … Und eins noch, Dr. Wu. Ihre Schwester.« Aus dem Augenwinkel sah Rita, wie er einen Gegenstand neben ihrem rechten Ohr auf derselben Fläche platzierte, auf der auch sie lag. »Sie hat ein Implantat im Gehirn. Ähnlich dem Ihren. Es ist eine Bombe.«

OH GOTT, DARCY, OH GOTT!

»In wenigen Momenten, nachdem Delores angefangen hat, werde ich sie detonieren lassen. Ich habe einen Lautsprecher neben Ihren Kopf gestellt, damit Sie, bevor es für Sie selbst vorbei ist, mit anhören können, wie Ihre Schwester stirbt.«

NEIN – SIE VERFLUCHTER MISTKERL, SIE IST NOCH EIN HALBES KIND!

»Das ist das letzte Mal, dass Sie und ich uns unterhalten. Oder vielmehr, dass Sie mich sprechen hören.«

BITTE, GOTT, DAS DARF NICHT PASSIEREN …

Als sich Finney abwandte, fügte er hinzu: »Sie werden schreien wollen. Tut mir leid, dass Sie dazu nicht in der Lage sein werden.« Er verschwand. Ein Rascheln ertönte, gefolgt von einem leisen Grunzen, dann tauchte Delores' silbrige Form über Rita auf.

Mobil, Delores ist mobil, sie haben Delores hierhergetragen.

Rita hörte das vertraute Geräusch – ein zweifaches Klacken, danach ein Surren –, als Delores' gyroskopische Füße zu beiden Seiten ihres Bauchs angeklammert wurden, um den Roboter zu fixieren.

»Eingeschaltet«, verkündete Delores. »Systemprüfung läuft.«

Batteriebetrieb für bis zu acht Stunden.

Mittlerweile konnte Rita nur noch Delores sehen, die über ihr kauerte, die vier stachelartigen Fortsätze direkt auf ihren nackten Bauchbereich gerichtet. Rita sah eine verzerrte Reflexion ihrer selbst in der silbrigen Oberfläche von Delores' Unterseite.

Oh Gott.

Es geschah wirklich.

»Alle Systeme bereit«, meldete Delores.

Es geschah wirklich, und zwar mit Rita.

Delores wird OPERIEREN. AN MIR. IN WACHEM ZUSTAND.

»Delores«, sagte Finney. »Initiiere Protokoll für laparoskopische Appendektomie.«

»Selbstverständlich. Initiiere Protokoll für laparoskopische Appendektomie.«

Durch den neuen Winkel, in dem ihr Kopf lag, konnte Rita alles sehen. Delores' Motoren brummten und surrten, als die Kamera und die drei Schweizer Messer dreißig Zentimeter über Ritas nacktem Rumpf rotierten.

»Fahre Skalpell aus.«

Ein lautes Klicken ertönte, als eines der Schweizer Messer das Skalpell – *ein krasses Springmesser* – ausfuhr und auf Ritas Haut zubewegte.

Rita versuchte, die Augen zu schließen. Aber auch ihre Lider erwiesen sich als gelähmt. Entsetzt beobachtete sie, wie sich das Skalpell gleich einem riesigen Stachel auf ihre Haut zuschob. Sie versuchte, sich nicht vorzustellen, wie der scharfe Stahl durch das Fettgewebe, die Nerven und die Muskeln darunter schnitt.

Ist das die Hölle?, fragte sie sich. *Ist Finney mein persönlicher Teufel, der mich für meine Sünden bestraft?*

Dann hörte sie aus dem Lautsprecher neben ihrem Kopf Darcy. Es klang, als telefoniere sie. *Mit dem Jungen aus Santa Cruz?* Gott, Rita hoffte nicht, der Typ hörte sich nach einem gewaltigen Loser an – was ein absurder Gedanke war, denn *was spielte das jetzt für eine Rolle*?

Obwohl Rita nie ein besonders religiöser Mensch gewesen war – *Spencer, Spencer ist religiös, er hat an dem Tag gebetet, als wir uns kennengelernt haben* –, betete sie. Betete, dass es so schnell wie möglich vorbei sein würde. Für sie beide.

Delores' Skalpell bewegte sich mit unerbittlicher Präzision auf sie zu.

Bitte, Gott, lass es schnell vorbei sein.

Näher.

Bitte, Gott. Es tut mir leid.

Näher.

Es tut mir so unheimlich leid. Es tut mir alles so leid.

Sie ertappte sich dabei, sich zweite Chancen zu wünschen.

Spencer, es tut mir so leid, dass ich weggeworfen habe, was wir hatten, dass ich einen so guten Menschen wie dich so schlecht behandelt habe …

Das Skalpell befand sich noch zwei Zentimeter von ihrer Haut entfernt …

… und dann hielt das Skalpell inne, schwebte eine Fingernagelbreite über ihrem Nabel. Seitlich an Delores' Zentraleinheit blinkte ein rotes Lämpchen.

»Systemfehler«, verkündete Delores. »Drahtlosverbindung unterbrochen.«

»Was?« Finney schaute mit gerunzelter Stirn zu Sebastian, der mit den Schultern zuckte.

»Dasselbe ist gestern Vormittag im Operationssaal passiert.«

Finney öffnete den Mund und schloss ihn, wodurch er wie ein Fisch aussah. Er schien außerstande zu sein, diese Entwicklung zu verarbeiten.

»Tja«, fauchte er barsch. »Sie waren dort. Beheben Sie das Problem.«

Sebastian sah ihn an. Er hatte alles getan, was Finney verlangt hatte. Er hatte Wu gefangen und hierhertransportiert, ohne dass jemand etwas davon mitbekommen hatte.

Glück.

Er hatte ihr eine Infusionsnadel in den Arm gesteckt und eine Anästhesie eingeleitet, ohne ihr Herz zum Stillstand zu bringen.

Glück.

Es war ihm gelungen, ihr den Trachealtubus in die Kehle einzuführen …

Wie bei Gary Indiana bei jenem Kampfeinsatz, genau wie bei Gary Indiana …

… ohne sie umzubringen.

Glück.

Er hatte sie erfolgreich an Morpheus, die Anästhesiemaschine angeschlossen und die richtige Dosierung von Paralytika eingestellt.

Glück.

Irgendwann musste sein Glück ja enden.

»Das war kein Bestandteil unserer Vereinbarung, Mr. Finney. Wie abgemacht habe ich sie in Position für die Operation gebracht. Bezahlen Sie jetzt, dann ziehe ich in Erwägung, Delores für Sie zu reparieren.«

»Reparieren Sie erst den Roboter. Dann bezahle ich.«

»Nein.« Im Augenblick befand sich Sebastian im Vorteil, und er wollte verflucht sein, wenn er das nicht nutzte.

Sammys und Sierras Geld.

Finneys Unterlippe zitterte. Beide Hände hatten sich zu Fäusten geballt. Er sah aus wie ein kleiner Junge kurz vor einem Trotzanfall.

»Na schön.« Mit seinem Headset und Tablet tätigte Finney einen angespannten Anruf, der ganze zehn Sekunden dauerte, danach nickte er Sebastian zu. Mit seinem Handy führte Sebastian die Überweisung auf ein anonymes Konto im Ausland über eine sichere Drittpartei durch, was im Voraus von Blade für ihn arrangiert worden war. Mit mehreren SMS bestätigte die Drittpartei den Eingang des Geldes.

Achtzehn Millionen *Dollar.*

»Erledigt«, verkündete Finney. »Also. Beheben Sie das Problem.«

Sebastian zögerte. Sollte er Finney über den Tisch ziehen und einfach gehen? Immerhin hatte er, was er brauchte: mehr als genug Geld, um ausgesorgt zu haben und seiner Familie ein besseres Leben zu ermöglichen. Auf der Stelle zu verschwinden, war ein *verdammt* verlockender Gedanke.

Er schaute zu Wu, die hilflos auf dem provisorischen Operationstisch lag, den er aus einem großen Brett, wie man es verwendete, um Fenster zu vernageln, und zwei Sägeböcken zusammengebastelt hatte.

»*Beheben* Sie es«, wiederholte Finney.

Worauf zum Teufel wartest du, Sebastian? Geh einfach!

Wus Schwester war am Telefon. Sebastian konnte durch den

von ihm konfigurierten Lautsprecher hören, wie sie mit irgendeinem Kerl redete.

Verdammt, klang sie jung.

Wann bin ich eigentlich einer von den Bösen geworden?

Die beiden Frauen mit Finney allein zu lassen, fühlte sich nicht richtig an. Sebastian war nicht sicher, was der Mann tun würde, sobald der Roboter repariert wäre – *falls* es Sebastian überhaupt gelänge. Verflucht, er wusste gar nichts mehr mit Sicherheit.

Aber er hatte immer noch das Programm, das er von Blade bekommen hatte.

Spielen wir noch ein wenig länger mit. Mal sehen, was passiert.

»Schalten Sie Ihr Gerät aus«, ordnete Sebastian an, schaltete das eigene Handy aus und steckte es in die Tasche. Finney schaltete sein Tablet aus.

Delores' rotes Lämpchen blinkte weiter. Sebastian strich sich übers Kinn, während er Wu und Delores betrachtete. *Elektronische Interferenz.* Im Operationssaal war ihr Kontakt zu Wu im selben Augenblick abgebrochen, als der Roboter erstarrt war.

»Eine Interferenz. Die sowohl den Roboter als auch das Signal zu ihrem Gehirn blockiert.«

»Von wo? Von etwas in diesem Raum?«, fragte Finney.

»Nein. Ich habe jeden Quadratzentimeter abgesucht und sämtliche Funktionen von Delores getestet, bevor ich Wu hergebracht habe.«

Nichts, das wir bei uns tragen, nichts auf der Baustelle, nichts an Delores, also … was ist es?

Sebastian starrte die Chirurgin an, während er nachdachte. Warum hatte ihre Vorrichtung am vergangenen Vormittag im Operationssaal plötzlich nicht mehr funktioniert? Und dann den Betrieb genauso plötzlich wiederaufgenommen? Und sich später in der Notaufnahme endgültig verabschiedet? Und was war mit dem Implantat ihrer Schwester? Es musste ein Muster dahinterstecken. Was entging ihm?

Etwas an Wu?

Er schritt auf sie zu, wich abwesend einigen roten Gasflaschen aus Metall aus, die sich auf dem Boden stapelten. Jede war kniehoch und wies in großen, weißen Buchstaben die Warnung auf:

ACETYLEN.
RAUCHEN VERBOTEN!
KEINE OFFENEN FLAMMEN!

Sie waren ihm schon zuvor aufgefallen, als er den Raum vorbereitet hatte. Acetylen brauchte man zum Schweißen, das wusste er. Die Bauarbeiter verstauten die Gasflaschen vermutlich hier, um sie vor Regen zu schützen, womit sie wahrscheinlich gegen eine ganze Wagenladung von Sicherheitsvorschriften verstießen. *Egal.* Es war der beste Raum, den er ausgekundschaftet hatte, und ihm war keine Zeit geblieben, die Gasflaschen wegzuschaffen. Außerdem spielte es keine Rolle.

Sebastian fing mit Wus Füßen an. Die Jeans ließ er ihr an, weil er wusste, dass es schwierig sein würde, die Frau aus dem eng anliegenden Material herauszuschälen. Er untersuchte jeden Teil von ihr, tastete sie mit klinischer Nüchternheit ab, bewegte die Hände dreihundertsechzig Grad um ihren Körper. Füße. Beine. Becken. Bauch. Brust. Hals. Kopf.

Nichts.

Sebastian runzelte die Stirn und wollte gerade etwas zu Finney sagen, als ihm etwas ins Auge sprang, das sich hinter Wus rechtem Ohr versteckte.

Was zum Geier ist das?

Es sah aus wie eine Vierteldollarmünze mit zu ebenmäßigen und glatten Kanten, um nicht künstlich zu sein, außerdem unterschied sich die Farbe geringfügig von jener der umliegenden Haut. Er streckte die Hand aus und kratzte behutsam mit dem Fingernagel darüber. *Vielleicht keine so gute Idee*, warnte ein Teil seines Gehirns, *ohne zu wissen, was es ist oder was es mit deinem Finger anstellen könnte.* Er versuchte, ob sich die Kante von der Haut darunter lösen und abschälen ließ. Was zutraf. Er zog eine Ecke etwas weiter ab, dann entfernte er das gesamte Ding und hielt es ins Licht. Sah aus wie ein rundes Pflaster, nur steifer und mit biegsamen, in das Material eingearbeiteten Metallfasern.

»Was ist das?«, fragte Finney, der ihm über die Schulter spähte.

»Ich weiß es nicht. Aber irgendjemand muss es bewusst angebracht haben.«

»Warum?«

»Keine Ahnung.«

Sebastian ließ das metallische Pflaster auf den Boden fallen und zertrat es unter dem Absatz seines Schuhs.

Delores' rotes Lämpchen hörte zu blinken auf und wurde grün.

»Drahtlosverbindung wiederhergestellt. Operative Systeme online.«

»Da brat mir doch einer 'nen Storch«, murmelte Sebastian.

»Setze Protokoll für laparoskopische Appendektomie fort.«

Nach einem Piepton erklang ein wildes Summen von winzigen rotierenden Motoren und Getrieben. Das Skalpell setzte den Weg zu Wus Bauch fort. Unmittelbar über dem Nabel geriet die Klinge in Kontakt mit der Haut …

… und verharrte, bevor sie Druck darauf ausüben konnte.

»Systemfehler«, meldete Delores. »Drahtlosverbindung unterbrochen.« Das rote Lämpchen an der Zentraleinheit blinkte ihnen entgegen.

»Was ist denn *jetzt* wieder?«, fragte Finney schnaubend und beugte sich über das rot blinkende Lämpchen.

In diesem Moment attackierte ihn Dr. Spencer Wallace Cameron.

SPENCER

Spencer sah zwei Männer, die über Rita gebeugt standen. Weder kannte er sie, noch verstand er, weshalb sie hier waren, doch es ließ sich nicht übersehen, dass sie ihr wehtun wollten, und zwar auf unvorstellbar grausame Weise.

Er schlich sich unbemerkt an sie heran und überraschte sie völlig, als er aus der umliegenden Düsternis hervorschoss wie eine menschliche Rakete gewaltiger Ausmaße.

Raj. Gott sei gedankt für Raj. Es war seine Idee gewesen, Ritas EEG-Elektrode als Peilsender zu benutzen, um sie damit aufzuspüren wie mit einem Navigationssystem.

Als Spencer in Ritas Zimmer im Krankenhaus gewesen war, um nach ihr zu sehen, feststellen musste, dass sie verschwunden war, und erfuhr, dass die Pflegerin keine Ahnung hatte, wo sie sein konnte, hatte sein erster irrationaler Impuls darin bestanden, die Polizei anzurufen und Rita als vermisst zu melden. Die Person von der Vermittlung hatte ihm höflich zugehört und ihm anschließend mitgeteilt, dass ihn innerhalb von vierundzwanzig Stunden ein Ermittlungsbeamter aufsuchen würde, um die Meldung aufzunehmen.

Vierundzwanzig Stunden! Spencer hatte getobt.

Zur Antwort war ihm die Frage gestellt worden, ob es nicht möglich sei, dass sie lediglich das Krankenhaus verlassen haben und nach Hause gefahren sein könnte, ohne jemandem Bescheid zu geben.

Ja, möglich wäre es, hatte Spencer eingeräumt.

Worauf ihm die durchaus vernünftige Zusatzfrage gestellt worden war, wieso er dann vermutete, dass sie eine vermisste Person sei.

Spencer hatte zornig aufgelegt, nachgedacht und Raj angerufen, der noch wach war und begierig auf weitere Neuigkeiten wartete. Raj zeigte sich zwar perplex, aber unverdrossen, nachdem ihm

Spencer die Lage erklärt hatte. Er vermutete, Rita könnte verwirrt von dem sein, was sich in ihrem Kopf abspielte. Vielleicht war sie davongewankt und hatte sich verlaufen. Er schlug vor, nicht das Sicherheitspersonal des Krankenhauses einzubeziehen, weil es vermutlich ähnlich wie die Polizei reagieren würde. Raj hatte mit Autorität jeder Art so seine Probleme, weshalb er es vorzog, das Sicherheitspersonal des Krankenhauses außen vor zu lassen.

Zu ihrer beider Überraschung und mit Spencers wachsender Angst hatte Raj ihn zu der Brücke im ersten Stock geführt, die das Turner Krankenhaus mit dem neuen Flügel verband, dann unter dem gelben Absperrband der Baustelle hindurch und zu einer Tür, die jemand angelehnt gelassen hatte. Anschließend weiter über die Brücke selbst und mitten hinein in das dunkle Innere des Baustellenbereichs. An der Stelle hatte das Signal ausgesetzt. Spencer hatte sich gefragt, ob es etwas mit seinem Handy zu tun hatte, dessen Akku beinah leer war.

Doch zu dem Zeitpunkt konnte er bereits Stimmen hören, die ihn zusammen mit einem leichten Lichtschimmer hierhergeführt hatten, zu dieser bizarren Szene, die wie aus einem in Hollywood produzierten Slasher-Film anmutete.

Er dachte weder nach, noch zögerte er. Ihn interessierte nicht, wer diese Kerle sein mochten. Er griff einfach an. Wie eine hirnlose Maschine, die allein darauf programmiert war, die Männer auszuschalten und Rita schleunigst rauszuholen. Er traf sie hart mit einer klassischen Rugby-Attacke, bei der er tief geduckt die Schulter zum Einsatz brachte.

Der große sandblonde Typ ging als Erster zu Boden. Er schien gerade dabei zu sein, den Roboter zu inspizieren. Die Luft, die ihm die Wucht von Spencers Aufprall aus der Lunge presste, entwich mit einem hohen, spitzen Aufschrei aus seinem Mund. Sein Körper wirbelte nach oben und über Spencer hinweg, überschlug sich einmal und landete hart mit dem Rücken auf dem unbarmherzigen Beton.

Ohne Schwung zu verlieren, pflügte Spencer in den anderen, schlanken Mann mit dunklen Haaren. Der erwies sich als schnell und hatte bereits dazu angesetzt auszuweichen, dennoch erfasste ihn Spencer mit gewaltiger Wucht. Sie gingen gemeinsam zu Boden.

Der Mann grunzte, als Spencer auf ihm landete. Spencer kauerte sich sofort rittlings auf ihn, und bevor sich sein Gegner erholen konnte, schlug er ihm ins Gesicht. Seine Faust drückte das weiche Knorpelgewebe der Nase befriedigend platt. Blut spritzte in hohem Bogen auf. Spencer schlug ihn erneut. Ein weiches, nasses Geräusch ertönte. Es erinnerte an eine aus großer Höhe auf Asphalt fallende und aufplatzende Melone.

Der dunkelhaarige Mann stöhnte.

Spencer schlang eine riesige Hand um die Kehle des Mannes und holte mit der anderen Faust aus, an der mittlerweile das Blut seines Gegners klebte. Der Mann kämpfte gegen die Hand um seinen Hals an. Blut blubberte aus seinem Mund und seiner Nase.

Spencer zögerte.

Gib ihm den Rest!, brüllte ein hässlicher Teil seiner selbst. Er war noch nie in seinem Leben so voll Wut, so voll Hass gewesen.

Er quetschte die Gurgel des Dunkelhaarigen härter. Zwei weitere platzierte Hiebe würden den Großteil der Knochen im Gesicht dieses Arschlochs brechen, das wusste er. Drei würden ihn wahrscheinlich ins Koma versetzen.

Röchelnd wand sich der Mann und krallte sich an Spencers Hand. Spencers erhobene Faust zitterte.

Nein.

So ein Mensch war er nicht. Er war ein Mann des Glaubens und der Überzeugung. Dieser Kerl war bereits außer Gefecht gesetzt. Das war alles, was zählte. Zur Sicherheit schlug ihm Spencer noch einmal mit weniger Kraft seitlich gegen den Kopf, bevor er sich aufrappelte und von seinem Gegner löste. Der Mann krümmte sich in Embryonalhaltung und stöhnte. Keuchend schaute Spencer zu dem Sandblonden, der ebenfalls auf dem Boden lag. Er rührte sich nicht.

Rita.

Über die beiden Männer würde er sich später weiter den Kopf zerbrechen. Vorerst musste er Rita so schnell wie möglich von diesen verfluchten Maschinen wegbekommen.

Die Anästhesiemaschine befand sich ihm am nächsten. Er erinnerte sich daran, was Montgomery im Operationssaal erklärt hatte, bevor dort das Chaos ausgebrochen war. Sein Blick und seine Hände suchten panisch die Seiten des Geräts ab, bis er einen großen roten Knopf fand.

Der Schalter für den Schutzmechanismus.

Damit würde alles abgeschaltet, Rita würde aufgeweckt und die Lähmung aufgehoben. Er schlug mit der flachen Hand darauf. Die Maschine gab ein tiefes Brummen von sich, worauf ein Zischen folgte. Das war alles: keine weiteren Signale, keine sonstigen Anzeigen, die erahnen ließen, was das Gerät tat. Spencer hoffte, den Knopf zu drücken, hatte ausgereicht.

Und wo ist jetzt der an dem verdammten Auto-Chirurgen …

Er sichtete ihn. Wie ein rotes Leuchtzeichen prangte der Knopf an der Seite des Roboters, der sich mehrere Meter entfernt befand. Spencer schritt darauf zu. Er streckte die Hand nach dem Knopf aus. Seine Finger befanden sich nur wenige Zentimeter davon entfernt, als ihm der Dunkelhaarige auf den Rücken sprang.

SEBASTIAN

Herrgott, ist dieser Typ groß!

Sebastian hatte vor langer Zeit gelernt, seinen Instinkten zu vertrauen. Benommen und hab blind vor Schmerzen und dem Blut, das ihm aus dem misshandelten Gesicht in die Augen rann, bekam er von ihnen zu hören, dass er nur dann aus dieser verdammten Situation herauskäme, wenn er sich um diesen großen Mistkerl kümmerte …

Cameron, das ist Cameron, der Neurochirurg aus der Notaufnahme …

… der buchstäblich zwischen ihm und seiner Freiheit stand.

Sebastians Instinkte hatten gemeint, es sei das Richtige, auf den Rücken des Kerls zu springen – um Zeit herauszuschinden, bis sich seine Sinne erholten und er die Lage einschätzen konnte. Er musste Cameron vorübergehend aus dem Konzept bringen, ihn vielleicht in den Würgegriff bekommen.

Sebastian hätte es auch mit der Konduktionspistole versuchen können, die sich im Holster an seinem Kreuz befand. Allerdings hatten ihn seine Instinkte daran erinnert, dass er gerade nach Strich und Faden vermöbelt worden war und kaum klar sehen konnte, geschweige denn für einen sauberen Schuss zielen.

Mit einem überraschten Grunzen wankte Cameron mit Sebastian huckepack rückwärts, weg von Wu und vom Auto-Chirurgen. Während er sich an Cameron klammerte wie ein Reiter an einen Stier bei einem Rodeo, fragte sich der professionelle Teil von Sebastians Gehirn, wieso um alles in der Welt ihn Cameron nicht totgeprügelt hatte, als er die Gelegenheit dazu bekam. Er hätte es tun sollen. Denn Sebastian hatte schon weit schlimmere Scheiße als das hier überlebt, und er hatte nicht vor, Cameron weitere Chancen zu bieten, die Oberhand zu erlangen.

Aber Himmel, ist der Typ stark! Cameron schüttelte Sebastian so heftig hin und her, dass seine Zähne klapperten. Viel länger würde er sich unmöglich festhalten können. Ein Würgegriff kam nicht infrage.

Dann jedoch meldeten sich erneut Sebastians Instinkte. Während er sich mit dem linken Arm an Cameron festklammerte, fasste er mit der rechten Hand nach oben und krallte hinter beiden Ohren an Camerons Kopf.

Da. Hinter dem rechten.

Wie er vermutet hatte.

Cameron warf ihn ab, und Sebastian landete einige Meter entfernt hart auf dem Boden.

SPENCER

Wutentbrannt drehte sich Spencer zu dem Dunkelhaarigen herum und stapfte auf ihn zu. Er bemühte sich, nicht auf die Schmerzen in seinem rechten Knie zu achten, die schlimmer wurden. *Viel* schlimmer. Lag vermutlich an dem überstürzten Angriff auf die zwei Männer.

Er hielt inne und runzelte die Stirn. Der Dunkelhaarige hatte einen kleinen, runden Gegenstand in der rechten Hand. Während Spencer ihn beobachtete, warf er den Gegenstand auf den Boden und zerstampfte ihn mit dem Absatz seines Schuhs.

»Drahtlosverbindung wiederhergestellt. Operative Systeme online«, verkündete der Roboter.

Was?

Spencer wirbelte herum. Das Lämpchen am mittleren Zylinder des Roboters, das eben noch rot geblinkt hatte, leuchtete konstant grün.

Spencers Hand schoss zu seinem rechten Ohr. Die EEG-Elektrode war verschwunden. Seine Finger lösten sich blutig von der Stelle. Der Dunkelhaarige hatte ihm die Elektrode von der Haut gerissen, während er sich an seinen Rücken geklammert hatte. Durch Spencers Körper strömte so viel Adrenalin, dass er es gar nicht bemerkt hatte.

»Setze Protokoll für laparoskopische Appendektomie fort.«

Auf zwei Pieptöne folgte das bedrohliche Surren von Motoren und Getrieben aus dem Arm, der das Skalpell an Ritas Bauch angesetzt hielt. Das Skalpell, das an ihrer Haut ruhte.

Nein!

Spencer stürmte in Richtung des Notaus-Knopfes los, aber sein verletztes Knie – *verdammt, allmählich fängt es richtig zu schmerzen an* – bremste ihn, und der Knopf schien so weit weg zu sein …

RITA

Was zum Teufel ist hier los?

Rita hatte gehört, wie sich Delores abgeschaltet hatte. Jäh war Euphorie in ihr aufgeflammt. Dann hatte sie verwirrt gelauscht, wie Finney und Sebastian sich beratschlagten. Sie hatte gefühlt, wie Sebastian ihren Körper untersuchte – *so akribisch und geübt wie ein Arzt* –, bevor er die EEG-Elektrode entfernte, die Spencer hinter ihrem Ohr angebracht hatte … *Was hat die eigentlich mit all dem zu tun*?

Sie hatte gehört, wie Delores den Betrieb wiederaufgenommen und sich kurz danach zum Glück erneut abgeschaltet hatte. Dann hatte sie Grunzlaute und Kampfgeräusche vernommen.

Sie nahm das Metall von Delores' Klinge, die gegen ihren Bauch drückte, in abwechselnden taktilen Wellen wahr, die ihrer Atmung entsprachen: scharf, jedoch ohne genug Druck, um die Haut zu durchringen, wenn das Beatmungsgerät ihren Bauch hob; stumpf, wenn ihre Lungenaktivität beim Ausatmen die Bauchdecke wieder absinken ließ.

Scharf. Stumpf. Scharf. Stumpf.

»Setze Protokoll für laparoskopische Appendektomie fort«, kündigte Delores an.

Oh Gott.

Rita fand es umso grausamer, kurz auf Rettung hoffen zu dürfen, nur um dieser Hoffnung gleich darauf wieder geraubt zu werden. Vielleicht gehörte das zu Finneys Plänen.

Zwei Pieptöne erklangen, gefolgt von einem bedrohlichen Surren von Motoren und Getrieben aus dem Arm, der das Skalpell an Ritas Bauch angesetzt hielt.

Es passiert … oh Gott, es passiert wirklich … ich werde operiert … DELORES OPERIERT MICH …

Das Skalpell senkte sich weiter und bewegte sich über ihre Bauchdecke. Die Haut teilte sich dahinter wie ein Mund mit feuerroten Lippen, der sich öffnete.

Finney hatte recht gehabt. Sie wollte schreien. Aber sie konnte nicht.

SPENCER

… und dann hieb Spencer mit dem Handballen auf den roten Knopf an der Seite des Roboters.

»Notaus-Vorgang eingeleitet. Systeme werden abgeschaltet.«

Mit einem erfreulichen mechanischen Zischen zog sich das Skalpell von Ritas Bauch zurück. Es blieb nur ein kleiner, oberflächlicher Einschnitt über ihrem Nabel, aus dem ein dünnes Rinnsal von Blut rann.

Erleichtert schaute Spencer zu dem Sandblonden, der immer noch ausgestreckt an derselben Stelle lag, an der er gefallen war. Die Brust des Mannes hob und senkte sich langsam. Der Dunkelhaarige, dessen Gesicht einem blutigen Schlachtfeld glich, beobachtete ihn vom Boden auf der anderen Seite des schwach erhellten Raums.

Etwas an dem Kerl machte Spencer nervös. Ohne den Blick von dem Dunkelhaarigen zu lösen, fasste er nach hinten und packte das Schweizer Messer mit dem Skalpell. Er schlang die riesigen Hände um den zierlichen Roboterarm und zerrte daran, so kräftig er konnte. Mit einem Kreischen von gequältem, nachgebendem Metall protestierte Dolores gegen die Misshandlung. An der dünnsten Stelle brach der Arm schließlich ab.

Spencer hielt ihn vor sich wie ein mittelalterlicher Ritter, führte das Metallrohr mit der Skalpellspitze wie ein Schwert. Aus dem unteren Ende baumelten ein paar rote und gelbe Drähte. Der Arm gab ein mahlendes Geräusch von sich, das Spencer durch Mark und Bein ging. Ein lauter Knall folgte, und er roch Rauch.

Das Skalpell verschwand …

… und wurde von einem hellblauen Wundspreizer der Form einer Fliegenklatsche ersetzt.

Spencer sah das Instrument an, zuckte mit den Schultern und bewegte sich auf den Dunkelhaarigen zu, schwang dabei den Roboterarm vor sich her. Mittlerweile pulsierten heftige Schmerzen durch sein rechtes Knie.

SEBASTIAN

Sebastian kauerte auf dem Boden, wischte sich das Blut aus den Augen und beobachtete, wie Cameron mit dem Roboterarm in den Händen auf ihn zukam.

Der Kerl war *wirklich* groß.

Wie Sebastian feststellte, war ein Teil von ihm froh, dass Cameron den Roboter aufgehalten hatte. Ihn interessierte nicht, was

Finney glaubte, das Wu seiner Frau angetan hatte – *niemand* verdiente diesen Mist. Aber er musste schleunigst weg von hier. Und Cameron stand ihm im Weg.

Sebastian rappelte sich in die Hocke auf. Er hatte schon gegen viele große Kerle gekämpft, die meisten davon klobig und dumm. Viel größer als dieser Typ ging es kaum – nur war er nicht dumm, das spürte Sebastian. Und er verhielt sich, als hätte er schon den einen oder anderen handfesten Faustkampf hinter sich. Wahrscheinlich hatte er geboxt, wenn man nach den effizienten Schlägen ging, mit denen er Sebastian bedacht hatte, und nach seiner Körperhaltung, als er sich näherte, in den Händen den Roboterarm mit der lächerlich anmutenden, blauen Fliegenklatsche. Der Mann schien kein Problem damit zu haben, sich auf einen Nahkampf einzulassen, und er wusste seine Größe einzusetzen.

Allerdings hatte er das Überraschungsmoment nicht mehr auf seiner Seite, und Sebastian besaß immer noch die an seinem Kreuz verborgene Waffe. Er würde den Doc zermürben oder eine Schwachstelle finden müssen. Oder beides. Irgendetwas, das ihm eine Chance verschaffte, die Konduktionspistole zum Einsatz zu bringen. Er wollte lieber sterben, als den Rest seiner Tage im Gefängnis zu verbringen.

»Hör zu, Mann. Ich will keinen weiteren Ärger«, sagte Sebastian. Das Reden schmerzte. Seine Nase fühlte sich an, als wäre sie auf die Größe einer Grapefruit angeschwollen.

Ignorier es.

»Na schön«, gab Cameron im verbissenen Tonfall eines Mannes zurück, der seine Wut nur mit Müh und Not unter Kontrolle behielt. »Dann leg dich mit dem Bauch voraus auf den Boden und streck die Arme und Beine aus.«

»Okay, okay. Ganz ruhig.« Sebastian tat so, als wolle er sich auf den Boden setzen, und starrte Cameron eindringlich an, als sich der Chirurg näherte. Seine Augen suchten nach einer Schwäche, nach irgendetwas, das er zu seinem Vorteil nützen könnte.

Da.

Er hatte etwas entdeckt. Das war es. Genau, was er brauchte. Cameron schonte sein rechtes Knie.

RITA

Rita blinzelte.

Spencer? Spencer!

Spencer war *hier*. In diesem Raum, und er redete mit jemandem – mit Sebastian vielleicht? Sie fragte sich, ob es Spencer gewesen war, der Delores ausgeschaltet hatte. Aber warum in alles in der Welt sollte Spencer …

Halt mal.

Rita hatte gerade geblinzelt! Sie versuchte es erneut. Ja, definitiv ein Blinzeln! Die Lähmung ließ nach. Morpheus musste ihr seiner Programmierung entsprechend den Arzneistoff injiziert haben, der die Lähmung aufhob – *Sugammadex, oder? Das hat Nikhil benutzt.*

Sie versuchte, mit den Fingern zu wackeln. Sie fühlten sich schwer und träge an wie große, dicke Würste. Aber sie reagierten.

Konzentrier dich, bezaubernde Rita. Du schaffst das.

Leise begann sie, um den Schlauch herum zu husten. Ihr Würgereflex, der nicht mehr unterdrückt wurde, setzte ein. Ihre Arme glichen bleiernen Gewichten. Sie kämpfte darum, sie zum Gesicht zu heben …

Konzentrier dich!

… und zu dem aus ihrem Mund ragenden Schlauch.

SPENCER

Der Mann würde sich nicht hinlegen. Spencer war stinksauer, aber nicht dumm. Er achtete darauf, zwischen dem Mann und dem nächstgelegenen Ausgang zu bleiben, und schwenkte den Roboterarm.

»*Hinlegen*, hab ich gesagt!«

So wütend Spencer war, er wollte den Mann nicht noch mehr verletzen, als er es bereits getan hatte, wollte ihn nur so lange in Schach halten, bis die Polizei eintreffen würde. Sollte die sich um den Kerl kümmern.

»Schon gut, schon gut.« Matt schwenkte der Mann die Hände. »Nur schlag mir nicht mehr ins Gesicht, Mann. Okay?« Er machte Anstalten, sich tatsächlich hinzulegen. Dann, bevor Spencer reagieren konnte, war der Kerl plötzlich auf den Beinen und in Bewegung.

Verdammt, ist der schnell.

Er schoss an Spencers linke Seite. Spencer warf das Schweizer Messer auf ihn, doch der große Metallzylinder verfehlte ihn, als der Dunkelhaarige jäh die Richtung wechselte.

Was in Ordnung war. Spencer hatte den Roboterarm lediglich als Ablenkung geworfen. Gleich danach stürzte er sich nämlich selbst auf den Mann, zielte auf dessen Schwerpunkt …

SEBASTIAN

… Sebastian sah ihn kommen und wich im letztmöglichen Moment geschmeidig aus, was Cameron aus dem Gleichgewicht brachte. Nur für einen Augenblick. Doch mehr brauchte Sebastian nicht.

Camerons rechtes Knie bewegte sich langsamer als der Rest.

Genau, wie Sebastian es geahnt hatte. Er ließ sich in eine geduckte Haltung sinken und sein Bein ähnlich vorschnellen, wie er es am Vortag bei dem Skateboarder getan hatte. Nur hielt er sich diesmal nicht zurück. Diesmal zielte er nicht bewusst daneben. Mit der Wucht einer Dampframme krachte sein Fuß in Camerons rechtes Knie.

Die Wirkung übertraf das, was er beabsichtigt hatte. Sebastian ahnte das Ergebnis, noch bevor er spürte, wie Knorpelgewebe, Knochen und Bänder nachgaben, noch bevor er das Knacken hörte, so laut und scharf wie der Knall einer Peitsche.

Das Resultat zeigte sich sofort. Cameron schrie gellend auf, umklammerte sein zerstörtes Knie und brach zusammen.

Schwer atmend richtete sich Sebastian auf und beobachtete, wie sich der Chirurg auf dem Boden hin und her wälzte, während er sich gequält das Knie hielt.

Was für eine Verschwendung.

Zu seiner Rechten spürte er eine Bewegung. Aus den Schatten tauchte Finney auf. Der Milliardär hielt eine Pistole in der Hand.

Eine Knarre?

Eine Glock. Die er vollkommen falsch in den Händen hielt. Was keine so große Rolle spielte, denn er zielte auf Sebastian.

Woher hat sich Finney eine verfluchte Knarre besorgt?

»Boss?«

»Danke, Sebastian.«

Finney feuerte viermal auf ihn.

FINNEY

Die Wucht der Geschosse riss Sebastian von den Beinen und aus dem Lichtkegel, in dem sie standen. Er kippte über irgendwelches gestapeltes Baumaterial und verschwand in der Dunkelheit.

Die Pistole zitterte in Finneys Hand. Es war noch nicht zu spät. Er konnte die Lage immer noch retten. Die Dinge in Ordnung bringen, die Dinge so richten, wie sie sein *sollten*. Das Universum verlangte *Ordnung*. Es sehnte sich nach *Gleichgewicht*. Jede Aktion bedingte eine Reaktion. Warum konnten diese Leute das nicht verstehen? Warum gelang es ihm nicht, ihnen das begreiflich zu machen?

Die Pistole zitterte weiter.

Er musste schnell handeln. Ihm blieb nicht viel Zeit. Bald würde jemand kommen, um dem Lärm auf den Grund zu gehen. Zuerst den großen Kerl. Dann würde er erledigen, was immer von Sebastian noch übrig sein mochte. Anschließend Wu. Sie und ihre Schwester würde er sich bis zuletzt aufheben.

Finney näherte sich dem großen Mann. Es handelte sich um denselben Kerl, auf den ihn Sebastian im Park hingewiesen hatte. Ein Neurochirurg. Campbell oder so ähnlich. Wie um alles in der Welt hatte er sie gefunden? Egal. Er würde sich um ihn kümmern. Er würde sich um *alle* kümmern.

Der große Neurochirurg lag zusammengekrümmt auf dem Boden, umklammerte sein rechtes Knie und stöhnte. Als sich Finney näherte, schaute er auf.

Finney richtete die Pistole auf das nach oben gewandte Gesicht des Mannes, über das Tränen liefen.

RITA

Finney wollte auf Spencer schießen.

Er will auf Spencer schießen!

Ohne nachzudenken schleuderte sie sich in Finneys Richtung. Sie achtete nicht auf das Blut, das von ihrem Bauch und von der Beuge ihres Ellbogens tropfte, wo sie sich die Infusionsnadel herausgerissen hatte. Oder darauf, dass jeder Atemzug schmerzte, den sie durch den wunden und geschwollenen Hals einsog. Oder darauf, dass ihr Oberkörper nackt war.

Zwanzig Jahre Aggressionsbewältigung verpufften schlagartig durch die auf Spencers Kopf gerichtete Pistole.

Finney, dessen Aufmerksamkeit Spencer galt, sah sie nicht kommen. Rita prallte von der Seite gegen ihn und stieß den Arm, in dessen Hand er die Waffe hielt, in dem Moment weg, als er feuerte. Der Schuss ging daneben. Die Kugel traf das Metallgehäuse von Morpheus und schlug einen seitlich befestigten Gummischlauch weg – der mit den Sauerstofftanks verbunden war. Der Einschlag des Projektils verursachte einen winzigen Funken, ein Klirren von geschundenem Metall und ein Zischen von entweichendem Gas. Wo die Kugel den Schlauch weggeschossen hatte, zischte eine Flamme empor, eine orangefarbene Zunge, die gleich darauf über das Holzbrett leckte, auf dem Rita gelegen hatte. Zuerst stieg Rauch auf, dann begann es zu brennen, und die Flammen breiteten sich rasant über die Oberfläche aus. In Richtung des Stapels roter Gasflaschen, die sich auf dem Boden in der Nähe des Bretts befanden.

Während Rita mit Finney rang, verarbeitete ein nüchterner Teil ihres Gehirns diese Eindrücke – den Funken der Kugel, die Flamme, das sich ausbreitende Feuer, die roten Gasflaschen – und dachte: *Oh, Scheiße. Das kann nicht gut sein.*

Finney schrie auf und stolperte seitwärts. Da Rita nicht wusste, was sie sonst tun sollte, umklammerte sie wie ein Schraubstock seinen Arm und biss in die Hand, mit der er die Pistole hielt.

Finney schrie ein zweites Mal auf.

SEBASTIAN

Eine unbestreitbare Tatsache: Finney hatte auf ihn geschossen. Eine weitere unbestreitbare Tatsache: Er, Sebastian, war ein verfluchter Idiot.

Idiot!

Wie hatte er nur so *verfickt* dumm sein können?

Finney musste das von Anfang an so geplant gehabt haben. Es ergab absolut Sinn. Plötzlich empfand Sebastian es als so offensichtlich. Er hätte es schon vor einer Ewigkeit erkennen müssen. Verdammt, ein Teil von ihm bewunderte den machiavellischen Mistkerl geradezu dafür.

Wenn die Behörden Wus mit dem Auto-Chirurgen verbundenen Leichnam entdeckten, würden sie dieses Chaos jahrelang untersuchen, um herauszufinden, wie die Ärztin am falschen Ende eines Skalpells geendet hatte. Fände man Sebastian ebenfalls tot am Tatort, könnte Finney eine beliebige Geschichte arrangieren, um Sebastian mit Wu in Verbindung zu bringen, und er könnte zusätzliche Beweise platzieren. Er könnte Sebastian und Wu beispielsweise wie geheime Geschäftspartner darstellen, die sich zerstritten hatten, oder als Geliebte, die auf perversen Sex gestanden hatten. Es spielte keine Rolle.

Natürlich würde Finney auch Cameron mit ins Spiel bringen müssen. Aber drei Leichen statt zwei würden lediglich noch orgiastischere Spekulationen im Internet auslösen, sobald die Geschichte ans Licht käme. Vollkommen plausibel.

Doch das war nun alles Schnee von gestern. Sebastian hatte weit dringendere Sorgen, zum Beispiel die physikalischen Eigenschaften kugelsicherer Westen und die Frage: Wie zum Teufel sollte er lebend aus der ganzen Sache herauskommen?

Gut.

Er war also ein Idiot gewesen. Einen Moment lang hatte er nicht aufgepasst. Aber er war kein *völliger* Schwachkopf. Vor den

Aktivitäten dieser Nacht hatte er eine Körperpanzerung angelegt, die er unter seiner Windjacke verborgen hatte: eine ultradünne Weste nach dem neuesten Stand der Technik, von einem Freund bei der DARPA besorgt, so dünn und biegsam, dass man sie ohne nähere Untersuchung nicht erkennen konnte. Perfekt, um Finney keinen Verdacht schöpfen zu lassen. Sebastian musste sich eingestehen, dass er nicht mit Finneys Angriff gerechnet hatte, doch immerhin hatte er ganz allgemein gewittert, dass die Dinge übel aus dem Ruder laufen könnten, und sich entsprechend vorbereitet.

Es war beileibe nicht das erste Mal, dass er angeschossen worden war. Und im Verlauf der Jahre hatte Sebastian etwas über kugelsichere Westen gelernt: *Sie sind gar nicht kugelsicher. Jedenfalls nicht absolut.*

Die meisten Menschen hatten die Vorstellung, man sei so eine Art Superman, wenn man eine Weste trug. Unverwundbar. Blödsinn.

Finney hatte mit einer Glock 9 mm auf ihn geschossen, deren Mündungsgeschwindigkeit in der Größenordnung von etwas unter vierhundert Metern pro Sekunde lag. Sebastian hatte in seiner Nähe gestanden, vielleicht drei Meter entfernt. Zwei der vier Schüsse waren direkte Treffer gewesen, einer in den Bauch, der andere in die Brust. Die anderen zwei hatten ihn verfehlt.

Na schön, ja: In diesem Fall *hatte* die Weste die beiden Projektile abgefangen. Aber aus dieser Nähe hatte es sich angefühlt, als wäre er zweimal von einem Baseballschläger getroffen worden. Geschwungen von einem Champion aus der Profiliga. Auf Steroiden.

Der Treffer in den Bauch hatte ihm die Luft aus der Lunge gepresst und tat nun höllisch weh, stellte beinah die Schmerzen in den Schatten, die von seiner gebrochenen Nase ausgingen. Davon würde ein gigantischer Bluterguss zurückbleiben, so viel stand fest. Aber soweit er es beurteilen konnte, war zumindest kein schwerer Schaden entstanden.

Völlig anders verhielt es sich an seiner Brust. Vielleicht lag es am Winkel, in dem ihn das Projektil getroffen hatte – am dünnen Rand des schützenden Materials der Panzerung in der Nähe der Achselhöhle. Jedenfalls fühlte es sich an, als wäre rechts eine Rippe gebrochen, vielleicht auch zwei. Jeder Atemzug war eine Höllenqual, als würden ihm tausend Messer gleichzeitig in die Seite gejagt.

Ignorier es. Schluck es runter. Setz den Hintern in Bewegung.

Auf dem Betonboden außerhalb des Lichtkegels liegend hörte er, wie sich jemand in der Nähe des provisorischen Operationsbereichs bewegte, konnte aber von dort, wo er sich befand, nicht das Geringste sehen. Er musste sich von seiner Ausbildung und seinen Instinkten leiten lassen. Er zog die Konduktionspistole aus dem Holster – *Herrgott, warum hab ich keine richtige Knarre mitgebracht, verdammt noch mal?* – und schlich tief geduckt und leise durch die Schatten, benutzte das gestapelte Baumaterial als Deckung, um die Lage auszukundschaften und in eine günstige Position gegenüber Finney zu gelangen.

Dann hörte er ein Rascheln, einen Schrei, weiteres Rascheln, einen zweiten Schrei.

Er spähte um die Ecke einer großen Kiste. Und konnte nicht glauben, was er sah.

Da hat sich Finney wohl die falsche Frau ausgesucht, um sich mit ihr anzulegen!

Wu hatte sich den verfluchten Schlauch selbst aus der Kehle gezogen! Lieber Himmel, gab es denn *gar nichts*, was diese Frau aufhalten konnte? Glitschig von ihrem eigenen Blut rang sie mit Finney wie eine Dämonin, hatte die Zähne in seine Hand geschlagen und versuchte, ihm die Pistole zu entwinden. Es ließ sich nicht übersehen, dass sie vom Kämpfen keine Ahnung hatte, dennoch hielt sie wacker ein Unentschieden, obwohl Finney mindestens fünfundzwanzig Kilo mehr wog als sie.

Weder Finney noch Wu bemerkten Sebastian, als er um die Ecke der Kiste herumschlich und die Konduktionspistole anhob.

Verdammt.

Wu befand sich zu nah. Er konnte keinen sauberen Schuss abfeuern. Das verfluchte Ding glich einer Armbrust – es konnte nur einmal schießen, bevor es umständlich wieder geladen werden musste. Sebastian konnte nicht riskieren, die Ärztin zu treffen und seinen einzigen guten Schuss zu vergeuden.

Also schlich er auf Zehenspitzen näher heran …

RITA

Ich werde nicht gewinnen.

Der Gedanke stellte sich mit bemerkenswerter Klarheit ein. Rita war seit der Highschool in keinen Kampf mehr verwickelt gewesen, doch sie erinnerte sich gut daran, wie es sich anfühlte zu verlieren. Finney war größer und stärker. Und so aufgeputscht sie von Wut und Adrenalin sein mochte, sie wusste, dass sie nicht mehr viel länger durchhalten konnte – von den Medikamenten geschwächt, begannen ihre Lunge und ihre Gliedmaßen bereits, ihr den Dienst zu versagen. Angst verspürte sie nicht: Wenigstens würde sie kämpfend untergehen. Allerdings war sie traurig, so *traurig* darüber, dass sie Darcy im Stich lassen würde.

Ihre Zähne befanden sich immer noch tief in Finneys rechte Hand gebohrt. Er versuchte, die Pistole in die Linke zu wechseln, mit der er gleichzeitig nach ihren Augen zielte.

Und plötzlich …

… landete die Pistole klappernd auf dem Boden!

Rita sah ihre Chance gekommen und ließ von Finney ab, um sich die Waffe zu schnappen. Finney versuchte, sie wegzustoßen. Sie ruderte mit den Armen und spürte, wie sie von Händen und Beinen getroffen wurde. Die Pistole rutschte weg. Finney trat ihr in den Bauch. Benommen wickelte sie sich um seinen Fuß und fiel auf die Knie. Er holte mit dem Fuß aus und trat ihr erneut wuchtig in den Bauch. Rita röchelte und hustete und fiel auf die ausgestreckten Hände.

Dann drehte er sich ihr zu und grinste triumphierend, als er sich bückte, um die Pistole aufzuheben.

Das war's dann also.

Rita lag keuchend auf dem Boden und wartete auf das Ende …

SEBASTIAN

Genau so. Perfekt. Schön lächeln und »Cheese« sagen, Arschloch.

Sebastian drückte den Abzug.

Die vier Elektroden wurden aus der Konduktionspistole abgefeuert wie Harpunen vom Bug eines Walfangschiffs und bohrten sich in Finneys tadellos ungeschützten Allerwertesten …

RITA

… sie sah, wie Finney plötzlich zusammenzuckte, die Hände auf dem Hintern, im Gesicht einen geradezu lächerlichen Ausdruck der Überraschung.

Die Überraschung kollabierte zu einer bizarren Grimasse. Seine Gliedmaßen zuckten in einem wilden Tanz, fuchtelten unkontrolliert hierhin und dorthin, bevor er auf den Betonboden zusammenbrach – nein, wuchtig in ihn einfuhr. Seine Arme und Beine zuckten noch einige Sekunden weiter, bevor er regungslos verharrte.

Als Finney ausgestreckt auf dem Bauch lag, sah Rita, dass vier

Metallspitzen aus seinem Hintern ragten, jeweils an einem Draht befestigt. Ihr Blick folgte den Drähten zurück zu einer schwarzen, pistolenähnlichen Vorrichtung in der Hand des Mannes namens Sebastian.

Er kam zu ihr herüber, griff sich Finneys Waffe, betätigte einen kleinen Hebel über dem Abzug und stopfte sich die Pistole unter seinen Gürtel.

»Hat er nicht auf Sie geschossen?«, fragte Rita röchelnd und hustend.

»Doch.«

Er bot keine Erklärung, streckte ihr nur die Hand entgegen. Rita ergriff sie etwas zögerlich, und er half ihr auf die Beine. Er trug eine dunkle Windjacke und eine dünne schwarze Weste darunter. Sebastian zuckte – *vor Schmerz?* – zusammen, als er zuerst die Windjacke auszog, die er Rita um die Schultern schlang, dann die Weste, die er auf den Boden fallen ließ.

Er deutete auf das Holzbrett. Es stand lichterloh in Flammen – die sich schnell den roten Gasflaschen näherten, die Rita zuvor gesichtet hatte. Nun sah sie auch die weiße Schrift auf der Seite, die besagte:

ACETYLEN.
RAUCHEN VERBOTEN!
KEINE OFFENEN FLAMMEN!

»Wir müssen weg«, drängte Sebastian und hob die linke Hand in Richtung der Gasflaschen.

»Vielleicht ist noch genug Zeit, das Feuer zu löschen und …«

»Nein! Wir müssen *sofort* verschwinden, Doc.«

Wu schob die Arme durch die Ärmel der Windjacke, zog den Reißverschluss zu, um ihren nackten Oberkörper zu verhüllen, eilte an Camerons Seite und kniete sich neben ihn. Sie legte die Hand auf sein Gesicht. Er stöhnte, ohne sich zu rühren.

»Nicht ohne ihn«, sagte sie entschieden.

Sebastian schaute zu den Acetylenflaschen und den nur noch Zentimeter von ihnen entfernten Flammen.

Scheiß drauf.

»Wie Sie wollen.« Er visierte den Ausgang auf der anderen Seite des brennenden Bretts an, aber die intensive Hitze des Feuers trieb ihn zurück. Die Flammen loderten gierig, verschlangen das brennbare Baumaterial, das in diesem Abschnitt der Baustelle trocken geblieben war. Die Sprinkleranlage war entweder noch nicht installiert oder nicht in Betrieb.

Mist.

In Gedanken wünschte er Wu viel Glück, bevor er zum Ausgang auf der gegenüberliegenden Seite des Raums herumwirbelte. Er hatte vor, durch einen der angrenzenden Flure über Umwege zur Brücke zu gelangen.

»Ich kann ihn nicht allein transportieren!«, rief Wu hinter ihm her. »Und was ist mit meiner Schwester? Gottverdammt noch mal! Was ist mit Darcy?«

Sebastian blieb am Ausgang stehen, ohne sich umzudrehen.

»*Helfen Sie mir*, verflucht noch eins! Sie Mistkerl. Sie können ihn nicht hier zurücklassen. Helfen Sie mir, ihn hier rauszuschaffen. Verdammt noch mal. *Bitte. Gottverdammt …*«

Entspricht das dem, was Alfonso gewollt hätte?

Mist.

Wann bin ich eigentlich einer von den Bösen geworden?

»Bitte …«

Scheiße, Scheiße, Scheiße, Scheiße!

Sebastian rannte zu den Chirurgen zurück und kniete sich Wu gegenüber neben Cameron. »Kommen Sie«, stieß er knurrend hervor. »Hieven wir ihn auf die Beine.«

Sie setzte die Lippen an Camerons Ohr an. »Spencer, Schatz. Wir müssen weg von hier.«

Cameron biss sich auf die Unterlippe und nickte, ohne die Augen zu öffnen.

»Auf drei, Doc. Eins, zwei, drei!«

Je einen Arm um ihre Schultern geschlungen schrie Cameron gellend auf, als sie ihn hochzerrten. Sebastian schrie ebenfalls. Der Mistkerl war *schwer*, und Sebastian vermeinte zu spüren, wie die scharfkantigen Ränder seiner gebrochenen Rippen aneinanderrieben, als er den Mann anhob. Wu wankte unter Camerons Gewicht, hielt sich aber auf den Beinen.

Sie schleppten sich durch den Ausgang, hinaus aus dem provisorischen Operationssaal. Sebastian warf einen letzten Blick zurück zu Finney, der noch dort lag, wo er gefallen war. Die Flammen näherten sich ihm.

War schön, mit Ihnen Geschäfte zu machen, Boss.

Der angrenzende Bereich fühlte sich kühl an, der danach noch kühler und jener, der darauf folgte, noch weiter vom Feuer entfernt, wiederum kühler, so kühl wie die Nacht um sie herum.

»Halt.« Wu keuchte. »Ich muss … für eine Sekunde … stehen bleiben.«

»Wir haben keine Zeit.«

»Nur … für … einen Moment.«

»Ein Stückchen weiter.«

»Nein … kann nicht.«

Schlechte Idee, Doc. Sie mussten so viel Abstand wie möglich zwischen sich und das verdammte Feuer bringen. Aber Herrgott noch mal: Wu sah aus, als könnte sie jeden Moment zusammenklappen, also blieb Sebastian stehen. *Wahrscheinlich sind wir inzwischen weit genug weg.* Sie senkten Cameron zu Boden. Er stöhnte, ohne die Augen aufzuschlagen.

Sebastian hob den rechten Arm und wollte damit deuten, zuckte jedoch zusammen: Verflucht, tat das weh. Er konnte den rechten Arm kaum bewegen. Die gebrochenen Rippen setzten ihm höllisch zu. »Okay. Wir schlagen diese Richtung ein, umgehen das Feuer, kehren um und zurück zur Brücke, die …«

Die erste Explosion.

Ein gewaltiger, donnernder Knall, wie ihn Sebastian aus all den Gefechtszonen kannte, in denen er je gedient hatte, eine sich ausbreitende Wand aus erhitzter und komprimierter Luft.

Das war das Acetylen.

Instinktiv ließ er sich auf den Boden neben Cameron fallen, zog Wu mit sich nach unten und bedeckte sie mit seinem Körper. Die Druckwellen der Explosion fegten durch die halb fertigen Wände, Decken und Böden, ließen heiße Splitter aus Metall und Gebäudeteilen um sie herum durch die Gegend spritzen.

Die Richtung, in die Sebastian noch vor wenigen Augenblicken zeigen wollte, die alternative Route zur Brücke, stand plötzlich in Flammen.

Fuck.

»Okay. Planänderung.« Er deutete zu einem Gang, der in der entgegengesetzten Richtung aus dem Raum führte. »Wenn wir da lang …«

Die zweite Explosion.

Wie ein Artilleriegeschoss durchschlug eine der roten Gasflaschen die Wände des Gangs, auf den Sebastian gezeigt hatte, durchschlug sie, als bestünde sie aus Karton, und ließ eine weitere Spur von Flammen hinter sich zurück.

Oh … Scheiße.

Als hätte das verfluchte Feuer einen eigenen Verstand und triebe sie bewusst in eine Richtung: Westen. Weg von der Brücke und vom Turner Krankenhaus. Zur anderen Seite des Baustellenbereichs und zum Park.

Na ja, zumindest sind wir im Park in Sicherheit.

»Okay. Kommen Sie. Das ist die einzige Richtung, in die wir noch können.«

Mühsam hoben sie Cameron wieder an und setzten sich in Bewegung. Sebastian führte sie die Gerippe der Korridore entlang, dankbar dafür, dass er sich die Pläne eingeprägt hatte. Die Flutlichter des Baustellenbereichs waren zwar ausgegangen, aber der Schein des Feuers genügte, um ihnen den Weg zu erhellen. Über die Mitarbeiter des Sicherheitsdienstes, die zweifellos mit dem Brand beschäftigt waren, zerbrach sich Sebastian nicht mehr den Kopf. Über eine bereits fertiggestellte Treppe gelangten sie hinunter ins Erdgeschoss, durch ein kleines Loch im grünen Zaun weiter in die Sicherheit des Parks.

Sie hielten mitten in einem grasbewachsenen Bereich an, den Finney und er neulich überquert hatten, ein gutes Stück vom Zaun entfernt. Mittlerweile regnete es nicht mehr, doch die Erde war völlig durchtränkt, und große Pfützen überschwemmten die Wiese. Sebastian spürte einen steifen, kalten Wind. Hinter ihnen hörte er den Lärm von Sirenen, Feueralarmen und leisen Schreien. Die Lichter in den anderen Gebäuden um den Park herum waren erloschen. Anscheinend war der Strom durch den Sturm, die Explosionen oder beides ausgefallen. Der Himmel präsentierte sich bedeckt. Weiter vom Brand entfernt war es dunkler, und sie schienen allein zu sein.

Cameron stöhnte. Wus Gesicht, das sich im schwachen Schein des entfernten Feuers gerade noch erkennen ließ, widerspiegelte seinen Schmerz. »Er braucht Hilfe. Ich hole welche.« Sie setzte zum Gehen an.

»Nein, tun Sie nicht, Doc.«

Wu glotzte mit großen Augen auf die Pistole in seiner Hand. »Was machen Sie da?«

Sebastian wischte sich Schweiß von der Stirn, ignorierte die Schmerzen in seiner rechten Seite und schaute in die Richtung der Sirenen. Die ersten eintreffenden Einsatzkräfte würden damit beschäftigt sein zu verhindern, dass sich das Feuer auf das Turner Krankenhaus ausbreitete, und damit, die Patienten zu evakuieren. Ihm blieb etwas Zeit, und es gab noch etwas, das er erledigen musste.

Das schuldete er Wu.

»Halten Sie die Klappe und hören Sie zu. Wir haben nicht viel Zeit.«

»Was zum Teufel soll das heißen?«

»Die Bombe im Kopf Ihrer Schwester, Doc. Ich kann sie deaktivieren. Aber Sie müssen die Füße stillhalten und ruhig bleiben. Okay?«

Die Chirurgin starrte ihn mit einem unergründlichen Ausdruck im Gesicht an, dann schürzte sie die Lippen und nickte.

Verdammt, die hat Nerven aus Stahl.

Sebastian steckte die Pistole wieder unter den Hosenbund und holte sein Smartphone hervor. Es war an der Zeit herauszufinden, ob Blades Hacking-Programm den Preis wert war, den er dafür bezahlt hatte. Er griff auf das Signal der Bombe zu, das auf seinem Bildschirm als Muster von sinusförmigen Wellen neben einem Timer erschien. Der Timer stand bei einundfünfzig Minuten, dreiundzwanzig Sekunden und lief nach wie vor. Er zählte auf den Tod von Wus Schwester herunter.

»Passen Sie auf. Es gibt ein Steuerungssystem mit einem Timer, einem automatischen Countdown, den Finney für den Fall eingestellt hat, dass etwas passiert und er nicht in der Lage ist, die Bombe selbst detonieren zu lassen.« *So sehr es der Dreckskerl auch tun wollte, davon bin ich überzeugt.* »Finney hat mich aus dem System ausgesperrt, aber ich glaube, ich habe einen Weg gefunden, seine Sicherheitsvorkehrungen zu umgehen.«

»Wie viel Zeit bleibt uns noch?«

»Genug. Über fünfzig Minuten.«

Bis dahin bin ich in Mexiko.

Gemäß Blades Anleitung, die er auswendig gelernt hatte, startete er das Hacking-Programm. Sein Handy ließ drei Pieptöne vernehmen. *Ha. Ich bin drin.* Rasch gab Sebastian eine Reihe von Befehlen ein, drückte die Schaltfläche zum Senden und wartete.

Der Bildschirm blinkte. Der Timer hielt den Countdown an. Sebastian lächelte. Seine Schultern, die er fast bis zu den Ohren angezogen hatte, wie ihm erst jetzt bewusst wurde, entspannten sich. »So. Das sollte …«

Der Timer lief wieder an, zählte weiter herunter, allerdings mit schwindelerregender Geschwindigkeit. Die Zahlen verschwammen, als sie in Richtung null rasten.

Was zum Geier ist denn jetzt los?

Mit gerunzelter Stirn begann er, die Hacking-Sequenz erneut zu starten. »Hoppla.«

»Hoppla? *Was soll das heißen, ›hoppla‹?*«

»Der Countdown hat wieder angefangen. Aber schneller.«

»Was?«

»Warten Sie kurz, Doc. Ich arbeite daran.«

Verdammt noch mal, Blade …

RITA

Rita gefiel das nicht. Panisch klopfte sie ihre Jeans ab, tastete nach ihrem Telefon. Es war nicht da. Also bückte sie sich und durchsuchte Spencers Taschen, bis sie sein Handy fand. Er stöhnte, öffnete aber nicht die Augen.

Zum Glück hatte Spencer an seinem Telefon keine Bildschirmsperre eingerichtet – *typisch Spencer, immer vertrauensvoll.* Aus dem Gedächtnis gab sie Darcys Nummer ein und achtete nicht auf die unten am Display blinkende Warnung, dass der Akku gleich leer sein würde, ebenso wenig auf die zahlreichen Text- und Sprachnachrichten von Spencers Freund Raj.

Der Empfang des Telefons erwies sich als schwach, nur ein Balken. Kurz wurde eine Verbindung hergestellt, die gleich darauf wieder abriss. Sofort wählte sie Darcys Nummer erneut.

SEBASTIAN

Drei weitere Pieptöne erklangen von seinem Telefon, als die Hacking-Sequenz den zweiten Durchlauf beendete. Sebastian versuchte es mit einer geringfügig anderen Abfolge von Befehlen und tippte auf »Senden«.

Der Countdown verlangsamte sich auf sein vorheriges, normales Tempo. Hielt jedoch nicht an.

Scheiße.

Der Timer stand bei neunzehn Sekunden.

Na schön. Versuchen wir es mal so.

Er begann, weitere Befehle einzugeben. Mittlerweile improvisierte er.

»Wie viel Zeit haben wir noch?«, fragte Wu. Aus dem Augenwinkel nahm er wahr, dass sie ein Telefon ans Ohr gedrückt hielt. Wahrscheinlich das von Cameron, da Sebastian das ihre entsorgt hatte.

»Das wollen Sie nicht wissen«, erwiderte er ruhig.

Fünfzehn Sekunden.

Seine Finger flogen über das Display.

Zehn Sekunden.

»Sebastian?«

»Ich arbeitete daran.«

Tipp, tipp, tipp – seine Finger rasten weiter über den Bildschirm.

»Sebastian?«

Fünf Sekunden.

»Hab's gleich.«

»SEBASTIAN!«

Er übertrug die letzte Befehlsabfolge und hielt den Atem an.

Drei, zwei, eins.

Null.

Die von der Bombe übertragene Wellenform verschwand.

Großer Gott, schoss ihm durch den Kopf. *Ich war zu spät.*

RITA

Sebastian klopfte mit den Knöcheln an die Seite des Handys.

»Sebastian? Was ist passiert?«

Keine Antwort.

Der Anruf an Darcy klingelte mehrmals. Dann Darcys Stimme: »Hallo?«

»Darcy?«

Noch nie hatte Rita etwas Süßeres als diese Stimme gehört.

»Ree? Was gibt's?«

»Alles in Ordnung?«

»Geht mir gut.« Darcy klang überrascht. »Ist bei *dir* alles in Ordnung? Warum rufst du …«

Und dann fing Darcy an zu schreien.

Rita fühlte sich, als hätten sich ihre Eingeweide verflüssigt. Das Telefon glitt ihr aus den Fingern.

SEBASTIAN

Wu fiel auf die Knie und platschte im Schlamm umher, tastete nach dem Handy. Schließlich fand sie es, umklammerte es mit einer Hand und schaute zu ihm auf, das Gesicht von Ruß, Blut und Tränen verschmiert.

Sebastian konnte sich nicht erinnern, in all den Jahren dessen, was er tat, je einen solchen Ausdruck von reinem, ungezügeltem Hass gesehen zu haben. Und alles davon auf ihn gerichtet.

Mit gepresster Stimme zischte sie: »Ich schwöre Ihnen, Sie Mistkerl, wenn meiner Schwester etwas zugestoßen ist …«

RITA

Mitten im Satz verstummte sie, als sie Spencers Telefon wieder ans Ohr hob. Die Verbindung bestand noch, aber die Ladestandanzeige des Akkus blinkte inzwischen hektisch.

Was? Was genau werde ich mit Sebastian machen? Ihn umbringen? Vielleicht, dachte sie. Wenn es ihr gelänge. Wenn ihre kleine Schwester wirklich tot wäre.

»Darcy?«, sprach sie kleinlaut ins Telefon. Ihr Herz hämmerte wie wild und sank gleichzeitig in Richtung ihrer zittrigen Knie.

Keine Antwort.

Sie fragte sich, ob es ihr irgendwie gelingen könnte, Sebastian die Pistole zu entreißen und ihn …

»Hallo? Rita? Bist du noch dran?«

»Darcy?«

»Ja. Hey, Ree. Tut mir leid, dass ich so geschrien hab. Ich war draußen im Garten hinter dem Haus und hab eine geraucht – du weißt schon, weil du nicht willst, dass ich drinnen rauche. Und da steuert dieses riesige Opossum geradewegs auf mich zu. Hat mir einen Mordsschrecken eingejagt. Groß wie ein Golden Retriever. Ehrlich. Mit diesem unheimlichen langen Rattenschwanz. Und diese Zähne! Es hat mich *angefaucht*, Ree. *Gott*, ich hasse diese Viecher. Also. Was gibt's?«

Rita fing an, hysterisch zu lachen, als der Akku von Spencers Telefon den Geist aufgab.

SEBASTIAN

Sebastian starrte auf die Worte, die über das Display seines Smartphones rollten …

SEQUENZ ABGEBROCHEN
BATTERIEENTLADUNG DEAKTIVIERT

… und entspannte den Griff um das Telefon. Ihn juckte nicht weiter, warum es so lange gedauert hatte, bis die Meldung angekommen war.

Herrgott. Das war knapp.

»Sie ist außer Gefahr, Doc.«

Wu, die wie eine Irre lachte, schien es bereits zu wissen. Es mutete ein wenig surreal an: Sie kniete vor ihm, verkrustet von Schlamm, Ruß und Blut, und lachte prustend im schwachen Schein des entfernten Feuers. Als vollziehe sie eine Art bizarres, satanisches Ritual oder so. Er hoffte, dass sie nicht überschnappte.

Plötzlich ließ sie Camerons Handy fallen, presste die Hände an die Stirn und hörte auf zu lachen, als hätte sie vergessen, was so komisch war.

»Oh mein Gott«, stieß sie hervor. »Scheiße.« Er konnte sehen, dass sie am ganzen Leib zitterte. »Heilige Scheiße.«

Ja, dachte Sebastian. *Heilige Scheiße, in der Tat.*

Geschürt von den Acetylen-Explosionen und dem starken Wind hatte sich die gesamte Baustelle trotz der jüngsten Regenfälle in ein loderndes Inferno verwandelt. Das Gebrüll der Flammen vermischte sich mit einem gelegentlichen Krachen von Geröll, wenn eine Wand oder ein Boden einbrach. Der Geruch von Rauch hing schwer in der Luft. Sebastians Blick schwenkte vom Feuer zu Wu, zur Dunkelheit am südlichen Ende des Parks, dann zurück zu Wu.

Es juckte ihn, einen Abgang zu machen.

Aber zuerst: ein letztes loses Ende, das es zu beseitigen galt. Auch das schuldete er ihr. Bevor er sein Handy in der Tasche verstaute, deaktivierte er sorgsam den Sprengsatz in Wus Implantat – ihr Countdown war nicht aktiviert worden, doch er wollte nicht, dass der Mist versehentlich hochging.

»So. Und jetzt, Doc, denke ich, Sie und ich sind quitt.« *Also entschuldigen Sie bitte, wenn ich mich jetzt schleunigst vom Acker mache.* »An dieser Stelle trennen sich unsere Wege.«

Sie kauerte immer noch auf den Knien, die Hände an der Stirn, und atmete schwer. Mit einem harten Funkeln in den Augen sah sie ihn an. »Diese … Dinger. In meinem Kopf und dem meiner Schwester – was passiert jetzt damit? Was werden sie mit uns machen?«

»Nichts. Ich habe die Bombe in Ihrem Kopf dauerhaft deaktiviert.« Ihre Augen weiteten sich. »Ja. Genau wie bei Ihrer Schwester. Und was die Implantate angeht: Die Partikel werden sich im Verlauf der nächsten Monate langsam auflösen. Sogar die synthetischen Teile. Letzten Endes. Es wird sein, als wären sie nie dagewesen. Sie und Ihre Schwester sind frei und ungefährdet.« Er wandte sich zum Gehen.

»Warten Sie!«

»Ja?«

»Erwarten Sie jetzt von mir, dass ich Ihnen … dankbar bin oder so?«

Sebastian lächelte matt. »Nein. Tu ich nicht.«

Ich hab's nicht für Sie getan, Doc. Ich hab's für mich getan. Und für Alfonso. Und für Sammy und Sierra. Und für den Jungen mit dem AK.

Und bevor sie noch etwas sagen konnte, eilte er in südliche Richtung davon.

In die Freiheit.

RITA

Oh Gott, dachte Rita, als Sebastian am Rand des Parks verschwand. *Gehirnbomben. Einstechen auf eine meiner Patientinnen mit einem Skalpell. In wachem Zustand operiert werden.*

Zu viel. Zu verflucht *viel.*

Sie atmete tief durch.

Situationsbewusstsein, bezaubernde Rita.

Sie rappelte sich auf und schleppte sich hinüber zu Spencer. Im Schein des Feuers erhaschte sie einen Blick auf seine aschfahlen Züge. Noch immer hatte er die Augen geschlossen. Seine Atmung ging schnell und flach. An seinem Handgelenk ertastete sie seinen Radialpuls: schwach und erhöht. Ihr Blick wanderte zu seinem verletzten Bein, und sie sog unwillkürlich scharf die feuchte Nachtluft ein.

Die Wunde war weit schlimmer, als sie gedacht hatte: ein offener Bruch, bei dem ein scharfkantiges, blutiges Segment des Knochens – vermutlich distaler Femur – durch einen Riss in der Hose herausragte wie eine riesige, abgebrochene Zuckerstange. Spencer musste dringend medizinisch versorgt werden. Auf der Stelle.

»Spencer. Hör mir zu. Ich muss weg, um Hilfe zu holen.«

»Nein!«

Er öffnete die Augen und packte ihren Arm. Sein entsetzter

Gesichtsausdruck wirkte fehl am Platz und ein wenig absurd – das verängstigte Gesicht eines kleinen Jungen am Körper eines erwachsenen Mannes.

»Verlass mich nicht. Verlass mich nie wieder.«

»Schatz.« Sie küsste seine Stirn – *kalt und klamm, er verfällt in einen Schockzustand* – und hielt seine Hand. »Ich verlasse dich nicht. Ich gehe nur weg, um Hilfe zu holen. Ich bin gleich zurück.«

Rita küsste seine Hand und stand auf, achtete weder auf seine Proteste noch auf die ihres eigenen schmerzenden Körpers. Sie schlug den Kragen von Sebastians Jacke hoch, um sich gegen den Wind zu schützen, und rannte zum nächstbesten Gebäude, wollte sich den Weg um die Baustelle herum zum Vordereingang des Turner Krankenhauses bahnen.

Plötzlich wurde jeder Teil ihres Schädels gleichzeitig von einem Gefühl erfasst, als schlösse sich ein mit Dornen versehener Schraubstock um ihn.

Schmerz.

Oh Gott.

»Dr. Wu«, sagte Finney in ihrem linken Ohr. »Sie und ich sind noch nicht fertig miteinander.«

Rita taumelte und fiel, landete ausgestreckt im Schlamm am Rand der Wiese in der Nähe einer der Picknickbänke, umklammerte ihren Kopf, warf sich hin und her und krümmte sich.

DIESE SCHMERZEN!

»Nein, Dr. Wu«, flüsterte er in ihrem Geist, und so unglaublich es erscheinen mochte, die Schmerzen wurden schlimmer. »Sie und ich sind noch nicht fertig miteinander.«

FINNEY

Finney hieb mit dem Finger auf das gesprungene Display seines Tablets ein und jagte einen weiteren Energiestoß in ihr Gehirn. Sechs Meter entfernt zappelte sie im Matsch wie ein gefangener Fisch auf einem Dock.

Er lächelte. Was schmerzte, weil seine Lippen gesprungen waren und brannten. Es störte ihn nicht. Er hatte sie unterschätzt. Alle drei.

Das war ihm klargeworden. Nachdem er das Bewusstsein zurückerlangt hatte. Nachdem er sich die Widerhaken der Konduktionspistole aus dem Gesäß gerissen hatte. Nachdem er sich unter Schmerzen durch das Feuer geschleppt hatte, behindert von dem Brocken heißen Metalls, das sich in seinem linken Oberschenkel gebohrt hatte. Nachdem die kühle Nachtluft den Schmerz der Verbrennungen gelindert hatte, die den Großteil seiner linken Körper- und Gesichtshälfte bedeckten. Nachdem er dem Geräusch der Stimmen – er konnte nicht verstehen, was sie sagten, doch das spielte keine Rolle – durch die Lücke im Zaun gefolgt und rechtzeitig im Park eingetroffen war, um zu sehen, wie Sebastian die beiden anderen verließ. Nachdem er versucht hatte, zuerst die Bombe in Dr. Wus Kopf, dann die in dem ihrer Schwester detonieren zu lassen, allerding feststellen musste, dass jemand – *Sebastian, es muss Sebastian gewesen sein* – sie bereits entschärft hatte. Nach all diesen Dingen war ihm seine Torheit sonnenklar.

Trotzdem hatte er noch eine Karte, die er ausspielen konnte. Wus Implantat mochte seiner Sprengfähigkeit beraubt worden sein, aber es war nach wie vor aktiv. Sebastian hatte es versäumt, es gänzlich abzuschalten.

Sebastian, der mittlerweile verschwunden war.

Finney zupfte sein Notizbuch aus der Jackentasche. Oder versuchte es zumindest: Die geschwärzten Seiten zerbröckelten in seiner Hand. Er ließ die Asche zu Boden rieseln.

Egal.

Dr. Wu lag inzwischen regungslos da.

»Dr. Wu.« Er sprach in das Mikrofon seines Tablets. »Rita.« Seine Zunge liebkoste die zwei Silben ihres Vornamens. Es war das erste Mal, dass er sie so anredete. Aus Gründen, die er sich nicht erklären konnte, erschien es ihm nun angemessen. »Es gibt noch eine Möglichkeit, ihn zu retten, Rita. Nur Sie können ihn retten.«

»Spencer? Sie meinen, Spencer retten?«, antwortete sie atemlos.

»Ja. Spencer retten.«

Finney humpelte in ihre Richtung.

RITA

Die Schmerzen in ihrem Kopf waren verschwunden. Rita blinzelte, schaute zur Seite …

… und blickte in die Augen einer Zwillingsversion ihrer selbst, die neben ihr im Schlamm lag, auf die Hände und Knie gestützt.

»Du musst hinüber zur Klippe gehen«, sagte die andere Rita, die Rita auf Händen und Knien, die Rita mit Finneys Stimme. Sie trug eine blaue, mit Schlamm bespritzte Jeans und Sebastians dunkle Windjacke. »Am Ende des Parks. Auf der Seite, die zum Meer weist. Das ist der einzige Weg, ihn zu retten.«

»Zur Klippe gehen? Aber Feuerwehrleute und Sanitäter …« Sie deutete in die entgegengesetzte Richtung. Es kostete sie erhebliche Mühe. Ihr Arm fühlte sich schwer an.

»Nein. Die können ihm nicht helfen. Sie werden nicht rechtzeitig hier sein. Die Klippe, Rita. Die Klippe wird ihn retten. Nur die Klippe kann Spencer retten.«

»Warum? Wie? Wie wird die Klippe Spencer retten?«

»Alles wird offensichtlich, wenn du an der Klippe bist.«

Natürlich. Die Klippe. Die Klippe wird Spencer retten.

Rita wusste nicht, weshalb, aber das ergab Sinn. Sie musste zur Klippe gehen.

»Geh zur Klippe, Rita.«

»Okay.« Sie erhob sich aus dem Schlamm und durchquerte den Park in Richtung Westen. Ihr Zwilling ging neben ihr, hielt mit ihr Schritt, murmelte ermutigend mit Finneys Stimme.

Rita erreichte ein Geländer. Dort befand sich ein Bild von etwas, das wie ein Wal aussah – *dunkel, schwer zu sagen in der Dunkelheit* – neben einem anderen Schild, das vor instabilen Klippen warnte.

Instabile Klippen?

Rita zögerte. Überall auf dem Boden befand sich Wasser, ihre Füße waren nass.

»Duck dich unter dem Geländer hindurch.«

»Warum?«, wollte Rita wissen.

»Um Spencer zu retten.«

»Richtig. Um Spencer zu retten.«

Natürlich. Ich muss unter dem Geländer durch, um Spencer zu retten.

Rita bückte sich unter das Geländer, platschte durch Wasser und Schlamm.

»Tritt zwei Schritte vor, dann bleib stehen.«

Rita tat es.

Vor ihren Füßen breitete sich eine Schwärze aus, in der jedes Anzeichen von Licht fehlte. Von tief unten vernahm sie das zornige Tosen von Wellen. Ein kräftiger, kalter Wind wehte. Es war, als stünde sie am Ende der Welt.

Rita schauderte. »Was soll ich jetzt tun?«

Sie bekam keine Antwort. Ihr Zwilling, die andere Rita, die sie von der Wiese hierher begleitet hatte, war verschwunden.

FINNEY

Anfangs war er ihr in einigem Abstand gefolgt, dann hatte er die Entfernung verringert, sein verletztes Bein hinter sich hergezogen, bis er sich nur noch wenige Meter hinter ihr befand, als sie sich dem Geländer näherte. Er wusste, dass er sie überreden konnte einfach weiterzugehen, über den Rand der Klippe hinaus. Aber das fühlte sich nicht richtig an.

Nein. Es schien passender zu sein, wenn er derjenige wäre, der sie stieß.

Finney duckte sich selbst unter dem Geländer hindurch und bahnte sich den Weg über schnell strömende Rinnsale von Wasser, einige ziemlich breit und tief, kleine Schluchten, gegraben von Tonnen von Ablauf, die der schwere Regen auf den Pazifik zustürzen ließ.

Wu starrte geradeaus über das dunkle Meer.

Er trat hinter sie. Sein Lächeln war dünn und breit, als er beide Hände ihrem Rücken entgegenstreckte …

SEBASTIAN

Sebastian war nie in der Lage zu erklären, was ihn dazu bewogen hatte, erneut auf die App *Fruit Punch Drunk* auf seinem Smartphone zu blicken. Oder dazu, umzukehren und zurückzugehen, nachdem er sie angesehen und die wiederhergestellte Verbindung zwischen Finney und dem immer noch aktiven Implantat in Wus Kopf bemerkt und festgestellt hatte, dass es Finney erneut gelungen war, ihn aus den Befehlssequenzen auszusperren.

Er hätte es nicht tun müssen. Sebastian war sauber entkommen, hatte sich den Weg nach Süden den Rand der Klippen entlang gebahnt und den wasserdichten Rucksack mit Vorräten getragen, den er zuvor in der Nähe des Pinus torreyana im Higdon Park versteckt hatte.

Optionen … immer Optionen …

Er hatte all das Geld, das die Familie seiner Schwester und er je brauchen würden. Und er wusste, dass ihn Finney – *der irgendwie überlebt hat, das muss ich dem sturen Mistkerl lassen* – trotz all seiner Ressourcen nie wiederfinden würde, wenn Sebastian es nicht wollte. Aber er war *froh*, dass er zurückgegangen war, denn er wusste, Alfonso hätte es gefreut.

Nun gerieten sie in Sicht, zwei dunkle Umrisse jenseits des Sicherheitsgeländers, ganz in der Nähe der Stelle, an der er selbst neulich mit Finney gestanden hatte. Sebastian näherte sich so schnell, wie es die Schmerzen in seinen gebrochenen Rippen zuließen.

Was zum Henker machen sie da?

Soweit er es beurteilen konnte, befanden sie sich beide in unmittelbarer Nähe des Abgrunds, als wollten sie hinunterspringen, und in der verdammten Dunkelheit konnte er nicht ausmachen, wer der beiden wer war. Die Knarre und die Konduktionspistole waren in diesem Fall nutzlos: Er könnte Wu treffen.

Keine Zeit für einen großartigen Plan.

Mit einer schnellen Bewegung …

Schmerzen, ignorier die Schmerzen …

… ließ er den Rucksack fallen und schwang sich unter dem Geländer hindurch. Er packte beide grob von hinten, erkannte erst im letzten Moment, dass Finney hinter Wu gestanden hatte, und zerrte sie zurück in Richtung des Geländers. Die Schmerzen in seinen Rippen flammten auf und brachten ihn aus dem Gleichgewicht. Er stolperte rücklings und krachte mit der rechten Seite gegen das Geländer. Mit seinen gebrochenen Rippen. Vor seinen Augen explodierten Sternchen.

Eine der Gestalten – *Wu? Oder Finney?* – fiel gegen ihn. Instinktiv griff er nach der Pistole unter seinem Hosenbund, doch in den Klauen der Schmerzen ließ er sie fallen.

FINNEY

… und dann packte ihn jemand – *Sebastian, wer sonst außer Sebastian kann es sein?* – von hinten an der Schulter und zog ihn zurück, bevor er sie über den Rand stoßen konnte. Bevor er seine Aufgabe vollenden und seinen Moment des Triumphs genießen konnte.

Seinen Moment des Triumphs!

Finney taumelte rückwärts, doch trotz seines verletzten Beins gelang es ihm, aufrecht zu bleiben. Er spürte, wie etwas Schweres auf seinem Fuß landete. Sein Blick schwenkte nach unten, und verblüfft stellte er fest, dass es sich um seine Pistole handelte.

Meine Pistole. Wie Manna vom Himmel. Meine Pistole.

Dann hatte er die Waffe in der Hand und richtete sie auf die beiden, die sich wenige Schritte entfernt am Geländer festhielten. Sie keuchten, und Wu klammerte sich an Sebastian fest, als wären die beiden Geliebte.

Diesmal würde er nicht zögern.

Er drückte den Abzug …

RITA

Es war wie ein völlig verrückter Traum. Sie war losgeeilt um Hilfe zu holen. Dann: Finneys Stimme, der Schlamm, ihr unerklärlicher Drang, zur Klippe zu gehen. Und nun: am Rand des Parks an Sebastian geklammert neben einem Metallgeländer.

Und Finney, ein Stück vom Geländer entfernt zwischen ihnen und dem Rand der Klippe, wild grinsend. Hinter ihnen flammte das Inferno plötzlich auf und wurde heller, tauchte Finneys auf einer Seite schwer verbrannte Züge in flackerndes Licht, ließ ihn wie einen Dämon in den Flammen der Hölle erscheinen. Er richtete eine Pistole auf sie beide.

Rita schloss die Augen und wartete.

Spencer. Ich liebe dich.

Darcy, es tut mir leid. Ich habe dich im Stich gelassen.

Ich habe euch beide im Stich gelassen.

FINNEY

… aber der Abzug rührte sich nicht.

Die Waffe feuerte nicht. Sie war gesichert.

Ich hätte mehr üben sollen.

Sein Daumen tastete gerade nach dem Hebel …

Wer hätte gedacht, dass es so schwierig ist, eine Schusswaffe abzufeuern?

… als der schlammige Boden unter ihm nachgab …

RITA

Ihre Zähne klapperten, und sie hörte ein gewaltiges Rumoren, spürte die Vibrationen in der Brust, als rase ein schwerer Sattelschlepper nur Zentimeter an ihr vorbei.

Jedoch krachte kein Schuss.

Sie öffnete die Augen.

Der Boden, auf dem Finney gestanden hatte, war verschwunden. Genau wie Finney.

Bevor ihr Gehirn diese neue Entwicklung verarbeiten konnte, schmolz die nasse Erde, auf der Sebastian und sie standen, unter ihren Füßen davon – *Schlammlawine, kalifornische Schlammlawine, so etwas passiert in Kalifornien nach schweren Regenfällen.*

Rita verlor den Halt und rutschte ab. Ihr blieb nicht einmal Zeit zum Schreien.

FINNEY

… und ein Tosen. Sein gesamtes Universum bestand aus einem einzigen, kolossalen Tosen.

Er fiel.

Oder flog er?

Luft zischte ihm um die Ohren und kitzelte seine Kopfhaut.

Als er fiel – flog –, überschlug er sich. Kein *oben* oder *unten*. Nur das Tosen und die Überschläge. *Fühlt sich an wie in einer riesigen Waschmaschine*, ging ihm durch den Kopf. Angst verspürte er nicht. Nur Erschöpfung. *Also ist es vorbei.* Er war froh und erleichtert, dass er sich nicht mehr sorgen musste und dieses elende Dasein ein Ende fand.

Finney hatte gedacht, er könnte die Dinge begradigen und den Kosmos zurück auf Kurs bringen. Doch das konnte er nicht. Inzwischen war ihm das klar. Und er erkannte auch, dass es nichts bewirkt hätte, Wu und ihre Schwester zu töten. Das Versprechen eines kosmischen Gleichgewichts war eine Illusion gewesen. Die Leere, *ihre* Abwesenheit, wäre geblieben.

In dem Moment, bevor er auf den Felsen aufschlug und Tonnen von nasser Erde seinen zerschmetterten Körper unter sich begruben, sprach er sein letztes Wort, das im Grollen und Tosen der herabstürzenden Schlammlawine unterging.

Jenny.

SEBASTIAN

Der Rand der Klippe war verschwunden – mit Finney.

Mit dem heilen Arm hielt sich Sebastian an einem verbogenen Abschnitt des Geländers fest. Die Schlammlawine hatte einen Großteil des angrenzenden Balustrade mitgerissen, doch sein Stück war noch geblieben, teilweise im Schlamm vergraben. Seine Beine baumelten in der Luft. Von weit unten konnte er das Branden der Wellen hören.

Wu klammerte sich mit den Armen um seine Mitte an ihm fest.

Das Geländer war glitschig. Er glitt ab.

Durch zusammengebissene Zähne teilte er es Wu warnend mit und forderte sie auf, zu klettern, seinen Körper als Strickleiter zu verwenden. Sie tat es, benutzte seine Kleidung als Halt, seinen Rumpf als Leiter für ihre Hände und Füße. Gott sei Dank wog sie nicht viel.

Seine Hand rutschte.

Sebastian fluchte, wie er noch nie zuvor geflucht hatte, eine beeindruckende Abfolge von *Scheiße* und *gottverdammte Kacke* und Ähnlichem. Er betete und bettelte, dass ihm Alfonso, wo immer er sein mochte, beistehen möge.

Dann erreichte Wu das Geländer, packte es und zog sich auf festen Boden. Sie hakte einen Arm um das Geländer und fasste mit dem anderen nach unten zu ihm. »Kommen Sie«, forderte sie ihn auf, ergriff ihn an der Schulter und zog mit aller Kraft. Ströme von Wasser liefen über die Klippe hinab und spritzten Sebastian ins Gesicht. Er hustete und keuchte.

Sebastian zählte herunter – *drei, zwei, eins* – um sich zu wappnen; dann schwang er wie ein Affe auf einem Ast den rechten Arm – den auf der Seite mit den gebrochenen Rippen – nach oben und packte ein Stück des Geländers.

Höllenqualen.

Die Schmerzen in seiner rechten Seite ließen ihm gerade genug Luft, um zu schreien.

Er griff nach oben und packte Wus ausgestreckte Hand. Durch das zusätzliche Gewicht verlor sie nach und nach den Halt am Geländer und rutschte über den glitschigen Matsch auf den Rand zu.

Nun war sie es, die schrie.

Er ließ ihre Hand los und ergriff ein anderes Stück des Geländers, das aus dem Schlamm ragte.

Da. Weniger glitschig. Sie hörte auf zu rutschen.

Indem sie gemeinsam zogen, gelang es ihnen, Sebastian über den Rand des Abgrunds zu zerren. Dann warfen sie sich hin und lagen keuchend im Matsch, bis Sebastian der Gedanke kam, dass noch mehr von der Klippe nachgeben könnte.

RITA

»Kommen Sie«, stieß Sebastian keuchend hervor und zog sie hoch. Er schleifte sie aufs Gras. Auf der anderen Seite des Parks stand hinter dem Zaun die Baustelle lichterloh in Flammen. Man konnte die Hitze bis hierher fühlen. Rita sichtete entfernte Gestalten in der Umgebung. Spencer lag noch, wo sie ihn zurückgelassen hatten, zeichnete sich als Umriss vor dem Schein des Feuers ab. Matt schwenkte er die Arme in die Richtung des Brands gleichzeitig auf und ab, als bete er das Inferno an.

»Ich muss los und ihm helfen«, sagte Rita.

»Ja.«

Sebastian humpelte zu seinem Rucksack, der ein Stück entfernt lag, und presste sich eine Hand auf die Seite.

»Sie sollten mitkommen«, rief sie ihm zu. »Sie müssen medizinisch versorgt werden.«

»Nein. Ich komme schon klar.« Sebastian zeigte in die Finsternis hinter den verbogenen Überresten des Sicherheitsgeländers. »Aber ich wüsste es zu schätzen, wenn Sie sagen könnten, ich sei über den Rand gestürzt. Mit Finney.«

Rita nickte. »Okay.«

Sebastian wandte sich nach Süden und machte nur einen Schritt, bevor er innehielt und den Kopf drehte, sodass er sich im Profil abzeichnete. Der Feuerschein tänzelte über sein blutiges, verschwollenes Gesicht. »Wissen Sie, es tut mir leid. All das tut mir unheimlich leid.«

Sie lächelte matt. »Ich weiß.«

Er nickte.

Mit der Hand nach wie vor an der rechten Seite, verschwand er in die pechschwarze Nacht jenseits der Reichweite des Feuerscheins.

SEBASTIAN

Drei Monate später
Februar

Sebastian – obwohl er nicht mehr so hieß, wie er sich vor Augen hielt – hatte es für nötig gehalten, eine Zeit lang zu verschwinden. Mit seinen Talenten, Verbindungen und neu erworbenen Mitteln hätte er überallhin gekonnt. An einen Sandstrand auf Bora Bora. Zum Karneval in Rio. Zu einer Safari in Afrika, in ein Buddhisten-Kloster in Tibet oder auf eine vulkanische Ebene in Island. All das und mehr hatte er in Erwägung gezogen und letztlich verworfen. Und so fand er sich stattdessen im Februar in einem kalten Nieselregen in Paris wieder.

Er war noch nie in der französischen Hauptstadt gewesen.

Deshalb nahm er sich Zeit dafür. Er bewunderte Notre-Dame und schlenderte die Ufer der Seine und des Canal Saint-Martin entlang. Trank edle Weine, genoss feines Essen. Immerhin konnte er es sich leisten.

Und der Louvre.

Gott, wie er den Louvre liebte. Er verstand nicht viel von Kunst, trotzdem konnte er nicht genug davon bekommen. Aus einem in dem Museum verbrachten Tag war eine Woche geworden, aus einer Woche zwei. Er hatte ein Meisterwerk nach dem anderen ausgiebig betrachtet, demütig beeindruckt von der Kreativität der Menschheit. Und dann, eines Morgens, war er darüber gestolpert. Genau, wie Finney sie beschrieben hatte. Die Stele des Hammurabi.

Während er den Blick über die Obsidian-Oberfläche hinaufwandern ließ, umklammerte er durch sein Hemd Alfonsos Erkennungsmarken. Mit der anderen Hand kratzte er sich an der Nase, die etwas krumm war, seit Cameron sie ihm gebrochen hatte. Natürlich könnte er sie sich richten lassen. Aber das tat er nicht. Er wollte sich erinnern. Außerdem fand er, dass sie gut zu seinem dichten Kinnbart und dem rasierten Schädel passte.

Unter den Arm geklemmt trug er ein dickes Bündel bei sich, das seine gesamten Notizen enthielt – alles, was er über Finney, das Implantat und die Ereignisse im Turner Krankenhaus zusammengetragen hatte. Er war ein Profi gewesen, und dementsprechend akribisch waren seine Aufzeichnungen. Noch an diesem Nachmittag würde er das Päckchen an einen Bekannten in Budapest schicken, der es über eine Reihe von Kontakten in verschiedene Städte weltweit weitersenden würde. Und letztlich würde es auch in die Hände einer gewissen Ms. Constance »Connie« Grant vom *Wall Street Journal* gelangen.

Er wusste, der Inhalt des Päckchens würde die Lücken füllen, die zu schließen den Behörden bisher nicht gelungen war – oder zumindest jene Lücken, die nicht *ihn* betrafen. Für die Welt war der Mann, den man früher als Sebastian gekannt hatte, tot. Aber die Welt hatte ein Recht darauf, alles andere zu erfahren.

Er hoffte – Wunschdenken, das wusste er –, dass er Grant vielleicht eines Tages wiedersehen würde.

Während sich um ihn herum die Touristen drängten, betrachtete er nachdenklich die Stele. Es würde keine weiteren Aufträge für ihn geben, das hatte er gelobt. Keine vergeudeten Tage mehr.

Sein Telefon klingelte. Er lächelte, als er die Anruferkennung sah. »Hi, Schwesterherz.«

»Und? Wann kommst du nach Hause?«

Sebastian lachte. Es war ein Insider zwischen ihnen, das Erste, was sie zu Beginn jeder Unterhaltung sagte. *Nach Hause.* Sie meinte das neue Zuhause – das schöne, große Vorstadthaus.

Er antwortete so, wie er es immer tat: »Bald, Schwesterherz. Bald.«

Diesmal meinte er es ernst. Endgültig.

SPENCER

Ein Jahr später
November

Es war ein herrlicher Tag. Andererseits: War nicht jeder Tag in Südkalifornien herrlich?

Spencer hielt Ritas Hand. Er ging mit einem leichten Hinken. Sein Orthopäde hatte ihn vorgewarnt, dass es ihm unter Umständen für den Rest seines Lebens bleiben würde.

Blödsinn.

Er hatte die Prognose als Herausforderung akzeptiert, als ihm hingeworfenen Fehdehandschuh. Spencer wollte verflucht sein, wenn er zuließe, dass er auf ewig wie ein Greis humpelte. Er hatte sich mit Feuereifer in seine Physiotherapie gestürzt, die hart war, und die jüngsten Ergebnisse ermutigten ihn: Es hatte sich eine merkliche Verbesserung gezeigt. Außerdem hatte er zwölf Kilo abgenommen. Auch nicht übel.

Zusammen schlenderten sie mit ineinander verschlungenen Fingern zwischen den Grabsteinen umher. Beide schwiegen. Es gab nichts zu sagen. Als sie ankamen, ließ Rita seine Hand los und kniete sich hin – was ihr neuerdings nicht leichtfiel. Sie legte einen kleinen Kranz auf das Grab. Spencer bekreuzigte sich.

Als sie nach einigen Augenblicken immer noch nicht aufstand, sagte er: »Ich würde zu gern wissen, was dir gerade durch den Kopf geht.«

»Ich versuche zu entscheiden, ob ich Chases Angebot annehmen soll.«

»Ah, ja.« Ritas aalglattem, so gern die Augen zusammenkneifendem Mentor war es nicht nur gelungen, das Roboterdesaster zu überstehen, er war sogar förmlich aufgeblüht. Der Mann schien aus Teflon zu bestehen. »Ist er schon in sein neues Büro übersiedelt?«

»Das Büro des CEO? Oh ja. Eigentlich sollte es natürlich im neuen Flügel sein. Aber durch den Brandschaden wird sich das wohl bis nächstes Jahr verzögern.«

»Er handelt ziemlich schnell, um, äh, seine Position zu festigen.«

»Na ja, du kennst doch Chase.«

»Leiterin des medizinischen Bereichs und Chases rechte Hand. Ein ziemlicher Aufstieg. Kein schlechtes Angebot. Die zweitmächtigste Person bei Turner.«

»Zumindest auf dem Papier. Ja.«

»Mit einem dementsprechend fetten Gehalt.«

»Ja. Da hast du wohl recht.«

»Du könntest mich durchfüttern.«

»Verlass dich lieber nicht darauf, Doc«, gab Rita lachend zurück.

Spencer verstand ihr Zögern. Es war *wirklich* ein tolles Angebot, allerdings brachte die Position auch eine Menge Arbeit mit sich. Und sie musste an Darcy denken, die nicht nur an der Universität von San Diego immatrikuliert war und bisher in diesem Semester lauter Einsen erzielt hatte, sondern auch die ersten hundertfünfzig Seiten eines Romans zu Papier gebracht hatte. Rita hatte sie Spencer zum Lesen gegeben, und sie waren verdammt gut.

Dann war da noch die Sache mit ihrem anschwellenden Bauch.

Was für eine Wende der Ereignisse im vergangenen Jahr! Gott sei gedankt für diese Grant beim *Wall Street Journal.* Wer auch immer ihre Quellen sein mochten, sie hatte die gesamte Geschichte in einer Reihe von Artikeln erzählt. Zwielichtige medizinische Technologie. Experimente an Menschen in geheimen Labors. Korruption. Mord. Und sie hatte Rita als schneidige Heldin eingebaut, die einem brillanten Psychopathen das Handwerk gelegt hatte. Rita war zu dem Zeitpunkt beurlaubt gewesen, während über ihr die Ermittlungen wie eine schwarze Wolke hingen und ihre Zukunft ungewiss blieb. Verdammt, sie hatten *beide* auf einem Schleudersitz gesessen.

Die Artikel im *Wall Street Journal* hatten das *vollkommen* geändert. Eine Zeit lang waren sie eine landesweite Sensation und in aller Munde gewesen. Man ging davon aus, dass der Rest der Untersuchung noch Monate, vielleicht sogar Jahre dauern würde. Vor allem die Aspekte, die das Ausland tangierten. Aber zumindest der Teil, der Rita betraf, war vorläufig abgeschlossen, und ihr beruflicher Stern befand sich wieder im Aufstieg.

Spencer vermutete, dass es noch mehr aufzudecken gab. Finneys Leiche hatte man letztlich unter all den Erdmassen am Strand entdeckt. Der Leichnam des Mannes, den Rita als Sebastian kennengelernt hatte, war hingegen nie gefunden worden.

Die Behörden hatten es damit abgetan, dass er wohl vom Meer weggespült worden sein musste.

Aber stimmte das? Vielleicht. Rita sprach nicht darüber. Spencer hatte es dabei bewenden lassen. Denn obwohl ihn dieser Sebastian beinah für den Rest seines Lebens verkrüppelt hätte, war das nicht mehr wichtig für ihn. Vorbei war vorbei. Es spielte keine Rolle.

Sie war wichtig. *Sie* zählte.

Rita presste die Hände ins Kreuz, um es gegen das zusätzliche Gewicht zu stützen, und stand mit einem leisen Stöhnen auf. Sie blickte auf Jenny Finneys Grabstein hinab, die Hände nach wie vor in den Rücken gedrückt, und blies sich eine Haarsträhne aus dem Gesicht.

Sie hatte ihm die Sache mit dem Trinken und den Schuldgefühlen anvertraut, von denen sie nach wie vor heimgesucht wurde – die stillen Zweifel, dass Jenny Finney vielleicht noch leben könnte, wenn Rita jenen Chardonnay damals nicht getrunken hätte. Sie daran zu erinnern, dass die Untersuchung sie von jeder Schuld freigesprochen hatte oder dass sie zum Zeitpunkt der Operation längst wieder nüchtern gewesen sein musste, würde die Schuldgefühle nicht verschwinden lassen. Niemals. Spencer wusste, es war eine Bürde, die sie zu tragen hatte, und so würde es immer bleiben. Jeder Chirurg verlor Patienten, auch er. Rita musste ihren Frieden damit schließen. Die Scherben aufklauben und weitermachen.

Deshalb waren sie an diesem Tag hier.

»Alles in Ordnung?«, wollte Spencer von ihr wissen.

»Ja.«

Sie sah ihm unverwandt ins Gesicht und lächelte. Sie ergriff seine Hand und drückte sie auf ihren Bauch. Er spürte, wie die Bauchdecke erzitterte, als das Baby austrat, als wolle es seine Zufriedenheit mit ihrer Antwort kundtun.

»Ja«, wiederholte Rita. »Es geht mir gut.«

Danksagung

Schreiben ist kein einsames Unterfangen. Mein Dank ergeht wie immer an meinen Agenten Al Zuckerman, durch dessen Weisheit und Ratschläge ich jeden Tag dazulerne, sowie an meine Lektorin Jen Enderlin für ihre scharfsinnige, konstruktive Kritik und ihr ausgeprägtes Gespür für saubere Prosa.

Ein Kinderlied. Vorgespielt von einem Mörder ...

Lars Kepler
HASENJAGD
Schweden-Krimi
Aus dem Schwedischen
von Thorsten Alms
ISBN 978-3-404-17779-0

<div class=«Fliesstext«>Joona Linna sitzt bereits seit zwei Jahren im Hochsicherheitstrakt der JVA Kumla ein, als er zu einem heimlichen Treffen mit dem schwedischen Premierminister gebeten wird. Die Regierung benötigt dringend seine Hilfe. In einem wohlhabenden Stockholmer Viertel ist ein Mann bestialisch ermordet worden, vermutlich ein terroristischer Anschlag. Die Tat wird geheim gehalten. Kurz darauf geschieht ein weiterer Mord, nach ähnlich brutalem Muster: Beiden Opfer wurde vor ihrem quälend langsamen Tod ein Kinderlied vorgespielt ...
Joona Linna und Saga Bauer sind gezwungen, unter höchster Geheimhaltungsstufe ermitteln, um den gnadenlosen Mörder aufzuhalten.

Bastei Lübbe